长篇小说

驻外记者

ZHUWAI JIZHE

姜显明◎著

新华出版社

图书在版编目（CIP）数据

驻外记者 / 姜显明著. -- 北京：新华出版社, 2022.9
ISBN 978-7-5166-6438-4

Ⅰ. ①驻… Ⅱ. ①姜… Ⅲ. ①纪实小说－中国－当代
Ⅳ. ①I247.5

中国版本图书馆CIP数据核字（2022）第165285号

驻外记者

作　　者： 姜显明

出 版 人： 匡乐成　　**出版统筹：** 许　新
责任编辑： 贾允河　　**封面设计：** 刘宝龙

出版发行： 新华出版社
地　　址： 北京石景山区京原路8号　　**邮　　编：** 100040
网　　址： http://www.xinhuapub.com
经　　销： 新华书店、新华出版社天猫旗舰店、京东旗舰店及各大网店
购书热线： 010－63077122　　**中国新闻书店购书热线：** 010－63072012

照　　排： 六合方圆
印　　刷： 北京明恒达印务有限公司

成品尺寸： 170mm × 240mm　1/16
印　　张： 26.75　　**字　　数：** 483千字
版　　次： 2023年1月第一版　　**印　　次：** 2023年1月第一次印刷

书　　号： ISBN　978-7-5166-6438-4
定　　价： 88.00元

序

文图荧屏竞电波，华讯随波舞苍穹，风雨硝烟无冕王，踏访本源真功夫，豆腐块讯有笔力，视闻精彩数直播，越洋播报抢首发，世媒旭日中国红。

《七律：风雨硝烟竞电波》，漫忆中国驻外记者越洋播报，有感而发，抒情铭志。

某个初夏午后，笔者一边悠闲地喝着清茶，一边随意翻看昔日自己采写和拍摄的文稿图片，多年国外采撷情景如同一幕幕影视镜头不断在眼前浮现，思绪万千，感慨万端，犹如窗外春夏之交滚滚流动的绿潮。

初夏，春入深绿，煦风和爽。此时，百花不以奇艳争宠，万绿已然层峦叠嶂，满目青翠郁葱，处处花团锦簇。蓝天白云衬托下，天地间犹如一幅幅水墨丹青，展现出大自然鬼斧神工般的多彩多姿。

沐浴在初夏和煦美丽的风光里，坐落在京城中心地带的华讯国际社大楼高耸入云，亭亭傲立。它像华讯老记者编辑人惯用的铅笔，顶尖向上，直刺苍穹，寓意媒体人苍天在上，笔耕不辍。阳光照射下，铝合金“铅笔”尖顶熠熠生辉，光芒四射，为亮丽的晴空和逶迤的街市增色不少。

然而，天有不测风云。刚刚还是晴空万里，瞬间便阴云密布，小雨点淅淅沥沥伴随而至。带了阴和阳电的云朵不甘落后，时不时地露出含情脉脉的目光，一边激情热吻闪电，一边以其特有的方式，发出心底的沉闷雷吼，似乎在为他们久别重逢而愉悦欢快地恣意张狂。

雨越下越大，雾遮了天际，湿漉了大地。

室外温度一下子跌回到春寒料峭的萧瑟季节，只见冒雨撑伞外行的人们一个个缩着脖颈抢步快走，就连那些信奉“美丽冻（动）人”早早入夏短打扮的时髦女士们也一个个叫苦不迭，懊悔出门之前不听“天气预报”的，没带件备用御寒衣饰。

不过，对俗称“铅笔楼”的华讯国际社新闻大厦之类的高层钢铁建筑而言，风云变幻何所惧。它们照样迎风搏雨，不畏寒冷，巍然挺立。

同室外温差形成鲜明对比，“铅笔楼”内此时人气蒸腾，热闹非凡。中国驻外记者协会成立大会今天在楼内多功能厅举行，有着驻外记者经历或与驻外记者有着千丝万缕联系的媒体人无不为之欢呼雀跃，纷纷要求莅临现场见证这一重大喜庆时刻。

华讯国际社号称是中国驻外记者的摇篮和大本营，一直是中国驻外记者的主体，离退休老记者特别多。中国驻外记协的建立使他们倍感亲切，更有了“回娘家”般的归属感。正因为如此，华讯国际社自然格外看重此次活动。“铅笔楼”大厦内外布置一新，洋溢着一派欢乐祥和的节日气氛。从大厦入口处到会场的主要过道上，一路张灯结彩，霓虹闪烁。伴随着悠悠扬扬的激越乐曲，沿路悬挂的电子屏幕上赫然显现：热烈祝贺中国驻外记协成立。

中国驻外记者，踏访异域他乡的无冕使者，沟通环宇国度的天际桥梁。

1955 年秋季的一次中共中央政治局会议上，毛泽东主席以他伟人的战略眼光，大气磅礴地号令中国官方通讯社——新华社“把地球管起来”！

“新华社应当大发展，尽快做到在世界各地都能派有自己的记者，发出自己的消息，把地球管起来，让全世界都能听到我们的声音。”

这无疑是掷地有声的动员令，斩钉截铁，高瞻远瞩。正是在毛主席发出上述号令之后，中国新闻事业才更加强化世界战略高度，新闻工作者的视野才日渐向全球拓宽，驻外记者队伍才能逐步庞大多元，中国媒体的业务能量和影响力才日渐提升发展，中国对外宣传的力度才不断得以拓宽和张扬。现如今，大千世界，220 多个国家和地区，不只是新华社，中国媒体整体在世界绝大多数国家都设有驻点分社或记者站，越来越多的中国记者相继走出国门，越洋跨海，安营扎寨，几乎世界的每一个角落都能看到他们敬业采撷的身影和足迹。

作为中国国际新闻报道和对外宣传的前线主力军，驻外记者是主流媒体亲历和见证重大国际新闻事件的外语工作者，地位“显赫”，作用独特。他们在海外采写播报，与国内新闻报道相比，不说有“天壤之别”，至少可以说是“千差万别”。记者所处的政治、社会和人文环境，记者的采写播报方式、外语要求、交际能力和通信手段等，两者之间差别极大，彼此的感怀自然也各有千秋。正因为如此，驻外记者群体属性独特，自成体系，大家一直期盼组建自己的专门协会，志趣相投，心心相应，为共同的发展目标同心发力。

还有消息说，有关方面之所以现在批准组建中国驻外记者协会，似乎还有更深层次的考虑。随着中国综合国力和国际地位的整体提升，在对外宣传中掌握话语权和主动权至关重要。过去个别媒体“单打独斗”的外宣活动模式越来越不适应形势发展的需求。为此，不断有小道消息传言，“上面”正在考虑整合外宣力量和资源，将中央级媒体的英、法、西、俄、阿等外语人才和涉外报道的知名栏目和品牌机构有机整合到一起，成立中国国际传媒集团，集中优势兵力，统筹布阵排兵，逐步做大做强，以有效抗衡西方人文挑战，引领世界舆论潮头。显然，这个“牵一发而动全身”的变革主体是“散落”在中央各大媒体中的驻外记者群体。他们会外语、知外情、懂行规、熟方略。成立专门协会，在驻外记者群体中建起沟通联络的桥梁，无疑为最终成立国际传媒集团扩张舆情，奠定理论和实践基础。

当然，这都是“传言”，非正式消息发布，信不信由你。不过俗话说，无风不起浪，它至少反映了部分闻人舆情。不管怎么说，驻外记协紧锣密鼓却低调悄然地成立了。

作为驻外记协成立的开场仪式，“上面”决定这次改变传统模式，不搞大操大办“隆重庆祝”的花架子，注重简约无华、大方朴实。为此，组织策划者决定以茶话会形式代替传统的正儿八经的成立典礼，邀请新老驻外记者代表座谈，让大家抚今追昔，抒情感怀，激情展望，指点未来。

茶话会现场热气腾腾，人声鼎沸。人越来越多，大家各寻座位坐好，济济一堂。最引人注目的是那些离退休驻外老记者，他们或满头银发，或两鬓斑白，饱经沧桑的脸庞上写满了阅历和资深。老同志们心系中国新闻事业，特别怀旧，逮着这么个机会，老友重逢，忆不尽的昔日辉煌，话不完的家长里短，骂不停的贪腐败类，赞不绝的清廉时尚。

茶话会由中国驻外记协副主席钱柳生主持。他是原国际新闻电视台台长，退休下来后被推举到记协发挥余热。

看看时间差不多了，他同驻外记协主席易洪武会会眼神，然后敲敲面前的麦克风，清清嗓门说：“同志们，现在我宣布，中国驻外记者协会正式成立！让我们以热烈的掌声表达我们最热烈的祝贺！”

大厅内立马响起欢快、抒情的曼妙乐曲。伴随着乐曲，人们全体起立，同时爆发出经久不息的热烈掌声。

稍顷，钱柳生挥手下压，示意大家坐下，待嗡嗡噪音逐渐消退下来，他再次发话：“本来，我们想把庆祝会搞得隆重一点，但‘上面’还是要求我们厉行节约、不事张扬，以茶话会座谈形式为好。我们一想也对，风格清新独特，更具纪念意义。一杯清茶，两言三语，追忆激情燃烧的战斗岁月，感怀同甘共苦的战友情谊，交流丰富多彩的家庭生活，展望华媒舆坛的美好未来。好，闲话少说，言归正传。下面，首先请中国驻外记协首任主席易洪武致辞。”

又是一阵暴风雨般的掌声。

易洪武，原华讯国际社副总编辑，曾任华讯国际社中东总分社社长。虽然他已办理了退休手续，但前些天中国驻外记协先期会员摸底调查中，大家一致举荐他担当主席职务，并经公示无异议后获中国记协正式任命。他搞了一辈子新闻工作，不仅业绩卓著，而且特别对驻外记者事业情有独钟，理念独特，退下来也未闲着，不是应邀到高校讲学，就是埋头新闻理论和时政研究，著书立说。用他自己的话来说，身体尚好，发挥“余热”更能激发健康潜能。

不等掌声平息，易洪武便亮开嗓门说：“不是什么致辞，就是开场白，谈点个人感怀。咱们今天是茶话会，庆祝中国驻外记协成立，话题自然离不开‘驻外记者’。说到驻外记者，我们不能不佩服毛主席的远见卓识。新中国诞生后不久，他不失时机地号令新华社‘把地球管起来’，旗帜鲜明地将社会主义中国的新闻事业推向广阔的国际舞台。从此，我们的驻外记者队伍不断扩大，中华人民共和国的声音不断高亢激昂！显然，驻外记者使命神圣。‘把地球管起来’不只是新华社的事，而是我们所有中国媒体驻外记者共同肩负的光荣任务。”

略一沉思，易洪武开始以抒情且极富感染力的语调继续即兴演讲。

“同志们，我不是历史学家，没做专门研究，也觉得没什么必要一定要搞清楚新中国最早向海外派遣驻外记者的确切日期和相关细节。不过，作为一个还算是资深的新闻工作者和曾经的驻外记者之一，我可以断言，正是新中国的逐步发展强盛，中国新闻事业才有今天如日中天般的进步和拓展。新中国，新气象，胆气豪，志气钢，为国家新闻事业的发展插上了气冲霄汉的腾飞翅膀！中华人民共和国成立初期，同我国建交的国家比较少。大多数没有建交的国家，我国外交人员不能去，但新闻记者可以去。所以我理解，毛主席当年号令‘把地球管起来’，其精神实质在于，中国可以派记者去那些还没有与我建交的国家开展工作，尽快打开‘外交’藩篱。为此，据史料记载，当时周恩来总理亲自抓这项工作，从全国调处级以上干部300多人，准备经培训后派驻国外。可见，中国新闻事业的发展离不开顶级设计、高层动员和举国齐抓。毛主席的指令给中国新闻事业插上了腾飞的翅膀，不断壮大的驻外记者队伍更给我们的事业发展增添了世界战略高度。

同志们，在中国，人们都把记者比作无冕之王，新闻工作者地位显赫荣耀。而我们这些搞国际新闻报道的驻外记者，在国人的眼中则更加朦胧神秘：会讲洋话，满世界跑，常跟外国政要和高层打交道。此外，中国驻外记者除了专业职责外，还肩负对外宣传的光荣使命，有时甚至自觉或不自觉地在驻在国和中国官方之间‘充当’起外交桥梁，就两国关系中的一些敏感话题非正式地相互‘递话’。显然，做一名中国驻外记者确实荣光得很啊，值得大家自豪和骄傲！

不过，与其说驻外记者在局外人眼中具有较浓郁的神秘色彩和偶像光环，不如说在新闻界内部他们普通得再普通不过。有这样几句顺口溜多少道出了他们的鲜明特质：

—— 驻外记者是块砖，哪里需要哪里搬。

—— 异国访谈入高端，堂皇荣耀表面鲜。

—— 国内人事无根基，不谙社交像傻子。

—— 不是外交官，颇有外交范。

—— 什么都会点，什么难说专。

具体而言，中国驻外记者的普通特性至少有这样一些表现。首先，他们虽然常出国，但他们当中的绝大多数人没有外交官那样有可能升迁为一秘、参赞、乃至大使甚至外交部高官的机遇，也不享受外交豁免权。反而，在驻外机构中，他们日常总是晚睡早起，节假日基本无休，大脑中的弦绷得紧紧的，生怕因迟报或漏发重大突发新闻而损害国家和单位声誉，当然也怕挨批受处分。

其次，同国内新闻同行相比，驻外记者大多在国内没有什么人事根基和特权待遇，职务升迁和职称评定之类的好事往往缺乏正常保障，容易被无意或人为地疏忽迟滞。过去有福利分房，他们往往还不如本单位一些勤杂工‘近水楼台先得月’。

特别值得一提的是，就家庭亲情而言，他们抛家别舍，长期远离父母、伴侣和子女，忠孝不能两全、夫妻不睦甚至离异、子女不亲甚至抱憾终身之类的家庭悲催之事常有发生。

然而，血总是热的。不管是为了事业追求，还是个人兴趣爱好使然，抑或单纯地只为拥有一份自己喜欢的职业和工作，一代又一代的驻外记者们胸怀远大理想和崇高的事业追求，不远万里，前赴后继，无怨无悔且奋不顾身地飞越大洲海洋，将自己的足迹踏访在异国他乡，意气风发，不畏艰难，恪尽职守，勇往直前，用辛勤的汗水，和着泪水甚至鲜血，让中华电波永不消逝，让五星红旗高高飘扬！”

易洪武说出了大家的共同心声。不等话毕，人们自发地为他哗哗鼓掌，伴随着赞赏口哨和尖声叫好。

见此情景，钱柳生赶忙发挥主持的作用调节气氛说：“洪武给我们的茶话会开了个好头！今天是个喜庆开心的日子，下面大家自由茶话，感慨祝辞，不拘一格，即情抒发，诗词歌赋，白话论道，畅所欲言，各显千秋。”

华讯国际社曾经的战地女记者蓝海洋有备而来。钱柳生话音刚落，她便洪亮而爽朗地响应：“好！来之前写了首打油诗，表达我对我们驻外事业的感怀。”她端起茶杯润润口，有板有眼地朗诵起来：

蓝天碧海五洲行，
异域踏访觅珍闻。
电波浩渺天下事，
文图音频竞纷呈。
指点江山鞭霸恐，
激扬文字赞和平。
谁识记者无冕王，
酸甜苦辣寻常人。

一石激起千层浪，诗把人们的心绪带到了大家在异国他乡新闻竞逐的现场。一时间，人们沉浸其中，因触动灵犀而忆及三两往事，画面叠出，历历在目。瞬间，大厅里一阵静默。他或她此时抑或在苦苦遣词搜句准备和应对诗，抑或是细细串联逻辑意欲畅言论道。

“好！我来和应一首。”说话的是袁本弥。退休前他是华讯国际社编委、高级编辑、终审发稿人。蓝海洋的诗说出了他的同感。他正在写一部长篇小说，序言诗就与蓝海洋的诗异曲同工。他一改往日矜持内向的特性，站起身来朗声吟诵起来：

环球世事时时新，
记者采撷始成闻。
五洲踏访追硝烟，
文稿荧屏竞风云。
衔命出征管地球，
电波荡漾伴我行。
我书他摄真善美，
中国记者世界情。

一片叫好声。有了解内情的人感觉不解馋，大声提议：“老袁，谁不知道你是咱新闻界的诗人记者，听说你要把咱驻外生活写成小说，里面肯定少不了诗赋。怎么样，再来一首！”

易洪武也对老友投去赞许的目光。他和袁本弥是老乡、同届校友和曾经的搭档，来自同一个省份，同时入同一所大学学习，同在华讯国际社国际部工作，同期奉派到开罗负责中东总分社报道，易洪武抓总，袁本弥副之。两人极其投缘，工作默契，私交甚好。

还别说，袁本弥身边还真有一首诗稿，确实是想为计划中的小说准备的。只是这小说从名称到主题和内容架构尚不甚清晰明朗，还在酝酿构思过程中。不过，这不妨碍他对这首诗稿的喜爱。他挠挠头，不再矜持，从口袋里掏出一张纸，一板一眼地诵读起来。

都把记者比作无冕之王，
我自豪我是王驰骋四方，
远航蓝天碧海，
拍摄五洲万象，
访谈元首达官，
评点风云变幻。
啊，书写大千世界，
记录耳闻目睹，
我们是中国驻外记者，
激情似滔滔电波澎湃荡漾！

都把记者比作无冕之王，
驻海外王无冕人身寻常，
一样喜怒哀乐，
同食五谷杂粮，
淡泊名利权势，
独好追踪踏访。
啊，心系五星红旗，
高扬中国梦想，
我们是中国驻外记者，
理想伴无私奉献熠熠闪光！

都把记者比作无冕之王，
无冕王中华音激越高亢，
讴歌和平正义，
鞭挞黩武掠抢，
力主合作共赢，
祈颂友谊情长。
啊，拓展采编空间，

打造全新媒体，

我们是中国驻外记者，

中华魂薪火相传世界颂扬！

掌声雷动，是人们发自内心的赞赏。

信口吟诵，袁本弥自己也被诗中的激情所打动，小说创作的灵感一下子迸发出来，让多天来折磨自己的小说主题、主体、主角有了清晰的定位，那就是以“把地球管起来”为己任的中国驻外记者群体。

驻外记者，袁本弥再熟悉不过，那是自己的亲身经历。当他把那一历史篇章翻回到20世纪70年代时，他发现自己一下子对中国驻外记者有了更清晰全面的扫描。他为自己的小说找到了最好的创作源点。

“好吧，故事就从这里开始。”书房内，他喃喃自语，手下不停地敲击键盘。击节声清脆悦耳，如行云流水，源源不绝……

华讯国际，中国央媒，五洲驻点，环球聚焦。矗立京城街头的总部大厦酷似老辈闻人惯用的“铅笔”，顶尖向上，傲视苍穹，日日夜夜为进进出出的编辑记者守卫护航。由此，精英荟萃，精彩纷呈，不断演绎出一个个跌宕起伏的资讯励志故事。

一

盛夏7月，骄阳似火。上海语言大学门口，校牌高悬，白底黑字格外抢眼。入门，一条林荫大道笔直伸延，两侧的法国梧桐枝叶繁茂，高高地交织蓬起，遮天蔽日，凉风习习，沁人心脾，同林荫道右侧的绿茵草坪运动场浑然一体，相映成趣，成为当时语言大学最养眼的一处校园景观。

不过，由于空间有限，上海语言大学本部只能容纳英语、俄语、法语等大系及学校权力中枢和勤务保障部门，西班牙语、日语和阿拉伯语等相对而言的小语种系科的教学和生活则被安排到马路对面的学校分部。那里原先是上海经贸大学的校园，“文革”中因停止招生而被闲置，语言大学恢复招生后将它派上了新用场。别看这分部和校本部仅一条马路之隔，但因为这条马路途经闹市繁华地带且伴有一条火车轨道，更有一路有轨电车往返穿行，因而交通状况十分复杂，穿越起来提心吊胆，充满惊险。更不要说，这大夏天的，烈日当头，少有遮拦，一趟穿插，往往汗流浃背。

这不，日阿语系阿拉伯语专业应届毕业生易洪武急匆匆地从分部赶到校本部，立刻面若桃花，浑身冒汗，脚还没跨进总部大门，头就赶紧冲向林荫大道。

“真舒服！”他用手抹去脸上的汗珠，心胸舒坦地沐浴在梧桐林荫下。然而，他没有像往常那样漫步在林荫大道上欣赏独特的校园风景，而是赶紧正正衣冠，步入毕业分配办公室。师生们喜欢简称这里为“毕业办”。

现在，“毕业办”里除了3位文案老师坐在各自办公桌前紧张伏案工作外，还有2位来客模样的人坐在靠门口横放的长条沙发上随意翻阅着报纸。易洪武敲敲门，朗声通报：“老师，我叫易洪武，哪位是华讯国际社的陈渝处长？”

听到招呼，没等“毕业办”老师回应，陈渝便兀自从沙发上弹起，向易洪武热情地伸出手：“喔，易洪武。好，好，我是陈渝，咱们坐下谈。介绍一下，这位是华讯国际社上海分社采编部主任老陆。”

易洪武一边顺势接过“毕业办”老师搬过来的一把折叠椅，一边热情地同老陆寒暄握手：“陆主任，我们见过的。您好！”

陈渝惊讶地说：“怎么，你们早就认识？”

老陆："是，我们认识。他们都是咱们社招来代培的，总社要我们多尽地主之谊，对他们给予特别关照。这几年，我们上海分社好几次到语言大学来采访座谈，名义上是为了新闻报道和专题宣传，实际上也是对易洪武、袁本弥这样一些重点培养对象提供如何了解新闻采访的学习机会。"

陈渝恍然大悟："原来如此。小易，老陆可是有名的笔杆子，你真应该好好向他学习新闻报道。"

老陆："不敢，不敢，你们今后的舞台是在国外，驻外记者，越洋播报，见多识广，前程无可限量啊！"他瞟一眼陈渝，欲言又止。

陈渝察言观色惯了，当然知道老陆的用意，于是接上话茬对易洪武说："小易，既然老陆把话都挑明了，我也就代表组织正式和你谈话。显然，你已经知道你将毕业分配到华讯国际社工作，但你不一定知道你将具体干什么。实际上，你们省这一拨学阿拉伯语和学英语的，都是华讯国际社定向招生送到上海语言大学代培的，为的就是毕业后让你们出国工作，当驻外记者。任务光荣而艰巨啊。我这次专门从北京出差来，就是为了调你和英语系的袁本弥等同学提前入京准备出国的。因工作需要，社领导决定让你们提前毕业，立刻到北京报道，着手办理出国手续。"

陈渝："我们已和学校联系好了，这两天你就抓紧办理离校手续，买票赴京。如果钱不够，可以先向学校借钱，回头由单位转账还款。"

老师赶紧证实："学校已经收到华讯国际社专门发来的公函，我们坚决服从。校领导已给'毕业办'打了招呼，准许易洪武和袁本弥他们提前离校赴京，不参加毕业典礼了。易洪武同学，这是有关离校手续清单，你按照要求抓紧办理一下。"

易洪武心潮澎湃。他一边接过清单，一边用沙哑颤抖的声调表态："明白了，我服从组织安排，这就回去准备。"

陈渝乘势发问："小易，你认识袁本弥吗？能不能把他叫过来？"

易洪武不仅熟识袁本弥，而且两个人还是好朋友。袁本弥是学英语的，担任英语系 5 班班长。易洪武则是阿语系 2 班班长。两个人同为班干，又来自同一个省份，因而多次一起参加校际活动和同乡聚会，一来二往，友谊不断加深。现在，易洪武自觉熟门熟路，很快便来到英语系 5 班教室门口。他敲敲门，礼貌地询问坐在靠近门口的一位女生："请问，袁本弥在吗？"

女生名字叫洪赓。她见人打听袁本弥，忙客气地回应："找我们班长呀？不过，班长现在已不在我们班了，调 9 班去了。"

就在易洪武在英语系大楼满世界找袁本弥的时候，袁本弥正和一批同学协助本系毕业班辅导员金老师布置完竖立在林荫道一侧的阅览橱窗，正式公布毕业生分配红榜。

袁本弥略扫一眼分配红榜，自言自语嘀咕道："分到北京的还真不少。"

凌春昌接茬："虽同在北京，境遇怕不一样呦。不是说我们都是华讯国际社招来代培的吗，怎么现在却把我分到广播事业局了？"

钱柳生插诨打趣道："嗨，那可是中央广播事业局！以后再介绍你，就得这么说：这位是中央来的……"不等说完，自己便得意地哈哈大笑。

袁本弥则若有所思，他认真地告诉凌春昌："到中央广播事业局，好事呀！中央广播事业局管电视，电视很快一定会有大发展。"

凌春昌不以为然："还是华讯国际社牌子亮！'华讯国际社记者'，多带劲！我梦寐以求，怎么就让我改换门庭了……"

钱柳生依然揶揄："'上管改''上管改'，上了大学就管改嘛。"

他吊儿郎当地唱着"我们工农兵学员……"悻悻然离开了现场。

凌春昌目睹钱柳生的背影，苦笑道："这个没心没肺的家伙，都给分到山沟沟里干军工去了，还那么蛮不在乎。"

袁本弥摇摇头，不无赞许地夸道："天将降大任于斯人也，必先苦其心志，劳其筋骨……"

工宣队师傅孙锡章推着自行车走近。袁本弥和凌春昌连忙迎上前打招呼。

1971 年国家宣布在全国各地推荐招收工农兵学员上大学。孙锡章作为上海语言大学政宣组的一名"工宣队"师傅，被派往袁本弥家乡所在省份负责为本校招生，其中有个符合"绝密"条件的名额被分配到袁本弥所在的县。那时候是推荐上大学，刚开始地方上都很重视和认真，县里经过筛选，最后推荐 3 人供语言大学挑选。孙师傅是个对工作极其认真负责的同志，他不是简单地凭报上来的材料挑选，而是一个一个地摸查和面试。经过接触和深入了解，他对袁本弥留下了良好的印象：党员，任公社团委书记，家庭出身好，而且文化水平和文字功底在 3 个人当中最好。这些都非常符合当时"绝密"条件招生的要求。特别让他满意的是，他在同袁本弥本人"面试"过程中发现，袁本弥是个非常诚实和充满爱心的青年。公社干部和邻里乡亲们都交口夸赞袁本弥好学上进、吃苦耐劳、热心助人。时任公社党委书记林森林拿出一大摞讲稿和文字报告之类的材料，充满感情地对孙锡章说："这都是小袁给起草的。说老实话，我真舍不得让他走。他是棵好苗子，是我的得力助手啊。可是，这次是政治任务，我也不能拦他进步。毕竟上大学关系到他的未来。"一席"实在话"令孙师傅十分感动，他毫不犹豫地在心里选定了袁本弥。

就在孙师傅为自己不虚此行、能圆满完成任务而高兴的时候，袁本弥所在县“革委会”出面干涉，要求重新考虑人选。原来，县“革委会”一位领导听说上海这个名额是“绝密”级的，毕业后将作为外交官出国工作，于是想把自己儿子那个已内定上省内一大学中文系的名额同上海语言大学的这个名额进行调换。孙师傅是个正义感忒强的汉子，当即一口回绝了对方：“这个名额如果你们县想要，那就非袁本弥不可。如果你们不想要，我立即报告学校和上级，再到别的县去选！”这次是首次招收工农兵学员，招生是有“尚方宝剑”的，一个县“革委会”副主任岂敢把事情闹大，只好作罢，最终还是让袁本弥上了上海语言大学，怎么说他也是本县的荣耀嘛，“丢了”怪可惜的。袁本弥在上学之前就已得知这件事，因而心里十分敬重孙师傅。但那时他并不知道孙师傅的确切身份，只知道他是省“招生办”派到县里来负责招生的。

几个月之后，袁本弥终于带着美好的憧憬来到上海语言大学。那天，他正从宿舍前往教室上课，突然孙师傅骑着自行车在他身边停下来叫他。不期而遇，袁本弥一下子愣住了：“孙老师！您……？”

望着袁本弥惶惑的面孔，孙师傅哈哈大笑：“我就是阿拉学校咯，工宣队师傅。礼拜天侬叫上伊拉几个人一道，上我屋里厢，让师母给侬做好吃咯，也算是给侬接风洗尘。喏，常峻、钱柳生、凌春昌、杨卢江，对，还有张非冬，都是我从你们省招上来的。”

自此，袁本弥带着这帮同学加老乡经常往孙师傅家跑，同他们全家都混得很熟。孙师傅正在上初中的两个孩子总是缠着他学外语，看见他还一口一个“哥哥”地叫着，叫得他心里热乎乎的。袁本弥只有两个姐姐，在家里总是一个备受宠爱的小弟弟。没想到现在在大都市上海竟有人叫自己“哥哥”，这让他感到温暖、亲切和自豪。其实，出于对孙师傅的感激和敬重，他也一直在心里把他视为父辈亲人。

现在，毕业分配红榜前孙锡章与袁本弥、钱柳生和凌春昌再次不期而遇。听到袁本弥他们同自己打招呼，孙锡章连忙停下脚步，操着上海普通话搭话：“看榜？分到北京？首都，老好咯。当初我到侬乡下招生，老早就晓得侬是北京要的，开头以为是外交部，后来才晓得是华讯国际社。不过，都是绝密级，要出国的，政审查祖宗三代，老严格咯。”

凌春昌一下子来了劲，接茬道：“可不是吗。我舅舅早就去世了，外公那边早就没了亲戚，但听说还是派人到那里外调，查了个底儿掉，当地不知道我家出什么大事了。”

袁本弥亲近地接过孙锡章的自行车，一边帮他推车，一边感激地说：“当初要不是您坚持原则，我这个名额恐怕早就被开后门顶去了。”

突然，易洪武在英语系大楼出口处高声招呼袁本弥：“本弥！袁本弥！满世界找你呢！”

袁本弥觉得诧异，赶忙询问：“洪武，怎么是你？你们阿语在分部，见面不太方便，有日子没见了。怎么样，一切都还好吧？找我有事？”

易洪武稳稳情绪，道：“华讯国际社专门来人，让咱俩提前毕业，马上到北京报到，准备出国。”

袁本弥吃惊道：“现在就离校？毕业典礼不参加啦？你听谁说的？”

易洪武：“我刚去‘毕业办’见过华讯国际社专门出差来调咱俩的陈渝处长，是他让我找你去见他们的。”

果不其然。见到陈渝处长后，他像易洪武一样领受任务，开始做赴京准备。不过，他没忘记孙师傅的邀请，正好借机会在第一时间把提前毕业赴京的消息告诉恩师，让他也分享自己的喜悦。

虹口工人新村 2 号楼 5 单元 3 层，孙师傅的家。袁本弥一行 5 人熟门熟路，冲到 8 号门前敲门。

孙师傅和初中生儿子建华一起冲到门口，拉开门迎接客人光临。建华懂礼貌地高兴招呼大家：“哥哥们好！”

钱柳生是个快乐人，人还没进屋，调侃的话音就递了进去：“建华，敢不敢再和我杀一盘！”

凌春昌鼓励建华：“别怕他，就他那臭棋篓子！”

袁本弥径自走到厨房间讨好师母：“师母好，又让您受累了。我给您打下手吧。”

师母爽朗地笑了：“让你们打下手，还不够给我添乱的！去去去，玩去吧，我忙得过来，一会儿等着吃师母的‘上海小菜’。”

袁本弥折返到厅内，孙师傅已经让大家支起一张可折叠的大圆桌，上面置放着早已准备好的凉茶和瓜子花生等小吃。大家环绕而坐，边喝茶嗑瓜子边瞎聊。

孙师傅问袁本弥：“华讯国际社来人啦？侬啥辰光走？”

袁本弥惊讶不已，自己还没来得及告诉孙师傅，他是怎么知道华讯国际社来人的？他赶忙向孙师傅解释：“您已经知道啦？昨天您刚离开，‘毕业办’就广播通知找我，让我和阿语系的易洪武提前离校，赶赴北京，准备出国。”

孙师傅笑笑，揭秘说：“昨天，我后来碰到‘革委会’方副主任，伊告诉我咯。侬晓得勿，伊是军宣队咯，也是侬咯老乡。咯姆，侬先回老家看看？”

袁本弥：“让我们先到北京报道。回家嘛，等到北京之后看情况再说。”

孙师傅："好，今朝算是为侬饯行。我打电话让孙敏也回来，借只照相机，咱们合影留念。"

袁本弥眼前一亮。他在心里兴奋地欢叫："孙敏也回来？"

孙敏是孙师傅的大女儿，是上海中医药学院学生。家里姊妹多，住房条件有限，平时她总是住校，连周末也不怎么回家。昨天，父亲特地打电话告诉她要为袁本弥饯行，嘱咐她今天一定回家一趟，顺便问同学借只照相机。

为了回家，她一改往常周末睡懒觉的习惯，清晨7点便起床了。穿好衣服，她便端起放着梳洗用品的脸盆准备到水房去洗漱。路过女友陈崇瑛的床铺，见她睡意正浓，忙停下来一边摇晃着对方的身子，一边对着她耳际呼唤："起床了，起床了，快点起床洗脸，昨天说好的，陪我一起回家拿相机。"

陈崇瑛眯眯盹盹地坐起来，伸个懒腰："讨厌，这才几点呀？让我再睡会儿。"

孙敏："都7点半了。快起来，你答应陪我回家，借给我照相机的。"

陈崇瑛含糊其辞地回应："喔，知道了。"她使劲揉揉眼球，目睹孙敏离去，一蒙毛巾被，再度甜美地熟睡。等孙敏洗漱完毕，端着脸盆和梳洗用品回到宿舍内。陈崇瑛还在那里酣酣入睡，孙敏嘟哝一声"Lazybone（懒骨头）"，走近陈崇瑛，轻手捏住她的鼻子。陈崇瑛鼻孔受了窒息，使劲摆脱孙敏的手，一翻身又睡了过去。

孙敏眨巴眨巴眼睛，突然对着陈崇瑛耳际轻唤："易洪武，易洪武来了……"

陈崇瑛条件反射般地坐起："洪武？洪武在哪里？"

经过这一通折腾，陈崇瑛终于彻底清醒。她穿好衣服跳下床，对孙敏扮个鬼脸，便径自端起洗漱用品去了水房。一会儿功夫，她便洗漱完毕回到宿舍，神清气爽地招呼孙敏："我好啦，咱们走吧。"

等她们从陈崇瑛家里取出相机赶到虹口工人新村时，已是上午10点多了。孙敏领着陈崇瑛风风火火地推门而入，见到屋子里那么多人，赶忙打招呼致意："大家好！"

钱柳生乐意与孙敏调侃："吆，大小姐回来啦。孙敏，不好意思，我们又来打牙祭了。"

孙敏："爸爸说你们要毕业离校了，特地为你们饯行，我哪能不回来凑个热闹，送送行嘛。"

钱柳生看看袁本弥，挤眉弄眼地凑到孙敏耳边说："给我们大家送行？不对吧，恐怕是专门来送我们班长的吧？"

孙敏："去，就你嘴里吐不出象牙来。"她把陈崇瑛推到大家面前介绍说："陈崇瑛，我的闺密，现在也是我的同班同学。我俩从小就是好朋友，上山下乡时，我分到江西，她到了安徽。没想到，现在我们，'胡汉三又回来了'。"

袁本弥打趣道：“呦，在安徽插队的。这么说，我们也算半个老乡了。”

陈崇瑛大大方方地同大家打招呼：“各位老乡好，大家好！”

孙师傅哈哈大笑，开心地回忆说：“三十年河东，三十年河西！当初让伊插队，伊拉娘天天抹眼泪。看看，现在一个个长大成人，大姑娘、大学生了。”

孙敏调皮地说：“农村是一个广阔的天地，在那里是可以大有作为的！”

袁本弥有感而发：“不过，农村确实很苦，最主要的不是贫穷，而是愚昧落后。记得当时上海知青到我们那儿插队，好像播撒了清新的空气，一下子让大城市现代文明的气息弥漫开来，特别让年轻人感到新鲜、振奋和鼓舞，梦想多了起来，观念新了起来，好像与外面的世界不再遥不可及。当然，后来去的一些知青不如前面的‘老三届’们，后来偷鸡摸狗的事情没少发生。”

凌春昌有不同的感慨：“我们是从农村出来了，上了大学，幸运儿，心态自然不一样。可是，还有那么多哥们姐们还在农村，特别是那些没有门路的，看不到尽头啊……”

房间里一阵静寂。

孙敏打破沉寂，晃晃手中的照相机提议说：“好啦，不说那些不愉快的事了。今天聚会，特地从崇瑛家拿来照相机，咱们不如先到虹口公园拍照去。”

气氛一下子被调动起来。在那个物质极其匮乏的年代，照相机是个稀罕物，即便照出来的是黑白照片，但能聚在一起合影留念无疑是一件奢侈惬意的事。建华一下子推开棋盘，高兴地嚷嚷：“拍照好！姐，我也去！”

钱柳生故意逗他玩：“你去干嘛？我们都是大学生。你好好学习，等你考上大学的时候，再带你一起玩。”

袁本弥一把把建华揽到胸前，哄他说：“不听他的，咱提前预支，将来肯定能上大学！”

建华赶忙从姐姐手中夺过相机，话中有话地说：“本弥哥哥同意了！姐，你俩合影，我给拍！”

孙敏娇嗔道：“你会吗？去，跟着爸爸，别捣乱。”

二

铁路京沪线上，特快列车奔驰着，一路高歌猛进。

坐席上，易洪武、袁本弥并肩而坐，交谈甚欢。他们并未注意到，在他们对面坐席上，一位姑娘却不时盯着他们俩，欲言又止。

姑娘叫邱敏琪。她认识袁本弥和易洪武，他们曾是她插队落户时的当地团干部，虽然交往不深，但他们的工作作风和和善可亲的面孔却深深烙在她的心坎上。邱敏琪插队在湖滨大队，隶属袁本弥担任团委书记的那个公社。那一年巢湖发大水，灾情严重，团员青年是抗洪救灾的生力军。

在公社团委办公室里，袁本弥主持召开团干部会议，动员广大团员青年积极投身抗洪救灾。邱敏琪坐在他对面认真听讲记录，同袁本弥有了第一次接触。回忆起来，那次会议的场景依然历历在目。

袁本弥讲话简明扼要："这次洪水来势凶猛，部分湖堤坍塌，淹没了大片稻田。我们要号召和带领广大团员青年勇敢地投入到抗洪救灾第一线。每个团支部至少要抽调 10 人参加公社青年突击队，开赴洪灾最严重的湖滨大队，然后分成两拨，一拨由我带队抢险护堤，一拨由薛副书记带队抢收被洪水淹没的成熟稻谷。湖滨大队新任团支书是谁？"

邱敏琪欠欠身回应："我是。我叫邱敏琪。"

袁本弥："你那里是重灾区，任务非常繁重。除了要动员所有团员青年参战外，你必须指定专人协调与大队党支部和'革委会'的联络沟通，保障公社青年突击队有序抢险救灾。"

邱敏琪："我来开会之前，已经把团委的计划告知大队领导，并得到他们的肯定和支持。至于协调联络工作，我们一直就有这方面的准备，回去后我再作进一步具体布置。"

袁本弥："好！大家如果没有什么其他意见，回去后立刻组织人力直接到湖滨大队报到，我在那里等候大家。"

邱敏琪一边愉快地回忆着往事，一边继续观察着袁本弥对自己的反应。见他和易洪武依旧沉浸在自己的话题中谈笑风生，而对近在咫尺的自己却视同陌路人，邱敏琪内心有些忿忿然。她故意将茶杯盖失落掉地，以吸引袁本弥的注意力。

果然，袁本弥弯腰捡拾茶杯盖递还给邱敏琪，四目相视，他小心翼翼地问："你是邱……"

邱敏琪惊喜道："袁书记！真的是你！我是小邱，邱敏琪，在湖滨大队插队的上海知青。"

袁本弥恍然大悟："怪不得看着眼熟。这一晃三四年了，小丫头变成大姑娘了，乍一看还真不敢认。"

邱敏琪涨红着脸："袁书记，瞧您说的。听说您后来被推荐到上海上大学，怎么，现在您 ...... 是毕业分到北京去？"

袁本弥："是啊，到华讯国际社干记者。对了，给你介绍一下，易洪武，我们一起的，老乡加同学。洪武，她叫邱敏琪，是在我们那儿插队的上海知青。"

易洪武大方地向邱敏琪伸出手："你好，幸会。"

邱敏琪眼前一亮，脸腾的一下红了，一面羞涩地同易洪武握手，一面嗫嚅道："其实我也认识您，还记得地区知青积极分子代表大会吗？你在会上介绍经验，我鼓掌的手都拍红了。"

易洪武："那次也有你？瞧瞧，这世界可真是太小了，哪儿都能碰到熟人。哎，敏琪，你这也是去北京？"

袁本弥也好奇地追问："小邱，我听说你后来也被推荐回上海读大学了，现在上北京干吗？"

邱敏琪："我爸妈调北京了。这不，放暑假了，我去北京探亲。我爸，邱沪。"

听到邱沪的名字，袁本弥和易洪武都吃惊地"啊"了一声。

袁本弥："你爸现在可是大红人，很受重用呦。他文笔真不错，我看过他写的小说和评论文章，都说他是'工人阶级自己的笔杆子'。"

邱敏琪自豪地说："那是。现在，他在北京，管文化宣传的，你们的顶头上司呦。"

易洪武："好啊！敏琪，改天给我们引荐引荐，让我们一睹顶头上司的风采。"

邱敏琪俏皮地用上海话回应："一句闲话。"她一边说，一边掏出笔记本，匆匆写好北京的家庭住址和联系电话，然后交到袁本弥的手上："喏，有时间上我家玩去。"

本来也就是说说而已，袁本弥和易洪武根本没想到真的要和自己的顶头上司发生点啥关系，毕竟那是大官呀。谁知，事情却偏偏那么上赶着，袁本弥还真的有事找上门去。

那是一个星期天，他先是急慌急慌地给邱敏琪家拨了个电话，然后问同事借了辆自行车，骑车直奔邱敏琪的家。

这是一个独门四合院。深巷之中，红漆大门森森显赫，一看就是达官显贵的居所。怕袁本弥不认识路，邱敏琪接完电话便赶忙打开四合院大门，站到街面上等候。她不时地抬手看表，目光紧盯胡同口。

不一会儿，袁本弥蹬着自行车由远而近。看见邱敏琪在等候，忙跳下车，握手寒暄道："深宅大院呀！小邱，让你久等了。"

邱敏琪："怕你不好找，到门口迎迎你。电话里火急火燎的，说有事找我，什么事？"

袁本弥面色潮红，羞怯地说："是这样的，我写了本小说，反映校园生活的。马上要出国了，出版社一个好朋友让我找个名家推荐推荐，争取在我走之前就能出书。你爸爸是文字大家，我想请他找人帮助看看，提提意见，最好能润色润色。”

邱敏琪高兴地说：“好啊。小说？那我得先睹为快，好好拜读一下，学习学习。”

两人正说着话，邱敏琪的妈妈在院内高声招呼：“敏琪，煤气罐没气了，赶紧去换气。”

邱敏琪赶忙朗声答应：“好的，就来，就来。”

袁本弥毛遂自荐：“换煤气呀？正好，我有自行车，帮你去驮煤气罐。”

邱敏琪：“这多不好意思。本来有人给换的，可今天是礼拜天，我爸妈让工勤回家休息了。”

那时节，即便是北京这样的都市，生活燃料还主要以燃煤为主，做成煤球或蜂窝煤饼放进煤炉点火燃烧，只有都市高层和核心区部分居民才能享受烧煤气的待遇。这其中，除少数居民区有便利条件使用管道煤气外，其他多数煤气用户都只能使用罐装煤气。一罐煤气用完了，必须得持“购气证”到附近的煤气站换购新一罐煤气。虽然很烦琐，但人们都不以为累反以为荣。要知道，“购气证”不说是权力和地位的象征，至少也是一证难求。当然，高干家庭用气都是有特权保障的，哪怕是像邱敏琪爸爸这样新近进京入户的，单位的机关事务管理局都会事先把这些生活杂务给办妥了。但不管怎样，罐装煤气一旦用完，必须得到附近气站去以旧换新。

袁本弥一边推着自行车随邱敏琪走进院内，一边询问：“煤气罐在哪，我给你拿出来。”

邱敏琪也不答话，一边领着袁本弥进院，一边朝院内喊：“姆妈，来客人了。”

邱母用上海话问：“啥人？”

邱敏琪：“我插队时的公社团委书记，我跟你说过的。他从上海语言大学毕业，分到北京，在华讯国际社工作。”

袁本弥赶忙打招呼问候：“伯母好！我叫袁本弥，叫我小袁好了。”

邱母热情招呼：“喔，小袁。好，好，屋里坐。”

袁本弥扶着自行车，解释说：“不坐了。不是要换煤气吗，我正好帮帮敏琪。”

邱母瞟一眼袁本弥，满心欢喜地感激道：“瞧瞧，让你赶上了。谢谢侬。”

袁本弥跟随邱母走进厨房间将空的气罐提到院子里，然后从邱母手里接过抓钩，将空的气罐放到自行车一侧。

邱敏琪帮袁本弥稳住自行车，一边从妈妈手里接过“购气证”，一边将袁本弥的小说稿放到妈妈手上交代说：“这是袁书记写的小说稿，让爸爸帮着看看，润润色。”

邱母：“好咯，回头我交给你爸。”

袁本弥道声谢，然后推起自行车向院外走去。邱敏琪紧随左右。

邱母目送俩人离去，脸上露出一丝不易察觉的笑容。

事情本来到此就算翻过一页没事了，不想到邱敏琪家走这一趟，却给袁本弥的前途和命运带来了逆转。这当然是后话，眼目下袁本弥还是满心欢喜地为出国驻外做准备。制装就是一件急茬活儿。

北京前门和崇文门之间有个叫正义路的地方，从那里拐进东交民巷，有一座非常著名的服装店——红都服装店。它是1956年3月从上海迁京的老企业。多年来，“红都”一直致力于将企业深厚、独特的文化底蕴融入品牌，精工细作、高贵典雅、卓而不群，是红都人追求的目标。

“红都”拥有一支以高级服装技师为核心、中青年技师为骨干的专业设计和制作团队，他们以师傅带徒弟的模式薪火相传，将优秀的传统技艺与现代文化、先进技术有机地结合。个性化服务、量体裁衣是“红都”的特色，因而曾是专门给高干及出国公干的人订做“官服”的不二之选。当然，也可谓“垄断企业”，因为独此一家，别无他处。

中国改革开放前，公派出国人员工资低，只能比照国内工资多领一份驻外津贴。不过，根据外交待遇的高低和派驻国气候条件的不同等情况，接到出国工作的通知后，首先都会领到一笔金额不等的制装费，然后再凭单位开具的出国人员证明到“红都”服装店量体裁衣，定制不同季别的服装，如呢大衣、中山装、西装、猎装和风衣等。

那一天，袁本弥满心欢喜地来到“红都”服装店定制出国服装。他正在请裁缝师傅量体裁衣，总服务台一声电话铃响，打碎了他的出国梦。只听值班员接电话后高声喊叫：“袁本弥！华讯国际社的袁本弥！电话有人找！”

袁本弥答应一声，对裁缝师傅丢个眼色，匆匆奔向总服务台。他拿起话筒，不觉惊叫起来：“什么？不出国了？为什么？”

电话那头回应：“这是社领导的意思，你另有重用。服装不要做了，先回单位人事处，找陈渝处长跟你细谈。”

袁本弥说声“好吧”，缓缓放下话筒，一肚子的不痛快。但上面的决定只能服从，他只好小声告诉“红都”值班员：“同志，不好意思，单位让我暂时不出国了，取消制装。对不起，衣服我不做了。”

值班员诧异地看了他一眼，没好气地说：“还好，只是量量身材，还没裁剪。”

袁本弥也不计较，理理衣服满腹狐疑地走出了“红都”服装店。

回到华讯国际社，袁本弥没有先回自己的办公室，而是径直前往社人事处处长办公室。看见陈渝处长，他火急火燎地直奔主题：“为什么不让我出国了？到底怎么回事？”

陈渝不急不忙，抿一口茶，慢条斯理地告诉袁本弥：“情况是这个样子的，根据社核心小组的指示，你暂时不出国了，另有重用。”

袁本弥：“另有重用？让我干什么？”

陈渝答非所问：“小袁，你是不是写了本小说《赞歌》？”

袁本弥激动而惊诧道：“我的小说，你怎么知道？不对，不叫《赞歌》，叫《校园春色 ABC》，写的是大学校园生活。”

陈渝：“这就是了。可能小说名字改了，《赞歌》更贴切目前形势。小袁，我得祝贺你呀！小说《赞歌》受到中央领导的高度重视，今晚总编室汇报会就要传达有关领导的批示，社长还要亲自接见你。”

袁本弥更加惊诧。他内心独白：我只是将草稿交人看看，怎么就到了中央领导那里？难道是邱敏琪爸爸……

陈渝似乎没看到袁本弥的复杂心境，仍按自己的思路往下说：“小袁，社领导授权让我在他们见你之前先找你谈谈，交个底。中央领导高度重视你写的小说，认为《赞歌》是一曲战歌，希望你发扬工农兵学员‘上管改’的革命精神，勇敢投身到批林批孔运动中，率领革命青年改造华讯国际社这个知识分子成堆的上层建筑。根据中央领导的批示精神，社核心小组让你今后列席会议，同时由你负责新成立的社大批判组，指导全社批林批孔运动。”

袁本弥不敢相信自己的耳朵，他情不自禁地脱口而出：“怎么会这样？不，不，我是学外语的，还是让我出国……”

陈渝赶紧打断袁本弥，脸色凝重起来。他转而语重心长地叮嘱袁本弥：“快打消这样的念头！这是组织对你的信任和培养。你是党员，必须服从组织安排！小袁，我跟你讲，你别犯傻，到领导那儿，千万别再重复刚才的话！”

袁本弥还能说啥。他重重地叹口气，表情复杂而惆怅。

见袁本弥没再言语，陈渝赶忙交代他：“这几天哪儿也别去，在办公室等通知，社长得便会随时召见你。”

“好吧。”袁本弥无可奈何地答应一声，脚铅一般沉重地挪出人事处处长办公室。

两天之后，袁本弥终于等到社长办公室秘书的电话，要他立即到副社长傅礼谢的办公室等候召见。撂下电话，袁本弥便携带笔记本往社长楼层赶。在傅礼谢的办公室门口，秘书热情地将袁本弥引进一小会客厅，让他坐在软软和和的真皮沙发座椅上稍候，然后给他奉上一杯清茶。

不一会儿，傅礼谢笑容可掬地走进，没等秘书介绍，他便主动伸出手轻轻地同袁本弥一握，朗声寒暄道："喔，袁本弥同志。对不起，这周我在总编室值班，有一些稿子急着要处理，让你久等了。怎么样，从上海到北京，来社里还习惯吧？"

看到副社长如此和蔼可亲，袁本弥思想轻松多了。他赶忙回应道："习惯，习惯。"

傅礼谢寒暄过后，将话题切入主题："袁本弥同志，本来社长穆硂竺要亲自接见你，因为他要到中央开会，所以委托我同你谈话。最近，中央首长批示，高度评价你写的小说，要求对你进行重点培养。"

袁本弥赶忙谦逊地表示："不好意思，耽误您宝贵时间了。其实，我写小说，本来就是想练练笔，抒发一下对大学校园生活的感受。"

傅礼谢理解般地微微一笑，话中有话地接茬道："小说嘛，还没来得及拜读。不过，上面有批示，你们革命小将嘛，朝气蓬勃，富有活力。社核心小组就上面的批示精神进行了讨论和研究，认为你的革命精神值得学习，希望你继续努力，为华讯国际社的建设和发展贡献青春和活力。"

袁本弥谦恭地在笔记本上记录。

见袁本弥记录，傅礼谢有意放慢语调说："中央首长的批示传达后，有不少同志提出要重用你，让你负责社大批判组工作，列席社核心小组会议。我们想先听听你自己的看法和想法。"

问到自己的想法，袁本弥突然涨红了脸，有点语无伦次地表示："我写小说，真的没想到是现在这个样子。我是学外语的，本来要派我出国，其实我……但是，作为一个党员，我会服从组织安排和革命需要的。"

傅礼谢若有所思，语重心长地发表自己的意见："小袁，作为一个老同志，我想和你交换一些看法。你写出小说，受到上面重视，可见你有一定的文字功底和写作水平，而且出身好，根红苗壮，可以说前途无量。但是，人生的道路总是不会平坦，需要脚踏实地，一步一个脚印往前走才更稳当。不是说吗，好钢需要千锤百炼。我们许多老同志都是兢兢业业，不当官照样革命一辈子。所以，对年轻人，我不主张急功近利，不能坐火箭成长。你有较好的基础，又学的是外语，怎么样，可不可以先在基层干，把基本功打扎实了？"

袁本弥一下子高兴起来："对，对，我就是这么想的。还是让我出国深造好，毕竟在外语环境下对业务提高快。"

"这个，这个，当然 ...... 不过，根据中央领导批示精神，社核心小组早前已决定让你留在国内委以重用，所以你这次的出国名额人事处已经调换给了别人。这么说吧，眼下让你出国肯定不行。但是，这不妨碍你打基本功，怎么样，先从一个普通编辑干起，等有合适机会再出国深造？”

袁本弥若有所失，但很快便爽快地回复道：“行，我听您的。”

“那好，今天我们先聊到这里，总编室那边还有许多稿子等着签发。有什么困难和想法，随时来找我。”傅礼谢一边说，一边伸手同袁本弥重重一握。

望着傅礼谢和蔼可亲的面孔，听着他那语调真诚的谆谆教诲，袁本弥内心深处涌动一股暖流。于是，他饯行承诺，根据人事处的安排，到国际部非洲组做一名普通编辑。

国际部按世界不同地区下设东方组、非洲组、中东组、拉美组、欧美组和苏联东欧组等。每个组（室）一般都分成对内和对外两摊子。

这一天，袁本弥来到非洲组正式报道。利用午休时间，非洲组在“二线”一间大办公室里为袁本弥和另外3名新人举行了隆重的欢迎仪式。“二线”是相对于在“大平面”值班而言，每个组都有数量不等的“二线”办公室，根据人数不等而分配，目的在于让不当班的编辑们有地方学习和调研。

临时召集开会，非洲组“二线”大办公室里满满挤了二三十人，有的正襟危坐，有的两个人挨着挤在一只座椅上，有的屁股落在空闲的办公桌上，还有人干脆站在一旁。

见来得差不多了，组长姚夏拍拍手，大声宣布道：“现在开会。利用午休时间开个短会，欢迎新分来的4位年轻同志：小袁、小肖、小何、小金。他们都是今年毕业的工农兵学员，3个学英语，1个学法语。下面，这样，你们几个自报家门吧。小袁，你先来。”

袁本弥赶忙接茬：“我叫袁本弥，来自上海语言大学，英语专业。”

肖米辉炫耀般地用英语介绍自己：“I’m Xiao Mihui, 21 years old. I’m also graduated from Shanghai Languages University. Comrade Yuan is my schoolmate. Thank you.（我叫肖米辉，21岁，同袁本弥同志一样，也来自上海语言大学。谢谢。”

何柳章：“我来自北京外语学院，也是学英语的，请多关照。”

金敏娴涨红了脸，语速极快地用浙江普通话介绍自己：“金敏娴，云南插队知青，云南大学法语系毕业。”

姚夏：“下面，请支部书记、副组长吉梅殿同志致辞欢迎。”

吉梅殿站起身，笑容可掬地首先自我介绍：“本人吉梅殿，组里的支部书记、副组长。首先我代表全组同志，向4位新同志、新战友表示热烈的欢迎！从现在起，咱们就认识了，一起工作，一起战斗。你们是工农兵学员，革命小将。你们的到来给我们编辑室增添了新鲜血液。这里，我要特别介绍一下袁本弥同志，他写的小说《赞歌》受到中央领导的批示，本来要给他委以重任，但他本人坚持到工作一线实践锻炼。领导经过研究，决定把他分到咱们组，这是我们的荣幸。我希望，你们工农兵学员要继续发扬‘上管改’的革命精神，坚持政治挂帅，刻苦钻研本职业务，虚心向老同志学习，为无产阶级新闻事业努力奋斗！”

肖米辉激动地带头鼓掌，和应却稀稀拉拉。

肖一秋阴阳怪气地同身边的谷婴童发泄心中的不屑：“好啊，好啊，这下好了，工农兵学员根红苗壮，新鲜血液，今后就靠他们挑大梁了，不像我们这些从旧学校毕业的，受17年旧教育制度毒害，只有永远改造的分儿。”

谷婴童为人正直坦率，她看不惯肖一秋的阴阳怪气，没好气地回应道：“你这话我就不爱听，17年怎么啦？我们也是受的共产党教育，沐浴在社会主义制度下，大学毕业后一直在为党的新闻事业兢兢业业工作。”

话不投机，肖一秋不高兴地反驳谷婴童：“别冲我发火啊，批判17年是上面定的调。大家不一直在这么批吗？”

谷婴童不依不饶：“那也不能全盘否定17年。小袁，你说是不是？”

袁本弥不想隐瞒自己的真实思想，他坦率地表示：“这些理论问题，我也说不太清楚。但我个人认为，每个人都是独立的个体，个体之间就有差异，因此处在哪个年代不重要，重要的是看个体表现。也就是说，什么年代都有好人坏人，我是不赞成将个体行为整体化、以年代画线，那不成了‘一朝天子一朝臣’？”

袁本弥的话让大家吃惊不小。虽然他讲话语调平常，但大家依然感受到话中内涵与时代主旋律格格不入，尤其这出自一个被中央高层视为正面典范的工农兵学员之口。

出于对年轻人的保护，姚夏有意岔开话题，平静地宣布：“今天不专门讨论这些深层次理论问题，我们还是言归正传。他们几位新来，老同志们有义务和责任帮助他们尽快熟悉业务，做好传帮带。组里经过研究，对他们几位的具体分工作出如下安排：金敏娴学法语的，到西非片做对内编辑，老王、老孙负责带她熟悉业务；肖米辉和何柳章搞对外，主要任务是中译英，麻烦老赵、老郑带带他们；袁本弥在东南非片从事对内编辑业务，由老虞和老甄传帮带。”

说完分工安排，姚夏故意停顿片刻，看看会场反应。见没有任何异议，他大声宣布：“下面，各片片头把自己的人领回各自办公室。散会！”

一时间，办公室里又乱糟糟一片，离身拖挪座椅声、杂乱脚步声和高嗓会话声在狭窄的楼道空间嗡嗡作响。好在人们习以为常，高分贝噪音只当是耳旁风，大家见怪不怪了。

虞黎将袁本弥领到本片办公室，指着一老式办公桌告诉袁本弥："这就是你的办公桌。一位同志刚出国不久，腾出来给你用。原来他抽屉里的东西可以挪出来放到公用橱柜里保存起来。不过，桌上的打字机现在归你使用。虽然你是中文对内编辑，但以后咱们上班除了将分社发回的英文稿或英文外电编译成中文消息外，也会在对外编辑人手紧张的情况下经常将一些中文来稿编译成英文稿。这对我们个人业务发展也有好处，对内对外'两把刷子'齐头并进，争取成为多面手岂不更好。所以，打字机也是咱们的常规武器。小袁，你会使吗？"

袁本弥："还行，在学校学过。对了，老虞，咱这有字典吗？"

虞黎："汉译英、英译汉，每样各 1 本，回头到林老太那儿去领。"

甄祥松走进。虞黎连忙叫："老甄，刚才组里开会欢迎新同志。这是小袁，组头让咱俩负责带带他。"

甄祥松热情地和袁本弥握手，热烈欢迎道："我刚才到总编室开会去了，没赶上组里的会。你们是新鲜血液，年轻有朝气，给我们组增添了生力军啊。"他又扭过头告诉虞黎："西南非洲人民组织主席努乔马访华，总编室让我们组去两个人同'对外部'的老陈一起去采访他，老陈负责提问和报道，我们跟着去听听，学习学习，没有硬任务。"

虞黎："在哪里？"

甄祥松："明天下午在北京饭店。"

虞黎稍加思索，提出自己的建议："老甄，明天干脆你带上小袁一起去，让他见习见习。"

甄祥松没有异议。他点点头，对袁本弥说："去看看，见识见识。咱们是管非洲的，努乔马可是个人物，将来纳米比亚独立了，说不定他就是正儿巴经的总统呢。"

袁本弥当然乐意前往。努乔马是世界著名的非洲民族主义"独立斗士"，领导纳米比亚人民同南非种族主义的非法占领进行不屈不挠的斗争。能亲眼目睹他的风采，甚至可能亲口同他对话，对亲身体验高端采访和提升自己的外语听说能力，无疑是一种荣幸。更何况，在当时，来去乘坐小汽车，出入北京饭店这样的高级场所，又是何等的荣耀。他由衷地感谢两位前辈对自己的信任和着意栽培，一连迭声地表示："太好了！谢谢，谢谢！"

突然，门口有人在打听袁本弥。听到问讯声，袁本弥马上从室内冲到走廊上，惊喜地招呼："洪武，我在这里。"

易洪武晃晃手中的信，递到袁本弥手中："楼下传达室有你一封信，就顺便带过来了。看信封，上海某位女士来的吆。"

袁本弥接过信，信封上显示：请交华讯国际社（北京），袁本弥同志收。落款为：寄自上海，内详。不过，看到信封上的娟秀字体，袁本弥马上心知肚明。信是孙敏来的。

袁本弥进语言大学时，孙敏还在江西农村插队落户。她住的隔壁是个土中医，俗称“郎中”。她拜老中医为师，竟也慢慢有些入道，很快便理所当然地成了一名“赤脚医生”。兴趣加悟性，使她还真为乡亲们治好了一些常见病，因而一时间竟小有名气，不仅被当地报纸电台采访报道，而且还被“选”为省、地、县学习“毛著”积极分子和上山下乡知识青年优秀代表。两年后的1974年，就在县里批准她入党并准备对她“提干”，让她担任县妇联主任时，孙敏听到上海中医药学院来招生的消息，于是毅然决定放弃提干，要求去上大学。她的理由很充分也很简单：学医，今后以更精湛的医术更好地为贫下中农服务。无论是现实表现还是提出的理由，方方面面的条件她都是当地最好的推荐对象。于是，孙敏如愿以偿，终于被推荐上了大学，成了一名工农兵学员，回到了父母身边。虽然平时都住校学习，但周末和节假日她可以像其他本市同学一样回家。袁本弥经常应邀带着同学们到孙师傅家作客，一来二往也就和孙敏由陌生到熟识。一开始，他们每次见面交谈都很自然大方，差不多的经历和身份使他们有共同语言，讨论问题都很率真。但是，慢慢地他们在一起都感觉到有些不自在，言谈举止要拘谨不少。年龄相仿，都处于青春敏感期，四目相对的一刹那间都感觉耳热心跳，赶忙闪电般地躲开。什么原因？当然跟孙师傅夫妇有关。

话还得从袁本弥对邱婧“单相思”的恋情说起。

原来，袁本弥入学后一直担任班长职务，与党小组长邱婧配合默契，带领全班同学团结奋进，积极向上，不仅专业学习蔚然成风，其他方方面面也在全系乃至全校领先。朝夕相处的学习生活和工作交流，相互关心的同窗情谊和接触，袁本弥处处感受到邱婧的友爱和温暖。不知从哪一天起，他越来越在心里喜欢上了对方。但是，当最终他向她真心表白的时候，却遭到了对方的断然拒绝。而且，很快“恋情”败露，双双受到党内的严重批评。孙师傅知道这一情况后，有意让自己的女儿替代邱婧在袁本弥心目中的地位。他和妻子打心眼儿里喜欢袁本弥。作为过来人，他们都没把袁本弥和邱婧的事看得过重，认为那只不过是男女生青春期的正常萌动。因此，他们总想创造条件让女儿和袁本弥多接触，除了更频繁地邀请袁本弥到家里“作客”，更时不时地买好电影票安排女儿和袁本弥一起看电影。袁本弥当然愿意这种安排，因为通过接触他感觉孙敏善良而热诚，符合自己心中的择偶标准，更何况她是孙师傅的女儿，能真的成一家子多好。然而，令袁本弥不解的是，孙敏态度却一直有些“暧昧”，对他若即若离。直到他提前毕业离开上海，孙敏虽然逢父母之命而将袁本弥送上离去的火车，但始终未流露特别的感情。袁本弥虽有点失望，但毕竟经历了与邱婧的那段“恋情”，结果对自己打击很大，使他没有好心境再去“玩儿命”地去追孙敏。就这样，两个人都未捅破这层窗户纸。

既然窗户纸没有捅开，就索性让它留作心中的永久记忆吧。因此，尽管来到北京后袁本弥不断地给孙师傅写信问候，但他从未给孙敏单独写信，也未接到过对方来信。显然，他们没有缘分。“就只当她是自己的妹妹吧。”他在心里一遍遍地宽慰自己。

现在，突然收到孙敏的来信，着实令袁本弥激动不已。他脸露羞红却春风荡漾地拆开信封，迫不及待地看了起来，一边看一边对易洪武此地无银三百两地解释：“孙敏来的信，我和你说过的，她是咱学校工宣队孙师傅的女儿。”

易洪武故意逗他：“关系不一般吧！”

袁本弥不予正面回应。“走，咱们下楼到院子里一边散步一边聊。”不由分说，他带头下楼，易洪武赶忙尾随其后。

华讯国际社环院石板路上，袁本弥和易洪武散漫地并肩散步。对于老朋友，袁本弥想推心置腹地对易洪武倾诉积压在心头的困惑。孙敏的来信，既令他喜出望外，又让他感觉惆怅和不安，信中寥寥数语的寒暄似乎在告诉他：孙敏只把他视为普通朋友，而且似乎并不情愿给他写信，而是迫于父母的要求不得已而为之。

袁本弥回忆般地告诉易洪武：“当年孙师傅从老家把我招到上海，对我印象不错。我到学校后，他待我像自己的孩子，经常让我带同学们到他家混吃混喝。所以，我跟他家孩子都非常熟。孙敏在信里就是问候一下，问我从南方到北方习惯不习惯。”

易洪武并未理解到袁本弥的内心郁闷，以为袁本弥只是为掩饰羞涩而故意淡化他与孙敏的关系。“别描别描，越描越黑。我看，是人家孙敏看上你了吧，好事啊！”

袁本弥：“可能吧。看上去，她父母好像有那个意思，但她自己到底怎么想就不知道了，我们还没捅破这层窗户纸。”

易洪武：“嗨，这信都来了，不就说明问题吗？本弥，你要把握住机会，多通信联络联络感情。”

袁本弥若有所思地点点头，同时关切地反问易洪武：“哎，你的个人问题怎么样了？有对象吗？”

易洪武：“不瞒你说，我还真有对象。你知道的，我妈妈去世早，我们兄妹3个很小就没了娘，幸亏继母待我们很好，为了照应我们兄妹，她跟我爸爸结婚后没再要自己的孩子。不过，她有一个外甥女，跟她感情非常好，从小每逢寒暑假，都要从上海跑到我家来住一段时间，跟我们兄妹玩得挺投缘。我下乡插队，她非要跟我一起下乡，特地从上海插队落户到我那个知青点。我上大学后的第二年，她也如愿以偿回到上海，被推荐上了大学。我俩可谓青梅竹马，彼此印象都不错，有一定的感情基础。”

袁本弥由衷地感慨：“太好了！洪武，祝福你们！”

易洪武幸福地从口袋皮夹中掏出一张彩照，递给袁本弥。

袁本弥看着照片，惊喜地喊了起来：“陈崇瑛！洪武，你对象就是她？”

易洪武吃惊地反问：“怎么，你们认识？”

袁本弥：“孙敏和她是同班同学，打小就是好朋友。我在孙敏家见过她，比照片上还要漂亮。洪武，太好了！什么叫缘分？这就是！”

易洪武深有同感：“可不是吗。这下好了，我写信给她，让她做做孙敏的工作，给你们俩加加油。吔，本弥，听说不让你出国了，另有重用？”

袁本弥：“什么重用，别听他们瞎吹。瞧，这不，让我到编辑室从基层干起。不过，这是咱社长的意思，我本人也愿意。他们本来是想让我从政，但我要嘴皮子不行，还是干本行好。真的，我还是想出国。学外语的，不到国外外语环境里去操演操演，怎么能提高。对了，你什么时候走？”

易洪武：“下礼拜。这不，特地来和你告别辞行。”

袁本弥：“这么快？可也是，要不怎么让我们提前毕业离校呢！行，下礼拜我到机场送你。”

易洪武：“不用，外事处派人派车送我。我一到那里，就给你写信。咱们通信联络。”

“那好。记着，一定给我写信，介绍点见闻和出国经验，我想我早晚会出去，肯定用得着。”

“那是必须的，相信你很快会有机会。眼下嘛，先干干编辑活儿也好，早点入门。不过，像华讯国际社这样知识分子成堆的地方，人际交往一定要小心。你现在多少也算个名人了，千万不要被人当枪使。”易洪武一边说，一边对老朋友挥挥手，雀跃般地往回转。

袁本弥点点头，目送易洪武渐渐远去。

三

秋，北京的骄傲，珍贵如金，俗称“金秋”。天格外的蔚蓝，树格外的葱郁。

放眼远眺，满目青绿，令人赏心悦目，心旷神怡。

那时的北京，春夏秋冬，四季分明，尤以秋天珍贵，不是因为它的短暂，而是因为秋高气爽。特别是秋日黄昏，空气清新，微风拂煦，绚丽多彩的晚霞铺天盖地，万物披上了迷人的盛装。

十里长安大道上，一辆浅绿色上海牌小轿车由北京饭店停车场驶出，缓缓汇入汽车、自行车和人的海洋。几分钟之后，小轿车拐进一条岔道，很快便驶进华讯国际社大院。

袁本弥和甄祥松分别从车后座两侧拉开门跳下，然后对司机挥挥手表示谢意。司机一踩油门，小轿车一溜烟地跑了。

甄祥松对袁本弥吩咐道：“你是单身，赶快到食堂吃饭。我在车上已打了个腹稿，现在抓紧把采访稿赶出来，你吃完饭过来一起看看，今晚就把稿子发出去。”

袁本弥一愣，反问道：“发稿？今晚就发？干吗那么急？老甄，你还是先吃饭吧。”

“我发完稿回家吃饭。”甄祥松不由分说，抬腿直奔办公大楼。

说心里话，袁本弥打心眼里佩服甄祥松。听同事们夸赞，作为一个老编辑，甄祥松不仅业务熟，经验多，而且工作态度认真，一贯全身心地投入，经常加班加点、废寝忘食。他没正经学过外语，只上过一段外语培训班，英语不会说几句，但一句“today’s work must be done within the day（今日事今日毕）”差不多成了他的口头禅。

袁本弥一边想着心事，一边端着饭碗走进办公室。甄祥松果然是快手，他已结合记者招待会和平时调研积累的资料写成一篇文稿：《为争取国家独立而战——西南非洲人民组织主席努乔马一席谈》。他开着台灯，专注于文字润色和修改，丝毫没觉察到袁本弥的到来，直到小袁把热乎乎的饭菜放到他的桌面上、提醒他趁热吃饭，他才意识到小袁吃完饭了。

“小袁，你把稿子再看看，算我们俩不虚此行。”甄祥松把几页稿纸递给袁本弥，同时感激地接过饭碗，大口地划拉着。

“本来咱是去听听的，没有发稿任务。但，小袁，你要知道，干我们这一行的，就得有这个自觉性，要有写稿冲动。你是专门学外语的，早晚得出国当记者，咱们要有思想准备，工农兵学员不是‘上管改’就完事了，在我们这样一个知识分子成堆的地方，你们仍要占领阵地哟。”

甄祥松三下五除二就吃完了饭，然后掏出一叠饭菜票放到袁本弥面前。电话铃骤然响起来。他抓起话筒，气派地：“喂，你好。哪位？喔，好的，知道了。”

袁本弥看完稿，把稿纸递还给甄祥松，说：“写得挺好，没什么意见，就是……

”

甄祥松不等袁本弥说完，连忙在稿签上署上自己的名字，然后把稿纸对折起来，没好气地告诉袁本弥："又要开会，让咱去听传达，走吧。" 他一边说，一边抓起稿子气呼呼地先走了。

吉梅殿在走廊上大声招呼："刚才党办通知，紧急开会听传达，没下班回家的有几个算几个。走，咱们马上到会议室去！"经过袁本弥办公室，发现屋里还亮着灯，忙招呼一声："小袁，开会，知道吗？"

袁本弥一边关最后一扇窗，一边摇摇头表示不知道。"干吗？"

"小袁，我可先给你透个底，咱们社文化大革命阻力大着呢！你没觉得吗，现在反击右倾翻案风运动搞得多冷清。'老家伙'们有后台，连主管咱们的中央领导同志也奈何不了。不过，我听说上面正在组织反击呢。咱们要多长个心眼……"吉梅殿神秘兮兮。

关完窗户，袁本弥拍拍手上的灰尘，抄起一个笔记本，正要走人，电话铃声却突然再次响起，他只好对老吉苦笑笑，示意对方先走，自己则抓起话筒接听电话。

电话是凌春昌打来的，约他明天到他那里玩。袁本弥提前毕业到华讯国际社报道不久，上海语言大学首届工农兵学员毕业生也在举行完毕业典礼后相继离校，走上各自的工作岗位。凌春昌按计划分到中央广播事业局的电视台工作，地点离华讯国际社很近。因此，两个人有事没事经常来往。更何况，除凌春昌外，广播局还有其他好几个同学。

机关里的单身汉没结婚之前都这样，想来就来，说走就走。赶上吃饭时间，"主人"多找一份碗筷，然后直奔食堂买饭就餐。有人把这段时光称为人生"黄金阶段"，既没有学业的压力和负担，又没有日后家庭的制约和烦恼，而且经济上也不像穷学生那样寒酸。

"好咧！"同学聚会，袁本弥满口应承。他放下话筒，心情大好，怡然自得地朝会场走去。

电视台的集体宿舍是筒子楼。凌春昌住的宿舍虽然安排着三个床铺，但那两位同事都在本市有家，基本不住，只有偶尔上夜班才来歇个脚。这就为同学们聚会串门提供了"基地"。只要在电话里一声招呼，大家都喜欢到这里来凑热闹。

筒子楼过道暗无天日。袁本弥从外面亮处刚走近楼道，眼前便猛一下漆黑一团。他停住脚，稳稳神，眼睛才慢慢适应了楼道的昏暗。已经熟门熟路，他不用看门牌号便直奔凌春昌的宿舍。房间里已经拉亮了电灯。袁本弥兴冲冲地一步跨进门，正要招呼一声，却惊讶地发现邱婧坐在靠窗的书桌旁边。

"Monitor（班长）！"邱婧也是一脸的惊讶。她没想到会在这里碰到袁本弥，毕业分到北京后，他们还是第一次见面。

袁本弥很快控制住自己的情绪，不冷不热地问邱婧："小凌呢？他怎么不在？"

"我哪晓得？我来找他有点事，门大开着，就进来了。可能他上水房去了。"邱婧口气里透着怨幽，一边平静地解释，一边低垂着眼皮问袁本弥："班长，你还好吗？"

袁本弥仍然一脸严肃，硬邦邦地蹦出两个字："挺好！"

一阵静默，两个人都尴尬地呆在原地。邱婧低垂着眼皮，绞着手指头玩；袁本弥则昂着头，盯着天花板发愣。偶尔一下，两个人同时地偷瞟对方一眼，目光相碰，虽然像触电似地慌忙躲开，但已经在他们心中搅起了波澜。他们不得不回到过去那痛苦而充满怨幽的记忆。

袁本弥和邱婧曾经一个是班长，一个是党小组长。作为班上的领头人，他们配合默契，相得益彰，把全班学习和各方面工作抓得有声有色，18个人互相帮助，共同进步，团结得像一个人似的。当时，工农兵学员不少人来自农村和边远地区，从没接触过外语，加上文化基础薄和乡音干扰，许多人学习十分吃力困难。在学校领导的号召和授课老师的指导下，各班纷纷建起外语学习互助小组，"一帮一"结对子，口号是"不让一个阶级兄弟掉队"。

袁本弥是学习比较困难的学生之一，平时又参加较多的社会活动。老师表示要重点帮助他，特地安排邱婧和他结成帮学对子。邱婧是上海本地人，本来就有一定的外语基础，加上兴趣浓厚、善于学习，因而成绩在全校拔尖。她十分赞同老师的安排，把帮助班长看作是一项政治任务，特别上心卖力。课间课余，有事没事，每天都花较多时间和袁本弥在一起纠正发音，对话操练，使袁本弥的学习不断进步，令他十分感激。

袁本弥来自农村，家境贫寒。邱婧来自本市工厂，带工资上学，周日和节假日又可以回家吃住，节省下来的饭菜票便送给班上同学，其中大部分都给了袁本弥。她活泼大方，与其他同学在一起打打闹闹毫无顾忌，但在袁本弥面前却显得小鸟依人般地温情，女性柔肠的特点显露得格外明显。

天长日久，本来就处在青春躁动年华的袁本弥便本能地感觉到一种难以名状的激情。他越来越喜欢和邱婧在一起，越来越注意观察邱婧的一举手一投足。一段时间里，他吃不好，睡不香，既偷偷地爱恋着，又担忧邱婧被他人抢走。凭他的敏感观察，他发现班上已经有好几个男生在向邱婧发起进攻。他们追着邀请邱婧进行外语会话、谈心，邀她打羽毛球、乒乓球，喜欢在她面前卖弄神侃。

"哼！醉翁之意不在酒。"袁本弥在心里嫉妒着，他意识到主动进攻的紧迫感。但是，学校有纪律规定，大学学习期间不许谈恋爱，违者将受到处分。在那样的年代，谈情说爱不是什么个人权利和隐私，而是带有浓厚政治色彩的资产阶级或小资产阶级情调，经常玷污着他或她的政治面目、操行和人格，进而影响到他或她的前程甚至整个人生。

但是，爱情又似乎是盲目而胆大妄为、无所顾忌的。更何况，袁本弥对自己的观察力充满信心，他认定邱婧也对自己有好感，只要自己主动进攻，她会接受自己这颗真挚爱心的。他想，只要男女双方两情相悦，真心相爱，纪律和约束能奈何得了？问题的关键是，要让邱婧知道自己在爱她，她应该珍视这份情这份爱。袁本弥觉得，他不能再折磨自己的感情了，作为男子汉，他必须采取主动。

那是一个动人心魄的夜晚，永远铭刻在袁本弥的心上。

那时侯实行开门办学，每学期都要找个外事单位去实习，练练外语听说能力，或下厂下乡去劳动锻炼，接受工人阶级和贫下中农的再教育。

这一次，袁本弥他们班被分派到浦江大厦“开门办学”。浦江大厦涉外，虽然当时到中国的外国人还不多，但因涉外宾馆饭店有限，所以浦江大厦还是常有外国人入住，这对学外语的来说毕竟是一个练习听说能力的难得场所。

不过，大厦方面可不管你能不能见到外国人，能不能和“洋鬼子”对话练外语，他们高兴的是来了一批“干活儿的”。袁本弥他们一到大厦，便被划整为零，分散到大厦的每一道工序，包括清扫队、餐厅、电话间、小卖部和各楼层的值班岗。而且，作息时间也各不一样，上午班、下午班、白班、夜班，都有，轮着倒。因此，为了保障大家的安全，特别是女同学们的安全，学校和大厦方面谈好，下午班和夜班的同学必须在夜间12点之前下班，然后结伴回校。

那天晚上12点不到，在三楼值班的袁本弥匆匆和带班师傅打声招呼便直奔底楼门厅，他要等周雅文下班一起回校。根据当天的排班表，今天就他和周雅文两个人值夜班。周雅文是女生，在班上年龄最小，胆子也最小，老师要袁本弥下夜班时一定叫上她一起回校。在楼下等了几分钟，袁本弥还不见周雅文出现，正要给她值班的小卖部打电话，突然电梯门开了，邱婧从里面走了出来。

袁本弥眼睛一亮，连忙迎向前惊讶地问：“怎么是你？周雅文呢？”

“小周有点不舒服，我今天临时代她来顶班。”邱婧显然刚刚洗浴过，头发黑黑亮亮地披散在她的肩头。大厦有浴缸洗浴，设施高级，比学校的集体浴室既干净又方便。女同学们充分利用这一便利，下班之前都喜欢顺便冲个澡。

一股女人特有的幽香轻轻飘进袁本弥的鼻翼，沁入他的心脾。他陶醉了。

“还有别人吗？没有咱们走吧。”邱婧不好意思地避开袁本弥的火热眼神，轻轻地提醒着。说完，她带头向外走去。

袁本弥略一愣怔，旋即醒过神来，赶忙追着邱婧的脚步跟了出去。

室外，暮色苍茫，只有昏黄的路灯点点滴滴地把微弱的光亮投洒到马路旁边的人行道上。邱婧在前，袁本弥在后，两个人默默无言地相随前行。习习凉风一阵阵地迎面吹过，把邱婧的发香接二连三地送到身后。袁本弥热血沸腾，心跳加快，不能自已。他突然跨前一大步，赶上邱婧的肩侧，声音颤抖地叫了一声："邱婧……"

邱婧似乎毫未察觉袁本弥欲言又止的复杂心态。她一边继续挪动向前，一边平静地问："有事？"

袁本弥被邱婧的平静所震慑，一下子从梦幻中回到冷静的现实。他稍稍平定一下自己的心绪，然后言不由衷地征询道："这次实习常强生表现不错，是否该考虑一下他的发展问题了？"

"我也这么想。不过，这事得先征求一下支部书记程老师的意见。我们党小组可以先开会讨论一次，大家意见统一了再和程老师说。你看是不是这样好。"

谈起工作来，两个人都没了拘谨。从组织发展到每个同学的表现和思想动态，以及下一步工作安排，他们热烈地交换着意见，谈得十分投机。不知不觉，他们已走到离校园不远的一条过街弄堂。突然，一只黑猫猛的一下蹿过邱婧的脚面，令她猝不及防，被吓得尖叫一声，下意识地扑进袁本弥的怀抱。袁本弥本能地抱紧了她，激动重又弥漫了他的全身。他一边使劲地吸着邱婧身上散发出的香气，一边喃喃地在她耳旁絮语："别怕，有我。我会保护你，永远保护你。邱婧，你真美……"

一阵幸福掠过邱婧的心头。她闭着眼睛，任凭他的轻抚和絮叨。袁本弥更加抱紧了她。他不再说话，而是不住地在她面庞和脖领间轻吻着。然而，这只是短促的浪漫。猛然，邱婧似乎意识到什么，一下子粗暴地从袁本弥的怀抱中挣脱出来，满脸羞惭地跑了。袁本弥莫名其妙，愣愣地呆立着。

"邱婧，我爱你！我是真心的！"他在心里喊着。但一切于事无补，邱婧此后再也不与他单独相处了。袁本弥不断地给她写信，向她解释，表达自己的真情实感。邱婧既不回信也不见他。直到有一个周末，袁本弥找到她的家中，她才告诉他："如果你再继续骚扰下去，我就报告组织上！"

袁本弥没有听从劝告，他执意追求爱情。"窗户纸"既然捅开了，为了爱，他什么都不在乎。他相信自己的直觉，认为邱婧也爱他。可是，她为什么要拒绝？是害怕闲言碎语和纪律处分？他不知道也不想知道。然而他万万没想到，邱婧终于把他给"卖"了。党支部书记程老师把袁本弥叫到办公室，通知他改任 9 班班长，与原 9 班班长对调，同时邱婧也调任 6 班党小组长。考虑到袁本弥的身份和一贯表现，程老师表示不追究他的"违纪"行为，但希望他认真吸取教训，把精力用到学习和工作上，不辜负党和人民的期望。

此后，袁本弥再也没单独见过邱婧。早就听说她也毕业分配到了北京，也在中央广播事业局下属的广播电台做英语口播，但一直未曾碰面，没想到此时却在凌春昌的宿舍里见了面。想起过去的事，袁本弥并不记恨邱婧，但男子汉的自尊使他对她耿耿于怀。那一年，自己和邱婧虽然都是随全系“十大军区司令对调”时一起宣布调离的，但他对邱婧的“恋情”还是很快在全系传开了，从而给袁本弥造成极大的思想负担和压力。毕竟那不是个谈情说爱的年代，毕竟那是袁本弥自作多情、强人所难。当然他也知道，邱婧本人也因此而蒙受不少羞辱。不明就里的人在她背后指指戳戳，说不是她“卖弄风骚”，袁本弥岂能一只巴掌拍得响。好在她和袁本弥一样“洒脱”，他们不再提这件事，也从不为自己辩解和相互攻击。嘴长在别人身上，人家爱怎么说随便吧。正因为如此，袁本弥更看重邱婧的品行，不但不记恨她，反而不时在心里反省自己，为自己给对方造成的伤害而歉疚。

袁本弥漫无边际地回忆着。邱婧则心不在焉地翻着凌春昌桌面上的一本过期画报。她不时地拆开辫梢，把扎辫子的橡皮筋咬到嘴里，然后重新编织。这是不少女孩们闲来无聊打发时光而惯做的小动作。邱婧在大学学习期间就喜欢这样，听会、政治学习、看书读报，甚至乘坐汽车，她都喜欢这样。即便一边与人聊天，一边也不误摆弄自己的发辫。不过此时此刻，看似漫不经心的表象遮掩不住她内心深处的波澜。她满脸涨红，胸脯一起一伏，好几次欲言又止。对袁本弥，她既感激又愧疚。作为一个女孩，她当然明白他对她的一片真情，也知道这种真情的宝贵。因此，她打心眼儿里感激他。但她不能接受他的爱，因为她心中早已装着对另一个人的爱，只不过那个人的行为举止忒像袁本弥，否则那天晚上她就不会躲进袁本弥的怀抱，进而引发后来的一连串“故事”。令她愧疚不安的是，她后来只想尽快摆脱感情纠缠，才把事情告诉了支部书记程老师，但没想到自己在拒绝袁本弥的同时却也把他给“卖”了。

“这不是我的本意！”邱婧在心里喊着。面对袁本弥的冷竣傲慢，她被激怒了。她要表白，要把事情摆摆平。她冷笑一声，口气刻薄地讥讽道：“都说男子汉有气概，想不到有的人却小肚鸡肠。”

袁本弥吃了一惊，他没想到邱婧会以这种口气说话。在他的印象中，邱婧说话总是那么温文尔雅、一团和气。吃惊归吃惊，但他仍不言语，装出一副事不关己的样子，依然昂头仰视天花板。

邱婧瞥了他一眼，委屈的心灵更加被激怒了。她噌的一下站起身，用手点着袁本弥吼道：“袁本弥，你做什么样子给人看！我不欠你什么。当时你不逼我，我会告诉程老师吗？我有我的自由，凭什么不答应你就老缠着。你说你委屈，我呢？一个女孩子，背后被人说三道四、指指戳戳，我才冤大头咧！这么长时间，我牙齿打掉了咽到肚子里，自认倒霉。可你倒好，不仅听不到半个字的道歉，反而作脸给人看。你算什么男子汉？典型的乡巴佬！”

邱婧话越说越急，满肚子的怨尤像顶上膛的子弹，一扣扳机，立即弹射出枪口。她不顾一切地发泄，淋漓尽致地倾诉。

袁本弥先是震惊，继而愧疚。他想张口解释几句，但邱婧的“连珠炮”却容不得他分辨。本来，他要为自己的行为向邱婧表示道歉，但听到她后面的一句话，他的怒火猛的一下被点燃了，话到嘴边立刻变了味。他阴阳怪气、慢条斯理地反击道：“好，说到点子上了。我是个乡巴佬，所以才般配不上人家千金小姐！所以人家才看不上！所以才被人家打了小报告！所以才落得个自作多情的下场！所以活该倒霉！乡巴佬？你终于说出来了。这就是问题所在！就因为这个？你干吗不早说？早说，我决不作贱求人，更用不着被人告发！”

这回，轮到邱婧被震慑了。话一出口，她就感到懊悔，但没想到“乡巴佬”三个字是如此地激怒了对方。她连忙变换口气道歉：“对不起，我不是那个意思……”

袁本弥鼻翼里哼了一声，轻蔑地说：“本来以为是多么地高尚，现在看来也不过是两个字——俗气！”他正眼不瞧邱婧一下，昂着头，抬腿向外走了出去。

邱婧情绪陡变。她脸色铁青，浑身发抖，泪花在眼眶中直打转。

四

蔚蓝的天空，一架民航客机穿云破雾，横刺苍穹。

班机客舱内，易洪武靠窗倚坐，目不转睛地盯着窗外看。第一次坐飞机，令他兴奋异常，他要把窗外的云海看个够。

邻座顾强威也深深地被窗外的云景所吸引，一边不自在地伸着脑袋向外张望，一边央求易洪武：“小易，咱俩换换，也让我看看。”

易洪武：“不急不急，待会儿。”

顾强威：“你坐窗口时间那么长，累了，该换换息息眼睛了。”

易洪武脸上挂着笑，嘴上却斩钉截铁：“凭什么？我是窗口票。”

顾强威一看央求不行，便发横道：“好你个易洪武，一点交情都不讲，还说是好朋友呢。怎么样，你让我坐窗口看看，到了伦敦，我照应你。要知道，我可是社长办公室主任，伦敦分社那帮哥儿们我都认识，特别是报房那几个，更是老熟人了。”

易洪武不买他那一套：“你越这样说，我越不让你。现在，你不是什么社长

办公室主任了，就是个留学生。论起来，我还是开罗分社正式员工呢，享受外交‘随员’待遇。怎么样，外交官！看你还牛！“

顾强威赶忙软口：“好，好，外交官先生，你牛，你牛，换换座，我甘拜下风还不行。”

易洪武一边起身换座，一边嘴不饶人地说：“这还差不多。不过，你可别食言，到伦敦分社可要让你那帮哥儿们对我特别关照关照。我转机到开罗，英语不行，还真有点犯怵。”

顾强威换好座，满心欢喜。一边目不转睛地盯着窗外看，一边嘴里敷衍：“好说，好说，没得问题。你们上海人讲的，一句闲话。”

易洪武：“嘁，什么‘你们上海人’？在上海念过书的就都是上海人啊？”

顾强威的意愿得到满足，自然也兑现诺言。华讯国际社伦敦分社是个大分社，为方便经伦敦转机驻外的本社记者，分社专门设有内部招待所。易洪武要转机去开罗，自然要住招待所歇脚等候。顾强威确实有自己的人脉关系，在他的关照下，易洪武获得许多便利，最后按时顺利登机，飞赴开罗。

他一上飞机，伦敦分社便将相关信息电报发送到开罗分社，告知对方按时接机。因此，飞机刚刚抵达开罗上空，两辆挂着 CD 外交牌照的轿车已风驰电掣般驶近开罗机场的候机楼。

候机楼门前，汽车稳稳停靠在一侧。华讯国际社开罗分社首席记者明新竹、翻译方恩旺、司机小王和中国驻埃及大使馆办公室主任胡星海、随员小任一行 5 人分别从两辆车上走下。

明新竹不管不顾，径自带头向接机大厅深处走去。胡星海一边紧随其后，一边吩咐一声：“小任，你带小方走外交通道，进去帮着办办手续，我们在大厅里等候。”

小任、方恩旺答应一声，前后脚跟着走。小任一边走一边掏出一块牌牌递给方恩旺：“给，外交通行证，戴上，万一有人不让你进。”

方恩旺开玩笑地回应：“有你在，怕什么？怎么，你的面孔不好使？你不是说你进开罗机场如入无人之境，机场戴大盖帽的都是你的好朋友，想到哪就能去哪？”

小任：“嘁，我不是说万一吗？你别说，我不是吹，他们看见我都叫我 China，从来不拦我。这些贫弱国家，长期受殖民大国的气，知道咱中国是他们的真朋友，因此对我们很友好。”

方恩旺依然耍贫道：“那这样，先让我过去跟他们打声招呼试试，也许我这个新闻记者也好使。”他来到机场海关，冲值班警官莞尔一笑，大大方方地用流利的阿拉伯语问候："萨拉玛雷巩（你好）！"

警官回应："阿雷巩萨拉姆（你好）！"

方恩旺："我是中国使馆的，来接一个同事，他新到，不熟悉，我可以进去帮他办办入境手续吗？"

警官："中国使馆，好的，没问题。吔，任先生，你也来啦，请进，咱们是老朋友了！"

小任和方恩旺正要过关向深处走去，却见一名中国人面孔的青年与一名阿拉伯女士推着行李车由内步出。对方看见小任和方恩旺，疑疑惑惑地用中文问："...... 中国人？"

方恩旺："是。你是……？"

年轻人喜出望外，高兴地自报家门："太好了，终于见到同胞了！我是中国记者，来开罗常驻。"

方恩旺惊喜地喊了起来："小易！你是易洪武？"

易洪武同样惊喜地："是我。你是——喔，知道了，你是分社的小方，来接我的？"

两双手紧紧地握在一起。方恩旺一边接过行李车，一边高兴地向易洪武介绍："这位是使馆办公室的小任，我们刚刚还担心你'新来乍到，摸不到锅灶'呢，正打算进去帮你办手续，没想到你都出来了。"

易洪武同小任热情握手："谢谢，谢谢。"

方恩旺兴奋地告诉易洪武："终于把你盼来了。我超期服役，家里有困难，急着要回国，所以老催你来换我，不好意思。"

易洪武："听说分社一共 3 个人？"

方恩旺："是，不算你，3 个人：我，明首席，还有个司机小王。现在驻外分社许多社长和首席记者都是从全国各地调干出国的老同志，不懂外语，不会开车，因此需要'拐棍'，我和小王就是老明的'拐棍'，我给他当助手兼翻译，小王负责开车和杂务。以后，你就顶我的空。"

小任打断他们："你们别在这儿聊了，明社长还在大厅里等着呢。哎，小易，旁边这位女士是谁？"

易洪武赶忙介绍："对了，忘了给你们介绍。这位是萨哈女士，埃及《金字塔报》记者，我们在飞机上认识的，座位正好挨在一起。我这么快出关，多亏她熟门熟路。"

小任和方恩旺连忙致谢问候："休库拉（谢谢）！萨拉玛雷巩（你好）！"

萨哈回应："阿雷巩萨拉姆（你好）！洪武先生，既然你的朋友来了，我就先行了，家人可能还在门口等我呢。麻阿色兰麦（再见）！”

易洪武：“麻阿色兰麦（再见）！”

目送萨哈女士离去，方恩旺招呼一声：“咱们也走”。他一边说，一边推着行李车领头朝前走。易洪武和小任一左一右伴随。

折进接机大厅，方恩旺将行李交给小任，自己快步走近明新竹，招呼道：“老明，人到了。”

易洪武趋前一步，同明新竹握手：“老明，多谢！让您亲自来接，不好意思。”

明新竹冷静地：“欢迎你！一路还顺利？”

易洪武：“挺顺利。伦敦转机，有伦敦分社他们照应，使馆也挺帮忙，派人特地把我送进海关上了飞机。”

方恩旺：“小易，来，这两位也认识一下：使馆办公室主任老胡，分社司机小王。”

王义斌：“欢迎。叫我小王就行。”

胡星海：“幸会。以后咱们会常打交道。分社驻地与使馆相距很近，每天吃饭都在一起。”

易洪武一边和老胡、小王握手，一边寒暄：“谢谢！谢谢！辛苦大家了。”

方恩旺怯怯地问明新竹：“老明，小易是跟我们一起参加记者招待会，还是搭小任他们的车回使馆？”

小任：“信使队的飞机应该还有半个多小时到，得等一会儿，但肯定比记者招待会要早回使馆。让小易跟我们走，回使馆先吃个饭，然后在招待所房间里冲个澡睡一觉。”

明新竹不同意，满脸肃然正气：“不行！小易跟我的车走！接信使的车不能随便坐人，这是外事纪律！小王，拉上小易的行李，咱们走！”

方恩旺对老胡和小任挤个眉眼，回应道：“那好，我们先行一步。”

胡星海无声地朝易洪武挥挥手，目送一行人渐行渐远。

明新竹此行是去中东记者俱乐部参加记者招待会。很快，他们就来到目的地，小王将车稳稳停到记者俱乐部门口，明新竹和方恩旺、易洪武各自打开车门下车。见他们都下了车，小王朝大家挥挥手，然后一踩油门，熟门熟路地驱车前往停车场等候。

同其他场合一样，明新竹依然自管自地向前迈步。不过，就在他快要跨进俱乐部门庭的一霎那，他似乎像想起什么，停下脚步转身招呼道：“那个，小易，你跟着小方，一起进来听听。”

易洪武答应一声，跟着方恩旺紧随明新竹走进俱乐部大厅。

大厅里，已经有一二十人到场。少数人自顾自地或沉思默想，或提笔在采访本上准备提问提纲，或左顾右盼寻觅老友，大多数人则懒散地同邻座小声聊天。

明新竹找好位置正襟危坐。方恩旺等他坐下来，才拉着易洪武在明新竹的后排落座。

易洪武问方恩旺："今天记者招待会谁主讲，谈什么主题？"

方恩旺："听说是巴勒斯坦解放组织一位领导人到了开罗，估计是他谈巴以问题。到时候你帮我一起仔细听听，看看到底说了啥。"

易洪武："咱们是不是要准备点问题，他肯定要答记者问的。"

方恩旺压低声音："别，总社和使馆没让问，咱就不问，只来听听，表示有我们中国记者的存在就好。再说，咱要提问，还得请示，没总社的允许，一般是不可以随便提问的。"

易洪武："这不是瞎扯吗？这种临时召集的记者招待会，怎么请示？等请示批准了，黄花菜都凉了。"

方恩旺："所以说，一般就不提问了。再说，要提问也应该是社长或首席记者提问，但他们许多人不会外文，难不成让他们用中文提问，再给他翻成外文？那不贻笑大方。"

易洪武难以理解地摇摇头。想不通，他再次发问："那，咱平时怎么报道？依据什么写稿发稿？"

方恩旺："主要依据当地中东社的阿文电讯稿和两大阿文日报。每天我要把可报道的电讯稿或报纸上的重要消息，先译成中文大意，让首席审定把关，然后我再将审定的消息编译成阿文发回总社。总社编辑部再根据这些阿文稿件编译成英文和中文消息。"

"这不是'脱裤子放屁—— 多此一举'吗？新闻新闻，这还叫新闻吗？难怪都说我们的消息太没有时效，更不要说稿件质量吸引人了。"易洪武越发接受不了。他还要再问，方恩旺却对他眨眨眼睛，悄悄地指指明新竹。

明新竹仍然正襟危坐，目视前方。易洪武明白了，方恩旺害怕明新竹。没出国之前就有人告诉他，明新竹是个不好打交道的上司。他经历过解放战争和抗美援朝战争，是华讯国际社为数不多的"战地记者"，笔下功夫不错。他心地不坏，但不苟言笑，城府较深，有自己的独到见解，1957 年反右时差点被打成右派。

易洪武正在心里盘算着今后如何同明新竹相处，记者招待会就开始了。在记者俱乐部主任的开场白引荐下，巴勒斯坦解放组织领导人开始讲话。

易洪武在采访本上飞快记录。

方恩旺吃惊地看着易洪武，在心里感叹道："这家伙，记得那么快，可能真有‘两把刷子’！”

易洪武丝毫没有察觉方恩旺的脸部表情。他认真聆听，仔细记录，对每个人的发言都很上心。要不是刚才方恩旺打过招呼，他说不定还要举手提问一下。然而，拿眼斜描一下一直正襟危坐的明新竹，他还是忍住了冲动。“算了，以后和他沟通后再找机会行动。”易洪武在心里暗下决心：再也不能这样参加记者招待会了！

终于，记者招待会宣告结束，明新竹一行打道回府。

尼罗河畔，绿色植物掩映着一座别墅小院。小院门口墙壁上镶嵌着一块铜牌，上书“中国华讯国际社开罗分社”，中英文对照，黑体楷字，格外醒目。走进小院，一栋三层别墅小楼映入眼帘。小楼一侧水泥地上搭着简易车库和堆放杂物的临时库房。

小王将汽车开进分社小院。明新竹下车吩咐：“小方，你帮小易把行李搬上楼。”说完，径自上楼。小王小声和方恩旺嘀咕：“好兆头，看来对小易印象不错。”

方恩旺亦有同感，他告诉易洪武：“能这么吩咐一声，破例呀。一般人来他都不会到机场去接，因为级别不对等。”

“可能是巧合，也不一定。”易洪武认为。

小王帮助方恩旺将易洪武的行李搬下车，然后上车将车停进车库。方恩旺则领着易洪武拖着大包小裹登上三楼宿舍。宿舍过道上，方恩旺顺便向易洪武介绍：这是三层小楼。我们现在在最上面一层，三间房，我住一大间，我走了你可以搬进来。另外两间小点，平时当客房，现在供你暂时周转一下。二楼是老明住，大间办公，另两间为套间，是他的宿舍，可以私密会客。底层也是三间：小王住左边一间，中间是会客室，右边一间是报房。

他们先把行李放进房间，易洪武不等休息片刻，便让方恩旺带他到楼下报房看看。走进报房，机器哒哒声不绝于耳。方恩旺不得不提高声调介绍：这台机器抄收中东社的稿子，那台机器是钻孔发稿机。对了，旁边还有一台机器接收我们华讯国际社从北京发的所有英文稿。小王兼任出稿员，每天从中挑选一批稿件开车送给中东社，供他们的国际编辑选用。

易洪武：“这钻孔机我出国时简单学了下，小方，赶明儿你得再好好教教我。”

方恩旺：“没问题。凭你的聪明劲，一学就会。没看今天在记者招待会上，你的阿文水平肯定不错，听得那么清楚，记录那么快。”

易洪武：“可是，我就纳闷，老明只带两只耳朵听，听也听不懂，提问也不让提问，你说咱们去记者招待会干吗？”

方恩旺：“是啊，我也不知道。反正现实情况就是这样，也不是我们开罗分社一家，其他分社也有不少这种情况。吔，你还别说，别看老明外文不行，可是我每天提供给他的消息素材，他基本都能把握住重点，修改把关到点子上。还有，他每个月都能写出好几篇中文综述、新闻分析和通讯类稿件，特别是他写的内参稿，入木三分，切中要害，大使和使馆研究室都很佩服他。要知道，老明他们都是老资格，原来都是地方上的笔杆子，不是省地市宣传部门的主管就是当团委书记之类，大多数都是13、14级高干，有的甚至是12级、11级。毛主席号召要把地球管起来，这才把他们调干到北京来，本来想给他们培训学点外语，但他们年龄毕竟大了，学外语有点牵强，只好给他们配翻译和司机，让他们‘拄拐棍’出国担当重任。”

易洪武：“‘拄拐棍’，你这个比喻形象。对老明，我也在琢磨，严肃认真，不苟言笑，循规蹈矩，非常适应国内的政治形势，可能是他们这一辈人把咱中国的政治和国情琢磨透了。不过，从新闻事业发展的角度来看，我还是觉得，这样的局面必须要打破，新闻也是有自身特点和规律的。”

电话铃声响起。方恩旺拿起话筒：“喂，哪位？”

明新竹对着话筒慢条斯理：“小方吗，今天信使到，咱们到使馆吃完晚饭后，你和小易就留在那儿等文件，我让小王送我回分社，抓紧给总社写工作汇报和内参，赶信使。告诉他们，没事别来烦我。”

方恩旺：“好的，知道了，有事再打电话给您。”

易洪武：“谁的电话，老明？”

方恩旺：“不是他还有谁，告诉我们晚上在使馆等信使，他要回来赶写内参稿。信使一个月来一次，后天一早就回北京，公函、稿件和私信这次要是赶不上托信使带走，就得等下个月再说了。”

易洪武：“没别的办法？”

方恩旺：“有啊，走国际邮局，但那个，一个是慢，一个是没那么多邮费。虽然我们现在是双份工资，国内拿一份，国外拿同样一份，可我们才多少一点工资啊？哪有钱干别的？”

易洪武：“知足吧，比比国内的人，我们阔绰多了。吃在使馆不要钱，住楼房不花自己的钱，房间里还带厕所和浴缸，有收音机，有电话，虽然是分机，打不了长途。”

方恩旺：“那是，那是。我也就是顺口这么一说，能出国，多高的荣誉啊！多少钱也买不来。行，你也回去收拾收拾，休息一下，晚上一起去使馆吃晚饭，还要等信使呢。”

“好咧。”易洪武答应一声，赶紧向楼上冲去。他要抓紧时间给陈崇瑛和家人写几封信，不误了托信使带回国内。

分社离使馆不远。晚饭时分，方恩旺带着易洪武准时来到使馆食堂就餐。

那时候，中国对外基本处于闭关锁国的封闭状态，出国人员较少，公派常驻人员基本来自为数不多的几家涉外部门和单位，因此纪律严明，一切必须环绕在使馆的卵翼之下，连吃住都尽可能地安排在使馆大院之内。尽管华讯国际社开罗分社因工作需要自立门户，但地点仍然紧挨使馆，来往频繁，相互求索和关照，如同一家人。分社和使馆人员还在一口大锅里吃饭，省却分社诸多麻烦和不便。

说到使馆就餐，那也是那时中国驻外文化很有趣的一个方面。在使馆食堂就餐也是很有讲究的。通常大使夫妇、参赞夫妇都有各自相对封闭的餐桌，其他人基本都是按单位分桌，但每个人都有自己的座位和专用餐具，用餐后将碗筷盘碟洗净放进自己的卫生布套里，再摆放到自己的餐桌座位上。有的使馆配置有碗橱，给每个人一个独立的碗柜，但用餐的座次安排是不能乱的。每逢使馆对外有大型招待活动或宴请，非值班人员都要到食堂帮厨，或在后厨摘菜涮洗，或充当服务生端盘传碟。一旦活动结束，大家齐齐聚集到水龙头下清洗碗筷盘碟和刀叉杯盏，有的负责清洗，有的负责干擦，有的负责传送，一时间打闹嬉笑，叽叽喳喳，欢声笑语久久回荡不散。

按照惯例，方恩旺首先带着易洪武同大家见面打招呼，顺序自然是大使夫妇、政务参赞、其他几位参赞和武官，接下来便是挨着顺序走一圈，同每个人都寒暄招呼一下，请求关照，就此见过，算是开始熟识。不过，这仅仅是个过场而已，真正的熟识需要靠日后一段时间内的接触、交往和相互帮助。假如像明新竹这样具体负责某一方面工作的头头脑脑的，他们必须事先约定好，还得专门正儿八经地登门拜会大使和参赞们，既是为了增进感情和了解，更是为了汇报工作设想和请示使馆指导。驻外使馆是什么？那是代表国家的！在国外常驻工作，使馆是领导核心和娘家，必须接受使馆党委的绝对领导。

吃过晚饭，方恩旺又带着易洪武围绕使馆大院散步。他们必须等使馆机要员分发信使带来的公函和私信。其实，围着院子散步也是使馆的生活一景。在那样封闭的年代，中国驻外使馆人员必须遵循严格的外事纪律和安全约束，非工作需要一般是不允许单独外出的。因此，饭前饭后围着使馆大院散步聊天便是大家迫不得已而乐意做的一件事，既能面对太空感受新鲜空气，又能面对好友一抒胸臆，涤荡久别家乡和亲人的孤独、郁闷和烦恼。

就在方恩旺和易洪武转得乏味，打算去机要室一探究竟的时候，使馆研究室主任闫文急匆匆地走近他们低声招呼："终于找到你们了！小方小易，赶快随我来，大使有急事召见！"

方恩旺："有事别找我们呀，首席在分社赶稿子呢，我打电话让他来。"

闫文断然制止："不！就找你们俩。赶快跟我走。"

见闫文语气认真，方恩旺和易洪武感觉到事态的严肃。他们不再多话，慌慌张张地尾随闫文来到使馆保密会议室。

室内，大使正在主持召开使馆党委会，与会成员一个个面色凝重，显然不是个轻松话题。看到如此场面，方恩旺和易洪武心里一怔，预感到大事不妙。发生什么大事了？难道与分社和老明有关？来不及多想，政务参赞连希旺已经将一份密电递到易洪武手上："你们先看看这份电报。"

方恩旺和易洪武俯身合看电文，大惊。

连希旺："收到电报后，使馆党委紧急开会。由于事情涉及到明新竹的严重问题，现在不便让他到场。而你们俩是分社骨干，又都是共产党员，所以经过和华讯国际社高层交换意见后，决定有必要让你们知道电报内容，并向你们传达使馆党委会决定，以便承担起各自的责任和担子。大使，还是您和他们说。"

大使："使馆党委经过认真研究并报国内同意，作出如下三点决定：一、鉴于明新竹的严重问题，停止他的使馆党委委员职务，按华讯国际社核心小组的意见，让他立即回国接受审查；二、同意华讯国际社的建议，方恩旺结束任期回国，顺便负责将明新竹带回国。使馆派办公室的小任同机回国，协助小方；三、使馆党委委员、研究室主任闫文临时担任分社负责人，直到华讯国际社派来新的分社首席。在此期间，易洪武同志根据华讯国际社布置和要求，在使馆党委的领导下开展日常报道业务。司机小王的分工和职责不变。你们俩看看，有什么想法？"

方恩旺："怎么会这样？我服从组织安排，只是小易刚来……"

易洪武赶忙表态："没事。你走之前，我抓紧跟你熟悉熟悉业务，其他情况还有小王在嘛。再说，有使馆党委领导，遇事我多请示大使、参赞和闫主任。只是，我担心老明……"

大使猛吸一口烟吐出后，果断地表示："应该没问题。明天我们党委还要找他集体谈话。他既然敢这么大胆地表达自己的看法，就应该做好了接受审查的思想准备。不过，你们还是要多关照他的身体。今天回去，你们还像往常一样，等明天我们和他谈话后，再和他公开谈回国事宜。"

也只好如此。大家没有再表示不同意见。大使对易洪武和方恩旺无力地挥挥手："好吧，先就这样。记着，就照刚才说的做，你们可以走了，我们再接着开会。"

易洪武和方恩旺默默地退出会场，感觉身上一下子增添了千斤分量。

一切按照计划行事，明新竹很快便被“押解”回国，接受审查。

开罗机场候机大厅，闫文和易洪武相随着往外走。他们刚刚送别方恩旺和小任，目睹明新竹平静地在方恩旺和小任的看护下登上飞机机舱。

易洪武长舒一口气说：“终于把人送走了。原来，我真担心他想不开。”

闫文：“有什么想不开的？你还是不了解你们这位分社首席，太较真，太认死理了。这不，钻牛角尖，把自己的真实观点和盘托出，还公开发表，不出问题才怪！要是一般的思想认识和观点公开一下也无妨，可，这是什么观点呀，反毛泽东思想呀！”

易洪武惊讶地问：“反毛泽东思想？他到底是怎么回事？”

闫文思索片刻，终于忍不住透露说：“本来也就是在党委政治学习会上说说，谈谈自己的观点也就算了。可是，他老兄偏偏不接受大家的批评和忠告，不服，认死理儿，非要把这个观点付诸笔端，写信托信使带回国内，要求党报就此开展大讨论。这不是公开论战吗？就现在这形势，找死！”

易洪武还是一团雾水。“他到底说了啥？”

闫文四下看了看，停下，把易洪武拉到一个角落，低声说：“你是党员，你要保密，不准再传！他的观点是：毛泽东思想不是万能的，毛主席说的话不可能百分之百全对，有的是可以讨论的。”

易洪武吃惊地：“这是够胆大的！”

闫文再次叮嘱：“你知道就行了，千万别再扩散！这个明新竹呀……”

易洪武想想，袒露胸怀般地表示：“闫主任，你信不信，往往一个人的个性能决定他的行为。就比如老明吧，我虽然才和他接触没几天，但我感觉，他只是活在他个人的世界里，孤僻、冷峻、教条，唯我独尊，心里没有他人，也从不相信别人。”

“嗨，可不是吗？你看，你来之前，使馆许多人跟他不对付，特别是对那些工勤人员和一般干部，他见了连正眼都懒得抬一下。这样的人不能不偏执。不过……算了。”

他们已经走出机场候机大厅。小王早将汽车停在大厅门前，一看见他们，小王赶忙从驾驶座上跳下，一边给闫文打开车门，一边半开玩笑地调侃：“首席，请！要不是老明出事，我们分社哪能让您屈驾当差啊？”

闫文：“哪里话？我这是荣幸之至啊！再说，咱研究室和分社本来就交往密切、互通有无，真正一家人嘛。”

易洪武：“话虽如此说，但今后还得靠您。你看，我新来乍到，又年轻。小王呢，又不管业务，所以，真得要靠您指导和帮助。往后少不了麻烦您。”

闫文：“好说，好说。互相学习，互相学习。其实，你们的业务我也是门外汉，这段时间你就放心大胆地干，这对你也是个锻炼！”

“好咧。有您支持，我一定努力，不辜负大家的希望。”易洪武真诚地表态。

他说到做到，确实干得挺欢实。他明白，老明的离去既给自己增加了工作负担，但同时也是给自己提供了一次施展抱负的极好机会，赶在新首席到来之前，自己要好好作为一番。为此，他浑身有使不完的劲，采访和工作日程安排得既丰满又紧凑。每天，他要么身背相机，手里拿着采访本，穿插在群集场所采访男女民众；要么随记者团到某大项目建设工地参观踏访；要么仔细阅览报刊杂志，不时在报刊杂志上用笔做标记，遇到重要讯息再用剪刀铰下，分门别类地放入贴报本。每逢采访归来或通过日常调研发现有可发消息，他便马不停蹄地敲击键盘写稿，安装在键盘一侧的钻孔带随之不断往外延伸。

易洪武还有个好习惯，每天早早起床，首先到门口看看分社订的阿文和英文日报送到了没有，大体浏览一下看看是否有可发的消息。如果没有，就围着分社小院慢跑或快走半个小时左右，再放缓心态懒散地散步，同时就着半导体收音机收听外台新闻广播，从中寻找信息源。

这天清晨，他正一边浏览报纸，一边摘发消息，在凿孔机键盘上频频敲击，王义斌突然走进报房招呼他：“洪武，昨晚信使来得太晚，你有几封信没来得及给你。”

易洪武从王义斌手中接过信件，兴高采烈地自言自语：“哦，来信不少嘛，大丰收呀。”他迫不及待地撕开一封信看了起来，脸上闪烁着异样的光彩。

王义斌：“瞧你高兴的，是对象来的吧？”

易洪武幸福地回应：“上海来的。过得真快，唰的一下，我出国都已经两三个月了。”

王义斌：“可不是吗，再有半年，我也该结束任期回国了。真想家呀！”

“真想家呀。”易洪武喃喃地重复着，一句感叹引发他无限的思绪和惆怅。他抬头眺望远方，在心里默默呼唤：“崇瑛，你还好吗？好想你！”

王义斌没注意到易洪武的情绪变化，仍按照自己的思路请示道：“洪武，上午有什么安排？要是没事的话，使馆让我陪厨师一起到市场去采购一批食品。”

易洪武：“没问题。”他又指指一旁裁切好的一堆纸片，告诉王义斌：“我早上起来已选好一批稿件，你上午顺便送到中东社去。我觉得，咱们选报每天只晚上选送一次不妥，这样他们肯定采用得少。我们何不改变一下，上午送一次，下午送一次，晚上再送一次，像人吃饭一样，一日三餐，他们挑选采用的几率肯定要高一些。”

王义斌：“过去我也想这样来着，可老明不同意，担心一旦我出门了，他要用车找不到人，我哪怕干耗在这里没事干，也不敢随便离开。”

易洪武：“现在，咱兄弟俩好办。你要是出门办事，我要有事，可以找使馆那帮哥儿们。另外，我在想，等你有空的时候，我可不可以拜你为师，学会开车。”

王义斌：“吔，你别说，使馆胡主任昨天刚跟我说过，觉得我开车技术好，想让我教教使馆几个外交官学车，你正好可以跟他们一起学。不过，恐怕你还得跟使馆领导请示一下，一般是不让私下学车的。”

易洪武：“那是自然。我估计，使馆没理由阻拦我学车，当记者的不会开车，开国际玩笑嘛。老明他们那一辈没办法，我们现在年轻，什么技艺最好都能学会。”

王义斌高兴地用一个字回应：“成。”

突然，院子里响起狗吠声，紧接着门口响起汽车喇叭声。

王义斌：“呦，来客了。这么早就登门，还真是稀客。”

易洪武笑笑：“是《金字塔报》记者，打电话说来找我有要事商量。得，咱去开门会客。”

王义斌和易洪武一前一后来到门口，喝止拴在一旁叫嚣的看家狗，打开大门，让汽车开进院内。

女记者萨哈和另一名男性同伴微笑着下车。易洪武迎上前笑着问候：“萨拉玛雷巩（你好）！”

萨哈：“阿雷巩萨拉姆（你好）！这是我的一位大学同学——戴维，在国家通讯社中东社工作。”

王义斌微笑着朝访客点点头，然后关上院门，找出清扫工具开始做卫生。

易洪武将客人领进会客室落座。他打开冰箱，掏出罐装饮料放到客人面前。

萨哈：“洪武，你们的首席走啦？”

易洪武惊讶地回答：“消息挺灵通嘛。是的，他回去了，总社让他回国述职。”

戴维：“恐怕没那么简单吧？据西方通讯社从北京报道，明先生是犯了大错被免职的。”

易洪武狡黠地应答：“喔，这个，我人在开罗，不知道北京发生了什么。不过，现在我管分社的报道业务。你们中东社和我们是合作伙伴，我们有新闻交换协议。咱们是同行，两国关系又很好，我想，我们应该加强联系和合作。”

戴维：“说真的，你们中国记者在新闻界的地位不行，因为你们许多人什么都不会，外语说不好，记者招待会不举手提问，不好沟通。还有，你们的新闻稿主要是抄别人的，中东社采用你们的稿件十分有限。”

萨哈赶忙制止对方，同时打圆场说："洪武，你不要介意，他不是说你。你的阿文很好，交际能力又很强，我们沟通起来很容易。我们喜欢同你这样有能力的中国同行交流合作，希望像你这样的中国同行越来越多。"

易洪武莞尔一笑："我相信会的。中国虽然现在贫穷落后，但人民当家作主，而且勤劳智慧，特别是政府把人民利益放在优先考虑的地位，所以我们中国人总在说：道路是曲折的，前途是光明的。"

戴维："易先生，你的确很会说话。本来你们常说的应该是'前途是光明的，道路是曲折的'，但你这么颠倒过来一说，一下子就改变了话的内涵实质，让积极的心态占了主动，少了悲观情绪。"

易洪武："对嘛，任何时候都要以积极的心态来面对问题。中国新闻报道有不少问题，其实我们自己也看不惯，我们正在探索改变。但要知道，有些根深蒂固的东西是需要时间来变革的，你们不觉得中国媒体正在进步发展吗？"

戴维："这我同意。确实在进步。看看，你们那个不懂外语的首席走了，把你这么能干的派出来了。我就愿意同有能耐的人打交道。"

易洪武："什么叫有能耐？人是不可看表面的，也是各有特长的，有人这方面不行，却很可能在另外一方面有长处。所以，我主张同所有人打交道，才能取人之长补己之短。"

萨哈做出个体育赛场上暂停的手势制止道："停，停。我说两位先生，咱们能不能不斗嘴。洪武，其实，我今天和戴维来，是请你帮忙的。你能帮我们联系中国大使吗？我们想找机会采访他。"

易洪武："这没问题。今天我就能给你们联系，但大使能否同意，或者何时能够接受采访，我就不能给你们打包票了。中国使馆最近比较忙，都在忙着准备国庆招待会呢。你们着急吗？"

戴维："当然越快越好。另外，易先生，你觉得穆巴拉克这个人怎么样？"

易洪武："穆巴拉克？前不久刚被任命的副总统？我觉得，一表人才，应该很讨女性喜欢。"

萨哈毫不掩饰自己的崇拜，满口夸赞道："他可是颗冉冉升起的政治明星，很有可能将来接总统的班。据我所知，他对中国很有好感，希望有机会访华。"

"哦，是这样。"易洪武似乎明白了什么。

当天晚饭后，易洪武约闫文围着使馆大院散步，实际是向使馆汇报埃及记者造访分社的情况。

易洪武："闫主任，和你汇报一下，《金字塔报》女记者萨哈和中东社编辑戴维先生找过我，希望让我帮助联络采访我们大使。他们没说什么目的，但聊天中他们提及副总统穆巴拉克，说他是颗冉冉升起的政治明星，很有可能将来接总统的班。又说穆巴拉克对中国有好感，希望有机会访华。依我看，他们‘醉翁之意不在酒’，是想让我传递信息，可能是穆巴拉克希望到中国去访问，不过让咱们主动给对方发邀请罢了。”

闫文：“这个信息很重要。穆巴拉克确实是个人物，1967 年他指挥第三次中东战争空战，1972 年 4 月任空军司令，不久又兼任国防部副部长。1973 年 10 月第四次中东战争爆发，他作为空军司令为埃及军队在战争中的突出表现立下战功。1974 年 2 月晋升中将。今年 4 月任埃及副总统。不过，这个人曾经 3 次赴苏联学习过，有‘老毛子’背景呀。”

易洪武惊讶地看着闫文，想不到使馆对穆巴拉克如此了解，可见调研功底不一般。他由衷地佩服道：“看来研究室调研搞得不错，你对他很了解嘛。”

闫文：“是的，我们一直在关注他。不过，他想访华，我们还是第一次听说。这样，你说的情况我立刻报告大使，你呢，再去其他方面多方打探一下，看看穆巴拉克的真实想法，然后把你了解的写一个书面报告。”

易洪武不忘自己的本职业务。他建议说：“如果使馆没意见，我到时候再写个内参，更能引起上面重视。另外，如果真的邀请穆巴拉克访华，我希望专门采访他一次。”

闫文：“业务上的事情你自己定。不过，希望这类重要稿件到时候还是让使馆过过目，让我们也学习学习。”

机要员冯孔花从办公楼窗口大声招呼：“小易：有你一封信。昨晚信使来，因为抬头收信人地址写的是使馆，所以分发的时候就混在使馆一堆了，今天才发现是你的信。我扔下去给你……”

易洪武对楼上挥挥手，示意感谢，然后弯腰从地上拾起信瞄了一眼，对闫文：“总社同事来的。”

闫文：“那好，你看信，我去找大使。”

易洪武点点头，一边目送闫文离去，一边赶紧跑到路灯下，迫不及待地拆开信封。原来，信不是同事来的，信是上海来的，是他朝思暮想的亲爱的崇瑛来的。

其实，远在万里之遥的上海，陈崇瑛何尝不在思念易洪武。

上海中医药学院门口，陈崇瑛跳下自行车推车入内。门口就是传达室，她特别留意盯了一眼私信橱架，果然发现易洪武来信了。她赶忙放下自行车，从橱架上取出来信，迫不及待地拆开信封看起来。她聚精会神地看着来信，脸上泛着幸福的红晕。

孙敏刚刚在学校浴室沐浴完，这会儿也转到传达室来取信。她端着脸盆，舒适地拖着沐浴后的慵散碎步缓慢前行，黑色长发披在肩后湿润而光亮。看到陈崇瑛入神地看信，她轻轻地加快脚步来到她身旁，对着她耳际冷不丁地“喂”了一声。

陈崇瑛吓了个一激灵！发现是孙敏，她没好气地责备道：“干什么呀，吓死我了！”

孙敏咯咯咯笑，调侃道：“谁让你那么入神呢。是不是你们那个洪武哥来的呀？”

陈崇瑛：“是又怎么样？我可告诉你，他在信上说，他和你的那位本弥同志可是好朋友，同学加老乡呢！”

孙敏不屑地：“什么我的本弥同志？跟你说过，我和他不是那种关系。他要留在上海还差不多，我可不要跟他去北京那么老土的地方。”

陈崇瑛：“什么北京那么老土的地方？孙敏，我可警告你，开门办学在锦江饭店认识的那个香港大佬不适合你！你能不能听我一声劝，小袁对你是真心的。这比什么都重要！”

孙敏不气不恼，依然面带微笑：“瞧瞧，又来了不是？行，行，我会慎重考虑你这个闺蜜的意见的。”

陈崇瑛语气缓和些：“这还差不多。其实，北京是全国政治文化中心，全国人民无比向往的地方，怎么你就觉得土呢？”

孙敏：“当然土。上海十里洋场，工商大都市。北京，一个中南海戒备森严，进不去，其他除了天安门，还有什么？再瞧那帮北方侉子们的穿着打扮……好啦，不说这个。崇瑛，晚上陪我应酬一下怎么样？那个香港人又来了。”

陈崇瑛气嘟嘟地：“你！怎么还藕断丝连的？我没时间。对不起，先走一步。”她骑上自行车，快速向前蹬去。她既为好朋友执迷不悟而懊恼，又为自己心上人的好朋友抱打不平。她要把真相告诉易洪武，让袁本弥有个思想准备。

其实，她哪里知道孙敏的苦衷。孙敏插队时拜隔壁的老郎中为师学医，老中医的儿子不幸在上山采药时摔成重伤，成了植物人。孙敏在锦江饭店认识那个香港“大佬”后，闲聊时无意中得知对方老家紧挨她插队呆过的村子，而且熟识自己的恩师老郎中。得知老郎中的儿子被摔成植物人，香港“大佬”愿意出资帮助把老郎中的儿子弄到香港看病，说香港有专门的康复医疗机构。但前提条件是，孙敏得到香港给他当“续弦”。这是孙敏绝对不会答应的。她上次就婉言回绝了对方，没想到对方仍不死心，几次写信纠缠不见回信，现在竟再次来到上海找孙敏。

孙敏本想带陈崇瑛一起去会他，断然拒绝他。她已得到老郎中的回信，告诉她此事绝不可轻信。作为老中医，他知道“植物人”是怎么回事，他自己一直在试验通过针灸疗法辅以中药给儿子治病，目前发现正显现疗效。老中医告诫孙敏："有病千万不能乱投医！病有病理，药有药理，治病需要靠精心梳理病因，对症下药才有疗效。相信我，一定会成功。"

五

现在，袁本弥一门心思钻研编辑活儿。既然分到非洲组当编辑，那就从入门开始，虚心向老同志学习，尽快熟悉业务，把工作做到最好。

做新闻工作，当记者做编辑，听起来很风光，但实际上是件很辛苦的事情，尤其是像华讯国际社这样的大型通讯社。每天为了及时将国内外新闻讯息播发上天，供国内报刊、电台、电视台和海外媒体用户选择采用，华讯国际社主要编辑业务部门必须全天候值班和不间断编稿发稿，人员多班倒，连周末和节假日也只能轮休，不仅少有时间照顾和关爱家庭，而且更因起居食宿缺乏规律而严重影响身体健康，英年早逝的人不在少数。当然，袁本弥仗着自己年轻，又没有家室牵挂，因而时常为一些家庭有困难的同志顶班，加班加点和上夜班可谓家常便饭。

这不，这天晚上袁本弥又摊上夜班了。作为住在社内集体宿舍的单身汉，他吃过晚饭稍事休息之后，便来到国际部值班室，先提起本组的 4 个暖水瓶到楼下食堂的开水炉灌好开水，然后到卫生间沾湿抹布将本组的桌椅认真擦拭了一遍。干完这些杂务，他才清闲地从值班室的报刊架上取下当天的报刊，舒坦地翘着二郎腿坐在编辑座位上，一边静静地看报一边等待其他值班同志的到来。

国际部值班室是一间大通透式厅堂，所有编辑组（室）的值班人员都汇聚一起工作。不过，座位是按组别分隔开的，每组有 6 张大办公桌，对接横拼，值班者两边对视而坐，两桌接缝处骑放着各类编辑和文字翻译用字典、词典和工具书等。另有两张办公桌靠墙根横放，放置暖水瓶和每个人的茶杯及就餐搪瓷碗盆等。

当晚，非洲组共有 6 个人值班。吉梅殿、王麓冶（女）、袁本弥、肖米辉、岳凌晨、金敏娴各占据一张办公桌。吉梅殿和王麓冶靠窗相对而坐，他们是带班人，负责组一级定稿把关。晚上分社来稿不多，除吉梅殿手握毛笔，不时蘸着红墨水专注于改稿外，其他人一边喝茶，一边看报，偶尔小声闲聊几句。

吉梅殿终于将稿件改完，抬起头来对袁本弥说："你们写的述评稿我已改好，老甄不愧是笔杆子，我基本没怎么改。小袁，你拿去看看，学习学习。"

袁本弥脱口而出："那篇稿子不是我写的吗？老甄让我写的呀！"

吉梅殿："不错，是你起草的，还是我让老甄给你练练笔的。但你那是初稿，仅供老甄参考。小袁，社里有规定，新闻分析、述评这类稿件必须由老同志主笔和署名。"

王麓冶讨好般地瞥一眼袁本弥，转头向吉梅殿发难道：“这个规定有点跟不上形势，像小袁这样根红苗壮的工农兵学员、革命小将，为什么就不能主笔写稿？现在社会上对工农兵学员颇有微词，听说上面要反击了。”

吉梅殿斜一眼王麓冶，不以为然。

袁本弥对王麓冶投去感激的一瞥，赶忙解释说：“我倒不在乎署名，我就是有点疑惑，前天发生的事怎么到今天稿子还没发出去。新闻，新闻，什么叫新闻？”

吉梅殿：“喔，是这样的，昨天星期天，我休息；今天周一，我上夜班，只好耽误一点时间。不过，小袁，这类稿子政治性强，需要慎重把关，时效差点没关系。”

“对的。资产阶级新闻观强调猎奇和轰动效应，说什么‘狗咬人不是新闻，人咬狗才是新闻’。瞧瞧，人连狗都不如，像话吗？我们要坚决摈弃资产阶级新闻观，让马列主义毛泽东思想占领新闻阵地。小袁，你是工农兵学员，更要带头冲锋陷阵呦。”王麓冶接话说。

没想到，王麓冶刚刚还站在自己一边，这会儿却又为吉梅殿帮腔起来。袁本弥一头雾水，诧异地看着王麓冶，半晌无语。

其实，在成天以阶级斗争为纲、以突出无产阶级政治为律己追求的蹉跎岁月中，人们，特别是身处敏感部门和单位的知识精英和公职人员们，哪怕他或她是有一定资历的共产党员和领导干部，许多人的心灵都是被扭曲了的。不管他们私下里对“文化大革命”、对主宰当时国家命运和前途的高层红人们如何牢骚满腹和仇恨敌视，但在公开场合下一个个却大唱高调，紧跟形势，甚至不惜明火执仗地相互揭发批判，言辞凿凿，上纲上线。他们当面一套，背后又是另外一套，公开的言论不足为信，倒是私底下的言行才是真情表露。

袁本弥是个按照自己思维定势行事的人，加上涉世不深，不谙官场权术，自然看不透王麓冶们的心机。然而，看得透也好，看不透也好，日子总是在一天天地过。像国家的计划经济一样，华讯国际社，乃至其他大大小小的机关单位，每天的工作和生活节奏都很规律，不说整齐划一，至少也是大同小异，自然而然地形成有中国特色的办公室文化，其中犹以午睡为最。

每天中午 11 点半不到，大家便敲着碗筷到机关食堂吃午饭，之后三三两两或围着机关大院散步消食，或凑在一堆抽烟闲聊。但是 12 点一过，人们便回归各自的办公室自觉“蜗居”起来，大多数人采取各种不同方式睡上一觉，只有少数人依然精力旺盛却偃旗息鼓地找僻静之处打牌下棋、吃喝聊天。当然，对于单身汉们来说，他们住的集体宿舍就在机关大院内，吃完饭自然各回自己的床位午睡，具有“近水楼台先得月”的优势。但不管是在办公室内还是回集体宿舍，每到午休时刻，机关楼道里便鸦雀无声，寂静安宁，直到下午2点之后，人们才陆陆续续睡眼惺忪地“起床”，洗漱一番，便又“生龙活虎”般地投入工作。

这不，集体宿舍男一楼2层15号，闹钟丁零零地响作一团。

肖一秋睡眼惺忪地按住闹钟，一边懒洋洋地坐起来，一边习惯性地对仍在纹丝不动的应章喊着：“小迷糊，起来，到时间了。”

应章闭着眼睛没好气地回应：“喊什么喊？闹钟那么吵，用得着喊？”

肖一秋火了。他跳下床，一边细心整理床铺，一边气恼地骂道：“狗咬吕洞宾，不识好人心。下次再喊你，我就不姓肖。”

应章倔犟地躺着不动，任凭肖一秋嘴里叨叨。

袁本弥趿拉着拖鞋由水房回到宿舍。他早已悄悄起床，冲了个冷水脸。这会儿，他精神焕发，午睡刚醒来时的疲困状已荡然无存。见应章还在那里按兵不动，他提醒道：“快起来，下午可是政治学习，说有重要传达呢。”

应章不情愿地下了床。他接着袁本弥的话茬说：“重要传达？管个屁用！你瞧咱们单位，运动冷冷清清的，哪像我们在学校那会儿。”

“你们工农兵学员‘上管改’呀！华讯国际社可是知识分子成堆的地方，资产阶级顽固着咧。”肖一秋白了应章一眼，阴阳怪气地讥讽着。

“又拿工农兵学员说事！”袁本弥不爱听，他重重地一摔门，昂然走出宿舍，朝办公楼走去。

办公楼里此刻一片忙乱。各楼层过道上人们来来往往而自然发出的咚咚脚步声；办公室、厕所和洗脸间的门，因人们频繁进出而被推来推去发出的阵阵哐当声；人们接连不断地拧水龙头冲脸醒脑而发出的哗哗水流声以及男子汉们睡意未尽而传染般爆发出的脆亮哈欠声交织在一起，像一支有序却嘈杂难听的“交响乐”，彼此呼应，不绝于耳。

袁本弥踏着这支“交响乐”的节拍，来到自己组里“二线”办公室的门前。他推开虚掩的门，室内一片狼藉。30多平米的大办公室里，由于女同胞们占据着另一间办公室睡午觉，本组住家较远的男同事们大多便“挤”在这同一个空间午睡。他们有的睡在办公桌上，有的则用几张座椅拼成一个狭窄的“卧铺”。有的正经八百地睡，褥子垫底，被子盖身，还有枕头；有的则简单行事，头下用一卷报纸或一摞书代替枕头，身上用一件棉大衣或一条毛毯捂住肚子；有的什么也不要，只在座椅上把头埋到桌面上打盹儿。当然，在他们当中，有的是真睡，头倒下去不一会儿便鼾声大作；有的则只是闭目养神，能睡着就睡，睡不着且当歇歇脑子；有的则根本不是为了睡觉，而是利用这个难得的清净机会思考一些问题或构思一篇什么报道文稿。但不管是什么个睡法，不管是真睡还是假睡，他们身上似乎都有个生物钟，一到时间便自觉醒了，只是睁开眼后仍不忘再“赖床”几分钟。袁本弥进屋时，陈福民、邱祖德正睁着眼冲天花板发愣；杨泽和耿直则不满地瞟一眼袁本弥，紧接着拉过被头蒙头盖脸，一翻身又闭上了眼睛；金成旺虽然已经“起床”，但仍然没缓过劲来，他抱着被子，又一屁股坐到椅子上，有一口没一口地对着眼镜片哈气擦拭；只有姚夏老头实实在在地起了床，正认认真真、一丝不苟地叠着自己的小被褥。

这就是中国机关单位的特景之一。不知始于何年何月，睡午觉竟成为中国机关单位一条不成文的“制度”。事业单位也好，企业机关也好，人们吃完中午饭总要小睡一觉，三四十分钟，一个来小时，天天如此，雷打不动。似乎不这样就没了规矩。所以，中午12点半至下午2点左右这段时间，是中国企事业机关单位最清净的时刻。没了工作，没了喧闹，即便有那么几个特别精力旺盛者也不敢大声喧哗，只好单独找个地方躲起来打牌、下棋或聊天。一些女士则利用这一机会逛单位附近的商场或农贸市场，采买必需品，寻觅便宜货。

袁本弥见办公桌还被耿直占着睡觉，自己无立足之地，干脆抄起茶几上的4只暖瓶准备去茶房打开水。大家习惯于“一杯茶、一根烟、一张报纸看半天”。早晨打的开水经过一上午的群起“折腾”早已空空如也。袁本弥正要出门，谷婴童大大咧咧地突然破门而入。她风风火火地冲着赖床的男子汉们嚷嚷：“lazybone! lazybone! 大懒虫们，起来，起来！都几点了，我上夜班从家里骑车半个小时都赶来了，你们还按兵不动。耿直、杨泽，别在那里装蒜了。再不起来，女同胞们就进屋了。”

一阵嚷嚷，人们睡意全无，彻底地醒了。耿直一骨碌爬起来，嘴里却不忘和谷婴童逗乐子：“阿庆嫂，是不是在家也这么轰阿庆呀？”

谷婴童心直口快，加上他爱人名字叫胡尔钦，所以大家平时便戏称她“阿庆嫂”。“阿庆嫂”是样板戏《沙家浜》里能言善辩的地下党员。谷婴童家庭出身不好，人们喊她“阿庆嫂”虽是戏称，却也令她十分开心。这会儿，听耿直又在叫她“阿庆嫂”，50多岁的她又像孩子似的高兴得面红耳赤，说话也失去了平常的俐落：“耿直，侬个小赤佬，寻开心？我，党员吗？阿庆嫂，我？”

袁本弥笑了。他冲谷婴童鼓励道：“干吗那么比呢？阿庆嫂首先是找了个丈夫叫阿庆，你丈夫叫‘尔钦’，谐音一样。至于党员，你可以争取嘛。”

谷婴童的面孔一下子严肃起来。她一本正经地对袁本弥说：“没错，你说得对。我一定积极争取入党。小袁，侬晓得伐，我多次递过入党申请书了，你们党员要多帮助我。你，什么时候有空，咱俩聊聊，给我提提意见？”

袁本弥含含糊糊地答应一声，赶忙提着暖瓶走开了。关于谷婴童的入党问题，支部会上曾议论过。给袁本弥的印象是，像她这样的一些老知识分子对党的感情、信念和追求真是没的说，但他们的经历复杂，受非无产阶级思想影响深，特别是他们大多家庭出身不好，社会关系复杂，不少人还有无从查清的海外关系。这是他们一而再、再而三地被党组织拒之门外的一个重要原因。正因为这样，袁本弥害怕同这些老同志谈他们的入党问题，说深了不是，说浅了也不是；全说真的不行，总说假话搪塞也不是个事儿。他内心深处实在不忍心看着他们一腔热诚，却人为地被没完没了的“考察”。作为一个党员，他有义务和责任同这些老同志谈心交流，但党内讨论的一些实质性内容又不能对他们实话实说，结果只能是一次次谈，一次次走过场，名义上是帮促和考察，实际上是敷衍和应付。好在这些老同志心里有数，他们之所以如此追求不懈，更重要的还是在于表明自己的政治立场，跟得上形势。入不入党他们当然看重，但他们更重视的还是组织上对自己政治态度的认可。不管怎么说，袁本弥是个老实人，他总觉得逢场作戏于心不忍。所以，借打开水的机会，他赶忙“逃避”谷婴童的“纠缠”。

等袁本弥回到办公室，男男女女二三十人已济济一堂坐满了。他们从左右隔壁几个小房间里汇聚到一起，坐在自带的凳子上，男同志喝茶、抽烟、看报，女同志则一个赛一个地边织毛衣边交头接耳。会议尚未开始，大家都在等头儿从机要室拿文件回来传达。每周二、四、六下午政治学习，雷打不动。遇到大事，一、三、五下午开会学习也是常事。

支书吉梅殿终于疾步匆匆地回来了，但两手空空，没带回来文件。他倚靠着门框解释说：“原来的文件不念了，以后再说。社核心小组刚刚决定，全体集中传达，然后再分组讨论。现在，大家就到大礼堂去，听完传达再回来讨论。就这样，咱们马上就走。”

这种事已经习以为常，大家赶忙挪开座椅，起身往大礼堂走。一霎时，整座办公楼再次人声鼎沸，脚步声纷乱繁杂。其他各组室的人也已接到通知，大家闻风而动，分别从不同方位涌向楼道，朝大礼堂汇集而去。

一道闪电划过，没有关好的窗户被一阵狂风猛烈摇曳着，发出“哐当”、“哐当”的响声。袁本弥连忙返身走近窗口，将玻璃窗重新关好。

“天要下雨了！”他喃喃自语，心里被一阵莫名的激情打动着。

等袁本弥走进礼堂，里面已经人头攒动。会场氛围紧张，主席台前高悬醒目会标：坚决拥护党中央毛主席决定，猛烈反击右倾翻案风！主席台上，社核心小组组长、社长穆鋛竺位列中心，表情凝重。袁本弥连忙寻觅熟人，好在他们中间插个座位。突然，他听到有人在叫他，循声一看，原来是大学同学常峻在招呼自己。

常峻和袁本弥不是同班同学，但关系非同一般。他们是同省老乡，当初同时被工宣队师傅孙锡章挑进了上海语言大学。入校后，他们同在英语系学习，而且都担任班长，虽然不在一个班，但平时开会和活动多，经常接触。特别是后来全系班干部大调整时，他们正好对调，这给他们本来的友谊又增添了一层新的光环。

袁本弥费劲地挤到常峻身边，紧挨着他坐了下来。

“知道为什么突然开全体会吗？”常峻神秘兮兮地问袁本弥。不等他答话，常峻便侧身贴近袁本弥的耳根说：“邓小平挨批了。”

主席台上，核心小组成员有序地端坐在白布覆盖着的长条桌前。核心小组组长、社长穆玺竺把麦克风挪到近前，慢条斯理地开了腔：“最近一个时期，教育界思想比较活跃，一些人有一些想法。今天开会传达主席的指示，澄清一些模糊的或者说是错误的思想，有助于提高我们的认识。核心小组研究决定，传达过后，各部门要认真组织讨论。结合我们单位的实际，把我们的报道业务和各方面工作搞好，迈上一个新台阶。下面请傅礼谢同志传达主席批示。”

社核心小组副组长、副社长傅礼谢慢吞吞地接过穆玺竺递过来的话筒，换上老花眼镜，照本宣科般地传达：“同志们，前不久清华大学党委副书记刘冰等人写信反映该校党委书记迟群、副书记谢静宜在思想、工作和生活方面的许多问题”。

台下有人给主席台递纸条，傅礼谢接过来扫了一眼，立刻面露愠色。他强压心中恼火，声音坚定地说：“刚才玺竺同志代表核心小组已经说过了，今天开会只有一个议题，那就是传达主席的批示。本来我们计划先在一定范围内传达，先行一步，目的在于更好地领会和把握主席指示的精神实质，以便更好地在宣传报道中贯彻执行。现在，中央要求向全体传达，我们就立即执行了，因此不存在封锁主席批示问题。当然，有些认识问题，我们会后还要组织学习和讨论嘛。我相信，通过学习和讨论，大家会明辨是非，增强对主席指示的理解。下面，我接着传达主席的批示。”

他稳定一下心绪，重新戴上刚刚摘下的老花镜，一板一眼地接着念文件。台下，先是沉寂了一会，但很快便再次嘀嘀咕咕，响起一片嗡嗡声。傅礼谢停住不念了，雷霆震怒地吼道：“这是开会吗？是听我的还是听你们的？不传达有人要告状，现在传达了又不好好听，你们到底想干什么？乱弹琴！”

台下有人大声反驳：“傅礼谢同志，你这情绪不对！核心小组想封锁主席批示，还不让向上反映？什么告状？你们就是主席批的那种人，要算‘文化大革命’的账！”

说话的是鞠明祖，亚太编辑室组长。他是广东人，小矮个儿，普通话讲得不太好，但能言善辩，而且嗓音脆亮清晰，极富感染力。

穆玺竺拍拍话筒，慢条斯理地表态：“同志们，安静安静。傅礼谢同志现在是代表社核心小组传达主席批示和中央精神，部署下一阶段运动。至于一些人对我有一些意见，可以会后提……”

鞠明祖大声质问：“毛主席指示为什么不全部传达？毛主席还批评邓小平偏袒刘冰呢！同志们，穆铚竺是邓小平的老部下，是邓小平安插在国际社的还在走的走资派！打倒穆铚竺！”

一些人跟着附和、起哄。会场乱成一锅粥。

鞠明祖和傅礼谢都是抗日时期参加革命的，资历一般老，工资级别都定的是行政12级，属于“高干”级别。两人都曾经在总编室当总编辑助理。“文化大革命”开始后，他们观点不一，傅礼谢是穆铚竺的“保皇派”，而鞠明祖则领头批判穆铚竺。后来，两派实行大联合，“批穆派”先占上风，鞠明祖被推举为领导小组副组长，而傅礼谢则只是领导小组成员。但时间不长，领导小组被撤销，中央决定在华讯国际社成立党的核心小组，重新启用前一阶段被打倒了的穆铚竺，让他担任核心小组副组长兼总编辑，主持全面工作。这样一来，“保穆派”自然扬眉吐气。傅礼谢被提拔重用，先是任核心小组成员，不久核心小组一位军宣队副组长调回部队，傅礼谢即被提拔补缺，成了穆铚竺的得力副手。鞠明祖则被降级使用，既没让他进社核心小组，也没让他回总编室当总编助理，而是将他安排到亚太室当组长。表面上看，是让他独挡一面，实际是不想再让他掺和最高决策层的政事。鞠明祖当然明白这一点，他认定这里面是派性在起作用，心里对穆铚竺和傅礼谢更添一分恨意。

鞠明祖记恨傅礼谢，傅礼谢也不买鞠明祖的账。听到鞠明祖在下面煽风点火，傅礼谢憋闷在心头的火重新被点燃起来。他腾的一下站起来，正要发作，穆铚竺把他强按了下去。穆铚竺抓过话筒，口气突然变得镇定而坚决：“同志们，请安静！一些人对核心小组和我本人可能有一些意见，欢迎大家批评、批判。但是，现在是传达主席批示，这不是一般的开会，更不是过去打派仗！希望大家自觉保持会场秩序。好，下面继续传达。”

“姜还是老的辣，老奸巨滑！”常峻有感而发。

“表面上看起来他们是在闹派性，实际可不那么简单。”坐在常峻他们后座的王沪也把身子探前加入到常峻和袁本弥的小声嘀咕中。王沪也和他们是同届校友，在学校也曾当班长。因为他能说会道，加上父亲又是文教系统的高干，所以父贵子荣，在学校十分得志，说话讲演一口上海普通话，抑扬顿挫，脆亮悦耳，不仅踌躇满志，而且头头是道，极富感召力和煽惑力，因而总给人富有哲理和思辩能力强的印象，不了解他的人对他佩服得五体投地，称他有辩才，是才子。而了解他的人则对他嗤之以鼻，私下里送他个外号——“上海牛皮王”。

果然，常峻和袁本弥不买他的账。常峻不无讥讽地问他：“你小子又从你爸那儿拾到点什么？”袁本弥也反问他：“你说不简单，怎么个不简单法？”

王沪对别人往往趾高气扬，但对常峻和袁本弥他不敢，毕竟在学校时大家经常接触，平起平坐，知根知底。这会儿，听常峻和袁本弥的口气，王沪急了：“你们不要这个样子好不好。喏，主席不是讲吗，一些老同志思想还停留在资产阶级民主革命阶段。这就是问题的实质。喏，鞠明祖是什么派？造反派，当然不是停止在资产阶级民主革命阶段的；但穆趃竺和傅礼谢呢？他们是被造反的，是当权派嘛。所以，鞠明祖与穆趃竺和傅礼谢之间是造反派和当权派的矛盾，不同于两个造反派之间的矛盾。换句话说，造反派与造反派之间的矛盾主要是人民内部矛盾问题，而造反派和当权派之间的矛盾就不能简单化了。如果这帮当权派像主席说的那样，思想停留在资产阶级民主革命阶段，不再继续革命，那性质就严重了，他们就是走资派了。走资派就是主席批的那些资产阶级民主革命派。反过来说，资产阶级民主革命派就是走资派。喏，告诉你们吧，这次学习主席批示是有针对性的，有人要翻文革的案嘛。”

王沪正洋洋得意地卖弄来自上海方面的小道消息，傅礼谢已经传达完毕。他侧转脸和穆趃竺小声嘀咕了几句，然后喝了一口水，清清嗓子布置道：“主席批示就原原本本地传达完了，各处室回去后要认真组织讨论，正确领会主席批示的精神实质。当然，主席批示虽然主要针对教育战线，但大家也可以结合我社实际进行讨论，核心小组欢迎大家提意见，找差距，目的只有一个，那就是上下团结一致，群策群力，把我们的宣传报道搞上去。”

有人又给主席台递纸条。傅礼谢接过来扫了一眼，刚才还阴沉着的脸顿时舒缓过来，嘴角咧过一丝不易察觉的冷笑。他朗声地对台下招呼着：“这里有张纸条，我念一下：有人口口声声怪罪核心小组封锁主席指示不传达，但真正支持教育革命的人就不会到处散布什么‘今不如昔’‘青黄不接’的论调，还污蔑工农兵学员译不了外电，写不出报道，编不了稿子，只会考试交白卷……”

傅礼谢似乎将纸条念完了，实际是他不想再念下去。显然，纸条是冲着鞠明祖他们来的。傅礼谢本来想利用这张纸条反击一下鞠明祖，但念到这里，他发现字条中所指责的那些个论调同他本人经常私下发的牢骚是一样的，而且他一直认为这些牢骚是正确观点，只是它们与现实宣传基调不一致，在公开场合下是被批判的。因此，读到这里，他兴致全无，不想以此来发泄对鞠明祖的愤恨了。在大众场合下，尤其是在传达主席有关教育革命的批示的节骨眼上，他更不该张扬纸条中指责的那些个论调。他装作念完了的样子，若无其事地对下面无力地宣布：“散会。”

黑夜沉沉。

稀疏微弱的路灯灯光冲不开凝重浓郁的夜色，只好与黑暗同流合污，将华讯国际社大院包裹上一层灰暗昏沉的外衣。不过，与周边的灰暗寂静的环境形成鲜明对照的是，办公楼内却是一片光亮闹腾。

那天下午听完传达后，各处室回来后便接着进行讨论，但时间太短，无法一次讨论好。为加强对“反击右倾翻案风”运动的领导，中央特派组已经进驻华讯国际社，说是配合社核心小组工作，实际是全面接管，旨在让穆铚竺靠边站，接受审查和批判。在中央宣传口的统一部署下，中央特派组决定各处室每周至少增加两个晚上进行深入学习讨论，联系华讯国际社实际开展揭批查。通常情况下，晚上的这个时间只有少数人值夜班，楼道内外灯光暗淡，寂静安宁，但眼下开会讨论，不光灯火通明，而且人声鼎沸。有的慢条斯理，拖腔捏调；有的干脆利落，掷地有声；有的大声质问，怒不可遏；有的吴侬软语，细语轻声。它们冲破各会议室的玻璃门窗，汇聚到楼外空间，形成强大的声浪和气流，嗡嗡作响，听不清整句。

在非洲编辑室大办公室里，全体二三十人与不规则摆放的办公桌满满登登挤成一堆，有的正襟危坐，有的两个人挨挤在一只座椅上，有的屁股落在空闲的办公桌上，还有人干脆搬把椅子坐到室外过道上。

支部书记吉梅殿正在讲话，既是讨论会的开场白又是论战动员。“同志们，党中央毛主席发起新一轮革命运动，坚决反击右倾翻案风。联系到我们华讯国际社，以穆铚竺为首的一批走资派也大刮右倾翻案风。他们占据高位，对抗党中央毛主席。是可忍孰不可忍！我们要坚决站在毛主席无产阶级革命路线一边，响应中央特派组号召，积极开展大检举、大揭发、大批判，把还在走的走资派们统统揪出来，批倒斗臭。老姚，您老说两句。”

尽管吉梅殿作为党支部书记是一把手，但无论是革命资历、业务历练还是素质风采，副组长姚夏都一直是编辑室的中坚人物。他早年参加革命入党，延安时期就从事和领导新闻工作，“文革”前曾任华讯国际社副总编辑。有人说，姚夏身上有一种“贫贱不移、威武不屈、富贵不淫”的浩然正气，极富个人魅力。正因为如此，大家都十分敬佩他、尊崇他。

听到吉梅殿的招呼，姚夏喝口茶，表情严肃地发言：“首先表个态：拥护中央决定，支持中央特派组工作。穆铚竺同志犯了严重的方向和路线错误，但我们要全面领会中央精神。”

肖米辉突然理直气壮地插话：“老姚，你不能称穆铚竺为‘同志’，他是大刮右倾翻案风的走资派！”

谷婴童瞪一眼肖米辉，心直口快地反驳：“怎么不可以称‘同志’？不是还没定性吗，中央特派组也称他‘穆铚竺同志’呢。”

会场一下子乱了起来，赞成和反对者各持己见，互不相让。

吉梅殿大声制止：“言归正传，一个一个发言，重点是揭发批判！”

袁本弥：“我刚到社里不久，对许多情况不是很了解，只想谈一下我的一点个人感受。入社以来，给我一个明显的感觉是，华讯国际社‘文化大革命’运动搞得冷冷清清，跟上海的火热氛围形成鲜明的对比。这么大一个意识形态单位，连个黑板报之类的政治宣传阵地都没有，难道不说明一点问题？”

吉梅殿击节叫好：“好！说得好！大家就这样揭发批判。”

王麓冶：“我赞成小袁的批判！其实，袁本弥同志还应该有自己的更深体会。本来他是要出国留学的，由于穆铚竺对工农兵学员的歧视打击，不但不让小袁留学，而且还不让他政治进步。小袁本来是内定进社核心小组、担任社大批判组组长的，穆铚竺却独断专行，硬是把小袁发配到咱非洲组来。这不是打击迫害又是什么？”

袁本弥：“这……可能有点出入，事情不是这个样子的……”

王麓冶：“事情就是这样的，你现在不是已经身在非洲组了吗？透过现象看本质嘛。你知道谁占用了你让出来的留学名额吗？”

“谁？”

王麓冶：“穆铚竺的亲信。当年社里打派仗，电务处有个初中刚毕业的报务员，他是穆铚竺的小老乡，力挺穆铚竺。后来，穆铚竺官复原职便投桃报李，小老乡先被推荐上大学，毕业回社后升任社长办公室主任。可见，他不让小袁出国，为的就是要把这个留学名额挪给自己的亲信小老乡。”

一片哗然。袁本弥惊愕不已。

肖米辉：“真是虚伪狡猾！还说什么？揭发他，刷他的大字报！”

王麓冶：“对，咱们要写大字报揭发批判他！小袁，你可不能心慈手软！工农兵学员要继续发扬‘上管改’的革命精神，同还在走的走资派斗争到底！”

吉梅殿：“那好，咱现在散会，各自分头写大字报，以个人名义检举揭发也行，几个人联名揭批也行。”

姚夏想了想，提出自己的建议：“老吉，你看这样好不好，咱们应该集体写张大字报，表示一下我们的态度。如果大家没意见，我和小袁负责来写，我打腹稿，小袁执笔，他的毛笔字不错。”

肖一秋非常赞同：“好，好，我觉得这样好。另外，刚才老王揭发穆铚竺的那些，她是当事人，应该由老王自己执笔写为好，省得小袁犯糊涂，他并不知内情。”

王麓冶：“你……”

肖一秋窃笑一声，对袁本弥扮个鬼脸，朗声招呼说：“小袁，走，跟我到办公室去领纸张笔墨去。写大字报喽！”

袁本弥感激地回应一声，立即尾随而去。

姚夏目睹两人离去，脸上露出不易察觉的狡黠笑意。作为经历过太多风雨的老同志，他对“文化大革命”和眼下的形势有着太多的歧义和担忧，但他明白仅靠自己的绵薄之力是无力回天的，他只能韬光养晦，在力所能及的范畴内策略地抗争，尽可能多地保护干部和同志，特别是对袁本弥这样一批青涩、光明、基础良好的可造之材更要倍加珍惜，不能让他们被甚嚣尘上的所谓革命浪潮所裹挟、吞没和毁灭。

“他们还年轻，不能让他们无谓地做空头政治的牺牲品！”姚夏在心里对自己说。为此，他已经想好了一招。

第二天晚上还是政治学习。9点钟左右，各处室讨论陆续结束。人们纷纷涌出办公楼，登上班车或骑上自行车回家。不一会儿，整个总部大院一片沉寂暗黑，只有少数几个窗口透出昏黄的灯光，那多半是住集体宿舍的单身男女，无家可归，只好猫在办公室里“打发”时光。也有一些“工作狂”抓紧时间加班加点赶稿件。

袁本弥也是单身一族，开完会后没有直接回集体宿舍，而是呆在办公室“耗着”看书学习。同一个办公室的老虞也没回家，据说要等老姚和老甄商量事儿，让袁本弥也一起等着。

不一会儿，甄祥松终于兴冲冲地回到办公室。他没有坐到自己的办公桌，而是直奔虞黎通报说：“老虞，刚才总编室汇报会专门谈坦赞铁路竣工报道问题。中国援建坦赞铁路成功，世界瞩目，上面对这次报道十分重视，要求我们立刻派遣记者组，进驻铁道部采访，除了采访铁道部有关领导和干部群众，还可以对坦赞铁路一线轮休归国的工人、工程技术人员和专家学者进行访谈，请他们介绍亲身经历和切身感受，最后汇总形成一篇长篇通讯，讴歌我外援壮举和中非友谊。”

虞黎赞许道：“好啊！这还是咱们和老姚一起跟上面提议的呢。”

甄祥松：“刚才已经汇报给组头了，他们说坦赞铁路报道归我们东南非片管，小分队的事让咱俩定。”

虞黎建议：“那好，我看小分队就由你带队，人不在多，三四人就好，你挑选。”

“我看3个人就行：我算一个；金成旺算一个，他刚从铁道部调到咱们社，又是从坦赞铁路刚回来的，人脉关系熟，采访好联络；再有一个，老姚的意思让小袁去。”甄祥松和盘托出自己的想法，然后征求袁本弥意见说：“小袁，有没有兴趣参加我们的采访组，写坦赞铁路大通讯？”

袁本弥高兴得跳了起来，马上坚决表态：“当然愿意！太好了！这么好的机会，我一定好好珍惜。”

虞黎和甄祥松满意地相视一笑。他们之所以让袁本弥参加记者组，一方面着意在业务上帮助年轻人尽快挑大梁，另一方面更重要的是，他们不想让袁本弥太多染指纷纭复杂的政治运动，将青春浪费在虚无缥缈的空头政治上。这当然是他们的内心想法，表面上他们要袁本弥参加坦赞铁路采访报道理由冠冕堂皇：小袁根红苗壮，政治过硬，又是分社主管，文笔也好，坦赞铁路报道这么件大事，自然要对他委以重任。

“小袁，咱们在国内搞编辑，这样的采访机会可是不多呦。你要好好利用这次采访机会，跟老甄多学点东西，他可是咱社里有名的笔杆子啊。”虞黎语重心长地嘱咐袁本弥。

说到这里，姚夏走了进来，看见甄祥松和虞黎正在与袁本弥一起说话，心知肚明地招呼说：“老虞，老甄都和你说啦？怎么样，让老甄带小袁入驻铁道部招待所采访，你没意见吧？”

虞黎：“我举双手赞成！一个有事业心的年轻人，成天卷在是非漩涡里那哪儿成？不能教人把他祸害了，采访、写稿，才能真正让他发挥作用。小袁，我说得对不对？”

袁本弥会心而感激地看着眼前的前辈，发自内心地连连道谢。

姚夏：“那好，现在咱们撤，骑车回家。明天，老甄，你和小金、小袁一起碰碰头，商量一下初步计划，争取下周就吃住到铁道部招待所去，写好长篇通讯，给坦赞铁路竣工献一份大礼。”

甄祥松孩子般地乐了：“得嘞！您就听好吧！”

更特别高兴的是袁本弥。坦赞铁路大通讯，听起来就那么带劲！

坦赞铁路于1970年10月动工兴建，历时6年，于1976年7月正式通车运行。它是一条贯通东非和中南非的交通大干线，东起坦桑尼亚首都达累斯萨拉姆，循西南方向穿越坦桑尼亚国境，最后经赞比亚首都卢萨卡向北延伸至赞中部城镇新卡皮里姆波希，全长1860多公里。它是新中国早期对外援助的典范和缩影。世界舆论认为，坦赞铁路是中国外交中的一笔无形资产，是一座彰显中国与非洲乃至整个第三世界患难与共的“兄弟情谊”丰碑。

搞新闻的许多人却是急性子，干事喜欢趁热打铁。甄祥松领着袁本弥和金成旺立即入住铁道部招待所着手采访工作。

半夜时分，招待所一楼接待大厅热气腾腾，人声嘈杂，一批从坦赞铁路一线轮换回国的工程建设者们正风尘仆仆地办理入住手续。甄祥松早已通过招待所的接待安排了解到这一信息，他决定打破正常作息时间，晚上不睡觉等着他们，对他们进行随意性采访。甄祥松告诉袁本弥和金成旺："工人们很辛苦，都想快点办完手续早点休息，所以我们的采访不能中断他们办手续，而要见缝插针寻觅采访对象，提问要简短明了，透着对他们的关心和尊敬。"

说归说，真正做起来却并非易事。当甄祥松带领大家来到接待大厅时，里面烟雾缭绕，一帮脸色黝黑的粗壮汉子们正挤在一堆，一边叼着烟卷抽烟一边高声大嗓地谈笑风生。甄祥松他们的装束和气质显然与大厅内的环境格格不入，格外引人注目。

"你们是干什么的？"出于好奇，有人悄声朝走近自己身边的袁本弥打探询问。

"大家好，我们是华讯国际社记者，想采访采访大家，"袁本弥微笑着说明来意。

出乎意料的是，袁本弥的回应兀自浇灭了大厅里的热度，原本闹腾腾的大厅一下子安静了许多。在那个极左意识形态氛围浓烈的年代，基层民众似乎很不习惯被记者采访，他们一个个低垂着眼皮，不敢正视记者，生怕记者提问问到自己头上。

见此情景，甄祥松用眼神对大厅内的铁路汉子们巡视了一番，不动声色地走近一位戴着眼镜、虽有书卷气却凛然大方的干部模样的人，一边掏出烟卷叼到自己嘴上，一边将烟盒伸向对方说："劳驾，借个火。您抽我的。"

对方一边谢绝递过来的烟盒，一边将自己正抽着的烟蒂递给甄祥松对火，嘴里却漫不经心地问："你们是记者？"

甄祥松："是呀，华讯国际社的。这不，坦赞铁路马上就要竣工了，这可是全世界都关注的大事，上面要求我们加强报道，大力宣传。你们来自第一线，为这条铁路、为中非友谊流血流汗，把帝国主义宣称的不可能变成了现实，彰显了中国人民的聪明智慧和浩然正气，这是多么值得自豪和书写的新闻啊。"

对方一下子来了精神，眼睛放光，嘴里喃喃地说："坦赞铁路不仅是中国最大的对外援助项目，也是战后非洲修筑的最长铁路，是迄今非洲大陆上最大的工程之一。全长 1860 公里，全部由中国出钱、出人一手建成。"

"您贵姓，负责什么工作？"甄祥松问。

没等对方回答，金成旺抢先介绍说："他叫袁潭鋆，高级建筑总工，劳模。

坦赞铁路共援建了90多个火车站，一个车站一个样，风格各异，缤纷别致，令人大开眼界。袁总和他的团队为此呕心沥血，受到坦赞两国领导人的高度评价。”

袁潭鋆吃惊地看着他，不解地询问：“这些……你怎么知道？”

甄祥松哈哈大笑。袁潭鋆更加莫名其妙。

“这就叫‘一家人不认识一家人’哟。袁总，他也在坦赞铁路呆过。”金成旺赶忙补充说：“我在坦赞铁路当了好几年翻译，回国后才调到华讯国际社不久。说起来，我们都是战友。”

袁潭鋆孩子般地乐了，他手拉着金成旺，高兴地对大厅里的工友们朗声介绍道：“华讯国际社要写咱修坦赞铁路，长咱中国的志气，长咱铁路工人的志气。同志们，为了让他们把文章写好，咱们要多给他们讲故事，多提供素材。”

有人鼓掌响应，掌声先是稀稀拉拉，渐渐地越来越响，最终掌声聚焦成一片，震得大厅嗡嗡作响。

甄祥松感激地握着袁潭鋆的手说：“谢谢，谢谢大家！这样，现在我们几个人分头找大家随意聊聊，明天找时间再找一些典型人物开个座谈会，算集体采访。袁总，明天的采访还请你协助我们物色一下人选，参加座谈的人既要有故事，又要有一定的表达能力。”

“行，没问题。”袁潭鋆一口应承下来。

第二天，袁潭鋆如约找了七八个人，一起来到甄祥松的房间集体接受采访。大家畅所欲言，提供了很多鲜活生动的素材。

通过这次座谈，甄祥松和袁本弥、金成旺发现，要撰写这么一篇大通讯，并且是在非第一现场采访，各自为战式地单独寻觅单个对象访谈，很难让对方为你敞开胸怀直抒胸臆，可能多搞座谈式集体采访更有效。记者组可以将采访目标分成若干个专题，每次主要访谈一二个专题，事先有选择地挑选采访对象，从而使他们谈论自己熟悉和乐道的东西，既能让被采访者畅所欲言，保障素材的生动精彩，又能因记者组集体参与，有利于访谈后整合素材和提炼稿件主题，为下一步正式撰稿简便了程序。

记者组的这一策划得到铁道部政治部的赞赏和积极回应。在他们的大力配合下，记者组根据事先拟定的专题先后安排了多场座谈会，铁道部部机关和有关铁路局每次都抽调曾经参加过坦赞铁路大会战的有关干部、工程技术人员和工人代表参加。他们介绍亲身经历，抒发真情实感，讲述一个个鲜活生动、感人肺腑的真实故事，极大地丰富了撰稿素材。

与此同时，记者组还得到本社驻达累斯萨拉姆分社和卢萨卡分社记者新采写的通讯等纪实性文稿以及他们的采访心得等素材。甄祥松还率袁本弥赴坦桑尼亚、赞比亚等国驻华使馆采访，倾听国际舆论对中国援建坦赞铁路的反应。

经过半个多月的采访和调研，记者组积累了大量的报道素材，并在此基础上反复讨论和研究，基本敲定了撰稿主题和中心内容。接下来，工作的重心就是撰稿。为了让年轻人获得练笔机会，甄祥松有意让袁本弥写第一稿。

袁本弥当然明白甄祥松的良苦用心，内心十分感激。为了拿出一个比较像样的初成品，他没有急于下笔，而是缓缓踱步，不断回味采访场景，查看文字笔录，反复构思写作提纲，特别注重酝酿通讯稿的标题、导语和正文段落之间的逻辑联系。这也是他的写作习惯。早在农村担任公社团委书记时，他就经常给公社领导起草报告和讲话稿，每每下笔之前，他都要花较长时间酝酿腹稿，然后再一气呵成。

这天晚上，袁本弥感觉已经成竹在胸，打算一气呵成拿下初稿。灯光下，他端坐在书桌前，铺开稿纸本，提笔写下：通讯：中非友谊路 天堑变通途——中国援建坦赞铁路全纪录。想想，他又提笔将标题划掉，望着桌上堆放着的一堆素材接着琢磨。

金成旺敲门走进，关切地询问："万事起头难。小袁，怎么样？大体构思好了吗？"

没有十分的把握，袁本弥绝不说满。他谦虚地回答："八字还没一撇呢。老甄也真是的，非要让我写第一稿，他那么大一根笔杆子，自己动手不就得了。"

金成旺："这你就不懂了吧。他这是给你机会呢。"

袁本弥："我知道你们的好意，谢谢了！吔，你来找我有事？"

金成旺凑到袁本弥耳边，压低声音说："听说天安门人山人海，悼念周总理。越是打招呼不让去，人们越是要去。"

袁本弥："你去啦？"

金成旺："哦，没有没有。我就是想不通，悼念周总理干嘛不让去？"

袁本弥对金成旺挤挤眼睛，小声提议："你回家吧。回头老甄要问，我就说你回家拿换洗衣服去了。"

金成旺感激地在袁本弥肩膀上轻轻地拍拍，心情愉悦地走出了房间。

袁本弥望着墙上贴着的周总理遗像，再无心情写作。他索性放下笔，也悄悄走出了房门。拐出招待所大门，他便步入林荫小道，目标直奔天安门。

4 月的北京，依然寒气逼人。不过，此时天安门广场却一片闹腾。这里人山人海，花圈、挽联、诗词、歌赋和大字报连绵不绝，到处听到人们在朗诵和演讲。

袁本弥走了一处又一处，那些诗词、歌赋和大字报令他眼花缭乱。突然，一个熟悉的身影映入他的眼帘：孙敏和陈崇瑛正聚精会神地抄录大字报和诗词。

袁本弥挤到孙敏面前，捅捅她的胳膊。

孙敏回转身，看到袁本弥，一阵窃喜，连忙招呼陈崇瑛："崇瑛，你看谁来了，真是'踏破铁鞋无觅处，得来全不费功夫'。"

陈崇瑛也是一阵惊喜："呀！小袁，真的是你！我们一大早下火车，找你找得好苦啊。到你们单位，说你外出采访去了，不方便联系。"

袁本弥压低声音："谁知道你们大老远的跑到这儿来。走，咱们赶快走！刚才听人议论，今晚可能要清场，中山公园和劳动人民文化宫里尽是警察和民兵。"

孙敏带点怨气地回应："走，往哪儿走？我们还没住的地方呢，本来想找到你，在你们单位招待所找个房间，但现在这么晚，估计你也没办法了。干脆，我们再呆一会儿，然后到火车站候车室混一个晚上，一大早再跟火车回上海。"

陈崇瑛："也只好如此了。"

袁本弥急了："那哪儿成啊，现在晚上还是挺冷的，把你们冻个好歹，我可不好交差，到时候孙师傅和洪武不得把我吃了。走，快跟我走，我有办法。"

孙敏："什么办法？"

袁本弥："我正住在铁道部招待所采访，我把房间让你们住，我到同事房间里凑合一下。"

孙敏一下子来了情绪，高兴地招呼陈崇瑛："崇瑛，不抄了，咱们走！"

袁本弥带头领着俩人十分费劲地挤出人群，来到宽敞的长安街大道，随即迅速拐上大道旁边的人行林荫道。

孙敏："哎呀，累死我了。袁本弥，你走那么快干什么？"

陈崇瑛白了孙敏一眼："这下不怨人家小袁了吧？小袁，这一天时间里，她可没少骂你。"

袁本弥深情地瞥一眼孙敏，依旧压低声音说："我不知道你们来呀！其实，现在的氛围很紧张。上面禁止大家到天安门来，我今晚还是偷偷溜过来的。回头到了招待所，你们就说是路过北京来看我的，否则弄不好会有麻烦。"

孙敏："上海也不让，但是大家还是不管不顾地来了。悼念周总理，怕什么？"

陈崇瑛："就是！其实是有人不希望人们悼念周总理。你没看那些诗词歌赋，傻子也能看出来。"

袁本弥："话虽如此说，但形势严峻呀！刚才听人议论，说今夜很可能要采取大行动。中山公园和劳动人民文化宫里，住满了民兵和警察。"

孙敏和陈崇瑛不以为然。

可是，她们哪知道政治浑水是不好趟的。她们回到上海后的第二天，学校已经开始清查天安门反革命事件了。她们所在系的党总支书记宋林晨主持召开全系师生大会。会议首先向大家分发当天发行的《解放日报》，该报在头版头条载文：天安门事件是“反革命政治事件”。

陈崇瑛惊愕不已，她用眼神询问身旁的孙敏怎么办？

孙敏昂昂头，那眼神英雄气概般地宣示：“怕什么？我们是去悼念周总理的！”

然而，纸里包不住火，有人检举揭发，说她们去了北京。她们没有政治运动经验，很快便轻而易举地被拿下，不仅实话实说坦白了真相，而且在不知不觉中把袁本弥供了出来。

千里之外的北京哪里知道这档子事，华讯国际社人事处此时却正在为袁本弥着手办理出国事宜。

人事处处长办公室里，陈渝一边品茗香茶，一边翻看报纸，等候袁本弥来报到谈话。

袁本弥敲门走进，朗声报告：“老陈，您找我？”华讯国际社有个良好的传统，相互之间保持同志关系，一般情况下打招呼只称老李、小王之类，不以官衔来相称。所以，袁本弥入社一段时间后“入乡随俗”，看见陈渝也不再叫他陈处长，而改称老陈。

陈渝习惯人们叫他老陈。见袁本弥来了，他连忙放下报纸，高兴地招呼：“哦，小袁，来啦。沙发上坐。是这样的，在你们结束对坦赞铁路的采访报道后，社领导经过研究，同意你们姚夏组长的提议，让你参加这一期出国人员学习班，准备派你到非洲工作。”

袁本弥大喜过望，兴奋地连连道谢：“真的！谢谢。谢谢！”

陈渝：“真为你高兴！祝贺你！下面，我将代表社领导和你正式谈话，之后你就到隔壁分管组去办出国手续。”

电话铃骤然响起。陈渝示意袁本弥稍等，然后抓起话筒接听：“喂，哪位？老魏呀，有什么指示？”

话筒传出对方的声音：“指示？不是我有什么指示，但还真的是领导指示，你们是不是在考虑派袁本弥出国？上面发话了，立即将手续停下来，上海中医药学院来公函，说袁本弥四五运动去过天安门，还帮助过上海中医药学院两名女同学一起到了广场。”

陈渝惊愕不已，他呆呆地看着袁本弥，半晌才放下话筒，缓缓地告诉袁本弥：“你怎么这么倒霉，刚才和你谈的作废。你先回组吧，出国的事以后再说。”

袁本弥大惊，急急地问：“为啥？”

陈渝同情地摇摇头，什么也没说，只是朝袁本弥无力地挥挥手。

六

袁本弥郁闷极了。他和衣闭目靠在叠得整整齐齐的被褥上，情绪十分沮丧。

从铁道部采访回来后，袁本弥原先住的集体宿舍被人占了结婚，他只好接受新的调整，转到 7 号楼 5 号房。房间里放置 3 张单人床和一张办公桌，但实际上只住他和另外一个人。两个人各占一张单人床，余下一张床一分为二，各自堆放箱包和行李。

袁本弥正躺在床上望着房顶发怔，金成旺轻轻推门而入："小袁，有你一封信，给你拿来了。"

袁本弥懒懒地回应："谢谢，就放桌上吧，我过一会儿再看。"

金成旺忿忿地："小袁，别难过了。这叫什么事？到一下天安门又怎么啦？不行，我得找领导去为你伸张伸张！"

袁本弥从床上一下子坐起来，喊道："别去，别到时候把你也扯进去。"

"哪来那么多反革命？我就不信这个邪，悼念周总理有啥错？你歇着，我去找老姚。"金成旺不由分说，一转身匆匆步出宿舍。

金成旺还真的去找了姚夏。姚夏早就在心里对将天安门事件定性为反革命事件感到愤慨，就是金成旺不来找他，他也要找机会发泄发泄。现在听金成旺要为袁本弥申诉，他答应立刻带金成旺去找负责此次清查工作的中央特派员吴辞仁。甄祥松听说他们要为袁本弥申诉，也要跟着一起去。

姚夏这样做，多少是有些把握的。听自己在某大军区的老战友说，他与吴辞仁一起共事多年，这位老革命、老军人为人耿直正派，而且"鬼点子"很多。"文革"初期，他同时在地方上担任要职，因而被一帮"红卫兵"娃娃们定为"走资派"，要拉他上街游斗。他很"鬼"，决定和娃娃们"玩玩"。那天，他早早就起床，先把自己喂饱喝足，然后穿上平时晨练用的运动鞋，"主动"来到"红卫兵"总部"积极配合"游街。他自己给自己套上个用牛皮纸箱包做的"走资派"牌子，戴起纸糊的高帽子，大步流星地带头游走。"红卫兵"们喊口号"打倒吴辞仁"，他也振臂高呼"打倒吴辞仁"，娃娃们想严肃都严肃不起来，一个个笑得前仰后合。两个小时"游街"行走，娃娃们累了，没吃早饭肚子饿得咕咕叫，他却没事人似的，告诉娃娃们还有哪几条街值得一游，让他们要革命到底，不能半途而废。娃娃们实在走不动了，主动给他卸下"走资派"牌子和高帽子，让他自便。他却认真地表示："那好，今天就到这里。明天我还准时到总部报到，咱们明天争取多游几条街。"急得娃娃们七嘴八舌地朝组织者直嚷嚷："还游啊？""算了吧，明天我可走不动了。""明天我家里有事，请假。"试想，这样一个正派睿智的老革命，能不秉公“断案”吗？

事情果然如姚夏所料，吴辞仁真的三下五除二就把事情摆平了。

华讯国际社运动领导小组办公室里，中央特派员吴辞仁腰板硬朗地端坐在接待桌前，认真听取姚夏、甄祥松和金成旺的证言。

金成旺：“袁本弥没有去天安门，我可以做证。根据总社安排，我们最近一直住在铁道部招待所采访，写一篇大通讯，配合坦赞铁路竣工。那天他在上海的女朋友带着闺蜜确实跑到北京来看他，小袁工作抽不开身，就让她俩自己上街逛商场，又跟我商量借宿，当晚他把自己住的房间腾给女朋友她俩住，他自己跟我对付了一宿。我住小袁隔壁，全天没发现他离开过招待所。老甄为了锻炼他，坦赞铁路大通讯让他写初稿，他全身心放在写稿上，连女朋友来都顾不上照应，哪还有时间和心思到天安门闹事。”

甄祥松：“我也觉得小袁不可能参与天安门事件。那天确实是我给他布置任务，让他尽快拿出大通讯初稿来，谁知第二天他就给我送来他的初稿。你想想，要是跑到天安门，三心二意能这么快就写出来吗？这可不是日常的‘豆腐块’稿件啊。“

姚夏：“辞仁同志，我不知道上海中医药学院公函怎么说的，但我知道小袁确实有女朋友在那里。年轻人嘛，谈情说爱温度高点，应该可以理解。也许她们两个女孩子逛王府井或者前门，经过了一下天安门，也不是不可能的，毕竟天安门是祖国的心脏、国家的中心，谁不向往啊。但无论如何，从刚才小金和老甄的讲述，我可以肯定，袁本弥与天安门事件无关。小袁根红苗正，共产党员，一直和中央保持一致，工作积极，各方面表现都很优秀。特别要强调的一点是，他写的小说《赞歌》受到中央领导的高度评价，有专门批示，社里是准备把他作为重点对象培养的。”

吴辞仁舒心地笑了。他一挥手，轻松地表态：“得嘞。你们说的都很好，把你们说的写成书面材料，附到上海中医药学院公函后面，这事就算了了。不要说没去天安门，就是去了，哪能都当反革命分子追查？老姚说得好，天安门是祖国的心脏、国家的中心，谁不向往啊。”

就这样，一道不可逾越的政治难题就这样轻而易举地解决了。袁本弥“无罪”过关，只可惜的是，出国再次泡汤，不仅因为原有的名额换了别人，而且更因为新的更大政治风暴的来临，袁本弥再次被推到风口浪尖上。

问题的解决，袁本弥并不知情，他还沉浸在出国泡汤的痛苦之中。不过，金成旺从宿舍走出后，想想哥儿们为自己的事如此上心，袁本弥心灵上得到极大的安慰。他叹口气，起身下床捡起桌上的信，看一眼信封，知道是孙敏来的，连忙撕破信封封口，迫不及待地取出信纸看起来。只是，看完信后，他的心绪再次跌落谷底。他吃惊地发现，自己过去对孙敏的感情如同对邱婧一样，仍是“一厢情愿”。孙敏其实一直有自己的追求和理想，她早已有了自己的“心上人”，而且是一个值得她永远感恩爱戴的人。这令袁本弥无法与之竞逐，只能选择放弃对孙敏的追求，而衷心地为他们祈祷和祝福。

“小袁：你好！

对不起，回上海后一直没有给你回信。昨天又看到你的来信，再不给你回信就太不像话了。

首先，我要向你表示深深的歉意。因为我们政治经验不足，把到天安门广场的事认了，同时也在不经意间把你连累上了，真的感到很内疚，希望求得你的谅解。我们真不是故意的！

向你致歉的另外一点是，尽管我感谢你对我的好感，但我不能接受。这么长时间之所以没和你挑明，一方面我不想违拗父母的心愿，我知道他们很希望我能和你走到一起；另一方面，我一直把你当好朋友和哥哥对待。我知道，你是真心喜欢我，我不忍心太伤害你，总想找个合适机会同你讲清楚。今天，爸爸妈妈再次问及我的婚事，我只好和盘托出我的真实想法。他们听后十分理解和支持我，同时要求我必须写这封信，如实告诉你有关我的内心世界。

记得我曾经对你说过，我热爱江西，那里有我的青春奉献和情感寄托。我还跟你谈起过那位老中医，就是我插队时的房东。实际上，他不仅是我医学事业的启蒙之师，而且也可谓我的救命恩人。那一年，我得了急性黄疸性肝炎，极具传染性，别人避之唯恐不及，但老人家却不嫌不弃，不仅细心照料，而且还让儿子上山为我采药。没有那种偏方草药，恐怕我就不得痊愈，更不可能在那么短的时间内奇迹般地根治。要知道，这种病在当地俗称‘黄痨病’，不少人因耽搁治疗而丧命。

老中医的儿子是个回乡知青，一个浓眉大眼、浑身充满青春气息的小伙子。他像你一样，为人诚恳正直，如同哥哥一样待我。我们不仅谈得来，而且相互爱慕。可是，为了给我采那种偏方草药，他却不慎坠入山沟，摔成植物人。这就是为什么我坚决要上大学学医的原因。我发誓要丰厚自己的医学知识，提高自己的医学技艺，回返江西为他看病，让他苏醒。

所幸的是，最近江西来信告诉我，老中医的针灸加按摩的疗法已在儿子身上发生疗效，他已经苏醒过来。我当即回了趟江西，并且明确告诉他，毕业后一定回到他身边，用我所学帮助他康复，让他重新站起来，过正常人的生活。

小袁，我尊敬的哥哥，为他祈祷吧！为妹妹祝福吧！”

袁本弥再一次认认真真地读完孙敏的来信，刚刚还怨气十足的他，这会儿却深深地为孙敏的高尚情操所感动，也为自己有这样一位“妹妹”而自豪。他立刻拿起笔和信纸，要马上给对方回信，送上自己的祈祷和祝福。然而，当他不经意间将目光落到另外一封来信时，思绪再次陷入混乱，笔头显得格外沉重，他不知道应该从哪里下笔。那是姐姐的来信，除了谈及妈妈的病情，特别提到了妈妈的关切：“有对象了吗？你的年龄也不小了，该是谈论婚姻的时候了。什么时候你结婚成家了，妈妈死也瞑目了。”

不知怎么回事，这段日子里袁本弥心里烦得很。姐姐他们不断来信说，母亲身体大不如从前，老年气管炎越来越严重，晚上躺在床上咳个不停，整夜整夜不能睡个囫囵觉。尽管姐姐他们让他安心工作，母亲由他们照应，但袁本弥心里清楚，母亲的病已不是一年二年了，不抓紧治疗很危险。可是他有什么办法呢？老年气管炎是慢性病，农村医疗条件差，生活和卫生状况都不是调养这种慢性病的好地方，而且农村人根本不把这种病当回事，犯病强忍着，不到万不得已的情况下绝不去打针吃药。他多么想把母亲接到北京来看病调养，可是来了住哪儿？集体宿舍三张床挤得满满的，住招待所三两天还好说，常住那里养病机关不会允许。花钱住旅馆，自己刚参加工作哪来那么多钱。前思后想，什么好办法也没有，只有到药店买点治疗气管炎的药，把它们和刚积攒的一点钱一起寄回去，写信表示一下自己的歉意和关切。

成什么家？对象是那么好找的吗？你爱人家，人家谁都看不上你！袁本弥一遍又一遍地在心里懊恼着。他不是责怪邱婧和孙敏她们，而是打心眼里自责：你什么也没有，一无是处！来自农村，无钱无势，连运气也不光顾你。凭什么别人出国留学、工作，而你则不能？！凭什么别人能风风光光，而你却饱受打压？机会曾经一次次来临，却一次次擦肩而过。难道真的是命运捉弄？

袁本弥痛苦地看着窗外，两行热泪不由自主地滚落到面颊上。然而，一个“小老百姓”除了内心痛苦，他又能怎么着？日子还不得一天一天过？

也许还真有天意！就在袁本弥内心煎熬、心灰意冷之际，一场政治风暴再次席卷华讯国际社大院，把他推向风口浪尖。这一次，他不想逃避，内心深处很想抓住这次机遇，让自己“倒霉透顶”的命运来个大翻身。

以穆铚竺和傅礼谢为首的华讯国际社高层消极对待反击“右倾翻案风”运动，彻底激怒了“上面”。

华讯国际社大礼堂，再次热气腾腾，楼上楼下座无虚席。一位中组部大员奉命来社主持召开全社大会，传达“中央领导”批示。

会场氛围紧张，主席台前高悬醒目会标：坚决落实中央领导批示，击退华讯国际社右倾翻案风！主席台上，位列中心的是中组部大员和几位陌生面孔。社长穆铚竺和副社长傅礼谢坐在主席台下，表情凝重。

另一位社核心小组副组长、副社长秦木主持会议。他宣布："同志们，现在开会。首先请中组部负责同志传达中央领导指示。"

中组部大员脸色严峻，神情肃穆。他照本宣科："首先宣布中央决定：鉴于华讯国际社核心小组组长、社长穆铚竺同志和社核心小组副组长、副社长傅礼谢同志思想严重右倾，竭力对抗反击右倾翻案风运动，中央决定：穆铚竺和傅礼谢同志停职检查，接受群众批判！华讯国际社核心小组副组长、副社长秦木即日起主持全面工作。希望穆铚竺和傅礼谢同志一边参加劳动，一边认真检查自己的右倾错误。中央相信，华讯国际社的广大干部群众能够坚决站在无产阶级革命路线一边，立即掀起大揭发和大批判的高潮，奋力反击右倾翻案风，夺取无产阶级文化大革命的彻底胜利！"

会场先是一片沉寂。继而响起零星鼓掌声，慢慢地掌声大作。

扩音喇叭里响起口号声：坚决拥护中央决定！彻底反击右倾翻案风！打到穆铚竺！打倒傅礼谢！

这边正在开会，那边已经让后勤工人用芦席在机关大院内竖起一排排大字报贴报栏。

经历了"文化大革命洗礼"，人们的政治敏感度显著提升，只要一声号令，立马雷厉风行跟进。不是真的什么政治觉悟，而是人们习惯了政治运动那一套。真心也好，假意也罢，反正听见风就是雨，绝对跟进。这不，全社大会结束后不到一顿饭功夫，办公楼内外便贴满了大字报，连楼梯走道上都设法做成了铁丝连杆，因为许多人早就得到消息，提前写好了大字报。人们将大字报粘贴悬挂在铁丝上。院子内外人头攒动，有人见缝插针张贴新写成的大字报，更多的人或三两一组边看边交头接耳，或独立特行，躬身认真默看。

袁本弥津津有味地看着大字报，从中了解鲜为人知的华讯国际社内幕。

一处不太显眼的角落里，穆铚竺穿戴朴素，胳膊上套着袖套，眼睛上架着老花镜，手里握着笔和记事本。他心情沉重地仔细阅看大字报，不时地往笔记本上记录。原来，他正在看国际部非洲编辑室王麓冶署名写的大字报，标题占了一张大白纸，赫然醒目：质问穆铚竺：为什么打击迫害工农兵学员？

突然，王麓冶悄然走近穆铚竺，小声而谄媚地表示："老领导，多有得罪了。其实，我……来人了，您多保重！"

穆铚竺用眼瞥了王麓冶一下，面无表情。

袁本弥渐行渐近。王麓冶突然提高嗓门，大声质问："穆铚竺，为什么抄录大字报？想对革命群众留底报复，秋后算账？”

穆groupId竺不卑不亢，回答道：“运动领导小组让抄录的，好对照检查，接受革命群众的大批判。”

王麓冶：“狡辩！我来问你，有人揭发，你和你的黑干将利用内参告状，迫害中央领导同志，认不认罪？”

穆groupId竺：“写内参只是反映情况。作为党的耳目喉舌，我们有这个责任。”

王麓冶拦住袁本弥，很气愤地表明立场：“小袁，穆groupId竺他们打击迫害你，剥夺你政治进步，还拒不认罪。你们革命小将要奋起反击呦！”

袁本弥一愣，丈二和尚摸不着头脑：“打击迫害？剥夺我政治进步？”

“是啊，本来要让你进入社核心小组的，可硬是被他们给剥夺了，这不是打击迫害是什么？”王麓冶一面讨好地解释，一面贴近袁本弥的耳朵透露说：“你去天安门的事解决了，不再追查你了。”

“真的？你怎么知道的？”袁本弥不敢相信自己的耳朵。

“是咱们国际部的朱老太说的。我还告诉你，这次‘上面’很重视你，穆groupId竺他们也下台了，没人再拦着你参加社部两级领导工作了！刚才朱老太跟我说，新社长秦木很快就要找你谈话，让你挑重担。小袁，恭喜你！”

袁本弥吃惊不小。“这不可能，我入社晚，对上下左右一概了解不多，还是多看看多学学。”虽然嘴上谦虚谨慎，内心却十分期待。

果然，不一会儿，朱老太还真的找到袁本弥通知说：“小袁，你让我好找啊。刚才社领导办公室打来电话，让你赶快到秦木同志办公室去一趟，新社长要找你谈话。”

朱老太，本名叫朱冶萍，因为年龄较大资历也老，所以被大家尊称为“老太”。她刚从国外分社回来，主持国际部政工组工作。她是南方人，说起普通话来不大利落，但总喜欢“嘟嘟嘟”地叨叨，让别人听起来特别费劲。这会儿，她转达完社领导的“意思”后，依然不忘对袁本弥“嘱咐”一番：“革命修（小）将嘛，就要葱（冲）锋习（陷）阵、一往瓮（无）前！我们乃忽（那会）在延欧（安），党咋地岗（怎么讲），我们就咋地（怎么）做……”

哪儿跟哪儿呀！袁本弥早就听大家伙儿私下聊过，都说朱老太什么时候都是“嘟嘟嘟”唠叨个没完。于是，他赶忙借口上社长办公室而“躲”之夭夭。

社长办公室的楼层在新闻大厦的中间部位，袁本弥上次应傅礼谢之约去过一次，现在再去，也算是“熟门熟路”了。他独自乘坐电梯抵达该楼层，然后在写着“副社长秦木”的办公室门口敲门。同上次一样，先是秘书热情地接待他，将他引进一小会客厅，让他坐在软软和和的真皮沙发座椅上稍候，然后给他奉上一杯清茶。

程序依旧，但已经物是人非。不一会儿，秦木笑容可掬地走进，主动伸出手轻轻地同袁本弥一握，细声寒暄道：“本弥同志，你好啊！”

“秦木同志，你好！不好意思，打扰了，让你在百忙之中约见我。”到底不是刚进社的新瓜蛋子，而且对方也是十分和蔼可亲的长者，袁本弥现在毫无紧张感。

秦木寒暄过后，话题立即转入正题：“本弥同志，找你来是代表社领导和你正式谈话。中央首长对你的批示传达后，穆铚竺和傅礼谢他们没有认真落实，这对你不公平。根据中央指示精神，经过我们新班子的讨论和研究，决定先让你列席社、部两级核心小组会议，同时由你主持社大批判组工作。怎么样？我们想先听听你自己的看法和想法。”

袁本弥激动不已，心跳明显加快。他涨红了脸，有点语无伦次地表示：“我当初写小说，真的没想到是现在这个样子。我是学外语的，本来要派我出国，其实我……但是，作为一个党员，我服从组织安排和革命需要。”

秦木：“那好，你这个态度是对的，我们就是要服从组织安排和革命需要。这次重用既是对你的肯定，也是对你的考验。你根红苗正，富有革命锐气和朝气，希望继续努力，在反击右倾翻案风的运动中冲锋陷阵，同时为华讯国际社的建设和发展贡献青春和活力。”

很快，谈话完毕，袁本弥浑身热血涌动。自己就要进入社领导核心圈，将来前途不可限量。找对象、出国，出人头地，办什么事还是个事儿吗？

突然，大字报区一阵骚动，人们纷纷向办公大楼北侧奔走，同时互相传告：有人跳楼了！

办公大楼北侧楼下是出事现场。水泥地上，一具男尸横陈倒卧，脑浆四溅和着一汪血水。循着尸体向上看，人们发现大楼顶层一扇窗户洞开，显然人就是从那里跳下来的。

围观者越聚越多。袁本弥尾随谷婴童、肖一秋、肖米辉等，顺势挤到事故现场。有知情者指着窗户说：“就是从那扇窗户摔下来的。今天本来我在家轮休，但通知我晚上政治学习，我只好从家骑自行车赶来了。本想早点到，顺便洗个澡吃个晚饭，谁知道刚走到这里就碰巧遇到这档子事。我推着自行车走，猛听得一声巨响，回头一看，吓死我了！”

另一个女知情者小声议论：“有人揭发他写信诬告江青，隔离审查好几天了，可能想不开，就走绝路了。”

袁本弥问：“哪个部门的？”

“内参室的老张。从驻外分社回来不到半年，刚提拔当头儿没几天，倒霉赶上跟穆铚竺去参加一个高层会，会后几个人联名给中央写内参反映问题，没承想……。唉，才 50 岁多点，丢下一大家子人。”

谷婴童插话说：“是老张，我认识的，大好人，行政 14 级呢。他走这一步肯定有他的苦衷，迫不得已呗。”

肖米辉义正词严地批评道：“老谷，你怎么替他说话？自杀就是自绝于人民，是反革命行为。”

谷婴童气愤地反驳，但话到嘴边又收了回去：“你 ……有点同情心好不好？”

袁本弥狠狠瞪肖米辉一眼，表情异常复杂。

吉梅殿从人群中挤到袁本弥近前：“小袁，机关党委决定，今晚政治学习改为党员过组织生活，以党小组为单位。要是看见咱支部的党员，都相互转告一声。”

袁本弥：“好咧。肖米辉，听见了吧，今晚过组织生活。哎，老吉，非党同志呢？他们怎么办？”

吉梅殿挠挠头，想了想说：“这个嘛，党委没说。我看这样，喂，老谷，肖一秋，你们党外同志就自学吧，看看《人民日报》、《解放军报》和《红旗》杂志有关反击右倾翻案风的评论文章。”

肖一秋阴阳怪气地：“好嘛，又是两报一刊，比马列还马列主义。”

谷婴童：“老吉，能不能跟你们党员一起活动啊？虽说我不是党员，但递交入党申请书也好多年了。我要好好向党员同志们学习，争取早日加入党组织。”

吉梅殿：“这恐怕不行，今晚是党员过组织生活，党内活动。”

谷婴童失望地：“那好吧。不过，小袁，你们党员同志可要多帮助我。”

肖一秋不无讥讽地：“老谷，慢慢等吧。家庭出身、海外关系、17 年旧教育制度培养，够你思想改造的。”

谷婴童孩子般地笑了：“你这家伙，总是打击我的积极性。我知道我不行，但我是真心的。”

袁本弥同情地表态：“老谷，别气馁。我支持你。”

一辆救护车鸣笛驶近，一队民兵随之跟进。他们分成两拨，一部分协助将尸体搬上救护车，另一部分则接上自来水管，清扫现场。

救护车载着尸体，鸣笛扬长而去。

袁本弥目睹远去的救护车，仍伫立原地，面色凝重。

“华讯国际社，多事之秋！这政治啊”感慨之余，他突然想到了自己的命运和前途：我为什么要热衷于这虚无缥缈的政治？列席社核心小组、负责社大批判组，真的是为了革命？这与自己要求出国的本职初衷可是渐行渐远了！我该怎么办？他头脑一下子降温下来，不禁对未来犹疑彷徨起来。

此时，不远处姚夏正在机关大院的石板小路上漫步，时不时以他那双睿智的眼睛瞥向袁本弥。得知上面要“重用”袁本弥，他想找小袁谈谈，给他敲敲警钟。

北京是一座有着深厚历史底蕴的文化古都，许多街巷院落都有历史烙印。华讯国际社总部坐落在京城西城区和宣武区交汇处的中心地带，与赫赫有名的新华社比邻而居。两家通讯社共用一个院落，前后门相通。它们所在的这一段界面旧称“国会街”，因为此地曾是20世纪初的“国会大院”。

现在到访此地的人都还能发现，从大院的南门或西门入内，几栋明显不同于现代建筑的楼宇仍保存完好。灰色的外立面，弧形门窗，典型的民国时期中西合璧建筑。古色古香，却又不失庄严。现存建筑包括“民国国会议场”、“圆楼”、两栋两层带前廊的楼房——“仁义楼”、“礼智楼”（现称“红一楼”、“红二楼”）、“图书馆”等。“民国国会议场”为砖木结构，三角钢木桁架，坡屋顶，青砖清水墙，平面呈正方形，高三层，东、西、南三面都有狭长的门厅，穿过门厅即为会议大厅，建筑外表为灰砖砌造。议场北侧为“圆楼”，因楼内会议厅平面为椭圆形而得名，地上二层，灰砖砌筑，屋顶为三角钢木桁架，楼内南部为三间休息室，北部为一半圆门厅围合一圆会议室。由于袁世凯曾在此办公，该楼亦称“袁楼”。议场东北侧的“仁义楼”、“礼智楼”，即“红一楼”、“红二楼”，民国时用作议员起草宪法的办公场所，为灰砖清水墙建筑，三角桁架，坡屋顶。议场东侧的“图书馆”建于1932年，匾额为著名书法家、教育家沈尹默题写。该建筑群为中西合璧建筑的代表。虽历岁月洗礼，却依然完好无损，令人仿佛还能嗅到当年政坛上的争权夺利和剑拔弩张的紧张气氛。1913年8月，袁世凯指使一些议员接连向国会提出总统选举案，策动黎元洪，联合直、鲁、豫等各方诸侯致电国会，要求迅速选出人民“自己的总统”来。他还让数万军士假扮公民请愿，在荷枪实弹“民众”的包围下，议员们成了惊弓之鸟。迫于各方压力，一场令人啼笑皆非的总统“竞选”便在国会议场拉开了序幕。10年之后，这里又上演曹锟“贿选总统”的闹剧。他为了登上总统宝座，对选举他当总统的议员每人行贿5000元，结果他以480票“当选”，用去贿款达1356万元，被人斥为“贿选总统”。

虽然，这些已成历史文物，但两家央媒通讯社在国家有关部门的许可和资助下，精心管理和修缮，一直保存完好，部分仍在为编辑、记者和闻人们精心使用。余暇之际，环绕这些古色古香的旧有建筑，缓缓穿插其间的羊肠石板小路，再回味那些尔虞我诈的政治传说，工作的疲劳很容易在不知不觉的大脑放松中荡涤而去。当然，三两好友聊天谈心也是极好去处。

这不，姚夏和袁本弥现在正沿着院内的石板小路一边缓缓前行，一边细语轻声交谈。

最近发生在身边的一系列事件让袁本弥诚惶诚恐、惴惴不安，他内心的矛盾煎熬逃不过姚夏的眼睛。刚刚就在老张自杀现场，姚夏“不经意”间撞见袁本弥，因而邀他散步走一走。

说心里话，袁本弥喜欢和老姚在一起，不仅因为他博古通今、知识渊博，而且更在于其人格魅力，言谈举止透着正骨清风，深受大家伙们的尊重和推崇。

可能由于刚刚发生老张自杀这件事，两个人似乎内心都还沉浸在伤感之中，所以一开始他们都默默地慢走，懒得开口说话。终于，袁本弥憋不住，打破沉默说：“老张他……想不到会发生这样的事，真够惨的。”

姚夏这才接茬感叹道：“是啊。许多知识分子很敏感，容易思想结疙瘩。不是常说，革命触及人的灵魂吗，思想脆弱就容易走极端啊。”

话匣子打开了，袁本弥单刀直入地问：“老姚，看得出来，你跟我散步，是有话要对我说？”

姚夏淡定、轻描淡写却城府深沉地回应：“喔，也没什么大事，不过还真想和你聊聊。人事处陈渝最近和我聊天谈起你，他很抱歉，那次因天安门事件让你出国不成。”

袁本弥：“这怎么能怪他？老姚，我很感谢您，还有金成旺和老甄，没有你们的关照，我可能就不是不能出国工作这么简单了，隔离审查也未可定。”

姚夏微微一笑。“其实，大家心照不宣，有良知的人都不希望把到天安门悼念周总理的人打成反革命。可能你并不知道，帮你忙、起决定性作用的不是我，也不是小金和老甄，而是中央特派员吴辞仁。到底是老革命，不动声色，巧妙地利用我们的谈话，让我们把说的证言写成书面材料，放到上海来函后面回复对方，就这样化腐朽为神奇了——你就没事了。所以，小袁，现在形势复杂，我们看人看问题都不能只看表面。”

袁本弥恍然大悟。听王麓冶说自己没事了，他还不太敢相信，心里直犯嘀咕：天安门事件自己怎么就这么容易过关了？按理说，金成旺、甄祥松和姚夏他们的证词是能起十分重要的作用，但要如此快地帮助自己脱掉天安门事件这样敏感的政治“重罪”的帽子似乎不太可能是决定性的因素。现在经老姚这么一说，袁本弥终于明白了事情的真相，发自内心地感叹道：“原来是这样。老革命就是老革命，不动声色，老谋深算！佩服！佩服！”

“这个老同志眼睛贼亮，我们的一席话，他就认定你是颗苗子，曾特地向社领导建议，给你压担子。听说社领导找你谈话了，你怎么想？”姚夏不动声色地将话茬引到自己想要谈的正题上。

袁本弥实话实说，坦白地告诉姚夏："让我列席社核心小组，领导大批判组。刚开始我还真的认为这对我今后发展是条路，头脑发热答应服从上面安排。但刚刚看到老张的下场，我头脑冷静了许多，让我挑大梁，肩负更大的责任，都没问题。但是，真要是列席社核心小组，成天搞什么大批判，想想还真不适合我。当官，走仕途，我不是这块料。"

姚夏进一步试探："这么说，你不愿意？搁别人，压担子，就意味着升官当领导，梦寐以求，巴不得的事。你可想好了。"

袁本弥依然坚定地表示："我还是原来的想法，如果组织上决定，我作为党员只能服从，但如果让我选择，我还是想出国当记者，搞业务，学了外语，不用怪可惜的。再说，就我这种少言寡语的性格，真不适合当领导。"

姚夏轻松地笑了。他赞许道："好吧，我会把你的想法转达给上面。其实，小袁，我支持你的想法，不是因为你合适不合适走仕途，而是现在的形势很复杂。"

袁本弥深有同感。他坦承地表示："老姚，我懂你的意思。不瞒你说，最近我思想很矛盾。那时候在大学里，简单单一，集体行为多，政治热情高涨。但是现在……我知道，作为一个党员，我应该继续满腔热情地投入政治，但现实却让我提不起劲头来。政治氛围和人际关系比学校复杂多了，很多人好像每天都在演戏，让人看不透弄不懂。"

姚夏："这就对了。社会确实比学校复杂多元，更不用说像我们这样一个知识分子成堆的政治宣传单位了。自古'文人相轻'。当编辑记者，号称'无冕之王'，实际就是耍笔杆儿的。大家沿袭了许多旧社会文人骚客所具有的那些个小品行。比如，讲究和贪念名节，顺利时媚上鄙下、狐假虎威，受挫时则情绪低落、心灰意冷，看不到前途。"

袁本弥："内参组老张可能就是如此，太悲观了，看不到未来，于是选择极端的逃避方式。不过，那天肖米辉说'自杀就是自绝于人民，是反革命行为'，我听着很反感。难道我们共产党人就不讲人道？可能我太温情主义了。"

姚夏："不，我也反对把一切极端行为归结为'反革命'，也同情老张。但是，我不得不说，老张他应该还有更积极的选择。我认识一位新华社领导，事情同样搁在人家身上，人家的境界就要高得多。你听说过穆青这个名字吗？"

袁本弥："知道，他和人合写的长篇通讯《县委书记的榜样——焦裕禄》，我在初中的时候就读过，太感人了。怎么，穆青这次也出事啦？"

姚夏仰望天空，心事重重地告诉袁本弥："新华社正在揭批朱穆李。朱穆李不是一个人，而是三个人。朱是社长朱穆之，穆是副社长穆青，李是外事女记者李琴。去年 10 月，他们三个当事人联合写信给毛主席，反映江青 9 月在大寨讲话中的严重问题。现在，这封信被定性为‘紧跟邓小平大刮右倾翻案风，分裂毛主席为首的党中央的反党阴谋活动’。三个人都被停职检查，接受大会小会批判。但是，穆青有自己的应对方式。你批你的，我该辩驳就辩驳，绝不承认反党搞阴谋，更不随便交待揭发乱咬人。接近他的人能感觉到，他一点儿也不消极沉沦，对前途和未来充满信心。毕竟是战争年代革命过来的，什么危局风浪没经过。”

袁本弥：“不过，他们确实有点冤。就像咱们华讯国际社，写内参向上反映问题是职责所在，怎么能称为‘反党阴谋活动’呢？”

姚夏：“我很欣赏穆青这一类人。做人就要做大写的人，任何时候都要坚持正义和良知！”

袁本弥喃喃重复：“大写的人，正义和良知……老姚，我该休探亲假了，老母亲身体不好。我去年提前毕业离校，直接来了北京，暑假未能回去，这一晃都一年半多没见妈了，怪想她老人家的。”

姚夏似乎明白了什么，爽快地回应：“喔，都一年半多没见妈了，那是应该回去看看。这样，你马上写个休假报告，我给你签字批假。”

袁本弥高兴得跳了起来。“谢谢！谢谢！”

姚夏这才显出本色，笑着点点袁本弥，话中有话地说：“你呀……也想逃避？”

袁本弥并不搭腔，只对姚夏报以狡黠的一笑。他决定，赶快回乡探亲。

然而，接踵而来的“天大新闻”相继而至，令所有中国人心情无比震撼和沉痛，完全打乱了人们的正常计划和生活。袁本弥想探亲休假也只好往后推延了。

1976年7月27日晚，袁本弥被同事拉去看一场话剧，回到宿舍时间已经很晚，他困得很，稍事洗漱后倒头即睡，而且睡得很沉，以至于对地震引发的强烈晃动浑然不知。凌晨4点不到，他迷迷糊糊地被同宿舍的舍友强行喊起：“快跑，地震了！”他只穿了裤衩背心，舍友顺手扯了条毛巾被给他披上，然后不由分说拽着他赶紧下楼。附近宿舍楼也是混乱不堪，人声鼎沸，大家纷纷慌张下楼逃命，喊叫声，议论声，嘈杂一片。因为是夏天，许多人同袁本弥一样只穿着裤衩背心，甚至连个别女士也没来得及抓件外衣披上。经此一折腾，袁本弥终于彻底清醒了。毕竟都是干新闻的，很快有人就从办公大楼值班室获得“外电”快讯：北京时间28日3点42分53.8秒，河北省唐山、丰南一带（东经118.2°，北纬39.6°）发生强烈地震，严重波及北京和天津。

那时，中国经济和科技落后，强震严重损毁通讯设施，方方面面一时难以获取此次地震的详情，只能最先从“外电”报道中获取简单讯息。当然，这一举世瞩目的大地震自然受到高层和方方面面的高度重视，军队和包括华讯国际社记者在内的各路人马迅捷开赴前线抗震救灾，灾情这才陆陆续续不断得以报道并逐步明朗。据后来的官方统计和媒体报道，此次地震为里氏7.8级以上，产生的能量相当于400颗广岛原子弹爆炸。地震造成唐山这座当时拥有百万人口的工业城市顷刻间夷为平地，交通、供水、供电、通讯全部中断。

地震发生后，华讯国际社作为主要央媒之一，自然组织精兵强将赶赴灾区支援一线报道。袁本弥他们这些单身青年没有二话都积极报名参加。两周以后，随着一线报道逐步正常化，他们这批支援报道的“外语人”被替换下来回到北京。但是，唐山大地震的阴影普遍笼罩在人们心头。北京本来受波及就很大，因此从上到下都担心北京处于地震带上，随时有可能发生新的地震。大家不敢晚上睡在楼房室内，各部门各单位纷纷在宿舍大院找空地搭建防震棚。于是，袁本弥他们这些年轻人又有了新的活儿，除照常上班外，业余时间大多都用来跑家属大院，有组织地或应同事之邀去帮助搭建防震棚。

忙忙叨叨，日子倒是过得很充实，一眨眼一个多月时间就过去了。正当袁本弥重新计划回乡探亲时，新的悲情再次袭来，中国人民的伟大领袖毛泽东与世长辞。山河灰黯，举国哀痛！

1976年9月9日0时10分，毛泽东在北京逝世，享年83岁。毛泽东1893年12月26日出生在湖南湘潭一个农民家庭。他是中国共产党、中国人民解放军和中华人民共和国的主要缔造者和领导人，受到全国人民的无限敬仰和爱戴。透过广播电视播音员沉缓悲戚发布的中央讣告，人们惊呆了，感觉天塌地陷一般，一个个情不自禁地泪流面颊，悲痛欲绝。许多人更为国家的未来和前途担忧迷茫。

也许是举国哀痛，上下忙于追悼伟人，加上姚夏对社领导层面的影响和工作，华讯国际社领导层虽然没有取消对袁本弥的“重用”决定，特别是由于他本人的消极规避，他列席社核心小组会议和主持社大批判组的事便不了了之。不过，对袁本弥本人来说，这毕竟是块“心病”，他还是选择逃避。9月中旬，瞻仰毛泽东遗容后，他便再次告假，回乡探亲。

七

一望无际的巢湖烟波浩渺，白帆点点，宛如一只碗夹在长江和淮河之间，又像飘逸在皖中江北大地上的一条绸带，蜿蜒流荡，奔腾不息，直到与滚滚长江交汇融合。

依山傍水坐落着一个村庄，山清水秀，宁静温馨。它就是袁本弥的家乡，一栋三开间的瓦顶石垒房便是他的老家。

此时，探亲回家的袁本弥正坐在堂屋里用半导体收音机收听英语新闻。两个还未上小学的外甥一左一右簇拥着舅舅，他们分别是两个姐姐的孩子。袁母则在一旁一边做手工活一边慈祥地看着儿孙，苍桑的脸颊上布满了幸福。

袁本弥调整音频，收音机里响起带有噪音的英语声。那是外国电台，当时被称为“敌台”，普通民众是禁止收听的，但对学外语的和从事外语工作的人，只要你不在管制之内或不犯事儿，有关方面也就睁一只眼闭一只眼了，毕竟那是学习外语的途径之一，学外语也是为了工作需要嘛。

小外甥好奇地问舅舅：“这是哪里话，怎么听不懂？”

大外甥抢白：“外语都不知道？舅就是学外语的。”

袁本弥顾不上应对外甥们的纠缠，他一边调整波长，试图让外台的播音更清晰，一边将耳朵贴近半导体，嘴里同时连连制止外甥们的吵闹：“别闹，别闹……出大事了！妈，我得赶紧回单位。”

袁母望着儿子不解地问：“不是说一个月的假吗，这回来才十几天……”

袁本弥脸色凝重地回答：“妈，这收音机里人家外国人报道，说北京出大事了，具体的我现在不能跟您说。不行，我得马上动身到县城，买明天的火车票回北京。”

袁母看一眼儿子，无可奈何地说：“好吧，谁叫你是吃公家饭的人。我这就给你收拾衣服。”

大外甥也困惑地盯问：“舅，怎么了？出啥事了？”

袁本弥：“现在还不好说，这是人家外国电台说的。对了，你们出去可别乱说，别说我收听外国广播，注意保密。刚才外婆说了，舅是吃公家饭的，懂吗？”

两个外甥认真地点头保证：“懂，懂，我们不到外面说。”

难怪袁本弥着急要赶回北京。北京确实出大事了！不，是整个中国出大事了！以时任中共中央主席华国锋为首的领导集体一举粉碎“四人帮”，圆满解决了毛泽东去世后中国一度显现的政治危局。

袁本弥惊呆了。他想到过高层的政治斗争，但从未听说过“四人帮”，更没想到“路线斗争”也是如此残酷和“你死我活”。他这才意识到自己的封闭和孤陋寡闻。人家传播“小道消息”满天飞，对“四人帮”早就私下切齿痛恨，自己却恪守“不传谣、不信谣”的操行而“一无所知”。更让他意想不到的是，那个批示褒奖重用自己的“大人物”竟是“四人帮”的核心之一。袁本弥知道，自己不知不觉中已经陷入一场政治旋涡之中，他的心情如同铅一般沉重。但是，现在不是忧虑个人得失的时候，他要赶快回到北京，融入举国欢庆的社会洪流之中，表明自己的政治态度。

此时此刻，全中国都在沸腾！粉碎“四人帮”的特大喜讯公布之后，立刻随着新闻媒体的反复报道和各级组织的层层传达而家喻户晓、妇孺皆知。京津沪三大直辖市自不必说，大江南北、黄河两岸、东北边陲、云贵高原、粤闽大地，到处都在燃放鞭炮、敲锣打鼓、载歌载舞，一片普天同庆的欢乐海洋！

首都北京庆祝氛围尤为浓烈。党政军机关团体、大型国企单位、大专院校，纷纷亮出各自单位的徽标和标识，高举写有标语口号的横幅，雄赳赳气昂昂地走上街头，穿过大街小巷，不断涌向首都的中心、祖国的心脏——天安门广场。人海如潮、鼓乐喧天，游行队伍川流不息。人们欢呼雀跃，载歌载舞，热烈庆祝粉碎“四人帮”反党阴谋集团。口号声此起彼伏，一浪高过一浪：热烈拥护中共中央、国务院、中央军委的英明决定！

华讯国际社员工多，长长的游行队伍由社标和红旗导引，中间分部门指挥行进，因而毫不凌乱。

袁本弥满头大汗在游行队伍中穿插，循着社标寻找，终于挤到本社游行队伍中。

姚夏一下子发现了袁本弥，老远就向他招手：“小袁！快进来！”

粉碎“四人帮”大快人心。不过，彻底摧毁“四人帮”帮派体系，肃清“四人帮”流毒，在全国拨乱反正，是迫在眉睫的当务之急。为此，一场轰轰烈烈的清查运动便在全国各地如火如荼地展开。

华讯国际社大院里大字报再次铺天盖地。除了日常报道业务必须轮值上班外，头等大事就是政治学习和揭批查，几乎每天下午和晚上都有大大小小的会议安排，有时候连上午时间也被占用来开会和学习。大家控诉“四人帮”及其帮派体系的滔天罪行及打击迫害，畅谈同“四人帮”及其帮派体系作斗争的经历和经验，宣讲粉碎“四人帮”的伟大意义，畅想拨乱反正的美好明天。

“四人帮”倒台后，此前遭受迫害的穆铚竺和傅礼谢恢复职务，重新主持华讯国际社的领导工作。而在接受清查的对象中，秦木自然首当其冲。他被勒令隔离审查。在他短暂主政时被提拔和受重用的一批人自然也跟着成了被清查对象。这其中就包括袁本弥。朱冶萍‘盯’上他了。”

朱冶萍同“四人帮”倒台前她在“反击右倾翻案风”运动中的政治立场相比，现在也来了个 180 度“华丽”大转身。

她以受打压的老同志自居，紧跟“现管们”清查帮派分手。这一天，她代表国际部核心小组对袁本弥进行帮促，要求袁本弥老老实实交代问题。她的话让袁本弥不寒而栗。过去她是那样坚定地要求自己紧跟形势，从未听到她对“四人帮”哪怕一丁点儿的透露或对自己哪怕一丁点儿的暗示和规劝。现在却反过来摇身一变成了个早就对“四人帮”恨之入骨的老革命。袁本弥实在想不通，倔劲头一上来，便鄙夷地不理会朱冶萍。

老太太没有办法，见自己拿不下袁本弥，便沿袭历次运动那一套，发动群众整人。她先找到王麓冶，两个马列老太一拍即合，都认为袁本弥符合“四人帮”帮派骨干的嫌疑，拿下他很有可能立下大功，为华讯国际社清查出一条“漏网大鱼”。两个人商量之后，朱冶萍召开各组党支部书记会议，布置一个阶段政治学习任务，特别提醒非洲组支书吉梅殿，要求开会追查袁本弥与“四人帮”帮派骨干的联系。

吉梅殿不敢怠慢，当天下午即召开全组会。“同志们，现在全国上下都在揭批‘四人帮’篡党夺权罪行。开展‘三大讲’和清查‘四人帮’帮派体系，是揭批‘四人帮’运动的重要组成部分。根据社核心小组和社‘清查办公室’的安排，现阶段我们要在清查‘四人帮’帮派体系的同时，大讲在‘四人帮’横行时，党受其害、国受其害、社受其害、身受其害的深仇大恨；大讲同‘四人帮’斗争的经历；大讲同‘四人帮’斗争的经验和体会……”

见吉梅殿根本未按朱冶萍的要求追查袁本弥与“四人帮”帮派骨干的联系，王麓冶突然高声打断讲话说：“老吉，我觉得你不应该再主持会议了。你是‘四人帮’帮派体系在台上时被任命为支部书记的，那时候紧跟上面的步调，是不是帮派分子还说不定呢。所以，你没有权利再在领导位子上，你应该放下身段，接受清查！”

吉梅殿一愣，茫然不知所措：“这……”

全场先是一阵静默，很快便叽叽喳喳开起了小会。

姚夏赶忙站起来，严肃地表态：“我现在是组长，也是个老共产党员，应该率先表明一下态度。我觉得，在没证实吉梅殿同志是帮派分子之前，在上级没有撤销他职务之前，老吉仍然是我们组党支部书记，仍然有权行使职权主持会议。老王，你可以怀疑老吉，更可以具体揭批，但在对他没定性之前，咱们不能不让他主持会议，你说是不是？”

袁本弥见老姚站出来伸张正义，赶忙帮腔道：“我同意老姚的意见。咱们不能以年代和人来画线，搞‘四人帮’那一套，‘一朝天子一朝臣’。”

袁本弥的话激怒了王麓冶，给她发动攻势提供了机会。她不但不觉得自己有错，反而把矛头直接指向袁本弥说：“老姚是受‘四人帮’打击迫害过的老同志，我尊重他的意见。但是，小袁，我告诉你，你更脱不了干系！你的问题应该比吉梅殿更严重！”

甄祥松听不下去了，激动地站起身来批评道：“老王，你也是老同志了，怎么思想意识这么偏颇？小袁来咱们组才多少天，你就给人家年轻人下这么个结论？”

王麓冶不依不饶，反驳甄祥松说：“我是有根据的！其一，袁本弥是‘四人帮’核心人物批示表扬过的，要求社里特别重用他。其二，穆跮竺被打倒后，秦木他们立马就宣布让袁本弥列席社核心小组会议并负责社大批判组，这不是帮派骨干是什么？他们之间有什么黑幕关联？其三，袁本弥怂恿和包庇两个上海女大学生参与天安门反革命事件。其四，袁本弥大学期间是班长，上海可是‘四人帮’的老巢，他与上海的‘四人帮’爪牙们有没有联系值得怀疑。还有，那次‘四人帮’要求反击右倾翻案风，袁本弥紧跟，散布‘国际社运动搞得冷冷清清，连个黑板报都没有，跟上海的火热氛围形成鲜明的对比’，等等。”

肖一秋一贯看不惯王麓冶左右逢源、随意整人。他接过对方的话驳斥道：“反击右倾翻案风时，大家谁没说过跟风的话？我记得，那一次老王你自己就要小袁起来揭发批判穆跮竺，贴他的大字报。你还怂恿说：‘小袁，你可不能心慈手软！工农兵学员要继续发扬上管改的革命精神，同还在走的走资派斗争到底。’”

谷婴童也快人快语：“没错，老王当时就是这么鼓动小袁的，可人家小袁没听你的，反而是你自己贴了大字报，质问穆跮竺为什么打击迫害工农兵学员。”

王麓冶急了：“我那是革命策略，不信你去问老社长，贴大字报那会儿我还悄悄问候过他。那时候我就认定，‘四人帮’早晚得倒台。”

甄祥松气愤地质问：“你？什么时候都是革命派。作为一个老同志，你既然知道‘四人帮’要倒台，为什么还怂恿年轻人跟风？做人怎么这么没原则！”

王麓冶不急不恼，仍然慢条斯理地辩解：“这确实是我们这些老家伙应该检讨和总结的。不过，这和清查帮派分子有本质区别。清查帮派分子关系到国家未来的命运和前途，从年龄因素来考虑，现在不斩草除根，若干年后我们这些老家伙都不在世了，他们会再次兴风作浪，让人民吃二遍苦受二茬罪。这一次搞三大讲、大清查，每个人都要接受审查，包括我自己。我不怕！‘四人帮’打击迫害老干部，我们深受其害。那时候都不怕，现在还有什么好怕的。”

甄祥松：“真是无理搅三分！老吉、老姚，你们两位领导要主持公道。”

姚夏顺势接过话茬说：“好，我讲两句。大清查、三大讲，目的是什么？就是要在清除极少数帮派分子的同时，通过‘三大讲’总结经验教训，提升大家的认识和觉悟。帮派分子毕竟是少数，绝大多数同志都是表现好的，他们有些问题也主要是思想认识问题，千万不要再搞人人过关了，弄得人人自危。老王，你那观点我就难苟同，什么叫‘斩草除根’？封建社会才讲‘株连九族’‘斩草除根’。你对我们这些老家伙百年之后的国家前途就那么没信心？过去‘四人帮’的时候，我们都未失去信心，现在我们就更没有理由悲观失望！”

王麓冶：“老姚，这不是悲观失望的问题。朱冶萍说过，这次大清查，上面就是要求全面彻底清查的，无论什么人，只要有疑点，大家都可以检举揭发他，对他进行审查，特别要对那些既得利益者和受到‘四人帮’及其帮派分子追捧的人审查。老吉，是不是这个精神？”

吉梅殿唯唯诺诺：“是是是……”

谁也说服不了谁。会议天天在继续，政治纷争无休无止。

然而，对袁本弥来说，时势锐不可挡，他受到那个‘四人帮’核心人物批示表扬的“劣迹”令他抵挡不住来势汹汹的运动热浪。他被击倒了。在社、部两级运动办公室的授意下，王麓冶领导的清查小组勒令袁本弥检查交待，说清楚他与“四人帮”及其帮派骨干分子的关联。袁本弥被隔离在自己的办公室里。

写，没问题，这是袁本弥的强项。他既深刻地反思和剖析了过去在思想认识方面对“四人帮”那一套的错误理解，又对获“中央首长”批示和秦木“重用”的背景及自己的消极应对进行了实事求是的解释。态度诚恳，没有诡辩，是自己的错承认，该解释的讲得清楚。他拼命搜刮贴切而深刻的词汇写检查，甚至不惜上纲上线地批判自己的行为，以求解脱，从而恢复正常工作和生活。

可是，左一次右一次的检查交待都得不到清查小组的通过，他不知道该如何进一步检查交待了，更不知道如何检查交待才能令清查小组满意而过关。他坐在办公桌前，对着一堆白纸发怔，突然想起但丁的一句话“走自己的路，让别人去说吧”。情不自禁，他提起毛笔，将这句话写到白纸上。

这时，王麓冶领着一个人走进，厉声呵斥道：“袁本弥，这是权佑葛，他的问题比你还严重，正好和你做个伴。你们俩都要认真反省交代，把同‘四人帮’及其帮派骨干分子的关联说清楚。另外，你们要互相监督，不准订立攻守同盟、狼狈为奸。”

袁本弥愤怒地盯了王麓冶一眼，不理不睬。

突然，王麓冶发现了袁本弥写在白纸上的字。她斜视一眼但丁的话，冷笑道：“好啊，年轻人，走自己的路？什么路？我看你是要顽抗到底！”

袁本弥终于怒不可遏地反驳道：“我再次声明，我可以反省过去，但绝不是交代！我不是敌人！至少我现在还是中共党员，你没有权利侮辱我！”

王麓冶得意地说：“小小年纪，还挺顽固！我告诉你，我是社核心小组正式任命的清查小组组长，有权监督有问题的人交代问题。”

姚夏已经调往社总编室，这会儿正好回原办公室取放在抽屉里的书，闻声从隔壁房间冲过来制止道：“老王，你作为清查小组组长，应该按政策规定办事。

现在不是‘四人帮’那时候，动不动就上纲上线，搞残酷斗争无情打击。人家到底有啥问题，‘三大讲’还没结束，你就认定人家是敌我矛盾，先入为主地要人家反省交代！我要不是调到总编室，我在组里绝不让你当这个组长，你没有相应的政策水平，不适合领导运动。”

王麓冶愣怔了一下，但马上理直气壮地说：“老姚，我这可是社领导任命的，老社长了解我，是他亲自推荐我当清查小组组长的。”

姚夏：“你呀，作为一个老同志，不把心力花在本职工作上，还是那么跟风倒，热衷于捕风捉影，鬼知道老穆怎么被你花言巧语迷惑了。”

王麓冶不敢顶撞姚夏，不仅因为老姚的资历深，而且他从延安时期就是自己的老领导。她委曲地辩解说：“老姚，你这么说我，不公平。”

姚夏毫不留情地批评道：“你知道讲公平啦？你那样对待小袁他们就公平了吗？你有什么证据和理由把人家当敌人对待？太没政策水平了！不行，运动不能这么搞，我得找老穆谈谈了。”

姚夏不是随便说说的。他最近不断听闻运动中一些不讲政策的随意举动，沿袭过去运动模式，搞上纲上线、残酷斗争、无情打击。他是个党性非常强的人，为人正派，仗义执言，见不得人循私枉法、胡乱行事，特别是经历了‘文化大革命’动乱，更使他常常反思历次政治运动，认定依法行事才是问题的关键。现在，看到王麓冶故技重演且不以为然，他更觉得这不是她一个人的问题，而是一个普遍存在的问题，必须引起领导层的高度重视，尽快纠偏。于是，他决定首先去找穆铚竺沟通，如鲠在喉，不吐不快。

姚夏来到社长办公室时，穆铚竺正满面春风地对着红机话筒通电话。他敲门走进，穆铚竺示意他坐下稍等。

穆铚竺打完电话，挂上话筒，高兴地告诉姚夏：“老姚，刚才中组部转达中央精神，同意任命你为华讯国际社核心小组副组长兼总编辑，正式任命书这两天就下来。吔，刚才秘书说，你想找我谈谈？”

姚夏：“是这样的，我想和你交换一下意见。咱们社大清查和‘三大讲’已经搞了一段时日了，群众有些反映，认为我们现在搞运动仍然在很大程度上沿袭‘四人帮’的老套套：怀疑一切，随意先认定某某是帮派分子，然后再以敌我矛盾进行审查，名义上是不让一个帮派分子漏网，铲草除根，实际上是先入为主，很容易犯老毛病，办错案。”

穆铚竺不以为然：“有这么严重？老姚，‘四人帮’帮派体系不清除干净，后患无穷啊！我们这些老家伙，年龄上拼不过那帮靠造反起家的恶势力，他们当中有一些人就公开叫嚣‘二十年后又是一条好汉’。瞧瞧，对这一些帮派分子我们必须保持高压态势。”

姚夏：“你说得很对，但我要说的是另外一层意思，那就是我们必须讲究政策，不能再像过去那样搞运动了。坏人、敌我矛盾的毕竟是极少数，对绝大多数人来说都是教育问题，包括你我这样的，你敢说你我在‘文革’中、在历次政治运动中没有说错话办错事跟错人？对了，你还记得那个叫袁本弥的青年吗？那一年本来人家是提前毕业要出国的，后来因为咱们那个顶头上司的批示，把他耽搁了。你让老傅转话，让他不当官，把业务基本功打扎实，人家听你们的，放弃出国和当官，而且一再躲着反击右倾翻案风运动，可现在有人却一口咬定他是‘四人帮’帮派骨干，要他交代同‘四人帮’上层人物的关系。”

穆铚竺认真地想了一会，喃喃地回忆道：“等等，袁本弥？你是说那个咱们的顶头上司批示表扬的工农兵学员？是我建议他暂时不进社核心领导圈子，听老傅说，他很乐意听我们的话，我对他印象不错啊，怎么……”

姚夏：“可是现在，政治部内定他是‘四人帮’帮派骨干，朱冶萍和王麓冶天天逼着他写检查，交代与‘四人帮’上层的关系。他根本就没见过我们的那个顶头上司，只是认识这位顶头上司一个属下的女儿，当年她在小袁的家乡插队落户，小袁是他们的团委书记。”

穆铚竺拍拍脑袋，终于完全想起来了。“你这一说，我想起来了，王麓冶是和我说起过，政治部还整了个材料上报，说是清查到了一条‘大鱼’，一些中央领导看了很重视，对此给予高度评价。现在……这事还真有点不好办。”

姚夏大惊，抱怨道：“瞧瞧，我说什么来着，错误就是这么犯下的！我党的政策历来是‘有错必纠’，有什么不好办的？”

穆铚竺面呈难色，想了想对姚夏说：“在全党喊打的这个形势下，现在‘唱反调’有点不合时宜。但是……让我想想 —— 这样，社‘五七干校’正好要轮换一些新学员，让他先到干校劳动去，冷却一段时间再回组正常工作。不存在纠错问题，没给他正式下结论嘛。就这么办，我和王麓冶打招呼。”

姚夏无可奈何地摇摇头，说：“这叫什么事？老穆，我持保留意见。”

就这样，袁本弥以学员轮换的名义来到了“五七干校”。

华讯国际社“五七干校”位于北京郊区。此时的干校，不再是“文革”前期“牛棚”和“劳改”式的惩罚场所，虽然口号还强调“世界观改造”，但实质上已经少了许多政治和思想压力，倒是干活儿当劳动力使用成了实实在在的“学习”任务。“四人帮”倒台了，但“文革”尚未被否定，干校作为“文革”的一大成果，自然得继续存在，人们还必须得轮流来“学习改造”。再说，那么多的田地，没人来“改造”干活儿，就荒废了。

北京郊区，平原田地，一马平川，整齐划一，青绿色的麦苗一望无际。麦田里一派繁忙景象，运肥的拖拉机和马车来回奔跑在机耕路上。男女干校学员分组干活：或俩俩肩拉滚石揠苗助长，或开闸放水浇灌麦苗，或手持锄头给麦苗松土，或身背喷雾器喷洒农药，或从拖拉机和马车上卸肥，端着簸箕施撒到田间。

袁本弥和谷婴童、萧莉淞、温魁臣分别为两畦麦子锄草松土。他们各锄半畦，齐头并进，一边干活，一边聊天说笑。

谷婴童："莉淞，什么时候请我们吃喜糖？你那对象我见过，高高大大的，很帅的！"

萧莉淞满脸堆满了幸福，不无自豪地回答："他是总参的，我们从小就认识，又是大学同学。"

温魁臣插话："不错嘛，青梅竹马！吔，小袁，你怎么样？对象在哪里？"

袁本弥心情沮丧地调侃："在哪里？在丈母娘那养着呢！就我现在这样子，谁能找我？"

谷婴童："老温，你刚从德国回来，不知道社里情况，小袁这么好的年轻人，有人硬要把他同帮派体系扯在一起，无非就是因为一本小说被我们那位'四人帮'顶头上司批示表扬过。其实，小袁见都没见过这位顶头上司，只认识他一个手下的女儿，她在小袁家乡插过队。"

温魁臣："来干校之前，姚夏同志都和我谈过了。小袁，没啥，总结错误，提高认识，吸取教训。人这一生，谁还没个磕磕绊绊的。这不，你人都到干校来了，说明你没大问题，他们整不了你的。"

袁本弥："老温，不瞒您说，有时我真的感觉命运捉弄人，当初我要是按原计划出国，哪有后来这些事？其实，我是学外语的，搞新闻的，我的最大愿望就是让我干本职工作，我不想从政当官，可总是事与愿违，越不想越把你绕了进去。"

温魁臣："小袁，不要悲观！与其怨天尤人，不如坚定理想和信念，埋头实干。你说你是学外语的，你的英语基本功练得怎么样啊？你说你是搞新闻的，你对新闻有些什么独到见解和实践能力？其实，命运是靠自己掌握的，不管外在环境如何，只要内心平静，就一定能应对各种困难和挑战，不因颓唐而虚度年华。"

袁本弥精神一振，像给自己打气般地重复道："不因颓唐而虚度年华！"

温魁臣趁热打铁，提议道："小袁，咱俩来个互助，你教我英语，我给你讲新闻。你对新闻有什么认识？你觉得什么是新闻？"

谷婴童抢先表白："新闻就是新近发生的事呗。"

谈起本职业务，袁本弥一下子来了劲头。对新闻定义这个话题，他还真的有些研究和心得。他反驳谷婴童说："你这样说太笼统，不是所有新近发生的事情都可以当作新闻报道的，还要看重要性如何，特别是要作阶级区别，无产阶级和资产阶级新闻观是不一样的。”

萧莉淞也来了兴趣，加入到讨论之中。她赞同袁本弥的说法：“对，资产阶级新闻观猎奇，追求稀奇古怪和耸人听闻，说什么‘狗咬人不稀奇，人咬狗才是新闻’。”

温魁臣有自己更深层次的思考。“其实，依我看，资产阶级也好，无产阶级也好，摈弃政治斗争和意识形态因素，新闻写作还是有其自身规律和共通之处的。比如 5 个 W：When（何时）、Where（何地）、Who（何人）、What（何事）、Why（何因）。”

袁本弥钦佩地夸赞道：“老温，看来你真的是很有研究。现在，咱们真的缺少对新闻报道的深层次的理论研究和实践指导，难怪我们的新闻人家不要看，不光时效太晚，而且干巴生硬，不吸引人，而我们自己还麻木不仁、夜郎自大。”

谷婴童：“老温，你那么有研究，真该写本书，供大家学习参考。吔，好像现如今咱还没有一部系统的新闻学专著呢。你们说，新闻学是归属社会科学范畴呢还是应该独成体系，成为专门学科？”

萧莉淞：“我觉得不行，现在专门的新闻理论专著太少了，难以独成体系。”

袁本弥不同意她的观点，接着她的话茬说：“正因为没有，所以才有独成体系的研究必要。我们现在的新闻实践太落后了，只有全新地系统研究新闻理论，才能正确引导新闻工作实践，改变目前被动落后的局面。”

“对！粉碎‘四人帮’打碎了套在我们新闻工作者脖子上的精神枷锁，新闻报道必将迎来百花吐艳的芬芳春天。可以想见，未来新闻理论研究必将空前繁荣，新闻实践将随之发生深刻的变革。我们当记者的，应该有这样的新闻敏感，”温魁臣信心满满地给大家鼓劲加油。

袁本弥深有同感，由衷地表示：“老温，您真该到大学当教授。吔，要是咱华讯国际社办个新闻学院多好，你们这些前辈给我们年轻人授业指导，何愁新闻事业不发展。”

温魁臣摸摸下巴颏，依然自信满满地调侃说：“会的，面包会有的，新闻学院会有的！”

他这是套用苏联电影里的那句经典台词。大家心领神会，一个个不由的开怀大笑。

时间过得飞快，尤其是回过头去看，大家都有类似的体会或感觉。当你为改变逆境或为生计苦苦挣扎时，当你不愿意干某件事而又不得不干时，你会感觉“苦海无边”，时间分分秒秒过得太慢；而一旦苦尽甘来，或人生顺风顺水，奋斗进程离曙光日渐接近时，你才觉得时日短暂，转瞬即逝。

对袁本弥而言，“五七干校”少了政见纷争，多了体力辛劳，然而苦中作乐，身心松弛，半年时光似乎很快就过去了。

干校劳动结束之后，袁本弥回到非洲组继续当他的编辑。尽管他受到那位“四人帮”核心人物批示表扬是谁也不敢抹去的“污点”，“戴罪之身”的无形阴影始终在伴随他，不仅不被重用，出国工作似乎也离他渐行渐远。但粉碎“四人帮”和结束“文化大革命”，打掉了人们的思想桎梏和诸多政治禁忌。“解放思想，实事求是，团结一致向前看”，更是新时期的新潮流，加上朱冶萍和王麓冶相继随丈夫再度出国工作，没人再死揪住袁本弥的“政治问题”不放，他的人身活动自由多了。

这个时候，袁本弥这批年轻人早已到了谈婚论嫁的年龄，华讯国际社一帮热心“月老”们纷纷伸出援手，不断在年轻同事中物色自己看着顺眼的男孩女孩介绍给他们在本单位或外单位的亲朋好友的子女们。那时候，尽管社会上对工农兵学员颇多微词，但“文革”造成大学一度停止招生，袁本弥这批年轻人毕竟是“文革”以来的首批大学生，而且懂外语，能出国，是同龄人中的佼佼者，因而颇受家有婚龄子女的家长们的青睐。尤其是那帮“文革”中或多或少遭受打击迫害的“高干”父母们，劫难后重新走上领导岗位，更着意在工农兵学员中精挑细选，为待婚子女们寻觅“白马王子”或“大家闺秀”，以补偿因自己被打倒后给孩子们造成的磨难和心灵创痛。

那时候，做月老红娘，谈婚论嫁不像后来那么重形式和俗套，往往就是在笑话交谈中完成的。说到底，那时人际关系相对简单融洽。机关单位里同事之间，无论是领导和老同志还是年青人或新同志，相互来往和走动频繁，谁家里有点好事或难事，上门探望的人很多。逢到星期天休息或节假日，有家有口的老同志特别喜欢招呼尚未成家的单身青年到家里做客，刻意买些平时单位食堂里难以吃到的菜蔬做几样拿手好菜，让年轻人一饱口福。什么也不图，更没有现如今的那些个私下交易之类。当然，很多时候赶到饭口上了，被探视家庭就整出一顿家常便饭，探视者也不客气，围坐到一起吃喝聊天，谈天说地，甚是开心惬意。有意或无意，特地或偶然，把本不认识或虽认识却抹不开面子密切关系的两个青年男女凑到一起串个门，吃顿饭，在坦诚轻松的氛围中给他们说合，“轻而易举”地圆了两个年轻人的鸳鸯梦。

袁本弥自然也是“月老”们瞩目的佼佼者，给他介绍对象的络绎不绝。他们不在乎袁本弥“文革”中的那个“污点”，认为那只不过是年轻人的一时冲动，他们看重的是袁本弥的人品和业务素养。人家一番好意，袁本弥难以推脱。“男大当婚、女大当嫁”，更何况远在家乡的父母一再来信催促。于是，他一而再、再而三地任由介绍人们“摆布”，谁来介绍跟谁走，介绍谁都跟谁见面，但每次基本都是走个形式，见一面二面就吹。要么是人家一听“污点”经历就“吓”了回去，或一听“来自农村，母亲有病”就知难而退；要么是自己根本对对方瞧不上眼。不知怎么回事，他对上海姑娘情有独钟。邱婧和孙敏曾是他梦寐以求的爱人，她们都是上海人。这是他心中挥之不去的情结。当然，这个心结他只有在心里自己和自己较劲，从不和别人挑明，不仅是因为身在北京，找上海姑娘不太现实，而且他不想给别人造成一种印象：他瞧不起北方姑娘。人家介绍人好心好意地牵线搭桥，自己怎么好意思驳人家的面子。

看着袁本弥找对象“难产”，有一个人挺上心。她就是谷婴童。

干校劳动期间，男女学员每天朝夕相处，抬头不见低头见，彼此没了坐机关时的生分和隔膜，有的是融洽和平和。谷婴童是长者，性格豪爽，看袁本弥如同自己的孩子，内心深处很同情小袁的遭遇，因此有事没事就和他闲聊。袁本弥也喜欢老谷的心直口快，打心眼儿里尊敬她，愿意听她倾诉、教诲和唠叨。

那一天，邻队新报到的小姑娘尚玲开着手扶拖拉机给谷婴童他们这一队的麦田里运肥。她将辫子盘起来，用工装帽严严实实地盖着，不仔细看还以为她是小伙子。就在她稳稳当当地将拖拉机拖斗倒向田地方向、准备跳下驾驶座帮大家一起卸肥时，一个趔趄就要摔倒在地，幸亏站在一旁的袁本弥一个箭步上前将她托住。她人未摔倒，但头上的帽子就被碰落掉地，两根油黑粗亮的大辫子一下子甩出亮了相，大家这才注意到她是个女孩。看见大家用异样的眼光打量自己，尚玲的脸腾的一下红了，面若桃花，更增添了她的飒爽英姿。

这一幕被谷婴童看在眼里、记在心上。经过打听和与尚玲本人的聊天，谷婴童基本摸清了她的底细。尚玲是北京姑娘，来自电务处，是刚从北京某技校招到电务处打报的。那时候，电信技术落后，新闻稿发送上天需要通过人工打报。谷婴童如此关注尚玲，不仅因为她喜欢尚玲，而且更是为了帮袁本弥解决婚姻大事，想在尚玲和袁本弥之间牵线搭桥。

可是，她哪里知道袁本弥的心思。当她征求小袁意见时，袁本弥婉言拒绝了老谷的好意。谷婴童以为小袁顾虑写信那些旧事，就不厌其烦地“开导”他。搁一般的介绍人，袁本弥可能就婉言拒绝、果断了事算了，但对满腔热诚的老谷，他只能坦诚相告，自己对南方姑娘情有独钟。老谷“明白”了袁本弥的心思，打消了去找尚玲“说媒”的念头。同时，小袁充分信任自己，真诚亮出内心世界，令她十分感动。她向袁本弥保证，自己是南方人，有很多南方朋友和同事，一定要给他介绍一个称心如意的南方姑娘。

谷婴童是个说话算话的人。经过一段时间的物色，她终于在丈夫单位找到了一位南方姑娘。姑娘名叫周琴瑗，苏州人，刚从北京国际语言学院毕业分配到社科院不久。说来也巧，周琴瑗的母亲是谷婴童在圣约翰大学时候的同学和闺密，而周琴瑗自己则是谷婴童丈夫的属下。一开始，她并不知道这些，直到她将妈妈接到北京小住，才在妈妈的引荐下了解到这层关系。妈妈到了北京，自然少不得带着女儿看望一下好朋友谷婴童。于是，在谷婴童的家宴上，周琴瑗不仅认识了常听妈妈谈起的谷阿姨，而且还知道谷阿姨的丈夫竟是自己的顶头上司。可以想见，有这种关系巧合，双方自然亲密无间许多。女儿大了，母亲总是格外关心她的婚姻大事，周琴瑗的妈妈便委托闺密多加关照。谷婴童义不容辞，一口应承下来。其实，她心中已有现成的人选，那就是袁本弥。

一个星期天的中午，谷婴童特地将袁本弥和周琴瑗约到家里做客，为他们熟识牵线。“酒足饭饱”之后，谷婴童掏出两张电影票，不由分说地塞给袁本弥和周琴瑗，嘴里叮嘱道：“这可是托关系才弄来的，中国电影公司内部放的外国影片，外面没得放的。”

就这样，周琴瑗和袁本弥在谷婴童的撮合下认识了。

对袁本弥来说，周琴瑗窈窕淑女，来自书香门第，父母都是高知，虽然自己心中仍有个上海情结，但退而求其次，女方来自苏州，离上海近在咫尺，自古就有“上有天堂下有苏杭”之说，谈对象应该是个不错的选择，更何况介绍人还是自己特别信赖的老大姐。最近，妈妈和姐姐他们来信，更加频繁地问及自己的婚姻大事，早点解决个人问题无疑对病体不佳的妈妈是个极大的安慰。

然而，周琴瑗可没有袁本弥那么诚心。她是学德语的，大学几年从外教那里既学到了语言，也吸纳了不少西方那一套所谓的自由和民主理念，特别是随一些学哥学姐们参加某些在华德国人不定期举办的沙龙聚会后，更让她感受到大不同于本校平时刻板传统的教育理念和行为方式，她的心灵日渐活泛起来，崇尚无拘无束的西方自由，行为方式也日渐我行我素。粉碎“四人帮”，破除了套在人们脖子上的政治枷锁，无疑成了周琴瑗这帮年轻人向往和追随自由主义和西方生活方式的自我托辞。因此，周琴瑗对妈妈托付谷阿姨给自己介绍对象并不认真。在她看来，袁本弥为人忠厚，有些才气，而且学英语，搞新闻，单位也大气，女孩子在当时找这样一个对象，应该是个不错的选择。她可以和袁本弥先作为朋友关系接触接触，以后看情况比较比较再说。但她心里明白，袁本弥仅仅是选择之一而已，她不能在一棵树上吊死。她的第一目标是尽快出国，谁能最先帮助自己出国，自己就嫁给谁。

但是，俗话说得好，纸里包不住火。周琴瑗“脚踏两只船”式的恋爱方式很快便暴露在袁本弥眼前。那天下午，袁本弥因公到社科院新闻研究所，办完事后便想顺便到在另一楼层办公的周琴瑗那里探望一下。没想到，接下来的一幕让他惊呆了，不仅打碎了周琴瑗在他心目中的美好形象，也使他们刚开始不久的恋情戛然而止。

袁本弥走到周琴瑗办公室门口时，门是虚掩的。他曾听她说，单位办公条件好，经常就她自己一个人呆着，屋里配备单人床，中午可以午睡。如果晚上太晚了不想回宿舍，办公室里也可以供她个人休息。既然她是一个人一间办公室，自己当然可以直接进去找他。于是，他不假思索地轻轻推开虚掩的门，刚想招呼一声，却惊讶地发现，周琴瑗头发蓬乱、衣衫不整，正和一位老外搂抱在一起狂吻。看到袁本弥，周琴瑗大惊失色，立刻从老外的怀抱中挣脱出来，张了张嘴，却什么也没说出来。袁本弥也被眼前的一切弄得惊慌失措，他本能地呆怔了几秒钟，随即一言不发，扭转头朝楼下冲去。

等他来到楼下，大门口发生的紧密相连的一件事更让他始料未及。一个小伙子酒气熏天，眼睛通红，手里拿着一把刀，被好几个门卫拦截。小伙子一边挥舞手中刀，要挣脱拦截往楼内冲，一边嘴里高声叫喊：“别拦我，我要宰了那个德国鬼子！周琴瑗，一对狗男女！滚下来！”不过，小伙子很快被制服，带进传达室，踡缩成一团，呜呜咽咽地哭个不停。

袁本弥询问一位年长的门卫：“怎么回事？这小伙子是谁？”

看门老大爷叹口气，不无同情地说：“都来好几回了，哭着跪着求，没想到今天却带着家伙，要冲进去杀人。现在，都崇洋媚外，姑娘们都巴不得嫁个洋人出国。哎，什么世道？小伙子绝望了。”

“小伙子和姑娘什么关系？”

“这还看不出来？恋人呗。他们是同班同学，前一阶段两人好得就差穿一条裤子，都谈婚论嫁了，没想到外国专家一来……”

袁本弥呆若木鸡。老大爷后面还说了啥，他一句也没听进去。他暗自庆幸，自己幸亏来这一趟，否则自己的下场也不会比那小伙好到哪里去。不过，接下来发生的一件事对他是个重大改变，他打算进修学习了。

你还别说，温魁臣的“预言”还真的很快变成了现实。经中央和教育部批准，华讯国际社率先成立了新闻进修学院，为日后将其扩建成专门的国家级新闻高等学府奠定基础。

华讯国际社新闻进修学院位于北京近郊。由于新建，它暂时还只是一座简陋的校园，由高矮不齐的树木、植物和铁丝网环绕，鹤立鸡群般地坐落在周边农田和菜地之中。院内，十来栋简易木板房散落其间。大院门口刻意用松柏树枝圈成拱形门楣，一块长条白漆木板靠在门口右侧，上书8个黑体大字：华讯新闻进修学院。字体出自温魁臣之手，其书法技艺在华讯国际社乃至整个新闻界是出了名的。

此刻，作为新闻学院院长，温魁臣得意地端详着校牌，面露欣喜和自豪。

也许是他对新闻理论和人员培训的执着建言奏效，也许是他在新闻理论研究方面的独到见解打动了领导，也许是两者兼而有之，不仅如他所愿建起了新闻学院，而且还任命他为首任院长。古话说："有心栽花花不发，无心插柳柳成荫。"此话差矣。用温魁臣自己的话来说，无论是栽花还是插柳，都需要有心。只有有心，才能栽花花盛开、插柳柳成行。所谓心想事成，你不先有梦想，怎么为实现梦想而奋斗和成功。

温魁臣正在那里欣赏自己的得意之作，教师班车缓缓驶近校园门口停住。谷婴童急急地跳下车，直奔温魁臣汇报说："院长大人，新生英文班的摸底考试试卷已经全部改完。总体来看，成绩参差不齐，不是很理想。"

温魁臣："可以理解，他们当中许多人本科都是学的小语种外语，英文主要靠自学。不过，这次摸底的目的在于分班，英文底子好的和基础薄弱的要区别施教。"

谷婴童赞同："确实要区别施教，我们打算给他们分成高级班、中级班和初级班。你还别说，有一些学员的考试成绩确实很不错，小袁，袁本弥，考了第一，英译中、中译英都完成得又快又好，显然中外文基本功很扎实。"

温魁臣高兴地回应："好啊！这小伙子，我就知道他行，这次还是我动员他报考进修的。随着'四人帮'倒台和'文化大革命'的结束，新闻事业肯定要大发展，外文干部可都是宝贝哟。尤其是像袁本弥这样一批中外文基础都不错的年轻人，更需要重点培养他们。"

谷婴童莞尔一笑："你是'情人眼里出西施'吧。干校一段时间，你对小袁关爱有加。现在，小袁不仅成了你的得意门生，而且我知道，他马上还要做你的外甥女婿。"

温魁臣故意装傻："真的？听谁说的？"

谷婴童："你爱人津帼莹呗。说起来，还是你老人家牵的线搭的桥，表面上你让小袁到家里跟你切磋新闻理论，周末辅导你外甥女学英语，实际分明是在给两个年轻人创造条件。"

"老津是这么跟你说的？其实，给两个年轻人捅破窗户纸的是她，她可喜欢当这月老红娘了。"温魁臣说完，哈哈大笑。

谷婴童撇撇嘴，调侃道："你呀，好事一桩，干嘛不承认？老奸巨滑！"

温魁臣斜瞥一眼谷婴童，孩子般地偷着乐了。

其实，谷婴童没有说错，袁本弥确实在与温魁臣的外甥女谈恋爱。

目睹了周琴瑗对爱情不负责任的恶劣品行后，袁本弥自然不再与之交往下去。周琴瑗自知理亏，主动让谷婴童告诉袁本弥，她已和单位聘请的外籍专家登记结婚，不日即赴德国定居。其实，谷婴童已经从丈夫那里知道了实情，她为自己给袁本弥介绍了这么一位品行不端的姑娘而愧疚，自此对给别人介绍对象兴趣大减。“除非我完全知根知底，否则再也不当红娘了。”她这样告诉袁本弥。尽管小袁一再表示不能怪她，但谷婴童总感觉内心有愧。直到有一天温魁臣爱人津帼莹告诉她，袁本弥正在和老温的外甥女交往，谷婴童的心里才释然许多。

温魁臣的外甥女名字叫周筱。“五七干校”期间，袁本弥和温魁臣确实成了莫逆之交，经常应邀或顺便到温魁臣家中走动，探讨新闻理论，研究国际形势，甚至一起给“文革”后重新复刊的学术性期刊杂志撰文投稿。聊着聊着，到了饭点，袁本弥也不客气，经常在他家“蹭饭”，因而同温魁臣的爱人津帼莹和其他家庭成员也很亲近，包括正在北京上大学、平时住校只有周末才回舅舅家的周筱。不过，虽然袁本弥和周筱见过很多次，也多次在一个桌上吃过饭，但彼此并不多话，只是客套寒暄而已。温魁臣和津帼莹有一子两女，儿子服役在部队上，家里有两个上中学的女儿，周筱和她们正好就伴玩。即便有时候津帼莹让袁本弥给三个女孩教英语，袁本弥和周筱也只是教和学的关系，似乎两个人都未曾朝深处想。

前一阵子，周筱父母特地从上海到北京来探望女儿。在温魁臣为姐姐姐夫举行的晚宴上，津帼莹闲聊谈起袁本弥，把自己所了解的及从丈夫和谷婴童等人那儿听闻的有关袁本弥的倒霉事儿当作故事说给姐姐姐夫听，不想却令姐姐大发感慨，唏嘘不已。作为母亲，周筱的妈妈十分关心女儿的终身大事。津帼莹对袁本弥的介绍，让她感觉到小伙子的朴实、诚信和才情，打心眼儿里喜欢这样的年轻人，因此私下拜托津帼莹为周筱和袁本弥牵线搭桥。津帼莹本来就对袁本弥印象不错，她在华讯国际社人事处工作，对袁本弥也算“知根知底”，加上一段时间来袁本弥和温魁臣打得火热，常来家中走动，更增添了自己对这位年轻人的好感。对于姐姐的要求，她自然满口应承。她是个热心人，十分爽快，干什么事都风风火火、雷厉风行。头天晚上说的事，第二天晚上她就把袁本弥和外甥女同时约到家中单独见面，给两个孩子捅破了窗户纸。

周筱是上海姑娘，这符合袁本弥的“上海情结”。两个年轻人年龄相仿，经历相似，既有熟悉上海的津津乐道，又有时断时续的“师生”关系，交谈起来自然不生分。这让温魁臣和津帼莹夫妇俩信心倍增，于是趁热打铁，撮合两个年轻人周日再上景山公园约会。

周日，景山公园，游客如织，人头攒动。

袁本弥和周筱同许多刚接触的男女恋人一样，攀上高石，寻觅偏静一隅，大树遮荫，山石倚背，铺上从办公室带来的报纸，并肩席地而坐，一边轻声细语交谈，一边相互揣摩心思。

“我舅妈这人就是这样热心肠，给个火星就能把人心温热。”谈起舅妈来，周筱话匣子一下子打开了：“你知道吗，我舅妈曾经是香港一个大资本家的千金小姐，因为爱上一个革命青年，毅然‘背叛’家庭投身革命。她那个恋人因为叛徒出卖而光荣牺牲，成为烈士。她疼不欲生，曾发誓不再结婚。但后来认识我舅舅以后，还是不敌我舅舅的魅力，最后成了我舅妈。”

袁本弥接茬说：“这事我知道一点，为了同你舅舅结婚，‘文革’期间还受过批判呢，说她对革命烈士不忠。好在你舅舅也是老革命，造反派也奈何不得。不过，你舅妈还是因家庭和社会关系复杂而一直不得重用，入党志愿书一份又一份地写，谁也不敢介绍她入党。”

“你了解她，她可也了解你啊。你可不能对我有什么隐瞒啊。”周筱微笑着“提醒”袁本弥。

袁本弥坦然地：“我知道你想了解什么。你不提我也要跟你说清楚，我现在可是个归入‘另类’的人，都因为我鬼使神差写了篇破小说，受到那个‘四人帮’核心人物的批示，算是个‘污点’吧。现在虽然不把我划入‘四人帮’帮派骨干那帮人之中，但谁也不敢重用我。当官是不想了，出国、留学深造，这些恐怕暂时也没什么希望。所以，你要跟我继续深交下去，可要三思哟。”

“我才不管那些呢！”见袁本弥不避讳自己的过去，主动坦诚相告，周筱十分高兴。她是个心地善良且“眼里容不得沙子”的女孩，做人的原则是相互坦诚、不曲里拐弯。

袁本弥也很高兴。他情不自禁地抓起周筱的手，连连问道：“你真的不在乎？你要想好了，今后……”

“今后怕什么，我们都有两只手，凭本事吃饭，两个人的工资还不够我们花？”

“可是我还有负担，父母在农村，虽然有姐姐他们照顾，但我是儿子，不能不尽义务。再说，我妈身体有病……”

“你能不能说点高兴事？”周筱突然烦恼起来：“就你们农村人事多。”

袁本弥一下子懵了，他没想到周筱突然间反差如此巨大。这几年别人也给袁本弥介绍过不少对象，一开始也谈得不错，但一听说袁本弥家在农村有负担，女方便一个个冷淡许多，有的自己婉言拒绝再谈下去，有的则让介绍人捎话“吹灯”。现在，难道周筱也同她们一样“势利”？袁本弥在心里问着自己。他想，不过这样也好，索性把话挑明了，省得再白费劲。

“我说的是实情。如果现在我隐瞒不告诉你，以后为这些闹矛盾不是更不好。是的，农村人确实穷，但大家都是人，都是父母生、父母养的，赡养父母是子女天经地义的责任，我不能不尽自己的义务。”袁本弥“竹筒倒豆子”，连珠炮般地把自己的想法和盘托出。

这回轮到周筱发懵了，她没想到袁本弥会如此言辞激烈。在短短的接触中，她认定他是个不善言辞、温文尔雅的“好好先生”，无论别人怎样激烈他都会不恼不烦。但现在袁本弥判若两人，周筱先是愣怔了一下，紧接着也光火起来：“你那么大嗓门干啥？我说什么啦？真是‘乡下人’，心眼儿太小。瞧你那较真劲儿！”

“乡下人”三个字对袁本弥刺激很大，让他想起邱婧说的“乡巴佬”。他睁圆双眼愤怒地瞪着周筱，倔强而鄙夷地说：“我是‘乡下人’，那又怎么样？没有农民种粮食，你们这些所谓的‘城里人’吃屁屙风？！告诉你，不要清高。你爸妈也是从乡下上来的，你不也曾下乡插队当过农民吗？”

周筱父母都是苏北人，解放前家境贫寒，很小就追随新四军投身革命，解放后自然进城当了领导干部。周筱生在扬州，从小随着父母工作调动而不断变换住所，从一个城市转到另一个城市。但不管家搬到哪里，苏北的那帮“穷”亲戚们都隔三差五地找到门上，吃了，喝了，临走还要带上一些。尽管爸爸妈妈乐此不疲，但在周筱小小的心灵里便刻上一幅“乡下人”丑陋的印象，特别反感那些不讲究、不卫生和高门大嗓的行为举止。后来自己“上山下乡”插队落户，虽然时间不长便上了大学，但亲眼目睹穷乡僻壤和又脏又乱的村容陋习，更加在心中增添了对农村的抵触情绪，尤其对又脏又臭的露天茅厕畏惧并深恶痛绝。

听到袁本弥拿父母和自己说事儿，周筱既恼火又委屈，但一时理屈词穷，张了张嘴想反驳，没想到刚一张口竟把眼泪“催”了下来。她拿好自己的手提包，腾的站起身，恶狠狠地瞪了袁本弥一眼，然后径直朝山下跑去。

袁本弥知道自己“犯”下大错，想追上前去安抚，但生性倔强的他没有跟上自己的思维，而是坐在原地未动，只是把自己的脑袋深深地埋在自己的双膝上。他的心绪坏到了极点，如果不是后来发生的一件事使他们冰释前嫌，袁本弥和周筱的恋情也许可能就此划上了句号。

那是在两个人“吹灯”不到两周后发生的一件事。一则想到北京看看弟弟，一则也顺便带妈妈到大城市看看病，袁本弥的二姐未来得及同他联系就领着母亲登上北上的列车。下了火车出北京站后，姐姐突然发现自己随身携带的布挎包被划了个大口子，放在弟弟给家中写信的信封里的钱不翼而飞，显然他们遇到小偷了。更让母女俩着急的是，那信封上有弟弟单位的地址和电话号码。情急之下，姐姐六神无主，蹲在地上号啕大哭起来。

“无巧不成书”。就在母女俩一筹莫展的时候，刚刚送走父母的周筱和津帼莹夫妇正好路过母女俩旁边，听到袁本弥姐姐在打听华讯国际社，他们连忙停下来问：“华讯国际社？你找哪个？”

“我兄弟叫袁本弥……”

“袁本弥？”周筱不相信世界上的事情会有这么巧。父母听说她和袁本弥不欢而散的经过后，严厉地批评她“草率行事”，特别指出她对农村和农村人的看法有失偏颇，纯属偏见。其实她自己也一直在心里骂自己“草率”和“冲动”，但事已至此，她也不想自己采取主动去挽回同袁本弥的关系。现在，突然遇见袁本弥的母亲和姐姐，她愣住了，一下子不知所措。

津帼莹笑了，指着周筱对袁本弥母亲说：“你们找小袁？这就没问题了。她认识小袁。”

“真的？”母女俩喜出望外。妈妈充满慈爱地看着周筱：“谢谢你，姑娘，能不能带我们去找本弥？”

不等周筱回话，津帼莹夫妇俩不由分说帮忙捡起地上的大包小裹，对袁本弥母亲说：“老人家，你放心，小袁跟我们一个单位的。现在天气还早，单位还没上班，您先跟我们回家吃早饭，然后我再叫小袁来接你们。”

母女俩感激万分，但他们不知如何表达，只一连迭声地“谢谢”。周筱不再犹豫，她从舅妈手中接过一件行李，同时见袁本弥母亲脸色憔悴，身体显得不适，连忙又走上前同袁本弥的姐姐一起搀扶老人家，然后跟在舅舅、舅妈后面一起向地铁走去。

半个小时不到，他们便来到津帼莹的家。也许一路长途颠簸，袁本弥的母亲草草地洗漱一下、喝了半碗稀饭后，便愈发感觉不舒服，咳嗽一声高过一声。袁本弥的姐姐慌了，只好不好意思地催促周筱赶快带她找弟弟。

周筱此时已经完全理解了袁本弥当初的苦衷，不仅不再记恨他，而且在心里对袁本弥的母亲和姐姐油然升起一股强烈的亲近感。她立即放下碗筷对舅妈说：“看来老人家病得不轻，我得先带她上医院。舅妈，您上班后帮我给单位挂个电话请个假，好吗？”

津帼莹欣慰地夸赞道：“好女儿，这就对了。你和小袁的姐姐带着老人家到医院看病，我到单位告诉小袁，让他去接你们。”

就这样，周筱和袁本弥之间的疙瘩和隔阂因这次偶然事件而化解，相互之间没了怨尤，反而增添了理解和好感。也许这就是缘分吧。不过，要重新走到一起点燃恋情，袁本弥自有主意。他要用自己的真实才华去打动姑娘的芳心，而非仅仅是出于她的同情和怜悯。

两个星期之后，正在上班翻译文章的周筱突然收到一份本市寄出的挂号邮件。他取出邮件拆开一看，原来是袁本弥给她寄来的一部电影文学剧本。剧本是他近十来天业余时间写成的。虽然略显粗糙，但构思巧妙，文笔优美，可谓一气呵成。

“周筱，感谢你为母亲所做的一切。事实证明我错了，太小看了你的胸襟。特寄上我新近写就的一部电影剧本，请予雅正。不指望它发表，只希望它能代表我的心，代表我的爱，望笑纳。”

周筱紧紧地把剧本抱在自己的胸前，大颗大颗的泪珠滚出了眼窝。她擦干眼泪，立刻抄起电话打给袁本弥：“是我，周筱。晚上有空吗？我在北海公园门口等你。”

袁本弥如释重负，轻快地哼唱起来。多少天来，他一直没有这么开心过。

那一晚，两颗火热的心终于以同一个节奏跳跃。北海公园内，两个人相拥着坐在靠椅上，手紧紧地握在一起。微弱昏黄的路灯同巨伞般的林木影子“搅和”在一起，给路人的眼睛遮上了雾罩，同时也让恋人们失去自控。他们偎依在一起，一面贴着耳根说着悄悄话，一面旁若无人地把玩着手下“功夫”。

终于，没了絮语，两个人如胶似漆，滚烫的嘴唇粘贴在一起喘不过气来。周筱哭了，那是她的初吻，从未有过的新鲜体验，令她心悦而战栗。

金秋十月，袁本弥和周筱走进街道办事处，领取了结婚证。他们相约，春节回南方正式举行婚礼，在此之前他们仍旧“分居”在各自单位的集体宿舍。

谁料想，周筱一场突如其来的“大病”让他们提前过上了“同居”生活，也让亲朋好友们见证了他们之间的纯真爱情。周筱先是感冒咳嗽，吃药不见效，反而愈发沉重，高烧不退，单位医务所大夫给她打针吃药效果不大。她体质本来就弱，一个星期折腾下来，更是浑身无力，医务所只好把她转送合同医院诊治，却仍不见大的好转。好在那时各行各业吃大锅饭，生病不上班也属“正常”。各单位领导们本来对手下小姑娘们就怜香惜玉，更何况周筱现在已卧床不起，真的生了病。于是，周筱不仅能放下手头工作全休，整天躺在床上休息调养，而且她还获特批在本来就是自己独处的办公室内支起床铺，为方便袁本弥贴身照顾减少了进出女生集体宿舍的不便和尴尬。与此同时，单位医务所的女大夫也把她作为重点病号，按时上门给她吃药打针，对她精心照料呵护有加。

那些日子，袁本弥除了上班，余下时间就全身心地照顾周筱。两个单位相距不远，他每天来回跑好几趟。除了服侍周筱遵医嘱按时吃药，还要操持她一日三餐的饮食。如果食堂没有可口饭菜，便干脆上附近饭馆去寻觅。后来周筱病情加重，袁本弥干脆晚上留下来照应。他们已是名正言顺的夫妻，双方单位都知道。

转眼之间，已近春节。袁本弥和病体虚弱的周筱登上了南下的列车。周筱姐姐是大夫，妈妈打电话要周筱回家调养。说来也怪，一回到家，周筱见到爸爸妈妈，精神大振，加上姐姐对症下药，身体立马康复，没事人似的。家人大喜。周筱把袁本弥这么多天来对自己的照应全告诉了妈妈，父母更增添了对女婿的喜爱。按照原先约定，周筱父母请来亲朋好友，为女儿女婿举办正式婚礼。一对恋人历经曲折，终于喜结良缘。

从此，家的温馨和甜蜜便伴随着袁本弥和周筱。特别是一年以后他们的“爱情结晶”的诞生，更给他们增添了无穷的乐趣。

他是个男孩，取名袁猿原。猿原漂亮而聪明，从小看大，儿时在他身上发生的一些事儿一直被人们传为佳话，不仅令亲朋好友和周围邻居对他“刮目相看”，而且更让袁本弥和周筱夫妇引以为豪，时常在外人面前当故事来讲。

猿原出生在上海，生下来不久周筱就给他断奶，交由外公外婆雇保姆照管。在他牙牙学语时，大家就教他“认人”，指着人或照片让他学说“爸爸”“妈妈”“外公”“婆婆”“爷爷”“奶奶”“大姨”“小姨”“舅舅”……那一天，外公一边看书，一边有一下没一下地摇着他的摇篮逗他玩，他突然从嘴里蹦出一个疑似“公公爷爷”的词汇。不太清晰的词汇给保姆听见了，添油加醋地开玩笑逗老爷子开心说：“他在叫您呢。公公爷爷，可不是么，您既是外公，又是爷爷。这孩子真聪明，亏他想得出来。”老爷子一听，先是一愣怔，继而哈哈大笑：“好，好。这么叫，我爱听。还是我的小外孙知我。”会说话以后，小家伙在大家的撺逗下，“公公爷爷”愈发地叫得欢，而且一直延续到长大成人，再也没改过口。当然，这是后话。

由于那年月袁本弥尚“带罪在身”，加上单位人手紧张，请假难请，周筱生产的时候，袁本弥未能在妻子身边看着儿子出生，给他留下终生遗憾，直到春节他才有幸获假与周筱一起回南方看儿子，父子俩才得以第一次相认。那是一大早，按常规小家伙应该还在睡觉。但让袁本弥和周筱夫妇俩意想不到的是，当他们俩刚走近他的床前，儿子就突然醒了，而且嘴里亲近地叽里呱啦，毫不陌生地和妈妈爸爸顶脑门亲热，激动得周筱眼泪刷一下流了出来，一把抢过儿子，紧紧地把他抱在胸前，不断地在他粉嫩的脸蛋上亲吻。

就在他们合家团聚、尽享天伦之乐的时候，家里的电话铃声响了。

那时候，电话是权利和地位的象征。老百姓和一般干部要是有私事需要打电话，除了在单位上班用公家电话“揩油”外，平时只能到邮局排队打公用电话。想在自己家里装电话，有钱也不好使。周筱的爸爸是厅级高干，公家才给免费安装了电话，说是方便父亲工作，实际公私不分，全家沾光。说白了，那是一种特权。

“周筱，你们的电话。”妈妈在客厅里高声招呼周筱接电话。周筱把儿子交到袁本弥手上，自己赶忙趿拉着拖鞋去接电话，一边走一边嘴里嘀咕：“刚到家，谁找我？”

电话是陈崇瑛打来的。她父母也是高干，家里也装有电话，故通话很方便。袁本弥和周筱结婚那会儿，陈崇瑛受易洪武委托参加了他们在上海举行的婚礼。由此，陈崇瑛和周筱关系日渐密切，经常保持通话联络。昨天她打电话到周筱的办公室，同事们告诉她周筱已经回上海看儿子了，所以她现在才把电话直接打到周筱家里来了。

“周筱，我告诉你，那件事成了，我已接到调令，过完春节就可以到北京工作了！”陈崇瑛在电话那头喜滋滋地告诉周筱。

周筱闻听大喜，赶忙祝贺道：“太好了！是团中央吗？”

“是。团中央正好问上海要人，我是上海团市委的。再说，上海人不太愿意到北京，我愿意去，也算是为他们减少了做工作的麻烦。不过，华讯国际社这次也挺仗义，相关手续办得很快。你知道，洪武他人不在国内，多亏有你们家那位帮助跑腿。”

“应该的，应该的。这下好了，以后咱们见面聊天就容易了。哎，洪武什么时候回国呀？他应该任期届满了呀。你俩也该把事儿办了。”

“洪武来信说，如果一切正常的话，他下下个月就能回国。”

“太好了！真为你们高兴！到时候咱们就可以一起到机场去接他。”

“好咯，一句闲话！”

听得出，陈崇瑛心情愉悦。挂上电话，周筱舒心地笑了。她满面春风地回到儿子的房间，一边从袁本弥手中抱回儿子，一边逗儿子，一边把电话内容告知袁猿原：“刚才你崇瑛阿姨来电话，她就要调北京工作了，到团中央。你洪武叔叔很快也回国了。以后咱们两家可以在北京经常来往，叔叔阿姨会经常来看你的，我的宝贝。”说着说着，她又情不自禁地把嘴唇贴到儿子粉嫩的额头上，啄木鸟般地亲着。儿子搂紧妈妈的脖子，咯咯咯地直笑。

望着娘俩的粘乎劲儿，袁本弥全身弥漫着幸福和笑意。

春节过后，袁本弥和周筱夫妇结束探亲假，恋恋不舍地吻别儿子，回返北京上班。与他们同行的还有陈崇瑛。

陈崇瑛上班报道后，正值共青团工作大发展时期，因而忙得不可开交。她有在上海团委工作的经历，因而熟门熟路，很快就成了部门的骨干分子。俗话说，能者多劳。越是能干，越是有干的活儿。不过，她乐此不疲，毕竟如愿来到北京，能和自己相爱的人常相厮守，她浑身有使不完的劲。当然，工作再忙，她也忘不了思念远在万里之遥的爱人。

这一天，她终于等到了华讯国际社外事处的电话，通知她易洪武将如期返回北京，让她等进一步通知到机场接人。电话刚放下一会儿，袁本弥也给她来电话，说到时候由他陪同她到机场，单位会派车来接她上机场。

接完电话，陈崇瑛连忙找领导汇报。单位住房紧张，她暂时还在单位招待所和人合住一个房间。易洪武回国后，她们要正式举办婚礼，希望单位能给自己解决一下住房问题，哪怕是个单间也行。要求合情合理，领导满口应承，但单位前三门新楼尚未最后完工，只能让他们再委屈一下，先在招待所腾出一个带厨卫设施的套房供他们结婚，新楼竣工后优先考虑他们入住。

领导的话让陈崇瑛吃了颗定心丸。她一边在工作之余抓紧筹备婚礼所需物资，一边焦急等待着华讯国际社的接机通知。终于，袁本弥给她打来电话，告诉她飞机抵达时间，让她第二天午饭后在单位门口等着，周筱也一同前往机场。

第二天，陈崇瑛早早吃好午饭，然后便心绪不宁地来到单位门口等车。半个小时后，华讯国际社的面包车终于来到单位门口，袁本弥和周筱夫妇双双走下车，招呼陈崇瑛上车。那时候，路上汽车很少，基本没有什么车速和红绿灯限制，司机一路奔驰向前，40分钟不到便将车子开到机场入口处。他招呼袁本弥一行下车先进机场，等停好车后他再来找大家。

周筱和陈崇瑛俨然一对好朋友，一边小声说着体己话，一边慢悠悠地跟随袁本弥走进机场接机厅。袁本弥显然嫌她们磨蹭，说："你们两位慢点走，聊聊天。我先到前面看看飞机到了没有。"

周筱一边答应一声，一边对陈崇瑛抱怨说："瞧把他急的！崇瑛，是不是他们搞新闻的都是急性子？每次跟他逛马路，他都大着步子迈，问他干吗那么快，他反过来问我：'我快吗？要不是陪你散步，我早走远了。'不过，你提醒他，他还是能听你的，但过不了一会儿，又开始放大了步子。真拿他没办法，好在这人人品好，业务棒。我舅舅可喜欢他了。"

陈崇瑛："看把你美的！其实，他们男人嘛，讲究的是事业，人好业务好，就是又红又专，最可靠了。我们那位，可能和小袁是一路货色，人以群分，物以类聚，否则哪能那么容易成为知已朋友。"

周筱调皮地问："洪武回来，你们新房在哪儿？不会也像我们一样住集体宿舍'两地分居'吧？"

陈崇瑛喜滋滋地："单位在招待所给我调了一下，是个单间，不过带厨房和卫生间。很快'前三门'楼房竣工后，答应优先给我分房， 两间一套。"

周筱羡慕地："瞧瞧，你们运气真不错。哪像我们，到现在还都住集体宿舍，幸亏我那办公室晚上就我一个人，还有现成的床铺，有时候我们也到舅舅家里住住。不过，我们单位也正在附近新盖家属楼。‘文革’结束了，中央很重视民生。咱们虽然单位小，但都是中央和国家机关，因此改善住房条件相对容易一些。不像他们华讯国际社好几千人的大单位，指望他们分房不知排队轮到猴年马月呢。”

不知不觉，周筱和陈崇瑛已经走近接机口，大批旅客推着行李车涌向出口处，同接机的亲朋好友激动地互相挥手致意，汇聚一起。那时候，刚刚改革开放，首都机场进出航班有限，一看就知道是易洪武所乘班机提前抵达了。

袁本弥焦急地东张西望，寻觅易洪武的身影。

突然，司机慌慌张张地跑近袁本弥说：“我看了一下班机上的旅客名单，易洪武没有坐这趟班机。”

袁本弥吃惊地问：“怎么回事？”

司机解释说：“海关、民航那帮人和我们华讯国际社接机的几个人经常打交道，相互特别熟，我可以随时让他们带我进关查询。刚才一查，结果发现易洪武不在本次航班的乘客名单上。真怪，来之前我还特地查询过开罗分社要求接机的电报，说易洪武今天乘民航班机经香港中转回京。”

袁本弥：“是呀，我也看过来报，还特地把航班号和抵达时间抄了下来。这样，咱们再等等。小陈，你们先到旁边找椅子坐坐。”

还是周筱耳朵灵敏，听到机场广播好像在叫袁本弥。她打断大家的谈话，让大家认真听广播。

果然，机场广播喇叭里在呼叫：“华讯国际社袁本弥请注意，华讯国际社袁本弥请注意，听到广播后即刻返回单位，客人因工作需要已临时取消回国行程。华讯国际社袁本弥请注意，华讯国际社袁本弥请注意……”

陈崇瑛和周筱大惊。袁本弥连忙请求司机：“快去找电话，问问社里，这到底是怎么回事？”

司机答应一声，赶忙朝机场深处跑去。

袁本弥对陈崇瑛安慰道：“咱们先到旁边找椅子坐下来。别急，有可能是当地政局出了大事，一时走不开。”

周筱：“很可能。听我舅舅说，他们搞新闻的，驻在国越有事，他们就越走不开。”

陈崇瑛一下子变得很萎靡，身心瘫痪般地有气无力地说：“可越是这样越让人担心，要是有动乱，人身安全都难有保障。”

袁本弥继续拿软和话安慰道：“话是没错，不过，咱分社和使馆连为一体，驻外使领馆就如同本国领土，神圣不可侵犯。一旦当地发生动乱，一般情况下不敢冲击大使馆，因此人身安全比较有保障。”

司机快步返回，向大家报告说：“和社里电话打通了，事情是这样的：伊拉克和伊朗打起来了，巴格达分社人手紧张，社里紧急决定，暂时取消小易的回国行程，让他赶赴巴格达分社支援一段时间。我们出发来机场时，社里的决定还未送达外事局，所以他们只好打电话给机场，让机场广播通知我们。”

一场虚惊。周筱搂着陈崇瑛的肩，放松地笑着说：“我就说没什么大事嘛。得，好事多磨，你们的婚礼只好往后拖一拖了。”

陈崇瑛依然心情沉重：“我还是不放心，那里打仗，会不会有危险？”

袁本弥：“不会的。一般这类战争只在两国边境打打杀杀，不会深入到对方国家的首都和腹地。放心吧，洪武造化大，‘天将降大任于斯人也，必先苦其心志，劳其筋骨’……”

陈崇瑛无可奈何地苦笑笑，无限深情地眺望远方。

“洪武，你还好吧。”她在心里一遍遍地呼唤。

八

此时，在亚洲的另一端，易洪武也在深深地思念陈崇瑛。本来说得好好的，按预定日程回国完婚，但一纸调令却不得不使自己改变初衷。他感到深深的愧疚，对不起了，我亲爱的崇瑛。可是，没有办法，军令如山，他只能无条件地服从，放弃回国，紧急赶赴巴格达分社。而且，一下飞机便投入紧张的报道工作。

巴格达分社是个 3 层楼小别墅，独门小院。2 楼大间是记者办公室，首席记者虞黎正在桌前奋笔疾书。

易洪武睡眼惺忪地走进办公室。他一边揉着眼眶，一边同虞黎打招呼：“老虞，不好意思，太困了，起来晚了。”

虞黎：“不是让你上午多睡会吗，怎么现在就起来了？昨天采访伊拉克副外长，整理录音、写稿、发稿，折腾到深夜。这次小刘回国休假，分社剩我一人，幸亏派你来支援，否则我这把老骨头……”

易洪武一边坐到虞黎对面的办公桌前，一边回应说：“瞧您说的，咱不就是干这个的吗？没事，我年轻，再苦再累，睡一觉就恢复了。老虞，今天有什么安排？”

电话铃声响起，虞黎拿起话筒：“Hellow！喔，机要室呀。我是。你说……好的，我这就来。”放下话筒，他关照易洪武说：“小易，等我一会儿，使馆机要室让我去看个件。”一边说，一边匆匆离去。

易洪武答应一声，然后铺开当天的阿文报纸埋头“读报”，一边看一边从桌上笔筒里划拉出一只笔和几张纸，准备作些摘记。他要看看有什么线索可供采访发稿的。

不一会儿，虞黎神情肃然地返回，对易洪武忿忿不平地发牢骚说：“小易，休息，别干了。有什么用？干得越多，越是挨批。昨天，不算内参稿，就公开报道咱俩加一起就共发中文稿 10 条、英文稿 12 条、阿文稿 15 条，其中中外文大稿子就有十多篇。可是，这些稿子到了编辑部，不当回事也就罢了，还来电报指责我们不抓重点。我不知道什么叫重点？两伊战事，全世界瞩目，这还不是重点？我真不知道他们脑子是不是进水了！不用查，我知道这报是谁签发的。哼，她带班，一看稿子多，没水平处理，就把火发到前方来了！怎么着，兴师问罪？我还真不怕！”

易洪武停下笔，善解人意地给虞黎茶杯里续上水，端到他面前劝慰说：“您消消气，犯不上，将在外君命有所不受，咱干咱的，该怎么干还怎么干。不过，说实话，咱们社真的距离世界性通讯社相差十万八千里呢。不要说新闻规律本质属性上，就是运作形式，咱现在干的活儿也不像个世界大通讯社。不在乎报道时效，不讲究热点新闻，不重视现场采集，不开放外文报道，一个分社两三个人，一周发不了几条稿，要么是少得可怜的几条豆腐块中文稿，要么是摘抄当地外文动态稿，再由编辑部编译成中文。西方通讯社哪有这样干的？”

虞黎惊喜地看着易洪武，赞赏道：“小易，到底是年轻人啊，脑袋瓜子好使，报道时效、热点新闻、现场采集、外文报道，这 4 点可不就是咱们现在最急切需要改变的短板。不瞒你说，我最近一直在思考怎样改进咱们社国际新闻报道问题，没想到你们年轻人也在动这个脑筋。好！咱们一起干，给总社领导献计建言。”

易洪武：“好啊。不过，这不是我的原创，是我在国内的一个好朋友总结出来的。他和我都是从上海语言大学分到咱社里的。我是学阿语的，他学的是英语。这些年虽然一直不能出国，但他没有气馁，正潜心新闻研究，特别是国际新闻研究呢。”

虞黎：“他叫什么名字？分在哪个部门？”

易洪武：“也是咱国际部的。他分在非洲组，名字叫……”

“袁本弥，是小袁？”虞黎脱口而出。

易洪武：“老虞，你——认识他？”

虞黎：“嗨，我们一个组的，我还是他的指导师傅呢。这就对了，他搞新闻研究，我一点儿也不感到奇怪，他有这方面的潜质。”

易洪武：“可惜，这样的人才被埋没了。人要倒霉，喝凉水都塞牙。当初要不是被那个顶头上司批示表扬了一下，顺顺利利按计划出国，境遇可能就大不一样。本来我们一起提前毕业奉派出国，没想到，唰一下好几年过去了，大好的时光被耽误了。”

虞黎：“可不是吗。不过，我仍然看好他。‘四人帮’倒台了，‘极左’政治理念正在被纠偏，如何看人，如何用人，我相信很快会有新的政策出台，毕竟是金子总会发光闪亮，重要的是不能自暴自弃，这方面小袁表现不错。”

分社院外响起门铃声。

虞黎透过办公室窗户向外瞭望后，赶忙吩咐易洪武：“是使馆研究室主任大蒋，快去开门。”

话音未落，易洪武已冲出室外下楼。很快，大蒋与易洪武前后脚走进办公室，他扬扬手中的稿纸，对虞黎说：“大社长，大使看过你写的内参稿了，还是分社调研有深度，值得我们研究室学习借鉴啊。”

虞黎接过大蒋递还的内参稿，洞察秋毫地说：“谢谢夸奖。你大主任亲自光临，大使肯定还有别的指示。说，让我们干什么，请发话。”

大蒋：“要不说你们当记者的新闻敏感呢。大使还真的有话，希望分社能就两伊开打背后的超级大国背景及我们如何应对进行深度采访和调研。”

虞黎：“呃，这是我们一直在关注的。伊拉克这次趁伊朗伊斯兰革命后霍梅尼新政权立足未稳，面临政局动荡、经济恶化以及与美断交等困境发动战争，旨在收复失地、打击霍梅尼输出革命、争夺海湾霸权。这当然主要缘自两国之间深刻的政治纠葛、教派冲突、经济竞争和领土争端等矛盾，但不能不说与超级大国在海湾地区的博弈有很大关联，两伊可都是盛产石油的富油国啊！”

易洪武插话发表自己的见解：“石油，这才是超级大国博弈的利益攸关。两伊不惜靠武力争夺的地盘是位于波斯湾西北部的阿拉伯河，该水道对两伊都是重要的石油出口通道。1975 年，美国国务卿基辛格曾支持伊朗国王巴列维对当时在伊拉克控制下的水道发动进攻。可现在才 5 年不到的时间，美国却反过来支持伊拉克进攻伊朗，夸赞伊拉克是阿拉伯民主典范，称萨达姆是自由卫士。显然，美国在乎的是对海湾石油的制控权。谁对美有利、谁亲美，就支持谁。”

电话铃声再次响起，易洪武顺手抄起话筒接听：“喂，谁呀？ Oh, it’s Jorhn. How are you? Oh, en, en… OK, ok. Thank you very much.”

虞黎用眼神向易洪武投去询问。易洪武汇报说：“伊拉克副外长通知我们，说伊军打了大胜仗，攻占了伊朗的霍拉姆沙赫尔城，明天组织记者到前线参观采访，问我们去不去。如果去，明天早上 7 点半到外交部集合，集体乘车前往，来回 3 天。”

虞黎口气坚决地表示："去，当然去！不仅旨在展示咱中华人民共和国新闻机构的存在，而且更是与其他媒体交流接触的好机会。"

易洪武："一家只能去一个记者。老虞，我去吧。外出采访肯定比较累，我年轻能扛。"

虞黎不同意："不行！那里是前线，枪子儿不长眼，我是首席，一把年纪了，一旦出点危险也没啥。"

"危险当然存在，但我想，既然伊方组织记者团去，肯定那里的局势已经控制在伊拉克军队手中，安全还是有些保障的。再说，从语言的角度来说，你是讲英文的，可能到那里不太好交流。而我是学阿语的，这几年驻外让我的英语水平也有不小提高，大体对外交流不成问题。老虞，别争了，还是我去合适。"

大蒋发表自己的看法："似乎小易说的更有道理。"

虞黎稍一沉吟，用爱怜的口吻交代易洪武："那好，就辛苦你一趟。注意安全。把那台相机带上，胶卷在柜子里，到时候让拍就拍一点，不让拍就算了。军队的事，规矩比较多。"

易洪武："好的。老虞，放心吧，我会小心的。"

虞黎以征询的口吻问大蒋："这件事，你都知道了，我就不用再跟你汇报了。我是不是再跟大使请示一下。"

大蒋："应该告诉一下大使，听听他的意见。虽然记者外出采访天经地义，你们有权自主开展活动，但这次毕竟是到战火前线，离开首都来回 3 天呢，使馆对人身安全一向特别重视。"

虞黎："那好，小易，你先准备一下。大蒋，你陪我一起去见大使。"

大使果然没有异议，只是一再叮嘱虞黎，要小易遵守外事纪律，注意人身安全。于是，易洪武按时赴约，随团来到两伊战争的前线霍拉姆沙赫尔（KHORRAMSHAHR）。

霍拉姆沙赫尔是伊朗胡齐斯坦省的一座港口城市，濒临阿拉伯河，与伊拉克紧密相连。20 世纪 80 年代之前，霍拉姆沙赫尔港是伊朗西南最大干货港，位于波斯湾西北阿拉伯河下游东北岸和卡仑河口之西。除机场外，它还有公路和铁路交通北连首都德黑兰。正因为其重要的战略地位和经济价值，举世瞩目的两伊战争首先就是从争夺这里开始的。

易洪武跟随记者团抵达霍拉姆沙赫尔城后，这座港口城市少了昔日的繁忙喧闹，弥漫的是紧张的战争气氛。城市看似宁静，却难以掩饰刚刚散去的战斗硝烟：路面上随处可见炮弹弹坑。许多墙壁上布满枪弹弹孔。街上少有平民走动，来来往往的大多是荷枪实弹的伊拉克士兵及战车和坦克。作为城市的新占领者，伊拉克军队前线指挥部这次之所以组织外国记者团到前线实地采访，显然不光是为了炫耀战果，而且更主要的在于对这块被其拿下的土地宣示主权。

伊拉克军队前线指挥部礼堂里，刚刚举行完祝捷大会。军队新闻官大声宣布：“女士们，先生们，祝捷大会到此结束，10 分钟后举行记者招待会。”

会场一阵骚动，与会士兵集体退场，大多数军政大员也纷纷离席退场。前几排座椅一下子空了起来，记者们赶紧奔过去抢占先机。

易洪武刚刚在第二排中间位置落座，却突然发现邻座是自己在开罗认识的戴维。两人一阵尖叫，又是握手，又是贴面，忙乎一阵后才双双绅士般地落座交谈。

很快，台上台下的人全部各就各位，会场安定下来，一切准备就绪。新闻官清清嗓门，发表开场白：“女士们先生们，请安静，记者招待会现在开始！刚才祝捷大会上，前线最高指挥官已经发表重要讲话，这里不再重复。下面，请各位记者直接提问。”

易洪武举手示意，身前身后几十双手同时举起。新闻官瞟一眼易洪武，却把机会给了易洪武一旁的戴维：“那位先生，戴眼镜的。”

戴维连忙站起身提问：“我叫戴维，BBC 记者。请问司令官阁下，贵军攻占了霍拉姆沙赫尔及周边 2 万平方公里的土地，现在举行祝捷大会是否意味着你们已经达到了预定目标？或者说，贵军是否计划继续向前挺进，甚至攻打伊朗首都德黑兰？”

前线最高指挥官：“攻占霍拉姆沙赫尔，初战告捷，我们的目标是收复失地，完全控制阿拉伯河这个重要的石油出口通道。同时，遏制伊朗的地区霸权图谋。要知道，伊朗宗教领袖霍梅尼正试图将他领导的伊斯兰原教旨主义运动推广到整个中东地区，这是我们不能容许的！”

易洪武继续举手示意，身前身后几十双手再次同时举起。

前线最高指挥官对新闻官指点易洪武，新闻官赶忙招呼易洪武：“就你，这位日本记者……。”

易洪武站起身，用阿语落落大方地表示：“谢谢司令官阁下。不过，新闻官先生，我要更正一下，我不是日本记者，我是中国记者，来自中华人民共和国。我叫易洪武，供职于中国华讯国际社。”

新闻官十分震惊，尴尬地回应：“中国记者？对不起，是我想当然了，我以为……一般中国记者很少举手提问的。”

前线最高指挥官又惊又喜，不待提问便抢着接话：“好！好！中国记者好！你的阿拉伯语说得真棒。那么，这位先生，你想问我什么问题？”

易洪武：“谢谢。司令官阁下，我要问您的是：贵军得到了苏联方面的大力支持，这是不争的事实。那么，美国呢？ 1975 年，美国国务卿基辛格曾支持伊朗国王巴列维对当时在伊拉克控制下的水道发动进攻。而现在呢，伊朗伊斯兰革命爆发后，德黑兰和华盛顿已判若水火、不共戴天。在此情势下，美国是否为伊拉克此次攻打伊朗提供了武器装备，或者你们从华盛顿方面得到了什么军援和支持？”

前线最高指挥官没有正面回答，而是巧妙地回应说：“伊拉克欢迎来自方方面面的支持和援助，包括道义和物质的，无论它们来自苏联还是美国。还有，您来自伟大的中国，我更想请您代为转达的是，我们非常希望得到贵国的帮助。”

易洪武飞快地在采访本上记录。这可是个重要信息。

新闻官继续点名提问者：“下一个……请前排中间位置的女士提问。”

女士：“我叫苏珊，来自法国通讯社。有评论认为，伊朗新政权建立后，并不亲近前苏联，而是采取了‘不要东方，不要西方，只要伊斯兰’的政策。美国为了在中东地区维持多种力量的平衡，不允许任何一国独大，所以在两伊战争问题上态度微妙。据悉，华盛顿有可能秘密允许通过第三方，间接向伊朗军队输入一些原来美制武器的零配件。请问，您对此有何评论？”

前线最高指挥官调侃地回应：“这，你得去问华盛顿！不过，我要强调的是，伊拉克进攻伊朗是为了收复失地，是正义之战，伊拉克必胜！任何外部干涉都不能动摇我们的意志和信念！”

易洪武正在采访本上飞快地记录，一军方工作人员递给他一张字条。他十分好奇，赶忙停止记录，接过字条看，原来是司令官请他在记者招待会后留步，愿意接受中国记者的独家专访。

易洪武大喜，赶忙将纸条揣进口袋里，他不想让戴维看见。同行是冤家和竞争对手，要是戴维知道伊拉克司令官接受中国记者独家专访，他还不嫉妒死。

其实，也不是什么正儿八经的专访，伊拉克司令官就是想同中国记者聊聊。他知道，华讯国际社作为新闻机构当时在世界上并不被人们太看好，但其官方背景却在很大程度上为其蒙上一层神秘色彩，具有一般西方媒体难以拥有的工具和代表作用，就连中国官方自己也公开称其为国家的耳目喉舌。记者招待会上，司令官亲眼目睹了易洪武的访谈水平和语言功底，不得不对中国驻外记者的形象有所改观。伊拉克军队发现中国坦克和武器实用价廉，越来越为士兵们青睐。他希望借助所谓专访，实际是让中国记者给北京传话，希望得到中国方面的武器援助。

不管怎么样，本来访谈双方就是各有所需，司令官和易洪武自然都达到了目的。让易洪武高兴的是，这次不说“载誉而归”，起码也是不虚此行。

带着浑身散发出来的兴奋劲儿，易洪武风尘仆仆地回到了办公室。人未进屋，声音先到："老虞，我回来了！"

虞黎赶忙起身相迎，一边接过易洪武手中的行李，一边关切地询问："累坏了吧？怎么样，不虚此行？"

易洪武有点得意洋洋："一开始把我当成日本人，知道我来自中国后，立马对中国记者改变了印象，说没想到中国记者也积极举手提问，而且阿文能说得这么地道。伊军前线最高指挥官最后还专门单独召见我。"

虞黎："为什么？"

易洪武："他们想购买中国坦克。这是我在回程路上写的内参，你看看就明白了。"他一边说，一边从提包中掏出一叠稿纸递给老虞。

虞黎瞄一眼稿件扉页，清晰显现出一排大字标题：（绝密内参）伊拉克军方高层有意购买中国坦克。

易洪武进一步解释说："从伊军前线最高指挥官的话音中不难听出，他们之所以青睐中国坦克，主要有两个因素：一是中国武器价格便宜、操作简单，容易被文化素养不高的伊拉克士兵在短期内掌握和操作，既经济又适用；二是从武器来源多元化的角度考虑，他们不能总用苏联一个国家的武器装备，适量从中国购买一些武器则能削减国际舆论的负面影响。伊拉克士兵普遍认为，中国武器有两大特点：1. 可靠，不容易出现质量问题 2. 威力大，超出预期。"

虞黎一边耳听易洪武的絮叨，一边迅速翻看内参稿。略一沉吟，他表示："这可是件大事！咱们必须马上报告使馆。"

易洪武："没错。我建议，这篇内参稿最好也请大使签发，以内电形式传给国内。不过，我刚才看见大使的车子出了使馆大门，现在他恐怕人不在。"

虞黎："我知道，大使有个活动。这样，等他一回来，咱俩就去找他汇报。现在，你先回宿舍稍事休息一下，这几天太辛苦你了。"

易洪武伸伸胳臂动动腿，故作轻松地说："没事。还是先忙稿子吧。外文的，中文的，好几篇稿子等着写呢。当日事当日毕，过了今夜就是明日旧闻了。"

虞黎赞许地点点头，用柔和的语调吩咐："那好，明天一定要补补觉。"

易洪武胡乱答应一声，便坐到凿孔机前聚精会神地工作。他偶尔翻看翻看采访本，手却持续不断地敲击阿文打字机键盘，凿孔纸条随之不断地向外延伸。

就这样，巴格达分社在征得大使馆同意后，将易洪武撰写的内参稿通过内电发回了北京，受到中央高层和有关方面的高度关注和赞赏。为此，《华讯业务研究》给巴格达分社约稿，让记者就内参采写过程介绍经验和体会。

易洪武在巴格达干得欢，令袁本弥备感振奋。他仍在进修学院学习，有时候下午没课的话，便回组里看看，在办公室里做做作业，或者看看各色报纸和内部刊物。

那时候，《华讯内参》虽然是绝密级内部文件性质的刊物，对外只有一定级别的高干和高层领导才能看到，但在华讯国际社内部，每期都发行到业务部门的组一级单位，由专人保管，普通编辑和记者都能随时在保管室内借阅。易洪武很喜欢看《华讯内参》，特别对其中的国际内参稿件感兴趣。易洪武在伊拉克军队前线采访的内参稿及巴格达分社给《华讯业务研究》撰写的文章对袁本弥启发很大，他十分赞同巴格达分社坚持深入一线采访和易洪武主动进取、积极应对的开拓性新闻报道方式，并就此在《华讯业务研究》上刊文《一线采访是新闻报道之本》。

然而，令他没想到的是，易洪武和巴格达分社的做法在华讯国际社乃至中国新闻界引起轩然大波。不少人像袁本弥一样鼎力支持易洪武当时的采访方式，认为他彰显了新闻规律和中国记者的采访能力，为华讯国际社正了名、争了气。反对和批评的声音也不少，甚至有个别社领导在编前会上指责“一个毛头小记者”不经请示，擅自就两伊敏感问题接受伊拉克单独一方的采访，破坏了我们在两伊战争报道问题上持客观中立的立场，从而有可能给国家带来外交麻烦。还有更多的人在观望，等待“上面”的官方表态。

此时，穆鋛竺已经上调中央有关部门工作，原来的副社长傅礼谢接替穆鋛竺出任社核心小组组长、社长，姚夏继续担任社核心小组副组长兼总编辑。另外，当年因所谓反对毛泽东思想而被捕入狱的明新竹获得彻底平反，担任副社长。这几位主要社领导意见一致，坚决支持巴格达分社记者的开拓性工作。他们认为，粉碎“四人帮”，新时期要有新气象。新闻报道必须按照中央指示精神开拓进取，打破陈规戒律，遵循新闻规律。他们认定，只有创新，华讯国际社才能进步发展。

粉碎“四人帮”，明新竹获得彻底平反并被重用，精神面貌同过去判若两人，一改过去萎靡消极、不近人情的状态。他对在开罗与易洪武的“一面之交”仍记忆犹新。他回忆说：“易洪武这小伙不错，当年他一到分社，我就看好他，确实有些水平。一下飞机就被我拉去参加记者招待会，但人家一点儿不怯，听得很明白，笔下哗哗地记个不停。”

不过，社领导没有简单地表态谁对谁错。中央规划华讯国际社现代化建设蓝图，索性以此为契机，在全社范围内开展新闻业务大讨论，号召广大编辑记者进言献策，进而明确目标，统一认识，转变观念，革新拓展。

《华讯业务研究》为此开辟专栏，姚夏亲自撰写“编者按”，鼓励大家踊跃投稿，允许观点碰撞、思想交锋。袁本弥积极响应，向社核心小组建言说，华讯国际社必须适应世界形势发展，下大气力建设有中国特色的现代化世界性通讯社，从而为增强中国在国际社会的话语权，让中国融入世界，让世界了解中国，真正发挥舆论先导作用。而要做到这些，唯有思想解放和改革开放。

袁本弥的建言获得社核心小组和全社上下的广泛关注和高度重视。与此同时，新闻业务大讨论声势和规模空前，重力打破了长期束缚新闻事业发展的樊篱和枷锁，极大地调动了广大编辑记者和全社员工的工作积极性和创造力。“解放思想、实事求是，团结一致向前看”，大势所趋，越来越成为人们开拓进取、奋发有为的标尺、原则和动力。同整个中国大地上迅猛掀起的改革大潮一样，华讯国际社一改昔日因循守旧、固步自封的落后运营模式，决定改革创新、开拓拼搏，以建设世界性通讯社为未来发展的奋斗目标。

与此同时，作为华讯国际社的高等学府，干部进修学院不仅外语师资力量相对雄厚，对国外媒体的新闻研究起步较早，而且学生都年富力强，必将是未来建设世界性通讯社的骨干和栋梁之材。社核心小组看到了这些优势，很重视干部进修学院的建设和提升，要求温魁臣将学院打造成新闻改革的试验田，率先垂范，培养一批批学以致用的开拓性媒体精英。

这与温魁臣的办学理念不谋而合。他立刻向全院师生员工传达上级指示精神，组织大家深入学习讨论，拓展思路，进言献策。在此基础上，大家凝聚共识，一致认为必须强化外语教学的革新创举，打破单纯培训和提升学员笔译水准的传统模式，将外语学习“听说领先”的理念贯穿始终，特别要将学习外语与采编实践有机地结合。

谷婴童作为外语教研室主任，对学校的决定满心欢喜。她决定首先“从我做起”，给大家来个率先垂范。

谷婴童的开场白简明扼要，令学员们耳目一新。大家先是小声交头接耳一番，很快便在老师的督促眼神下跃跃欲试。

在老师的鼓励下，大家的积极性终于被鼓动起来，一个个丢开稿子积极发言，顶多偶尔看一眼草稿提示一下自己。虽然一开始有些打磕巴或讲得不太流利，但随着讨论的深入，大家越来越少了拘谨和紧张。

正当袁本弥用英语发言时，突然，温魁臣领着甄强松和几位老同志从后门走进教室，一边坐到后排听讲，一边为袁本弥流利的英语演讲鼓掌加油。听到掌声，全班同学齐刷刷地转头回看。

温魁臣赶忙向谷婴童解释：“不好意思，打扰一下，这几位老同志即将奉派驻外，社领导特地安排他们最近一段时间到咱英语高级班听课，熟悉熟悉外语环境，希望大家对他们多多关照。”

带队的甄强松接着话茬表示：“谢谢各位同学，请多关照。这么多年不驻外，英语听说能力太差了，亡羊补牢，来听听课，先熟悉一下耳朵。”

袁本弥看见甄强松，惊喜地招呼道：“老甄，您要出国啦？太好了！祝贺祝贺！”

甄强松苦笑笑：“‘文革’结束了，甩掉了政治包袱，组织上可以放心大胆地使用我们这些老家伙了，也好让我们发挥点余热。”

袁本弥跟着大家一起为老同志们鼓掌加油。同时，一丝惆怅心绪使他不由的真情流露。他在内心独白：我什么时候才能出国？

九

其实，华讯国际社领导层正在根据中央指示精神全面落实干部政策，以便团结一切可以团结的力量，最广泛地信任和使用干部，包括在“文革”中犯有这样或那样错误的同志，使其在认识和检讨错误的基础上解除思想束缚，轻装上阵，积极投身于火热的改革开放浪潮和“四化”建设事业中，为国家的新闻事业发展和华讯国际社建设世界性通讯社的宏伟目标贡献聪明才智。

对华讯国际社来说，如何按照规划蓝图建设世界性通讯社是当务之急。总编辑姚夏忙得不亦乐乎，当然头上的白发也在不断增多。为借鉴国外媒体的采编模式和先进管理经验，社核心小组决定由姚夏组团赴国外考察。考察团分成5个分团，分别赴美国、西欧、东欧、中东非洲和拉美地区实地考察当地主流媒体的活动现状，从中找寻可以为我所用的办法和措施。他需要一个分团一个分团地商量和落实人选，人选必须有外语功底和对新闻采编有真才实学的人参加，他珍惜国家有限的外汇经费，不想让此次考察流于形式而成为一些庸人出国游山玩水的幌子。

甄强松被姚夏挑选为中东非洲分团的领队。姚夏要甄强松先自行迅速挑选精干人选，然后报他审定。甄强松首先想到了袁本弥。

袁本弥此时已经结束在进修学院的学习培训，继续回原组工作。由于周筱临时出差，袁本弥下班后只好自己窝在办公室里打发时光。晚上，室内寂静无声，只有他一个人在台灯灯光下聚精会神地埋头写作。为方便查阅资料，他的办公桌上凌乱地铺放着一些书本、报纸和杂志等。

甄强松敲门走进，关切地询问：“小袁，还在用功？晚上也不去陪周筱？”

袁本弥从写作的思绪中回过神来，他抬起头笑着回应：“周筱出差去了。老甄，怎么是你？到现在还没下班回家？”

甄强松：“老姚找我谈点事。看见你在办公室，就过来看看。干吗呢，写什么大作？”

袁本弥：“《世界知识》约稿，介绍一下新独立的津巴布韦。”

甄强松明知故问：“听说你还在研究新闻理论？”

袁本弥微微一笑，不好意思地回答：“是有这个冲动，也有一些自己的想法。你知道，我现在白天上班，晚上时间比较富余，所以就有一些思考，想写出来表达表达。但是，新闻理论真研究起来却并不容易，毕竟我没出国工作过，没有实践体验，光有空洞的想法是难以理论升华的。”

甄强松：“没错，理论研究是需要在实践经验积累基础上进行思想提炼和逻辑分析的。不过，目前我们国家新闻理论研究很薄弱，没有什么比较系统的新闻理论学术专著，所以我支持你在这方面做有心人。至于出国工作，老姚和我们许多人都在为你积极做工作。你要坚定信念，机会总是青睐有准备的人。”

袁本弥：“谢谢！我一定坚定信念，绝不放弃。”

甄强松不想再卖关子，便把话题引到正题上：“怎么，不想知道老姚找我谈什么吗？其实，还和你有关呢。”

袁本弥诧异地看着甄强松：“和我有关？”

甄强松：“是啊，社领导决定，由姚夏同志组团赴国外考察，分美国、西欧、东欧、中东非洲和拉美 5 个分团。让我带队赴中东非洲地区调研，指名要你以翻译身份随我出行。怎么样，没问题吧？”

袁本弥欣喜万分，有点不相信自己耳朵似的连着追问：“真的？让我出国？太好了！不过，不是让你到分社驻外吗？”

甄强松：“可能有点变化。社领导正在酝酿成立地区总分社，这也是这次为什么分团考察的原因之一。看看外国大通讯社是怎么干的，我们要在各地区建立总分社可行不可行。”

袁本弥口气坚定地说：“应该可行。据我所知，人家西方通讯社早就这么干了，建立总分社并成立以当地语种为主的外文编辑部。其好处是：就地取材，就地发稿，减少中间环节，增强报道时效。”

甄强松吃惊不小：“喔，看来你早有调研啊。”

袁本弥腼腆地解释说：“是一个在分社工作的同学写信告诉我的，他是学阿语的，在开罗呆了 4 年多，临回国之前两伊战争爆发，又把他紧急调到巴格达分社应急。那天我和周筱领着他的对象一起到机场接人，没想到被告知他暂时回不来了。”

甄强松：“你说的小伙子叫易洪武？”

这次轮到袁本弥吃惊了，追问道：“您认识他？你怎么知道他？”

甄强松笑了。“我是听老姚说的，他也给我推荐了小易，让小易也参加我们的考察分团。”

“什么，让他也参加？饶了他吧，人家在国外可是大大地‘超期服役’，对象还等着他回国结婚呢！”

“不影响，考察团现在还是筹备阶段，最快也得过了春节才能成行。小易已经回国，今天下午刚到。”

袁本弥更加惊愕。“啊！这家伙都回来啦？归心似箭呀！”

电话铃响起。袁本弥拿起话筒……

话筒中传出周筱的柔声细语：“小袁吗？是我，我刚回办公室，崇瑛就打电话来了。告诉你，易洪武回国了。明天是礼拜天，他们让我们上他们的新家聚聚。”

袁本弥大喜。他向老甄做个稍等的手势，便兴高采烈地对着话筒回话，好像周筱就站在自己眼前。“周筱，你完事啦？到家了，太好了。我还想着呢，你该回来了。洪武回国的事，我也是刚刚听说。这样，明天上午咱们先买点水果和半成品菜，然后坐地铁去他们那里。”

没等袁本弥放下话筒，甄强松就笑着感慨：“电话是周筱来的？人真经不起念叨，刚说到她，电话就来了。”忽然，他像想起什么，对袁本弥表示歉意地说：“周筱回来了，不耽误你们了，你快去找她团聚吧。”一边说一边退到了门外。

“没什么。老甄，走啊？明天我再找你接着聊。”袁本弥追着甄强松的背影说。不过，想想好几天没见周筱了，心里怪想她的，恨不得马上见到她。于是，他迅速收拾好桌面，锁好抽屉，关灯锁门，急匆匆地朝楼下走去。

第二天上午，袁本弥和周筱各提一堆新鲜瓜果菜蔬，步出地铁，如约来到前三门新建住宅楼，单位在那里给陈崇瑛分了一套两室一厅的新房。两个人按照陈崇瑛提供的地址，很快便找到单元楼，然后乘电梯上楼，在公用过道上找到了801 室。

门上贴着大红喜字。“没错，到了。”袁本弥一边自言自语，一边举手敲门高叫：“小陈、洪武！”

易洪武闻声开门，激动地大叫：“本弥！你们来啦！这是周筱吧？请进，请进。”

周筱：“要不要换鞋？”

易洪武：“不用不用，这地板是大理石的，好拖地，不怕踩。”

袁本弥把手上的菜一起交给周筱，对易洪武说：“我们买了点菜，先放厨房吧。吔，小陈呢？”

易洪武：“买菜干什么？知道我要回来，崇瑛这几天采购把冰箱都塞满了。崇瑛，崇瑛，周筱他们来了！”

陈崇瑛系着围裙从厨房间冲出，高兴地招呼：“欢迎欢迎。不好意思，我正煲汤呢。”

周筱亲热地迎上前主动请缨：“走，我到厨房帮你。”

陈崇瑛连忙制止：“不急不急，排骨汤已经差不多了，开小火让它自个儿慢慢炖呗。这样，先参观参观我们的房子。”

周筱顺手将菜蔬送进厨房，返身调侃道：“应该叫新房吧？我们可是一进门就看到了大红喜字。”

陈崇瑛：“嗨，都是那帮年轻人瞎起哄。洪武上次回国休假，我们就悄悄领了证，不知这帮人怎么就知道了，昨天我到机场接人，他们就给我们布置了新房，晚上机关团委还给我们办了场婚礼。”

周筱：“啊！有这回事？早知道我们昨晚就过来凑凑热闹。瞧瞧，到底是团中央啊，够雷厉风行的！”

陈崇瑛：“嗨，他们就是闹着玩。领了证就是合法夫妻，他们爱怎么闹就随他们呗。不过，南方一趟肯定还是少不了的。双方家长说，那才叫正式的婚礼。”

易洪武冲周筱插话说：“对了，你俩现在住哪儿？本弥，单位给你分房了吗？”

袁本弥：“没呢。你又不是不知道，咱们机关大，人多，分房子排大队等着呢。而周筱他们单位的房子还没竣工，也得等一段时间。所以，我们是典型的无房户。”

易洪武耸耸肩膀，同情地说：“也是，咱华讯国际社人太多了。”

陈崇瑛突然想到一个主意：“吔，洪武，你在集体宿舍不是还保留着床位吗？是不是可以腾出来换给小袁他们临时住住？把你房间那哥们同小袁对换，反正那哥们是北京人，也不怎么在宿舍住。这样，名义上小袁换过来和你同住，别人也不好说三道四，社里房管处也无话可说。怎么样，是不是个好主意？”

易洪武一拍脑袋，夸赞道：“还别说，真是个好办法！行，本弥，明天咱们就去找那哥们，他是社图书馆的，和我关系不错。这几年我出国，他坚持帮我守着那个床位，不让别人插足。上次回国休假，我给他 2 张埃及纸草画，把他高兴的。”

袁本弥高兴得跳了起来。他激动地对周筱说：“太好了！这样一来，我们就有自己的窝了！小陈，洪武，太感谢了！”

周筱也激动万分。她情不自禁地搂着陈崇瑛的肩头感激道：“都说‘有贵人相助’这句话，我今天算是信了。崇瑛、小易，你们就是我们的贵人！”

易洪武：“什么贵人？我们是朋友！最要好的朋友！”

陈崇瑛：“是呀，举手之劳嘛。”

有人敲门。易洪武拉开门，惊喜地叫：“章老师！”他一边把章老师迎进门，一边招呼着："崇瑛，快过来，这就是我给你说过的我们组的章老师。章老师，我介绍一下，我爱人陈崇瑛。"

"章老师好！"陈崇瑛趋前一步，和章老师握手相认。

章老师上下打量着陈崇瑛，由衷地夸道："小易，你好福气呀！我们南方姑娘就是美！"

易洪武一边咧着嘴巴笑，一边岔开话题问章老师："您怎么知道我住这儿？"

章老师一指身后说："这不，跟他们一起来的，否则我哪儿能找到这里。年轻人，还不现身进来？"

像变魔术一般，章老师身后一下子冒出好几个人来。

易洪武再次惊喜地喊："呀！徐东兴！你们都来了！快进屋，快进屋。"

袁本弥也热情地和徐东兴握手寒暄："东兴，你这家伙，不是在开罗大学留学吗？"

徐东兴："学校放假了，我也到期了，所以就回来了，比洪武早回来一个礼拜。"

章老师赶忙对易洪武透露说："小徐一回来就回阿文组找你，以为你早回来了呢。看来，你们老同学感情蛮深的。"

突然，周筱涨红着脸冲到章老师面前打招呼："章阿姨，您好。毕业后没怎么回学校，您和何老师都还好？"

章老师这才注意到周筱。她拉过周筱的手，关切地问："周筱！你也好吧？上班工作啦？好长时间都没见到你了，是不是比在大学念书那会儿有意思得多？"

周筱："其实，大学生活虽然单调，但同学之间、师生情谊却终生难忘！那时候，逢礼拜天和节假日，何老师都把我们这些外地学生叫到家里，让您给我们做好吃的。您做的糖醋排骨真好吃，吃着您做的南方菜，我们都找到了回家的温馨。"

章老师："瞧你说的。洪武，你们不知道吧，周筱学德语，是我们家老何的得意门生。她舅舅舅妈在单位又和我是好朋友。所以，我早就认识周筱了。周筱，怎么样，听说你结婚了，对象还是我们一个社的，什么时候带给我们看看？"

周筱指着袁本弥说："喏，那不是。小袁，过来，这就是我给你说过的章阿姨。"

袁本弥礼貌地叫："章阿姨好！"

章老师看看袁本弥，话中有话地说："早就听闻大名了，今天终于对上人头了。"

徐东兴："那是你老人家太投入工作了，一上班就呆在咱们楼上办公室里不出门。本弥他们的办公室在我们楼下，你当然少见啦。其实，他和我们学阿语的好多人都是上海语言大学的校友，而且我们还都是老乡。说不定，我们很快还是一个组的同事呢。"

"一个组的同事？"大家都不解其意，一个个都向徐东兴投去疑问的眼光。

徐东兴越发地显得得意，故意卖卖关子，慢条斯理地透露小道消息："是这样的，我听说社里正在计划机构改革，加强地区组编辑室力量，把原来的非洲组、中东组和阿文组合并，新建'中东非洲组'，同时将原先的英文组和法文组解散，人员分解到各个地区组，目的既是为了精简机构，更是为了加强地区组对外报道，并且同计划要设立的驻外各地区总分社相匹配。"

易洪武有些不相信地问："真的？东兴，你听谁说的？"

"听我说的。"门口突然响起一个洪亮的声音。原来是姚夏。

"小易和小陈结婚大喜，我受社核心小组的委托，特地赶来给两位祝贺新婚！"他一边热情地和易洪武、陈崇瑛握手，一边对门外叫："把花篮抬进来。"

两个人应声而入，抬进来一只鲜艳欲滴的花篮。姚夏今天特地带上秘书，并且让司机开车而来，为的就是绕道王府井买这只花篮。

易洪武和陈崇瑛满面绯红，激动不已。陈崇瑛赶紧招呼姚夏和大家入座，同时从桌上拿起果盘和香烟，给大家分发喜糖喜烟。

易洪武手足无措地对姚夏说："感谢社领导的关心！老姚，太感谢了！真没想到，我一个普通小兵，还劳您大驾光临，不好意思。谢谢，谢谢！"

姚夏调侃地说："小易，你可不是'普通小兵'。伊拉克前线采访，你给大家树立了一个全新的模式。好啊，当记者就得这么干，搞新闻就得这么搞。章教授，你说对不对？"

章老师和姚夏是同一代人，相互都很熟悉。所以，她半开玩笑半发牢骚地说："领导别问我呀，这些高精尖话题我们'翻译匠'可管不了。你们是领导。你们怎么说，我们就怎么干呗。"

姚夏用手点点章老师，笑着说："听得出来，有委屈和牢骚。不过，我和你们说，现在是改革开放的新时期，过去那些不符合新闻规律的东西都要改一改了。包括阿文在内的外文这一摊子，我们要高度重视起来。要建设世界性通讯社，不加强对外报道怎么行？要加强对外报道，就要革新目前的报道体制和模式，让'翻译匠'走到前台来，使我们的报道同国际接轨，真正按照新闻规律办事，逐步显现我们的优势，进而在同西方主流媒体竞争中做大做强。"

袁本弥来了兴趣，接过姚夏的话茬说："太好了！领导说到问题的关键了。西方媒体为什么轻视中国媒体，在很大程度上就是因为我们太注重国内舆论和影响，而忽视或者根本就不太在乎对外报道。我们的声音微弱，还谈何影响和舆论导向，更不要说同人家竞争了。”

姚夏：“说得对！我们中国人就是不信邪，虽然我们同西方主流媒体差距很大，但改革开放了，长期被压制和隐匿的巨大潜能正在逐步释放。小易在开罗和巴格达的作为是开拓性的，实际效果非常好。既然有效果，那就说明方向对头，就要继续朝着这个方向迈进。小易，你说说，要是在中东设立地区总分社，设在哪里更合适？开罗，还是德黑兰，或者巴格达？或者……”

易洪武：“我个人意见，就目前而言，恐怕还是开罗更合适一些，它现在确实是中东地区的政治和经济中心，有那么一点地区大都市的规模，通讯条件比其他地方要好，就工作和生活环境而言，应该是个不错的选择。再说，两伊战争一下子可能难以结束，德黑兰和巴格达都不是理想的选择。”

姚夏点点头，沉思般地继续发问：“两伊战争会久拖不决吗？”

没等易洪武回答，章老师笑着打断他们的讨论说：“喂，先生们，你们继续开你们的形势研讨会，我们去包饺子去了。崇瑛、周筱，我们到厨房忙活去。”

大家都笑了。姚夏抱歉地说：“章教授，接受批评。怎么，小易小陈，中午请客啊？好啊，那我们就不客气，在这里吃喜筵了。那个，小陈，看看需要买点什么，我带来两个闲人，请他们开车去。”

陈崇瑛赶忙声明：“不用不用，包饺子，我都准备好了。你们还聊你们的，喝茶吃瓜子，我们女同志去准备一下，待会儿大家一起动手包饺子。这样可好？”

“好，好，那就有劳了。”姚夏孩子般地乐了。转过身来，他把目光投向徐东兴：“小徐，这么半天，没听到你的高论，有点反常啊。平常你不是挺能说的吗？”

徐东兴开玩笑地说：“你们都是高谈阔论的高手，哪里有我说话的分儿。而且，你们一个接一个地高论，我也没机会插嘴呀。不过，今天不是开讨论会，我不想再说什么了。老姚，给我们讲讲你自己吧。”

“我自己？我有什么好说的？”

徐东兴：“听说您是新中国最早一批派遣出国的记者，咱们的香港分社还是在你手里建起来的呢。”

“别道听途说。我算什么最早一批派遣出国的记者？”姚夏坚决予以否认。不过，话题却将他的思绪带回到30多年前的战斗岁月中。他以回忆般的喃喃语调说：“要说新中国最早的驻外记者，我倒是和他们当中的大多数人都共过事或认识。他们都是新华社记者，新华社是新中国最早在海外建分社并派驻记者的。”

新华社是从战争年代走过来的通讯社，历经红军对国民党反动派的数次反

“围剿”斗争、抗日战争、解放战争和抗美援朝战争。新中国成立后，它自然而然地成为中国具有独特光荣革命传统的“老资格”中央媒体，是最官方的党和国家的耳目喉舌，也是央媒中的“大哥大”。

提到新华社，大家更加来了兴趣。徐东兴再次央求姚夏：“给我们讲讲吧，给我们讲讲新华社的故事。”

“好吧。”姚夏终于答应下来。他大口呷了一口茶，娓娓道出了中国新闻史上永不磨灭的一页。

新华社在海外首批建立的分社包括香港分社、伦敦分社、布拉格分社和平壤分社。而且，它们都是在解放前夕伴随着解放大军推翻国民党反动统治的隆隆炮火声诞生的。它们是新华社更是新中国新闻记者驻外事业的开端，为解放后中国新闻事业向海外拓展开辟了道路。其中，乔冠华、黄作梅、吴文焘和丁雪松是最著名的开拓者和奠基者，在中国新闻界乃至外交界享有崇高的声誉。

乔冠华首建新华社香港分社，奠定新闻机构代行政府职责联络港英当局的独特历史地位。

1946 年 11 月，由于蒋介石集团背信弃义，关闭了国共两党和平谈判之门，以周恩来为团长的中共驻南京和谈代表团根据形势发展撤回延安。撤退前，周恩来对各方面工作做了全面部署，并具体指示跟随在他身边的乔冠华到香港建立新华社香港分社，创办报刊，加强对外传播工作，从思想文化战线上对蒋介石反动派开展斗争。乔冠华不辱使命，赶赴香港以个人名义提出建立新华分社的申请，并很快取得了港英当局的同意。1947 年 5 月 1 日，香港分社正式成立，乔冠华任社长，萧贤法任副社长。

分社当时仅有 15 人，不在本港开展采访活动，其主要工作是抄收新华总社的电讯稿，编辑成英文稿与中文稿发给在港媒体及东南亚媒体。此外，作为党领导下的新闻机构，向中央提供外媒舆情供决策参考，无疑也是分社不可推卸的职责。

在筹建香港分社的过程中，不得不提的一个人就是黄作梅。为了筹集建立分社的资金，他卖掉了自己的一处房产，与港英政府打交道也都由他出面。

黄作梅，英文名 Raymond Wong Chok-mui，1916 年 2 月 13 日出生，笔名黄傲霜、黄中流等，中国广东番禺人。1935 年毕业于皇仁书院，并获得进入香港大学的资格，但因家贫辍学。1936 年 1 月报考港英政府文员，被分到湾仔政府区工作货仓工作。1937 年开始参与左派进步团体“怒潮”读书会活动，一度遭到逮捕。全国性抗日战争爆发后，黄作梅积极参加香港同胞的抗日爱国救亡运动和中国共产党地下组织领导的读书会，宣传抗日救国思想。1941 年 6 月，黄作梅在香港加入中国共产党，同年参加广东人民抗日游击队东江纵队。1941 年 12 月太平洋战争爆发后，日军于同年年底占领香港。1942 年 2 月，黄作梅被任命为中共领导下的东江纵队港九大队国际小组负责人，积极参与营救盟军和国际友人，又奉命与其他同志一起协助英军服务团在香港九龙新界建立情报站和秘密交通线，使营救被俘英军人员取得进展，前后共营救 89 人。为此，1946 年英王乔治六世邀请黄作梅赴英参加第二次世界大战胜利大游行，并予接见和授予勋章。

1947 年 2 月，积极协助乔冠华筹建新华社香港分社的黄作梅，根据上级指示，接受英王邀请赴伦敦。除接受颁发勋章这一公开行程外，他另外还身负党交给他的秘密任务——应邀参加英国共产党代表大会，并负责筹建新华社伦敦分社。建立新华社驻外分社是中共在欧洲活动计划的一部分，黄作梅在伦敦见到了中共在欧洲的代表刘宁一并获得支持和指导。此外，当地英籍华人、进步人士陈天声和陈依范也愿意尽力帮助筹建伦敦分社。作为英共党员，他们两人与中共的关系非常密切。据此，黄作梅让陈天声作为法人代表，用私人企业天声公司的名义登记注册，同时在佛里特街 132 号从路透社租了一间房子办公。当年 6 月 10 日，面向欧美国家发行的英文《新华社新闻稿》开始发行，标志着新华社伦敦分社的成立。该新闻稿是新华社在国外出版的第一份英文发行物，刊头注明“New China News Agency London And European Office”（“新华通讯社伦敦和欧洲分社”）。

黄作梅的工作受到总社肯定，称“（伦敦）分社成立发稿以来，影响大、威信高，新民主主义国家及英、法、印各国报纸多采用分社消息。捷克某电台每日根据分社稿子作口头广播。在重大事件发生时，各国记者以至政府人员均到该分社探问消息，甚至还有个别英国议员与工厂经理亦至分社探询，企图与我解放区进行贸易。总社的广播由于电力不足，欧洲大陆收不到。法国政府电台对中国消息极为注意，指定专人经常寻找我方广播，并抄收塔斯社的转播。我方每次发表重要文件时，法国政府都向新华社伦敦分社要一份。”

1949 年 5 月，黄作梅由伦敦分社调回香港，任中共香港临时工委候补委员，同年 8 月接替乔冠华出任新华社香港分社社长。1950 年 1 月 6 日，英国正式承认中华人民共和国，周恩来决定将新华社香港分社升格为中国驻香港官方代表机构，黄作梅除了新闻工作之外，还负责处理中国政府和港英政府交往的事务性工作。

1955 年初，新华社派黄作梅和总社对外部主任沈建图等随以周恩来为首席代表的中国代表团，参加于当年 4 月 18 日在印度尼西亚万隆举行的亚非会议。4 月 11 日下午 1 时，黄作梅领队率部分代表团工作人员和记者乘印度航空公司“克什米尔公主号”飞机，从香港直飞印尼首都雅加达。不料飞机遭台湾当局特务潜放的定时炸弹爆炸，在北婆罗洲沙捞越西北上空坠海。黄作梅和其他同志均遇难牺牲。在短暂的38年岁月中，黄作梅为祖国奉献了他所有的忠诚。

由新华社香港分社到伦敦分社、布拉格分社和平壤分社，姚夏娓娓道来，特别对黄作梅在特务制造的飞机爆炸事件中英年早逝感到无比惋惜和痛心。

大家听得聚精会神，见老姚停了下来，一个个意犹未尽。徐东兴问老姚："完啦？"

"完了。"姚夏回应。

"说到现在，好像没说你自己。老姚，再给我们讲讲，说说你自己的光荣历史呗。"徐东兴不依不饶。

姚夏："你这个同志怎么回事？我不是说了吗，本来就没我什么事。要说有点事，那就是我当时是'乔老爷'15个手下的其中之一吧。"

听到"乔老爷"，大家会心地笑了，因为那是人们对乔冠华的昵称。徐东兴却从姚夏话中找到了"证据"，继续缠住姚夏不放说："看看，'乔老爷'15个手下之一，您还说'没你什么事'？"

姚夏摆摆手，温和地回应："就这么点事，何足挂齿？我今天给大家说了这么多，就是要告诉大家，华讯国际社乃至整个中国新闻界海外阵地建设来之不易。正是黄作梅他们和新华社开拓者们血溅疆场、艰辛奋斗，才为中国新闻事业拓展海外阵地奠定了基础。事实上，中国新闻事业的发展首先应归功于党中央的英明决策和指导，同时与新华社这块延安窑洞通讯社的基石作用密不可分。细究起来，现在我们中央一级新闻机构，特别是通讯社、报纸、广播和摄影，恐怕都与新华社有着直接或间接的'血缘关系'，至少是沿袭其衣钵、方针和理念。"

"来喽！"章老师高叫一声，端着刚和好的饺子馅从厨房间走出。陈崇瑛端着面团，周筱拿着擀面棍和包饺子用的筷子和刀叉之类紧随其后。

"包饺子喽！"大家快活地呼应，同时赶紧清理桌面，排队洗手，一个个摩拳擦掌，准备一展自己包饺子的看家本领。一切准备就绪，有人负责做剂子，有人负责擀皮儿，更多的人则手持筷子或刀叉，夹馅儿包饺子。顿时，浓郁的饺子馅香味扑鼻而来。伴随着大家的谈笑风生，会客大厅弥漫了喜庆和欢乐。

十

在很长一个时期内，国人之间盛行着一句流言："计划赶不上变化。"就是说，中国的事儿容易发生变化，往往计划好了的事，第二天早上一觉醒来，计划就全变了。

就拿华讯国际社组团赴国外考察这事来说，自打姚夏率第一拨人赴欧美转一圈回来后，到中东非洲等地去考察的事似乎就没了下文。袁本弥问甄强松怎么回事，甄强松摇摇头，似乎也说不太清楚。他只听说，上面有人发话，国家外汇紧张，必须严格控制组团出访。“文革”过后，百废待兴，国门开放，各单位各行业都有不少人觉得“外国的月亮比中国的圆”，所以纷纷组团出国，名义是考察学习，实际不完全是那么回事，其中游山玩水者不在少数。

袁本弥虽有点遗憾，但想想上面做得也对，自然心中释然许多。于是，不再去想出国考察的事，接着当自己的国际新闻编辑。好在通过易洪武的帮助和协调，他终于在集体宿舍“独占”了一间房，和周筱有了独立相处的自由空间。虽然儿子仍在上海，很挂念他，但毕竟有了自己的窝，小两口的幸福生活还是过得很甜蜜。

转眼就到了 1983 年 10 月间，中共十二届二中全会召开，通过了《中共中央关于整党的决定》。

作为党员，袁本弥毫无疑问必须参加整党学习，接受组织进一步审查。通过学习，他再次触及灵魂，认真检讨了过去的错误认识和做法。但是，显然他不属于“三种人”之列，更何况他没有任何官职，不存在令人担忧的“混入”领导班子、要害部门和第三梯队的前提条件。整党后期，他顺利“过关”，填写表格，参加党员登记。这是他十分高兴的一件大事，标志着他可以回归正常人的工作和生活轨迹，自然再次勾起了他出国工作的美好梦想。为此，他积极报名脱产一段时间，参加新华社——汤姆森国际新闻培训中心组织的实战培训学习。他打听到，这次培训由外国老师亲自授课，专门教授国际新闻采写技巧。这对他无疑具有极大的吸引力。

20 世纪 80 年代中期，新华社与英国汤姆森基金会合作成立了国际新闻培训中心，它是新华社历史上首次与西方合作建立的中国第一个国际新闻专业人员培训机构，开设 4 个月左右的新闻班、英语预科班、高级新闻班，主要对新华社中青年记者编辑开展“实战型”短期培训。由于开中外新闻培训合作之先河，新华社除在内部招生外，还根据中央有关方面要求，拿出部分名额代“邻居”华讯国际社和部分其他中央新闻单位培训驻外记者。这才使袁本弥等外单位的年轻记者编辑有了报名学习的机会。他的报名申请很快得到本部门和社领导的批准。考试合格，他如愿以偿，来到新华社汤姆森培训班脱产学习。

对长期封闭的中国学员来说，汤姆森培训班的教学模式确实不同凡响，令大家耳目一新。学员们虽大多毕业于大学英语本科专业，但从未系统地学过新闻，也基本未用英语进行过采访和写作。而两位分别来自英国和新西兰的指导老师不仅完全用英语授课，而且一改大家习以为常的“填鸭”式的死板教学模式，展示的是国外全新的教学理念和方法，一切教学安排均从国际新闻采访和写作的“实战”要求出发，生动活泼，寓教于乐。其中，无论是课堂上的模拟高端访谈和模拟记者招待会，还是外出参观和出席会议等，学员们在课堂上和采访中必须全部用英文提问、讨论和交流，采访后及时用英文写作新闻稿。外籍老师允许学员们自主模拟场景、自由发挥，自定撰稿主题和内容。

特别给袁本弥和同学们留下深刻印象的是那位可亲可敬的英籍指导老师鲍伯·希契柯克。他身高纤细，白发苍髯，目光炯炯，威严深沉，脚蹬锃亮的棕色高头皮鞋，走起路来虎虎生风，颇有些军人风度，又不乏学者儒雅。按照中国人喜欢简化称呼外国人名字的习惯，学员们都亲切地叫他“鲍伯”。他是典型的“工作狂”，虽年逾花甲却不知疲倦。学员们写的新闻稿，他每篇必改，而且像对待真的新闻稿那样费一番脑筋改动，甚至不惜动“大手术”。累了，靠喝咖啡和抽烟来解困。他抽烟抽得很凶，夫人想限制他抽烟，但总是拿他没办法。为了培养中国这帮年轻记者，他不仅呕心沥血，而且特别善于发现每个学员的长处和特点，激励大家的学习积极性和主动性。比如，某个学员写的英文文稿不一定是班里最好的，但他会发现这个学员的英语语法很好。如果他认为某个学员的英文习作抓的细节非常好，便拿这篇文章做范文，让全班讨论，从中借鉴学习。

经过 4 个月的培训学习，袁本弥提高很快，不仅在英语听说方面特别适应许多，而且还学会了如何进行国际新闻采访和英文即时写作的技巧。不虚此行，拿到绿色封皮结业证书的那一刻，他十分激动，一遍又一遍地摩挲和翻看内中的结业证词。回家后，他迫不及待地拿出结业证书与周筱分享快乐，并且自信满满地告诉周筱：“等着瞧吧，现在形势这么好，我会很快出国工作的。”

你还别说，真让袁本弥说中了。就在他利用培训结业后的短暂假期，和周筱一起回上海将儿子接回北京上学的时候，人事部门在研究近期出国人员名单时已将袁本弥列入其中。社领导开会批复了相关计划，要求尽快通知到本人，以便做好工作交接，抓紧到外事局报到，办理出国手续。

那天，袁本弥夫妇带着儿子与周筱的爸爸妈妈一起从上海坐火车回到北京。周筱的爸爸奉调进京工作，她妈妈便辞掉在上海的工作随丈夫一起落户北京。因为周筱爸爸的工作单位是中央新建机构，暂时没有分配住房，所以老两口决定先和女儿一家住一起，相互也好有个照应。社科院在单位附近新建了一栋楼房，分房优先照顾老同志，像周筱这样刚到单位不久的年轻人只能分配老同志腾出来的旧式空房。这类房子虽然也在单位附近，但既陈旧又面积小。周筱与袁本弥商量后，决定放弃在单位附近要房，改要远离单位的另一处新建住宅区。这里位于北京城东南，虽然离市中心相对较远些，却也是中央和国家机关连片建造的住宅新区，而且各单位都有各自的班车接送，对带孩子到单位附近上小学还算方便。对周筱特别具有吸引力的是，房子居住面积可以大大超过市中心住房，这符合她一家三口与爸爸妈妈住在一起的需求。于是，她在启程到上海接儿子之前，就早早拿到了住房钥匙，与袁本弥一起买好各式家具，率先住进了新房子。那时的新建住房，基本没有“毛坯房”一说。除了家具需要自己挑选购买外，墙壁、地面和硬件设施等都是按成品房标准建造，随时都可以打扫干净入住。

一切都已安置就绪，周筱的爸爸妈妈对这个新家十分满意。他们都是从艰苦的战争岁月中革命过来的，对物质条件本来就不大讲究，更不挑剔。不过，房子虽好，但毕竟添人进口，又刚从上海托运来不少大包小裹，屋子一下子显得凌乱不少。周筱是个爱整洁的人，虽然一夜火车劳顿没怎么休息好，但到家后仍不停地洗涮收拾。袁本弥跟着她一起忙乎。等一切基本就绪，时间已是傍晚时分，各单位不断有下班的班车开到楼下。想想从下火车到现在还没怎么正经吃东西，中午只草草下了点面条充饥，于是周筱让袁本弥赶快到附近的副食商店和农贸市场买点鱼肉禽蛋和蔬菜之类回来，打算好好烧两个菜正经吃个晚饭。儿子正是长身体的时候，营养得跟上去。爸爸妈妈年龄大了，也需要合理进膳。

袁本弥正要下楼去买菜，突然有人敲门。他顺手打开门，看见陈渝站在门口，不觉惊呼起来：“老陈！是您？”

真的看到袁本弥，陈渝也有点出乎意料。他笑着说：“我还怕你没回来扑个空呢。今天问你们组的人，才知道你去上海了，说你这两天就要回北京。我刚刚下班车，就顺便上楼来看看，没想到这么巧，你真的回来了。什么时候到的？”

“今天上午刚到。”袁本弥一边回答，一边把陈渝让进客厅落座，然后小心翼翼地问：“老陈，你到我们组找我？有事？”

“当然，‘无事不登三宝殿’嘛。小袁，好事！社领导已经讨论决定，派你到赞比亚工作，当记者。比照外交待遇，给你定级‘三秘’。第一次出国绝大多数都是随员级别的待遇，给你定级‘三秘’，也算是对你这么多年出国被耽误的一种补偿吧。”

袁本弥简直不敢相信自己的耳朵！虽然他有将要出国的预测，但没想到好事来得这么快、这么突然。愣了足足10秒钟，他才缓过神来，激动地冲里屋大喊：“周筱，快来！我能出国了！”

周筱和儿子闻声冲进客厅。袁本弥介绍道：“这是我们单位人事处处长老陈。老陈，这是我爱人周筱。”

周筱礼貌地打招呼：“陈处长好！猿原，快叫伯伯。”

“伯伯好！”猿原懂礼貌地大声问好，令陈渝十分开心，情不自禁地摸摸他的头，称赞道：“呦，很帅的小伙子嘛！”然后转脸跟周筱通报说：“组织上安排小袁马上出国工作，你要支持他呦。这么多年，他不容易啊，有两次和出国擦肩而过，说起来我这个人事处长很惭愧呀。”

袁本弥连忙表示：“老陈，这哪能怪你，毕竟在那样一种形势下，谁也左右不了的。而且我知道，你一直在关心我，为我使劲，我应该真的要好好谢谢你！”

周筱毕竟和陈渝不熟悉，只好跟着丈夫鹦鹉学舌：“谢谢您，谢谢您关心！”

陈渝：“小袁，你放心，这一次出国可是铁板钉钉的了。现在政治形势和过去大不一样了，人事处已经通知到你们国际部，你抓紧把手头工作交接好，尽快脱产，到外事局报道，办理出国手续，包括制装、体检，可能还要参加出国人员学习班。这样吧，明天上班后，你先到我办公室，我让人给你准备一份‘出国须知’，照着要求一项一项办。”

“行。明天我去找您。”袁本弥答应一声，正想去给老陈倒杯茶水，却发现岳父来到了客厅。

原来，女婿刚才的喊叫，周筱爸爸也听到了。他正看报看到精彩处，所以直到全部看完才将报纸丢到一旁，摘掉老花眼镜，然后才急匆匆奔客厅而来。人还没进客厅，问询的话音就先飘了进来：“小袁，能出国啦？去哪儿？”他一脚跨进客厅，发现有客人，忙抱歉地说：“哦，来客人了。华讯国际社的…… 你，你是 …… 好像有点面熟 ……”

陈渝惊喜地叫：“周书记！你好啊！原来小袁的岳父是你呀！我是陈渝，在江苏，我们住一个大院里，想起来啦？”

“陈渝！怪不得看着面熟呢。”老周终于想起来了。他对女儿女婿解释说：“他原来是我在江苏工作单位的宣传干事，又年轻又能写，后来北京来人把他调走了，没想到调你们华讯国际社来了。一晃都十几二十年了。陈渝，不是说调你学外语出国吗？我们大家还以为你调外交部去了呢。”

陈渝笑笑，不好意思地说：“阴差阳错呗。华讯国际社大多数调干的原来都是地方上的笔杆子和宣传高官，虽然能写‘狗屁文章’，但要真正出国当记者不少人却不合格，不会外语呀。让我们现学，一个个那么大年纪，学外语可费劲了。所以，后来我们当中不少人人是‘调干’到了北京，除少数人带翻译‘拄拐棍’出国当记者外，许多人最后都没办法按原计划派出国工作，只好‘改行’搞行政，在单位内部消化。‘出口’不行，就转‘内销’呗。我就是其中之一。惭愧惭愧。”

周筱妈妈端着一杯泡好的茶走进来，一边把茶放到陈渝面前，一边笑着说：“陈渝，还记得我这个老太婆吗？当初，我们可是住在一个大院里。你家小花还好吧？孩子大了吧？你现在也住这一片……”

“瞧瞧，这老太婆，问题一个接一个的，你让人家怎么回答？”老周揶揄道。

陈渝呷了一口茶，笑着说："没事没事，我一个问题一个问题答复。我家小花，不，现在也是老花了，小老太婆了，当中学校长。两个孩子，女孩上高中，男孩上初中。因为孩子大了，想住房宽敞些，所以只好舍近求远，把家从城中心搬到这里来了。小袁知道的，华讯国际社人多住房紧张，我一个正处级干部，两个孩子，过去一直只住50平米多点的小两间。所以，要不是你们家女儿单位好，指望小袁分房子，且等呢。"

袁本弥接茬说："这确实是实情。老陈，看来这世界真的是很小，你和爸妈这样巧遇，也是缘分不小。这样，你们久别重逢先聊着，我到楼下买菜去，晚上咱们一起吃个团聚饭。"

"改天吧，改天我设家宴请你们。你们刚回来，还要收拾整理。再说，我家里还有几张口等着我回去吃饭呢。周书记，我先告辞，得空再过来聊。"陈渝一边说，一边站起身朝屋外挪动。

"那好，改天再聊。"老周见状，只好站起身送客。袁本弥抢前一步为陈渝拉开屋门。陈渝一边跨步出门，一边回身和老周一家挥手告别："周书记，留步。再会。"

"这样，我下去送送老陈，顺便买点菜回来。"袁本弥对周筱打声招呼，急忙紧随陈渝之后。

老周夫妇及女儿外孙在门口挥手向陈渝致意，目送客人和袁本弥踏着公用过道渐渐离去。

就这样，袁本弥开始了出国前紧锣密鼓的准备工作。那时候，出国不像现在这样家常便饭似的，尤其对像袁本弥这样第一次要走出国门的人来说，心情既兴奋又紧张得很。兴奋是因为出国是件荣耀事，说明组织上对你政治和业务上的认可、信任和倚重；紧张则是因为对国外知之甚少和对跨出国门程序上的陌生和无知，心里有无数个"为什么"难以找人解答，比如带几套服装合适、托运行李怎么标记识别、在机场怎么转机、转机时行李怎么办、在国外过海关要出示哪些证件、下飞机后找不到接机的同事怎么办、分社是在使馆搭伙还是自己开伙、到分社后怎样学开车、不会开车怎么外出采访，等等。

不过，大部分诸如此类的疑问很快便有了答案。和袁本弥同一批派遣出国的还有不少人，华讯国际社外事局特地为他们举办了一期学习班。除了学习对外工作大政方针之类的文件条例外，学习班还专门邀请一些有出国经验的老同志现场给大家解疑释惑。让袁本弥更加高兴的是，在学习班他结识了将被派往非洲总分社和达累斯萨拉姆分社的两位同事都江流和曾鸣鼓。他们三人今后将作为"隔壁邻居"共同在非洲打拼，并将同一天启程赴任，先由北京乘中国民航班机到巴黎，然后在夏尔·戴高乐国际机场(A é roport international Charles de Gaulle)再“分道扬镳”，各奔前程。

都江流1955年8月生，安徽芜湖人，1979年7月毕业于皖南大学外语系，分配到巢湖教育学院任教。因不满足毕业后当个“教书匠”的命运，他于1981年考入中国社会科学院研究生院新闻系，1984年7月获硕士学位。作为“文革”后首批恢复招收的研究生，都江流他们人数不多，个个是宝，在当时拨乱反正、尊知重教的社会变革大潮中自然备受瞩目和重用，接收单位不仅对他们本人作出特殊安排，充分发挥他们的业务专长，而且根据国家相关政策允许他们携家带口到北京落户，并在解决住房、家属就业和子女入学等诸多方面给予优先考虑，提供特殊便利。都江流在安顿好家庭之后，因工作需要并经本人同意，他被派遣出国，华讯国际社让他到刚成立不久的非洲总分社任英文编辑部主任。

曾鸣鼓，1961年5月生，江苏南京人。1980年考入南京外语师范学院英语系，后毕业留校任教。由于他十分喜欢新闻工作，遂设法调入华讯国际社江苏分社。前不久，总社一位领导到华东地区各分社考察工作，临时要在南京会晤一位外国新闻界友人，需要急茬儿找翻译，江苏分社领导想到曾鸣鼓是英语科班出身，遂指派他担任翻译。这对曾经担任过英语教师的他来说，自然不在话下。翻译十分成功，总社领导对他刮目相看并慧眼识才，当场“建议”分社推荐曾鸣鼓到总社参加新华社－汤姆森国际新闻培训班高级班学习。说是建议，实际就是口头“调令”，分社自然照办，一路绿灯，曾鸣鼓很快便奉调进京，名义上说是让他参加汤姆森培训班学习，其实人事处已根据领导意图将他安排到了国际部过渡，准备将他派往达累斯萨拉姆分社当驻点记者。于是，曾鸣鼓在国际新闻编辑的位子上屁股还没坐热，就让他参加了出国人员学习班。

同在一个班学习，乡音相近，又即将同赴非洲邻近地区就任，袁本弥、都江流和曾鸣鼓自然走得很近，很快便成为关系十分热乎的“铁三角”，就连出国日程也十分巧合地被外事局定为同一天的同一航班。其实，他们后来才知道，外事局这么订机票并非什么巧合，而是华讯国际社的一贯做法，尽可能地让出国人员拼凑到一起，既省去来来回回跑民航买票和派车送客的麻烦，更能使出国人员结伴同行相互好有个照应。

因为是三人同行，各有至少2件大行李，加上3家送行亲属，外事局平常跑机场的小型面包车座位不够，只好决定再增加一辆小车，让都江流一家坐小车单独前往机场。曾鸣鼓学习班结束后抓紧回了一趟南京，算是已与父母和家人告了别，所以现在到机场无家属送行，单身一人，便与袁本弥一家同坐一辆面包车前往。

袁本弥家送行的人最多，周筱与父母带着猿原一起来了。那时候，虽已改革开放，但尚是初始阶段，人们对亲人远行的眷恋之情十分浓烈，尤其是对亲人跨出国门飘洋过海更是心情复杂，既自豪荣耀又担忧惆怅。想想这一出去至少要两年后才能回国相见，亲人心中最柔软的情感便不由自主地迸发。周筱和袁本弥虽然结婚已经多年，孩子都上学了，但真的要分开，他们还是犹如生死离别般地难舍难分。头天晚上，两口子睡觉时紧紧相拥，耳鬓厮磨，不停地悄悄说着体己话。周筱更是控制不住自己的眼泪，一边说着悄悄话，一边任凭眼泪淋湿枕巾，而袁本弥则一边回应周筱，一边用舌头吸吮着爱人面颊上的泪水。现在在机场，当着众人的面，周筱和袁本弥强忍着即将分离的内心伤感，与大家有说有笑地目睹外事局办事员帮助办理投运和登机手续。然而，当一切手续就绪，袁本弥和两位同伴马上就要过海关步入候机大厅的一刹那，猿原突然带头大声哭了起来，一边哭一边歇斯底里地呼唤“爸爸”。周筱再也控制不住自己的情绪，眼泪随之夺眶而出，引得旁边都江流的爱人和孩子也跟着一起情绪起来。然而，大庭广众之下，考虑到机场秩序，袁本弥和都江流他们只得红着眼圈，强作欢颜地朝大家默默挥手，然后硬下心肠，头也不回地大踏步朝机场深处走去。

袁本弥、都江流和曾鸣鼓在北京先乘民航班机到巴黎，华讯国际社巴黎分社派人到机场接机。那时候，到非洲的飞机航班少，袁本弥他们必须在法国小住几日才能等到航班飞机去非洲。住在分社招待所，袁本弥看了看航班表，按原定计划他要比都江流和曾鸣鼓在巴黎晚走两天才能赶上去赞比亚首都卢萨卡的飞机。他想，与其在巴黎多住两天，人地生疏的，又没富余外汇外出旅游，还不如和曾鸣鼓搭伴先去达累斯萨拉姆，然后再转乘由中国援建的坦赞铁路到赞比亚。当年他在铁道部参与采写过坦赞铁路大通讯，早就神往这条中非友谊之路了，现在何不利用这个机会，到达累斯萨拉姆亲自坐一趟坦赞铁路火车实地体验一下，说不定还能根据所见所闻撰写一篇鲜活生动的通讯稿呢。于是，他将自己的想法上报并获得总社外事局同意。在巴黎分社的帮助下，他顺利更改了机票，高高兴兴地在夏尔·戴高乐机场同都江流话别，然后与曾鸣鼓一起搭乘英航班机前往达累斯萨拉姆。

人们常说“天高云淡”，那是站在陆地上对蓝天白云的感受。而当你乘坐飞机穿云破雾时，对高空苍穹的感受则大不一样。透过飞机客座旁的小小的密封窗口向机舱外眺望，呈现在眼前的只有一望无际的云雾大海，似白雪皑皑，如梦幻仙境，显得那么虚无缥缈，不着边际。不时，随着阳光的反衬，云海突然异彩纷呈，展示出形态各异的绝妙情景画卷，或是风情万种的贵妇少女，或是惟妙惟肖的猫狗虎狼，或是波澜壮阔的森林原野，或是幻真幻假的海市蜃楼。只要你展开奇思妙想的翅膀，你一定能从千变万化的高空云海中找到你丰富想象力中的一切梦幻情景。这就是高空苍穹的巨大魅力，使腾云驾雾的飞行大器循环往复无所畏惧，令随机起落的惴惴乘客流连忘返甘冒风险。

不知经过多少小时的航行，飞机终于越洋跨海飞抵非洲大陆的赤道以南国家坦桑尼亚。达累斯萨拉姆分社的同仁早已接到电报，准时来到机场迎接曾鸣鼓，并顺带驱车将袁本弥送到坦赞铁路始发站达累斯萨拉姆火车站的二楼候车大厅，交给一位在坦赞铁路赞比亚境内履职的中国铁路专家卢金工。他前一段时间来达累斯萨拉姆出差，今天正好要跟火车赶回赞比亚中部的姆皮卡车站，那里是坦赞铁路中国专家组在赞比亚境内的大本营，距坦赞铁路终点站新卡皮里姆波希火车站 500 公里左右。

寒暄交接完毕，达累斯萨拉姆分社同仁着急要赶回去发稿，于是带着曾鸣鼓匆匆与袁本弥和卢金工握手道别。目送他们渐行渐远，卢金工便让袁本弥坐在原地看护行李，自己去联系列车贵宾包间。早先时候，他已同车站站长亮明身份，对方答应给中国客人在列车上提供一贵宾包间，让他直接找列车长接洽。目送卢金工离去，袁本弥立刻从座位上站起，将几件行李堆放到显眼位置，并用自己闲置的打包带串拴起来，然后手携装有护照、美元等贵重件的小包好奇地四下溜达，只偶尔回眼照应一下放在显眼位置的那几件行李。

达累斯萨拉姆车站是坦赞铁路规模大、设备全的重点旅客车站之一。该站位于坦桑尼亚首都达累斯萨拉姆市区的西南面，整洁而层次分明，整体设置有条不紊。站前广场约为 2.4 公顷，建有旅客进出路口、车道和能容 300 辆汽车的停车场及绿化带等。广场周围及客站绿化庭院内种有树木花卉，四季常青，环境优美。车站主楼分上下两层，楼下一层是购票厅和货物托运办理区。在购票窗口旁的公告牌上，详细注明着坦赞铁路所要经过的车站站名以及一等座、二等座和普通坐票的具体价格。因为车票必须提前一周购买，所以购票窗口前一般不会排大队等候，只有问讯处窗口不断有人光顾。楼上二层是候车室。为方便携带行李较多的旅客，一楼购票厅外左右两侧建有车道，可供汽车直接开到二楼。其两边引桥平缓且长，几乎延伸到了广场之外，既简洁实用又漂亮大方。候车室正中央的墙壁上，悬挂着一幅由中文书写的坦赞铁路全线鸟瞰图，向过往旅客清晰地展示坦赞铁路沿途经过的高山深谷、森林草原与沼泽湖泊。在正对着这幅全线图的两根立柱表面，悬挂着已故毛泽东主席及坦桑尼亚总统尼雷尔和赞比亚总统卡翁达的画像。车站主楼后侧是站台，面积约有近万平米，蓬顶洁净，台面光亮。它与中国普通小城车站的站台大同小异，横亘在站台一侧窄轨上的是在中国国内常见的蓝白相间的火车。

望着眼前建得如此富有中国特色的车站，袁本弥倍觉亲切，脑海中产生一种错觉，仿佛人仍在中国。他正看得津津有味，卢金工带着一帮黑人兄弟回到了候车室。在坦赞铁路办事，他像许多中国铁路专家一样，总是受到特殊关照。也正因为如此，他熟门熟路，很快就找到了列车长。一番握手贴面、称兄道弟之后，这位黑人兄弟便满腔热情地带领几个手下，屁颠屁颠地跟着卢金工来到袁本弥跟前。又是一番寒暄和礼仪，列车长便指挥手下肩扛手拽中国朋友的大件行李包裹，引领卢金工和袁本弥登上他早已安排好了的火车包厢。

所谓包厢，实际就是一等座，类似于国内的软卧车厢，四个人一个房间，但床铺却并非软卧，而是国内硬卧的板床。作为优待，这个客间只安排卢金工和袁本弥两个人，不再安排其他外人，说是包厢也不为过。袁本弥拿眼轻轻扫描了一下周围，中国痕迹也十分明显。房间的顶端悬着一只印有中国铁路标志的风扇，洗手间的门以中文显示。低头看窗外，每一条枕木上都刻着“中华人民共和国制”的字样。

“不错，比想像的要好。一会儿可以安安心心地躺在床上，欣赏窗外的森林草原了。”袁本弥这样想着，顿感一阵惬意。

火车不紧不慢地前行，非常平稳。铁路沿线经常会有羚羊一蹦一跳地经过，体态轻盈。每到一个车站，或路过一些村庄时，总会有许多孩子跑到铁路旁朝车内看，挥手向袁本弥这个“外国人”打招呼。他们大多光着脚，衣服破旧，但脸上却充满了纯真和友好。有的随着开动的列车奔跑，发出一阵阵铜铃般的欢快笑声。

不过，路途远，车速慢，三天两夜的旅程确实有点难熬。好在对袁本弥而言，一切都很新奇。凭窗远眺，和卢金工一路走一路聊，时间也在不知不觉中打发了。

“姆比亚车站就要到了。卢金工一边收拾自己的行李，一边关切地征询袁本弥的意见”。袁记者，我就要下车了，你怎么办？是跟我一起下车住一晚，明天派车送你到卢萨卡，还是继续你的行程到终点站下车？分社有人来接车吗？”

“就先不去你们那儿打扰了，以后一定会找机会再聚。我想，这边的分社应该早就收到我让达累斯萨拉姆分社通知他们的电话或电报了，肯定会派人到新卡来接我，你就放心吧。卢工，谢谢一路关照，咱们后会有期！”说话间，火车已经在站台停稳。袁本弥一边回应卢金工，一边帮他提拉行李，将他送下火车。站台上，他同卢金工用力握手，互道珍重，然后挥手再见。

等他回返车厢坐稳，列车再次鸣笛前行。没了卢金工的国语乡音缭绕，袁本弥顿时感觉车厢冷清许多，心中不免生出丝丝惆怅。凭窗远眺，他迫切希望火车加速快行，尽早抵达新卡，好同接车的同事晤面会话，延续一路走过来的同胞情谊。

下午三四点钟，火车终于抵达新卡皮里姆波希车站。该车站位于赞比亚中央省的首府，离首都卢萨卡 120 公里，处于非洲南部最大铜矿带的东南边缘，地理位置得天独厚。

列车长光临贵宾包厢，亲自帮袁本弥提拉行李，要给送出站外，但被袁本弥婉言谢绝，只让对方把行李放到站台上。袁本弥自信地认为，分社一定早就接到达累斯萨拉姆分社所发电报，肯定会派人来接车。只要有人来接，他们一定会有办法进到站台里面来。此时，由于很多乘客还要转乘汽车赶往其他地方，所以大家在达累斯萨拉姆刚上火车时的那份悠闲与自在不复存在，一下车便争先恐后，拥挤着向出站口走去。只有袁本弥在站台上原地不动，等候分社同事到站台来接车。

果不其然，就在袁本弥四下张望寻觅同胞面孔时，两张中国面孔也正对袁本弥指指点点，然后笑容可掬地奔迎过来，其中一人手上还举着用粗体笔手写的"袁本弥"三字标牌。看见标牌，袁本弥乐了，赶忙迎向前去打招呼。

"我就是袁本弥。你们贵姓？"他礼貌地同两位热情握手。

"本弥，欢迎你！我叫景奇霄，分社的报务员兼司机。"景奇霄一边自报家门，一边介绍身旁的同伴："他叫鲁炳，使馆办公室的，大外交官。"

"嘁，什么大外交官，你就拿我开涮吧。"鲁炳一边和景奇霄逗着乐子，一边和袁本弥握手寒暄："我在使馆办公室打杂。还是你们大记者面子大，大使亲自给办公室打招呼，让派人协助分社到新卡接车。"

听鲁炳这么一说，袁本弥心头一热，口中连连表示："谢谢！谢谢！辛苦你们了。"

"嗨，谢什么？使馆和分社是一家，吃在一起，住也是同一个大院，抬头不见低头见的。老景，咱们提着行李往外走呗。要不和黑人朋友说说，把车开进来？"

"算了，行李不多，咱们一人拿一件出站算了。"不由分说，景奇霄拎起一只旅行包带头朝外走去。鲁炳拎起另一只稍重的行李箱尾随其后。剩下两件行李分量很轻，袁本弥将一只挎包放到肩上背着，手上则提着一只小纸箱。

由于袁本弥早在坦赞两国交界处的那一站提前办理了入境手续，所以现在在终点站出站自然容易多了。他们一行三人很快便走出车站，来到近在咫尺的停车场。景奇霄和鲁炳麻利地将行李装进汽车后备箱，袁本弥无所事事，便忙里偷闲观察起新卡车站。作为坦赞铁路赞比亚境内的首发站，新卡车站大楼一共三层，建筑风格平稳、匀称，也表现出明显的中国建筑风格和特色。不过，就袁本弥走马观花式的初步印象，与达累斯萨拉姆火车站相比，新卡车站则显得简单许多。

"走！打道回府！"景奇霄坐到驾驶位置，一声招呼，一加油门，汽车便迅速驶离车站。从新卡到卢萨卡 120 公里的路程，景奇霄开车只用了一个小时多点的时间。要知道，这不是高速路，那时赞比亚的路况比较差。

“反正还早，不如先领袁记者逛逛。”鲁炳提议。

景奇霄也不搭腔，只向坐在副驾驶座上的袁本弥本人投去征询的一瞥。袁本弥赶忙表态：“悉听尊便。”

“好咧！”景奇霄快活地答应一声，熟练地操作着脚下和手中，又快又稳地将车开进卢萨卡市区的中心大道。

十一

卢萨卡是随英国殖民者在南部非洲铺设铁路而兴建的城市。1888 年，英国殖民者罗德在现今赞比亚境内从当地酋长手中取得了开矿权。1905 年，殖民统治当局从南罗得西亚（现今的津巴布韦）将铁路延伸修筑到卢萨卡一带，始有卢萨卡村。1911 年，英国殖民当局将入侵的地盘命名为“北罗得西亚保护地”，由“英国南非公司”管辖，之后进一步派驻总督进行直接统治。卢萨卡于 1913 年开始建城，1935 年起成为北罗得西亚的首府。1953 年 9 月 3 日，英国把南、北罗得西亚和尼亚萨兰（现今的马拉维）强行合并为“罗得西亚与尼亚萨兰联邦（中非联邦）”。1962 年，非洲人在联邦选举中赢得了大多数立法委员会的席位。该委员会遂通过决议，呼吁北罗得西亚脱离联邦，并要求更广泛的自治民主权和公民权。在三国人民的强烈反对下，“中非联邦”于 1963 年 12 月宣告解体。次年 1 月，北罗得西亚实行内部自治，由联合民族独立党组成“内部自治政府”，同年 10 月 24 日正式宣布独立，改称赞比亚共和国，卢萨卡成为首都，城市建设由此步入新的发展阶段，成为当时非洲发展速度最快的大城市之一。城西主要是工业区，有纺织、水泥和装配加工等工厂。城东为行政文化区，有政府机关和赞比亚大学等。

然而，独立初期，赞比亚处境较为艰难。由于它支持南部非洲各国的黑人政治团体，因而同白人种族主义政权统治下的周边邻国关系紧张，同南罗得西亚的边界被迫关闭，导致通往南非港口的铜矿出口通道被切断。尽管 1980 年南罗得西亚获得独立，建立了黑人占主导地位的津巴布韦共和国，但南非仍处于白人种族主义统治之下，赞比亚经南非港口的出口通道仍未打通。20 世纪 70 年代中期中国援建坦赞铁路，这才帮赞比亚开辟了通往达累斯萨拉姆港口的运输新通道，该国经济命脉铜矿的出口瓶颈才得以缓解。尽管如此，由于经济基础落后，赞比亚国家发展速度依然缓慢。袁本弥眼中见到的卢萨卡虽为全国最大的都会城市，却并不显繁华昌盛，除开罗路唯一商业街有些高楼大厦以及总统府和稍远些的赞比亚大学附近的路面是比较平整的柏油大道外，其他地方则以低层花园别墅和平房民宅为主,凌乱破旧,许多地方的路面更多见坑坑洼洼,其中不乏土路和石子路。

不过，赞比亚大部分国土属于高原，海拔从1000米至1600米不等，气候分3个季节：5月至8月干冷，称冬季，气温为6至26摄氏度；9月和10月湿热干燥，称旱季；11月至次年4月多雨，称雨季，气温为26至35摄氏度。简而言之，赞比亚属于典型的亚热带稀树大草原国家，气候宜人，夏天不热，冬天不冷。而且，几乎没有工业污染，空气清新，常见蓝天白云。首都卢萨卡位于中南部高原，接近全国的中心，海拔1265米，虽近赤道，但因地势较高，故少高温、潮湿之苦，终年风和日丽，四季如春，多热带花草，环境十分优美，素有“花园城市”之美称。在市中心的开罗路街道两侧，绿荫夹道，繁花似锦。其中，有一种花叫三角梅，被称之为国花。三角梅又称三叶梅、三角花、叶子花、叶子梅、纸花、南美紫茉莉等。它是一种常绿攀援状灌木，喜温暖湿润气候，喜充足光照，温度15℃以上方可开花。

比之三角梅，铜花似乎更应成为赞比亚的国花。卢萨卡市内有罗得斯公园和奥林比亚公园等，园中有著名的铜花，状如龙舌兰，花呈蓝色，枝干挺拔，适宜多铜质土壤，其生长处，地下必有铜，故名“铜花”。

赞比亚盛产铜矿，“铜矿之国”名不虚传！卢萨卡国际机场候机室内，陈放有6亿年历史、重达16吨的古老铜矿石。各具风采的铜建筑、铜标志在赞比亚城乡到处可见。铜器商店、铜器市场遍布大街小巷。铜器店里的各式铜铸艺术品及铜制用品，琳琅闪烁，美不胜收。走进居民家庭，铜制灯具、餐具、茶具，熠熠生辉。一件件铜制品，或鲜亮闪金，或黄棕泛褐，真正一个斑斓世界，难怪黑人朋友们自豪地称“铜在赞比亚”。

卢萨卡被冠以“铜都”美称，更是顺遂名义，名不虚传，这里铜建筑和铜标志同样随处可见。在市中心开罗路入口桥畔，巍然屹立着一座铜壁大厦，铜铱裹身，阳光映照下，金光闪烁。市区西面自由广场上，也有一尊栩栩如生的大型铜雕，展现高举挣断了锁链的自由战士形象。东行1公里多，最高法院门前绿草如茵，街心花圃式的独立广场中央矗立着一座高大铜铸纪念碑，专为纪念第三次不结盟会议在卢萨卡召开而建造。它匠心独特，别具风格，像三股剑戟，三叉鼎立，铜辉灿灿，直刺苍穹，被中国人形象地喻为“三箭齐发”。

“到了‘三箭齐发’，前面就是洲际酒店，酒店斜对面就是中国大使馆，分社和使馆在同一个大院，只不过大院边侧套了个小院。马上就到家了，咱们是先回分社还是再转转？”景奇霄转脸征询袁本弥意见，没等对方回应，连忙改变主意说：“我看今天就到此为止吧。卢萨卡就这么点东西，其他地方除总统府和赞比亚大学外，别的就没啥看头了。再说，老甄和都江流他们还在家等着呢。”

鲁炳附和道：“也好，回去洗洗休息一下，正好赶上吃晚饭，到时候咱们使馆食堂见。”

袁本弥听景奇霄提到老甄和都江流，马上触动了他的兴奋点，连连发问说：“老甄还在分社没走吗？不是说调他到内罗毕非洲总分社主持全面工作吗？都江流和我在巴黎分手赶往内罗毕的，怎么也到卢萨卡来了？”

景奇霄赶忙解释说：“南部非洲发展协调会议和前线国家首脑会议明天要在卢萨卡开幕。考虑到分社报道力量偏弱，老甄就先留下来主持两会报道，同时让都江流昨天从内罗毕赶过来支援报道，因为你要替换的肖一秋家里有急事，上周提前回国了，同时还担心你未必能按时抵达分社参与两会报道呢。”

“原来是这样。不过，太好了，好长时间没见到老甄了！走，咱们赶快回分社！”袁本弥没有丝毫的迟疑，让景奇霄立马往回转。

几分钟后，汽车便开到中国使馆大门口。“袁记者，我先下车回宿舍，咱们晚上食堂见。”鲁炳一边说，一边示意景奇霄靠边停车。没等车停稳，他就跳下车，对袁本弥和景奇霄挥挥手，然后抬步走进使馆大院，身影渐行渐远。

景奇霄目送鲁炳离去，对袁本弥丢个眼色，脚下一松离合器，油门启动，车轮再次向前滚动，转眼之间便来到与使馆大院一墙之隔的分社小院门前。未等他按喇叭，小院内两条看门狗便欢快地叫了起来，黑佣立刻打开院门，车未熄火就直接开进小院南端的车库。正当景奇霄和袁本弥从车后备箱往下卸行李时，甄强松已领着都江流来到车库迎接。人还未进车库，声音却先飘了过来：“小袁！终于把你给盼来了！”

袁本弥立刻放下手中行李，兴高采烈地同老甄和都江流握手寒暄，一股战友情谊的暖流瞬间在胸中奔流激荡。他大发感慨地说：“不能不相信‘缘分’二字啊！江流和我几天前刚刚在法国戴高乐机场分手，谁承想现在却在卢萨卡再次相逢。这一路上，虽然我们越洋过海，跨越千山万水，身处异国他乡，但耳际边一直有华语乡音缭绕。不管是萍水相逢的新朋还是友谊深厚的故交，走到哪里都有同胞亲情，如同在国内一般，不觉得孤独、寂寞和恐惧。”

“是啊，改革开放真好！它正冲破闭关锁国的樊篱，让越来越多的中国企业和公民跨出国门，走向世界。我敢肯定，不要很长时间，中国人将遍布世界每一个角落，中国的发展和崛起将对环宇世界产生关键性作用和影响。”袁本弥的感慨引发都江流更加深邃的思考，话到嘴边，脱口而出。

甄强松莞尔一笑，用手点点袁本弥和都江流说：“到底是年轻人啊，感情丰富，思想活跃。得，先别在这车库狭小空间里发感慨了，咱们还是拿上行李，上楼到小袁的宿舍去。这一路风尘仆仆的，让他洗个热水澡，稍事休息后吃晚饭，之后咱们再碰头议议‘两会’报道方案细则，分分工。这次报道任务繁重，恐怕咱又要加班加点，废寝忘食，连轱辘转了。”

“好咧，听您老人家的，咱们上楼。”景奇霄答应一声，一边扛起一只大旅行箱带头冲出车库，一边回头招呼：“小袁，你就拿你随身小包走人。大件行李你们都不用管，有我呢。”

袁本弥对景奇霄投去感激的一瞥，但并没照对方说的去做，而是将随身小包往脖子上一套，打算扛起另一件大行李走人，但都江流眼疾手快已先他一步，抢着把大件行李扛到了自己的肩上。袁本弥只好说声“谢谢”，然后和甄强松分着将剩余的小包小裹提拉在手，尾随景奇霄和都江流走出了车库。

“咱们这个院子和大使馆只一墙之隔，都是用坦赞铁路剩余物资盖起来的。使馆本部大楼共6层，一半办公，一半隔成馆员宿舍。我们分社和使馆商务处人员不多，合用这个二层楼小院。”甄强松一边和袁本弥并肩往前走，一边给他介绍着居所环境。

循着老甄的指点，袁本弥这才认真仔细地打量起眼前的院落。

这是一个天井式两层楼的庭院，既连通使馆大院，又有自己的独立通道。刚刚汽车开进来的是小院的大门，入门是外围场院，南端一排是铁板车库，北端是花圃绿化带，中间是一片开阔的水泥停车场。穿过停车场，横亘在人们眼前的便是开口型天井式二层楼庭院，院中几颗高耸的木瓜树点缀其中，似乎要与二楼的回廊比试高低，看起来别有一番风味。庭院楼房由南拐到东再延伸至北，却在北西拐点戛然而止，留下西面空白犹如写‘口’字少写了一笔，生端端地把个天井庭院放开了一个口子，开口型天井庭院由此而来。好在西面开口的是一条通道，紧邻使馆招待所的院墙，因而并不显得空落，反而增添了庭院的整体美感。横亘东侧的楼房连接外围场院，居中一条水泥步行楼梯又将楼上楼下紧密相连。以楼梯为中轴线，分社和商务处将庭院楼房上下两层对半平分，靠南一半属商务处，靠北一半归分社使用。大概为方便接待外来宾客，分社和商务处都将横亘东侧的底楼楼梯两侧的大房间辟为会客接待室，而楼下南北两端的房舍则被两个单位主要用作库房、客房和洗衣间之类。

踏着楼梯，拾级而上，步入眼帘的是开口型天井楼房的二层，楼层有防雨通道连为一体，令袁本弥惊喜万分。“这个设计太巧妙了，既防太阳炙烤，雨季时又能防雨。”

甄强松深有同感。他在这里已经工作和生活了好几个年头，对庭院里的一草一木都充满了感情。他回忆般地喃喃自语：“两个单位的人饭后茶余或闲来无事时，喜欢从各自的房间里跑到通道上隔空闲聊。赞比亚的天洁净湛蓝，云朵白且厚，站在通道上，感觉天离人很近，常有触手可及的错觉。太阳照射下，更是光芒四射，似乎给云朵镶上了美丽的金边，看起来甚是壮观。特别是晚上，夜空的星星格外明亮，望着它便想起童年，想家，想亲人……”

甄强松正在那里自我感慨，突然景奇霄一声呼唤打断了他的思绪。景奇霄刚把行李扛进袁本弥的宿舍，室内的内线电话便响了起来。他放下行李，抓起话筒接听，只嗯啊两声便道声“谢谢”撂下了电话，然后赶忙探头朝甄强松大声通报说：“老甄，使馆小朱来电话，总统府已经把给小袁办的临时采访证送到研究室了，让我们这就去取。我先下楼把车库门锁好，然后马上去找小朱。”

“好，那就辛苦你跑一趟。”甄强松一边回应景奇霄，一边扭头告诉袁本弥：“你刚来，过几天空闲下来还得带你去移民局办常驻证，之后才好到新闻局办正式的记者证。明天南部非洲发展协调会议在总统府开幕，只能先给你办个临时出入证，方便到现场采访。”

“太好了！这么说，明天我能去总统府采访？”袁本弥高兴地追问。

“当然。不过，我们三个人要分分工。”老甄一边回应着袁本弥，一边招呼都江流说：“过来一下，咱们研究一下明天的会议报道。”

“我和小袁都新来乍到，对采访也是门外汉，我们听您的。你就谈谈你的计划，让怎么干我们就怎么干。”都江流回答干脆利落，直截了当。

“就是，就是。老甄，你就分配任务吧。”袁本弥随声附和。

甄强松对两位的表态十分满意，于是和盘托出自己的想法：“那好，我就谈谈我的设想。我觉得，这类会常开，讨论的话题和发言往往老调重弹，但我们要从中发现独特的新闻点，特别要重视会议的开幕式和闭幕式。为此，我们要一直‘盯’现场，三个人连轱辘转，在保持现场有人盯的情况下，轮流回分社发稿，抢发重大动态消息。分社到总统府直线距离也就500米多点，步行往返即可。等到晚上休会时，咱们再视情况撰写中外文重头稿。明天开幕式，咱们三人先都去总统府听听看看，之后我先回分社发开幕消息，你们俩留在现场盯着会议进展。一旦有重要消息，再派一人回分社发稿，另一人继续盯在现场，同时等候我发完稿子后再次返场。景奇霄是报务员，他在分社守着。钻孔机和发稿机如有不熟悉或出现故障，他可以随时提供保障服务。你们看，这样行不行？”

袁本弥稍一沉吟，提出一个问题：“咱们还拍照吗？谁来照？怎么发稿？”

甄强松拍拍脑袋，犯难地说：“这事欠考虑了。我们这些搞文字报道的，脑子中很少有拍照这根弦。除了少数几个驻外专职摄影记者外，总社对一般分社都没有摄影报道的要求，所以在得知总分社摄影记者回国休假后，我也就没把这事放在心上。你这一提……”

都江流立刻自告奋勇地表示：“这种会议可用照片不多，开幕闭幕我顺便拍几张就好。只是，分社有相机和暗房吗？还有，怎么发稿？恐怕得直接到邮局才能发图片传真。”

“相机、胶卷和暗房都有。去年总分社摄影记者来出差，我还让景奇霄专门跟他学了一下拍照和发稿，并帮着在楼下建了冲洗胶卷的暗房。干脆，摄影这块就交给景奇霄，由他负责冲洗胶卷，开车到邮局发稿。”甄强松心里一下子有了底，语调也变得轻松了许多。

可都江流又提出了新的问题：“首脑会议期间肯定要举行记者招待会，我们要不要事先拟几个问题，到时候好举手提问？”

袁本弥不假思索地表示：“准备几个问题固然需要，但我们更需要随机应变，灵活提问。万一我们准备好的问题，别人抢在我们之前问了，我们该怎么办？所以，我们要拓宽思路来准备提问，只有准确研判地区形势，明晰会议的预设目标和可能要采取的行动计划，才能机动灵活、应付自如。当然，我们还要梳理一下与本地区密切关联的世界大事，以便就广大新闻受众特别关切的话题提问或求证。”

甄强松觉得挺有道理，不无赞许地表态：“这样好！马上就到饭点了，一会儿咱们先到使馆食堂吃晚饭，饭后咱们再细细地议。”

说话之间，景奇霄走进屋来。他对袁本弥扬扬手中的临时采访证，以多少带点讨好的口吻说：“证件拿回来了，明天到总统府采访就不耽误了。小朱说了，总统府是看在咱中国记者的分儿上，特事特办，否则本人不到场绝不给办证。”

袁本弥高兴地接过采访证，一边道谢，一边对着采访证端详，心里对即将进入总统府采访充满了好奇和期待。

赞比亚总统府其实离分社很近，无需坐车，步行过去即可。第二天清晨起床洗漱后，甄强松带着都江流和袁本弥按正常饭点在使馆食堂吃了早餐，三个人才悠闲自若地步行前往总统府。开幕式说是上午 10 点开始，但因为有些与会周边国家领导人往往喜欢当天清晨才乘专机赶来，所以几乎每次开会都会出现晚点现象，东道主只好被迫将会议开幕时间推迟。老甄他们估计，这次也不会例外，会议能在 11 点开幕就算不错。与其早早在总统府内干等，还不如悠哉游哉沿途溜达“逛逛”。

现在是赞比亚的冬季，也称旱季，早上的气温类似于中国的深秋，大家穿着羊毛衫还感觉有些凉意。不过，对袁本弥和都江流来说，沿途视野开阔，空气清新，令人赏心悦目。那时，卢萨卡五层以上的建筑屈指可数，通常所见的多是单门独院。目及之处，树木郁郁葱葱，不断有似锦鲜花点缀其中。偶尔看见车辆行驶，车速很快，好在车辆不多，交通秩序井然有序。虽没有交通警察，大多十字路口也无红绿灯，但开车司机都严格遵守“辅路让主路”的驾车原则，见到行人都会主动避让。同许多国家一样，卢萨卡几乎没有咱中国人习以为常的专门人行道，除了车道，就是旁边崎岖不平的小土路。其实，这里似乎也无需正儿八经的人行道，因为除了像袁本弥他们这些零零落落的步行者外，赞比亚也很少有人像咱中国人那样喜欢骑自行车上路。

“到了，这就是总统府。”甄强松用手一指眼前，袁本弥和都江流这才认真仔细地打量起周边的建筑和环境。要不是老甄告诉他们这是总统府，他们还以为这里是什么植物园呢。

赞比亚总统府位于卢萨卡东面一大片园林草坪之中，少有人们通常对国家元首住所印象中的庄严肃穆和戒备森严，更多给人的感觉就像是一个辽阔的植物园。入门一带有连片的大多为二三层楼高的府邸建筑，作为总统及其幕僚、近侍和贴身护卫之类人员的办公场所以及大大小小的会议室、会客室和宴会厅之类。除此之外，总统府其他大片地带均为无意或有意形成的天然园林，参天大树、绿色植被、天然高尔夫球场以及孔雀开屏和猴子爬树等最能吸引到访者的眼球。进入总统府大门，穿过两三进门厅，映入人们眼帘的是被绿色草坪包围着的参天大树，其枝干高高蓬起、遮天蔽日，形成天然的露天会场。据说，赞比亚总统卡翁达特别喜欢在此处举行国际会议和公众活动，每逢召开诸如南部非洲发展协调会议（萨达克）和非洲前线国家首脑会议之类的重要会议，他便将周边邻国的领导人和相关高官请到这里来开露天会议。大家一番高谈阔论之余，总要召开几场记者招待会，同时不忘尽地主之谊，用露天自助餐形式招待宾朋来客。这对参与报道的记者们来说，无疑既温馨又随意。大家一边吃喝一边寻觅对象捉对采访。会场咫尺之外，便是天然高尔夫球场和动物世界，三三两两的飞禽和小动物不时从人们眼前掠过，一点儿也不怯阵。更有那些花枝招展的孔雀，它们像骄傲的公主一样，随心所欲地发出叫声，还不时抖动翅膀开屏示美。甚至还有调皮猴子嬉戏尿湿总统衣衫的笑谈。

虽然类似园林，但它毕竟还是总统府，入门安检是必需的一道程序。那时候还没有发生纽约“9・11”恐怖袭击事件，世界各地对安检不像现如今那么草木皆兵般的敏感，而在某种程度上更像是一件象征性的“例行公事”。不过，可能是因为地处反对南非种族主义政权的“前线”地带，事关总统安危，同时还应保障前来与会的那么多国家元首和政府首脑等最高层领导人的人身安全，赞比亚总统府的安检士兵们还是一丝不苟地认真履行自己的职责。普通入门者除必须出示有效证件和临时准入证件外，携带的挎包和大件物品，尤其是录音机、照相机和摄像机之类，必须打开核查。有的人甚至全身上下都得被摸捏检查。

当然也有例外，外交部高级礼宾官侍立一旁，各国与会领导人及高官、侍从一到，他们马上上前迎接，将他们直接带进会场。还有那些应邀与会的驻赞外交使节及其随侍，也因人头熟悉而被礼宾官引领入内。

也许是中赞关系非同一般，总统府护卫士兵对中国人受邀进入总统府早已习以为常。因此，当老甄带着都江流和袁本弥跟随中国大使进门时，外交部礼宾官和把门士兵都未作任何阻拦。

“这就是赞中关系。坦赞铁路给中国人在坦赞两国挣足了面子，卡翁达总统总是拿‘全天候朋友’来形容赞中关系。”甄强松不无自豪地告诉都江流和袁本弥。

在记者席落座下来，袁本弥这才注意到，主席台上事先排定的座席人头已经坐满，也就是说，所有出席会议的各国国家元首或政府首脑或他们的代表都已到齐。袁本弥拿眼一扫，他们当中有几个自己熟悉的面孔，包括东道主赞比亚总统卡翁达、莫桑比克总统萨莫拉、津巴布韦总统穆加贝、安哥拉总统多斯·桑托斯以及西南非洲人民组织主席努乔马等。其余的他都没见过，不过其中肯定有一人是坦桑尼亚总统姆维尼。由于德高望重的前总统尼雷尔主动坚持辞职让贤，姆维尼因此于1985年11月当选为继任总统，开始取代尼雷尔在国际舞台上抛头露面。其他几位座上宾肯定是博茨瓦纳总统马西雷及来自马拉维、莱索托和斯威士兰等国的领导人或他们的代表。当然，以卢萨卡为基地的南非解放运动——南非非洲人国民大会主席坦博或总书记恩佐也少不了在座，只是袁本弥不认识他们谁是谁。

这次首脑会议能按原定时间开幕实在出人预料，和大家原先的预想大不一样。甄强松与座位旁边的人交头接耳打听了一下，才知道这是东道主刻意所为。原来，正因为以往开会经常不守时，东道主这次打算改改会风，在以“萨达克秘书处”名义向各国领导人发出与会邀请的同时，邀请函还特别注明此次会议将按时开幕，要求各代表团遵守会议日程安排。没有任何理由说明，但各国领导人心知肚明，所以没有人再找借口拖延赴会时间。

上午10点左右，非洲前线国家和南部非洲发展协调会议（萨达克）首脑会议按时开幕。

1974年坦桑尼亚、赞比亚、博茨瓦纳、莫桑比克4国首脑举行会议，讨论南部非洲的局势和问题，协调对津巴布韦、纳米比亚独立斗争的行动。由于4国地处反对南非种族主义，争取民族独立和解放斗争的前线，故称前线国家。实际上，前线国家首脑会议就是南部非洲国家为共同反对种族主义和殖民主义而协调行动的一个地区性国际会议。一开始只有上述4国，1976年安哥拉加入，1980年津巴布韦独立后也参加进来，所以20世纪80年代之后非洲前线国家增加到了6国。

同时，南非非洲人国民大会、西南非洲人民组织及南部非洲民族解放运动组织也经常出席前线国家首脑会议。前线国家一直为反对南非的种族主义政策、实现纳米比亚独立而努力，并联合起来制裁南非，对付南非的经济封锁。经过坚持不懈的斗争，终于使纳米比亚于1990年3月21日独立，解放了非洲大陆上最后一块殖民地。此后，前线国家继续支持南非人民反对种族隔离的斗争，谴责南非政府的种族主义政策以及对邻国的侵略破坏行为，加强各国的国防能力，加强合作，直到20世纪90年代南非取消种族隔离制度，实现种族和解，并通过大选选出非种族政府。

南部非洲发展协调会议（简称“萨达克”），实际是为实现前线国家首脑会议目标而设立的本地区各国协调行动的区域性经济合作组织，于1977年开始酝酿组建。1980年4月1日，南部非洲9国首脑在卢萨卡举行会议，宣布正式成立该组织。由于“萨达克”与前线国家关系紧密，因而两者总是合并召开峰会。“萨达克”成员国包括：安哥拉、博茨瓦纳、莱索托、马拉维、莫桑比克、斯威士兰、坦桑尼亚、赞比亚、津巴布韦。“萨达克”的基本目标是：减少在经济上对南非的依赖；建立公正而有效的区域性整体；动员本国和本地区的资源；发展成员国经济，争取国际社会的支持。

同历届峰会开幕式一样，首先全体肃立，高唱赞比亚国歌《自豪，自由，歌唱赞比亚》。实际上，赞比亚国歌是在黑人民族主义赞歌《上帝保佑非洲》的基础上改编而成的。《上帝保佑非洲》由黑人牧师诺克·桑汤加于1897年谱写，1912年首次在南非土著人国民大会上作为黑人民族主义赞歌演唱问世，此后在非洲广泛传唱，深受广大黑人欢迎。除赞比亚外，坦桑尼亚等南部非洲国家和废除种族隔离制度后的新南非的国歌也都以《上帝保佑非洲》为基调。

1993年，南非黑人解放运动“南非非洲人国民大会（非国大）”和白人政府及执政的国民党等19方就政治解决南非问题举行多党谈判并最终达成政治过渡安排协议。1994年3月15日，各方批准将《上帝保佑非洲》作为新南非的国歌。当年四五月间，南非举行首次不分种族大选，之后组成民族团结政府，选举“非国大”领导人纳尔逊·曼德拉为总统。为彻底根除种族隔离制度及其影响，黑人总统曼德拉授意将《上帝保佑非洲》与旧国歌《南非的呐喊》合并成新时期的新国歌。1997年，两首歌合并完成，新国歌开始正式传唱。新国歌虽然以《南非的呐喊》雄壮的高音曲调作结尾，但歌词仍保留了《上帝保佑非洲》的主要内容，并且用祖鲁、哲豪萨、苏托、英语和南非荷兰语5种语言写成。

国歌唱完，开幕式进入会议发言程序。作为东道主和“两会”主席，肯尼思·戴维·卡翁达首先致辞。

按照昨晚讨论分工，老甄负责记录会议发言；袁本弥主要负责现场录音并协助老甄记录讲话内容；都江流则主要负责现场拍照。都江流和袁本弥都是第一次参加如此盛大的国际会议，既激动和好奇，又对现场采访显现陌生和胆怯，不太敢近距离地碰靠主席台。看到有人把录音机送到讲坛上，袁本弥也弯腰递上自己手中的小砖块式的录音机，却忘了打开录音开关。他正要返身退到一边去，讲坛前的卡翁达善解人意地提醒道："这位先生，你得打开录音开关。"

袁本弥这才意识到自己的疏忽，一下子难为情地涨红了脸。卡翁达似乎看出对方脸皮薄，故作轻松地自嘲道："你是中国记者？我刚从北京回来，在你们军乐团那儿，我可出大丑了，他们让我当乐团指挥。就我？当总统还差不多，当乐团指挥……"

那是 1988 年 3 月 1 日中午，正在中国进行国事访问的卡翁达总统夫妇在赞比亚驻华大使馆举行答谢招待会。招待会由中国人民解放军军乐团现场演奏乐曲。卡翁达一边不时举杯致谢来宾，一边频频点头欣赏演奏，直到招待会在《欢送进行曲》中结束。令人意想不到的是，卡翁达送走客人后，特地来到军乐队前答谢。他称赞乐队的演奏技艺，特别对演奏的赞比亚乐曲《让我们团结起来向前进》赞赏有加，并高兴地拿着乐谱翻阅。现场指挥马文同志见状，随即将手中的指挥棒递给了总统。他毫无思想准备，虽然猝不及防，却仍面带微笑地接过指挥棒，指挥乐队演奏《让我们团结起来向前进》，现场再次回荡起那激昂奋进、充满战斗激情的旋律。

后来有人回忆说："卡翁达总统的双手一挥，开了外国国家元首指挥中国人民解放军军乐团演奏的先河，见证了非洲人民对中国人民的深厚情谊，也在中国人民解放军军乐团团史上写下了精彩的一笔。"

这些当然是笔者后来才了解到的真实情况。不过，卡翁达总统在"萨达克"会场对袁本弥表达的一番"自嘲"，果然令初出茅庐的记者释然许多。袁本弥一边低声回应总统的问询，向对方连声道谢，一边迅速将录音机拿回手中，拧开录音开关后重新放回到讲坛上。

退回原位坐下后，袁本弥内心波涛汹涌，一下子对卡翁达肃然起敬起来。过去只听说他和坦桑尼亚总统尼雷尔等人是非洲独立解放运动先驱和老资格的政治活动家，没想到近距离接触，他还是如此一位善解人意、和蔼可亲的长者。他情不自禁地想起临来赞比亚前一位新闻同行对自己说的话："卡翁达总统是一个极有个性的人物。无论走到哪儿，他左手的中指与无名指间总夹着一条手绢，一条象征着和平的大白手绢，无论在什么重要场合，他爱激动哭泣，为苦难的非洲人遭受的天灾人祸而哭泣；无论是什么季节，他总爱穿一种以他的名字命名的服装，一种代表他的国家和民族的官服。”

果不其然！袁本弥仔细朝正在慷慨陈词的卡翁达看去，一切正如同行描述的那样。他的一双大眼睛炯炯有神，身躯魁梧挺拔，举手投足矫健有力，给人留下坚毅、果敢、热情与亲切的深刻印象。

卡翁达是中国人民的老朋友。1964年10月29日，赞比亚独立伊始就同中国建交。1967年、1974年、1980年和1988年，卡翁达作为总统4次访华，会见了毛泽东、周恩来和邓小平等老一代领导人，双方建立了亲密的友谊，为两国友好合作关系奠定了坚实的基础。有两件历史事件让他在中国人民心中留下了良好的深刻印象。一件是修筑举世瞩目的坦赞铁路。这不仅是因为他和尼雷尔在访华期间向中国政府提出帮助修路的要求并获得中方的无条件援助，而且更因为他知恩图报，与其他许多第三世界国家一起坚持“一个中国”原则并呐喊呼吁，终于把中华人民共和国“抬进了联合国”。卡翁达就此回忆说，西方国家游说联合国承认蒋介石政权，我们与坦桑尼亚等国一起说：不，不，世界上只有一个中国，那就是毛泽东、周恩来领导下的中国，台湾只是中国的一个省。我们的意见最终赢得了多数国家的支持。另一件事就是1974年2月22日他在访华期间亲自见证了毛泽东与他讨论并首次明确阐述“三个世界”划分的战略思想，令他耳目一新。

20世纪80年代末90年代初，国际形势发生剧变，“多党制””和“民主化”浪潮严重冲击非洲大陆，赞比亚首当其冲。由于国内经济每况愈下，人民生活日趋下降，群众不满日益增长，以奇卢巴为首的赞比亚全国工会大会公开同卡翁达政府分庭抗礼，罢工、罢课、罢教等抗议活动持续不断。1990年，卢萨卡爆发“玉米面骚乱”和未遂军事政变。为向卡翁达施压，世界银行和国际货币基金组织以赞未能偿还2000万美元到期债务为由停止一切对赞援助。迫于内外压力，卡翁达被迫宣布结束“一党制”，恢复“多党制”，并于次年9月宣布解散议会，举行全国大选。由美国“卡特中心”和“全国民主学会”赞助的西方势力介入赞比亚大选，导致卡翁达大选败北，以24%对76%的选票败给奇卢巴。下台后，卡翁达遭到无情打击、诋毁和排斥，银行存款被冻结，财产被没收，连其住房、汽车和外交护照都被收回。为防止卡翁达东山再起，赞比亚议会在1996年大选前夕通过了宪法修正案，增加“总统候选人的父母必须是赞比亚人”的条款。卡翁达的父母来自马拉维，而且没有为儿子申请赞比亚国籍，其总统候选人的资格因此被取消。1998年6月4日，卡翁达宣布退出政坛，集中精力站在非洲抗击艾滋病斗争第一线，鼓励人们不要远离和歧视艾滋病患者，并自创艾滋病孤儿学校，创办卡翁达非洲儿童基金会。2003年9月，联合国非洲艾滋病问题特别委员会成立，卡翁达成为20名成员之一。他不顾年迈继续为非洲人民福祉而奋斗的精神赢得了非洲人民和国际社会的广泛崇敬。为表彰卡翁达在半个多世纪政治生涯中的历史功勋，赞比亚2003年1月14日举行隆重仪式，授予他最高荣誉勋章——赞比亚之鹰伟大统帅勋章。

这些史料当然是作者在21世纪初博览饱阅后的综合归纳。当时，即20世纪80年代末，袁本弥他们对卡翁达的了解肯定十分有限，恐怕主要只能依靠公开的新闻报道和有限接触后的初步印象。也就是说，他们只知道一个被光环化了的老资格政治活动家，而对隐蔽在表象背后的复杂因素几乎没有什么觉察。所以，在前线国家和“萨达克”峰会开幕式当天后来举行的记者招待会上，有西方记者请卡翁达回应政府如何处置与工会的紧张关系、会否派军队镇压工会活动时，着实吓了袁本弥他们一大跳。不过，也正因为如此，赞比亚局势才引起袁本弥的特别关注。

峰会结束后，甄强松很快便带着都江流一同离开卢萨卡分社前往内罗毕，到非洲总分社报到工作。没过几天，景奇霄也按总社要求提前结束任期回国。华讯国际社最高层最新议决：今后驻外分社就是新闻采集机构，一般不再设诸如出稿员、报务员和司机之类的非新闻采集人员和勤杂人员编制。于是，景奇霄被裁撤走人，分社只剩下袁本弥一个人。不过，袁本弥想，这样也好，他可以在新任首席记者到任之前充分利用这一“独裁”机会，心无旁骛地加强采访和调研，按照自己的思路和想法“干一番事业”。

为此，他真的全身心投入，没白天没黑夜地干。每天除了吃饭睡觉，就是采访写稿，报道重心就是两方面：南部非洲地区形势和赞比亚国内政局。

前者相对而言比较单纯。在当时的形势下，根据中国的对外宣传基调，公开报道的重点就是支持南部非洲各国及有关解放运动和组织反对南非种族隔离、争取国家独立和民族解放的斗争。袁本弥充分利用南部非洲解放运动和组织基本都在卢萨卡和赞比亚境内设立总部这一优势，积极寻找机会采访南非非洲人国民大会、西南非洲人民组织和争取安哥拉彻底独立全国联盟等组织的领导人，在报道中为他们所代表的广大黑人民众和所主张的正义要求鼓与呼，同时深层次探究南部非洲形势发展的新动向，了解有关各方为和平解决争端所开展的私下斡旋和谈判，并综合各方反应和评析，写成内参稿件，供国内有关方面和中央领导参考。

不过，关于采访和报道赞比亚国内政局则相对复杂不少。在当时中赞友好关系持续高温的形势下，袁本弥作为中国官方通讯社派驻记者，要是公开四处采访了解赞方政局乱向，显然有点不合时宜。不要说赞方会不高兴“全天候朋友”未经授权在自己境内到处搜罗“阴暗面”，有可能就记者“私自接触反政府力量，被图谋不轨者利用”，而很有可能向中国官方提个“善意”的抗议，或给记者来顶“从事与记者身份不相符活动”之类的帽子；就是中方自身，包括使馆和外交部及华讯国际社总社等有关机构，也会从中赞友好关系的外交大局考虑而阻止记者的此类采访和报道，甚至会以违反外事纪律为由而对记者采取断然措施。袁本弥连首席记者都不是，一名普通记者更不能在未经请示和授权的情况下随意行事。

对于这些，袁本弥当然非常清楚。但是，作为一名驻外记者，新闻职业敏感让他感觉赞比亚政局正在接近动荡，他必须按照新闻规律承担职责，探查相关讯息，报道新闻真相。问题的关键在于，如何开展采访和调研活动及如何把握报道时机。“复制”赞方媒体的公开报道和官方自身透露的零星碎片固然是办法之一，虽不大会得罪赞方，但却只能使报道浮于表面和零散。要想使报道真实全面并有深度和力度，广泛接触、多方打探和深入交流势在必行。袁本弥自然而然地想到了一些知信度比较高的消息源，他要不动声色地立即行动起来。

那是一个周六中午，袁本弥应约来到卢萨卡国会大厦附近的一家酒店。甄强松临行前介绍他认识了这家酒店的老板——华人王先生。王先生昨天和袁本弥约定，今天要在酒店请袁本弥“喝酒”。

王先生，何许人也？他是一位美籍华人，是赞比亚当时为数有限的几个华侨华人之一，而且因在卢萨卡市中心经营酒店而颇有些财力和人缘，无论是赞比亚中上层官员还是形形色色的平民百姓，他都能同大家和睦相处、关系融洽，关系网遍及官府、警局、民间和三教九流。特别让袁本弥感兴趣的是，他的酒店是个消息集散地。那时，赞比亚许多单位和公司都是按周发薪，因为赞比亚人有个不好的习惯，辛辛苦苦干一周，周末一下班必须痛痛快快地消费。在经济落后、物质和文化生活都很匮乏的年代，所谓“痛痛快快地消费”基本等同于吃喝玩乐，酗酒首当其冲。于是，每逢周六下午，没到下班时分，王先生的小酒店便宾朋满座、热气腾腾。他们大多是酒店的常客，从涌入酒店的那一刻起，便没完没了地喝，不把口袋里的钱喝光不算尽兴。所以，尽管王先生的酒店每周只在周六晚开门营业一次，但却能赚得盆满钵满。而且，那些黑人酒客一边喝，一边说“酒话”发泄，根本不把王先生当外人，还时不时有一搭没一搭地同他搭讪，话赶话地透露出许多国情、民情和内部小道消息。

“无冕之王，来啦。”王先生一边把袁本弥让进酒店，领着参观店容，一边顺口询问：“电话里急着要见我，有事吗？”

袁本弥单刀直入：“是啊，真有事请教您。凭你同赞比亚人的交往和了解，你觉得赞比亚政局现在怎么样？”

王先生笑了，话中有话地调侃：“都说你们当记者的是狗鼻子，还真是这样，敏感得很啊！”说完，不由分说，把袁本弥拽进自己的后院。他指着一辆进口奔驰轿车，不无自豪地夸口说：“怎么样，德国大奔！刚买的。我已经有多辆世界名车了。”

这着实让袁本弥大开眼界，同时也让他大惑不解。他小心翼翼地问道：“干吗买那么多车，家人又不在这里？”

一句话问得王先生黯然失色，刚才脸庞上的风光荡然无存。他深深地叹口气，用充满失望的语调对袁本弥解释说：“你不是问赞比亚的政局吗，我带你看车就是要回答你的问题。要知道，我为什么不惜花大钱买那么多车，为什么每周只开业一个晚上，其余大多时间都回美国或到第三国旅游？因为赚那么多赞比亚老K（赞货币“克瓦查”）有什么用？我们在这里挣的是老K，不能全部带回家，赞方只能兑换20%的美元给我们，我们买的物品也出不去海关。实际上挣到的钱，有一多半以上是没有用处的。其实，赞比亚经济现在很不好，老K越来越贬值，老百姓的主食玉米面供应都是大问题，这很可能是动乱的导火索。据说，好多地方都在酝酿罢工游行呢。”

袁本弥似乎有些懂王先生了，但他还是有些不解地问：“既然如此，何不离开赞比亚？”

王先生恢复起刚开始那股豪气劲儿，哈哈大笑道：“干吗走啊？我在这里是‘大款’，是爷，可享受呢！过花钱的瘾，享受富丽堂皇的快乐，何乐而不为？”

这时，酒店大门口又响起了敲门声。王先生心知肚明地对袁本弥开玩笑说：“是农场主来了。中国农垦集团旗下的友谊农场场长燕王。大记者，走，咱们去会会他。”

中国农垦集团总公司20世纪80年代末开始与赞比亚方面商讨在赞建立分公司事宜，准备作为独立法人在赞购买土地，建立农场，以推动赞比亚发展农牧业。传统的铜矿生产和出口随着世界市场的萧条而日渐萎缩，赞比亚经济每况愈下，亟需改革转型。正是在这样一个大背景下，曾经因中国无私援建坦赞铁路而对中国友谊倍加珍视的赞比亚总统卡翁达，无疑从中国“文革”后的改革开放看到了希望和动力，因此赞比亚政府对中国企业要在赞进行投资和建设从一开始便给予积极回应，许诺为中方在赞建设农场提供优惠政策。比如，花上十来万美元，就可购买600多公顷的土地建农场，且土地使用年限可高达100年。还有，赞方允许中国农业企业可以免税从国内进口农业机械到赞比亚。燕王在国内是学外语的，经常作为高级翻译陪总公司领导出国考察。这次在赞比亚考察，他参加了同赞方商谈的全过程。最后，领导决定让他带一批人留在赞比亚，一面配合中国驻赞使馆经参处继续同赞方完善和落实项目合同，一面着手试办农场，为即将正式签署合同和项目实施开拓铺路。

袁本弥尾随王先生来到酒店前院，打开大门，只见高高大大一小伙子站立门前。他脸色黝黑刚毅，没先开口便堆满了豪爽的笑容。“妈的，王先生，差点今天就见不到你了！昨晚，农场遭抢劫，幸亏咱早有防备，大砍刀一舞，比划比划中国功夫，他们就落荒而逃了！”

“怎么回事？”王先生一边语调平静地询问，一边把袁本弥介绍给燕王。

燕王与袁本弥热情握手，嘴上还不闲着：“大记者，见到您三生有幸呀。有时间拨冗到我们农场看看，也让我们上上报。你不知道，一改革，一开放，把我们都赶到国外来了。国家说，修坦赞铁路赞比亚欠咱们贷款和利息，没有外汇还，还咱们‘老 K’等于是废纸，不如干脆用这个钱在当地投资建项目。赞比亚土地肥沃，办农场是个不错的选择，于是就把我们‘骗’来了。来了才知道，干事有多难。刚刚起步不久，赚钱见效益八字还没一撇，就被当地黑人弟兄们惦记上了。小偷小摸、顺手牵羊，那都不算个啥，可黑道抢劫，人身没有起码的安全保障了。当然，话说回来，当地老百姓也是太苦了，每天连白玉米面粥‘西玛’都吃不饱。物价飞涨，活不下去，他们不搞歪的邪的才怪呢。”

“你觉得他们会闹事吗？赞比亚政局会乱吗？”袁本弥接过话茬问。

“保不齐。”燕王忧心忡忡地说，“要是乱了，我们就惨了，购地办农场的计划可别打了水漂。不过依我看，要闹事，也不是基层老百姓闹。虽然赞比亚政府没把经济搞好，但卡翁达总统在老百姓心目中的威信还是很高的。其实，最想搞乱子的是反政府力量。最近我见到一个在国内认识的黑人朋友，他刚从北京留学回来不久，说一口流利的中国话。据他自己吹，他们现在正在组建新党，叫什么‘多党民主运动’，他在其中负责宣传和公共关系。”

“啊，有这回事？那个留学生叫什么名字？可不可以给我介绍一下，我想认识他。”袁本弥更加来了兴趣。

燕王打了个响指，满口应承：“No problem。他叫马丁，改日我约他。”

燕王没有食言，第二天便带袁本弥找到了马丁。马丁果然是个能说会道的家伙，不仅中文说得好，而且谈起赞比亚政局来滔滔不绝，毫不避讳对现执政当局的不满和蔑视。

“赞比亚的经济形势糟透了，政府不要再自吹自擂欺骗老百姓了！我们就是要明确无误地告诉当局，赞比亚唯一的前途就是实行多党制和民主化，经济上推行私有化、自由化、市场化。”马丁言辞凿凿，以近乎反对党发言人的口吻指控当局的贪腐无能。

赞比亚土地肥沃，资源丰富，气候适宜，发展经济先天条件不错。20 世纪初，英国殖民者将铁路修到赞比亚，不仅使铁路沿线农牧业经济获得发展，更带动了铜矿的勘探和开发。但那时殖民资本控制了经济命脉，殖民者对铜矿的掠夺性开采尤其导致经济畸形发展，经济单一依赖铜矿生产，矿业产值占国民生产总值的一半，铜出口占对外贸易的90%。1964年，赞比亚摆脱殖民统治，赢得国家独立，卡翁达政府一方面加强以联合民族独立党为执政核心的政权建设，重建军警系统，实施干部本地化，另一方面实行“混合经济”体制，推行“赞比亚化”和发展多样化。当时，国际市场铜价较高，铜产品出口成为主要经济支柱，赞比亚一度成为撒哈拉以南非洲经济繁荣的国家。然而，卡翁达政府从执政之日起就强调人道主义原则，全国经济置于政府管制之下，虽然经济结构为国营、公私合营和私营等组成的“混合经济”，但国营经济比重不断增加。1968年4月，赞比亚宣布实行经济改革，首先接收英国、南非等国资本经营的运输、酿造、木材、渔业、批发与零售等行业26家公司51%的股份。之后进一步接管外资银行，宣布土地国有化，国家垄断金融、保险行业，并对一系列工矿企业实行“赞比亚化”。到1977年10月，赞比亚政府宣布完成经济国有化计划，全国3/4工商企业控制在国家手里。虽然这场改革实现了国家掌握经济命脉，为制造业和一些基本建设打下一定基础，民族经济有一定发展，但由于政府用很大精力改变原有的生产资料所有制，在工商业国有化和农村土地国有化过程中采取计划经济、统购统销和限制私人资本等过激政策，脱离实际，偏重城市，忽视农业，依赖进口，单一经济弊病逐渐暴露。随着1975年世界铜价的持续下跌，赞比亚收入锐减，经济受到严重影响，同时粮食减产，引起全面经济困难，不仅没能实现人人平等和消灭贫富差距的人道主义初衷，反而严重加剧了两极分化。一些领导人亦官亦商，贪污腐化，更增添了民心向背。为摆脱困境，赞比亚1983年接受世界银行和国际货币基金组织的“经济结构调整计划”，扩大农业在国民生产总值中的比重，拟以农业取代矿业的主导地位，由发展进口替代工业转向鼓励发展出口工业。可是仅4年光景，卡翁达却宣布拒绝与世界银行和国际货币基金组织合作，认为如果接受有关贷款，附带的经济调整计划将摧毁赞比亚经济。政府力图推行经济复兴“自助”计划，目标是控制通货膨胀，固定汇率和减少外债，但具体政策和措施推行的仍是世界银行和国际货币基金组织搞的那一套。

“政府太无能，国家经济每况愈下，人民生活水平日趋下降，不满情绪十分强烈。最近，政府开始取消玉米补贴和物价控制，提高利率，汇率进一步自由化，好多地方都在举行罢工、罢课、罢教等抗议活动。”说到这里，马丁冷笑一声，用幸灾乐祸的腔调继续向袁本弥曝料：“知道赞比亚工会大会吗？知道奇卢巴吗？他是工运领导人，正筹建反对党，聚集力量，伺机公开同政府分庭抗礼。”

奇卢巴1943年4月生于赞比亚铜带省基特韦市，奔巴族人。曾就读于英国伦敦大学，留学回国后于1966年开始在赞比亚阿拉斯公司任职，历任会计助理、运输主管及信贷经理。1974年，他开始出任赞比亚工会大会主席，并因此多次担任国际劳工组织技术委员会主席职务。他具有浓郁的亲西方政治倾向，思想上崇尚西式自由、民主、人权，因而积极主张国家在政治上实行多党制、议会制和民主化，经济上推行私有化、自由化、市场化。

其实，奇卢巴和马丁他们如此明目张胆地公开同政府叫板并不奇怪，因为他们摸准了政府的软肋，同时也是适应了国际形势正发生“西化”剧变的大潮。

20世纪七八十年代，波兰团结工会从诞生之日起就以接管政权和建立自治共和国为政治目标。1981年12月，团结工会决定发动全国总罢工并建立武装工人卫队，虽然政府宣布军事管制给国家带来了暂时稳定，但矛盾不仅没有解决，反而埋下了更大危机的种子。1988年，波兰政府决定大幅度提高消费品和服务的价格，遭到普遍反对并爆发大规模罢工。美英等国政府借机利用波兰的债务危机一再向波政府施压，迫使其恢复团结工会的合法地位。对团结工会及领导人的各种援助和各种奖励也接踵而来。与此同时，对东欧地区局势起关键影响的前苏联领导人戈尔巴乔夫却宣布放弃“有限主权论”，尊重东欧国家的自决权。在这样一种大潮冲击下，波兰政府被迫无条件与反对派举行圆桌会议，达成了一揽子方案，使团结工会重新登记后合法化。1989年6月，团结工会在议会和参议院选举中大获全胜，波兰开始步入奉行议会民主和私有化市场经济的“西化”道路。一时间，“西化”大潮在世界多地甚嚣尘上，非洲大陆在劫难逃。赞比亚总统卡翁达不愿附炎趋势，自然被西方视为专制独裁而首当其冲，从而为奇卢巴们施展抱负、挑战政府权势提供了难得的机遇、动力和支撑。在奇卢巴看来，眼下的赞比亚形势同波兰何曾相似。他本来就对西方民主情有独钟，波兰团结工会的创世之举更令他心花怒放。推崇备至的同时，他要效仿波兰团结工会，舍得一身剐，敢把卡翁达拉下马。

作为一名新闻记者，马丁的曝料令袁本弥喜出望外，他也多少有些“唯恐天下不乱”的职业病。不过，他是个行事谨慎的人，马丁所说只是一家之言，且夸夸其谈者的可信度究竟有多大值得警惕。采访调研的结果在于落实到写稿和报道上，即便从两国关系的外交大局考虑不便公开揭露赞比亚的“阴暗面”，但就是写内参稿件也得讲求客观真实，不能急于求成。因此，他要继续深入开展采访和调研，多方求证，最好能直接采访卡翁达和奇卢巴本人。

这样的采访在现如今不算什么，记者直接向对方申请便可，最多给编辑部报告备案一下。可在中国步入改革开放初期阶段，华讯国际社从上到下仍在很大程度上停留在旧有意识形态桎梏之中。驻外记者要采访友好国的反对派，几乎不可能。理由很简单，这会影响两国友好关系。至于要采访驻在国的最高层，即便对方没有要求，也要首先向总社请示报告，罗列采访问题清单供总社领导决策。袁本弥本人当时的思想观念也基本没有突破这一惯例，因此在一来二往的沟通和请示过程中，想采访卡翁达的计划虽然最终勉强获得认可，但时间却错过了最佳采访时机。等他把采访申请递交到总统府，对方却婉言谢绝。总统府新闻官私下给他透底，卡翁达最近正全力做工作，让刚刚获释的南非黑人领袖曼德拉尽快出访赞比亚。曼德拉是南非非洲人国民大会（非国大）的创建者和领导人，赞比亚是“非国大”流亡总部所在地，长期以来坚持不懈地支持“非国大”反对南非白人种族隔离政权、争取民族解放的斗争，并且率领非洲前线国家为南非种族和解谈判和曼德拉本人的获释出狱发挥了十分积极的作用，于情于理曼德拉都应把赞比亚作为出国访问的首选地，这不光是为了答谢支持，而且更重要的是要与“非国大”流亡领导层会谈沟通，商讨和制定南非种族和解后“非国大”的应对方略以及国家未来的前景和命运。

这无疑是一条重要讯息，袁本弥立即进行了中英文公开报道，同时将这一消息通报给了中国大使馆，为中国进一步改善同“非国大”的关系和拓展与种族和解后的新南非的关系发挥了重要的推动作用。

20 世纪六七十年代，由于受“以苏划线”的影响，中国同“非国大”的关系始终有些隔阂。赞比亚自 1964 年独立以来，流亡在国外的“非国大”一直将总部设在卢萨卡。中国驻赞比亚大使馆利用这一便利条件，1983 年起根据国内指示精神着手就“修好”与“非国大”的双边关系做工作。最近，中国驻赞大使轮换，新大使加大了工作力度，很快便与“非国大”领导人建立了直接联系，终于使双边关系步入正常化发展阶段。

新大使十分赞赏袁本弥向使馆通报曼德拉访问赞比亚的讯息。此前，略早于曼德拉获释的“非国大”领导人西苏鲁也首选赞比亚出访。他曾于 1953 年访华，是中国人民的老朋友。尽管访赞日程非常紧张，新大使还是说动西苏鲁抽出时间到中国大使馆作客，双方进行了亲切友好的会谈。那时，新大使就有预感，曼德拉获释出狱已是板上钉钉的事，届时他很可能也会首选赞比亚出访。袁本弥带给使馆的讯息使大使更加确定了自己的预感。他要抓紧时间做赞比亚和“非国大”高层的工作，争取在曼德拉访赞日程上加进与中国大使会晤交谈的安排。谁都知道，曼德拉出狱后早晚会成为“非国大”的最高领导人，他更是新南非的未来，国际社会几乎一边倒地拥戴他。

对于袁本弥来说，曼德拉声名远播，届时他首访赞比亚无疑会令全世界关注，进而会引发一场竞争激烈的新闻大战。怎么办，现在分社就自己一个人孤军奋战，新任首席记者何时到任不得而知，靠自己单枪匹马显然力不从心。如何开展报道，必须提前制定报道计划，争取获得非洲总分社的“外援”，至少能派个摄影记者来，那肯定会大大增添华讯国际社报道的现场感。令他高兴的是，总分社不仅认可了他的报道计划，而且决定分别从总分社和达累斯萨拉姆分社各抽调一名摄影记者和一名文字记者支援卢萨卡分社。当然，高兴之余，袁本弥无疑也感觉增添了不少额外工作，他得帮助办理两名记者的入关许可及其食宿等相关杂务。好在中国大使馆是坚强后盾。使馆办公会上大使发话，由办公室负责协调赞比亚海关和移民局等单位，帮助办理增援记者的入关许可。至于食宿更不是问题，他们吃饭在使馆食堂，住宿在使馆招待所。

这让袁本弥感慨良多。本来他对寻求使馆帮助没抱太多奢望。中国驻外机构不少，分别对应于国内的相关部门。过去各机构的经费开支反正都是国家拨款，因而统一由使馆会计入账做账，年底转账至各机构在国内的对应部门核销即可。那时，使馆开支基本实报实销，因而在食宿等财务福利方面对非外交系统的公派驻外机构，特别是驻外新闻机构基本一视同仁。只要条件许可，大家一口锅里吃饭，一个大院里办公住宿，一般都不是问题。但是，“文革”后随着国家财政体制改革的不断深入，国家对中央各部门实施财政包干，这就给驻外使领馆与包括华讯国际社在内的其他驻外机构的财务关系造成隔阂。使馆本部人员主要来自于外交部，财政包干了，使馆的经费开支必须对外交部负责，其福利待遇显然不再合适给其他驻外机构。于是，使馆办公室不断催促分社另起炉灶开伙，明确告知袁本弥，记者不再享受外交待遇。这也是意料之中的事。因此，袁本弥在列席使馆例行办公会上谈及分社增援记者时，并未明确要求使馆提供帮助，但没想到大使是个明白人，主动给办公室主任下了指令，要求对分社工作提供援手，这让袁本弥心胸顿然升腾一股暖流。都说使领馆是驻外人员的“娘家”，平时没怎么觉得，但关键时刻的援手，着实令人感动。当然，他也明白，再好的“娘家”也要家人的呵护和关爱，帮助是相互的。作为记者，自己今后应更紧密地同使馆保持密切沟通和合作，利用自己采访便利及时为使馆提供重要新闻讯息。

在使馆的大力支持下，袁本弥的两名增援同事很快便抵达卢萨卡。总分社派来的摄影记者名字叫颧骏蘩，40 来岁，曾任职于《军事摄影》杂志，转业后调入华讯国际社摄影部，后被考派到非洲总分社任摄影记者，负责在整个黑非洲地区用镜头巡回报道重大突发事件和热点新闻。他人高马大，熟悉各类相机性能及摄影技巧，是个相机玩家。达累斯萨拉姆分社派来支援的记者更让袁本弥喜出望外，他不是别人，正是曾鸣鼓。

“这下好了，有你们两位加盟，曼德拉来访报道何愁之有？”袁本弥高兴坏了，原来对曼德拉到访报道发愁力不从心的他，没想到能得到如此多的“贵人”襄助，致使一切进展顺利。明天曼德拉就要大驾光临，按照总分社要求，他作为前方报道负责人，借机对三个人分工做如下安排：颙骏蘗主要负责摄影报道，特别是欢迎仪式的现场报道；曾鸣鼓主要负责对外，也就是英文报道；袁本弥本人则主要负责对内中文报道。当然，分工不分家，相互配合至关重要，特别是欢迎仪式上，最有可能进入核心现场报道的摄影记者颙骏蘗就有义务向袁本弥和曾鸣鼓通报他的所见所闻，而袁本弥和曾鸣鼓在中英文报道时更要相互核实、补充和借鉴。

1990 年 2 月 27 日下午，卡翁达以欢迎外国元首的规格在卢萨卡机场举行隆重仪式，热烈欢迎曼德拉和其夫人温妮·曼德拉。1961 年 2 月 27 日，曼德拉被白人当局逮捕入狱，长期流放罗宾岛监禁。1989 年，南非白人政府由德克勒克出任总统。他为解决种族隔离问题倡议和谈，并为此开始释放长期拘禁的政治犯。1990 年 2 月 11 日，被关押了 28 年的曼德拉终于获释！尽管曼德拉 20 世纪 50 年代起就是“非国大”（成立于 1912 年）的重要领导人之一，但长期的监禁生涯使他无法担当领导职责，被迫流亡国外的“非国大”只能视他为精神领袖，而由奥利弗·坦博出任“非国大”主席、恩佐担任总书记。尽管曼德拉出狱时并无“非国大”主席职衔，但卡翁达却以伟大政治活动家的洞察力看好曼德拉在“非国大”中的领袖地位以及他对未来新南非的巨人感召力，不仅说服曼德拉本人及“非国大”等有关各方让曼德拉出狱后首访赞比亚，而且高调凸现国家元首级欢迎礼遇。

袁本弥带领颙骏蘗和曾鸣鼓早早来到卢萨卡国际机场候机楼前，这里是欢迎仪式现场。显然一切已经安排就绪，候机楼前临时搭筑一讲台，正对停机坪。通往停机坪的红地毯早就铺好，地毯两侧大批军警排成横列维持秩序。讲台之后是主宾席，其左侧为党政官员席，右侧是外交使团席。讲台之下是来自不同界别的欢迎民众，许多人一边等候一边载歌载舞。不过，邻近讲台处给为数不多的电视、摄影和电台记者留下了一小块空间，他们凭特别通行证入场。文字记者则只能“混迹”穿插于广大欢迎民众之中。

曼德拉一行的飞机终于平稳降落在卢萨卡机场，顿时礼炮和鼓乐齐鸣，万众欢腾，载歌载舞。虽已古稀之年，步下飞机的曼德拉却步履轻快，嗓门洪亮，身体相当不错。简短的欢迎仪式后，他在卡翁达等人陪同下观看欢迎群众的舞蹈表演，还特别会见了非国大青年团积极分子的欢迎队伍。

幸亏有颙骏蘗作为摄影记者进入核心会场，不仅使华讯国际社有关赞比亚热烈欢迎曼德拉的新闻报道现场氛围浓郁，而且更使报道凸显了曼德拉对中国的友好。颞骏蘩还特别向袁本弥和曾鸣鼓提供了他们当时不可能了解的一个细节。

当曼德拉来到外交使团席答谢大家时，赞比亚礼宾司长隆吉把中国大使介绍给他。曼德拉十分高兴地同中国大使热情握手。显然，28 年的牢狱阻隔并没有让他同世界隔绝，他对改革开放后的中国看起来并不陌生，且兴趣盎然。

大使一边激动地握着曼德拉的手，一边代表中国政府和人民由衷地表示："热烈祝贺您重新恢复自由，这是南非人民斗争的胜利成果！"

"非常感谢你，太令我感动了！"曼德拉脱口而出。大使明显感觉到，曼德拉对中国的情谊是由衷的，他同自己的握手是那么地强劲有力。

不过，欢迎仪式上的这一短暂会见只是礼节性的，对大使来说，第二天下午的正式拜会才是具有实质意义的"重头戏"。

根据事先通过"非国大"总部的联系安排，大使第二天下午在赞比亚总统府正式拜会曼德拉。颞骏蘩作为中国摄影记者，再次有幸近距离获悉相关信息。

下午 6 点 50 分，大使被引入接见室。曼德拉站在长条桌前，周围有几名"非国大"官员，但无赞比亚官员。由于要求会见的人非常多，每个人只能有 5 分钟的时限。大使赶紧走上前同曼德拉热烈握手，再次向他致意祝贺，同时向他郑重递交一份中国共产党邀请他访华的书面照会。

曼德拉握着中国大使的手，由衷地表示："今天有机会见到你非常高兴，你是我正式会见的第一位中华人民共和国的代表。"对于书面照会，他明确表示："非常感谢中国的邀请，我将同我的同事们商讨，然后正式答复你们。"

5 分钟转瞬即逝，颞骏蘩迅即按动快门，给大使和曼德拉合影留念。

应该说，大使的紧密工作是奏效的。1991 年 7 月，"非国大"在国内举行了全国代表大会，改选了领导人，曼德拉当选为"非国大"主席。1992 年 10 月，曼德拉即以"非国大"主席的身份访问中国。

十二

易洪武在国内"休整"了几年，被任命为阿文编辑室主任。最近，伊拉克和科威特关系紧张，他再次奉命出征驻外，让他到科威特分社任首席记者。

科威特是君主世袭制酋长国，于 1961 年 6 月 19 日宣布独立。它位于西南亚阿拉伯半岛的东北部和波斯湾的西北部，南邻沙特阿拉伯，北部与伊拉克接壤。

作为国家的首都和全国政治、经济、文化中心，科威特城（Kuwait City）位于波斯湾西岸，风光明媚、绚丽多姿，是阿拉伯半岛上的一颗璀璨明珠。市内到处都是具有伊斯兰风格的高楼大厦，以国家元首办公的剑宫、法蒂玛清真寺、议会大厦、新闻大楼、电报大楼最为著名。

华讯国际社科威特分社租住的是法赫德·贾比尔·萨巴赫亲王的私宅，同亲王一家比邻而居，靠近海滨的达斯曼王宫。法赫德亲王是统治科威特250多年的萨巴赫家族中的重要成员，是时任科威特埃米尔的八弟，被中国驻科使馆人员尊称为“八王爷”。他对中国十分友好，其威武神勇的气度和豪爽刚毅的性格给中国驻科人员留下了深刻印象。1989年“四五事件”后，西方国家对中国进行政治、经贸、军事、文化各领域全面封锁和制裁时，法赫德亲王作为时任亚奥理事会主席，毅然宣布第11届亚运会将如期在北京举行，并私下做了不少亚洲国家的工作。

易洪武新来乍到，虽然感觉气候炎热一些，但对这个富足之城印象蛮好。工作之暇，他喜欢沿着海边散步，特别喜欢凝视近在咫尺的那座球体设计风格的塔式地标建筑——对塔。

科威特属于热带沙漠气候，绝大部分土地为沙漠，地势较平坦，境内无山川、河流和湖泊，地下淡水贫乏。为了保障日常饮用水的供应，全市有几十座贮水塔，几乎每家的屋顶上都有或方或圆的贮水箱。这些造型美观奇特的贮水箱和贮水塔是科威特城最引人注目的建筑设施，更是在世界其他地方难以一见的独特风景。对塔是这一风景的最佳展示。

顾名思义，对塔由两座塔组成。它们于1973年动工兴建，1977年2月竣工。对塔高高矗立在科威特市区东端海滨，背依大海，面向达斯曼王宫。宫塔毗邻，相映生辉。原本只为向市内高层建筑供水而建，但设计者却别具匠心，十分完美地将贮水和高空游览两大功能有机地结合到了一起。

对塔的主塔高187米，直径32米，由一个球形观光处和一个大球组成。球形观光处位于塔顶，游客们不仅可以登塔远眺，而且可在旋转的自助餐厅用餐。塔下方有一座锥状照明塔，近百盏聚光灯从不同方向直刺塔身，强光照射下通体凸现黄金色，更增添了城市夜景的祥和、安宁和美丽。此时，从塔上往下看，只见地面上灯火通明，一片璀璨。星罗棋布的高等级马路上，飞驰着世界上各种顶级豪华车，那些闪烁不停的车灯仿佛是黑夜里变幻着的一条条银河，格外耀眼夺目。再俯身低视街头公园里和海边砖道上裹着阿拉伯长袍悠闲散步的当地人，他们满脸写着的都是幸福、富足与安康。大球的上半部有3个功能不尽相同的饭店。圆屋顶饭店既是自助餐厅也是理想的庆典仪式举行之地；赛培亚饭店面朝大海，饱览大海风光，令人赏心悦目；苔丝曼饭店面临城市，市容风光一览无余。大球的下半部是蓄水池，可储水450立方米。相对于主塔，另一座小塔则只有储水功能，塔高147米，球体离地约120米，可贮水100万加仑。对塔的3个球体外壳均用淡蓝色和淡绿色的赛璐珞块镶嵌，远远望去，球体微呈蓝色，十分清雅端凝。

不过，此刻易洪武的心绪并不在绚丽斑斓的城市夜景中。经过近一段时间的观察和调研，他隐隐感觉科威特正面临一场危险，邻居伊拉克已经掩饰不住它对科威特这块“弹丸”风水宝地垂涎三尺。他要利用散步的机会，静下心来好好梳理这些天来积攒的采访和调研素材，进而构思一篇报道稿件，至少可写一条内参稿，真实反映日趋紧张的伊科两国关系，供国内有关方面作决策参考。

科威特别看国家不大，但石油和天然气资源丰富，油气工业带动国民经济快速发展，是当时世界上为数不多的富得流油的国家之一。作为一个高福利国家，科国民除拥有高工资外，同时享受岗位津贴、住房补贴、子女补贴、工龄补贴、结婚补贴，以及终身免费教育和免费医疗保健等福利待遇，这令许多人妒忌。伊拉克萨达姆政权不仅红了眼睛，而且动了将科财富据为己有的心眼儿。

1961 年科威特独立后，与北邻的伊拉克一直存在着边界和石油争端。为解决这一争端，两国领导人时有互访，但双方却互不相让，问题久拖不决。1980 年至 1988 年伊拉克与伊朗爆发持续 8 年之久的两伊战争，使伊拉克损失 2000 亿美元，外债高达 800 亿美元，战后经济十分困难。尽管两伊战争期间，科威特在道义和财政上全力支持伊拉克，使科伊争端暂时搁置，但伊拉克军事力量却因两伊战争而空前膨胀，萨达姆非但不领科威特的情，相反却再度提出两国悬而未决的一系列问题，把眼睛盯上了科威特的石油财富。1990 年 7 月 18 日，伊拉克开始公开指责科威特“疯狂地偷采伊拉克边界的石油”，“用涂了毒药的匕首从背后戳了伊拉克一刀”。与此同时，伊拉克还不断向两国边界地区调集军队，造成大兵压境的威慑态势。

7 月底，在阿拉伯国家多方撮合下，科威特王储兼首相萨阿德和伊拉克革命指挥委员会副主席易卜拉欣在沙特阿拉伯西部港口城市吉达举行谈判。伊方坚持要求科立即归还两国边界地区有争议的油田，赔偿“偷采”石油所得 24 亿美元，一笔勾销伊欠科的 200 多亿美元外债，并允许伊拉克“租用”布比延岛和沃尔拜岛 99 年。科方对此当然不予接受，谈判即告失败。萨阿德王储一行一天后匆匆返科。电视画面显示，他们走下飞机时人人面带愁容，脸色异常苍白和冷漠。显然，他们感觉到来自近邻伊拉克磨刀霍霍、咄咄逼人的军事威胁，他们富足、宁静而悠闲的幸福生活正濒临血与火的边缘。不过，科威特人做梦也想不到，这场强加给他们的突如其来的战争来得如此之快。

1990 年 8 月 2 日凌晨 2 时，由 350 辆重型坦克开道，伊拉克 14 个师 10 万大军在 40 多架战机和武装直升机的掩护下越境入侵科威特，仅有 1 万余人的科威特军队寡不敌众。伊军长驱直入，不到 3 个小时即攻入首都科威特城，包围了达曼斯王宫、国防部、机场、电台等要害部门和重要设施。正在军用机场值勤的科军5架战斗机明知难以拒敌于国门之外，仍毅然升空迎战，英勇献身。

凌晨5点钟左右，易洪武被楼下一阵阵急促的叫喊声和汽车发动机的轰鸣声唤醒。他起身透过窗帘向下张望，吃惊地发现，比邻而居的法赫德亲王一家日常平静的生活已经完全被打乱，其家人忙里忙外乱成一团，十来个佣人正跑出跑进地往车上装行李。几分钟后，他们家的女眷们匆匆钻进汽车，六七辆豪华奔驰轿车排成一队，急速冲出了院门。

事后才知道，达斯曼宫最先获得伊拉克入侵的消息。王室家族成员从午夜的睡梦中惊醒，老幼妇孺乱作一团。王室主要成员不约而同地聚集在埃米尔的住处，并在仓皇中草草做出决定：王室成员立即携带家眷逃往邻国沙特阿拉伯或巴林，决不能落入伊拉克人手中而沦为他们的阶下囚；政府的国防和内政两个部门挑选官员留下来，负责组织抵抗和善后工作。不过，时年45岁的法赫德亲王面对众多长辈和长兄大胆地提出不同看法：“王室成员都跑掉，今后如何向政府和人民交代？”他临危不惧，大义凛然，沉默片刻后主动请缨，要求留下来抗击侵略。“我与伊拉克领导人的关系都不错，他们不会对我怎么样……” 谁都知道，他这番话只不过是为了平慰大家的担忧，实际上留下来肯定没有好结果，生还的可能几乎为零。亲王的两个正服兵役的儿子也坚持要与父亲在一起。紧急而无奈之下，亲王决定将小儿子留下来陪自己，让已经成家的大儿子艾哈迈德护着母亲、弟妹等家人，随大队离开科威特。

这些，易洪武当时当然并不知道详情，但凭着记者的职业敏感，他知道他最担心的事情发生了。果然，就在埃米尔和王室主要成员携家眷仓皇出逃不到一刻钟后，一墙之隔的达曼斯王宫再次喧闹异常，清脆的枪声打破宁静的晨曦，机枪扫射和大炮轰鸣接踵而至，邻近楼房的窗户被震得阵阵作响。

易洪武和英文记者施行礼急忙登上楼顶平台观望，只见目力所及的海湾大道上有数百名荷枪实弹的军人正沿着公路快速向王宫方向行进，达曼斯宫腾起阵阵硝烟，栖息在王宫树丛中的海鸟被惊得扑棱棱到处乱飞。到底发生了什么事？是内部政变还是遭到外部入侵？正在疑惑时，枪声突然在他们的耳边响起，不知从哪里射来了一梭子子弹。很显然，他们的张望和窥探已经被那些军人发现。见情况反常，他们立即匍匐身子，迅速返回办公室。尽管直觉告诉易洪武，肯定是伊拉克军队打进来了，但只凭士兵们穿的迷彩服很难判断对方的身份。他们试图与科威特官方取得联系，以探明究竟，但所有的联系都无果而终，给科新闻部和科通社打电话，根本无人接听。此外，电讯中断，电视停播，只能看到科威特国旗，听到科电视经常播放的音乐。

“不管了，咱们先抢发英、阿文快讯：‘科威特王宫突然枪声大作，遭到一批身着迷彩服的军人的围攻’。先这样含糊一点，等核准讯息，再发详细消息。”不由分说，易洪武一面自己抢发阿文快讯，一面指令施行礼抢发英文快讯。

发完快讯，易洪武还是觉得心中无底。他同施行礼打声招呼后，便下楼启动汽车，想出去实地采访，探听确切消息，了解更多的实情。汽车刚离开分社约500米、还未驶上海湾大道时，就见路旁停着3辆豪华奔驰汽车，其中一辆似乎还是法赫德亲王的座驾。正纳闷时，突然从距离易洪武汽车不到20米的围墙后冲出一个士兵，二话不说举起冲锋枪便扫射。霎时，汽车右侧的玻璃全被打碎。易洪武立即倒车，企图退回分社，但雨点般的子弹再次射来，将汽车前挡风玻璃打成了筛孔，子弹呼啸着从他侧身俯下的头顶和面颊飞过。由于路面狭窄和密集的扫射，驾车掉头返回已无可能。易洪武只好弃车，冒着枪林弹雨徒步往回跑。子弹不停地从他头上飞过，震动的气流使他跌倒后滑出6米多远，手掌、膝盖以及腹部的皮肤被严重搓破，砂粒狠狠地嵌入到皮肉里。好在易洪武沉着冷静，趁对方换子弹的间歇，立刻站起身利用周围建筑物作掩护，不断变换路线，终于跑回了分社。

5点45分左右，易洪武终于从电台听到科威特国防部发言人正式宣布：伊拉克军队于凌晨2时悍然入侵科威特，科政府号召全国人民奋起抵抗……根据这一权威的官方消息，他们迅速用英文、阿文和中文发出了“伊军入侵科威特”的消息稿。

由于当时通信技术的限制，分社还是用电传机发英文和阿文稿，必须先用凿孔机打出纸条。发中文稿更是费事，需首先译成电报码。为安全起见，易洪武和施行礼先用毛毯挡住办公室窗户，避免光线外泄成为枪弹的靶子，然后冒着窗外震耳欲聋的炮火坚持发稿，及时报道伊军入侵科威特的最新动态。随任的家属，除了密切注视王宫的激战情况，还协助记者同分布在各地的我驻科人员联络，了解各地战况，为记者写稿提供了丰富的素材。

特别令易洪武和施行礼他们高兴的是，由于当天科威特对外通讯尚未完全被切断，他们通过各种消息渠道和电台广播获得讯息，抢在第一时间段及时报道了法赫德亲王率队抵抗伊军入侵壮烈殉国这一震惊世界的新闻稿。

拂晓前后，伊军开始攻打科威特城市区各要塞，达斯曼宫首当其冲。法赫德亲王双眉紧锁，棕黑色的脸上布满义愤和仇恨。他手提冲锋枪，与儿子一起率王宫卫队坚守王宫——国家领土和主权的象征。在他们的顽强抵抗下，达斯曼宫久攻不下。直到下午晚些时候，伊军不得不调来坦克助阵。王宫的大门终于被轰塌，伊军乘势蜂拥而入。法赫德亲王率领所剩无几的残部边打边退，最后退至一栋三层楼内。冲锋枪的子弹耗尽了，他又拔出随身的手枪继续还击。这时他的身边只剩下儿子和五六个卫兵。他见一楼会客大厅无处隐蔽，便挥枪高喊：“快！快上二楼！”但他们刚刚踏上楼梯，十多个端着冲锋枪的伊军士兵便冲进了楼内。哒哒哒……几梭子无情的子弹响过，奔跑在楼梯上的人全部中弹倒下。后来有人这样形容：法赫德亲王身中数弹倒在血泊中，浓密的络腮胡须依然直挺挺地立着，一双炯炯发光的大眼睛死而不瞑……

法赫德亲王壮烈殉国的消息震动了国际社会。第二天，国际奥委会即为其致哀，称赞他“不仅在亚洲，而且在全世界都是令人尊敬的人物。他的逝世是世界体育事业的一个重大损失。”

8 月 3 日，伊拉克占领军切断了科威特所有的国际通信线路，分社不能再通过国际电话线对外发稿，而且也没有别的通信手段，报道工作被迫中断。更要命的是人身安全越来越受到严重威胁，困守分社已毫无意义，逃出去脱险才是第一要务。易洪武心急如焚，幸好科威特市内电话尚未被完全切断，他赶紧给中国驻科威特大使馆打电话告急：“围困达斯曼宫和附近高层建筑的伊军调集了很多坦克和士兵，准备再次发起进攻。双方一旦发生激战，炮火肯定会打到分社楼房……”没等电话打完，市内电话线即被切断，好在已经向使馆发出明确无误的求救信号。

其实，使馆上下也一直在为包括分社在内的所有驻科中资机构、留学生及华侨华人担忧，并已组成界别应急小组，负责对口联络、脱险和救援。接到易洪武的告急电话后，使馆领导立即召集紧急会议，商讨如何营救分社记者脱离险境。

二秘魏闵浏主动请战：“我去试一试！”应该而言，现在这种状况下，没有人比他更合适外出公干了。他办事能力强，讲一口流利的阿拉伯语，还会熟练驾车。不过，考虑到战争情况下必须二人同行的外事纪律，领导还是决定给魏闵浏配备一名专职司机同行。上午 9 点，魏闵浏和司机乘坐挂有中国国旗的越野车直奔分社驻地。一路上，一队队急驶的伊军运兵车和坦克正源源不断地开向海滨和沙特方向，海滨一线还有一帮伊军士兵正加紧挖掘壕沟。与此同时，市区内不停地传来枪炮声，不时有硝烟随着爆炸声腾空升起。当魏闵浏他们驱车抵达海滨大道对塔附近时，6 名端着冲锋枪的伊军士兵朝天鸣枪，拦住了去路。魏闵浏赶忙下车，一面出示外交官证件，一面说明来意。

“这一带属于军事要地，任何民用车辆和行人都不准通过！你们赶快回去！”伊军士兵态度强硬。尽管费尽口舌，对方就是不答应，手中的冲锋枪不时在魏闵浏面前晃动。此时，恰逢一名伊军军官驱车路过，魏闵浏赶紧趋前交涉，强调说：“距离很近，半小时就可以返回。”

“快去快回，一定要在半小时内离开这一带。”军官显露同情神色，稍加思索后终于放话通融。

其实，易洪武向使馆发出求救信号后一撂下电话，便赶紧召集分社全体会议，布置大家分头准备，做好随时驱车撤离的准备。因此，当魏闵浏的车子一到，分社这里已经基本收拾停当。双方简单寒暄两句，易洪武便指挥大家登车撤离。正午时刻，魏闵浏和司机终于圆满完成任务，毫发未损地把分社记者及家属接到使馆。易洪武和分社所有人员在为平安脱险而庆幸的同时，十分感谢使馆上下冒险相救，同时对中国大使馆是全体驻外人员“娘家”的说法更有了切身体会。在此后的驻外生涯中，他一直同驻外使领馆保持密切的联络和沟通，同许多大使、参赞和馆员成为知心挚友。

不过，对易洪武他们当记者的来说，安全撤到中国大使馆并非一味消极地打发时日，等待国内指示作进一步撤离。相反，他们要利用使馆相对安全这一便利条件积极主动地开展报道工作，除了每天安排人力积极参与使馆的联络救援任务和其他事务性工作外，还要想方设法写稿，完成各项报道业务。尽管占领军切断了国际通信线路，但每个国家的使馆都有自己的特殊通信渠道，易洪武已征得使馆领导批准，允许分社记者在方便的时候使用这一渠道发稿。当然，特殊时期，发稿数量和时长都要有所限制。问题的关键是，如何获取消息源和挖掘报道素材？最有效的办法还是外出采访。

伊军占领科威特城后，很快便控制了城中的关键部位。尽管行政体系全部瘫痪，社会秩序一片混乱，昔日的繁华闹市不复存在，但随着抵抗活动的日渐衰弱，占领军不再像最初那几天那样草木皆兵，民众的活动自由相对宽松不少，市内电话也得以开通，这无疑对记者外出采访提供了一定意义上的方便和契机。考虑到施行礼不会阿文，且妻子怀有身孕需要照顾，易洪武决定主要由自己带一名英文助手外出采访，返回使馆后再和施行礼资源共享，分头发稿。采访过程中遇到重大突发事件，则及时找电话告知施行礼，让他和另一名阿文助手抢发快讯。为了出行安全，易洪武在汽车挡风玻璃上用胶条粘上一面中国国旗，含义：枪口别对着咱，中国人友好，不怀敌意。其实，这只不过是自己给自己壮壮胆子，防防君子，防不了小人。战场上，交火中，子弹从来不长眼睛。

不出去不知道，车子开到大街上才让易洪武吓一跳，昔日喧嚣的闹市街头，现在空旷荒凉，见不到人影。没有交通警察，没有红绿灯，垃圾堆积如山，散发着令人窒息的臭气，随处可见毁坏的汽车，不时还能听到不远处响起的枪炮声和爆炸声。更令人毛骨悚然的是，开车行至科伊两军激战过的战场，见到过扔在路旁无人过问的枪枝弹药、被伊军士兵打死的无辜民众以及在室外温度达 50 摄氏度的情况下被绑在电线杆上活活晒死的抵抗运动成员。易洪武他们还多次遭到持枪士兵的拦截查问，有一次甚至遭遇科威特抵抗运动与伊拉克占领军隔着马路突然交火的危急情况，易洪武只好硬着头皮加大油门冲过交火区。

令易洪武他们高兴的是，正是他们这样亲历采访，才能以自己的所见所闻客观报道伊军占领下的科威特现状以及外国侨民和中国劳务工人艰难的生存条件等。报道引起国际媒体的普遍关注，一些甚至被西方报纸电台采用。当时，英国广播公司几乎每天都转播中国记者的署名文章，并发表评论称赞中国记者在如此艰难的时刻“成功地发出了实实在在的世界性独家新闻”，提高了中国新闻媒体的职业操守和信誉。

不过，由于社会秩序混乱，物资供应日趋紧张，各国侨民纷纷逃离科威特。根据国内指示，我使馆也紧急组织驻科中资机构人员和劳务派遣工尽快撤离。与此同时，伊拉克占领军还要求中国驻科外交人员限期撤离，明确规定 8 月 24 日为最后期限，否则届时将切断对使馆的水电供应。

经过与北京总社和使馆的紧急磋商和协调，除易洪武和施行礼留守使馆，坚持开展报道业务外，分社其他人员全部随大队人马撤离科威特。这对施行礼来说，是个艰难的选择。妻子怀有身孕，而撤离需先乘车取道巴格达转往约旦首都安曼，在那里再搭乘中国民航专机返回北京。在这兵慌马乱的时刻，一个孕妇要像常人一样在高温炎热的大沙漠中长途跋涉，这让施行礼太割舍不下了，总感觉自己不在她身边照顾实在不近人情。但他又不能抛下报道工作，因为他是分社唯一的英文记者，英文报道是影响世界主流媒体的最佳途径，前一阶段的报道已经充分证明了这一点。于是，神圣的使命感促使他必须选择坚守工作岗位。当然，真正与泣不成声的妻子告别的时刻，他的心在流血。妻子担心他的人身安危，他则担心她一路上的安全，互相叮咛着已经说了不知多少遍的话，那种生离死别的感觉，让他多少年后想起来还感到难受和心酸。

这次科威特撤离行动历时 10 天，中国民航共出动波音 747 客机 18 架次，接运从科威特经巴格达撤离到安曼的各类中国公民及港台同胞和华侨近 5000 人。这在当时，是中国规模空前的一次外交大行动，获得了国际舆论的广泛好评。8 月 23 日晚，最后一批劳务工人撤离科威特，使馆各单位和分社总共只剩下 12 人没有撤离，全部集中居住在使馆主楼。尽管 8 月 24 日是伊拉克占领军要求各国驻科外交人员撤离的最后期限，并切断了对使馆的电力供应，但大家仍抱着坚守岗位的决心，准备应付随时可能出现的不测。

让人始料不及的是，这次伊拉克是吃了秤砣铁了心，对 25 国拒不限期撤离的国家的侨民实施抓捕，中国也在黑名单之列。8 月 25 日晨，魏闵洌和施行礼开车出去了解其他各国大使馆动向，出去不到半小时即遭伊军抓捕。使馆领导亲自赶去交涉，结果和司机也一起被扣。经反复交涉，伊军一名准将同意释放中国被扣人员并发给通行证，但明确告知，通行证只在当天有效，如果中国人当天再不离开科威特，一切后果自负。

没有办法，经请示国内，全体留守人员当天撤离科威特。下午5点不到，易洪武和施行礼与其他中国同志一起踏上了撤退之路，并于次日清晨赶到巴格达。原计划休息一下，吃过午饭后动身去约旦。没想到事情并没有完，伊方竟把全部12人扣为人质，要挟中国政府承认它对科威特的占领。据事后了解，伊军25日还抓了很多其他外国侨民，将他们关押在伊拉克军事基地、炼油厂等战略要地充当人盾。当然，经反复交涉，12名中国人终于获得离开巴格达的出境签证。

当易洪武他们跨出伊拉克国境，见到早就在边境迎候的约旦使馆同志时，大家一路绷紧的神经才彻底放松下来。“我要美美地睡它一觉。”施行礼放声吼叫，任凭泪水夺眶流淌。

易洪武似乎没有那么激情，他正陷入沉思和迷茫，这一路上的曲折可以写一篇文章，是悲情还是喜剧，是写通讯还是写历险记，他正在内心深处仔细构思和斟酌。

十三

袁本弥最近有点烦。

前不久，他根据多方采访打探，撰写了公开和内参两个版本的稿件，公开稿标题是《新闻分析：赞比亚政府面临严峻挑战》，内参稿标题是《赞比亚反对派公开同卡翁达政府叫板》。之所以写成两个版本，就是因为自己对这类稿件是否能够公开报道拿捏不准，所以特地标明请编辑部把关定夺。那时，“文革”已经过去十好几年，人们的思想禁锢已经得到极大的解放，所以值班编委经过上下会商并电话请示社值班总编辑，在一致认定稿件没什么大问题后，将公开和内参两个版本的稿件都签发了。然而，意料不到的是，某个退居二线赋闲在家的媒体“大佬”看到报道后十分不满，先是直接打电话给华讯国际社总编室，后又写信给中央主管领导，批评稿件片面揭露赞比亚政府的阴暗面，损害中赞两国“全天候朋友”关系。批评信特别提及卡翁达与毛泽东、周恩来等中国老一辈领导人的深情厚谊，认为中国官方媒体如此报道对方阴暗面，不仅会令赞方十分反感，而且实际上在为赞反政府势力张目打气。“官大一级压死人”。这位媒体“大佬”不仅在新闻界是权威人士，而且还曾是外交高官，在外交界乃至政商界都声名显赫。

尽管他早已没了官衔和职责，华讯国际社主管领导也明知他的上述论调过激偏颇，但出于对这位老同志、老上司的尊重，仍“毕恭毕敬”地自我批评，同时为抚慰对方，还不顾当事小编辑和值班编委等下级的委屈和感受，严令他们写检查作检讨，扣罚不同额度的当月奖金。由于袁本弥已经明确让编辑部酌情定夺，所以板子没有打到他的头上，但他自己怎么也逃不脱“罪魁祸首”的感受。特别让他烦心的是，搞半天谁也没说清这类稿件到底该不该写，应不应该发。别的分社曾作过类似的报道，因为没有“高人”的尖锐批评，似乎也就被方方面面所认可，而且好像还曾受到那位主管领导的表扬。但是，同样类型的稿件就因为受到“大佬”的“关顾”而被视为“洪水猛兽”，这活儿还让人怎么干？

不过，就在袁本弥为所谓“揭露阴暗面”稿件遭遇不公一事耿耿于怀的时候，他所预测和担心的事情却千真万确地发生了。卢萨卡街头爆发大规模民众游行，抗议主食玉米面涨价，领头的自然是奇卢巴麾下的工会大会。更要命的是，游行引发骚乱，开罗路上许多店铺遭打砸，里面的货品基本被洗劫一空，出售玉米面和其他食品的商店更是首当其冲。也许是为了把动静搞大，闹事者甚至打砸过往车辆和行人，特别针对挂有“CD”外交牌照的外国使馆的车辆。政府出动军警镇压，还抓捕了一批领头闹事者和打砸抢分子。

由于中国大使馆有车辆险些被打砸，袁本弥在第一时间段获得消息。抢发完简单消息后，他立即驱车往开罗路奔，准备进行现场采访，但荷枪实弹的军警拦住了他的去路，不容分说令他掉头返回，让他呆在家中不要外出。袁本弥掏出记者证，和对方据理力争。一个脸色严峻的领队军官走上前，斩钉截铁地拒绝他到现场采访，同时透露，政府将很快宣布戒严，没有特别许可，任何车辆和行人不得随意走动。没有办法，袁本弥只好倒车掉头，打道回府。不过，不虚此行，政府将宣布戒严，这是个重要讯息，表明形势十分严峻，可以再发一条消息。

发完消息，袁本弥思前想后，觉得问题并不简单。种种迹象表明，此次游行和骚乱显然是一场有预谋的行动，很有可能是奇卢巴的工会大会正式向卡翁达政府叫板，说不定还得到西方外部势力的背后怂恿和教唆，赞比亚未来局势走向确实令人担忧。但这些只是自己的主观分析，要想将其落实到稿件里和报道中，他还必须深入采访、多方打探和求证，才能正确把握形势，做出客观判断，使自己的报道充实而有根基。不过，大使馆已经接到赞比亚政府关于实施戒严令的外交照会，出于人身安全和外事纪律考虑，使馆关闭了大门和其他出入通道，领导要求大家没有特殊情况，一律不得擅自外出。

分社与使馆同住一个大院，袁本弥又是中共党员，受使馆党委领导，使馆的禁令自然也包括他在内。当然，他毕竟是记者，一旦有需要必须外出采访，禁令对他来说还是相对宽松的，同使馆打招呼后一般不会阻拦他外出的。现在的问题是，外面这么乱，很难找到特定目标来接受访谈。于是，袁本弥决定暂时放弃外出采访，改在办公室里进行电话采访。他分别与总统新闻助理、赞比亚新闻社社长和已被奇卢巴聘为办公室主任的马丁等人通电话，向他们探询动乱局势最新动态和有关各方的反应，特别想通过他们言谈之中的“话赶话”套出有价值的新闻。总统新闻助理在非常肯定地认为奇卢巴是闹事的罪魁祸首时，愤愤然地反问道：“难道这样的人不该抓起来？”而马丁的一句话则更耐人寻味，他在谈及军警实施戒严令时，不以为然地表示：“卡翁达真能一手遮天？军警都听他的？未必！保不齐哪一天就来场军事政变。”

对于那些喜欢玩噱头和捕风捉影的记者以及他们所从业的一些不严肃的媒体来说，他们肯定会将总统新闻助理和马丁的上述言论作为新闻加以公开报道，并且可能还要冠以“赞比亚政府要抓捕奇卢巴”和“赞比亚反对派正在策动军事政变”之类言辞凿凿的肯定性标题，以吸引读者眼球，哗众取宠。然而，中国的新闻媒体一贯秉持“新闻真实”的报道理念，严肃对待新闻报道，自然不会“听到风就说是雨”地随意发消息。尽管如此，赞总统新闻助理和马丁显然话中有话，无疑在释放各自方的强硬信号，从而给国家未来局势发展增添不确定性。这是需要认真对待的。从新闻报道的角度来考虑，除了加紧深度采访，还必须做好各种应对准备。一旦奇卢巴真的被捕，工会和反对派会闹事吗？一旦局势失控，真的会发生军事政变吗？一旦发生政变，卡翁达政府是被赶下台还是挫败政变继续执政……一个接一个的问题困扰着袁本弥，令他焦灼不定，担心到时候自己一个人应付不了报道任务。

你还别说，记者的新闻敏感有时候就是灵。还没等袁本弥想清楚如何应对，赞比亚军队真的出事了。那天清晨，袁本弥被突如其来的激烈枪声从睡梦中惊醒。

“哪里打枪？”他下意识地从床上跳起来，抓起电话呼叫赞比亚通讯社，要不通。再叫赞比亚广播公司值班室，还是要不通。“妈的，越是有事，电话越打不通。”他自言自语地嘟囔一句，便匆匆披上外套冲出宿舍，来到分社小院。有早起习惯的商务处参赞正在院子里晨练，他也被不远处的枪声所吸引。看到小袁，便用手向前一指说：“好像是媒体中心那边打枪。你看，军队还在向那边开进呢。是不是发生政变了？”

袁本弥含糊不清地回应一声，便立即冲向楼下电传室，开机直接发出简单消息，大体意思是：卢萨卡媒体中心方向今天清晨突然响起激烈枪声，大批军队仍在向前开进。原因和详情有待进一步核实，赞比亚政局近期动荡，记者正密切关注事态发展。之后，他赶紧尝试给总分社编辑部打国际长途电话，但试过几次，也不成功。一看不行，他只好选择放弃，再次返回小院，从车库里倒出一辆半新不旧的丰田轿车。他摇下车窗，向商务处参赞打招呼说：“参赞，我去媒体中心看看什么情况，马上就回。”不由分说，油门一踩，车子便飞也似的冲出了小院。

媒体中心距离分社不远，一眨眼工夫便开到中心附近的一条侧道。袁本弥知道，此时主干道肯定不让通行，于是，他将车停到侧道一侧，先用肉眼目测媒体中心，发现主干道上停了很多军车，大批士兵已将媒体中心团团包围，特别在大门口加强了警卫力量，两辆坦克一左一右封堵了大门通道。

媒体中心是赞比亚官方主流媒体的综合办公大院。除新闻局作为政府新闻部的职能机构坐阵指挥协调外，大院里面还有电视台、电台和通讯社之类的赞比亚主流官方媒体单位以及泛非通讯社的编辑部。入门是一大片空旷水泥地场院，其间镶嵌着大大小小多块草坪，分散栽种了多棵高高直直的椰树等热带林木，看起来十分整洁美观。草坪之后，是一字排开的6层办公楼，媒体各单位各得其所，比邻而居。办公楼红瓦红砖墙，楼层虽然不算高，但作为政府的宣传喉舌，配有军警把守，对百姓而言还是很有神秘感的。平时，袁本弥作为媒体中心的常客，同里面的官员和大大小小许多编辑记者十分熟悉，又有新闻局签发的记者证，时不时地还会带上几盒中国产清凉油之类的小礼品“笼络”一下人心，所以进去十分方便，大多时候无需掏记者证便放行。不过，眼下这种情势，面对的是虎视眈眈的军人，自然不能指望他们会网开一面。

果不其然，没等袁本弥下到主干道上，便有荷枪实弹的官兵拦住去路，喝令他立即离开。袁本弥连忙掏出记者证，声明自己是来找新闻局长商谈新闻合作事宜的。但此招仍然不灵，袁本弥便装糊涂地漫不经意地随口一问：“怎么啦？有人搞破坏？”

一个士兵连忙放松警惕地告诉袁本弥：“我们正在抓捕叛乱者，他们要占领电台……”没等他说完，当官的连忙瞪眼喝止他，同时再次铁青着脸要求袁本弥离开：“无可奉告！一切以总统府发表的新闻公告为准。对不起，请马上开车走人！”

袁本弥不再磨蹭。他已经得到他想知道的东西，那就是确实有人要搞政变，只不过政变未遂，局势已经在当局控制之下。

果然，政府很快就作出反应，强调政府粉碎了一次未遂军事政变。官方发表声明解释说，少数下级军官率领一批士兵强行攻入媒体中心，通过电台宣布他们发动军事政变，推翻了卡翁达政权，呼吁国内外各界支持他们的行动。

这当然是冠冕堂皇的官样文章。实际上，未遂军事政变的发生并非偶然，导火索还是民众主食——玉米面。人们私下传，那些下级军官和士兵“铤而走险”，主要是对政府经济政策不满。由于一直以来农业的落后，赞比亚人的食物很单一，主要是西玛，即白玉米面。

这虽然是传说，但显然不能排除经济政策失败加剧贫困造成民心向背这一因素。正是看到这一因素，奇卢巴才在西方政治势力的支持下，利用其全国工会大会主席的号召力，公开集聚力量同卡翁达政府分庭抗礼。经历了玉米面骚乱事件和未遂政变的双重打压，卡翁达政府执政理念和能力越发疲软、混乱和脆弱。1990年7月份，奇卢巴宣布成立“多党民主运动”。卡翁达被迫宣布结束“一党制”，恢复“多党制”。到了12月份，多党民主运动从反政府的压力集团转变为政党，迅速扩展势力，多次在全国组织声势浩大的群众集会，对联合民族独立党的执政地位构成严重挑战。卡翁达此时只有招架之功没有还手之力。1991年9月4日，他不得不宣布解散议会，于10月31日举行全国大选。最终大选失利，让位于奇卢巴。

不过，对于袁本弥来说，他已经来不及看卡翁达和奇卢巴下野上台的悲喜剧了。1991年初，总社人事局便以他任期届满为由，限令他“即刻”返京。只是他对此浑然不知，因为头天晚上总分社摄影记者颢骏蘩出差来到卢萨卡分社，他根据总社要求要去赞比亚和津巴布韦交界处拍摄维多利亚大瀑布。总分社为此要求袁本弥尽地主之谊，安排好食宿和交通，并陪同颢骏蘩一起完成拍摄任务。总社的调令电报发到使馆时，袁本弥已和颢骏蘩在赶赴大瀑布的路上，自然毫不知情，只一门心思往前赶路。那时路上车少，他们以时速100公里左右的速度行进，下午3点多钟便赶到预订的酒店。办完入住手续，冲个澡，疲困劲儿全无。于是，两个人决定先逛逛街，熟悉一下周边环境，打听一下如何跨境进入津巴布韦一侧观看瀑布。

说实话，那时赞比亚的利文斯敦市实在连个镇子都算不上，没什么好逛的，除了一些做工粗糙但质地尚好的人工打磨的铜盘子和木雕工艺品外，其他就跟旅游城镇的称谓相差太远了。

一开始，颢骏蘩对这些工艺品还蛮感兴趣，拿出相机给它们拍照，但很快他就不拍了，大同小异，千篇一律，而且工艺太粗糙，他不能把宝贵的胶卷浪费在这上面。他的主要目标是维多利亚大瀑布。许多到过津巴布韦或赞比亚的人都听说并套用当地人引以为豪的民间“广告语”：到这里来的人，不是在维多利亚瀑布观赏，就是在前往维多利亚瀑布的路上。可见，维多利亚瀑布的名气！

“时间还早，不如咱们现在就去看瀑布，先在赞比亚境内拍拍，重点是明天到津巴布韦那边拍，那边的瀑布虽然才占三分之一，但无论是自然环境还是瀑布风光都比赞比亚这边强百倍。”袁本弥提议。

“行，听你的。”颧骏蘩答应一声，背着相机包，与袁本弥一前一后步出手工艺品市场，直奔瀑布而去。未谋其面，先闻其声，巨大的轰鸣声如雷霆万钧、万马奔腾，仿佛山岳震撼、大地摇动，十分惊心动魄。

史载，1855 年 11 月中，英国传教士利文斯敦最早发现这个大瀑布，并以当时英国女王的名字将它命名为维多利亚瀑布。它湍流怒涌，风吼雷鸣，有如雪浪翻滚、云雾升腾。“那些倾泻的急流像无数摇曳着白光的彗星朝一个方向坠落，其景色之美妙，即使天使飞过，也会回首顾盼。”利文斯敦曾经如此赞叹大自然的鬼斧神工，竟然让峡谷水流如此生动活泼、气象万千。当地人将维多利亚瀑布称为“莫西奥图尼亚”，意即“雷霆翻滚的雨雾”。

维多利亚大瀑布是赞比西河中游的起点。赞比西河是非洲南部最大的一条河流，全长 2660 公里，流经安哥拉、赞比亚、纳米比亚、博茨瓦纳、津巴布韦、莫桑比克等国。赞比西河犹如“上天之水”，从非洲中部的安哥拉发源，然后浩荡南行，一路顺畅流淌至赞比亚西部和津巴布韦交界处，突然遭遇黑沉沉的千丈峡谷而被挡住去路，于是在宽约 1800 米的峭壁上骤然翻身，将万顷银涛倾泻到深约 120 米的峡谷之中，形成美妙梦幻的罕见大瀑布。惊涛拍石，巨浪冲天，轰如雷鸣，响彻天空。试想当上百加仑的水奔流而下，这样的景象又有谁能忘怀？人们不得不发出难以名状的惊叹：在少有大河、滴水贵如油的非洲干旱大地上，竟有如此之大瀑布，奔流不息，取之不竭！

当然，大瀑布“纵身一跳”的只是该区域的第一道峡谷，它东西长约 2 公里，宽约 90 米，共连有 7 道平行同向的峡谷，而且每两道峡谷间，又连结着一段短促的南北峡谷，形成 Z 字形，绵延达 130 公里，构成世界上罕见的天堑。不过，与灵动多彩的瀑布相比，天堑则相形见绌，顶多也就是大瀑布的附庸和陪衬。

瀑布所注入的深潭下方有一座连结两岸的铁路和公路两用桥。该铁桥建于 1905 年，宽 2 米多，跨长约 30 米，全长 197 米，距水面高 102 米。桥中央有一道白线，划分赞比亚和津巴布韦的国界。走在桥上，人们犹如悬在半空，头“顶”飞溅的水流，脚“踏”万丈深渊，着实令人胆战心惊。可能正因为如此，它才被人们形象地称为“刀刃桥”，走上去需要足够勇敢。不过，“刀刃桥”是观看瀑布最好的地方。有了这座桥，尽管四壁是悬崖险谷，但人们可以信步遨游深潭之上，欣赏那浪花飞溅、水雾弥漫的壮观奇景。在这片壮观的峡谷间，还常常会出现双彩虹。阳光透过雨雾，形成绚丽斑烂的五彩长虹，经久不散。蒸腾的水汽，跳跃的阳光，让大瀑布格外壮观梦幻。若逢雨季，晴朗的满月之夜，皓月当空，彩虹在月光作用下便折射成“月虹”。对此，当地有一个美丽的传说，在瀑布的深潭下面，有一群如花似玉的美丽姑娘。她们日日夜夜敲着非洲金鼓，瀑布随着她们的鼓点而发出震颤天地的雷鸣巨声；姑娘们全都穿着色彩鲜艳的衣裳，其艳丽的色彩被瀑布的银光反射到蓝天上，形成美丽的彩虹和“月虹”；姑娘们总是一面击鼓一面跳舞，欢乐的舞步溅起千姿百态的水花，形成瀑布的蒙蒙雨雾。

其实，维多利亚瀑布虽然只有三分之一在津巴布韦一侧，但最雄伟的部分也是在那一边，赞比亚一侧的瀑布远没有对面的雄伟壮观。由于地势不同，且有岩岛分隔，人们在津巴布韦一侧可以顺着幽径，自西向东欣赏大瀑布各个段落的不同美景。最西边的一段气势甚为雄厉骇人，因而被称之为魔鬼瀑布。与之毗邻的是主瀑布，高 90 多米，水量巨大，气势恢宏，嘈杂的水流冲击声雷霆万钧，犹如万马奔腾。由于中间有一条大裂缝，主瀑布被自然分割成两个岛区，西为瀑布岛，东为利文斯敦当年曾乘独木舟抵达的南玛卡布瓦岛。南玛卡布瓦岛东边有一段瀑布，因流经一段地岬而形成新月形状，故被称为马蹄瀑布。再往东便是大瀑布的最高段，落差约 120 米。它被称为彩虹瀑布。极目望去，一条条五彩缤纷的彩虹犹如挂在翠绿的山峦上空，加上飘忽的薄如轻纱般的银色水雾，人们犹如置身仙境，景色格外迷人。与其紧挨着的是扶手椅瀑布。这里是一块洼地，旱季水流量少，它常常只能成为一个深池。最东面的是东瀑布，旱季往往干涸，人们只能面对峭壁。可见，雨季是人们观赏大瀑布的最佳季节，那时各段瀑布都挂满前壁，飞流直下，蔚为壮观。据说，大瀑布的年均流量为每秒 1400 立方米，雨季则可高达每秒 5000 立方米。

颙骏纛高兴坏了，不停地举着相机四处拍摄，早把浪不浪费胶卷的担忧置之脑后了。他一面拍摄，一面激动地大喊大叫：“美！真是美！”爬坡上树，跪卧躬立，运用各种姿势寻找最佳拍摄角度，根据不同光线调整最佳拍摄效果，他把专业摄影技艺运用得炉火纯青。至少在袁本弥这个非专业人士看来，颙骏纛不仅专业而且敬业，这是新闻记者最需讲究的职业素养和工作精神。

不虚此行，圆满完成任务。第三天吃完早餐，他们高兴地按计划返程。袁本弥一边握着方向盘开车向前，一边拧开录音盒带，将音量调到适中，那时在中国驻外人员中广为录听的吴侬软语般的邓丽君歌声便一下子弥漫了整个车厢，并随着车轮的急速滚动而延续飘荡在茫茫旷野里。

然而，天有不测风云，人有旦夕祸福。等他们兴冲冲赶回分社，袁本弥才看到了‘即刻返京’的调令。他颇觉意外。接替的人未到，他就必须走人，显然事出反常，他实在想不通。不过，对于回国，他还是很高兴的。

十四

不管怎么说，袁本弥只能按指令回北京。他立即收拾行装、订购机票。不管“调令”的措辞多么不近情理，回国是他盼望已久的。本来就归心似箭，恨不能以最快速度回到国内和老婆孩子团聚，调令让他更加理直气壮地脱产做回国准备。当时中国外交部给赞比亚使馆和公派人员规定的回国路线主要为卢萨卡—罗马—巴黎—北京这条航线，但大家也可以选择乘坐不超过上述机票款总额的其他航线回国。袁本弥经过斟酌，选择走卢萨卡—莫斯科—北京这条经济实惠的航线，一方面他上次回国休假时已经走过卢萨卡—罗马—巴黎—北京这条航线，不想再重复；另一方面，作为不懂俄语的记者，一般很少会有机会被派往苏联和东欧国家去工作，因而能经过莫斯科走走看看也不枉是个特殊的经历。席君章没有理由反对他的选择，袁本弥如愿以偿飞抵莫斯科，打算休整两三天后再衔接中国民航班机飞回北京。

在一般人心目中，当时的苏联仍然是冷战时期与美国抗衡的超级大国之一，既新奇神秘又梦寐向往。莫斯科的街道，特别是气势恢弘的红场，给人以威武庄严的感觉。殊不知，戈尔巴乔夫推动的政治改革正在把苏联推向万劫不复的垂死境地。政治上流派纷争、思想混乱，经济上货币贬值、通货膨胀，食品和日用品严重匮乏。袁本弥在高尔基大街的商店里别的买不到，但仅用 10 美元就兑换了足够的卢布，购买了一件质地优良的黑呢大衣和两顶毡帽。

俗话说，无巧不成书。此次莫斯科之行最出袁本弥意外的是，让他和久未谋面的老同学钱柳生意外重逢。钱柳生现在是莫斯科华声电视台新闻评论部主任。那天，袁本弥从高尔基大街一家商店里买了呢大衣刚出门，就见不远处有人在围观什么。记者的好奇心驱使他走近人群，发现是电视记者在做街头采访。不过，袁本弥感觉，那个手持麦克风随机采访的身影是那么的熟悉。

“钱柳生？”他惊喜地在心里高声叫了起来，简直不敢相信自己的眼睛。自打那年毕业提前离校到如今，一晃十好几年过去了，这还是他第一次巧遇这位老同学。在京同学们偶尔也闲聊起钱柳生，但却无人知晓他毕业后的确切状态。一方面，他被分配到一个军工单位，偏远而保密；另一方面，钱柳生对人际关系秉持“君子之交淡如水”的信条，不愿意刻意追求世俗人情而相互攀扯，一切顺其自然，随遇而安。

“柳生，这么多年为什么不和大家联系？你不是在偏远的山沟沟里，怎么跑到这里来了？现在干什么？搞电视？”等钱柳生做完节目，袁本弥终于逮着机会同他相见。刚一照面，他就迫不及待地提出一连串的问题。这么多年，他一直在惦记着钱柳生，只苦于无从联络。

钱柳生笑着回应："老毛，你这问题一个接一个的，让我应接不暇……"

"老毛"是大学学习期间本班男同学对袁本弥的"尊称"。那时，他是班长，英文叫 monitor。钱柳生喜欢开玩笑，经常冷不丁地给别人取外号逗乐。那一天，他先是听到邱婧细声细气地叫袁本弥"monitor"，不一会儿另一个女生则称呼袁本弥为"班长"，紧接着一个男同学高声招呼袁本弥"老袁"。"不行，太乱。既然邱婧叫他 monitor，那以后咱就叫他'老毛'，取 monitor 的第一个音节的谐音给他改改姓。"钱柳生晚上在男生宿舍开着玩笑聊起了这件事。本来也就是一个玩笑话，没想到大家一听跟着起哄，觉得"老毛"这名字好，以后咱就这么叫他。从此，本班男生们再见到袁本弥，没人再叫他本名或其他称谓，班里班外都直呼他"老毛"。邱婧和女生们听了钱柳生的解释，也"入乡随俗"般地跟着叫了起来。名字本来就是个符号，袁本弥本人对大家叫自己"老毛"也适应得很快。人家叫得响，他答得嘎嘣脆，经常搞得外班人不明就里地看着袁本弥发愣，搞不懂他怎么就成了"老毛"。不过，对本班同学来说，"老毛"这名字既朗朗上口，又显现"学外语人"的范儿。之所以在"毛"之前冠以"老"，主要是因为袁本弥在同学们中间年龄大些，且当过团委书记的"官"儿，平时的行为方式也显得比较老成持重。显然，称其"老毛"不只是为了调侃，而更多地是发自内心地表达大家对他的尊崇和喜欢。

一声"老毛"叫得袁本弥心里热乎乎的，将他的思绪拉回到了十几年前朝气蓬勃的大学生活中。不过，他这里正在内心感慨着，钱柳生那里却已经同一旁的同事打过招呼，然后不由分说领着袁本弥走向停在一旁的一辆轿车。

"走，现在跟我上车回家，路上再好好向你老班长汇报汇报。"钱柳生打开车门，一边钻进驾驶座，一边招呼袁本弥上车。俩人系好安全带，钱柳生发动汽车，一踩油门，轿车迅疾离开停车场，平稳穿行在宽敞的大街上。钱柳生优哉游哉，一边掌控方向盘，一边慢条斯理地向袁本弥谈着自己的昨天和今天。

上海语言大学毕业时，钱柳生服从分配，来到坐落在大山之中的一个军工企业当英文翻译。不过，当时该军工企业对俄文翻译的需求量更大，领导决定让一部分英文翻译改学俄语，以填补俄语翻译的不足。钱柳生在大学学习期间曾将俄语作为自己的第二外语学习，而且学得还不错，至少有一定的底子。顺理成章，他因俄文基础不错而被重点挑选出来，领导决定送他到莫斯科进修俄语。就这样，他只身来到莫斯科莱蒙诺索夫大学校园，开始了他的新的学生生活，先是进修俄文，后升级考上新闻研究生。等他结束学业回到企业时，改革开放春风劲吹，原单位被合并重组。钱柳生没了"硬任务"，更不适应新的人文环境，于是借机辞职下海，先到深圳、珠海等地为几个做苏联和东欧国家生意的外国公司当代理，“扑腾”几下小赚了一笔后，已经通晓俄语的他干脆背起行囊自闯莫斯科。

在莫斯科，钱柳生一面继续攻读新闻博士学位，一面为苏联“远东”电视台“打工”，常以记者和评论员的身份出现在该台的《东方与中国》访谈栏目中。除了能写多种体裁的文章外，他对编导、摄像、记者、编辑等各个行当以及图片制作和版式设计等电视活儿也样样精通。很快，他便升任电视台新闻评论部主任。一个中国帅小伙，说一口流利的俄罗斯话，经常出现在电视屏幕上，自然引起当地女孩们的特别好感和青睐，求爱信雪片般地寄送到电视台。然而，钱柳生已经心有所仪，他看中了自己在莱蒙诺索夫大学学汉语的俄罗斯姑娘娜塔莎。于是，恋爱、结婚、生子，家庭生活初级阶段的三部曲将两个异国青年的心紧紧地连在了一起。现在，钱柳生已经是两个孩子的爸爸了。爱妻贤惠，儿女绕膝，家庭和谐，事业有成，他对这一切感到无比的幸福和快乐。但是，他并不满足。作为一个中国人，骨子里的爱国情怀让他时刻牵挂着生他养他的那片辽阔大地。他为伟大祖国改革开放带来的翻天覆地的巨变感到由衷的高兴和自豪，同时也想到作为一个华人新闻人的责任和担当，迫切期待通过自己的努力在世界性的新闻报道上改变华人声音相对微弱的现状。

长期以来，世界三大通讯社——美国的美联社、英国的路透社和法国的法新社一直在掌控世界新闻秩序。伴随美英法三大帝国对亚非拉国家的长期殖民统治而形成的历史优势，三大通讯社垄断世界新闻市场，占据世界新闻制高点，引领世界新闻报道的潮流和国际舆论的风向。世界任何角落一有风吹草动，三大通讯社便利用其雄厚的财力、高新的技术设施和广布遍撒的本土信息源即刻应对，以最快速度在第一时间段赶赴现场报道，循西方意识形态和三大帝国自身利益制作门类齐全的新闻产品，进而形成既定的新闻生产模式和准则。世界其他新闻媒体大多望尘莫及，只能购买和转载三大通讯社的新闻产品，并基本按照其准则和模式对三大通讯社的产品进行再加工。随着现代社会的文明进步和发展，这种不合理的新闻秩序一直广受第三世界国家齿诟，要求打破西方新闻垄断，建立公正合理的世界新闻新秩序，从而在国际事务中更加有效地发声发力。然而，历史诟病渊深厚重，仅仅靠呼声和呐喊是难以根治的。

不过，中国这只睡狮已经苏醒，中国正在崛起。改革开放不仅给中国带来经济腾飞和综合国力的极大提升，也为中华文化和新闻事业的发展插上了翅膀。传播中华文化，争取华人媒体话语权，在世界性的新闻报道中发出中国人的铿锵之声，不仅是适应中国崛起这一形势发展的迫切需要，而且适逢其时，为中国在世界舞台上发声张力奠定了坚实的基础。这既是国内媒体和新闻从业者的奋斗目标，也是海外华人媒体和新闻同仁的重要责任和担当。正是出于这样一种担当，钱柳生才义无反顾地伙同一位爱国华侨创办了《环球华声报》，立场鲜明地亮出办报宗旨：宣扬中华正义强音，拉近全球华人距离。他虽然是报纸总编辑，却常以记者和评论员的身份出现在重大突发事件和涉华事件现场。由于资金困难，报纸经营惨淡，但为了实现自己的理想和宏愿，钱柳生从不言弃，相反却在妻子的支持下经常将在“远东”电视台获得的收益贴补办报。

“不过，困难很快会过去的。老毛，你知道吗，香港一爱国华侨已经出资建立了一家新的卫星电视台，叫‘世界之窗’，其办台理念和我们《环球华声报》不谋而合。他们力邀我加盟，我因与俄罗斯远东电视台签约在先，只好先给他们当特约记者。一旦苏联有大事发生，特别是爆发重大涉华事件时，我就给他们做点即时报道。这不光符合我的新闻理念，更能使我们的报纸有了资金来源和保障。因此，我很看好和‘世界之窗’的合作。”谈起自己的事业，钱柳生眉飞色舞，对未来充满了憧憬和信心。

那是苏联新领导人戈尔巴乔夫上台不久、苏联解体前的特别敏感时期。由于戈尔巴乔夫启动政治体制改革，苏联媒体开始显现言论自由，报纸上铺天盖地公开批判斯大林和勃列日涅夫，几乎到了全盘否定苏联历史的地步，同时也出现了传统派攻击戈尔巴乔夫的文章，呼吁把他赶下台。刚刚起步的香港“世界之窗”卫视小试牛刀，首次派遣记者到莫斯科采访。多亏钱柳生从中协调帮助，不仅使记者顺利完成了采访任务，而且还有幸在最后一刻让戈尔巴乔夫接受了记者的10分钟访谈。为此，“世界之窗”卫视董事局主席亲自打电话给钱柳生表示感谢，同时力邀他加盟合作。

听到钱柳生谈起“世界之窗”，袁本弥立刻精神大振，忙不迭声地赞赏道：“好！好！我支持你！其实，‘世界之窗’卫视我也知道一些，虽然开张不久，但在世界华人中已经产生巨大反响。据我了解，卫视老板叫常绿柳，是改革开放后从大陆到香港定居的。他曾经是中国人民解放军的一员，脱军装赴港只因父命难违，因为他是巨额祖产的唯一继承人。尽管人到了香港，但他胸中仍然激荡着拳拳爱国心，不仅用这笔祖产积极投入对大陆贫困地区的慈善事业，而且新建‘世界之窗’卫视，为中国的和平崛起呐喊发力。他认定，香港回归中国指日可待。随着经济腾飞和和平崛起，正在发生巨变的中国一定会向世界展示其强盛康宁的崭新面貌。提升中国地位，扩大中国影响，‘世界之窗’卫视责无旁贷。只有精心打造、创新发展，才能使之成为华文媒体中的‘大哥大’，进而抗衡西方媒体列强的新闻垄断和奴役，引领世界舆论，弘扬正义向善的中华传统。”

“老毛，没想到你还门儿清。这正是我对‘世界之窗’卫视感兴趣的地方。

我在考虑，一旦我同俄罗斯远东电视台合同到期，我将全力加盟‘世界之窗’。我敢断言，就照他们这样办下去，要不了多久，‘世界之窗’一定会跻身世界主流媒体之列。到那时候，香港肯定已经回归中国，它自然就是中国媒体引领世界潮流的‘大哥大’！”

“不要忘了，还有我们的‘华讯国际社’呢。我们正在建设世界性通讯社呦，”袁本弥半开玩笑半认真地打趣说，“我不是华讯国际社社长，否则我一定把你挖到我们社。看得出，你搞新闻是一把好手。‘士别三日当刮目相看’呦。”

钱柳生笑着摇摇头，不无讥讽地说：“我不去你们那儿，庙太大，动不动就是‘耳目喉舌’，代表这个代表那个的。领导人出访报道还要求‘万无一失’，太官僚严苛了。依我看，官媒主要看领导眼色行事，居高临下，狐假虎威，成不了什么大事。”

老同学直言不讳，令袁本弥有些尴尬。不过，钱柳生说的没错，现实就是如此，华讯国际社的“官”气是太重了。袁本弥本人和同事们也经常对华讯国际社这种官媒作风表达不满，但牢骚归牢骚，骨子里却十分在乎华讯国际社的央媒地位及其泱泱大器。他接过钱柳生的话头说：“你说的不无道理，但在我看来，以华讯国际社现在的规模、实力和国内外站点布局，最具有华媒‘大哥大’的基础。只要下决心改革体制，更多地按新闻规律办事，华讯国际社发展起来优于任何华媒。”

“可是，体制改革那么容易吗？华讯国际社能脱下官衣吗？它究竟能在多大程度上按新闻规律办事？”

面对钱柳生的三个问号，袁本弥无语。他知道，自己人微言轻，说什么都不算。这些关乎华讯国际社未来的重大决策，可能连华讯国际社自己都说了不算。袁本弥重重地叹口气，故意轻松地转换话题问：“苏联局势怎么样？外电报道可不怎么正面呦。”

谈起苏联局势，钱柳生眼睛一亮，明显来了兴趣。最近，他通过自己的采访、观察和调研，对苏联局势有自己的独特见解，这方面他有太多的话要说。

“我对苏联局势感到悲观。通货膨胀，民生经济水平低下，民心思变，在这种形势下还放开思想管控，搞大民主，实际是在有意无意地放弃共产党领导和统治。弄得不好，只要有人登高一呼，共产党就会即刻垮台。更何况苏联本来就是一个加盟共和国政治集合体，民族矛盾一旦激化，四分五裂不是不可能的。”钱柳生忧心忡忡地说。

袁本弥怀疑地问：“有那么严重？好歹人家也是个超级大国，克格勃厉害着呢。”

钱柳生摇摇头，苦笑着说：“不要说你不相信我的话，许多人都认为我在危言耸听。但你听听我的所见所闻，老毛，凭你的分析判断能力，你会知道我说的都是认真的。”

“我相信你，你给我仔细讲讲。”袁本弥认真地点头赞许。作为新闻人，他也喜欢了解世界密切关注的有关国家政局，何况苏联是抗衡美国超级大国的另一个超级大国，其政局走向无疑会触动全世界每一根神经。

老班长的认真劲儿给钱柳生极大的鼓舞，感觉找到了聆听自己心声的知音。于是，一吐为快，他迫不及待地结合个人感受娓娓讲述着一个时期来的所见所闻。

1985 年戈尔巴乔夫上台。在此之前，苏联社会氛围发生了很大变化。3 位总书记相继去世，整个国家的政治空气变得异常沉闷。苏联经济结构长期畸形，一直是重工业发达，轻工业薄弱。那个时候走在大街上，经常看到上班族人人都提着购物袋，随时准备购物，卫生纸、肥皂、黄油、面包，看见了就马上买，能买多少买多少。如果错过了这次机会，就不知等到什么时候才能“再见”。因此，人们对 50 多岁的戈尔巴乔夫寄予厚望。他给人们不同的清新形象，相貌也符合苏联人的审美需求，又善于演讲，大家觉得苏联终于可以摆脱老人政治。要知道，以前那些领导人就算是念稿也念不清楚的。

然而，戈尔巴乔夫上台后崇尚西方民主，搞三权分立。通过所谓的民主选举，民主派全面掌权。一时间，人们的思维与价值取向变得越来越多元无定，处处是辩论与探讨。不仅有议会大厦里的人民代表之间的辩论，就是大街小巷里的普通民众也在三五成群地争论不休。无论是党务会议还是政府会议，普通民众只要掏半个卢布，就可以进会场旁听，甚至参与辩论。无论是官方还是民间，许多人都在怀疑社会主义和共产党执政，按照各自不同的政治立场憧憬国家的未来和前途，争辩国家该往哪条道路走。有一次，钱柳生前往一官方主办的报告会现场采访。会议进行过程中，台上一位领导正在做报告，突然一位工人模样的听众站起来打断领导的讲话，情绪激动地大声质问道：“共产党领导好在哪里？你们领导人都在干什么？社会主义搞了这么多年，成天‘万岁万岁’的喊着，居然还不如十月革命以前。”这要是搁在过去，克格勃肯定不会让他如此冲击会场，至少会后要找他的麻烦，甚至可能当场逮捕他。但这一次结果却不了了之，说完话后他竟大摇大摆地走出了会场，没有克格勃拦截他。

显然，苏联僵化的政治空气在逐渐解冻，但这只是表面现象。谈论诸如“要不要社会主义”和“要不要计划经济”之类的敏感政治话题，看似广开言路，推崇言论自由，实际却不仅造成严重的思想混乱和矛盾冲突，而且不断冲击着共产党的统治根基，破坏着公共安全和社会稳定。被逐渐解禁的言论像是一颗颗炸弹，越来越多地在莫斯科各种官方会议上“爆炸”，而“点燃”导火索的通常是像前述那位工人一样的旁听会议的民众。

令钱柳生更加担心的是1990年苏联开始实行的总统制，它是作为戈尔巴乔夫政治改革重要成果之一出现的。早在1936年和1964年，苏联就有人提出实行总统制的建议，但很快便被否决。戈尔巴乔夫执政初期，苏联的一些法学家和政治学家也曾公开提出要研究西方的三权分立学说，以便从中吸取有用的成分，后来更有人明确提出国家政体实行总统制的设想，反响也不怎么热烈。直到1988年苏共第十九次代表会议召开，戈尔巴乔夫在会上正式提出要建立“法治国家”和“法律至上”的主张，并在这之后进一步提出要在苏联建立一个新的国家和社会管理体制的思想，这才大大地促进了苏联学术界对西方三权分立学说的研究。戈尔巴乔夫还陆续派出一些团体公开地或秘密地前往美国、法国等地考察西方的议会制和总统制。1990年初，苏共中央机关报《真理报》编辑部专门组织了一次学者座谈会，并在会后公开刊登与会者有关主张实行总统制的发言。一些学者和戈尔巴乔夫的顾问们也纷纷发表文章论证在苏联实行总统制的必要性。1990年2月，戈尔巴乔夫在苏共中央全会上首次公开提出在苏联设立总统制的建议，要求给予总统一切必要的权力，以便将改革的政策付诸实施。鉴于此，会议通过行动纲领称：苏共认为，三权，即立法权、行政权和司法权分立对于管理效率来说具有关键性的优越性。用列宁的话来说，我们应当把苏维埃制度的优越性同议会制的好处相结合，在发挥人民代表大会和苏联最高苏维埃的作用的同时，需要一个落实改革政策、执行所通过的法律的可靠的和有效的机制。

苏共中央定了调，一切自然水到渠成。戈尔巴乔夫立即主持召开苏联最高苏维埃主席团会议，一致赞同“在苏联建立民主总统制政权”，并决定马上召开苏联最高苏维埃会议和苏联第三次非党人民代表大会，以便正式决定实行总统制。在2月14日先行召开的苏联最高苏维埃会议上，400多名与会代表经过对主席团提交的关于实行总统制的法律草案进行激烈的讨论，以347票赞同、24票反对、43票弃权的表决结果通过了在苏联设立总统制和修改宪法有关条款的决议。一个月后，苏联第三次非常人民代表大会举行，最后以1817票赞成、133票反对、61票弃权通过了《关于设立总统职位和苏联宪法（根本法）修改和补充法》。根据大会确定的总统候选人数多少不受限制的原则，由300多人组成的联盟议员团推举戈尔巴乔夫、雷日科夫和巴卡京作为总统的候选人。由于雷日科夫和巴卡京先后宣布退出竞选，戈尔巴乔夫实际上就成了唯一的总统候选人。经过秘密投票，戈尔巴乔夫以1329票赞成、495票反对、313票弃权或无效，当选为苏联历史上第一位总统。

“据我在苏联高层获得的内部消息透露，戈尔巴乔夫当选总统后，最近更加热衷于西式民主，正试图将苏联改为一松散的邦联——苏维埃主权共和国联盟，从而引发苏共党内传统派的强烈不满。目前，不仅苏联旧体制的种种弊端未能得到妥善解决，导致苏共的威望一落千丈，而且各加盟共和国内的分离势力大幅增长，使局势更加复杂多变、扑朔迷离。”钱柳生最后总结性地告诉袁本弥。

听完钱柳生对苏联局势的介绍，袁本弥不仅不再怀疑他的判断和观点，反而转变态度，表示坚决赞同和支持。他征询道：“你说的这些十分重要，反映苏联政局的危险信号，对我们国内高层外交决策也有借鉴意义。可否写成文字材料，让华讯国际社帮你报道出去？公开报道如果困难，可以作内参反映给高层。”

钱柳生略一思索，表示同意。他提议说：“你可以介绍我认识你们莫斯科分社的同事，我可以再深入做些采访，到时候与他们合作开展报道，这样可能在程序上更方便些。”

一言为定，袁本弥心情大好，莫斯科一趟不虚此行。他要抓紧时间再实地多看看多听听，回到北京后可以结合自己的所见所闻写一篇随笔式文章，将一个真实的苏联介绍给广大读者。

“啊，北京，久违了！”他在心里欢快地喊着。

十五

然而，他万没有想到，华讯国际社等待他的不是鲜花和掌声，而是又一次的不公平对待。他此次出国任期是四年。干了两年中间曾回国休假两个月，之后回分社又接着干了两年。按有关规定，他在国外连续工作两年后，回国应该有两个月的休假。本来，他想休完假后再去编辑部上班，但北京机场下了飞机，接机的外事局司机给他捎口信，说人事局领导打招呼，要他这几天就抽空到总社跑一趟，可能请他述职。这让他大感意外。他不是首席记者，也不曾担任一官半职，按既有惯例不应该有“述职”这一程序。不过，既然领导发话了，那就恭敬不如从命。回家休息了一天，袁本弥第二天便如约来到华讯国际社总部大院，到人事局报到。

一位主管副处长接待了他。袁本弥按照述职的思维方式汇报工作，谁知对方根本不感兴趣，反而讥讽道：“这些是首席记者应该谈的。你不是首席记者，也不是分社负责人，这些就不用说了。你就重点谈谈怎么和新首席记者处理关系的。”

这回轮到袁本弥困惑了，但记者的职业敏感，让他马上感到问题的严肃性：这根本不是什么述职，而是要兴师问罪。他既觉得被愚弄，又感到忿忿不平。不过，他立刻调整情绪，强压怒火解释道：“接机的司机给我带话，说你们找我来述职，述职当然得谈工作，所以我就照汇报工作的思路准备了一下。怎么，不谈这个？那谈什么？我有什么问题吗？”

副处长居高临下，十分光火地提高嗓门说：“当然有问题！目无领导，不配合工作，对着干，还无事生非。你就谈谈这些问题。”

袁本弥整个地懵了，突然，他想起了半年前发生的一件事。那是新任首席记者席章到任后，邻近分社一名记者出差在分社临时客住几天，完了交一笔住宿费给了席章。席章迟迟不入账，更不知会兼职会计袁本弥。袁本弥终于有一天和席章挑明了这件事，让他将钱入账。对方自然恼羞成怒，“大吵”了一顿。因为对方外语不是科班出身，根本干不了分社记者活儿，经过他自己的“努力”，终于很快在总分社“谋”了个闲职，调离走了。显然，席章把自己给告了。令袁本弥愤慨的是，他没有想到人事局领导会如此地不分青红皂白和偏听偏信。他像一头被激怒的公牛，终于爆发般地高声反驳道：“凭什么给我扣这么多顶帽子？你调查研究过吗？”

“席章说的！”副处长不容顶撞，大为光火。

“他说什么就是什么吗？我说你杀人了，你认吗？作为主管领导，你既没有调查，又没有听我的申诉和解释，凭什么偏听偏信？”

两个人的高声争吵惊动了左右隔壁。和席章是老同学的人事局副局长走进室内，关好门，和颜悦色地表态：“小袁，不要激动。我们当然不能偏听偏信，找你来就是要听你的意见和解释。这样吧，你把你想说的都心平气和地说出来。”

听他这么一说，袁本弥气顺多了。他平缓一下情绪后，当着副局长的面把席章到分社后的所作所为，特别是私下收取客住记者住宿费不入账这件事，竹筒倒豆子一股脑儿全抖落了出来。说完，他感觉格外轻松，心里疙瘩好像一下子化解开了。

听完袁本弥的解释，副局长脸上露出一丝不易察觉的尴尬表情，嘴上却轻描淡写地回应：“好了，你说的我们都知道了。如果属实，我们会批评老席的。不过，在国外分社工作，上下级关系还是要处理好。你作为下级，提意见也要注意尊重首席，不要动不动就往坏处整。”

“这只是他的一面之词，老席来信可不是他这么说的。”副处长谄媚地帮腔。

袁本弥一听这话，心中的怒火再次腾的一下冒起来。但他仍然强压怒火，冷笑一声反驳说：“我这是一面之词，难道他就不是一面之词？为什么不向使馆调查了解？为什么不向当事记者求证？没有调查就没有发言权，凭什么就认定是我的错？公平、正义何在？”

副处长的权威受到极大的挑战，这是他不能容忍的。他原先是华讯国际社某驻外大分社的办公室干事，因为不善管理、服务态度极差且好斗懒做，分社上下都十分讨厌他，任期未满就将他提前调回国内。回国后，他原先所在的专业部门以人员精简为由将他拒之门外，人事局只好自己内部吸纳。你还别说，“树挪死人挪活”，没想到他在原先的部门不受待见，却能在人事局走狗屎运。由于他在分社期间与席君章臭味相投，成了酒肉朋友，因而通过席君章又巴结上了他的老同学副局长，终于费尽心机，背靠大树，混了个“副处”官位。小人得志，自然认为这是莫大的面子和荣耀，足可以光宗耀祖、居高临下，没有几个人能放在他的眼里。而现在，袁本弥，一个普通编辑，一个“小年轻的”，居然敢轻视自己，挑战自己的权力和威严，简直是大逆不道！他明白，副局长和席章是老同学关系，这次也是他主导对袁本弥的“讨伐”，因而他更要好好表现自己，为今后进一步升迁增加筹码。于是，他不假思索地回应袁本弥说：“尽说别人，你也不是什么好……”还要说下去，被副局长用眼神制止住了。

好啊，骂人！袁本弥不干了。不过，他不想像副处长那样土豪般地张口骂娘，他要给对方来点有文化素养的街骂：“呦，副处长出了个上联‘尽说别人，你也不是什么好……’那我给你来个不对称下联‘胡说八道，放你娘的……’。”

“你骂人！你敢骂我，我跟你没完！”副处长气急败坏地大叫。

袁本弥哈哈大笑。

不过，冷静下来，他就笑不起来了，因为他真真切切地感觉到“文革”结束十好几年后的今天，“人事”两个字依然那么独具分量。过去，尽管他也曾目睹和经历过“人事”悲情和世态炎凉，但那时主要是对他人遭遇迫害或不公正对待而生发的内心伤感甚至憎恶，反而对自己经历过的一些坎坷和不快，却每每因有“贵人”相助而逢凶化吉得以释怀，内心深处对组织、领导和人事干部依然坚定地心存敬畏和信任。然而眼下，他开始对自己的坚定信念产生动摇和怀疑。且不说人事局主管领导在听到席章随意诬告属下和企图贪污公款这类即便在“文革”中也要追究的恶行时，不仅不给予足够重视，反而为其诡辩张目。特别让袁本弥愤慨的是，他们利用手中的人事大权对自己实行打击报复，向袁本弥所在的国际部领导指控他驻外期间不服领导，不好好工作，违反外事纪律，要求国际部对袁控制使用。他被分回出国前所在的中东非洲编辑室做普通编辑工作。一开始，国际部领导觉得袁本弥业务能力强，计划让他担任中东非洲编辑室副主任（副处级），名单报到人事局被挡了回来，那位副局长亲自批示：袁本弥“文革”中犯有严重政治错误，领导指示对他不得重用。鉴于他在驻外期间的不良表现，更应坚持“控制使用”的既有决定。

自此，袁本弥被打入冷宫。尽管他积极努力工作，但一直升迁无望，就连当个业务骨干的机会也不给他。更想不到的是，现任中东非洲编辑室主任达博宇最近甚至要把他“扫地出门”，赶出中东非洲室。

原来，达博宇当初在新闻研究所攻读硕士学位时曾拜现任人事局副局长为指导导师。那时，这位副局长是国际部副主任，自然具有“相应”的学术造诣而有资格担纲硕士生导师的职衔。最近，达博宇正盯着一个泛美总分社副社长的职位，既然昔日导师是人事局副局长，这个“近水楼台”的亲密关系当然要充分加以利用，因而三天两头地跑副局长办公室，周末节假日更是经常带着礼物上他家里去，而且“老师”“师娘”地叫得格外亲切。见导师对自己的属下袁本弥不感冒，达博宇当然投其所好，利用国际部要从各编辑室抽调人员到新组建的要闻编辑室的机会，顺理成章地将袁本弥推了出去。达博宇有一个冠冕堂皇的理由：调袁本弥到要闻室，是部里点名要的，是组织上对他的“器重”，因为去了可以当“带班人”。

其实，要闻室的工作大夜班、早班、上午班、下午班、小夜班好多个班次倒着干，是个起早摸黑、班次极不规律的苦差事。特别是在冬季，不管刮风下雨，一大早就得空腹赶着去上班。一到班上，顾不上休息便得马不停蹄地一面调阅外电一面编译国际要闻，同时当即通过文传机直接发送给中央级媒体乃至全国各地的晚报、电台和电视台等华讯国际社的新闻订户。稍一有空，值班编辑们还经常应约立马给某些特定用户撰写“新闻特写”类专特稿。可想而知，不规律的起居和作息、急就章式的快节奏强力劳作，这些对人的身体是极大的伤害，许多人因此不愿意到要闻室工作。

不过，袁本弥有自己的主见。既然“头儿”如此不待见自己，自己又何必“赖”在原地不动窝。特别让他“心甘情愿”同意调走的一个理由是，要闻组是个新组建的单位，“一张白纸，没有负担。好写最新最美的文字，好画最新最美的图画”，自己可以在工作中相对自主地发挥。而且，要闻室主任、副主任都是袁本弥早就认识的好朋友，他们许诺一定要把袁本弥当业务骨干使用，一上岗就能担任发稿人，俗称“带班人”。也就是说，袁本弥到要闻室上班后，当班稿件一般无需再经部值班编委审签，可由他本人直接签发传送给用户。袁本弥正是干事情的年纪，这对他无疑相当具有诱惑力。于是，他二话没说，选择离开，同意调往要闻室上班。

不出袁本弥所料，要闻室上班确实很累，但他累得愉悦和舒畅。尽管上早班时常因空腹受寒风裹挟而胃痛难忍，但他从不叫苦叫累，也不缺席请假，相反总是提前到岗，打水做卫生，看外电选报，为大家做好编前准备。当值班编辑一个一个到岗后，他马上把已经挑选好的编译件送到他们手中，省却了他们前期选报时间，使大家有较充裕的时间仔细推敲译编稿的措辞和结构，进而使整体报道质量有所保障。这个时候是袁本弥最为高兴和开心的时刻，因为他作为当班发稿人，是本班次的主管和统领，按自认为最得当的新闻理念自主部署当班报道，按自认为最科学的带班方式自如排兵布阵，指挥和调派手下一干人。虽没有千军万马簇拥下的气势，却有应付自如的大将风采。当然，由于人力有限，袁本弥本人也得当一个“重劳力”使用，不仅要为手下译编的稿件校译审改，而且还得插空亲自译编稿件。由于省却审校这道工序，他自己译编的稿量一点儿也不比别人少，往往还超出他们。尽管大多数稿件都是些豆腐块式的要闻短消息，但它们以时效快见长，颇受中央和地方媒体的青睐，特别适合电视台和广播电台以及早报、晚报之类媒体的新闻栏目。每每目睹自己译编的稿件上了报纸的头版头条，或为某知名电台电视台滚动播报时，袁本弥内心深处的成就感油然而生。英雄有了用武之地，乃是“穷酸”知识分子最为得意所求。

特别让他感到高兴的是，老同学钱柳生和自己对苏联局势的分析判断完全准确。在袁本弥的牵线引荐下，钱柳生和华讯国际社莫斯科分社取得联系，并以内参形式帮助钱柳生发表了他有关苏联局势的评析性文章。袁本弥也利用在要闻室经常联络晚报类媒体的便利，应它们扩版要求而将自己在莫斯科的见闻以随笔形式发表。他们俩对苏联局势的独到见解与中央媒体一贯四平八稳的报道，从风格到观点上都大相径庭，令人耳目一新，进而引起高层领导和有关各方的高度关注，敦促我驻苏联大使馆和派驻莫斯科的各媒体单位记者加强调研，准确把脉苏联局势发展。

实际上，1991 年爆发的“8・19”事件充分验证了钱柳生和袁本弥的预测。由于戈尔巴乔夫试图将苏联改为一松散的邦联——苏维埃主权共和国联盟，从而引发苏共党内的传统派的不满，各加盟共和国的分离势力愈加活跃。为了挽救苏共及苏联，传统派铤而走险，于 1991 年 8 月 19 日策动政变。当天，时任苏联副总统亚纳耶夫宣布总统戈尔巴乔夫因健康原因无法履行职权，由他代行总统职务。他还会同当时的苏联国防部长亚佐夫元帅及克格勃首脑等人宣布成立“紧急状态委员会”，声称戈氏的改革已经失败，下令武装部队接管国家政权，同时软禁了在黑海度假的戈尔巴乔夫。然而，他们没有料到，政变发生后，时任俄罗斯联邦总统的叶利钦宣布接管俄境内的全部苏军，并要求军民反对政变，命令各军队返回原驻地。在国内外压力之下，72 小时后戈尔巴乔夫宣布重新行使权力，政变遂告失败。随后，叶利钦宣布解散苏联共产党，戈尔巴乔夫亦宣布苏共“自动解散”并辞去总书记职务，作为苏联政权核心力量、拥有 2000 万党员的苏共随即消失，被迫停止活动。整个国家随之陷入混乱，各种分裂势力异常活跃。与此同时，俄罗斯、乌克兰和白俄罗斯三方在明斯克签约，成立独立国家联合体，用这个类似英联邦的架构来取代苏联。苏联其他加盟国纷纷响应，一个接一个宣布离开苏联。苏联此时已名存实亡。当年 12 月 25 日，苏联总统戈尔巴乔夫正式宣布辞职，被迫将国家权力移交给俄罗斯总统叶里钦。戈尔巴乔夫履行了苏联解体的法律手续，苏联作为一个主权国家正式灭亡。当晚，在克里姆林宫上空飘扬了74年的苏联国旗缓缓降下，苏维埃社会主义共和国联盟的历史正式宣告终结。

“8·19”事件发生时，袁本弥正在值班。有外电自莫斯科报道，说苏联似乎发生了军事政变，戈尔巴乔夫被“靠边站”，由一个有军方和强力部门背景的“紧急状态委员会”行使权力。一大早事发突然，情况又不明朗，整个国际新闻编辑部只有袁本弥领着要闻编辑室一帮兄弟在上班“干活儿”。作为带班人，袁本弥必须就报道事宜当机立断，迅速做出反应。他一面请示社总编室值班领导，用最快速度以要闻形式就事论事地作客观报道，一面打电话给华讯国际社莫斯科分社，请他们核实后作详细报道。前方记者立即驱车赶往市中心实地踏访，但在红场克里姆林宫、最高苏维埃所在地白宫以及陆军总司令部和国防部等关键地点，均未发现发生军事政变的迹象，不仅没有见到任何军车，而且市中心的气氛仍像往常一样平静。记者询问白宫守门的警卫，他们居然还在那里打瞌睡，说什么也不知道。

怎么回事？是外电报道有误，还是我们的记者采访不深入、观察不到位？袁本弥突然想起老同学钱柳生，赶忙联系对方。十分走运，钱柳生刚从采访现场回到办公室。他告诉袁本弥：确实发生了类似于政变的事件，但在俄罗斯联邦总统叶利钦的强力干预下，军队纷纷倒戈，莫斯科实际已被叶利钦掌控。

原来，所谓的“紧急状态委员会”代表的只是苏联高层中的传统派，难以控制当时苏共、中央政府及军队和强力部门的主体，特别是他们的政变行为背离主流民意，因遭遇强烈反对和阻拦而受到制约和拖延。华讯国际社莫斯科分社的记者实地踏访时之所以未发现异常，是因为政变军队那时还未能按指令部署到位。而钱柳生他们晚些时候赶到克里姆林宫，正好看到了政变造成的混乱场景。当时，不断涌入的民众围着政变军队的十几辆装甲运兵车高声叫骂，一些人甚至愤怒地撕扯遮盖每辆军车车号的复写纸，并将纸屑随手丢弃，场面十分混乱。与此同时，红场上的扬声器反复广播俄罗斯联邦总统叶利钦、副总统鲁茨科伊、议长哈斯布拉托夫和总理西拉耶夫发表的联合声明，号召人民“反对军事政变，保卫民主政权”。在强大的舆论压力下，本来对传统势力策动的这场政变就心存疑虑的军队纷纷顺应民意，倒戈支持叶利钦。到20日清晨，表示只效忠于叶利钦的快速反应部队塔曼摩步师的坦克、战车、装甲车和军用卡车相继部署在红场一带，封锁了通向克里姆林宫和白宫等关键部位的道路交通。值得玩味的是，坦克上插的是俄罗斯联邦的红白蓝三色旗，而不是原苏联的镰刀锤子红旗。显然，军队改旗易帜，已成为叶利钦的御用工具。而莫斯科市民此时还没意识到苏联解体的危险，相反却对叶利钦力挽狂澜的英雄壮举普遍持欢迎、赞赏和支持态度。

有中国派驻莫斯科的记者后来这样描述他当时看到的场景：在白宫四周，停着数辆坦克、几十辆步兵战车、装甲车和军用卡车。那些士兵和莫斯科的姑娘们在坦克上并排坐着，有说有笑，姑娘们穿着士兵的军大衣，把鲜花插在坦克的炮口上。不断有市民和外国记者给军人送香烟、冰激淋和罐装外国啤酒，而那个时候能喝上罐装外国啤酒已是难得的享受了。白宫院子里的面包堆得像小山一样，它们都是众多市民自发地隔着围墙往里扔的，担心士兵们因倒戈而可能被断粮。在高尔基大街的莫斯科市政府楼前，墙面和电线杆上到处都贴着号召“无限期罢工罢市直到军政府垮台”的传单和标语，内容也大多是散布部队倒戈、外国谴责紧急状态委员会等传闻。

不难看出，“8·19”事件是苏联解体的导火索。袁本弥充分利用钱柳生这个“本土”信息源，不仅迅速准确地报道了这一世界瞩目的重大历史事件及其后续发展动态，而且征得钱柳生同意，多次以个人署名形式，合作撰写公开和内部文稿，展现苏联局势的危机状态及苏联解体后的局势发展，剖析苏联解体的深刻教训。这些文稿大受读者欢迎，他们特别对那些现场感强、文笔生动活泼的通讯特写类稿件感兴趣。有些电视台和电台栏目还因此二度采访袁本弥。作为一个事业心强并对新闻工作有自己独到见解的有志者来说，袁本弥自然不满足于译编豆腐块式的要闻稿，他想到了施展才华和抱负的一个崭新领域——特稿，一块大有可为的新闻报道新领地。

有人曾这样形容特稿：“特稿是指通过文字深入揭示事物本质，把问题说透彻的报道，其实就是深度报道、分析性报道。新华社有专门的专特稿新闻专线，一般这类稿件都是单一的，而且是根据媒体需求来制作的。比如说你想要一篇关于某事的特稿，把需求和要求告知新华社，由他们进行采写制作，你就可以说‘新华社供本报特稿’。‘给我讲一个故事，看在老天爷的分儿上，让它有趣一点’。——这是特稿写作中最基本的要求，也是威廉·E. 布隆代尔的《〈华尔街日报〉是如何讲故事的——特稿写作的艺术和技巧》一书的关键句。”《华尔街日报》当时号称是“全美写作质量最高的报纸”。

编务会上，袁本弥和盘托出自己的思考，建议派遣多个调研小组分赴全国各地走访重要媒体客户，了解它们对新闻专特稿的需求和建立合作关系的可能性。该建议与编辑室和国际部领导的近期设想不谋而合。一个时期以来，中国上上下下都“钻到钱眼里”了，冠冕堂皇的理由是，开放搞活，把经济建设作为全党全国工作的中心。当时流行这样一句话，允许和鼓励一部分人先富起来。中国人长期奔波在贫困线上，改革开放终于松开了他们历来受束缚的紧箍咒，使大家不再顾忌对金钱和财富的渴求、贪婪和追逐。相反，上上下下以争当“万元户”为荣，以大把“抓钱”为本事和能耐。对华讯国际社这样的中央级宣传事业单位而言，不仅在某种程度上要“带头”为这种政治经济学鼓与呼，大造舆论氛围，而且随着财政包干的改革大潮而不得不想方设法适应这种“金钱前导”的大环境，鼓励全社各部门各显神通“创收”，根据“多劳多得”的原则“提成”并视提成状况来决定本部门奖金发放的额度。本是“清水衙门”，没有其他创收渠道，要创收只能在“稿子”上动脑筋。由于国家规定华讯国际社的新闻通稿必须免费提供给中央级和地方各媒体，所以向各媒体用户提供专特稿便成为唯一可行的“捞钱”渠道。正是基于这样的考虑，袁本弥提出开拓特稿专线的想法自然得到领导们的青睐。领导们不得不考虑如何想办法“抓钱”啊，一个部门几百上千号人每月都得等着发奖金贴补工资，赚多赚少直接影响到大家的福利待遇，进而关乎到大家对领导“政绩”和“能耐”的评议，在一定程度上影响着领导们的仕途和升迁。

袁本弥当然没有想得那么复杂，只把领导们的赞同看作是对自己工作思考和理念的支持，内心深处感到十分快慰和高兴。在编辑室领导的授意下，他领着2个同事南下出差半个月，推介华讯国际社专特稿。领导们本来也就指望袁本弥他们此行能趟趟路子，没抱太大奢望，不承想推介大获成功。《天津卫》卫视、《钟山》电台、《沪上早报》和《南华晚报》等一些当时全国最著名的地方媒体早就希望中央级媒体能放下身段，利用其丰厚的国际采编资源支援他们这些地方报台扩编增容，想不到华讯国际社主动上门寻求合作，自然求之不得，无不欢呼雀跃，不仅热情接待，而且当场签署合作意向书。《南华晚报》甚至主动掏出一笔钱打到华讯国际社国际部的银行账户上，作为双方开展合作的启动资金。一炮打响，华讯国际专特稿迅速走红。不用再走出去，全国各地来寻求合作的用户和订单源源不断，汇款单随之如雪片般飘来。要闻编辑室的小金库日益丰满，惊动了总社计财局，不得不专门配备会计和出纳应对账务往来，同时限定了上缴额度。幸好有此一招，制止了其他一些部门因个别领导独揽财务而导致的贪腐事件。

不管怎么说，袁本弥为华讯国际专特稿的报道事业是立了功的。他本来就是个写稿的高手，在坚持要闻日常值班的同时，还忙中偷闲带头撰写专特稿，每每数千字、上万字的文章信手拈来，洋洋洒洒。他的名字见报率不断飙升，以至于《钟山晚报》和《南华晚报》等多家媒体给他颁发特约记者证。他所撰写的稿子几乎一字不改，全文照登。特别是他就都江流战地采访受伤一事撰写的纪实大稿《瞬间劫掠》更是好评如潮，不仅获得广大读者的争相传阅，而且还得到中央高层的积极评价。

事情还得从S国的内乱说起。20世纪90年代，S国爆发军事政变，民选总统及其政府被推翻。但政变只是代表某一部落利益的军人所为，不仅受到被宣告已被推翻的政府派系武装的抵制和反击，也遭到军队中其他派系的反对。于是，军阀混战，全国大乱。更为糟糕的是，持续延绵的血腥杀戮和暴力冲突使国家处于无政府状态，日渐陷入人道主义危机的泥潭。在联合国干预下，一支国际维和部队进驻S国，试图制止军阀混战，恢复S国的稳定和秩序，首要目标是确保人道主义救援物资能够实际分发到当地居民手中。

1993年年初，国际维和部队抵达S国。华讯国际社对S国的报道由位于内罗毕的非洲总分社管辖。都江流年前“二进宫”再次踏进非洲，升任总分社副社长兼英编室主任。根据中美两国高层的磋商和安排，美方同意中方派一名记者随维和部队进行一段时间的战地采访。都江流有幸被双方选中，成为唯一的中国特派记者临危受命，获准由内罗毕乘坐国际救援组织的飞机前往S国。

抵达S国后的当天下午，美军举行新闻发布会。都江流不顾旅途疲惫，马不停蹄地从下榻旅馆雇车赶往现场出席新闻发布会。途中，当地一主要武装派别举行集会，抗议美军打着联合国旗号武装入侵S国，图谋扶植听命于华盛顿的傀儡政权。看看时间还早，都江流便让司机停车。这类集会是很好的新闻由头，他不能错过这次现场采访的机会。

集会现场一片闹腾。都江流一边在采访本上记录标语口号和相关素材，一边打开录音机收录演说，并不时举起相机拍照。突然，意想不到的事情发生了。有人向会场投掷了数枚杀伤力巨大的手榴弹，爆炸声震耳欲聋。现场顿时呼天号地，血肉乱飞，景象惨不忍睹。一开始，都江流只感觉腹部受到一股撞击，但并未太在意，只是下意识地把采访包斜挎到胸前加以保护，同时密切关注现场，准备拍摄混乱场景。然而，随着骚动人群的潮水般推动，他明显感受到腹部的湿热和疼痛，左腿也软弱无力起来，趔趄难前。低头一看，衬衣和裤子上已是盈盈鲜血。不好，自己负伤了！他赶紧一手捂紧腹部，一手抱紧照相机和采访本，费劲挪到所雇车子的停靠地。好在司机忠于职守，没有慌乱逃命，而是焦急地在驾驶座上四下张望。发现雇主负伤流血，他赶紧跳下驾驶座，从车前抽屉内拿出一条干净毛巾，冲到都江流面前，将毛巾塞到伤口处止血，并毫不犹豫地脱下身上的背心，用力一撕，扯成布条将毛巾捆扎固定在都江流的腹部。迅速简单处理好这些之后，他才将都江流抱进汽车后座上平躺下，然后迅速回到驾驶座上，来不及系安全带便一踩油门，飞速向附近一诊所冲去。

然而，祸不单行。汽车很快便抵近诊所，司机开始减速准备停车。突然，两名歹徒从附近一跃而出，迅速包抄受雇汽车并端起自动步枪胡乱扫射。已经腹部受伤的都江流被突如其来的枪击弄得丈二和尚摸不着头脑，来不及观察情由便听到右边一声闷响，顿时感到双腿一震，右膝盖上方不到两寸的地方已被子弹“犁”开了一道深沟，皮肉向两边翻出，鲜血直流；左膝附近也在汩汩冒血，左腿已不听使唤，稍微一动，里面就疼痛。“坏了，雪上加霜，准是骨头打碎了。”都江流一阵晕眩，却本能地低下头，用双手紧捂着腿上的伤口。仅仅几秒钟后，他抬起头来发现，受雇司机已经不在车内，一个背着长枪的歹徒坐在驾驶座位上，准备启动汽车。都江流意识尚算清醒，看出歹徒不怀好意，于是强忍剧痛，用右手拧开车门，右腿猛一使劲，滚出了车外。显然，匪徒们意图在于劫车，对都江流的行为未加阻拦，只是不忘从车上顺手拽走了照相机。

整个打劫过程只有十多秒钟，等劫匪们驾车疾风般地逃离后，都江流才发现受雇司机在离他不远处倒卧在一摊鲜血之中。有人告诉都江流，司机恐怕不行了，好几颗子弹从他的后腰处射进了身子。直到此时，街上的人群才敢围拢过来。由于动乱，那家私人诊所早已停业，门已上锁。好心的黑人朋友们拦住了一辆过路的轿车，将已经动弹不得的都江流轻轻地搬进后座，让司机载着他赶快驶向附近的国际维和部队军营。值班士兵立刻报告上司，很快开来一辆军用吉普，将都江流搬移上车，紧急送往一所由瑞典军医和志愿人员组成的国际维和部队战地医院救治。

战地医院是一个很大的全封闭式的营房，里面设有手术室、急救室、X 光室、化验室、医护办公室、病房和职员宿舍等，各个房间由外面的走道连通一气。整个营房用双层帆布篷充入冷气建成，尽管白天外面的气温高达 30 多度，室内仍需要盖棉被。都江流伤势严重，必须马上动手术。一位护士走到床前，从都江流的左臂静脉注射了一支针剂，他感到眼皮渐渐发沉，眼前浮现出一片朦胧。当他从手术麻醉中醒来时，大夫告诉他，在爆炸现场，他的小肠两处被击穿，手术中只得为他切去 10 多公分破碎的小肠；而在后来的抢劫事件中，他的双腿被一颗高速子弹击中。让他感到幸运的是，子弹没有再往下打，否则的话，他的膝盖会全被打碎，伤愈后两腿会变得僵直，成为一个重度残疾人。不过现在好了，国际维和部队战地医院的大夫们医术精湛，成功地为都江流的伤腿固定了支撑，从而保全了他的腿脚功能，为他日后重返自己钟爱的报道一线提供了保障。

很快，根据华讯国际社总社领导的指示精神，非洲总分社紧急派遣两位同事从内罗毕赶往 S 国的国际维和部队战地医院，带去了领导和同事们对都江流的关心和慰问，同时感谢战地医院对都江流细致入微的关照和及时救治。考虑到都江流的身体已脱离险境无大碍，北京决定将都江流接回国内继续住院治疗和调养。在战地医院的精心安排和两位同事的贴身照应下，都江流被抬进一架联合国运输机，由S国直飞北京。

深灰色的运输机发出巨大的轰鸣，先是滑动，继而加速、展翼，冲向碧蓝的天空。躺在被固定在机舱中间的担架上，都江流的思绪也随之冉冉升腾，飞向那无垠的苍穹。

这就是震惊世界的中国记者在S国被打劫致伤事件的全过程。事发那天一大早，也正好赶上袁本弥值班。他一面让手下赶紧抢先编译一条要闻发稿，一面自己打电话报告分管要闻编辑室的国际部领导，请示下一步报道。事关中国驻外记者安危，外电纷纷报道，其中不乏添油加醋和揣测臆断。国内许多媒体客户获悉这一消息后，也纷纷打电话给华讯国际社唯一值早班的要闻编辑室，希望能将都江流遇劫写成专特稿供报纸副刊或其他形式媒体专栏用。袁本弥在电话中向顶头上司建议，满足媒体客户的需求，以“历险记”形式客观反映都江流的遇险经历。谁知领导没等他说完，便断然拒绝说：“都江流倒霉赶上了，那只是个不幸的遭遇，虽值得同情，却不好大肆张扬。他又没同歹徒作英勇的斗争，算不上英雄人物，我们怎么能为个人评功摆好？”

袁本弥对此实在不能苟同，爱较真儿的倔劲儿促使他据理力争。“都江流是战地采访因公负伤的，差点连命都搭上了，怎么就不能实事求是地宣传一下？谁不知道S国是个战乱之地，派到那里去采访是要冒人身危险的。当初领导让他去，他是总分社副社长兼英编室主任，完全可以推脱不去，让手下人去出这趟苦差。可他二话没说，迎着危险就披挂上阵了。再说，这类突发事件，即便我们不反应，人家外电可是在那里铺天盖地地报道呢。为什么我们总是喜欢被动地跟在西方舆论的后面亦步亦趋？为什么我们不能主动出击，把握舆论导向的主动权？为什么事情发生在我们自己身上，我们不发声，却让外电在那里‘活灵活现’地胡说八道？什么是英勇行为？难道非要丢了命成了烈士，才算英雄？在那样一个突发事件的情势下，身负重伤，你让人怎么去和歹徒英勇斗争……”

连珠炮般的质问把主管领导打了个措手不及。他睡眼惺忪，好半天没有反应过来。不过，到底是见多识广，愣怔了半天，等袁本弥语气平缓下来，他才城府颇深地用一句英文打破了尴尬：“You ask me, me ask who?”

袁本弥这才意识到自己的言辞太急。他不好意思地挠挠头，对着话筒致歉说：“对不起，我太着急了。其实，我只是觉得对都江流不公。”

这无疑给了主管领导一个台阶下，对方语调明显轻松了不少：“好家伙，问题一个接一个，放连珠炮呢？早就听说你袁本弥文笔辛辣，没想到人如其文。不过，要想真正成为优秀的新闻领军人物，职业涵养和性情修炼还是必需的。”

什么意思？袁本弥有点丈二和尚摸不着头脑。但是，这会儿他顾不了那么多，他要紧扣主题解决问题。“那么，都江流的事怎么办？许多报纸副刊对这件事特别上心，我们还是给他们写点东西为好。”

“不行！我们是中央媒体，要讲政治，听招呼。”顶头上司底气十足，毫不妥协。不过，为了缓和气氛，他变换口吻，苦口婆心地劝慰道：“小袁，我知道你和都江流关系不错，但工作是不能掺杂个人感情的……”

“什么？你说我是从个人感情出发？无稽之谈！”袁本弥的火气再次腾的一下被点燃。话不投机半句多，他狠狠地咽口吐沫，摔了电话，在内心深处自我叨咕：“不让写？哼，我就不信这个邪！”

其实，袁本弥心里已经有了自己的主意。既然上面不让写，那只好“公事公办”，咱另辟蹊径，不走编辑部发稿这条“公”路，改以个人名义投稿。一下班，他便马不停蹄地赶往香港《世界之窗》卫视驻京办事处，找到主管采编业务的大学校友郑竹柳，请求借用他们的通讯设备联络驻S国国际维和部队战地医院。这与《世界之窗》的报道理念一致，双方一拍即合，决定由袁本弥电话采访已经手术成功的都江流、国际维和部队战地医院主治大夫和军营发言人等，资源共享，各自撰稿。正是靠了对当事人和当事方的扎实采访，袁本弥很快便参考外电报道写出了纪实大稿《瞬间劫掠》，并以个人投稿方式文传给了《南华晚报》。《南华晚报》高兴坏了，当天便少有先例地在头版显著位置刊载了全文，引起包括中央级媒体在内的全国媒体的广泛关注，第二天纷纷转载刊登，进而“惊动”了中央高层以及宣传和外交界高层，称赞文章不仅及时回应了广大读者和新闻受众对事件的关切，而且权威性地澄清了外电相关报道中的诸多不实之辞，开创了中国官媒报道在第一时间段公开回应涉华事件的先河。袁本弥不仅没有因为“不听招呼”受到批评和责难，相反却名声大噪，一时间成了新闻媒体和编辑记者业务学习和培训的借鉴典型。

这无疑改变了袁本弥原来不受待见的境遇。特别值得一提的是，那位“特别关注”袁本弥的人事局副局长年前体检发现患肠癌晚期，病入膏肓的他自然不再“纠缠”一个本与自己毫无纠葛的年轻人。没了这位特定领导的用心“关照”，原本就是毫无道理的打压，因而原先指控袁本弥的那些莫须有的“罪名”和“劣迹”自然渐渐地淡出一般人事官员的管控意识。于是，袁本弥的处境日趋好转，其不同凡响的业绩和才华越来越受到本部门领导的器重和同事们的推崇。有领导已经私下透底给他，正在对他进行进一步考察，准备提拔他任中东非洲编辑室副主任，副处级待遇。事实上，领导们已经不时在向公众发出信号，碰到一些涉及中东非洲编辑室的应酬之类，总会叫上他一起去。这不，部办公室今天特地给袁本弥打招呼，让他跟领导们一起去医院看望因公负伤归来的都江流。

“都江流接回国内啦？怎么样，伤情还严重吗？”看望都江流，这是袁本弥迫切希望的。还未到点，他便早早等在领导的面包车旁，巴不得早点见到好朋友。

在宣武医院住院部的独间病房里，袁本弥终于见到了牵挂于心的好朋友都江流。不过，他只是陪同领导们来探视的，自己只是无关痛痒的配角。领导们频频投上同情的目光，一个个眼睛柔和地看着都江流和秦黎两口子，嘴里不忘说些冠冕堂皇的安慰话：“幸亏膝盖骨没全部打碎，手术成功，不幸中的万幸。”“大难不死，必有后福。都江流，老天爷是公平的。‘天将降大任于斯人也，必先苦其心志，劳其筋骨，饿其体肤，空乏其身，行拂乱其所为’。”“好好养伤，其他的不去想。留得青山在，不怕没柴烧。”“秦黎同志，把手头工作交接一下，组织上现在给你的最大任务就是脱产照顾都江流。要是照顾不好，我们可要拿你是问呦。”末了，大家挨个儿与都江流握手和寒暄告别。

有这么多领导的亲切慰问和嘱托，轮不到袁本弥多说客套话。他走近都江流伸出右手，用亲切的眼神表达自己的真诚祝福。都江流自然懂得眼神的含义，他感激地回以同样的眼神，愉悦地接过袁本弥的手，将其放在自己的掌心紧紧一握。一切尽在不言之中。

这一切都让国际部主任祁阳看在眼里，也是他有意留心观察袁本弥。作为部门首长，他当然对袁本弥有所了解，有两件传闻令他对袁本弥“刮目相看”。

一件事是关于袁本弥对考试的态度。粉碎“四人帮”后的头几年，上上下下对“工农兵学员”颇有微词，“考试”便是一大“惩罚”。华讯国际社跟中央其他许多部委和单位一样，对所有先后毕业分配到单位的“工农兵学员”进行考试打分，作为是否继续使用或改换工种甚至调离的主要依据。袁本弥当然也得参加考试。别人是花大量时间去复习应考，而他似乎并不在乎，从不去复习，抵触情绪很大。结果可想而知，考试成绩才 60 多分，比及格多了那麽一点点。但是，后来机关“干部进修学院”招考，他实在很想进去“冲冲电”，“一不留神”竟然考了个“第一”，弄得班主任老师四处打听袁本弥是谁。不过，入校以后袁本弥发现，和他一起“同学”的大都是些自学者或小语种改学英语的，而且一个赛一个地在老师面前“卖弄”，令他大失兴致，以至于每每考试他的成绩都在“中不溜”。当然，这些主要是别人对他心路的一种揣测，而他本人则对这些所谓“考试”成绩缄口不提。

另一件事是袁本弥写的论文《以马克思主义为指导原则 循新闻规律推进“世界性”》。在这篇发表于《新闻业务探究》的论文中，袁本弥大胆地提出了一个新闻理论，即建设世界性大媒体是喊喊口号，或者自吹自擂“强加”给自己一顶“桂冠”，还是要按新闻规律办事，踏踏实实地当作“事业”来抓。文章很快受到“封杀”，签发这篇论文的编辑和主管遭到严厉申斥，批评他们不讲“政治”，支持“资产阶级自由化倾向”，不与上面“保持一致”。后来可能因为“高层”对文章看法不一，赞赏者也很有来头，所以华讯国际社未再对作者和相关编辑进一步深究，只内部规定对论文“不转载、不扩散”，事情“不了了之”。仔细看完论文之后，祁阳不仅认为袁本弥没有错，反而十分同情他，而且在思想上同论文产生强烈共鸣，在内心深处夸赞袁本弥的“才思”和胆识，认为袁本弥是个可造之材。但他毕竟与袁本弥直接打交道少，加上人事部门和领导层面少数人历来对袁本弥有非议，从中作梗，因而他一直没有对这个颇有争议的部下给予特别关注。不过，袁本弥在要闻编辑室推行专特稿的作为，特别是最近开拓性采写纪实大稿《瞬间劫掠》这件事，更让祁阳看到了袁本弥的闪光点。

为此，祁阳借部分中级干部调整的机会，有意让袁本弥挑更重一点的担子，想把他调回原先所在的处室“重用”。该室现在“群龙无首”，主任达博宇已经出国，另两名副手也相继出国和调任其他部门。该室亟需解决班子问题，袁本弥无疑是各方都能接受的一个人选。但是，祁阳是个小心谨慎的人，想再实地考验考验袁本弥。于是，他让国际部主管人事的一名副主任找袁本弥谈话，探询袁本弥的个人意见和反应。

副主任同袁本弥开门见山地表达意思：“你原来那个处室的情况想必你也知道，现在群龙无首，一、二、三把手都不在，出国的出国，调走的调走，急需要人把报道工作抓起来。特别要紧的是，马上中央最高层领导要出访，你们处室管辖的地区是出访重点，报道任务十分重大，必须保证‘万无一失’。部领导经过慎重研究之后，决定把你调回去，把处室的工作先抓起来。这是对你的信任，也是对你的考验。怎么样，有什么想法？”

“我能不能抽几天时间回老家一次，父亲病重，恐怕时日不多了。上次我母亲病逝，因为我在接受审查，未赶上送她上路，如果这一次……”

副主任一时语塞，脸露不悦。这次“重用”袁本弥，在领导层是有异议的。祁阳和他是顶着巨大压力，打了“包票”举荐袁本弥的。如果在这个节骨眼上“节外生枝”，无疑会前功尽弃。

看着对方欲言又止的样子，袁本弥知道给他出难题了。他马上“爽快”地应承下来：“这样吧，中央领导出访责任重大，我先把这个‘急活儿’给了了。然后你们再给我几天时间回乡探亲，成吗？”

副主任还能说什么。他握住袁本弥的手，充满理解地说：“实在对不住了，希望你见谅。现在只是让你临时代理，打完这一‘仗’，你把‘仗’打漂亮了，别人没得话说，一切都顺理成章，事情就好办多了。不过，眼下对你来说，一没有职衔，二人手紧张，怎么完成好任务全靠你自个儿‘拳打脚踢’。困难不少，但时机很关键，你一定要把握住机遇，经受住考验。”

袁本弥心领神会，他本来就是个服从命令听指挥的老实人。在副主任召集全处室开会对他委以重责之后，他便立刻“走马上任”，虽然没有“冠冕”，却威权并重。手下都是熟识的“兄弟姐妹”，了解他的为人和学识，都愿支持他的工作。他别无选择，只有全身心投入工作。好在他还是块“料”：在农村当过团委书记，在大学当过班长，到单位后虽然遭遇过挫折，但毕竟也当过处室一级“带班人”和驻外分社记者，更何况对国际新闻报道他有自己的一套应对理念且“烂熟于胸”。

搞好领导人出访报道的关键是细心、审慎和政策把关，“排兵布阵”尤其重要。每个班次的人力配备都需兼顾新老搭配、经验借鉴、语言译换和人际协调，讲究团队一体、和谐与配合。为此，袁本弥将原有的“排班表”打乱重来，知人善用，尽可能地发挥每一位同志的长处，调动每一位同志的工作积极性。正因为有了周密安排和精心策划，整个出访报道不仅没有出现失误，而且还为前方代表团提供的“稿件”挡了好几处错，受到代表团的高度评价，称赞华讯国际社的编辑水平一流。

经此一役，袁本弥更加奠定了在祁阳心目中的形象。昨天无意之中与易洪武的一次聊天，更坚定了自己要“重用”袁本弥的想法。

易洪武从中东结束任期回国不久，新任命为国际部主任助理，成为祁阳不可或缺的得力干将。虽然职位还是原先的处级，但部主任助理介于部副主任（副司局级）之下和各编辑室主任（正处级）之上。更何况，部主任助理成天围着部领导转，既体面风光又可“狐假虎威”，显然比处级官位的编辑室主任们在权势和威仪上要高出半截，信息也要灵通许多。

昨天，国际部编委会讨论海外分社合理布局问题，易洪武力主建立北美总分社，统筹美国、联合国和加拿大的报道力量，在世界媒体核心区积攒抗衡西方舆论宣传的正能量，逐步引领世界舆论风向，为中国发展和和平崛起拓展良好的国际舆论空间。他的发言赢得大多数与会者的叫好，更引起祁阳的极大兴趣。会议之后，他特地让易洪武到他的办公室细聊，一边品茶，一边听易洪武谈他对北美总分社的设想。不想易洪武却告诉祁阳，他的想法源于袁本弥在易洪武回国前给他写的一封信。袁本弥认为，华讯国际社已经在亚太、中东、非洲和拉美地区建立了地区性编辑部或总分社，虽然看起来效果不错，自己跟自己比在报道时效、发稿数量和稿件质量上都有一定的进步和提高，但整体而言仍然是跟在西方媒体后面亦步亦趋。咱们要真正打翻身仗，就要敢于在世界舆论的核心区同西方媒体竞逐，哪怕一开始吃些败仗也值得，因为美国和欧洲媒体目前才是引领世界舆论的风向标，只有抓住根本，才能找到破解和前进的根本法宝。

听说是袁本弥的初衷，祁阳乐了。刚才编委会上谈起筹建北美总分社，他就在心里物色了两个人，一个是顾强威，另一个就是袁本弥。现在易洪武提及袁本弥的建言，祁阳真的有点为自己的直觉而沾沾自喜起来。“什么叫‘不谋而合’？这就是！”心里这么想着，嘴上却深沉地表态说：“这个年轻人有事业心，看问题总能入木三分。不过我听说，他遇事有点冲动。如果知道新建北美总分社，说不定他会毛遂自荐。这样，小易，你们是好朋友，先探探他的口风，让顾强威和他搭班子筹建北美总分社，看他乐意不乐意。”

就这样，易洪武以回国还没聚会为由，邀请袁本弥周日到家里做客。周筱眼下正在柏林洪堡大学进修德语，袁本弥独自带着上初中的儿子猿原。他乐得带儿子外出“蹭顿饭”，也算改善一下伙食。更何况，他好久没见易洪武了，是该聚一聚聊聊了。易洪武现在是部主任助理，也算升官了，信息灵通，肯定能从他嘴里获悉一些常人难以知晓的高层精神和内部消息。于是，星期天袁本弥如约带着儿子来到易洪武家。易洪武和陈崇瑛也有一个儿子，比袁猿小 2 岁。两个孩子在一起是个玩伴，吵吵着要到附近公园玩。陈崇瑛只好领着他们上公园，丢下易洪武和袁本弥在家躲清闲，一边喝茶嗑瓜子一边有一句没一句地聊天。

“听说昨天部领导开会，都谈了些啥？”袁本弥随意一问。

易洪武答非所问，装作不经意间透露说：“社高层正在考虑成立北美总分社，下辖联合国分社、华盛顿分社、洛杉矶分社和渥太华分社（加拿大），同时增设中文、英文和图片三个编辑部，直接签发稿件，以减少将稿件先发回北京审定的中间环节，尽可能快地争取发稿时效。”

袁本弥闻听大喜，激动地叫了起来：“太好了！我就说嘛，美国这样一个超级大国，又有联合国在纽约经年累月的活动，新闻信息不仅量大而且特别重要，真正是新闻竞逐的‘兵家必争之地’。洪武，有机会给我使使劲，让我也参与筹建编辑部。我好歹是学英文的，美国可有‘用武之地’呦。”

易洪武笑了，用手点点袁本弥，话中有话地说：“你这家伙……，果然被祁主任说中了。”

见袁本弥一脸疑惑不解的样子，易洪武赶忙认真解释道：“其实，我今天同你透这个底儿，就是祁阳让我探风的，看看你的反应。果然，你一听就激动不已。好吧，我打开天窗说亮话，部里打算让顾强威和你到纽约，负责筹建北美总分社。不过，你们家周筱不在家，你走了孩子谁照应？”

“这你们不用管！周筱进修马上就结束了，正好回来接着带孩子。建北美总分社，这么件大好事我不能错过机会。我是学英文的，只要让我到欧美走走看看，我就觉着这外语没白学。”袁本弥态度坚决地表示，胸有成竹，不由分说。

十六

然而，事与愿违。由于美方以中国驻美记者大大超过限定人数为由，暂时拒绝让华讯国际社在美新建北美总分社，袁本弥准备赴美筹建总分社的计划只好泡汤。尽管感到很惋惜，但他对外交场上的博弈还是能够理解的。既然出国不成，那就还是好好在国内干好本职工作呗。

不过，从人事和外事部门来说，事情并没有那么简单。他们安排一个人出国，事先需要走很多程序，不光牵涉到华讯国际社社内许多部门，而且还要上报和联系不少外单位，至少得提前到外交部办出国人员的护照等。现在，有关袁本弥出国需走的程序基本都已跑完，却突然不让他出国了，这让大家感觉有些失落。难道就这样“前功尽弃”了吗？不行，不能让“功课”白做了。美国去不了，还可以让袁本弥到其他国家常驻嘛。达卡分社首席记者家中出意外提前回国，正好把袁本弥改派到孟加拉国去填补空缺。人事部门在各单位都是权力中枢，大权在握，代表的是组织和单位最高层，执行的是最高层意旨，袁本弥只有绝对服从，不容拒绝和讨价还价。

于是，国际部副主任惠鞠秋和前面我们曾经提起过的那位人事局主管副处长一起找袁本弥谈话。说是征求袁本弥意见，实际只是通知他一下，向他传达一下领导们的指示精神。惠鞠秋告诉袁本弥：达卡分社首席记者因故空缺，但那里的报道工作一刻也不能耽搁。为此，组织上决定派他到达卡分社任首席记者，希望他服从大局，立即办理工作交接，到外事局报道，抓紧办理相关手续，尽快赴任履职。末了，惠鞠秋假模假式地询问：“小袁，怎么样？任务清楚了吗？有没有困难？”

袁本弥苦笑笑，不无抱怨地调侃说：“话都说到这个分儿上了，我还能说啥？‘共产党员是块砖，哪里需要哪里搬’呗。”

话虽如此说，袁本弥心里确实感觉不舒服，他更不知道该如何向周筱提这件事。这些年来，周筱话里话外总是对他的工作现状很不满意，表面上指责华讯国际社埋没人才不好好用袁本弥，实际在袁本弥看来，那是她在嫌自己窝囊无能。好不容易“时来运转”，有幸被挑选赴美筹建北美总分社，却不想临门一脚又被“踢”到了政局持续动乱、罢工和示威游行成家常便饭的世界最不发达国家之一的南亚穷国孟加拉国。这些年，有关袁本弥仍然在受人事部门内控、政治上被限制使用的窃窃议论一直不断。不少人根据袁本弥的现实处境揣测，他这辈子在政治上别想咸鱼翻身，出国只能派往那些贫穷落后、条件艰苦或战乱频发的亚非拉小国，到欧美发达世界工作的几率微乎其微。这些议论和揣测自然透过周筱的舅妈和在华讯国际社工作的同学好友等多条管道不断钻进周筱的耳朵。为此，周筱曾经不同意袁本弥到生活规律完全被打乱的要闻编辑室上班，总觉得他在“窝窝囊囊”地受人欺负。于是，周筱暗自委托同事给袁本弥找了新的工作单位，但袁本弥并不想脱离新闻工作，内心怪责妻子不懂自己的志趣、嫌弃自己，因此在新单位领导“面试”时敷衍应酬，故意给对方留下不满意的印象而作罢。两个人因此而相互冷战，感情大受伤害，夫妻生活更是每况愈下。周筱是学德语的，她选择了逃避，找机会跑到德国进修去了。前不久领导决定让袁本弥到美国筹建北美总分社，用事实澄清了人们的主观臆断和背后议论。这着实让袁本弥高兴，庆幸为缓和他与周筱的夫妻关系提供了契机。他当即给周筱写了封长信，将即将委派赴美这一喜讯告知对方。从周筱的回信可以看出，她为袁本弥终于政治“翻身”进而能大展宏图而高兴，还特别鼓励袁本弥：是金子，总会发光的！为了让袁本弥如期赴美，周筱决定放弃在德攻读硕士学位，没等进修结束便提前离开柏林打道回府，以便接替袁本弥照应孩子。可是，计划赶不上变化，刚刚燃起的一堆篝火却让突如其来的一场落雨浇灭。如果单纯就因美方因素不得不取消赴美行程向周筱解释，相信她应该能够给予理解和体谅，但是要告诉她美国去不了改赴孟加拉国，估计她肯定难以接受，即便不得不接受，内心深处肯定思想复杂，会再次勾起她对袁本弥“窝囊无作为”的固有印象。

出乎袁本弥意料的是，周筱听了他的解释并没有表达任何不满和抱怨，相反却轻描淡写地安慰袁本弥：“孟加拉国确实不怎么的，但你是去当分社首席呀。待遇还不错，首席记者，独挡一面，这是你前进路上不可或缺的一个经历。”

这确实是周筱此时的心里话。一年半的留学，周筱接触到不少来自亚非穷国的学友和朋友，发现他们并不太令人讨厌，因而逐步反思自己过去对亚非穷国的“种族成见”，思想观念改变不少。此外，她不断接到袁本弥的信件，通过鸿雁传书，夫妻之间冰释前嫌，早把过去那点怨气抛到九霄云外去了。特别是袁本弥在信件中夹带的儿子写给妈妈的信，更让周筱感觉家的温馨，女人心中那块最柔软的地方情不自禁地升腾起母性温柔，每每因思念儿子而泪湿枕巾。更令她开心的是，留学结束回国后，她将从原单位辞职，转赴香港，干自己一直想干的记者活儿。

进修期间，周筱为临时赴柏林采访的香港卫视“世界之窗”记者组做翻译兼向导。她姣好的面容、流畅准确的德语翻译和落落大方的对外交往能力给“世界之窗”记者们留下了深刻印象。记者组组长常绿柳是“世界之窗”的大股东，对周筱的工作能力赞不绝口。他作为卫视的首席执行官，求才若渴，决意要将周筱“挖”到“世界之窗”。离开柏林之前，他特地与周筱单独谈话，诚恳邀请周筱加盟“世界之窗”卫视，提出两个建议供周筱选择。选择一：“世界之窗”资助周筱继续在柏林留学，攻读硕士学位。与此同时，周筱以“世界之窗”卫视特约记者身份，一面在第一时间段就德国境内发生的重大突发事件向香港发稿和传递讯息，一面着手筹建“世界之窗”卫视驻柏林记者站。选择二：周筱进修结业后立即回国，从原单位退职“下海”，然后到香港同“世界之窗”卫视正式签约，或经培训后担纲国际新闻频道某品牌栏目的主持人，或改学英语或法语，作战地记者储备，随时待命赶赴世界热点和战乱地区采访，开展现场播报。周筱早就厌烦原单位人浮于事的工作性质，当电视新闻记者是自己梦寐以求的理想，现在有这么好的机会，她当然乐不可支，当即表态：马上回国辞职，然后到香港“世界之窗”卫视报道。她还在心里做好计划，先把袁本弥送出国，然后将儿子交由父母代为照管，为减轻二老的体力负担，再找个保姆协助他们，在帮助照看孩子的同时，顺便帮二老干点买菜做饭之类的杂务。

袁本弥举双手赞成周筱“跳槽”，对她对儿子的安排也表示满意。不过，想想周筱这一次这么痛快地同意自己到孟加拉国这样贫穷落后的地方去常驻，他还是感到有些疑惑。要知道，周筱过去对这些亚非穷国是十分反感的。不过现在，不管周筱是不是说的真心话，袁本弥只把它当成真的，因为这表明她认可了袁本弥去孟加拉国赴任的既成事实，省却了自己不知如何启齿说服对方的说辞。一切来得如此简单容易，尽管袁本弥感觉蹊跷，但想想周筱一直是个讲求真实、不大会要心眼的女性，心中便释然许多。这么多年来，夫妻之间虽有磕磕绊绊，但总体感觉幸福和睦，相互信任和关心还是家庭生活的主体。特别是儿子猿原，更是他们爱情的结晶。夫妻二人视儿子为宝贝疙瘩，孩子也给他们的家庭生活增添了无穷的乐趣和动力。想想这些，袁本弥不再怀疑周筱的“大度”。

就这样，袁本弥在人事部门的不断催促下，带着妻子的宽容和祝福，火急火燎地走马上任。由于达卡分社前任首席记者已经因故提前回国，而分社另一名年轻记者尚未选派到位，所以袁本弥就任后实际是孤军奋战，每天采访、调研、写稿、杂务、买菜做饭，一刻钟也难得清闲。直到一年以后，总社终于给分社选派来一位年轻记者，这才多少给袁本弥解除了一些负担。不过，随着孟加拉国朝野对抗激烈，该国政局持续动荡，报道任务成倍增加，不但不能闲散懈怠，反而比过去更加忙碌紧张。一年不到的时间，除了持续不断的罢工罢市和街头骚乱外，相隔不到半年相继举行了两次议会大选，另加一次未遂兵变。好在袁本弥早作准备，提前在军政关键部位和主流新闻媒体广交朋友，从而保障信息源及时准确，很好地完成了各项报道任务，受到总社和亚太总分社的表扬和肯定。特别让袁本弥高兴的是，他在年内第二次议会大选结束后成功地对新当选总理谢克·哈西娜女士进行了独家采访，并率先获悉哈西娜选择中国作为她对外出访的首访国这一重要信息。据易洪武来信说，亚太总分社和总社国际部对袁本弥在分社的表现评价都很不错，估计袁本弥回国休假时很可能不再回分社，另有重用。一种可能是留在国内升任某处室领导，正处级待遇；另一种可能是调往香港，担任亚太总分社英文编辑部主任，也是正处级待遇。

“这家伙，尽拣好听的说，报喜不报忧。”袁本弥看着老朋友的来信，喜滋滋地自言自语。不过他自信，自己在分社的表现应该是全身心投入，尽心尽力了。如果真如易洪武所说，他倒更愿意调往亚太总分社编辑部，哪怕当一个普通英文编辑也好。周筱已经从原单位辞职下海，应聘到香港“世界之窗”卫视。要是两口子能在香港常相聚，对增进夫妻感情和促进家庭和睦无疑是极好的机会。袁本弥一边梦想着未来，一边却揣测起易洪武的来信目的。他知道，易洪武不会单纯为寒暄问候给自己专门来信，肯定又是领导授意让他私下征求自己意见，何不借机试探一下领导真实意图。于是，他迫不及待地提笔给易洪武回信，坦率直言，希望领导能考虑本人意见。当然，他也真的想念易洪武，回信中饱含对老朋友的关切和问候：“洪武，近好！来信收悉，甚慰，谢谢！体重降下来一点没有？身体可是‘革命的本钱’，望注意保重。吔，对了，不是说让你到中东常驻吗？怎么没去中东，却到纽约跑了一趟？”

原来，易洪武在信中还告诉袁本弥，在袁本弥奉派到达卡分社工作的近两年时间里，易洪武也先后两次出国，当然并非轮换常驻，而是临时行为。一次是以华讯国际社联合国分社阿文编审的身份赴纽约增援联合国分社有关巴以和谈的阿文报道；另一次则是作为华讯国际社记者跟团随时任党和国家最高领导人出访。

在中国，高访报道实际是指对党和国家最高层领导出国访问活动的随团性报道。随团记者通常由外交部新闻司负责官员牵头，成员主要包括来自于主要几家中央级主流媒体的文字、摄影和电视记者。他们随乘中央首长的专机，一站接一站马不停蹄地跟踪采访和报道，车马劳顿和用心劳神可想而知。此外，他们撰写的稿件必须经过随团负责新闻审查的高官审定，特别重要或涉及敏感话题的稿件还需报请代表团高层负责官员甚至中央首长本人审核。被审定后的稿件一般不再作改动，由外交部新闻司工作人员以统一格式分发给随行的各媒体记者，再由他们以本媒体的电头和记者署名发回各自的北京总部，由主管编辑部经几道把关审核后，最后由终审发稿人签发“上天”。可见，中国高访报道的严谨和重要。为搞好高访报道，各大媒体除“后方”编辑部安排充足人力多班次值班，保证前方记者来稿随到随核和不出重大错误外，访前对随团记者的挑选就更加苛刻，他们一般都出自各大央媒从事国际新闻报道或负责中央高层活动报道的专门机构或组室，注重政治优秀、业务过硬、反应敏捷、身体强健。其中各媒体随团记者组负责人通常都是经验老道的资深媒体人，大多都是担任局一级以上的媒体领导，拥有高级职称。

对于自己两年中的两次出国经历，易洪武在信中只简单地一带而过。可能在他看来，“出国”，包括高访报道出差，在华讯国际社这样的单位司空见惯，实在是太平凡和微不足道了。但袁本弥不这么看，骨子里对世界格局的战略思维让他很看重易洪武到纽约“跑这一圈”，因为那里毕竟是美国，唯一的超级大国，风吹草动都能影响环球世界。对于以寻觅、采集和传播天下大事为己任的新闻人来说，到美国呆一段时日，哪怕只是“走上一遭”，无疑也是机会难得和梦寐以求。更何况，易洪武是学阿拉伯语的，撇开少数高级别“当官儿的”也许能有机会以各种名义组团赴美参观访问外，一般阿文记者是很难被公派到非阿拉伯地区驻点或临时出差的，更不用说公派赴美驻点。

“洪武，你就是个福将，好事总是追着你跑。回国休假时，你得好好给我吹吹你到纽约的见闻。”袁本弥喃喃地在心里自言自语。

想想马上就要回国休假，一股想家和思念亲情的心绪油然升腾。两年不见，周筱怎么样了？儿子长高了吗？他和周筱上封信中约定，她已同“世界之窗”卫视老板打好招呼，届时也让她返回北京度假，让一家人开开心心地团聚。想到这里，袁本弥突然意识到，已经有个把多月没收到周筱的来信了。平时他们可是至少半个月通一次信的。怎么回事？难道她临时奉派出差？即便如此，她也应该来信告诉自己呀。

袁本弥赶忙打电话到香港。周筱的同事告诉他，周筱前不久派回内地出差了，现在应该在北京家中休长假，让袁本弥给家里打电话联系。那时，虽然手机已经开始商业应用，但因其价格昂贵等因素还未普惠社会，除了少数大款和因特定工作需要而配备手机外，个人因私购置手机的人并不多。不过，工薪阶层和普通家庭安装电话已经不算新鲜，只是袁本弥和周筱因为双双驻外、家中无人而迟迟没办电话开通手续。怎么办？袁本弥想起他和周筱共同的好朋友柴冠仁，便赶忙将电话打过去，探询周筱的下落，请他们转告周筱给自己回个电话。柴冠仁虽然很热情地许诺马上联络周筱，但却话中有话地告诉袁本弥，周筱现在几乎不回家，常住外国人出入的高档酒店，很难见到她本人。

袁本弥兀自打了个寒战，一股不祥之感令他浑身不安。

不过，当他如期回国，在北京机场见到接机的周筱和儿子时，他一直惴惴不安的一颗心总算落了地。见到朝思暮想的儿子和爱人，袁本弥心花怒放，开心极了。儿子也很高兴。华讯国际社外事局专门派车到机场接袁本弥，儿子非要紧挨爸爸坐，从机场到市区的一路上一直握着爸爸的手，嘴里不停地问东问西。只是周筱的表情反常，一路上近乎一言不发。她心事重重，倚窗直勾勾地盯着外面看风景，偶尔看一眼袁本弥，却冷漠地马上移开。这令袁本弥很不开心，一段时间以来的不祥预感再次袭上心头。

果然，回到家中安顿下来，周筱乘儿子上小伙伴家里玩的机会，终于向袁本弥摊牌：她一直不爱他，婚姻已经走到尽头，希望袁本弥同意分手，好聚好散。她已做好准备，现住的房子是自己原先单位的福利分房，袁本弥应到华讯国际社申请新住房。不过，在没分到房子之前，袁本弥可以暂时在现住房栖身。孩子已经大了，由他自己决定跟谁生活，父母只能尊重他本人的选择，尽管她很想让儿子随自己过，将来到香港或出国留学。不过，无论是妈妈还是爸爸带儿子，另一方都理应拥有探视权，毕竟孩子是双方的共同宝贝。周筱拿出一份离婚协议书，希望袁本弥看后提出修改意见，然后双方正式签字办离婚手续。

尽管袁本弥对最近一段时间周筱的表现感觉蹊跷，但周筱如此绝决地提出分手还是令他猝不及防，犹如晴天霹雳，整个人一下子懵了。他坚决表示不同意离婚，苦苦哀求周筱放弃糊涂想法。他提出自认为十分令人信服的理由：1. 他们是有感情基础的，婚姻在开始阶段曾经历波折，是他们经过自己的努力挽回的。2. 他们的婚姻已经走过十六七个年头。家庭生活磕磕绊绊是有，但总体还是温馨有爱的，彼此忠诚于对方，不存在“第三者插足”之类伤害对方的致命因素。3. 特别重要的是，彼此感情的结晶——儿子，更一直是维系家庭感情的枢纽。儿子已经升入高中，再有一年半载就要参加高考，正是成长的关键年龄段，此时父母离异、家庭解体无疑是对他的最大伤害，甚至是毁灭性打击。

然而，尽管周筱也揪心神伤，眼泪止不住地往外流，但她似乎去意已决，听不进任何人的劝解和不同意见，一门心思就是要离婚。这让袁本弥百思不得其解。在他的心目中，周筱总体是个特别温柔贤淑的女性，对家和儿子特别上心，言谈话语中视儿子的健康成长及家庭的幸福、美好和完整为首要追求，容不得别人对他的伤害和破坏。可是，现在她竟然自己无厘头地背弃过去，抛却来之不易的家庭幸福和完整。她像换了个人，明明知道离异会导致家庭解体、毁坏儿子的美好未来，但却一意孤行，似乎不再在乎这些。为什么？这到底是为什么？袁本弥苦口婆心，好话说尽，道理说尽，危害说尽，并说动所有可依赖的亲朋好友对周筱好言相劝，仍然一无所获。周筱先是同袁本弥分居，继而干脆弃家不归，住进酒店，同时想当然地给儿子做工作，用眼泪这个母性“武器”逼迫儿子按照自己的思路去理解父母的离异。显然，她取得了“成功”，儿子“理解”了妈妈的举动，对爸妈分手保持沉默，将无情的伤害化作苦果无可奈何地吞噬进肚子里，任凭无助的心灵刺疼滴血。

一切都无可挽回，袁本弥用尽了所有能想到的办法规劝周筱，但均未奏效。周筱一开始还能应要求同袁本弥见个面，短暂地听听袁本弥的“唠叨”，后来干脆不再照面，也不接袁本弥打来的电话，不回袁本弥的信。终于，有一天，袁本弥接到法院传票，周筱聘请了律师，起诉离婚。那时，国门开放不久的中国正迎来种种禁锢和条条框框大解放的浪潮，人们在注重学习外国先进技术和管理经验、推动国家经济建设和发展的同时，其中不少人却也稀里糊涂顺带把西方一些糟粕当作宝贝吸纳过来，推崇“外国的月亮比中国的圆”。比如在婚姻问题上，这帮人就想当然地认为外国男女两性关系开放自由，离婚是常事，并认为这是西方重视和保护人权的文明之举。因此，歪曲了的舆论导向将许多青年男女引入歧途，大家不再把忠贞不渝的婚姻视为神圣。于是，离婚越来越成为“时尚”，进而形成一股潮流。过去，离婚很不容易，单位、工青妇团体、法院、居委会、家庭和亲朋都会出面调解，尽可能地说合劝和。可眼下，大潮之下，人们随波逐流，少有“热心人”管这“闲事破事私事”，就连法院也省去苦口婆心的调解，直接上程序，巴不得双双早点签字画押，简单收场。

木已成舟。袁本弥不再坚持，为了不让孩子老是处在不安定的家庭氛围中，尽快平定心态投身高中学习，袁本弥同意与周筱协议离婚，但坚持由自己和儿子一起生活，因为他可以想见，周筱人在香港工作，而孩子又不愿意随她赴港或出国留学，她不可能有精力和耐心管好孩子的教育和品行。周筱没有异议，双方和平分手。

后院起火，毫无前兆，袁本弥百思不得其解。

其实，婚姻的裂痕早已产生，只是危机的爆发被拖后了。袁本弥是个对爱情非常专一、凡事总往好处想的“粗心汉”，根本不觉得夫妻之间的裂痕在一天天扩大，或者说他压根儿就不往那方面想。在他看来，夫妻之间哪有不拌嘴吵架的，作为男人他让一让，不顶着吵，事情自然就很快过去的。周筱的“冷战”给了他一种错觉，以为她真的是时过境迁而不了了之。传统观念告诉他，女人自古以来就是“嫁鸡随鸡嫁狗随狗”，更何况他和周筱的婚姻是经过曲折考验的。更加让他宽心的是，儿子在一天天长大，他和周筱都非常疼爱他，而儿子也和父母感情深厚，一家三口在一起总让他感到其乐融融的满足。在这样的境况下，周筱怎么可能不为孩子的幸福成长和未来着想而让家庭破裂。然而，袁本弥还是小瞧了周筱。他并不懂女人，对周筱的内心世界知之甚少。实际上，他和周筱的感情早已出现问题，那是他出国两年后从驻外分社回国休假完准备重返工作岗位的头天晚上，两口子即将再一次分别，理应恩爱有加、难舍难分，却不料双方因袁本弥希望周筱每月给乡下父亲多寄一点生活费而突然闹起不愉快。周筱认为，自己一直在尽可能多地给在农村独自生活的公公寄钱，已经尽了儿媳的责任，而袁本弥似乎对她还是不满意，她认定肯定是乡下公公给儿子打了“小报告”。双方口角由此而生，一来二往口无遮拦，越说越来气，以至于最后互不说话，生闷气直到天亮。一大早，袁本弥要赶飞机出境，本来周筱打算亲自到机场送行，这会儿袁本弥却赌气不辞而别，一走了之，弄得周筱以泪洗面。尽管袁本弥回到分社再三写信检讨，但周筱心里已经结下了梁子。袁本弥结束任期回到国内后，两口子似乎冰释前嫌，家庭生活在孩子的调和下回归自然，但新的矛盾再次出现。周筱不同意袁本弥到生活规律完全被打乱的要闻编辑室上班，“窝窝囊囊”地任人欺负。她还私下托人给袁本弥调换单位。她自认为这是自己在关心和体贴丈夫，却不料引发袁本弥的极大不满，抱怨她多管闲事。双方先是打口水仗，很快由口角上升到激烈争吵，进而再次爆发冷战。恰好周筱谋得一个到柏林某大学进修德语的机会，一气之下便抛下正上初中的儿子，执意“逃”往德国留学。

其实，周筱的这个留学名额是她在欧洲德语学院北京分院接受培训时结识的同学柴冠仁为她争取到的。柴冠仁是个高干子弟，人脉资源丰富，很会拉关系通路子。特别受到大家推崇的是，他为人热情豪爽，朋友遇到困难找他帮忙，必定全力以赴。

话还得从“欧洲德语学院”北京分院邀请德国女作家白雪说起。20 世纪 90 年代初开始，该校每年都邀请一些德语作家到中国做文学活动。那一年，学院先组织“白雪作品翻译竞赛”，之后又邀请白雪访华，在北京呆了一段时间。

周筱和柴冠仁都是中国同时代年轻人中德语水平较好的一批人，不仅参加了“白雪作品翻译竞赛”并获奖，而且还因口语流利而被院方挑选出来担任白雪夫人访华期间出席一些活动的现场翻译。俩人的语言天赋受到陪同白雪访问的德国教育官员的赏识，并在与中方会晤交流时主动“拿”出一批到德国大学留学的奖学金名额送给中国青年学子，开出的前提条件是优先考虑周筱和柴冠仁赴德留学。对此，周筱和柴冠仁自然并不知情，直到白雪夫人一行结束访问他俩到机场为客人送行时才从德方官员的嘴中获悉这一信息。于是，他们赶到有关部门讨问结果，谁知负责留学事务的官员打官腔说，赴德留学名额已经分配完毕，德方是曾提出他们主张考虑的两个名单，但也就是那么一说，并非正式决定。再说，周筱和柴冠仁都是在职干部，不符合留学条件，所以最后还是决定这次不考虑他们俩。

显然，这是托词。周筱是个随遇而安的人，遇事怕麻烦。听对方这么一说，便想打退堂鼓算了。但是，柴冠仁不信这个邪，坚决不同意。国家教委他有认识的人，一个管出国留学事务的副处长是他的“哥们”。于是，他带着周筱找到这个“哥们”。他叫晋屏辜，没等柴冠仁开口便明白是怎么回事。他讨好般地告诉柴冠仁：“那天德国教育官员来教委谈的时候我在场，知道要优先考虑你和另一个人。今天一看名单上没有你，我就急了，赶忙找领导撤下一个人，让你上。”

“就我一个上？那她，周筱怎么办？人家可是点名要我们俩一起上的！”

晋屏辜为难地摇摇头说：“这是领导会议上定下的。为让你上，我已经得罪领导了。再找领导费口舌，肯定碰钉子，弄不好连你这个名额也给撤了。”

“那不行！本来德方是冲周筱给的留学名额，现在倒好，她反而去不了，这算什么？人家一个女孩子，你们不能这样委屈她！”

晋屏辜叹口气，无言地学着西方人耸了耸肩。

周筱确实很委屈，也很气愤，脸涨得通红，嘴张了张话没说出来，眼泪却不由自主地先流了出来。

柴冠仁见此情景，心一软，冲“哥们”脱口而出：“不行这样，我不去了，把名额让给周筱！”

“这——”晋屏辜一时没了主张。周筱却擦干眼泪，决绝地表示：“我不……”

突然，晋屏辜一拍脑袋，高兴地冲周筱说：“我这还有个公派到德国另一所大学交流进修的名额，有个人昨天刚退回来的，你感不感兴趣？”

“真的？”周筱一下子破涕为笑。柴冠仁也高兴地附和：“太好了！交流进修，也是留学呀。好！好！周筱，就它了！”

如愿以偿，皆大欢喜。周筱心情大悦，感激地冲晋屏辜莞尔一笑，嘴里连连道谢。

殊不知，就是这莞尔一笑，令晋屏辜春心荡漾。三十好几的人了，他还没找到对象，遇到周筱，真是天赐良机。他不由的上下打量了一下周筱：一副娃娃脸笑模俏样，说话语气细柔稚嫩。刚才柴冠仁说，‘人家一个女孩子，你们不能这样委屈她’。显然，周筱肯定还是个未婚小姑娘。想到这里，他话中有话地接过周筱的话说：“为你效劳是我的荣幸。咱们真的有缘，记着谢我呦。”

解决了留学问题，周筱真的很感激晋屏辜。她根本没想到他的话外之音，只顾着忙不迭地回应：“一定，一定……”

本来就是轻松氛围下的过口闲言，周筱根本没放在心上。然而，她怎么也没想到，晋屏辜在她到柏林入学后却不断地给她写信骚扰，令她十分反感。一开始，信的内容只是寒暄问候、嘘寒问暖之类，周筱出于礼貌对每封来信都客气地给予回信。对方错误地把回信视为接受自己的爱情表白，因而再来信便在抬头启用“亲爱的”字眼，在字里行间大胆地表白爱意。尽管周筱回信表示自己早已成家，是一个已上中学的儿子的母亲，但晋屏辜似乎已经走火入魔，不能自己，不仅坚持给周筱来信，而且信中的言词愈发淫秽无聊。没有办法，周筱只好不予理睬，不再给他回信，好让他断了念头。也正因为怕晋屏辜日后纠缠，周筱才十分痛快地答应香港“世界之窗”卫视的邀约。她心想，人在香港或海外，晋屏辜便再无机会见面纠缠。

自从周筱不再理睬自己，晋屏辜在这之后坚持给她又写了几封信，可能自觉无趣而终于罢手。周筱改行到香港当记者，他更是不知情。本来事情到此可能就算有了了结，谁知事情偏偏就那么巧，一次偶然的聚会再次给了晋屏辜可乘之机。就是周筱从香港回北京出差的这一次，几个曾经一起在“欧洲德语学院”北京分院学习培训的同学邀请周筱参加他们晚上举行的沙龙聚会，实际也就是聚到一起玩玩，喝喝酒，跳跳舞，聊聊天之类。德语圈子里的事，周筱没想到晋屏辜也出现在沙龙上，而且竟然还是沙龙的主办方代表。作为教委的一名主管官员，打着学术交流、凝聚共识、增进友谊之类的冠冕堂皇的旗号，他有这个权力、资金和便利。不期而遇，周筱明显感到别扭和尴尬，但对方竟像他们之间过去什么事也没发生一样，热情大方地给大家介绍：周筱，“欧洲德语学院”北京分院“高才生”，曾被点名保送到德国留学。

这样一来，周筱倒是对晋屏辜刮目相看，思想绷紧了的弦一下子便放松了下来。她天性就是个活泼好动、热情四溢的人，很快便成了沙龙上慷慨喝酒和欢歌劲舞的“大姐大”。就在她喝酒跳舞玩性正酣时，晋屏辜笑容可掬地给她递上一杯红酒，出于礼貌她未加拒绝便一饮而尽。酒刚喝完，舞曲再起，晋屏辜向她发出邀请，刚跳了一会，她便感觉一阵天旋地转，被迫倒在晋屏辜的肩膀上，迷懵间听晋屏辜对旁边的人解释：“可能喝多了，我陪她找间客房休息一下。”后来再发生什么，她便不得而知。直到第二天清晨醒来，她才发现自己赤身躺在宾馆客房里，心里咯噔一下全明白了。她赶紧抓过放在一边的衣裤穿戴整齐，但人就像瘫了一样迈不动脚步，大颗大颗的泪珠情不自禁地奔涌而出。凭女人的直觉，她知道自己被迷奸了。

“肯定是晋屏辜这个王八蛋！”周筱咬牙切齿地在心里骂着，发誓要报仇雪恨。但是她明白，对这样的流氓无赖，同他理论，最多也就是给他名誉上造成些损失，没抓他的现行，没有真凭实据是难以将他绳之以法的。他不仅会表现得无所谓，而且更会百般狡辩。事情一旦张扬出去，吃亏的还是自己，自己的脸面往哪儿搁，今后还怎么在人面前抬头。想想这些，周筱不寒而栗，只好打掉牙齿往肚里吞，自食苦果，自认倒霉。不过，她不想让袁本弥为自己戴绿帽子。尽管两口子过去感情上不断显现裂痕，但周筱珍视爱情和婚姻的来之不易，特别期望给儿子幸福安定的家庭安全，因而过去从未想过要与袁本弥闹离婚，她在骨子里还是爱袁本弥的。然而，周筱说到底是个极其传统保守的女人，尽管早已嫁为人妇，不再像黄花大闺女时期那样特别看重“性”和贞操，但此次“失节”尽管是误入歧途，她也不能原谅自己。于是，她破釜沉舟，下定决心要同袁本弥分手，似乎唯有此才能维护曾经的家庭尊严和自己对爱人的真实情感。就这样，袁本弥和周筱带着各自的内心思念各奔东西，分道扬镳。为了不给袁本弥幻想和机会，周筱很快在香港找了个老头嫁了过去，切断了同大多数亲朋好友的通讯联系，将孤独和痛苦深埋在自己的心田，唯有工作带给自己慰藉和快乐。

周筱的上述内心世界袁本弥哪里知道。后院起火，令他心力交瘁，痛心疾首，不仅计划中的升迁泡汤，就连继续回达卡分社工作也没了可能。不是组织上不让，而是他必须留在北京照顾儿子。这令人事局主管很不高兴，因为临时变动，重打锣鼓再开张，无疑给他们增添大量的额外工作量。孟加拉国是个贫穷落后的“破地方”，临时找首席记者替补谈何容易，不像欧美发达地区，人们打破脑袋抢着往里钻。当然，此时身处逆境的袁本弥已经顾不上看别人的脸色了，他每天除了到编辑部值班，余下时间就是给儿子买菜做饭干家务，既当爹又当妈。体力劳累他倒还能顶得住，让他特别上火不安的是儿子猿原的情绪和学习。

猿原十分爱自己的爸爸妈妈，一直在美好和甜蜜的家庭幸福氛围中成长。他从小就天资聪颖，数数、背唐诗，比一般的孩子都显得智商高一些，这也曾带给周筱和袁本弥夫妇引以为豪的幸福感。袁本弥是在儿子五六岁的时候首次奉派赴赞比亚任驻点记者，期间不断收到猿原歪歪扭扭的蜡笔画和工工整整书写的毛笔字，夹在周筱的来信中。当他结束任期风尘仆仆赶回国内看到儿子时，猿原在妈妈以及外公外婆和小姨的“熏陶”下，毛笔字和水墨画的水平已大有长进，头天写好的“欢迎爸爸回家”的毛笔字不再稚拙歪扭，而展现出同其年龄不太相称的刚劲和力度。由于学习兴趣浓厚，他对语文和数学学起来一点不费力，每每考试都是“双百”。特别让袁本弥夫妇自豪和省心的是，儿子不仅学习好，而且身体棒，兴趣和爱好广泛。课余时间，他积极参加学区少年宫的数学奥校班、美术班、声乐班、游泳班和篮球培训班等。在父母和老师的计划安排下，他每周的时间安排得满满的，却也井井有条，不觉太疲劳。由于早早就学会了骑自行车，每天他由爸爸或妈妈陪同，蹬着儿童自行车穿街走巷，往返在学校、少年宫和回家的路上，风雨无阻，乐此不疲。一边蹬车向前，父子或母子之间一边还不忘玩“接龙”游戏：豪情壮志—志在必得—得心应手—手舞足蹈—（刀）光剑影—影视天地—

地廓方圆……那时候，小孩子们学习都很讲究上“重点”学校。许多家长为使孩子上个好学校费尽了心思，托门路，拉关系，甚至不惜花钱“资助”。而袁本弥和周筱夫妇俩则少操了许多心，猿原从小学到初中，学习成绩总是名列前茅。从“重点”小学保送进“重点”初中，然后再保送同校高中。他从小就立志上“北大”“清华”这类知名高等学府，而且自恃不在话下，对前景和未来信心满满。袁本弥和周筱夫妇更为儿子制订了未来到欧美国家留学深造的“可行性计划”。如果不是家庭发生变故，猿原实现这一“宏伟”目标也应该十拿九稳。

然而，现在爸爸妈妈离异，不仅令猿原震惊、苦恼和迷茫，更让他感觉到如同被欺骗和出卖般的打击和伤害，而欺骗和出卖自己的不是别人，却是自己一直引以为豪和赖以依靠的最亲的亲人。往日家庭的欢乐和温馨不复存在，他的心在痛苦地流泪、流血，他像换了个人。尽管爸爸又当爹又当妈，一如既往地照管他的饮食起居和学习，尽管妈妈也是一如既往地关注他的一切，但他心灵深处不再有爱，有的只是刺痛和愤怒。看着爸爸越来越暴躁和不时发出的内心唉叹，看着窗外别的孩子和父母欢聚一起的和睦情景，猿原越来越没有笑容，性格变得越来越孤僻。特别是从学校回到家，仿佛屋子里空气凝固、一片冰凉。他把自己反锁在自己的卧室里，除了完成必须要交的作业外，其余时间要么大声放着录音，跟着自己崇拜的歌手一阵乱吼；要么什么都不干，对着天花板胡思乱想；要么摊开笔记本，摘抄流行歌曲的歌词，偶尔还写写日记，然后再把它们撕碎；要么手中把玩买来的卡通卡片，将它们装裱成册。同他的心境成“正比”，他的学习成绩也越来越退步。家长会上，老师表扬很少再提袁猿原，相反批评他的时候却越来越多。好在袁本弥和周筱都一直在关爱他、鼓励他，想方设法同他沟通，加上他本来学习基础扎实，因而尽管退步明显，但他始终没有学坏，而且高考前在爸爸好言相劝和苦苦祈求的“逼迫”下冲刺了一下，最后还是考出了比较好的成绩。上“北大”“清华”是没门了，但进一个本市次重点大学是不成问题的。于是，父子俩反复推敲，选择一所工业大学的一个热门专业作为第一志愿填报，结果如愿以偿被录取。

“谢天谢地，总算把儿子拉扯上了大学。”袁本弥内心松了一口气，但他知道前面的道路并不轻松。过去上大学完全由国家“大包大揽”，现在得靠自个儿，而且毕业往往等同于“失业”，需要毕业生和他们的家庭各显神通，自寻门路。不过，对此袁本弥倒是想得开，“车到山前必有路”嘛，关键是如何进一步“调教”儿子，尽可能地多学一些真本事。他相信，通过自己的真情沟通和努力，一定会使儿子快乐而健康地成长。

十七

钱柳生到北京来了。

这是他第一次到北京，虽然人地生疏，但他心里有底，那么多老同学都在北京工作，何愁找不着北。他决定首先找老班长袁本弥。

华讯国际社是中央级大媒体，知名度很高，钱柳生没费什么功夫便找到了地方。门口传达室的门卫一翻花名册，马上便查到了袁本弥所在处室的电话号码，当即打电话问询袁本弥在不在办公室。接电话的正好是袁本弥，听说钱柳生来了，喜出望外，赶忙冲出办公室下楼接待老同学。一番拥抱寒暄过后，袁本弥给办公室打了个电话告假，然后带着钱柳生回家。他现在是单身汉，家中没了女性，正好让钱柳生住到家里，既省了他住酒店的花销，又能老同学在一起天南海北地吹牛聊天。逢上周末，还能把在北京的老同学们招呼到一起聚会。

钱柳生哪知道老同学的家庭变故，原本只想大家见个面聊聊，听了袁本弥给自己的住宿安排，才知道他和周筱已经离婚，不免一番感慨和唏嘘。既如此，客随主便，他们老同学之间感情深厚，犹如兄弟，钱柳生巴不得能和老同学聚在一起促膝畅谈。再说，这次估计在北京要呆一段时日，自己掏腰包住酒店还真是一笔不小的开支。能省则省，何乐而不为。

原来，钱柳生这一次是专门从莫斯科赶赴北京找工作的。苏联解体以后，俄罗斯联邦政府施行的一些新政使他原先就业的那家卫视老板感觉很不适应，因而宣布停办，所有层面的员工只好自寻出路。按照原先和“世界之窗”卫视老总达成的“君子协定”，钱柳生一开始想转赴香港发展，但那样只能只身一人前往，需要长期与老婆孩子两地分居，这是老婆孩子们坚决反对的，他们一致要求钱柳生带他们回中国定居。于是，钱柳生决定到北京先探探路子。改革开放让中国经济社会面貌日新月异，连续多年的两位数经济增长率令世界发达国家“羡慕嫉妒恨”，日趋自由宽松的人文环境也正以令人瞠目结舌的开放程度突破旧有桎梏的束缚。钱柳生深信，中国正在一天天发展强盛，自己作为祖国母亲的儿子，该回国尽些孝心了。

“太好了！回来发展就对了，我坚决支持你！”袁本弥听了老同学的一番话，很为他的爱国情怀所感动。他出主意说：“《环球电讯》是个新崛起的中央级日报，现在在国内很有知名度。该报纸正扩张办英文版。咱们有个学西语的同届校友在那儿当头。他叫卫成果，前两天还打电话让我给他推荐人才呢。你老兄外语不在话下，又是炙手可热的‘海龟（归）’，要能力有能力，要文凭有文凭，要阅历有阅历，方方面面都符合国内目前流行的人才标准。怎么样，去他那儿发展吧？”

钱柳生闻听大喜，当即要袁本弥给他引荐。袁本弥赶忙抄起电话拨叫卫成果。对方听了袁本弥的简单介绍喜出望外，当即拍板：“行！请他明天到单位来找我。有空你也来，咱们老同学了，顺便聚一聚嘛。”

第二天近午时分，袁本弥领着钱柳生如约来到《环球电讯》报社。卫成果早已安排妥当，先让报社主管副社长兼总编辑出面接待袁本弥和钱柳生，然后再由一名副总编辑领着人事处长和记者部主任一干人等与钱柳生单独谈话，从新闻理念到天下大事及应对报道等“专业”话题对钱柳生进行面试，当然也包括查验钱柳生的学位证书和过往从业证明、问询其个人简历和专业诉求等职聘话题。时间不长，但过程绝对认真严肃。末了，他们让钱柳生回到袁本弥身边稍等，他们要快速碰头统一看法，然后向社长卫成果汇报他们的抉择。很快，卫成果便笑容可掬地来到会客厅，一面同袁本弥和钱柳生握手寒暄，一面朗声宣布：“柳生，面试合格，他们一致同意你加盟本报。”

袁本弥看一眼钱柳生，不无抱怨地对卫成果揶揄道：“早知道你这样子同老同学聚会，起码我是不应该来凑这个热闹的。”

“抱歉，抱歉。两位老同学，不好意思，我们这里的死规定，必须走的程序，望见谅。不过，程序归程序，同学聚会是必需的。”

钱柳生历来是个宽心人，见袁本弥和卫成果“杠上”了，忙用玩笑的口吻打破尴尬气氛说：“成果，这名字叫得好，我喜欢。我历来不管程序，只重成果。既然通过了面试，决定收留我，这就是成果。我理应多谢老同学。”

一句话说得大家哈哈一乐。卫成果趁势摆个请的姿势，说：“二位请。让你们差不多赶着饭点来，就是要和二位一边用餐一边聊天。今天我工作走不开，就不到外面下馆子了，只好在单位食堂预定了一个小包间。怎么样，不嫌我待客磕碜吧？”

袁本弥点头称好说：“想当初刚分到北京的时候，我和那帮分到电视台的同学们经常来往，赶上饭点就多准备几付碗筷，大家一起在食堂排队打饭。你还别说，下馆子进饭店，还真没有在食堂一起就餐的热闹氛围。”

钱柳生也附和道：“权当我先熟悉熟悉环境。以后进了报社，少不了光顾食堂。成果，打算怎么‘打发’我？能给我安排个啥岗位？”

卫成果一边领着两位同学往食堂走，一边扭转脖子回答钱柳生：“瞧你说的，我可不敢随便‘打发’你，就你的硬条件来说，你可是我们亟需的人才。本来我想在饭桌上同你讨论这个话题，既然你先提出来了，那我就谈谈我们的考虑。《环球电讯》正在改革采编体制，打算新成立一个突发新闻采编室，包括一个机动记者组、一个应急编辑组和一个及时评论组，目的就是加强采编论这三大报道环节的时效性和质量，使重大突发事件报道有日益增多的自采稿件，有越来越快的报道时效，有见解独特的深度解析，进而大大增强报纸对重大突发事件的报道力度。我想让你领导这个采编室，不知你意下如何？”

袁本弥拍手称好，连连夸赞《环球电讯》改革方向正确。

钱柳生沉吟片刻，回应道：“作为一个媒体人，我十分赞同《环球电讯》的体制改革，因为它抓住了新闻报道的核心理念和关键要素，那就是原创、时效和深度。原创源自深入采访，是报道真实和准确的前提保障；时效意味着竞逐和拼抢，是新闻媒体标榜自我和炫耀实力的试金石；深度讲求一言中的、独到见解和评析有据，是新闻人展现思想才华和文字功底的看家本事。显然，它们是新闻传播的自然规律和推动讯息经济强劲发展的必需手段。不过，要实现上述三点的完美统一，记者深入采访是根本性前提保障。所以，我对行政管理不是很在行，我可能更适合到机动记者组，毕竟我一直在采访一线摸爬滚打惯了。”

“好，就这么定了。你主要负责机动记者组，同时兼任采编室副主任，总体改革你还得多费心。”卫成果一锤定音。

钱柳生不再推辞，同意《环球电讯》的安排。他与卫成果商量，自己先回莫斯科“搬家”，待将妻儿接到北京之后，再一面办理一应手续，一面到报社入职就任。

卫成果想了想，面露难色地征询：“搬家和办手续这个好说，到时候报社可以提供协助。不过，眼下北约对南联盟的战事升级，报社编委会已经研究决定，立即向那里派遣战地记者开展鲜活报道，让机动记者组打响急重报道的第一枪。你是机动记者组组长，又是东欧问题专家，是否同家里商量一下，先赶赴南联盟采访十天半个来月，然后再……”

望着卫成果欲言又止的为难劲儿，钱柳生不假思索地一口应承道：“这没问题，我去！”其实，作为新闻人，钱柳生当然知道眼下南联盟局势的危重。

南联盟，全称为南斯拉夫联盟共和国，是1992年到2003年期间存在于东南欧巴尔干半岛中部的一个联邦国家，其前身是南斯拉夫社会主义联邦共和国。当时的南斯拉夫由斯洛文尼亚、克罗地亚、波斯尼亚和黑塞哥维纳（简称波黑）、塞尔维亚（含科索沃和伏伊伏丁那两个自治省）、黑山、马其顿6个共和国组成。1980年南斯拉夫铁腕领导人铁托去世后，国内政治矛盾激化，各共和国的民族主义势力逐步抬头，开始显现分崩离析的乱象。进入20世纪90年代，受苏联解体后东欧局势剧变的影响，加上西方国家加紧在该地区制造和平演变阴谋，南斯拉夫局势愈发混乱动荡，直至解体。1991年6月，斯洛文尼亚、克罗地亚开独立先河。之后，马其顿、波黑也相继宣布独立。剩余的塞尔维亚和黑山两个共和国于 1992 年 4 月 27 日联合组建南联盟，承继前南斯拉夫的衣钵。然而，原本是塞尔维亚共和国辖下自治省的科索沃却决意脱离南联盟，吵着闹着要独立，双方因此摩擦和冲突不断。1998 年，南联盟政府以科索沃阿尔巴尼亚族武装分子发动暴力袭击造成大量平民和警察伤亡为由，直接派遣军队进入科索沃，更加招致一直在干涉南联盟内政的西方势力的强烈不满。美国及其西欧盟友指责南联盟在科索沃“杀害了大批阿族居民”，制造了“人道主义灾难”，敦促南联盟政府停止在科索沃的杀戮，执行一项由西方国家主导的和平协议，并向南联盟下达最后通牒。1999 年 3 月 24 日，北约以南联盟政府拒不执行和平协议为由正式对南宣战，开始向南联盟实施持续不断的大规模空袭，凭借占绝对优势的空中力量和高新技术武器，对南联盟的军事目标和基础设施进行持续不断的狂轰滥炸，给南联盟造成重大财产损失和环境破坏，殃及大量无辜平民。南联盟首都贝尔格莱德，本是一座美丽、整齐的城市。有人曾这样形容她：“多瑙河碧波荡漾，堤岸上葱葱绿草中映着各色小花，春天显得格外生机盎然。”然而，无休止的轰炸却彻底打破了那里的和平与宁静，昔日的风光不再，到处是残垣断壁，伤痕累累，满目疮痍。

听说钱柳生要去南联盟采访，袁本弥立刻提醒他那里硝烟弥漫，局势十分危险。不过，他和钱柳生都是“干事儿的人”，对本职工作从来都是冲锋陷阵、勇往直前，因此打心眼里佩服老同学工作起来那股“拼命三郎”劲儿。提醒归提醒，他还是立刻掏出笔，将自己认识的新华社贝尔格莱德分社的一名女记者引荐给钱柳生。女记者叫邵云环，与袁本弥同住中央机关分配的同一栋宿舍楼，是袁本弥的楼下邻居，前不久刚刚再次奉派到分社工作。她是学塞尔维亚语的，丈夫又在中国驻南联盟大使馆工作，对当地局势和风情应该很熟悉和了解。钱柳生新到南联盟，人地生疏，有邵云环这个同行引导帮助，肯定大有裨益。特别有用的是，新华社贝尔格莱德分社在当地根基深，大本营内铺有接收南斯拉夫通讯社电讯稿的电缆，建有接收各国通讯社消息的卫星小站，听说新华社总社新近还要给贝尔格莱德分社配备海事卫星和便携式文传机等现代高科技通讯工具。无疑，借助新华社分社这些不可或缺的优势，钱柳生不仅能耳聪目明、讯息灵通，而且一旦发生重大突发事件还能为及时报道提供特别技术保障。

就这样，钱柳生肩负《环球电讯》报的重任，带着老同学的嘱托，快马加鞭奔赴战火纷飞的南联盟报道前线。由于南斯拉夫的航空和铁路运输已经被北约轰炸而全面切断，多瑙河上的桥梁也被炸毁，出入该国的道路只剩下唯一的一条陆路交通，即贝尔格莱德至克罗地亚首都萨格勒布的公路。幸亏钱柳生在俄罗斯时曾认识一位南联盟新闻部的朋友，出发前即已先一步同对方取得了联系。在克罗地亚过关越境进入南联盟边境后，那位朋友早已开车在关口等候钱柳生。有了朋友的帮助，钱柳生终于松了口气，一路上同朋友轮换开车，虽然路途远身体疲惫，但抵达贝尔格莱德一路上还算顺利通畅。特别让他省心的是，朋友已经帮他找好了临时住所。那是位于老城区的一套民居宿舍，虽然条件比较简陋，但相对于容易遭受北约炮火袭击的大酒店，民居旅馆应该更安全。再说，钱柳生早就听说中国驻南联盟大使馆3年前刚修成，不仅地理位置好，外表漂亮，而且房间较多，设施也比较先进齐备，最重要的是有益于人身安全。同使馆联系上后，和他们说说，保不准还能让自己搬进使馆招待所暂住。听说《人民日报》和《光明日报》等国内媒体派遣的记者现在都食宿在使馆，有人开玩笑说，在南联盟现在战火纷飞硝烟弥漫的形势下，使馆是最安全的地方，就是贝尔格莱德市区炸平了，中国大使馆也没事。大使馆刚建成3年，坚固的钢筋水泥结构，抗打击能力比贝尔格莱德市区的防空洞还要坚固。特别保险的是，使馆受《维也纳外交关系公约》的保护，北约轰炸现在用的是精确制导导弹，他们不敢冒天下之大不韪胆敢轰炸外交机构。想到这里，钱柳生打算改天一定抽空去找一下邵云环，抓紧与中国驻南联盟大使馆和新华社贝尔格莱德分社取得联系，寻求他们的支持和帮助。不过眼下，一路颠簸劳顿，他实在困得不行，草草吃完晚饭，倒头就睡，很快便进入梦乡。然而，让他始料不及的震惊世界的特大新闻正在悄然逼近，他做梦也没想到，北约罪恶的精确制导导弹正在瞄准中国驻南联盟大使馆！

1999年5月7日当地时间深夜11点50分（北京时间8日凌晨5点50分），位于新贝尔格莱德樱花路3号的中国驻南联盟大使馆夜色中一片静谧。突然，从遥远的美国密苏里起飞的号称具有定点导向高新技术的轰炸机袭抵南联盟领空，罪恶地向中国大使馆这座白墙蓝窗的美丽建筑投下了至少5枚重磅导弹，目标精准，毫无偏差。顿时，爆炸巨响，火光冲天。新华社女记者邵云环、光明日报记者许杏虎和夫人朱颖当场遇难,20多人受伤。

钱柳生的临时住所与中国大使馆隔萨瓦河相望，强烈的爆炸声将他从睡梦中惊醒，他强烈地感受到爆炸的巨大震撼力。职业本能使然，他迅疾跳下床铺，习惯性抓起放在门口桌面上的照相机和采访包便冲出了民居。不过，老城区的人们似乎已经习惯了40多天的狂轰滥炸。黑夜深沉，许多人都在睡梦中，加上轰炸造成全面停电，屋里屋外一片漆黑，很少有人往屋外跑。面对依然苍茫深沉的夜色，钱柳生茫然不知所措，不知道究竟哪里是空袭爆炸的目标。就在他一筹莫展惆怅之际，朋友声音干涩地给他的手机拨来了电话：“钱，一个不幸的消息，你们的大使馆被北约导弹炸了！”

钱柳生不敢相信自己的耳朵，赶忙追问道:“什么？哪里被炸了？哪个使馆？”

“中国大使馆被炸了！一开始，有同事给我打电话，说是机场再次被炸，也有人说是南联盟内务部，但最终确定是中国大使馆，当然我们的内务部也遭到了空袭。钱，没错！我家就住在中国使馆附近。我跑出屋外一看就清楚了，中国使馆那里冲天的火光映红了天空，浓烟滚滚，许多消防车正在呼啸着往那里赶……”

钱柳生不再怀疑，但一时语塞。

“钱，别着急！我马上开车过来，拉你到使馆。”朋友一边安慰钱柳生，一边表示向他提供援手。

这令钱柳生十分感动，一连迭声地表示感谢。猛然间，他想起了邵云环，赶紧掏出袁本弥写的字条给邵云环的手机拨电话。然而，一切归于沉寂，试着再拨几次，依然没有回音。一丝不祥的预感袭上钱柳生的心头。袁本弥曾经告诉他，邵云环虽然是新华社记者，但因丈夫在使馆工作，平时晚上住宿大多在使馆过夜。难道她……钱柳生不敢再想下去，他必须马上设法赶往中国大使馆一探究竟。

很快，朋友开车赶了过来，二话不说载着钱柳生就走。好在两地相距不远，汽车转眼间便驶到中国大使馆附近，但大批消防车和警车挡住了通道。朋友只好放下钱柳生，让他步行前往，自己则赶快转道去办公室一趟，有个文案必须赶出来。

钱柳生急匆匆冲到使馆的时候，使馆仍在冒着白烟和黑烟。一些显然是使馆外交官和工作人员的人大概刚从被炸废墟中逃到一片空旷地带，一个个惊魂未定地站在那里望着废墟发怔。消防救火车警灯闪烁，不时避让着越来越多的围观人众。望着眼前的一切，确信中国大使馆真的挨炸了，钱柳生一下懵住了，他想象不出北约凭什么敢轰炸中国大使馆，明目张胆地恣意破坏《维也纳外交关系公约》。不过，一刹那间新闻工作者的职业意识让他清醒过来，他要赶快核准信息发稿。他拦住刚刚逃生出来的衣衫褴褛的使馆工作人员问：“我是中国《环球电讯》报记者，请问使馆几点被炸？伤亡情况如何？”

对方带着哭腔回答：“11 点 45 分左右发生爆炸。正是好睡觉的时候，突然袭击，逃不脱，肯定有伤亡，领导正在清点人头。”

钱柳生道一声谢谢，马上掏出手机，向报社值班室电话发稿。此时是北京时间 8 日清晨 6 点左右，应该已错过排版截稿时间，但职业习惯使然，他必须抢发消息，争取让报纸发号外，因为这个消息太重大了，骇人听闻！全世界震惊！

发完消息，钱柳生来不及和北京值班总编多说，他要抓紧时间深入采访。在一面墙体被炸后的废墟前，死里逃生的使馆人员一个个怒不可遏，悲愤的泪水情不自禁地任意流淌。钱柳生赶紧取出照相机拍照，立此存照，他要向全世界揭露北约冒天下之大不韪的滔天罪行。就在他寻觅角度继续拍照的时候，耳旁两个人的议论吸引了他。一个说：“这面墙应该是曹秘他们住的房子，曹荣飞受伤了，不知他夫人怎么样？”另一个接话：“邵云环呀？没事。小邵是新华社的，她应该住在分社吧。”

听到有人提及邵云环，钱柳生赶忙上前搭讪：“您好，我是《环球电讯》报记者，刚到这里采访。你们刚才提到邵云环，有人托我给她捎信，你们能帮我找到她吗？”

他们正要回应钱柳生，却见数名救护人员从被炸楼房的2层抬下了一名披散着头发的女子。尽管大家看不清受害者面容，但救护人员告诉大家她已经遇难。刚才议论邵云环的一个女同志从衣着上一眼认出了邵云环，她大惊失色地告诉钱柳生：“小邵！那就是小邵，邵云环！”

钱柳生的心像是被什么东西猛的扎了一下，整个人一下子懵了，脑袋里一片空白，众目睽睽之下竟号啕大哭起来，任凭外国同行将摄象机对准自己拍摄。此时，许杏虎和朱颖这对年轻夫妇的遗体也从瓦砾中被找到，抬出来与邵云环放到了一起。保安人员不让混乱拥挤的人群靠近，钱柳生一边大哭，一边毫无顾忌地“吼”着：“我是中国记者，让我进去！”他大哭着冲进去拍照，又流着眼泪出来向编辑部口头发稿。

根据钱柳生的现场即时报道，特别是几篇现场感浓烈的文字通讯、特写及几组照片画面，《环球电讯》报当天迅速推出特刊，引领读者的特别关注，一天内发行量由平时的40多万份猛增了近一倍。许多抗议北约暴行的游行学生，手里都举着《环球电讯》这期特刊，可见其报道的影响力和关注度。

中国使馆遭北约轰炸袭击的消息举世震惊。由于使馆的通讯全部中断，新华社贝尔格莱德分社临时成了代替使馆与外界联络的中枢。据分社同志后来回忆，爆炸发生几个小时后，正是北京时间上午九十点钟，电话如潮水般地从世界各地打进分社。从联合国机构到我政府有关部门，从各国、各地同行到使馆人员的家属，大家纷纷急切地询问和了解使馆的情况，表达祖国和同胞们的关切与慰问。分社记者一面要应对愈加繁忙的新闻报道，一面不得不抽出人力负责应答电话。

中国官方立即作出了强烈反应。事发当天，中华人民共和国政府即发表声明，最强烈抗议北约轰炸中国驻南使馆。声明指出，以美国为首的北约对南斯拉夫40多天的狂轰滥炸，已经造成无辜平民大量伤亡，现在又居然轰炸中国大使馆。北约的这一行径是对中国主权的粗暴侵犯，也是对维也纳外交关系公约和国际关系基本准则的肆意践踏，这在外交史上是罕见的。中国政府和人民对这一野蛮暴行表示极大愤慨和严厉谴责，并提出最强烈抗议。以美国为首的北约必须对此承担全部责任，中国政府保留采取进一步措施的权利。5月12日，被袭事件中殉难者的骨灰和伤员被送回北京，时任中共中央政治局常委、国家副主席胡锦涛代表党中央、国务院和江泽民到机杨迎接。天安门、新华门、人民大会堂、外交部所在地和上海等省、自治区、直辖市人民政府、香港特别行政区政府、新华社澳门分社所在地，均下半旗致哀。次日，中共中央、国务院在人民大会堂隆重召开大会，宣布邵云环、许杏虎、朱颖为革命烈士。

面对同行的牺牲给自己心灵造成的巨大创痛，钱柳生只有一个念头，那就是采访、拍照、写稿，向全世界报道真相，揭露北约犯下的滔天大罪！

事件发生后，西方势力为了掩盖罪行、逃避罪责和混淆视听，不惜采用卑劣手段散布所谓“误炸”或“事出有因”之类的无稽之谈。首先是美国和北约方面推卸罪责，辩称北约当时瞄准的是中国使馆附近的目标，但因偏离方向而误炸。中国使馆遭袭后仅半小时，北约新闻发言人谢伊一面滔滔不绝地大谈北约的精确打击如何如何，似乎轰炸中国大使馆的惨剧根本没有发生过，一面却极力逃避中国记者就我驻南联盟大使馆被炸事件的提问，问急了竟强词夺理地声称，北约的打击是合理的。与此同时，美国国防部新闻发言人培根也大肆吹嘘“我们有世界上最好的飞行员，我们有世界上最好的武器，我们的行动经过最精心策划，我们的部队受过最优良的训练……”之后才轻描淡写地说一句“战争造成意外是难免的”。不过，看到中国政府和人民同仇敌忾作出强烈反应时，他们才把蛮横的态度收敛了一点儿，同时却辩称对中国使馆的袭击是一次“无意”中的“误炸”。按照他们的解释，飞行员原先预定的目标可能是中国大使馆数百码开外一家南联盟电视台。但使馆周围根本没有电视台，离使馆最近的电视台设在二公里以外的塞尔维亚社会党总部大楼里。显然这一托词与他们一贯吹嘘的“精确打击”相差太远。于是，美国国防部部长科恩和美国中央情报局局长特尼特 5 月 9 日发表联合声明改口说，这既不是飞行员的错误，也不是机械故障，而是一名情报分析家的误判，加上所用地图太旧造成的。特尼特说，“选定目标的卫星图后，分析专家坐在足足有一屋子高的航拍图像中，要找出中情局头头圈定的南联盟武器采购局。很快，那几个家伙告诉我说，‘头儿，我们已经找到这些目标了，我们可以在两天内攻击这些目标。’要命的是，这些家伙谁也没有注意到他们所用的航拍照片是什么时候的”。随后，中情局建议的轰炸目标逐级上报到美国参谋长联席会议、驻欧洲美军司令部和北约。显然，他们把轰炸中国使馆归咎于“老地图”。于是，从北约总部所在地布鲁塞尔到华盛顿开始统一表态口径，过错源自负责提供情报的中央情报局错用了多年前的“老地图”以及过了时的航拍照片。

这些显然是苍白无力的诡辩和谎言。要知道，中国大使馆在贝尔格莱德是非常有名的，连普通居民都知道她的位置，使馆周围一片空旷，更没有任何军事设施，根本不会被误认。使馆建馆已经 3 年，美国的大使和武官曾多次到中国使馆参加过宴会，美国人怎么可能不知道中国使馆的位置？再说，任何贝尔格莱德的旅游图都清楚地标明了中国大使馆的位置，宣称美国情报部门使用旧地图是十分愚蠢、荒唐而可笑的。美国地图出版社当即出面辟谣，推翻了美国官方的“老地图”说辞。

事发后，钱柳生几次到现场查看，并采访了使馆一些高级外交官和北京特地派赴贝尔格莱德处理善后的特别小组的相关专家。大家一致认为，爆炸现场的状况充分表明，北约轰炸中国大使馆完全是有意所为，绝不是什么误炸。北约共向大使馆和大使官邸投下5颗炸弹。在使馆的东南角，一颗炸弹斜穿大楼，从顶层一直穿透到一层，在使馆墙角下炸出一个数米深的大坑，半边山墙向外倒塌。这里是使馆高级外交官的宿舍，武官、参赞和一秘以及另外十余人都受了伤，有的伤势很重。一秘曹荣飞和妻子邵云环的宿舍也在其中，邵云环被炸死，曹荣飞受重伤；第二枚炸弹落在使馆办公楼的中央，穿透楼顶，越往下破坏力越大。大使在三层楼的办公室受到严重破坏，内中的小卧室中弹起火，屋里用具和床上用品全都化为灰烬，幸亏当晚他没在办公室；第三颗炸弹落在使馆的西北角，许杏虎和朱颖夫妇住的客房因而被炸毁，造成双双遇难；第四颗炸弹是从一半在地面上的窗子钻进了地下室，在俱乐部活动室和食堂餐厅里爆炸，并引爆了食堂新灌满的五个大煤气罐。假如那天晚上在地下室消遣的人们不是因为断电而在稍前时候离开了那里，那么在这场浩劫中牺牲的将不止3名记者，很有可能是十几人，甚至二十几人；第五颗炸弹落在距使馆主楼只有十来米远的大使官邸的中央，大使戏称它是北约专为自己准备的。官邸是两层小楼，炸弹穿破屋顶和第二层楼板，一直钻到地下。虽然炸弹巨大的冲击波使官邸遭到严重损毁，但万幸的是它没有爆炸，否则不仅整个官邸将被化为残垣断壁，而且当时正在官邸二楼宿舍休息的大使也很难逃过一劫。

作为与邵云环尚未谋面的“熟人”或者称“朋友”，钱柳生特别观看了邵云环和曹荣飞夫妇的卧室。从楼顶贯穿而下的炸弹把房间炸开了一个大洞，床被炸飞，完全看不出原来的形状。房间已经不能称其为房间，天花板、墙壁、窗户面目全非，钢筋扭曲着，木条、瓦砾和碎布条炸得满地都是。只有放置在角落里的电脑桌基本完好，虽然也布满了被炸飞的瓦砾和碎玻璃，但电脑及键盘和鼠标，还有一些报纸和一本塞尔维亚语词典仍静静地躺在尘土中完好如初。使馆工作人员说，当地时间晚8点多，邵云环刚从遭北约轰炸的尼什采访回到使馆。显然，遇难前的最后一刻她还在电脑前坚持工作，整理从战地采访得来的素材，准备撰写报道稿件。如果当时她不是在挑灯夜战而是在睡觉，人们后来可能连她的尸体都见不到了。

使馆官员一针见血地指出，北约蓄谋已久，他们的情报不是“不准”，而是非常准。使馆遭到攻击的部分正好是高级外交官居住的一面，使馆的武官、参赞、一秘都受了伤，大使官邸的房顶也被掀掉。而且，袭击的时间也是人们要入睡的时候。综合各种因素，北约的矛头所向十分明显，完全是赤裸裸的蓄意谋杀。

美国有识之士和世界舆论普遍反对所谓的“误炸”说。美国国际行动中心华盛顿办事处负责人马尔科姆·坎依认为，袭击中国使馆是一个大阴谋，是美国的战略。这一战略不仅向中国政府，同时也向世界其他支持南联盟的国家和组织发出信号：不要反对我们轰炸南联盟，否则我们将轰炸你们的使馆、你们的领土和平民百姓。

南斯拉夫许多政界和外交界人士告诉钱柳生，轰炸中国大使馆是美国和北约在科索沃战争中无可奈何的表现。他们早先预测顶多 3 天，最多一个星期就让米洛舍维奇跪下求饶。然而，截至炸馆之日，北约连续 45 天的轰炸并没有实现预期目标。南联盟人民不屈不挠，米洛舍维奇没有屈膝求饶。北约骑虎难下，无计可施，于是采用卑劣手段，企图通过轰炸中国大使馆打压南人民抗击侵略的战斗士气，对同情南斯拉夫人民、反对北约战争行动的中国施以颜色，恫吓和挑衅主张世界和平的正义力量。同时，敌视中国的西方势力不愿看到中国的迅速崛起和飞跃发展，千方百计地遏制中国，于是挖空心思地在中国前进的道路上设置障碍，枪打出头鸟。

钱柳生认识的那位南联盟朋友愤怒地告诉他，一看“误炸”说辞难以自圆其说，西方一些别有用心的人便对国际媒体散布说，北约轰炸中国使馆是因为英国特种部队发现南联盟利用中国同它的友好关系在使馆进行某些秘密活动，于是美国人制造了这起空中打击，意在“敲山震虎”。中国没有对抗实力，只能被动挨打，吃哑巴亏。据悉，丹麦和英国几个记者组成的一个所谓调查小组还披露说，美国人怀疑中国大使馆内藏有先进的通讯和电子窃听系统，他们把搜集到的军事情报传送给南联盟。作为交换，南军将击落的 F-117A 隐形战斗机的残片交给中国。美国人以为中国已经搞到隐形技术，所以大为恼火，于是冒险对中国主权领土进行了轰炸。更有甚者编造谎言说，南联盟领导人米洛舍维奇藏身中国大使馆躲避北约炮火。美国人是在获取确凿情报证明中国使馆允许米洛舍维奇避难的消息后才断然采取行动的，既从肉体上消灭米洛舍维奇，又给坚决反战的中国以难堪。故事编得活灵活现。据说一个日本记者“亲眼目击”，当时发现从被炸中国使馆中逃出几个白人，说塞语，而他们肯定不是消防队员，极有可能是藏匿在中国使馆内的米洛舍维奇。与此相关的传闻是，北约情报部门获悉，5 月 7 日晚中国大使馆举行招待会，米洛舍维奇将出席，因此北约决定轰炸使馆，目的是置米洛舍维奇于死地。

“这一切怎么可能？稍有常识的人都会知道，所有大使馆同其派出国都有无线电通讯联系，这一系统不可能移作他用。中国使馆又怎么可能是南军的‘无线电转播中心’？北约空袭40多天，南联盟虽然受到严重破坏，遭受巨大损失，但南军抗击北约的士气仍很高涨，军事实力并未遭重创，且国内局势基本稳定，米洛舍维奇依然大权在握，并不存在他不得不到外国使馆寻求避难的危急局势。而且，南斯拉夫那么大的国家，米洛舍维奇有很多住处，他不可能躲在一个国家的使馆里。至于招待会一说就更荒唐，因为稍有常识的人都能想象到，轰炸期间哪个使馆还敢举行大型招待会？更何况，米洛舍维奇从来就不出席外国使馆举行的招待会。”朋友越说越气愤，一连迭声地骂造谣者愚蠢，末了强调说：“退一万步说，即便米洛舍维奇真的在中国使馆避难，根据维也纳外交关系公约的规定，美国和北约也无权以任何借口轰炸外交领地！”

朋友的话代表了主张正义和良知的世界公众的舆论。数天来与许多南联盟官员及中外外交官和当地民众的访谈，钱柳生听到了太多的类似正义呼号，这令他倍感鼓舞和振奋。他决定将自己的所见所闻付诸文笔，公之于世，以张扬公正的强音。为此，他在及时客观报道相关言论和动态的同时，花费更多的精力加强报道的深度和力度，通过撰写一批综合评析性“大稿子”，还原事件的本来面目和事实真相，深刻揭示美国和北约公然肆无忌惮地违反基本国际准则和草菅人命的霸权行径。

然而，他的这些稿件不再像刚开始那样被报社编辑部重视，它们要么被“枪毙”不用，要么被延缓发稿，甚至被改得面目全非。打电话得知卫成果已经调往中国记协。报社人事处和外事处很快给他来电，要他立即结束采访回国。理由是：他还没有与报社办理正式聘用手续，以记者名义对外采访违反报社的管理条例。

钱柳生必须就两条路作出抉择：继续在报社干，但在未取得显著工作业绩之前不能升职提干，否则离开报社，自谋出路。

原来，卫成果大刀阔斧的改革动作触及报社内部一些既得利益者，特别是让报社高层的某个在位“老人”难堪，于是向上告状，夸大改革的“负面效应”。卫成果本来行事风格就比较另类，不大听招呼，顶头上司早就对他不感冒，于是借“老人”告状的机会，不动声色地将卫成果从“干事儿”的报社社长位置上“撸”了下来。正好中国记协需要一名资深干部充实领导班子，他便被顺理成章地调入中国记协。“上面”冠冕堂皇地公告，卫成果同志的调动是工作需要，职级和待遇保持不变。与此同时，那位“老人”则因为“坚持原则”而由副手转正，主持报社的全面工作。在他看来，钱柳生是卫成果的人，再怎么能干也不能委以重任。

人事部门根据他的“指示”，只能让钱柳生就“是去还是留”作出抉择。

卫成果自然清楚内中的猫腻。他也不是个“省油的灯”，趁中央批复扩建国际新闻电视台“招兵买马”的机会，一面毛遂自荐，一面调动自己的人脉关系，设法说服上级主管领导将他调入电视台。因此，他人还没到中国记协报到，档案材料便转到了国际新闻电视台，上级任命他为电视台主管新闻业务的副台长。他知道自己连累了钱柳生，得悉他受到不公正对待并面临抉择，内心感觉十分歉疚，决意要在关键时刻帮钱柳生一把。为此，他托袁本弥给钱柳生捎话，建议他离开《环球电讯》报，到国际新闻电视台来继续同自己一起打拼。钱柳生在南联盟的采访报道成绩卓著，给卫成果留下了深刻印象，让他进一步感受到了对方的才华。电视台扩建，一将难求。钱柳生本来在俄罗斯就是搞电视新闻报道的，回归老本行肯定如鱼得水，驾轻就熟。对扩建发展的国际新闻电视台来说，钱柳生无疑是一个不可多得的人才。卫成果实事求是地将钱柳生介绍给电视台班子成员，大家一致同意吸纳钱柳生，对他委以重用，为促进电视台开拓性发展发挥自己的聪明才智。

这一次，卫成果吸取了上次教训，不能再让钱柳生“鸡飞蛋打”。钱柳生调到电视台之后，卫成果给他办的第一件事就是解除他的后顾之忧，不仅为钱柳生办好了入台工作的一应手续，而且赶在最后一批福利分房之际为他解决了一套3室1厅的房子，同时帮他将全家从莫斯科搬到了北京。钱柳生的妻子本来也是电视人，自然同时入职电视台工作。他们的孩子被安排进了国际学校学习。

钱柳生十分感激卫成果及电视台对自己及家人的关心和照顾。古人云：“滴水之恩当涌泉相报”，“士为知己者死”。钱柳生是个讲义气、重感情的人。对于电视台给自己的恩惠，他无以回报，唯有努力工作。在他看来，中国的电视事业正在发展中，但步履迟缓，包括国际新闻电视台在内的中央和地方级电视台的新闻频道总体上仍受制于旧有教条理念的桎梏，新闻报道和栏目设置从形式到内容都显得僵硬呆板，大大落后于世界主流媒体。因此，要使中国电视新闻事业有一个大的发展，使之适应国家改革开放的大势，逐步缩小与发达世界同行的差距，必须循新闻规律办事，具体应重点抓这样三件事：抓时效，运用多种手段抢播即时新闻，包括采用飞字幕之类的形式；抓鲜活，让现场即景占据新闻版块和内容的主体，使之生动活泼、流光溢彩；抓深度，解读和评析新闻事件，揭示内幕，还原真相，吸引受众眼球。要做到这几点，必须重视源头建设，加强记者的一线采访和调查，在世界各地的新闻要地派驻“得力干将”，同时聘用本土外籍雇员，率先或在第一时间段采集重大和突发消息。

钱柳生将自己的上述想法和建议毫无保留地陈述给电视台领导，这与扩建电视台的初衷不谋而合，因而给电视台班子很大启发。他们经过认真研究和论证，决定首先逐步在纽约、莫斯科、柏林、墨西哥、开罗和内罗毕等地新建本土分台或扩充原有记者站，增派驻点记者，增聘外籍雇员，一面负责相关地区的采访报道，一面探索和总结实践经验，由点及面，为电视台未来事业大发展指引方向。同上次在《环球电讯》报一样，卫成果这次也想让钱柳生“当官”，希望他出任电视台副总编辑兼综合新闻部主任，配合自己主抓新闻报道业务。然而，钱柳生还是不愿意将过多的精力放在行政管理上，既然家庭都已安排妥当，少了后顾之忧，他提出还是到一线去打拼。尊重他个人意见，电视台领导研究后决定，让他先到纽约扩充站点，为适当时机新建北美分台奠定基础和积累经验。眼下给他的头衔是：中国国际新闻电视台纽约记者站首席记者。

受命领衔，钱柳生信心满满。夫人要留在国内照顾孩子，不能陪丈夫同行，钱柳生只能只身赴任。好在对他来说，孤身赴任已经不是第一次了。实际上，这在驻外人员中并非少数，大家早已习以为常，实属无奈之举。

十八

初到纽约，钱柳生在感叹摩天大楼和车水马龙营造出的繁华闹市和绰约风姿外，其实他对这个世界第一国际大都市的内涵知之甚少。而在这少得可怜的了解中，很大一部分则来自于一部在中国家喻户晓的电视连续剧《北京人在纽约》。

“如果你爱他，就把他送到纽约，因为那里是天堂；如果你恨他，就把他送到纽约，因为那里是地狱。” 该剧最经典的这句主题歌歌词给钱柳生留下了深刻印象。让他没有想到的是，在他还没有完全领悟纽约“天堂”和纽约“地狱”的内涵差异时，他竟然有幸成为“北京人在纽约”中的又一分子。好在他不是来此淘金寻梦，因而既不可能大富大贵地置身“天堂”，更不会如王起明们那样大起大落地坠入“地狱”。他为自己作为一名中国记者入驻纽约、报道纽约、体验纽约而倍感自豪。为了搞好报道，他临行之前做足了功课，收集了许多有关纽约的文字资料。通过这些资料，他大致了解了纽约的演变历史。

现如今，纽约（New York）是纽约都会区的核心，也是美国最大城市和最大海港。它位于美国最发达的东北部工业区的大西洋沿岸，由五个区组成：曼哈顿、布鲁克林、布朗克斯、昆斯和里士满，总面积 823.8 平方公里，人口 1054 万。曼哈顿岛是纽约的开基祖和城市核心。作为美国人口最多的城市，纽约也是个多族裔聚居的多元化城市，拥有来自 97 个国家和地区的移民，在此使用的语言达到 800 种。纽约地铁是世界上最为发达的快速交通系统之一，提供每天 24 小时不间断服务。此外，纽约还是一座世界级城市，直接影响着全球的经济、金融、媒体、政治、教育、娱乐与时尚界。纽约金融区以曼哈顿下城的华尔街为龙头，被称为世界的金融中心。纽约证券交易所曾是世界最大的交易所，直到1996年它的交易量被纳斯达克超过。纽约时报广场位于百老汇剧院区枢纽，亦是世界娱乐产业的中心之一。纽约曼哈顿的唐人街是西半球最为密集的华人集中地。

显然，纽约不仅对美国自身而且对整个世界都地位独特。作为联合国总部所在地和世界金融中心，其国际大都市的身价尤其引人注目。对此，钱柳生自然心中有数。他对今后分社的报道工作确立了这样几方面重心：1.时政报道走进联合国总部,关注安理会常任理事国及有关各方对全球重大突发事件的即时反应；2.财经报道主打华尔街品牌，紧盯纽约证券交易所；3.涉华报道主讲曼哈顿唐人街故事，宣扬华侨华人的祖（籍）国情怀和打拼奋斗精神；4.文化报道立足纽约时报广场，采集百老汇剧院区枢纽的文娱经典；5.推介纽约的十大靓丽风景和旅游胜地：自由女神像、联合国总部、纽约地铁、世界贸易中心（双子塔）、华尔街、纽约证券交易所、时报广场、百老汇、曼哈顿岛、唐人街。

然而，还没等钱柳生将计划付诸实施，一伙丧心病狂的劫机歹徒制造了惨绝人寰的“9·11恐怖袭击事件”。面对突如其来的空前灾难，美国人惊呆了！全世界的人惊呆了！它完全超乎人们的意料，环绕这一事件的新闻成了当时一个时期内压倒一切的报道内容。

那是2001年的9月11日。这一天,19名劫机者差不多同一时间分别从波士顿、纽瓦克和华盛顿特区（华盛顿杜勒斯国际机场）搭乘4架美国民用航空飞机。这些飞机原本飞往旧金山和洛杉矶，但起飞不久就分别在美国上空被这帮歹徒劫持和控制。据一些乘客和机组人员设法使用机舱电话和手机与外界取得联系后提供的信息，每架被劫持飞机上都有好几名劫匪，他们使用催泪瓦斯、胡椒喷雾和小于十公分的刀具等行凶；一些机上工作人员被刺伤。令人特别震惊的是，这帮恐怖分子劫机不是一般的刑事犯罪，而是骇人听闻地制造自杀性恐怖袭击事件，用被劫持客机撞击纽约地标性建筑世界贸易中心（双子塔）和华盛顿美国国防部总部所在地五角大楼等重要目标。世贸中心双子塔两幢110层摩天大楼及附近的万豪酒店、美国海关、希尔顿酒店等5座建筑被完全摧毁坍塌，其它23座高层建筑遭到不同程度的破坏。五角大楼也遭到局部破坏，部分结构坍塌。“9·11事件”共造成2998人遇难，其中2974人被官方证实死亡，另外还有24人下落不明。遇难人员名单中包括：4架飞机上的全部乘客共246人，世贸中心2603人，五角大楼125人。罹难者中还包括以身殉职的411名救援人员。这次恐怖袭击对美国及全球产生巨大的影响。它是继第二次世界大战期间珍珠港事件后，历史上第二次对美国造成重大伤亡的袭击事件。

钱柳生可以说是亲历了“9·11事件”。那天，他正好因公到中国驻纽约总领馆办事，目睹了世贸中心两座摩天大楼遭遇飞来横祸的惨烈情景。那一刻，实在太惊心动魄了，他的心灵深处感受到了从未有过的巨大震撼！中国驻纽约总领馆大楼也是高层建筑，钱柳生乘电梯上到16层楼面时，窗外突然飘进一阵紧似一阵的嘈杂刺耳的警笛声。他探头朝窗外一看，发现楼下街面上一大队警车正火急火燎地疾驰向前。再斜眼一望，他惊讶地发现5公里开外的世贸中心双子塔北楼(1号楼)正着火冒着浓烟，两架直升机围绕大楼飞来飞去无法靠近。滚滚黑烟向新泽西州的方向飘去，拖得极长，令人毛骨悚然。正疑惑间，只见又有一架飞机从新泽西州那边飞来，在海面上空拐个大弯后，竟然斜着朝双子塔南楼(2号楼)直接撞了过去，刹那间被撞楼体处冒出了一个大红火球。

此时，总领馆楼宇间已是一片惊呼。有人显然正在看美国有线新闻网（CNN）的电视现场直播报道，随即高声惊呼起来：“恐怖袭击！恐怖袭击！双子塔摩天大楼被飞机撞了！”

后来的讯息证实，当天上午8点46分40秒，被劫持的美国航空公司11次航班（一架满载燃料的波音767飞机）以大约每小时490英里的速度撞向世贸中心北楼的94至98层之间。9点02分54秒，另一架来自美国联合航空175次航班的满载燃油的波音767飞机也以大约每小时590英里的时速撞入世贸中心南楼78至84层处。撞击引起巨大爆炸。北楼8点46分被撞，10点28分倒塌。南楼9点3分被撞，9点50分率先倒塌。与此同时，恐怖分子还劫持了另外两架飞机。上午9点37分，美国航空公司77次航班（波音757）撞入五角大楼西翼并且引起大火，造成百余人丧命。10点03分，美国联合航空公司93号航班（波音757）也被劫持，恐怖分子原计划可能用它袭击美国白宫后面的国会大厦，但因遭遇激烈反抗和搏斗，飞机在宾夕法尼亚州尚克斯维尔东南部地区坠毁。后来的进一步调查显示，机上无人生还。

CNN在第一次袭击之后的3分钟后便开始现场直播世贸中心的情况，率先向全世界报道了此次恐怖袭击事件。

钱柳生再也无心办事了，他迅速借用总领馆的座机电话给记者站同事打电话，请他们抢发文字快讯和简讯，让国内编辑部抢先在电视新闻频道上作“飞字幕”报道。之后，记者们再迅速跟踪采集现场画面，作后续详细报道。撂下电话，他便匆匆下楼，他要赶快赶回近在咫尺的分社组织后续报道。这么天大的新闻，作为电视记者，不在第一时间到现场采集视频报道，那将是严重失职。

等他匆匆赶回分社，同事们已经携带拍摄工具并启动采访车在门口等着他。

二话不说，他立马钻进汽车，司机一加油门，汽车便驶离原地，渐渐加速向世贸中心方向挺进。那时 9 点钟刚过不多会儿，大家尚不知道华盛顿五角大楼和宾夕法尼亚州也发生了劫机事件，以为只有世贸中心一处遇袭。不过，即便知道后两起袭击事件，它们远离纽约，钱柳生他们鞭长莫及，也只能就近采访双子塔的袭击现场。更何况，双子塔摩天大楼灾情空前，理应成为媒体关注和现场采访的聚焦地。

不过，此时的世贸中心地带及附近街面已经一片拥堵，交通被管制。大批消防队员、警察和救援人员赶赴现场救援，或想方设法搬运瓦砾以搜救幸存者，或往外疏散惊慌失措逃离高楼的人流。包括许多媒体记者在内，人们只准出不准进。考虑到袭击现场遭破坏的即景画面已经通过 CNN 的直播报道而传遍全球，再就此采访已无太大新闻意义，钱柳生决定将采访报道的重点转向救援及美国官方和目击者反应。他让一名记者随车回分社跟踪官方反应，及时开展文字报道，自己则和其他人一起留在世贸中心附近用摄像机和照相机拍摄救援现场，见缝插针寻机采访相关人员和逃离现场的民众。还别说，这样的采访安排，让钱柳生他们做成了两个专题报道——《美国消防队员 9・11 灾难面前奋不顾身》、《华裔空姐邓月薇“9・11 事件”率先报告航班被劫持》。

对钱柳生他们来说，采访和报道“9・11 事件”中殉职的美籍华裔空姐邓月薇（英文名字 Betty Ann Ong）纯属偶然。有关“9・11 事件”连篇累牍的媒体报道中有人提及曾有空姐致电地面空管报告劫机讯息，钱柳生觉得这有新闻点，于是让同事打电话采访波士顿航管中心求证，寻求新的详细信息，结果得到肯定的回应。听说是中国记者采访，对方还主动提及，那位空姐名叫贝蒂・邓，是位美籍华裔。“了不起！她是首位向地面报告有关劫机消息的人。真应该给她请功！”对方由衷地夸赞道。

华裔！这更令钱柳生来了兴趣。他打破砂锅问到底：“贝蒂・邓是哪家航空公司的空姐？她都说了些什么？”

对方：“贝蒂是美国航空公司 11 号班机的 3 号乘务员。对不起，我不是直接和她通话的人，有关详情眼下无可奉告。”

挂断电话，钱柳生没有放弃，他试着又把电话打到了美国航空公司，对方果然透露了些许详情。他告诉钱柳生，尽管他对贝蒂・邓与波士顿航管中心的通话详情不完全知悉，但有关方面已知会本航空公司，贝蒂在面临劫机胁迫和恐怖的情况下，勇敢而智慧地坚持与地面控制中心进行了约 20 分钟左右的通话，成为首位向地面报告有关劫机消息的人，为有关方面迅速确认恐怖袭击而采取应对措施提供了宝贵信息。“贝蒂一贯表现良好。她从最初的行李部做起，到一步步升为乘务组长，她的亲和力和乐于助人给同事和朋友们都留下了极深的印象。”显然，公司对贝蒂·邓赞誉有加。

够了，单发一条消息元素已经比较丰满，但钱柳生想到了邓月薇的家人。几经周折，通过纽约唐人街侨领的牵线搭桥，他终于与旧金山侨界通上了电话。尽管对方称邓月薇家人因其罹难而陷入无比悲伤之中，一时难以接受媒体采访，但他们认识邓月薇及其家人，愿意给大陆媒体提供他们所了解的可以公开的信息。

邓月薇，英文名 Betty Ann Ong，1956 年 2 月 5 日出生于美国加利福尼亚州旧金山市，祖籍中国广东省开平市赤坎镇。她是第三代移民，自小就生长在旧金山，在家中排行老四，上面有一个哥哥和两个姐姐。父亲已经 82 岁高龄，母亲也已 75 岁，退休前在旧金山市华埠附近开设了一家杂货店。邓月薇小时候就爱坐飞机旅行，也许正是由于这一点，她才选择了到航空公司工作。1988 年她终于空乘学习毕业，如愿以 32 岁大龄成为一名空姐。听她姐姐邓月华说，妹妹本来不应该在被劫持的航班上，但月薇和另外一位姐姐曾约好一起去度假，为了多挣点钱才调整了工作时间，赶上“9·11”这一天在 11 号航班上工作。谁也想不到，不幸的事情发生了，她所在的航班是第一架撞上世贸大厦的飞机。

至此，钱柳生和同事们终于完成了专题报道《华裔空姐邓月薇“9·11 事件”率先报告航班被劫持》。当然，“9·11 恐怖袭击事件”发生后的初始阶段，寰宇世界，尤其是在美国，人们谈恐色变，草木皆兵，从高层到民众心理上如何应对恐怖主义袭击占据了重要地位。然而，类似邓月薇这样的故事并没有从人们的记忆中抹去，当人们从恐怖袭击的阴影中逐步回归正常时，人们越发意识到邓月薇事迹的伟大。后来人们才知道，邓月薇是在经济舱后排冒险躲进洗手间，英勇而智慧地向地面控制塔报告事态的。她以清晰而镇定的声音说明了自己的身份，报告了两名座位在头等舱 2A 和 2B 的乘客进入驾驶室，机长无法联络、头等舱的乘客全部被赶出来、两位商务舱的乘务员被刺伤、飞机摇晃不定等信息。她的完整表述帮助地面人员迅速通知紧急中心并确定为劫机事件，及时取消了这条航线的所有班机。为此，“9·11 事件”调查委员会和美国时任总统布什称赞她是美国英雄。已故联邦参议员肯尼迪、国会众议员佩洛西和纽约消防局长马尔等也致信邓月薇家人表达哀悼，并赞誉她的英勇行为。旧金山市长布朗宣布将 9 月 11 日命名为“旧金山邓月薇日”。2002 年 3 月，邓月薇的哥哥邓达民接到纽约医学检测中心的电话，告之他们在距离世贸大厦两个街区找到了贝蒂的一块腿骨，经 DNA 对比确认火化后，家人将骨灰存放在旧金山以南的科尔玛墓园。要知道，在“9·11”遇难者大约 3000 人中只有 60% 通过 DNA 比对找到了遗骸。

邓月薇遇难后，全家人无法从悲痛中解脱，每年的 9 月 11 日都避开各种纪念活动。邓达民兄妹还为邓月薇成立了一个基金会，致力于儿童的健康和福利。

“9·11 事件”十周年时，美国政府和民间展开了大规模纪念活动。在 9·11 纪念馆中的 3000 多罹难者名单中，邓月薇的名字放在第一位。有关方面还第一次公开了她在飞机被劫持后与地面空管人员的对话录音，受到广泛关注。

最后一个与邓月薇通话的是美国航空公司的控制专家纳迪亚·冈萨雷斯，在录音上可以听到，在客机撞向世贸大楼时，冈萨雷斯大声喊到：“出了什么事情？贝蒂，与我讲话，贝蒂，你在哪儿？贝蒂？”但是那时已经没有回答。

显然，这些后来发生的事情不可能被钱柳生他们的专题报道所吸纳，否则报道会更出彩。不过，卫成果和电视台高层还是对钱柳生在“9·11 事件”报道中的新闻敏感和主动出击提出了表扬。要知道，作为电视媒体，“9·11 事件”报道凸显了中国媒体、特别是中央级媒体在对重大突发事件报道方面的短板，比之西方主流媒体的应急报道能力存在着不是一丁半点儿的差距。长期以来，中国媒体和新闻人习惯于不慌不忙四平八稳的工作方式，因为没有竞争对手，老百姓只能看被垄断报道的新闻，千篇一律。谁知道，改革开放，国门逐步洞开，新闻报道的竞争态势初现端倪。就电视新闻报道而言，英文的美国电视新闻网（CNN）和中文的香港《凤凰卫视》获准在中国大陆落地播放时，中国从中央到地方的各级新闻电视台立马就被比下去了。特别是知识界和中高端白领精英阶层，自此不愿看中国电视新闻，有条件的只看 CNN 和《凤凰卫视》。

“9·11 事件”可谓是典型的例证。且不说 CNN 凭借本土优势自然率先直播，就是《凤凰卫视》的反应也让国人同胞刮目相看。那天，《凤凰卫视》驻纽约记者早上 8 点多去华尔街等股市开盘，没想到却正好碰到了撞机事件。他一个电话打回香港本部，该台立马开始了 36 小时的直播。当时，正在主播台上的吴小莉接过一张编导递过来的纸条，就开始了对“9·11”恐怖袭击这个轰动全世界的事件的报道，反应迅速可见一斑。

然而，不比不知道，一比吓一跳。“9·11”事件发生的当晚，当全世界各大电视媒体都在直播这一事件时，国际新闻电视台却几乎一言不发。而以向全球播出为已任的英语频道，当时播出的竟然是京剧。事后，国际新闻电视台遭到了一片责骂，有的骂得还很难听：“电视台领导做官做久了，不食人间烟火，更别提新闻敏感性了，所以稳如泰山。”了解一些内幕的人士透露说，其实新闻频道主持人和记者都已做好直播准备了，但请示某个台领导的结果是，正常播出原定节目。

教训是深刻的，但在某种程度上来说国际新闻电视台也是无辜的。俗话说，积重难返，人们对它的责难并没有顾及到当时中国电视落后的实际状况。电视人辨析说：中国电视落后不只表现在观念层面，还有技术层面的落后。即使能让我们直播“9·11”恐怖袭击，也依然有很多技术难题：中断正常节目产生混乱的代价、主持人不会英语、缺少国际知识等素质的落后、缺少电视台自己的新闻评论员、使用境外信号的技术困难、双语直播能力的匮乏等等。因此，中断正常节目不是一句话就能实现的。在画面资料严重匮乏的情况下，主持人和评论员必须通过大量的自主发挥来填满节目档次的空间，而这种临场发挥谈何容易，既非一日之功，更需多方协作。

但无论如何，这些都不足以成为被动落后的理由。要知道，当时整个中国新闻界的现状就是如此，国际新闻电视台只不过是有了 CNN 和凤凰卫视等参照物而被推到了风口浪尖上。知耻而后勇，正视问题才能突破自我，开拓向前。可能正是看到了“9·11 事件”报道中的巨大反差，包括国际新闻电视台在内的中国中央级媒体乃至它们的上层主管部门才下决心以壮士断腕的气概改革创新，打一场新闻竞逐的翻身仗。

从战争年代拓展壮大起来的华讯国际社可以说是中国新闻界海外越洋播报的“龙头老大”，是中央外宣的耳目喉舌，一文一稿都被世界解读为中国官方精神。华讯国际社从业人众，专业多门，内外并蓄，技术先进，其遍布全球的分社布局和新闻采集力量更为其他国内媒体望尘莫及。作为号称已经建成或至少正在建设中的世界性通讯社，她有理由站在中国新闻媒体的前沿阵地冲锋陷阵，打翻身仗志在必得！

十九

伊拉克战争为华讯国际社的雄心壮志提供了证明自己的契机。

2003 年年初，美国以伊拉克拥有大规模杀伤性武器和支持基地组织恐怖活动为由，对伊保持高压态势，十几万大军集结海湾，威慑萨达姆“独裁”政权投降就范，伊拉克战争一触即发。与此同时，世界媒体也纷纷调兵遣将，排兵布阵，为一场“新闻大战”的来临而紧锣密鼓地上下“忙活”。

华讯国际社自然积极参与竞逐，开罗分社首当其冲。此时，易洪武再度来到开罗，当分社一把手主政中东一方。当时正要开一年一度的社工作会议，他作为开罗分社社长，必须回京出席参会。接到开会通知后，易洪武不敢怠慢，立即让行政秘书钟敏诺购买机票，尽速启程返京。经联系，正好次日有飞机航班飞迪拜，然后即可转乘中国民航班机到北京。

第二天下午，易洪武身着一套崭新的名牌西服，容光焕发地出现在开罗国际机场候机大厅门前，副手柳达舜和行政秘书钟敏诺紧随其后。

“头儿，推车上三件行李，二大一小，没错吧？”司机小李从不远处停的一辆面包车跑过来，指着有人推过来的行李车告诉易洪武。

开罗分社是个地区性大分社，“麻雀虽小，五脏俱全”，不仅有专事埃及境内采访业务的记者部，还有新开设不久的英、阿文两个编辑部。华讯国际社正在扩充开罗分社，准备将开罗分社打造成中东地区报道“龙头”。除增加相应的采编人员外，还给开罗分社配备了司机、厨师等必要的行政后勤人员。

钟敏诺点点行李车上的包裹，没有错。她看着易洪武征询道：“头儿，咱们进去吧。”

对易洪武，如果叫他“社长”则显“俗气”，有“拍马屁”的嫌疑。喊他“洪武同志”或者“老易”则显得有些“生分”。于是，年轻人都按照当下的流行称谓叫他“头儿”，或启用他的名号后缀喊他“武头”，既上口亲切，又简洁明快、不落俗套。

易洪武对钟敏诺点点头，笑着冲面包车那边招呼着：“走吧，走吧，进机场。”

一行人“浩浩荡荡”跟着社长，说说笑笑地向候机大厅深处走去。

这是开罗分社一个不成文的“告别仪式”。每每有人回国或离开开罗，分社都要组织专人送到机场。有人回国，大家更希望通过送别来表达一下对祖国和家乡亲人的思念之情。易洪武又是一社之长，平时人缘好，自然大家都想到机场来给他送行。

候机楼安检大厅内熙熙攘攘，人头攒动。有的急匆匆推着行李车，焦急地打探自己该在第几个安检口入关。有的则拉着拉杆箱不慌不忙，悠闲自得地在人群中溜达，“随波逐流”。大多数旅客都有人数不等的送行伙伴，有说有笑，热热闹闹；少数人则独自走动，满脸惆怅，落寞孤独。

安检口，易洪武先同大家一一握手告别，然后从手提包里掏出机票和护照交给安全警察查验。大家则抢着帮忙，把他的行李和包裹放到传送带上进行安检。一切顺利，易洪武独自入内。送行的人们则自觉退到安全线外等候，目睹他将安检后的行李再次放到行李车上，前往航空公司客运柜台，排队等候办理行李投运和登机手续。

终于，易洪武办完手续，一身轻松地回返安检口。他知道，大家还在那里等他作最后的告别。他拉着一只小的旅行用拉杆箱，隔着玻璃隔离墙向大家挥手致意，大家也同样默默地朝他挥手。隔离墙别看只隔着一层玻璃，里外的人彼此都能看见，但隔音效果却忒棒，要对话对方根本听不见。不过，作为一种送客形式，这面玻璃墙却也不失人性化，它能让里外的人彼此看见对方，对对眼神，打打手势，聊表心意，心领神会。

易洪武走了，柳达舜是副社长，主持分社工作。他一面招呼大家回社，一面带头步出门外，来到一片开阔地等待大家聚齐。

“请问，你们是中国人？”

柳达舜抬眼一瞧，只见一位东方女士推着一只行李车停在自己身旁柔声询问。在她身后，跟着一个小小的团队，手提肩扛，其中一名“猛男”正肩扛电视摄像机，把镜头对准柳达舜一行。

看见柳达舜一头雾水的诧异眼神，那位东方女士赶忙解释:“对不起，别介意。我们是香港‘世界之窗’卫视的，刚从德黑兰采访过来，现在想去伊拉克转转。看见你们一大帮子人，就想聊聊，也许能做个花絮之类的小节目。怎麽样？你们这是……”

大家这才释然。柳达舜赶忙笑着答应：“原来是香港同胞啊。好，好。说起来咱们是同行，我们是大陆华讯国际社开罗分社的。”他一边说一边把身边的女孩徐冰洁推到镜头前：“这是我们‘五朵金花’中的女一号，让她给你们节目增光添彩吧……”

徐冰洁一阵脸红，嚅嗫着嗔怪柳达舜。人们开心地哈哈大笑。

刘虹雨当仁不让，摆着“POSE”站到镜头前侃侃而谈：“我们是中国华讯国际社派驻开罗的记者，在这里与‘世界之窗’卫视的香港同仁们不期而遇。香港已经回归祖国，咱们现在真正一家人了。俗话说，‘老乡见老乡，两眼泪汪汪’。可我们现在没有悲戚，只有高兴。咱们都是中国人，都是炎黄子孙，都……”

她一时语塞，女主持人连忙打圆场：“你说得太好了。既然是大陆同仁，那么一家人不说两家话，我有个问题想问你们。”她把话筒伸向柳达舜：“请问，怎麽称呼？”

“他姓柳，是我们的副社长。”钟敏诺机敏地上前介绍。

“柳先生，凭您的判断，伊拉克战争会打起来吗？美国要动武的话，你认为何时会打起来？”

“美国‘9·11’事件后，弥漫着浓烈的复仇情绪，把基地组织视为眼中钉肉中刺，先是发动了阿富汗战争，清剿以本·拉登为首的基地组织。现在，它又以伊拉克拥有大规模杀伤性武器和支持基地组织恐怖活动为由，对伊保持高压态势。十几万大军集结海湾，依我看，不只是用来威慑萨达姆‘独裁’政权、逼其投降就范那么简单，美伊之间肯定要有一战。至于具体时间嘛，我想还是用‘一触即发’来形容更贴切。”柳达舜对着镜头，毫不隐瞒自己的观点。

有人支持：“同意！表面上看，美国在同不听招呼的中东刺儿头萨达姆较劲，名义上说是冲伊拉克支持基地组织和隐匿大规模杀伤性武器，实际是为了伊拉克的石油。小布什和美国国会中一些人，都是找个由头就要赚个缸满盆满的一帮贪婪家伙。美国不会白花自己的白花花银子，出动十几万大军到中东来，不把萨达姆打趴下，怎么能搞定伊拉克的石油黑金。当然，萨达姆和他那共和国卫队也不是省油的灯。正因为这样，美国才如此兴师动众，只有推翻萨达姆政权，才能实现美国的最大利益。”

“伊拉克什叶派、逊尼派和库尔德三股势力的矛盾错综复杂，由来已久。尽管伊反对派力量还未形成合力，但萨达姆政权民心背向，正不断侵蚀其统治根基。虽然萨达姆和他的共和国卫队厉害，统治国家主要依赖铁腕手段。但‘哪里有压迫哪里就有反抗’。伊拉克反对派的抗争正日趋强烈，而且更获得美国和西方的暗中支持。对美国来说，支持伊反对派推翻萨达姆独裁统治，不仅是借口也是机遇，既能以伊拉克人民的‘解放者’自居，更能推销美国式民主政制，在伊拉克扶植一个亲美政权，使美国在伊利益最大化。”谈起报道来，徐冰洁不再腼腆。她外语好，看的外文资料多，因而业务棒，对地区形势颇有研究。这是她的强项。

“美国大兵压境，萨达姆政权岌岌可危，要么缴械投降，要么被武力推翻。可以预见，萨达姆垮台是早晚的事。不过，不管将来伊拉克由谁来掌权，他只能听命于美国。美国跑到海湾来打这一仗，说是为打击基地组织和寻找大规模杀伤性武器，那是扯淡。美国‘醉翁之意不在酒’，就是为了石油。从这个意义上说，美国打下伊拉克后，无疑是赢家。”

“话不能这么说。现在还没打起来呢，下这个结论太早。要知道，萨达姆也不是吃素的。伊拉克‘共和国卫队’和‘复兴党’那是世界闻名的强势力量，美国能那么容易拿下伊拉克？不错，伊拉克反对派是个‘内应’，但前提是美国什么时候能把一盘散沙的反对派力量整合到一起？”

“我以为伊拉克问题不单是这一个国家的问题，它还牵动着整个地区形势。首先，美国对伊拉克动武，同样危及邻国伊朗的安全。而伊朗和伊拉克都是中东地区反美和反对以色列的‘急先锋’。一旦美国攻打伊拉克，以色列肯定支持美国。届时同样反美反以的两伊会结成联合阵线吗？要知道，‘两伊’曾经打了 8 年仗，彼此积怨甚深。而且，现在伊拉克反对派主力是亲伊朗的什叶派，德黑兰巴不得萨达姆倒台呢。瞧，伊拉克问题就是这么错综复杂。”

……

大家七嘴八舌，争得面红耳赤。

女主持心满意足，大家的一番话给她的电视报道增添了丰实的内涵。她抬手看看表，冲柳达舜告别道：“柳先生，谢谢您。不好意思，我们该办手续上飞机了。谢谢，谢谢大家！”她顺手从口袋里掏出一张名片，递给柳达舜：“这是我的名片，希望以后有机会再联系。”

柳达舜一面接过名片，一面连忙掏出自己的名片递给对方。

大家一一握手告别。各奔东西。

刘虹雨抢过柳达舜手中握着的女主持名片，喃喃念叨着：“香港《世界之窗》卫视主播、战地记者周筱……”

“给我看看！”大家嚷嚷着。周筱的名片从一个人手里传到另一个人手里。柳达舜摇摇头，调侃地喃喃自语：“电视魅力、名人效应呀！”

第二天，易洪武准时飞抵北京。在首都国际机场，他走下飞机、步出机场大门的一霎那，立刻感到一种无以言表的舒坦。他推着行李车，行李车驱动自如，不像开罗机场的那么呆沉滞重；他抬头望望天，天空一片湛蓝，少了开罗空气中弥漫的沙尘和浑浊；他举目四顾，车水马龙却礼让有序，看不到车辆横冲直撞和行人胡乱穿行。一切都是那么整洁、宁静、自然和和谐。

“终于到家了！”他一边在心里喃喃自语，一边用眼神四下搜索。总社外事局说好派人到机场来接他，怎么看不到人影。

“哎呀，老易，真是对不起。我们进海关里面去找你，走直通道，没想到你那么快就自个儿出来了。”外事局副局长于铁慌里慌张地走近易洪武，同他亲切握手。他后面跟着外事秘书林洪宏，一面连连抱歉，一面接过易洪武手中的行李车推车向前。

易洪武一脸惊诧：“走直通道？”

林洪宏自豪地回应：“不是吹，这机场没有咱不熟识的。打个招呼，一句话的事。更何况接您易大社长！”

易洪武笑了：“早就听说你们外事秘书神通广大，真有你们的。”

于铁也笑笑：“话是不假，可不仅如此，这次是总社领导特地要求我们‘特事特办’的。你现在先不回家，咱们直接到总社。伊拉克战争一触即发，社领导们都在等着听你汇报伊拉克局势和相关报道计划。之后，你可能也不能参加完社工作会议，得很快返回开罗去。”

说话之间，他们已来到机场停车场。林洪宏麻利地将行李装入轿车后备箱，然后指着驾驶座对易洪武说：“易社长，你是不是过过瘾，听说你的驾驶技术一流……”

于铁马上制止：“不行！留点时间让洪武思考思考，领导们正在等着听他的工作汇报呢。”

“好咧。两位坐好。”林洪宏坐上驾驶座，系上安全带，然后一拧车钥匙，将车缓缓地开出停车场。来到高速路，他加大油门，汽车飞也似的奔驰向前。

40多分钟以后，汽车便停到总社大楼门前。易洪武和于铁赶忙下车。于铁关照林洪宏："你把洪武的行李给他直接拉家去。"

不等小林回话，于铁便赶忙领着易洪武直奔总编室会议室。

会议室里，社党组扩大会正在进行。一见易洪武出现，党组书记、社长郑聪中便高兴地朝他挥手，招呼他坐到自己身旁的座位上。易洪武连忙赶过去，一边同郑聪中握手问好，一边同其他人对眼神、打手势示意。

见易洪武坐到位子上，郑聪中赶忙示意大家安静，然后对易洪武说："你从一线赶回来，想必于铁在车上已经和你通气了，下面会议就先听你的。"

易洪武一边从随身携带的背包里往外掏笔记本，一边笑模笑样地回应道："社长，我可没什么准备。要我说，我就给大家汇报汇报一下工作。"

"不要照本宣科。我们就听你的见闻和直接感观，想到哪儿说哪儿，这对我们最后决策有好处。"副社长兼总编辑鲁和济插话，提出具体要求。

"那好吧。"易洪武赶忙推开笔记本，胸有成竹地亮开嗓门说："大家不是关心美国打不打伊拉克吗？那我就先谈谈这方面的问题。中东高层和舆论界流传这样一种说法，美国此次大兵压境对付萨达姆，其中一根最大的导火索就是伊拉克拥有大规模杀伤性武器。而这一情报最先源自一个伊拉克叛逃分子。他叫拉菲德·贾纳比（Rafid Ahmed Alwan al-Janabi），于1999年抵达德国的伊拉克难民营，因其化学工程师的身份而引起德国情报部门BND的注意，后被吸纳为西方间谍，美国中情局CIA为他取代号为'弧圈球'。'弧圈球'声称，他在国内时曾亲眼见到过当局为躲避国际社会检查而设立的车载移动生化武器试验室。尽管BND对此表示怀疑，MI6也认为'弧圈球'的有些表面现象是典型的杜撰者的行为，但最终CIA和MI6都倾向于信赖他的情报，MI6认定他提供情报中的相当大一部分是真实的。与此同时，另一名叛逃的前伊拉克情报人员则向美国情报机构'证实'，萨达姆政权确实有移动生化武器试验室。他声称，设立该实验室还是出自他的主意，他曾为此亲自订购了7辆雷诺卡车。不过，CIA和MI6却也都曾从伊拉克官方情报源获得内容完全相反的情报。时任伊拉克外长萨布里（Naji Sabri）和伊情报首脑哈布什·蒂克利提（Tahir Jalil Habbush Al-Tikriti）一再表明，伊拉克没有大规模杀伤性武器WMD（weapons of mass destruction）。但是，戴着有色眼镜的美英情报机构根本不信萨布里和哈布什的说辞，先入为主地认定他们在撒谎，旨在拖延英美军队攻打伊拉克。那么，到底谁的话是真、谁的话是假？伊拉克到底有没有生化武器？显然，这已经不是什么问题，因为出于美国自身利益考虑，它宁可信其有。中东媒体、世界舆论都认为，布什政府一门心思就是要推翻萨达姆政权，伊拉克有没有生化武器并不打紧，重要的是那里有美国需要的石油。否则，美国不会如此大动干戈，十几万大兵压境，对伊虎视眈眈。实际上，现在的形势是：战争随时会打响，一触即发。”

郑聪中拍手叫好：“这个开场白好！咱们说话办事就是要直奔主题。洪武，你接着说。”

易洪武呷一口茶，继续顺着自己这段时间认真调研后的思路汇报说：“现在有一种国际舆论，我认为说得有些道理，那就是美国肯定要打伊拉克，因为这对实现美国的新全球战略，对美国经济以及对布什政府下一阶段的政治生涯至关重要。也就是说，这关乎美国三层问题：能源、国际金融（资本流动）、地缘战略。据悉，美国和以色列1996年搞了一个‘具有深远背景和内容的计划’，旨在重塑整个中东。美以两国设想用美式民主取代伊斯兰独裁体制，终结泛阿拉伯民族主义，既为阿拉伯国家提供与以色列及美国讲和的机会，又能为美获取中东石油能源提供更安全的通道。要实现重塑中东的战略目标，美国必须拿‘刺儿头’开刀。萨达姆就是个‘刺儿头’，不打他打谁？眼下为什么还没打起来？美国当然不太受联合国制约，但对世界舆论和人心向背他还是多少有所顾忌的。不过，有人认为，决定短期历史和政治状态的，从来就不是人心，而是实力！美国自恃有实力，从不把别人放在眼里。伊拉克这一仗，看他目前咄咄逼人的架势，他是非打不可！”

“你认为大概什么时候会打起来？”有人提问。

“圆滑一点说，一触即发。但要具体预测的话，许多人认为最晚不超过三月底四月初，因为再晚的话中东天气就炎热了，那时不利于美军打地面战。”易洪武回答。

郑聪中扳指头算账说：“这就是说，留给我们的准备时间十分有限。我看，我们的报道从现在开始，每一刻都要立足于打。开罗分社作为中东地区的‘龙头老大’，报道自然是最前线。洪武，你们的担子很重。怎么样，你对伊战报道有些什么设想？”

易洪武确实有自己的思考和想法。他再一次端起茶杯抿口茶，然后胸有成竹地回应道：“社长，在汇报我们的设想之前，我想先给大家讲个小故事。”

大家一愣。郑聪中大将风范般地爽快表示：“现在这个时间段都是留给你的。讲故事，好啊，我们洗耳恭听。”

易洪武受到鼓舞，便循着自己的思路放开说：“是这样的，前天在开罗，我到咱们使馆办事，正赶上使馆新闻处接待一帮外国记者。新闻处同志看见我，忙把我引荐给对方认识。大家寒暄一番之后，一名西方记者突然不无挑衅地向我发问：‘你们是中国的官方大媒体，且自称是世界性的。但据我所知，过去每当哪里出乱子，我们西方记者都争着去抢新闻，而你们则每每奉命撤退。为什么？现在伊拉克要是打起来，你们还会这样吗？你们什么时候能抢一次首发新闻？’问题实在是尖锐，我一下子懵了，不知道如何回答，本想含糊其辞敷衍了事算了，但话到嘴边就跟他应了战。我对他说：‘过去只代表过去。中国正在进步发展，中国媒体也已与过去不可同日而语。中国俗话说，‘是骡子是马，拉出去遛遛’。伊拉克战争要是打起来，咱们‘骑驴看唱本——走着瞧’！大话虽然放出去了，但对方的挑衅总是在戳我的胸口。尽管我们也确实有我们的优势和进步，但从新闻媒体的特性和新闻规律来说，我们眼目下确实不太具备抗衡世界性大媒体的竞争手段，相应的表现和效应有时确实令人沮丧。”

会场一下子安静了下来。大家似乎都在感觉问题的真实存在，却又对破解难题束手无策。见大家情绪不振，易洪武赶忙提高声调鼓舞士气：“我讲这个故事，目的是要正视问题的存在，积极寻求应对办法，努力改变落后现状。这次伊拉克战争报道，既是挑战更是机遇，我们必须努力打一个翻身仗！”

“好！说得好！”郑聪中打心眼儿里欣赏易洪武的积极进取精神。看大家情绪低落，本想自己出面来调整和提振大家的心态，却不想易洪武话锋一转扭转了局面，使会场重新恢复了生机。看在眼里，喜在心里。郑聪中决定顺着易洪武的思路再给会议升升温。他朗声解释道：“今天这个会是专门研究伊拉克局势的。我们应该如何开展应对报道，社党组事先讨论过，认为我们的着眼点当然要立足于打，但不同于以往的是，我们这次一定要拼搏，要真作为！不紧不慢温吞水，跟在西方通讯社后面人云亦云、亦步亦趋，那我们还建设什么世界性通讯社？中国的政治经济形势正在突飞猛进地发展，越来越与世界接轨，我们的新闻报道也必须齐头跟进，不断拓展我们在国际社会中的话语权、主导权！”

一石激起千层浪。郑聪中的话果然激发起大家的热情，纷纷交头接耳，各抒胸臆。一时间，会场内一片嗡嗡声。郑聪中一改过去强调会场纪律的严肃劲儿，任凭大家叽叽喳喳，显然有意让大家交流交流，看看大家的反应。等大家意识到领导在场、不能私下开小会而有所收敛时，他才清清嗓门发问：“大家下面谈得挺热闹，能不能谁先开个头，一个一个把你们要说的都大声说出来。伊战报道要打翻身仗，必须集思广益，进言献策。这也是我们今天开这个会的目的所在。”

“我先开个炮。”国际部主任洪启立率先响应。他一贯以“大炮筒子”为全社人所熟知，为人耿直率真，心里怎么想嘴里怎么说，特别是对一些不吐不快的议题更会“竹筒倒豆子”。对于世界性通讯社问题，他一直有话要说。“我认为，今天社长说得好，拼搏、作为，敢于和西方媒体竞逐挑战，这才是世界性通讯社的‘大社风范’。光靠吹牛，人家不认可，还不是白搭！所以，我们这一次就要动点真格的，首先从报道时效开始，要抢就抢第一！”

“别逗了！抢第一？谈何容易。要知道，这次是美国人攻打伊拉克。什么时候打，美国军方肯定得让本国媒体先知道，更何况 CNN 本来对时效就特别讲究。当然，刚才社长讲的我们打心眼儿里赞成。要建设好世界性通讯社，我们必须拼搏、作为。不过我认为，更加立竿见影、行之有效的作为，还是先从中国新闻对外宣传开始，对咱国内发生的重大突发事件力争率先报道。”说这话的是对外部主任纪鹏。他和洪启立作为华讯国际社两大涉外报道部门的头儿，遇事总喜欢明里暗里较着劲儿来。

爱较劲儿的还有新建立的音视频部主任金才悟。他接过纪鹏的话头说：“中国新闻对外宣传确实很重要，但现在已经进入多媒体时代，我们音视频这一块才是打翻身仗的最前沿阵地。我以为，这次伊拉克战争报道应把着力点放在音视频投入上，从人力配备到设施购置，应优先考虑……”

金才悟还没说完，华讯网总裁便毫不客气地打断他的话说：“音视频眼下还只是‘聋子的耳朵——配头’，不要说尚不具备境外自主采集新闻和后方及时编排制作的基本竞争能力，即便能在第一时间段制成电视新闻片，它们的落地平台又在哪里？已经有中央级电视台了，国家不大可能再让华讯国际社大投资新建电视台。所以，要说新媒体和多媒体，只有网络、互联网，这才是真正值得投入发展的正确方向。华讯国际社要想拓展音视频新闻，网络才是最具竞争力的落地平台！”

……

七嘴八舌，争论激烈。虽然打的都是伊战报道的旗号，但实际都主要是从本部门小团体的本位主义考虑，与如何率先报道伊战开打消息的会议初衷大相径庭。

郑聪中对这种缺乏“大将风度”的乱糟糟发言不感兴趣。这帮“本位主义者”显然没有领会他和社党组对伊战报道的战略意图。他故意干咳一声，意在制止会场乱糟糟的氛围。果然，会场立马安静了下来。郑聪中这才提高音调招呼道：“说一千道一万，伊战，伊战，伊拉克战争才是我们这次报道的关键。洪武，伊拉克是你管辖的‘一亩三分地儿’。我知道，你心里已经有盘算了。说说看，也好让大家帮你参谋参谋、合计合计。”

你还别说，透过刚才大家的发言和暗中角力，易洪武对搞好伊战报道的胸中思路已愈发清晰起来。他接应郑聪中的话，朗声向大家谈了自己对搞好伊战报道的三个步骤：

—— 抢发开打快讯（巴格达分社记者和雇员一线现场报道；华盛顿分社记

者通过美信息源抢发；开罗编辑部密切跟踪抢发；周边及本地区所有分社乃至总社编辑部利用一切手段获取讯息抢发；驻联合国和欧洲地区各分社利用讯息快捷的便利条件抢发）。

—— 迅速跟进后续报道（巴格达分社及有关各分社，还有开罗编辑部，根据不同信息源滚动报道伊战动态和进展；前后方安排和组织人力及时撰写深度解析和评析性稿件，增加报道的深度、力度和广度）。

—— 文字、摄影、视频和网络多媒体全方位协同报道，尽可能使报道丰富多彩、视角独特、见解独到。

“最近一个时期，外国记者纷纷在向伊拉克和海湾汇集。我们在巴格达有驻点记者，还有当地雇员。如何利用好巴格达分社及周边分社的现有力量十分关键。我以为，当务之急是召集一次伊拉克周边分社会议，统一思想，就争抢伊战开打消息和搞好伊战整体报道紧急部署人力和物力，特别要对巴格达分社临时负责人面授机宜。”易洪武最后提议道。

郑聪中与鲁和济等党组成员现场咬耳朵交换意见，然后立即拍板表态说：“洪武同志发言言简意赅，说到点子上了。拼搏、作为，不是空口说白话，也不是只想自己那一亩三分地小家子气，而是要扎扎实实地真抓实干！洪武，社党组同意你提的三点主张，回去后赶紧召集周边分社会议，集思广益，研究出详细的、周密的伊战报道行动方案，然后立即报总社党组批准实施。怎么样，你还有什么补充的吗？”

“还有一点，就是方方面面配合协调问题。比如，人事、财政和技术保障问题。”易洪武“顺水推舟”，索性把自己心中最担心的部门间相互“掣肘”、“刁难”的难题摆了出来，过去这方面扯皮的事确实不少。比如，本地区记者编辑人数一直不足编，问人事部门要人，总是不当回事。

“不成问题！这一次，伊战报道，中东总分社是前线指挥部和行动大本营。为了拼抢时效，首发英文‘开打’快讯，各部门各单位必须对中东开绿灯，一路放行。”郑聪中扫一眼在座的各部门负责人，进一步强调说：“伊拉克问题世界瞩目。报道必须立足于打，立足于首发‘开打’快讯。今天开党组扩大会，把各部门负责人都召来，就是考虑到配合协调问题。刚才洪武说了，下决心挑战西方媒体，打一场攻坚战。这是今天会议的主题，也是会议的一个决议，更是中央的要求。这里可以给大家透露一下，中央领导都在关心伊拉克局势的发展，要求我们中央级媒体做好美国对伊动武的报道准备，同西方媒体一较高低，‘打’出我们的国威，‘打’出我们改革开放的精神面貌来。我们党组已开会决定，要坚决落实中央指示精神。只许成功，不许失败！”

易洪武心里“咯噔”了一下，他想到要尽最大努力把伊拉克战事报道尽可能地做好，但实在没敢想“只许成功，不许失败”。他一下子感到肩上的担子千斤重。说实话，虽然他英雄气概，对西方大媒体不服气，我们的底气还是不足，不要说中国媒体无论是起点、信息资源掌控、技术手段以及工资待遇和物质刺激等基础性因素都与西方媒体悬殊很大，就是咱们的人头数和人员综合素养也不及它们许多。双方实际并不在同一条起跑线上竞逐，这个仗怎么打赢?

郑聪中可不管这些，仍然在那里慷慨陈辞：“我代表社党组承诺，如果你们‘仗’打赢了，领先外电报道伊战‘开打’消息，党组将为你们请功，开庆功会，还要给你们发‘红包’。你们还别不信，我说的我就要兑现！今天在座的都是华讯国际社各部门大员和各方‘诸侯’，不光是中东总分社，也包括你们各个单位，谁要是抢了伊战报道第一，我和党组一定要亲自给你们披红戴花，重奖你们！”

“甜头”倒是挺诱惑人，可易洪武浑身直发毛，心绪很乱。但是，“知青”出身的他就是有那么一股倔犟劲。他像一个战士在战场上那样表态：“感谢党组的信任、激励和鼓劲，我们一定全力以赴，打好这一仗！”

还是没敢明确下保证，他喜欢留有余地。

郑聪中似乎看出易洪武的心绪，马上转换话题轻松地对易洪武说：“准备伊拉克战争报道当然是当务之急，但召你参加这个会并不只为这件事。中央要求加强和改进对外宣传，让华讯国际社抓点带面，带个好头。因此，党组设想就此搞一个‘大手笔’……”他欲言又止，似乎有意让大家猜猜到底是什么一个“大手笔”。

易洪武丈二和尚摸不着头脑，只好茫然地看着对方，等待对方作进一步解释。谁知，郑聪中并不理会，却把脸转过去同坐在右手边的鲁和济小声嘀咕起来，末了宣布说：“好吧，下面先让和济同志给大家传达一下中央精神。”

鲁和济抿一口茶，亮开嗓门说：“最近中央领导同志有个内部讲话，因为尚未明确是否公开传达，我这里只能给大家透露个大概精神，主要有这么几点：1.加强和改进对外宣传是宣传思想战线的一项战略性任务。2.外宣要同我国国际地位相适应，为国家的发展营造良好的国际舆论环境。3.外宣要紧紧围绕党和国家的工作大局，认真贯彻中央的对外工作方针，全面客观地向世界介绍中国，着力维护国家利益和形象。4.增强外宣效果和影响，与时俱进，大力开发和运用网络、视频等多媒体传播技艺……

郑聪中插话补充说：“这里提到一个大家都已经熟识的词汇——多媒体。上面很重视这一点，中央领导曾在多个场合下将它提升到了国家战略层面。实际上，多媒体是一门将互联网、音视频和手机通信之类的新媒体与文字和摄影图片等传统媒体结合在一起的综合宣传报道技艺，年轻却充满活力。要占据世界舆论的制高点，‘欲与天公试比高’，我们必须下大气力建设多媒体报道体系。”

鲁和济接过话茬继续说：“现在咱们的音视频部在一定程度上还只是个空壳，既没有前方采集的数量规模，又少有精通编辑裁剪的后方制作，更没有视频展示的落地平台。为了改变这种不适应新形势发展的被动落后局面，社党组研究后决定，将音视频部升级为多媒体中心，鼓励前方记者，包括聘用的外籍雇员，深入报道一线采集电视新闻片和素材片段，然后发到多媒体中心进行编辑加工，制作成音视频新闻片，首先在本社的华讯网上日常播发。也就是说，先搞个华讯网络电视台。今后，我们还可以与中央级和地方级电视台合作，利用他们的展示平台，拓展我们的报道空间。”

郑聪中：“对，就是要不拘一格拓展多媒体新闻报道空间。我们华讯国际社驻外分社遍布世界各个角落，多年来在文字和摄影报道及办报办刊等方面积累了丰富的经验。近年来，一些驻外分社又自觉或不自觉地在电视、音频和网络等新媒体业态方面有不同程度的建树和开拓。为此，社党组决定，我们从现在起就要改革驻外分社的工作理念，创新报道机制和工作安排，日常报道要特别重视融合文字、摄影、电视、音频、网络及报刊杂志的全媒体业态。中东地区重大突发事件频繁、报道热点多，中东总分社已经在采集电视新闻方面先行了一步，应该为全社拓展多媒体报道继续创造条件并积累经验。”

又是“中东总分社”！易洪武心里直犯嘀咕，他现在只是“开罗分社”社长，虽然“开罗分社”建立编辑部后，实际管辖范围已经扩大到整个中东地区，但人们最多也就是不规范地称其为“开罗编辑部”或“开罗总分社”，从未有人直呼过“中东总分社”。他正在这里内心纠结，却听郑聪中朗声说：“现在，我代表社党组宣布，‘开罗分社’即日起升级为‘中东总分社’，易洪武同志任总分社第一任社长。”

全场报以热烈的掌声！

易洪武吃惊不小，不光惊诧于社长像看透自己心思般的宣布成立“中东总分社”，而且更在于分社升级换代的目的，即拓展多媒体业态，在音视频报道方面试点带面。太好了！这是他们这一代新闻人多年来的一个梦想啊。

易洪武正在云里雾里地想着，郑聪中又发话了，而且是冲他而来：“洪武，你现在的担子更重了。你要赶快回开罗，首先抓伊拉克战争报道。中东总分社正式更名升级了，多媒体试点带面，运作起来不是喊喊口号那么简单，需要一步一个脚印，踏踏实实地打根基。”

“我们一定努力拼搏，脚踏实地地开拓前行，不辜负社党组和各位领导对我们的期望！”易洪武这一次表态十分坚定。他认定，多媒体业态蓬勃发展，大势所趋，社党组的决定无疑是一个英明决策，必将推动华讯国际社乃至中国的新闻事业迈向新的发展高峰。他要为这一崇高的事业铺路开拓、添砖加瓦。

不过，他心里还是沉甸甸的压着一块石头，那就是首发“伊战开打”快讯。会上，社领导一再强调，要建设世界性通讯社，华讯国际社必须牢牢把握正确舆论导向，紧紧围绕增强引导国内舆论和影响世界舆论的有效性推进采编业务改革，使报道进一步贴近实际、贴近生活、贴近群众。就国际新闻报道而言，要特别注重报道时效，抢占世界话语权。远的不说，迫在眉睫的伊拉克战争报道必须一炮打响。作为本社今年国际新闻报道工作的“重中之重”，新成立的中东总分社新年新气象，必须未雨绸缪，做好充分准备，保证率先发出“伊战开打”消息。只许成功，不许失败！

显然，中东总分社被推到了无以后退的“风口浪尖”上，成为华讯国际社践行誓言、将契机变为实际成果的“马前卒”。尽管副社长兼总编辑鲁和济会下找易洪武进行个别谈话，就抢发“伊战开打”快讯给他加油打气，面授机宜，但他作为总分社首任社长，心情还是轻松不起来。他在心里想，哪怕让我“拿第二、争取拿第一”，也能给我喘口气呀。按常理推论，就报道时效而言，华讯国际社要想超越美国媒体拿第一，实在希望渺茫。随时可能发生的伊拉克战争究竟何时开打，决定权掌握在美方手里，而 CNN 和美联社等美国主流媒体最有可能首先获得讯息而最先发出报道。

可是，社领导已经下了“死命令”，中东总分社必须拿第一，而且没有回旋的余地。这着实让易洪武这个一贯不服输、敢打硬仗的“拼命三郎”犯了难。尽管压力山大，但易洪武知道辩白和退让都无济于事，唯一的办法就是“明知山有虎，偏向虎山行”，尽一切努力去拼搏。没有别的选择，只能领衔受命，挂帅出征。

易洪武回到家中，已是晚上 11 点多。参加完党组扩大会后，他马上一个部门一个部门跑，要人、要钱、要设备。担子太沉了，他必须争分夺秒地投身各项准备工作。

“怎么酒气醺醺的，你喝酒啦？”老婆陈崇瑛一面心疼地责怪，一面赶忙去拿毛巾给他擦脸。

易洪武擦完脸，心里感到一阵温暖，顺势把老婆按到沙发上坐下，抓过她的手轻轻地抚摩着。“还是回家好，老婆孩子热炕头……嗳，儿子最近常给你打电话吗？这小子，一个月能给我打一次电话就算不错了，还美其名曰‘为我节约’。”

“还不是因为你老训他。”陈崇瑛娇嗔地回答。丈夫突然回国，久别重逢，她心旌荡漾，开心极了。躺在丈夫的怀抱里，她小鸟依人，显得格外妩媚动人。

谈起儿子来，她更充满了幸福和自豪感，满脸滋润，两眼放光。他喃喃地对丈夫诉说着：“儿子跟我可有说不完的话，昨天还来过电话，谈他的留学生活、澳洲的风情、同学间的趣闻佚事，嗳，你知道吗，他好像已经有女朋友了……”

“怎么回事？他现在最要紧的是学习，告诉他不要分心。”易洪武警惕起来。儿子刚考上大学就争取到去澳洲留学的奖学金名额，易洪武内心并不赞成，但经不起陈崇瑛和全家人的一致坚持。他一直担心儿子远离父母和家人，孤身一人会因孤独和幼稚而结交不慎，步入歧途，进而导致学业荒废。

“瞧瞧，又来了不是？就你们搞新闻的敏感，对儿子一点信任感都没有。难怪他怕你。” 陈崇瑛从丈夫怀抱中欠起身，温柔地审视说：“是不是工作又遇到了新的压力？我说怎么一回来就跟我亲热起来了呢。”

易洪武有个习惯，每每遇到高兴事，他便迫不及待地想和妻子亲热，与她一起分享；每每遇到心理压力，他也迫不及待地渴求妻子的温柔抚爱，以缓解内心的焦躁和不安。结婚以后，他对‘家是爱和幸福的港湾’深有体会，妻子的理解、体贴和贤惠是他应对困难和挑战的重要“法宝”。

听到妻子的问话，易洪武毫不隐瞒地回答说：“今天我又开心又犯愁。开心的是，社里决定建设多媒体报道体系，让我们中东先行一步。开罗分社已升级为中东总分社，我任第一任社长。这是多么大的信任和激励啊。但同时这又是一大压力。美国陈兵海湾，大兵压境，伊拉克战争一触即发。社里给我们下了死命令，率先西方主流媒体抢先首发伊战‘开打’消息，‘只许成功，不许失败’。想想我就犯愁，就咱现在这条件、这基础，能用外电的信息资源抢发个‘中文头条’应该不成问题，但英文、对外报道，眼下就要跟人家西方老牌媒体‘叫板’，我真的硬不起来，愁死我了。”

“嗨，就这事。能不能打起来还两说着呢。”陈崇瑛不以为然：“再说了，你还没做起来，怎么就知道不行。俗话说，‘只要功夫深，铁杵磨成针’‘世上无难事，只要肯登攀’‘千里之行，始于足下’‘万事起头难’‘事在人为’……”

“什么乱七八糟的。大话谁不会说，关键是妙药良方。”

“当然是灵丹妙药。对，‘事在人为’，就是‘事在人为’。首先要选人，选良才，把你们单位的人才挨个儿‘搜’一遍。吔，对了，你那哥们儿小袁……”

“袁本弥！良才！”易洪武眼前一亮。他兀自兴奋起来，情不自禁地抱起老婆狂吻起来。两个人一时无语，先是耳鬓厮磨，相互抚摩，渐渐地扒去对方衣服，紧紧地抱成一堆。

干柴烈火，激情燃烧。

二十

袁本弥满头大汗地忙乎着。

他刚刚陪同蹬三轮的师傅将新买的一台台式电脑及电脑桌运到楼下，卸完货再和三轮师傅一起将它们往楼上4层的家中搬。这是一栋6层楼房，没有电梯，他们只好一趟趟地从底层爬楼搬运到4层，累得浑身冒汗。即将出国离开家，儿子提出要买一台电脑，方便今后发电子邮件联络。今天，他兑现承诺，买下了电脑。他要在出国之前，为儿子一个人在家尽可能营造一个舒适安逸的“安乐窝”，好让他依然拥有“家”的温馨。

安装好电脑，送走三轮师傅，袁本弥这才感觉到累。他用毛巾在自来水上冲洗了一下面孔，然后躺到沙发里，情不自禁地掏出一支香烟，但只放在唇边嗅了嗅，便很快将它放进烟盒中。他已经答应儿子，坚决戒烟。既然是承诺，他就要说话算话。想起儿子，他心中泛起一股凄酸和伤感。

前几天，人事局找袁本弥谈话。德黑兰分社已经有好长时间没有首席记者，只有一个见习记者在那里顶着。伊拉克战争一触即发，伊朗作为伊拉克的紧邻和萨达姆政权的死对头，自然不能置身事外，更何况美国和西方以伊朗暗中搞核武器试验为由，不断强化对伊打压和制裁，同时多次放言要军事干预伊朗核问题。鉴于德黑兰分社在华讯国际社新闻报道中的重要地位，党组要求立即解决分社首席记者问题，人事局希望袁本弥能担此重任。尽管袁本弥不懂波斯语，但华讯国际社波斯语干部短缺，无人可派。袁本弥虽然用的是英语，但他毕竟在编辑室主管伊朗，情况熟悉，加上那个见习记者小伙子是学波斯语的，是个很好的帮手。“服从”是袁本弥的最大优点，对领导和组织上的决定他从来就不好意思拒绝。就内心而言，他实在不想在儿子刚上大学的时候就离开他。不是他儿女情长，或是溺爱儿子割舍不下，而是他感觉愧对孩子，是自己“无能”导致夫妻离异，让儿子失去完整家庭关爱的幸福感，性格变得越来越怪癖，有时候还很暴躁，沟通起来十分困难。尽管他已上了大学，但思维和行为方式有时仍十分幼稚，这让袁本弥很不放心。

“要是像以前那样幸福和美，儿子不会变成现在这样的。”袁本弥轻轻地自叹自语，眼前又一次浮现出往昔“家”的温馨氛围。

袁本弥正在那里回忆过去，一幕幕地“过电影”，门突然开了。儿子从学校回来了。

考上大学以后，猿原心情轻松了许多，个头猛一下蹿高到一米八零。经过半年多的大学生活，他现在似乎又变得阳光起来。毕竟是从市重点高中出来的，老师和同学们都很看重他，让他当了班长和学生会文体部长，对他锻炼和提高很大，也使他越来越愉悦，越来越自信。

“爸，你在家啊，我还以为你出去了。”儿子走到爸爸跟前，像小时候一样亲昵而顽皮地把玩起父亲的头发来。“爸，你在电话中说周末回家有事和我商量，什么事？”

“我给你买了台电脑，你看这样摆好不好。”袁本弥看见儿子，心情立马好起来。他把猿原领进儿子的房间，指着电脑征求意见：“再过几天，我就要出国去，你看看还需要给你添置些什么？”

“不用了。有电脑就挺好，以后咱爷俩就发邮件联系吧。爸，你放心出去，不用操心我。你看，我已经长大了，咱现在可是学生会干部，文体部长不当了，我改当生活部长了，大家都觉得我对外联络有办法。”

“还是要小心，尤其是对外交往，更要看好人，不要被人骗了，误入歧途，毕竟你一直在父母羽翼下生活，对现代社会的复杂性缺乏真正的了解。”

可怜天下父母心。袁本弥还想“说教”下去，一看儿子不以为然的面部表情，他便止住了话头，转到另一个话题上：“我不在家，一切靠你自己。吃饭要吃好，正是长身体的时候，必要的开支要舍得花钱，但千万不要去‘攀比’。实话跟你说，我曾犹豫要不要把全部生活费都交给你自己掌控，有人建议我把钱放在临时家长手里，由他定期发给你生活费。但我考虑再三，还是决定把钱交你自己管理，因为我相信你。父子之间相互要有理解、信任和尊重，否则还谈什么‘父子情深’。”

猿原感激地从爸爸手里接过装着钞票的信封，发誓道：“爸，感谢你对我的信任。我一定不乱花钱，除了交学杂费和吃饭，我要是用什么‘大钱’的时候，一定事先和你商量，征求你同意。”见爸爸露出满意的神情，他进一步显示自己的“精明能干”：“爸，这么多钱放家里不行，我马上把它存到我的银行卡上去。”

“对。这样好。你这就办去。”袁本弥有些不相信自己的眼睛，儿子确实长大了。目送着儿子开门下楼的背影，他为自己给儿子这份信任感到满意和得意。

“咚咚咚！”又有人敲门。

袁本弥拉开门，发现是易洪武。他有些不相信自己的眼睛，惊呼道：“洪武！什么时候回国的？是回来开社工作会议的吧？明天开会，让我也列席参加呢。”

易洪武一边高兴地同袁本弥握手，一边回应道：“我昨天刚回来。本来确实是回来开会的，不过现在情况变了。伊拉克战争一触即发，社领导昨天决定，让我只参加明天工作会议的开幕式，然后立即赶回开罗去组织伊战报道。”

“呀，这么快！你可能已经知道，我马上要去伊朗，正想打电话跟你联络请示呢。你回来了，正好咱俩聊聊。关于伊拉克战争，我想给你出点主意，不知有没有参考价值。”袁本弥一边说，一边从抽屉里拿出几页纸片，递到易洪武手上。

“关于美国攻打伊拉克的应急报道预案！”易洪武展开纸片，只扫了一眼标题，便欣喜万分，迫不及待地接着往下看。

关于美国攻打伊拉克的应急报道预案

总编室、国际部并有关各部门：

美国以伊拉克拥有和藏匿大规模杀伤性武器、萨达姆独裁专制政权支持“基地”恐怖组织为由，不断向海湾地区进行大规模军事集结。舆论普遍认为，美国大兵压境，伊拉克战争一触即发。为应对美国可能对伊拉克突然发动军事打击，遵照社党组的指示精神，开罗分社编辑部特制定如下应急报道预案：

一、巴格达分社地处战火一触即发的最前线，应立足率先抢发“开打”快讯。由分社记者或雇员首发这一快讯，既能保证报道的真实可靠，又极具时效竞争力。为此，巴格达分社必须加紧备战，围绕抢发“开打”快讯做好各方面的充分准备。

（1）加强分社报道力量，抓紧对分社记者，特别是对现有受聘当地雇员和报道员的战地报道培训。一旦我派驻记者应外交部要求在大战前夕撤离巴格达，只能由当地雇员担纲现场报道重任。巴格达分社现在就应物色一名综合素质较高的雇员（最好为英文）进行重点培训，以便届时出任分社临时负责人，组织和协调其他受聘雇员开展现场战地报道，将抢发英文“开打”快讯作为重中之重的头号任务，打响第一枪，开好得胜局。

（2）一旦美对伊实施军事打击，巴格达将会首当其冲，其基础设施很可能遭受严重破坏。为此，巴格达分社要未雨绸缪，现在起就要做好日常电讯传输和电力供应中断，必须即时启动通过海事卫星电话开展各项报道的应急准备。

（3）开打后的后续战时报道仍然要突出时效和注重现场采访。分社记者，特别是当地雇员或报道员要在密切关注战况及局势动态的同时，还应尽可能在条件许可下赶赴现场采访，跟踪报道各方表态和相关反应，以便客观真实地展示战火中的伊拉克面貌，特别是民众生活的真实情况。

二、强化开罗分社编辑部本地区组织、指挥和协调的中枢轴心作用，紧急制订涵盖编辑部和巴格达及其周边分社的应急报道机制，加强相互之间的联络沟通，确保首发“开打”快讯，先声夺人，并使整个战役性报道迅捷、有序和顺畅进行。

（1）开罗分社编辑部立即建立对“半岛”电视台和阿拉伯电视台的阿语频道，以及 CNN、SKY 等英语电视新闻频道的全天候监控平台，同时严格岗位责任和值班纪律，保证英、阿文值班编辑全身心投入工作，密切跟踪外电报道。一旦有美国对伊动武前兆和讯息，立即毫不迟疑地抢发“快讯”或“急稿”，英文优先。同时，立即联系前方记者迅速滚动跟进后续报道。

（2）统筹中东地区一盘棋，辖区各分社只要消息来源准确可靠，均可在第一时间竞争抢发英文“开打”快讯。就开罗分社编辑部而言，还要强化阿文和英文值班编辑之间的协调合作。由于英文在世界媒体时效竞逐中更有“可比性”，根据“英文”优先的既定报道原则，阿文值班编辑要在严密监控阿语电视、电台等其他形式媒体报道的前提下，优先向英文值班编辑通报“开打”讯息，以便率先抢发英文快讯。

（3）周边分社做好策应准备。耶路撒冷、德黑兰、阿布扎比、大马士革、科威特、开罗等分社战前要密切跟踪相关动态，协助编辑部迅速抢发“开打”快讯；同时从人力配备和物资等方面做好战争波及各自驻在国的应急报道或协助、增援报道的准备。

三、技术和物资保障

（1）为了应对万一当地所有通讯中断，巴格达分社目前现有的mini海事卫星电话和便携电脑将作好随时能发稿的准备。

（2）巴格达分社目前有一台发电机，战争爆发后很可能面临停电问题。分社派驻记者应抓紧教会拟定留守分社的雇员如何启动发电机及其维护保养，同时尽可能多地储存发电机燃油，防止到时候燃油供应“断顿”。

（3）根据手机在最近一系列重大报道中所起的作用，建议总社批准采购一批高像素的手机，配备给前方记者和雇员使用。

特此报告。如无不妥请批复，以便参照执行。谢谢！

开罗分社编辑部

“洪武，开罗分社编辑部实际充当了整个中东地区的报道中枢。我到德黑兰，在你的一亩三分地里，总得给你带份见面礼吧，正好我在这方面有些心得和想法，不知看完了是否对你有所帮助。我想，以我们现有实力，单指望前方分社来率先抢发重大突发新闻几乎不可能。而如果我们充分利用开罗分社编辑部进行组织指挥，同时集中调配整个地区所有分社的设施、信息源和人力资源等方面的优势，加上前方分社记者和雇员的协同配合，率先抢发‘伊战开打’消息并非不可能。具体来说，我们应双管齐下：发挥当地雇员身处一线现场抢发消息并保障信息准确无误的作用，同时通过重点强化编辑部讯息监控体系而直接抢发消息并省却中间传输关节。这实际是双保险……”谈起业务来，袁本弥有说不完的话。

易洪武似乎没听进袁本弥在说什么。他一边十分投入地看报道方案，一边嘴里连连叫好。终于，他看完了报道计划，顺手还给袁本弥，然后高兴地擂了袁本弥一拳，夸赞道："你老兄就是行，真是'笔杆子'。我没看错人！"

见袁本弥一脸迷茫，易洪武这才想起自己来找袁本弥的来意："本弥，德黑兰分社你不用去了，人事局另派人去。我来找你就是告诉你，你得随我到开罗去。昨天社党组开扩大会，把我从机场直接拉到会上，说是听我汇报，实际给我下死命令，要中东率先世界主流媒体抢发'伊战开打'快讯，而且'只许成功不许失败'。会上还传达了中央领导有关抓紧建设多媒体新闻报道体系的指示精神，要求华讯国际社担当领头羊，先行试点带面。社党组又把这个试点带面的任务交给了中东。为此，开罗分社已升级为中东总分社。社党组任命我为总分社社长，我推荐你为副社长兼总编辑、柳达舜为副社长。不过，对你们的任命将要过完手续才能正式宣布，暂时只能给你'英编室主任'的头衔，柳达舜本来就是阿编室主任。"

袁本弥摆摆手，豁达地表示："行，行，什么都行，只要让我干事就好。建设多媒体报道体系，确实是战略思维，有远见卓识。太好了！形势发展太快，应该这样！"

"怎么样，有什么想法？愿意和我搭档吗？"易洪武明知故问。不等袁本弥回答，他便顺着自己的思路继续往下说："你写的报道计划稍加修改，就可以以'华讯国际社中东总分社'的名义报告总社。你老兄总是为我着想，我正为这事犯愁呢，没想到你已经超前思维了。昨天会上，社党组要求我们把搞好这次可能爆发的伊拉克战争报道作为中东总分社的一份开局厚礼，'只许成功不许失败'！"

袁本弥的情绪进一步被调动起来，激动得声音听起来都有点发颤："洪武，你放－放心，只要组织上信得过，我豁－豁出去了。回头我就改改，在你回开罗之前一定把报道计划赶出来。"

"好，那就辛苦你了。"略一思索，易洪武又改了主意："先不忙着改报道计划了，总社让我回开罗后立即组织召开一次伊拉克周边邻国分社'飞行集会'，让大家集思广益，把报道计划酝酿和讨论得更充分一些。你现在最要紧的是，赶快与外事局联系，更改机票，后天随我一起到开罗。我已经和他们打过招呼了。"

"好咧，得令。"袁本弥满口应承，兴奋得像个孩子。对一个对"事业"情有独钟的人来说，没有什么比领受具有挑战意义任务更让他激动不已的了。

突然，易洪武似乎又想起了什么，不无关切地征询道："本弥，有困难吗？要不要和孩子商量商量。"问完了，他才觉得自己"虚伪"。在华讯国际社，学外语的不都这样吗。谁没困难，但还不都是"军令如山"，让你几时出发就几时走人。更何况，孩子要真的不愿爸爸出国，你会让他留下来照应孩子吗？而且，像袁本弥这样本分自觉的同志，还需要别人给他“讲大道理”和“上课”吗？

袁本弥似乎没注意到易洪武的“复杂”心情，相反却反过来安慰对方：“没事，没事。孩子都上大学了。大了，应该让他独立独立了。”

易洪武心里一阵感动。有关袁本弥夫妇感情纠葛的事，他们夫妇作为好朋友是清楚的。他知道，袁本弥并不想离婚，只是周筱去意坚决，为了不使孩子生活在因父母“冷战”而心神不定、忐忑不安的环境里，他只好同意周筱离开自己，但坚持让儿子跟自己一起生活，因为他不想让周筱的新生活有“累赘”。他打定主意不再“谈婚论嫁”，不让儿子受委屈，而要着力培养儿子，把他打造成品行端正、学识渊博和适应社会的正派青年。

“孩子他妈现在情况怎么样？孩子和她亲吗？”易洪武还是忍不住发问。

“我们的事情发生后，听说她在单位里被人背后指指戳戳，呆不下去了，只好辞掉公职，应聘到香港‘世界之窗’卫视当主持和记者，时不时地出国采访。对孩子她还是一如既往地爱，但毕竟不在一起生活，见面少了，儿子对她多少有些隔阂。”

“你恨她吗？限制不限制他们母子来往？”

“开始有点恨她，因为孩子学习很受影响，按他原先的实力，高考本来上北大、清华这类学校应该不成问题，结果却只能上一所次重点大学。不过，随着时间的推移，我不再怨恨她了。毕竟我们在一起那么多年，相互分享过家庭的幸福和甜蜜。更重要的是，她是孩子的妈妈，生身母亲，她再怎么不是，她同孩子也是血肉亲情。更何况，她对孩子一片真情，至今仍牵肠挂肚的。就冲这些，我怎么可能限制他们母子来往，相反我还不断提醒孩子逢年过节或在她的生日，主动跟她联系问候……”

说着说着，袁本弥沉默了。他又想起了和周筱在一起风风雨雨十几年的情景，眼睛里泛起薄薄的一层泪花。实际上，在他心里，从来就没有割舍下那份真情。

易洪武跟着袁本弥沉默了一会儿，叹口气，然后小声又问：“她到底为什么要离开你，你们不是好不容易才走到一起的吗，她应该珍惜才是。”

袁本弥无声地摇摇头。周筱为什么突然提出分手，他一直百思不得其解。凭着自己对对方的了解，袁本弥认定周筱不是那种见异思迁、见钱眼开的人，更不会“水性杨花”。当时，周筱提出离婚的理由是“双方性格不合，她没有真爱过他”。如果真是如此，怎么会在共同生活了十几年之后才突然提出来，更何况还有孩子这个他们共同的结晶和双方的最爱。显然，周筱是违心作出的选择。但到底是什么原因，周筱不说，谁也拿她没办法。

袁本弥深深呼吸一口气，打破沉默提议道：“算啦，不谈这个了。咱们还是商量商量下一步工作方案吧。”

谈起工作，易洪武恢复了他办事雷厉风行的一贯作风：“伊拉克周边国家分社会议是当务之急，我们必须好好合计合计，拿出个框架来。”

袁本弥赞成：“大战在即，时不我待，这事必须得抓紧了。”

人们总喜欢这样来形容行色匆匆的赶路人：快马加鞭，马不停蹄，风尘仆仆，日夜兼程……这些词汇现在放到易洪武和袁本弥身上再贴切不过。他们与时间赛跑，社工作会议开幕式一结束，他们便火急火燎地匆匆往开罗赶。回到驻地，不等一切安顿妥当，他们便立即召开总分社全体会议。易洪武首先宣布开罗分社升级为中东总分社，全场热烈鼓掌，一片欢腾。接着，他传达社党组指示精神，作伊战报道战前动员。人们的情绪再次被调动起来，一个个摩拳擦掌，精神振奋，决心大干一场，拿下伊战开打快讯，“欲与天公试比高”！

报道策划是各新闻媒体总编室、媒体所属各部门新闻编辑部或驻外总分社编辑部必须日常进行的一项重要工作。作为身处一线的前敌指挥员，易洪武深知报道策划的重要，特别讲究形势务虚，集思广益。开完动员大会，易洪武趁热打铁，再召集班子成员及英文和阿文编辑们接着开会务虚，就伊战报道，特别是抢发“伊战开打”快讯统一思想认识，研讨和制订报道预案细节。让易洪武比较释怀的是，班子得力，上下齐心，大家一致对总社决策表示坚决拥护，同时各抒己见，献言进策。其实，作为新闻人，大家心里早就憋着一股劲，巴不得找机会同西方媒体一较高低，在报道时效上打个翻身仗。现在机会来了，没有二话，只有“拼”了。

俗话说，“三个臭皮匠，赛过诸葛亮”。经过这么一研讨，大家的思路不断拓宽，出谋划策主要聚焦到两点上：一、巴格达分社是重中之重；二、充分利用阿语媒体报道屡屡领先于西方英文报道的地域优势。这与袁本弥的初步设想不谋而合，使易洪武和袁本弥心绪豁然开朗，更加坚定了决胜千里的信心。

袁本弥根据研讨结果，将大家的建议具体细化为三点保障措施：1. 巴格达分社立即物色可堪重任的英阿文互译雇员，或至少在现有雇员中择优选用，就英文报道给予紧急培训；2. 在总分社编辑部内紧急设立电视监控室，重点监控报道时效与 CNN 有一拼的“半岛电视台”和“阿拉伯电视台”的阿语新闻频道；3. 英阿文两个编辑部当班编辑一边值班一边监控世界主流媒体的有关“伊战开打”的报道，不放过任何蛛丝马迹。这是个退而求其次的办法，一旦前两个措施失败，报道时效拿不了第一，也好用这第三个措施争取尽可能快的报道时效，保障在第一时间段发稿。在大家讨论的基础上，袁本弥对自己原先起草的报道预案进行了修改、细化和充实。易洪武决定将预案新版本带到伊拉克周边分社会议上，再征求意见，最终形成“伊战”报道方案，上报总社批复。

伊拉克周边分社会议在约旦首都安曼举行，旨在动员本地区所有相关分社共同应对伊战报道任务，同时在更大范围内群策群力。除易洪武和袁本弥两人由总分社来到会上“坐阵指挥”外，巴格达分社及其周边友邻分社的首席记者或负责人总共近10人紧急应召赴会，他们分别来自伊拉克、约旦、以色列、叙利亚、伊朗、埃及、沙特阿拉伯和土耳其等国。大家聚精会神，集思广益，一个分社一个分社地摸底调研，精细策划。经过两天紧锣密鼓的磋商研究，终于制定出了一份比较原则明晰、分工明确、措施明细的“伊战”报道方案。

除具体考量和确定各别分社在“伊战”报道中的地位、人力部署和需求，以及巴格达分社常驻记者根据国家要求限期撤离的路线走向等相关细节外，方案重点突出报道时效和先声夺人，强调如下几点原则精神：（1）紧急强化巴格达分社雇员建设和培训，使当地雇员成为伊战开打后华讯国际社在巴格达坚持报道的中坚力量；（2）紧急设置总分社监控平台，对“半岛”电视台等阿拉伯当地媒体的报道实行24小时不间断跟踪，使其成为本社消息来源的重要保障之一；（3）打破原有分工和界限，允许所有分社在第一时间段依据可信消息源率先抢发“伊战开打”快讯；（4）重点“经营”英文报道，因为只有英文报道时效才有可比性，进而保障本社同西方通讯社真正在“同一起跑线上”竞争的实质意义。

方案很快获得总社批复，中东总分社及辖区各分社马不停蹄抓紧落实。易洪武肩扛重压，不顾身体疲弱，连轱辘转地投入“备战”工作，一面指挥整个地区日常报道，一面具体抓总分社监控平台的建设。在他的指导下，总分社技术室负责利用废旧电视建设监控室。英编室和阿编室则负责抽调精兵强将“忙中偷闲”地抓紧物色和选聘英阿文双译雇员，下一步还要负责对双译雇员的业务培训，具体教授他们电视监控的操作程序和应急办法。让易洪武颇感欣慰的是，他有一个得力班子的鼎力支持。英文编辑部主任袁本弥、阿文编辑部主任柳达舜、技术室主任何正金和办公室主任钟敏诺各自统率手下的得力干将，敢于应对挑战，善于凝聚力量，带领大家一起攻坚克难。正是这种上下齐心、团结协力，才使易洪武释怀许多，感觉到打赢“伊战开打”报道有了根基和保障。

由于英文报道对抢发“伊战开打”消息举足轻重，袁本弥作为编辑室主任心情自然格外紧张，丝毫不敢懈怠。这段时间把他累坏了。为了应对一触即发的伊拉克战争报道，华讯国际社高层特别从总社国际部等有关编辑部和一些驻外分社抽调精兵强将飞赴开罗增援。一时间，中东总分社兵强马壮，英编室更是人才济济。然而，对袁本弥来说，人多了固然是好事，但杂七杂八的事务也随之缠绕在身，更不要说近一段时间他老感觉胃疼得厉害，疼起来一身汗。后来才知道那不是胃疼，而是疝气发作。但是，大战在即，他怎好意思当逃兵，只好强忍着等“伊战”打响、报道趋于平缓后再回国休假动手术。就这样，他带病坚持工作，除了像普通编辑一样轮班值日带班发稿外，他还必须协助易洪武重点抓“伊战”报道的战备工作，特别是具体协助落实两件事：一是联络巴格达分社首席记者，商询英文雇员培训事宜，指导一旦“伊战开打”分社如何开展英文报道；二是对电视监控平台新聘雇员进行应急培训，教授他们如何监控电视并即时向值班编辑报告所发现的重大突发性新闻，特别是盯准“半岛”电视台和阿拉伯电视台有关“伊战开打”的消息。

可能是“压力山大”，袁本弥现在又头痛起来。这些天工作连轴辘转，他每天几乎只休息两三个小时，严重缺觉。当然，头疼已是他的一个老毛病。每当休息不好，或劳神过度，或遇到烦心事，他就头痛，往往还伴随着发烧。有时眉宇间像有解不开的疙瘩束缚着面部神经，一跳一跳地针扎般疼痛；有时则半边脸疼痛，却难以找到准确的痛点，躺着睡不是，侧身睡也不是，令人十分苦恼。

他正在办公室座位上轻轻敲击着“愁眉不展”的额头，钟敏诺风风火火地闯进来提醒道：“来应聘的人都已经来了，等你考试呢。”

袁本弥一拍脑门，不好意思地冲钟敏诺笑着回应：“就来，就来。你先叫上达舜过去招呼一下，我打一个电话，马上就来。”

等袁本弥急匆匆赶到“考场”时，易洪武和柳达舜已在那里吩咐英文编辑徐冰洁和阿文编辑刘虹雨给“考生”们发试卷。试卷实际是书面翻译，既有阿译英，也有英译阿，是袁本弥昨天下班后，组织几位英、阿文高级编辑们花了整整一个晚上精心挑选出来的试题。

今天共有 4 名“考生”来考试，考聘的目标岗位自然是电视监控平台。除了配以必要的技术辅助手段，更关键的是要考察他或她的文字翻译水平和表达速度。当然，他或她最好能英 – 阿文通汇新闻写作，以便监控阿语电视发现重大新闻时，能以最快速度“报告”快讯，或直接撰稿开展报道。为此，此次“考试”对考生必须严格要求，使他或她一旦被录用，只要稍加培训即可上岗值班。考生为两男两女，来自开罗的不同新闻媒体，一位是报社编辑，一位是电台记者，另外两位是当地主要通讯社的翻译部翻译。在埃及，新闻人允许兼职，而且越来越成为时尚。可能是因为值班时间短和工资收入低等原因，许多人都有两份工作，如果上午在当地某个单位值早班，那么下午或者晚间就可以到另一个媒体“打工”，从而拿两份薪水，贴补家用，改善收入。关键是要把值班时间错开。各家媒体也不避讳，总是设法尽可能在排班方面为员工们提供方便。入乡随俗，以前的开罗分社编辑部，因工作需要聘用的当地雇员也基本上都是兼职新闻人。

考试在紧张有序地进行。4 名“考生”被隔离在不同方位的电脑桌前，使他们不能交头接耳串通“答题”，但允许他们使用字典。袁本弥带着徐冰洁和刘虹雨进行“监考”。为了不使考生紧张，他们自觉地保持距离，偶尔悄悄走近“考生”背后瞄上一眼。这一瞄不打紧，袁本弥一下子就发现了4个人的差别和距离。来自电台的那位女生显然不擅长文字翻译，那篇关于伊拉克内乱的阿译英报道只开了个头，就半天进行不下去了。她望着徐冰洁，摇摇头苦笑着，一脸的无奈；那位来自通讯社的男翻译不会使用电脑，只好单指在电脑键盘上一个字母一个字母地慢慢敲；另一名通讯社女翻译撒哈和那名报社男编辑瓦伊状态较好，显得轻松自如，不仅译文较准确，而且手下动作也很快。美中不足的是，撒哈的译文缺少编辑整理，而瓦伊的编译稿件则过于报纸程式化。

显然，从监控电视平台的需求考虑，前两位肯定不能聘用，而对撒哈和瓦伊也需要经速成培训后才能做最后选择。于是，袁本弥在4人交卷后首先婉言打发他们回家等通知，然后带着“试卷”同易洪武、柳达舜等人紧急会商。大家一致同意袁本弥的意见，决定让办公室通知撒哈和瓦伊第二天再来编辑部接受进一步测试，而对另外两人则婉言拒绝。

第二天下午，撒哈和瓦伊如约而至。这一次，袁本弥没有让他们马上进行书面测试，而是交给他们一份“滚动报道”发稿体例，让他们认真阅看，进而了解和逐步熟悉应对重大突发事件报道的基本需求。头天晚上，袁本弥特地找了几个老编辑和发稿人，精心准备了这份发稿体例。他和易洪武和柳达舜商定，考虑到电视监控平台主要针对重大突发事件的报道时效，既然撒哈和瓦伊的各方面基础不错，那么对他们的培训不能再搞“书面化”那一套了，而应该从实战出发，让他们在“干”中学，通过实践接受培训，从中不断感悟和提高。

撒哈和瓦伊看得很仔细、很投入，不时就体例中的不详之处请教袁本弥。袁本弥一一解答，不厌其烦。

手机响起来，袁本弥躲到一旁接听。是技术室何正金打来的。他通知袁本弥，监控平台的电脑已经全部安装完毕，易洪武让袁本弥带着撒哈和瓦伊到平台上岗培训。

袁本弥连忙简单地向撒哈和瓦伊复述一遍，让他们带着体例跟他走。

来到监控平台，监控设施和电视的组装调试工作显然刚刚完成，易洪武、何正金和技术室几个工程师一个个汗流浃背、疲惫不堪。他们一边咕嘟咕嘟地喝着矿泉水，一边有一下没一下地指挥两个保洁雇员对整个监控平台进行最后清扫。

所谓监控平台，实际就是利用英、阿文两个编辑部之间的空挡临时搭建的一个简易工作间，并且进行了隔音处理。除了必须新购的监听部件外，其主要设施实际是“废物利用”，何正金和手下一帮人将那些淘汰的旧电视机重新组装调试，全给派上了用场。

易洪武指着电视画面用阿文告诉撒哈和瓦伊：“我们眼下先主要监控‘半岛电视台’‘阿拉伯电视台’和‘CNN’‘SKY’的新闻报道。你们的任务主要是：监控这些电视台的重大突发事件报道，也就是‘BREAKING NEWS’。一旦发现有这样的报道，立即电话报告英文编辑部，或者直接撰写快讯传送到编辑部，先英文，后阿文。”

袁本弥听不懂阿文，干脆站到一边看电视画面。突然，“半岛”电视荧屏上出现一帮蒙面男子端着枪对着几个西方人的画面，下面是一行阿拉伯文字。他正要招呼瓦伊翻译，撒哈已经发现了这条新闻报道。她叫了一声“巴格达绑架”，然后不由分说地坐到电脑桌前，飞速地敲下一条英文快讯：“伊拉克武装分子周四绑架4名西方人质——半岛台报道”。然而，她抓瞎了，不知道怎样传送给编辑部。袁本弥立即替换她，抢先将快讯传送给了编辑部。与此同时，瓦伊也主动抄起电话，在易洪武的指点下拨通了给编辑部的电话，通知他们有一条绑架快讯，请立即处理和抢发。

易洪武和袁本弥十分满意撒哈和瓦伊的新闻敏感和反应能力。看着两人已经进入角色，再费口舌“说教”纯属多余。他们决定正式聘用撒哈和瓦伊。易洪武赶紧打电话把正在值班的柳达舜叫到监控平台，3个人紧急商量如何给撒哈和瓦伊排班。

袁本弥首先谈自己的考虑：“监控电视新闻必须24小时不间断值班，而目前只有撒哈和瓦伊两个人，只能先让他们两人部分时间段值班，试着干起来再说。按规律，许多重大突发事件往往都发生在夜间或凌晨时分。也就是说，撒哈和瓦伊的值班时间可安排在晚上9点到次日上午9点，每人值班6个小时，分前半夜和后半夜，两个人每周轮流倒班一次。现在的问题是，撒哈是女的，埃及好像规定女的不让值夜班。”

“不只是埃及，许多穆斯林国家都有这个规定。不过，这不是太大的问题，咱们自己人把夜班管起来。”易洪武一边随声附和，一边胸有成竹地发表自己的意见：“我是这样想的，虽然夜间或凌晨是发生重大突发事件的最可能时间，但白天也不一定没有这种概率。为保险起见，咱们还是得立足24小时不间断地跟踪‘半岛’‘阿拉伯’等阿文电视新闻。4个班次：白天两个班次，每班值7个小时：8点至15点、15点至22点；夜班两个班次，每班值5个小时：22点至次日凌晨3点、凌晨3点至8点。让撒哈专门上8点至15点的白班。瓦伊则和编辑部的2个人轮流值余下的3个班次。”

柳达舜不干了，他直言不讳地问易洪武：“这活儿只能是阿文编辑干，但我们阿文编辑部本来人手就非常紧张，现在一下子要抽出两个人来，实在不好安排。是否想办法尽快再招聘两个雇员。”

易洪武一下子也懵了，他还确实没想到这一层。他挠挠头，自顾自地嗫嚅着叨叨：“这还真是个问题。再聘几个雇员当然好，但临时急招，哪有那么容易的事。托了多少熟人才找到 4 个人来应聘，结果一下子就淘汰了 2 个。想来的人不少，但符合我们需求的实在太少……”

还是袁本弥思路来得快：“要我说，咱还是两条腿走路：一是尽快再招聘两个雇员；另一个办法是，在新雇员没有到位的情况下，白天我们从‘编外’家属中临时找两个人来轮流盯电视，有大事立刻通知编辑部抢发快讯。‘编外’家属中有几个学历高的，外语也不错，找两个人监视电视画面应该不成问题。这样一来，按我刚才说的时间段，重点监控就能得到保证。撒哈不是不能上夜班吗，让她和翻译室的穆罕默德调换一下，她去翻译室上班，穆罕默德到监控平台和瓦伊轮流值班，等有新聘雇员来之后再视情况调整。你们看怎么样？”

“好吧，没有办法的办法。”易洪武望望柳达舜，两手一摊，做了个无可奈何的表示。

袁本弥见他们两人没有异议，连忙起身告辞：“要是没有别的事，我想赶快回去休息一下，头痛得厉害。”

“怎么回事？发烧吗？吃药没有？”易洪武关切地问，一面问一面伸手到袁本弥额头贴了一下。这一试不要紧，他吃惊地发现，袁本弥正在发高烧。“这么烫！赶快回去休息吃药。要不要到医院打一针？”

袁本弥故作轻松状，一边抬脚朝外走，一边调侃地说：“老毛病了。我有办法，回去冲个热水澡，好好睡一觉，一切 OK。真的。”

这也不完全是玩笑话。对袁本弥来说，冲热水澡确实对治他的头疼病有一定的疗效。多年来，他对头痛脑热已经习以为常，因而也自己摸索出了一套应对这一顽疾的办法，那就是赶快冲洗热水澡，让全身血液循环，同时什么也不想，身心彻底放松，最好还能尽快进入状态睡上一大觉。如果症状比较重，就得先吃点药帮助缓解疼痛，同时再伴以热水澡疗效更好。不过，晚上他还要参加编辑部值班，程序只能简化。他完全可以找个人代替顶个班，但他于心不忍。驻外编辑部每周每人只能轮休一天，今天是周末，赶上国内来的一个艺术团到开罗演出，所以排班时他特地让年轻人都去看演出，自己和另一个老同志留守值班。

望着袁本弥离去的背影，易洪武内心涌起一股敬意。“是该给他找个伴了。”他喃喃地自言自语，眼前自然地浮现出蓝海洋的面孔。

果然，冲个澡，好睡觉。等袁本弥一觉醒来，他立马显得神清气爽，精神焕发。

到食堂吃了点稀饭，他便走进编辑部值班。

现在的英编室确实集聚了一批业务高手，他们主要是英编室在编人员，也有一些是从北京总社有关编辑部或驻外兄弟分社临时抽调而来，或担当带班人终审发稿，或只作普通英文编辑使用。不管担当什么角色，大家基本都有在开罗编辑部或中东地区的工作经历，不仅英文水平个顶个地棒，而且熟悉中东报道业务。达杰恬在原编辑室主任邢增业调回国内职位空缺期间，被总分社指派临时负责英编室工作。她不仅业务棒，而且人缘特别好，是编辑室乃至整个总分社里的“大姐大”。邢增业这次也奉命重返总分社编辑部，临时增援伊战报道。他本来就是英编室主任，业务水平自然不在话下。与他同来增援的还有林骏霄。老林是资深英文编辑，当过记者，熟悉中东地区情况，业务精湛，经验丰富。

3 月 18 日，联合国核查人员全部撤离伊拉克。世界舆论纷纷猜测，19 日深夜或 20 日凌晨伊拉克战争肯定打响。为此，中东总分社立即转入“临战”状态，英、阿文两个编辑部从即日起实行 24 小时不间断值班，打破原先与总社国际部和设在纽约的华讯国际社欧美编辑部约定俗成的分时间段值班办法。

19 日深夜，中东总分社编辑部值班平台“大战”氛围异常浓烈。英、阿文两个编辑部和紧邻的电视监控平台灯火通明，袁本弥和柳达舜分别率领本编辑室当班编辑一面紧张忙碌地工作，一面分工负责“盯”外电和外台，不敢放过任何“蛛丝马迹”。易洪武也亲临现场“督战”。一些不当班的编辑和闲杂人员不断地走进值班平台，细声打探有无“伊战开打”消息。不过，紧张归紧张，工作还得有条不紊地干。这不，英编室有心之人记录下了当时的工作状态。

值班女编辑白丽敲击电脑键盘，迅速编辑加工好一条分社来稿，然后向带班人林骏霄报告请示说：“加沙分社 139 号来稿已编好，还有稿子没处理吗？”

林骏霄回应道：“暂时没了，你先盯一下外电。”接着，他将面孔转向另一位带班人达杰恬，用征询的口吻表示：“加沙的稿子我来处理签发。”一边说，一边迅速从电脑中找出白丽刚刚编辑加工过的 139 号稿，然后噼里啪啦一阵键盘敲打，快速将稿件修改并签发。

这时，电脑音箱铃声响起，提醒有前方分社发来的新稿件。白丽立即将鼠标移到电脑荧屏上的“菜单”上，点开“分社来稿”后报告两位带班发稿人：“是巴格达分社雇员来的，我先编。”她实际上只是知会两位一下而已。不等两位发话，她便兀自敲击电脑键盘，娴熟地对分社来稿进行编辑加工。

与此同时，电视监控平台的雇员翻译隔着玻璃隔栏大声向紧邻的英编室值班编辑通报：“半岛台报道，美军特种部队进入伊拉克！”

林骏霄向雇员翻译打个会意手势，然后对达杰恬表示：“这条消息我来处理。”

“好嘞。”达杰恬回应一声，同时向大家通报：“外电报道说，外国记者已撤离伊拉克新闻中心，开战的迹象越来越明显。这条消息，我跟踪编发一条。”

……

值班发稿人和编辑忙忙碌碌，连上厕所都匆匆忙忙。不过，大家心里清楚，尽管开战的迹象越来越明显，但美国何时对伊动武仍是未知数。大家的心依然悬在半空。身为报道一线的最高指挥官，易洪武心里比谁都忐忑不安。时间已到开罗时间 20 日零点（格林尼治时间 19 日 22 点），他依然坐阵英编室值班平台，不时用眼神询问当班编辑和带班人有无开战信息，但大家都无声地摇头回应。紧邻的阿文编辑室和“监控平台”也都回应“没有动静”。

格林尼治时间 20 日零点（开罗时间凌晨 2 点），编辑们和“监控平台”的雇员翻译再次示意“没有动静。”此时，该处理的日常稿件已处理完，英阿文两个编辑室当班编辑和监控平台的雇员翻译集中精力一门心思“盯”外电、看电视，同时注意接听分社电话，生怕漏过一丝丝“开战”信息。

格林尼治时间 20 日 1 点（开罗时间凌晨 3 点），依然没有动静。

格林尼治时间 2 点（开罗时间 4 点），还是没有动静。

大家的心开始松缓起来，认为当天凌晨开战已不大可能。易洪武和英、阿文两个编辑室主任商量后决定：为了不影响正常工作秩序，不值班的编辑立即回宿舍休息，但两个编辑室必须各留下一个发稿人和一个编辑继续坚守，24 小时不间断值班的既定计划不能更改。

虽然决定作出了，但大家依然精神亢奋，一个个仍呆在值班室不走，万一“伊战”就要爆发，谁也不愿失去见证这一重要时刻的机会。易洪武只好一面“赶”大家，一面带头“撤退”。柳达舜当班，自然仍留在岗位上值班。袁本弥疝气发作，真的疼得顶不住了，只得回宿舍休息。而易洪武到底心里有事，回宿舍转了一圈又回到了值班室。你还别说，他这一转身还真的赶对了时候。

格林尼治时间 2 点半稍过（开罗时间 4 点半，巴格达时间 5 点半），一阵急促的电话铃声骤然响起，巴格达分社雇员哈希姆紧急口头报道：“巴格达响起防空警报声！”。与此同时，总分社电视监控平台的雇员翻译也大声报告同样的讯息。显然，美国正式对伊开战！没有按指令“撤退”休息的达杰恬动作飞快，立即敲动电脑键盘，迅速发出英文快讯。易洪武也立即指令身旁几个英文编辑同时比对华讯国际社与外台和外电的报道时效。很快，比对完毕，大家高兴地一致确认，本社“伊战开打”英文快讯领先美国有线电视网（CNN）10 秒，时效更快于法新社、美联社、路透社及其他世界英文主流媒体，在全球媒体时效战中夺得第一！易洪武闻听大喜，再次亲自核实比对数据，确信无误后，心里的一块石头终于落地。他立马精神焕发，旋即拨通给北京总社的电话，不无自豪地向总编室洪亮报喜：“伊拉克战争刚刚打响，我们的英文快讯抢到了第一！”

总分社一片欢腾！当班编辑和在场人员群情振奋，多少天来的辛劳顿时化为乌有。不过，大家没有时间沉湎在欢乐和喜悦之中，因为“伊战”报道才刚刚拉开序幕，前面还有更多的挑战和考验。实际上，从凌晨打响“伊战”报道的“第一枪”起，英、阿文两个编辑部的电脑键盘一直在敲击不停，人员“四班倒”，吃饭轮流换，“24小时不间断发稿”真正得到了体现。据统计，“伊战”头一天，英编室10个人总共自撰和编发各类稿件210条左右，其中快讯和急稿就达上百条。这样大的报道量前所未有，是日常发稿的至少五六倍。

其实，不只是华讯国际社一家在行动。中国媒体为一雪“9·11”报道迟缓之前耻，纷纷拿出各自的看家本领，试图利用伊拉克战争报道这一契机打一个翻身仗。华讯国际社拿下“伊战开打”快讯，无疑给他们打了一剂强心针。

国际新闻电视台作为新闻受众感受最直观的一家媒体，她比任何媒体都更想“咸鱼翻身”，一雪前耻。有人如此记录说，经过精心策划和准备，际视一套（综合新闻）从伊战伊始就在国内率先以《关注伊拉克战争》为总题目，全程直播战事消息。际视四套（整点新闻）也以《伊拉克战争直播报道》为题，对战况进行直播。有人这样评价际视对伊战讯息的直播：当寂静而空旷的巴格达的画面呈现在电视画面上时，中国的电视观众终于有机会从本国电视媒体上第一时间看到了战争实况。这一天，对中国观众和电视新闻工作者来说，不仅难忘而且意义深远。它表明：中国电视媒体也已开始按新闻规律办事，终于在对国际重大突发事件报道中参与国际竞争方面向前迈出了可喜的第一步。

毋庸讳言，际视首战告捷的同时也存在诸多遗憾。比如，播出的画面因缺少本台记者现场采访而只能借用CNN和半岛台等外台采集的画面；对电视综合运用手段不够娴熟；主持人驾驭、控制和调度场面的经验略显不足；等等。但无论如何，他们突破了自我，自此才有不断开拓性向前的进步和发展。际视人为自己的“第一次”归纳了这样几个亮点：

一、反应迅速、内容充分。战争一打响，际视就及时开展报道。有人留心观察后称，一套和四套两档新闻主打节目都先于其他中文卫视台的直播，在时效上抢得了先机。在内容方面，除及时报道战况外，还同步报道了美国总统布什的电视讲话及战争打响后各方的反应。两个频道还迅速地、充分地、反复地报道了我外交部发言人孔泉对美国动武的谈话和外交部的声明，在第一时间表明了中国政府反对动武、希望重新回到和平解决问题的正确轨道上来的严正立场。电视台还采用播放国外电视画面实况，进行同声翻译的方式，尽量让观众实时获知战况，同时滚动字幕报告最新情况，高饱和度地快速地向观众传递最新信息。

二、多点连线，实时报道。对于这次报道，两套节目都采取多点联线，实时报道的手法，同步联系在世界各地的中国记者，采用卫星传输画面和电话连线的方式，以最快的速度，将中国记者在相关地区的所见所闻传达给了中国观众。这在以前也是不多见的，这些连线中，有本台记者，也有华讯国际社记者等，当我们听到中国记者在“小鹰号”航空母舰上与电视主持人通话时，观众完全有一种身临其境的感觉。

三、背景充分、资料全面。两套节目在直播中，都使用了大量的背景资料，这显然是事先准备好的，内容非常丰富。涵盖以下方面：《伊拉克问题的由来》《伊拉克国情介绍》《库尔德人》《美英军事力量对比》《战争前景展望》《伊拉克石油情况》《核查问题的发展》《各国对美伊问题的态度》《美军打击伊拉克的主要军事基地》《美国对伊拉克战争的准备》等。背景资料内容之多、范围之广，是历次国际事件报道中所没有的。

四、专家评述、各抒己见。两套电视节目中都把专家请进演播室进行评述。他们不仅介绍各种背景情况、回答观众关心的问题，而且还各抒己见，甚至对同一问题发表不同的见解，让观众可以多视角地了解某一问题，近距离和观众交流，让观众听到国内专家的看法和认识，让专家和媒体了解观众的关注点，拉近了专家和观众的距离。面对如此重大的国际事件，在中国政府尚未对事件表态前，让专家们在演播室侃侃而谈，发表评论，这在以前也是不可能的。

五、两套节目同时长时间直播，前所未有。对于一场与中国相隔遥远的战事，对于相同的一个事件，用两个频道进行直播，快速地向观众传达最新信息。而直播时间很长，仅就开战当天统计，一套是 12 小时，四套也在四五个小时以上。两套节目根据自己的定位和观众群采取不同的表现手段，调动电视的多种表现形式（画面、声音、字幕、图表等）进行报道，这也是前所未有的。

然而，说到底，国际新闻电视台和其他中国媒体对伊战报道的进步和改观主要还只是自个儿和自个儿相比较而言，唯有华讯国际社“伊战开打”快讯的领先时效才是与美国和西方主流媒体一较高下而获得的货真价实的进步，着实值得载入史册，因为它不仅标志着一个报道战役的胜利，更重要的是它打破了华讯国际社乃至整个中国媒体长期以来跟着西方媒体亦步亦趋、无所创新作为的传统观念和习惯，推动中国闻人抛弃惰性思维，弘扬拼搏精神。正是在伊拉克战争之后，华讯国际社和其他中央级媒体才开始正儿八经地拼抢报道时效，讲求新闻规律，同时逐步放开聘用本土雇员的政策制约，越来越注重现场采访及独家新闻、原创新闻和首发新闻等。

显然，华讯国际社抢发“伊战开打”快讯的意义不容低估。正因为如此，华讯国际社高层最终兑现承诺，为“伊战”报道有功单位和个人举行表彰会，授予中东总分社等单位“伊战报道先进集体”荣誉称号，易洪武、袁本弥和其他多人获得“伊战报道先进个人”荣誉。当然，在习惯于“大锅饭”观念的作用下，荣誉不可能为中东总分社单独设置，因为方方面面都从各自的角度声称自己“拿了第一”。于是，表彰会“皆大欢喜”，先进集体和个人涉及方方面面，倒是中东总分社和中东总分社英编室以及发出英文快讯的快手达杰恬似乎显得并不那么重要。大家有意无意间似乎忽略了这样一个不争的事实：中东总分社“伊战开打”快讯在全球英文媒体报道中时效领先、以十秒之快为华讯国际社赢得了荣誉。如果没有这个关键前提，其他那些所谓“第一”还能有实际意义吗?

当然，还有另外一大关键前提，那就是巴格达分社雇员哈希姆以最快速度通过海事卫星电话发出的现场报道，舍此即便中东总分社英编室通过监控阿拉伯语电视新闻也能率先抢发“伊战开打”快讯，但总不免给人一种“二传手”的感觉，而哈希姆是华讯国际社正式聘用雇员，在巴格达现场报道“伊战开打”拿下第一则名正言顺，完全符合国际惯例和新闻规律。据说，华讯国际社“伊战开打”英文快讯时效拿下第一后，曾有美国媒体提出质疑，称华讯国际社记者在伊战开打前都已按中国官方要求提前撤离了巴格达，怎么可能率先美国媒体发出“伊战开打”快讯?但华讯国际社理直气壮地回应：我们的派驻记者撤离了，但我们的巴格达分社仍然一直在一线坚持采访报道，因为我们在当地聘有雇员！他代表的是华讯国际社！对方无言以对，只得认栽，因为新闻报道“本土化”本来就是美国和西方媒体一直在奉行的用人机制。可见，华讯国际社“伊战开打”英文快讯能够“技压群雄”，哈希姆功不可没！

令人备感欣慰的是，华讯国际社高层充分意识到本土雇员的独特作用，高度评价哈希姆，高调表彰哈希姆。“伊战开打”快讯发稿当天，华讯国际社就作出决定，作为特例，授予哈希姆华讯国际社最高奖——“社长总编辑奖”，奖金1000美元。他成为华讯国际社数十名外籍记者雇员中首位获此殊荣者。现在看来，奖金额度可能并不算多，但表彰的速度则实属罕见。在中东总分社的举荐和推动下，一周之后，哈希姆由原先的报道员被正式聘为华讯国际社驻巴格达特约记者，并于晚些时候受华讯国际社的专门邀请抵达北京访问，成为华讯国际社首位因报道出色而被邀访问北京的外籍雇员。

一时间，中国媒体刮起了一股“哈希姆热”。在华期间，哈希姆先后在北京、上海和广州等地参观访问，与当地新闻界人士举行见面会和座谈会，共同研讨伊拉克局势和国际新闻报道工作。华讯网还独家邀请他与网民直接交流。由于华讯国际社和中国主流媒体的刻意张扬和渲染，哈希姆一时间成为在中国几乎家喻户晓的闻人名星，所到之处受到“粉丝”们的热烈追捧。比起在自己家乡乃至阿拉伯世界，名不见经传的他却一下子在异国他乡的中华大地上“大红大紫”起来。其实，毫不奇怪，一个阿拉伯人为中国争得了荣誉，把华讯国际社的活儿干得比中国闻人自己还漂亮；一个外国人对中国的新闻事业如此执着、对中国的感情如此诚挚和深厚，理所当然应该获得赞誉和褒奖。

好在哈希姆自己心中有杆秤。面对中国同事和“粉丝”们的赞誉，他总是不断地重复类似的谦虚：“这是华讯国际社记者共同的荣誉，与你们对我的培训、鼓励和支持密不可分。”

这不失为一句大实话。哈希姆的作为真正应了一句老话：“平凡中见伟大。”

应该而言，哈希姆在伊拉克乃至阿拉伯世界也是一个普通得不能再普通的新闻人。他出生于 1957 年，其人生不断因为“战争”而改写。23 岁之前，用他自己的话来说，伊拉克“是个没有战争的年代”。那时，他刚刚大学毕业。作为统计专业的一名高才生，他比较容易地拥有了稳定的职业，而且踌躇满志，对未来充满了憧憬。然而，1980 年爆发两伊战争。根据相关法令，战争打到了家门口，服兵役是每一个伊拉克人应尽的义务，入伍参战“义不容辞”。于是，命运第一次跟他开起了玩笑，一介书生的他不得不放弃稳定的职业，投身炮火纷飞的战场。随着两伊战争硝烟的逐渐散去，他自然回归平民生活。谁料想萨达姆政权很快又挑起了另一场战争。1990 年伊拉克入侵科威特，招致美国 1991 年发动旨在解放科威特、打击伊拉克侵略的第一次海湾战争。哈希姆再次应招入伍参战。他在接受记者采访时说：“当时我驻扎在伊拉克南部的沙漠地带，一个防空哨所，距离科威特前线非常的近。”进入 21 世纪，由于此前接二连三的战争重创，加之美国对伊制裁等因素，伊拉克元气大伤。这自然也给哈希姆及其家庭带来相伴相随的经济困境。没有稳定的工作，自然就没有稳定的经济收入。作为一家之主，为了生计，他必须想方设法寻找工作，应对生活难题。于是，统计专业“高才生”出身的他，为了饭碗不惜改行搞新闻，由此而同华讯国际社结缘，进而再次走入战争，不知不觉中成了一名“小有名气”的战地记者。

事情还得从 2001 年 9 月说起。第一次海湾战争，美国出兵攻打侵占科威特领土的伊拉克军队，帮助科威特收复了领土，将占领军赶回了伊拉克。美伊由此结怨甚深。为了不让萨达姆舒坦和再生幺蛾子，美国和西方一面打着联合国和国际社会的旗号对伊实施制裁，限制伊拉克的石油生产和出口，一面在伊拉克边缘领空设立航空“禁飞区”，以监督萨达姆政权的越轨行为，迫使对方臣服就范。

但是，萨达姆始终不理美国的茬，不买美国的账，这令山姆大叔很不爽。“9·11事件”爆发后，美国政府首先发动阿富汗战争，捉拿恐怖袭击的幕后推手本·拉登。作为这场反恐战争的“第二阶段”，美国设想和规划的首要内容便是解除伊拉克武装，变更伊拉克政权。时任总统小布什及其政府一直就有发动大规模对伊战争的强烈意向。尽管在相当长一段时间里，这样的意向不仅遭到国际社会大多数成员的反对，而且遭到美国国内公众和国会共和党多数的严重置疑，但战争阴云始终笼罩在伊拉克上空。

随着局势的不断吃紧，华讯国际社巴格达分社经总社同意，决定招聘一名懂新闻的当地雇员日常做资料翻译工作。于是，哈希姆经由媒体朋友介绍，满怀期待地来到华讯国际社巴格达分社所在地。那是一个大清早，中等身材、肤色黝黑的他，梳着小分头，留着一字须，有点忐忑不安地按响了分社的门铃，十分拘谨而又细声细气地用阿语通报自己的名字叫哈希姆，应约来接洽应聘工作。为了了解他的英文水平，分社首席记者在对他的情况进行简单了解后，让他当场将一条阿文新闻翻译成英文。尽管分社对译文并不太满意，但还是从急需用人考虑，决定先试用他一个月。遗憾的是，一个月的试用期后，他未能达到中东总分社英文编辑部的要求而被告知不再续用。巴格达分社只好再觅他人，不过分社首席记者当时多了个心眼，在打发哈希姆“走人”的同时仍然让他留下了联系电话，希望有可能在需要更多人手时再联络他。说来也是机缘，时隔一年之后，分社因一名本地雇员家中有事突然提出辞职而措手不及，只好紧急联系哈希姆“救急”。而仍在为就业和生计四处奔波的哈希姆，其实一直没有对华讯国际社失去信心，期待终有一天会给他打来招聘电话。因此，当他的妻子接到分社首席记者打到家中的电话时显得十分激动，而一小时后从外面赶回家中的哈希姆本人更是喜不自禁，立即迫不及待地给分社首席记者回拨电话。听说分社真的要聘用自己，他在电话里高兴地连连表白：“太好了！太好了！”第二天，哈希姆精神焕发地来到分社上班，自此与华讯国际社结下了不解之缘。为了提升他的新闻业务能力，分社有意识地对他进行业务培训，除了给他讲解相关理论知识和华讯国际社报道体例外，还特别注重对他进行“快餐式”的实践培训，让他参加新闻发布会，到街头采访市民和跟踪联合国核查人员检查总统住宅等，这些为他后来独自担纲“伊战”报道无疑作了有益的铺垫。

实际上，哈希姆自打进入华讯国际社工作后便处处留心学习和提高自己。他知道，搞新闻并非是他的强项，但中国人，特别是华讯国际社这样的中国官方通讯社，是完全值得信赖的。要想保住在华讯国际社的“饭碗”，他唯有努力工作和学习提高。因此，当“伊战”一触即发、中国派驻记者根据国家安排要全部撤离巴格达，只能留下他带领另外几个当地雇员坚守阵地时，尽管感到巨大压力，他却没有任何托词和怨言，相反却坚定地表示愿意受命于危难之际。当然，华讯国际社中东总分社及巴格达分社没有放任不管，而是尽可能地考虑使用各种可行办法和措施，为留守雇员们提供工作便利。分社负责人手把手地教会哈希姆如何使用电脑和海事卫星等先进通讯工具，并与他一起进行了多次沙盘演习，使他能很快较熟练地掌握操作技艺，打通给北京总社或开罗总分社的紧急发稿电话，为确保日后成功率先抢发“伊战开打”快讯奠定了基础。3 月 20 日巴格达当地时间凌晨 5 点 33 分，哈希姆几乎在突然听到警报声的同时，拿起预先多次演习过的海事卫星电话，拨通了事先设置好的号码，向坐落在埃及首都开罗市区的华讯国际社中东总分社口头报道“巴格达响起空袭警报”。随即，他跑上楼顶实地观察，看到巴格达市区空中升起一团火球，于是再发一条快讯：“巴格达响起巨大的爆炸声”。

人们常说，成功属于那些有准备的人。正因为华讯国际社上上下下精心准备，才有了哈希姆的口头快讯报道，使华讯国际社在“伊战报道”时效战中拔得头筹，赢得了声誉。如果说，哈希姆的这一创举多少还带有一丝偶然和碰巧、不足以铁定他是一个出色的战地记者的话，那么他在伊战爆发后的采访、报道及一系列作为，则完全可以证明他作为一个战地记者的勇敢、坚韧、智慧和专业。后来有人这样夸赞他，无论是在伊拉克战火弥漫的时刻，还是在战后巴格达处于极度混乱的状态下，哈希姆和其他几名华讯国际社聘用的当地雇员昼夜守护在分社，智斗劫匪，确保分社财产完好无损，表现了崇高的责任感和高尚的职业道德。

哈希姆当年 45 岁，有 3 个孩子。伊拉克战争爆发前夕，他与妻子商量好，他住在分社院内，妻子留在家中照料 3 个年幼的孩子。但当妻子从电台听到美军已经在边境打开缺口进入伊境内时，心中非常害怕，不停地给他打电话，孩子们也哭着找爸爸，这对哈希姆是个无形的担忧和牵挂。考虑到自己单独生活也十分不便，他决定干脆把妻子和孩子也带到分社一起住。你还别说，这样的安排后来被证明确实是明智之举。他的妻子不仅操持家务带孩子，解除了哈希姆的后顾之忧，而且成为分社的义务“厨师和哨兵”，给他和另外几个雇员同事们专心工作帮了大忙。

作为分社战时负责人，当时最令哈希姆担心的是分社有可能成为美军轰炸目标。分社所在的曼苏尔区是个居民区，里面没有军事设施和政府机构。开战前，人们普遍存有侥幸心理，认为美国人不会轰炸这里。可是出乎人们的预料，开战后曼苏尔区不仅不能幸免于难，相反却成了重灾区。先是俄罗斯驻伊拉克使馆周围被炸，接着与分社近在咫尺的一家餐厅和周围的民居被炸。特别让哈希姆头疼的一件事是，分社发稿要用海事卫星电话，处于开启状态会发出强大的信号，很可能会被几乎是24小时不停地在头顶上盘旋的美军飞机锁定为袭击目标。因此，当时还没有倒台的伊拉克政府通过电视台发出命令，要求伊拉克人交出手里的海事卫星电话，如果违抗命令被发现，就会受到严惩。分社的周边邻居们害怕受牵连，派代表与哈希姆交涉，要分社不再使用海事卫星电话。为此，哈希姆心里忐忑不安，只好请示中东总分社社长易洪武。根据总分社的建议，哈希姆拿定了主意：平时关上电话，发稿时再打开。可是这样做也需要冒一定的风险，因为发稿时可能正是美军飞机轰炸最猛烈的时候，那也只好乞求真主的保佑了。与此同时，他还想到分社楼顶上三四口接收卫星电视的“大锅”及华讯国际社收稿系统接收器等，它们也都可能是美军空袭的明显目标。经与妻子商量，他们想出了个“好主意”，将分社房间内的大窗帘扯下来“盖”到“大锅”上。还算幸运，分社最终平安躲过了飞机轰炸。

一波未平一波又起，萨达姆政权倒台后治安真空导致一场人们始料不及的抢掠风潮。被美军“解放”了的伊拉克全国各地都出现了不同程度的偷抢活动，巴格达最为严重。失去理智和法律观念的巴格达市民冲进已没人看守的政府机构和前政府高官私人住宅大肆掠夺和破坏。进城的美军对此坐视不管，任由他们胡作非为，这些抢夺者因此更加有恃无恐，连联合国驻伊机构和外国驻伊使馆也不放过。哈希姆受华讯国际社代有关方面的委托，顺便前往中国驻伊大使馆打探，发现昔日干净、气派的中国使馆也在劫难逃。平日紧锁的4个大门均被破坏打开，据说曾有持枪盗贼出入其中。使馆楼内，玻璃、吊灯被打碎，地上全是被撕碎的文件和纸张，房内空空荡荡，所有东西都被抢光。见此情景，想到分社也是外国驻伊机构，哈希姆不敢懈怠，为了防止遭遇抢劫，他赶紧将挂在大门上用阿拉伯文和中文繁体字写的“中国华讯国际社”的木制牌匾摘下收了起来，并带着分社喂养的护院狗日夜巡逻。他还悄悄在分社院子里挖了一个坑，到了晚上或是出去采访，就将分社资金和海事卫星电话包裹起来放进坑中，回填伪装好后才敢放心外出。

不过说到底，作为新闻记者，特别是战地记者，冲到一线采访和做好新闻报道才是体现其真功夫的关键。哈希姆深知这一点，为了完成好华讯国际社赋予自己的职责，也是为了证明自己，他始终把采写英文和阿文稿作为工作的重心，哪怕子弹在身边飞也设法深入一线采访。他向人们讲述了他骑自行车采访美军进入巴格达同伊军交火的故事，从中可看出他的敬业。“我已经有20多年没有骑过自行车了。在伊拉克，自行车不是用作交通工具，而是用来进行体育锻炼的。这里有私家车的人很多，尽管大多数汽车都已破旧，需要更新。没有汽车的，一般打车或乘坐公共汽车。平时，我每天到华讯国际社巴格达分社上班都是打车。但没想到，久违了的自行车在战争中却帮了我大忙。战争爆发后，美军开始对巴格达进行狂轰滥炸，很多公路被炸毁或被美军坦克封锁，车辆无法通行。为了报道战况，我必须到街上了解情况，特别是交火激烈的地方。这时，我想起了放在分社仓库里的中国产凤凰牌 28 自行车。分社首席记者在撤离前已经想到自行车可能会派上用场，因此让分社一名雇员将自行车检修好，并花了 1 万第纳尔（约合 30 元人民币）买了一只打气筒。他还担心我们忘了怎么骑自行车，叫我们平时多练习练习。在美军占领巴格达西郊的萨达姆国际机场后的一天凌晨，激烈的枪声将我从睡梦中惊醒。凭着我过去参加过两伊战争和海湾战争的经验和直觉，我断定交战的地方离分社不远，便立即起床蹬上自行车向分社的西面进发。骑了 15 分钟，枪声越来越近，但看不到交战的士兵。我加快了速度，在快到中国驻伊拉克使馆的时候，我看到了美军的坦克和装甲车以及从这些兵器中喷出的火光，伊拉克部队在路的另一端顽强反击。为了看清美军坦克的数量，我又往前骑了一段。当时路上没有一个人，只有穿着防弹背心的我。这时，子弹飕飕地从我身边飞过，我立即从自行车上跳下来，本能地趴在地上。又过了半个小时，枪战渐渐缓和，可能是伊军被击退了。我拍拍身上的土，骑上自行车返回分社，发出了《美军进入巴格达同伊拉克部队交火》的稿件。”

“我最大的心愿，就是伊拉克人民能过上正常的生活，平静、安全、自由的生活。这也是所有伊拉克人共同的心愿。”哈希姆访问中国期间不断地重复表达自己的感慨。

二十一

一条尼罗河，沙漠幸福水。川流不息泽两岸，上苍巧安排。

风轻轻地吹拂河水，水静静地随风流淌。虽没有大海般的惊涛骇浪，却也不像玻璃镜片般的平整乏味。尼罗河水看似平静，却奔流不息，微风荡漾，时时激起点点涟漪。荡着小舟，乘着细浪，随风漂泊，叫人陶醉，令人心旷神怡。

放眼望去，两岸绿树成荫，车驰人动，繁华中透着乡野，别具阿拉伯风情。极目远眺，世人神往的金字塔三点一线，昂然挺立，迎日出朝霞，送落日余晖，风姿绰约，尽收眼底。每遇晨雾飘逸，尼罗河水天一色，朦朦胧胧，影影绰绰。好一幅丹青水墨画！

与尼罗河一条马路之隔，有一座粉红色的 10 层楼房，占地面积不算太大，但小巧玲珑，东方式的门面装修与周围大小建筑风格迥异，尤其是门庭外耸，拾阶而上，花草盆景点缀环绕，煞是惹眼。门庭之上，高悬一蓝色徽标，更增添了大楼的神秘和气派。附近居民往往舍近求远，拖家带口从楼前经过，为的只是一睹新楼“芳容”。更有远道者慕名而来，把此楼视为值得一游的一处靓丽风景。

她就是华讯国际社为发展中东地区新闻报道而在埃及首都开罗新购置的一处房产。

原先的开罗分社主要关注点只是埃及一国，记者少，功能有限，与中国飞速发展的政治经济形势对宣传报道日益增长的需求不相适应。20 世纪 80 年代中期，华讯国际社对开罗分社第一次升级，除维持对埃及境内新闻的采访写稿等驻外分社基本功能外，新增设了英、阿文两个新闻编辑部，将整个中东地区各分社记者采写的阿文和英文稿件就地编辑加工，直接发送上天，改变了记者稿件发送到北京总部处理的中间环节和时效上绕一大圈子后才为中东各国新闻媒体接收的落后模式。可见，升级后的开罗分社实际承载了总分社的部分功能。由于业务规模拓展的需要，分社搬离了原先租赁的小院，搬入新购的一栋小楼，既是办公用房也是员工宿舍。

然而，时间进入 21 世纪，易洪武重返开罗分社任分社社长后，他发现分社小楼在经历一次地震后墙壁多处出现裂缝，虽经维修加固，仍被鉴定为危房。人命关天，必须考虑再次搬迁。经报总社批准，分社着手另觅新址。为此，易洪武付出了巨大心血。他驾车几乎跑遍了开罗城区的大街小巷，从十几处备选点中反复比较，并领着班子成员和所有员工抽空轮流考察备选新址，最终根据大多数人的意见选中了位于迈阿迪地区尼罗河畔的这栋新建楼房。房子买下过户后，易洪武立即通过招标方式精心挑选施工队和工程监理，对原楼内部结构进行彻底改造，使其既适应编辑部工作又比较符合员工的住宿和生活需求。经过紧锣密鼓的施工改建，分社终于赶在易洪武回国参加社工作会议之前一个月乔迁新址。

新址不仅濒临尼罗河，环境优美，而且建筑面积大增，员工的工作和生活条件得到较大改善。当初卖楼的楼主曾为该楼取名“尼罗大厦”。现如今，房主是中国新闻单位，自然按照中国人习惯称之为“华闻之家”。不过，事情往往充满太多的巧合。新楼刚刚竣工使用不久，却恰逢分社升级为中东总分社，有幸正儿八经地正式成为华讯国际社在中东地区的报道总部。中东总分社的诞生，无疑顺应形势发展大潮和新闻报道革新拓展之需求。这次升级就业务拓展而言，除了保留专事采访埃及新闻的开罗分社这一建制外，还保留了阿文翻译中心，扩展了原有的英、阿文编辑部业务范畴，同时新设一个中文编辑部和一个多媒体采编中心，将日趋激烈的新媒体竞逐引入报道一线源头。编辑、记者和其他工作人员主要由北京总部派遣而来，也雇用一些当地雇员从事记者采访、编辑或英－阿语转译工作。中东局势纷繁复杂，重大突发事件持续不断，巴以冲突、伊拉克问题、伊朗核问题、黎巴嫩政治危机和苏丹达尔富尔问题等都是近些年来世界舆论持续关注的新闻焦点。华讯国际社开罗总分社实际成为中国新闻界与西方媒体正面交锋、激烈竞争的前哨阵地。从尼罗河出发，中国记者的身影活跃在整个阿拉伯世界的广袤天地。“华闻之家”不仅是中华新闻儿女们驰骋中东“沙场”的可靠后方，更是中国媒体中东新闻报道的神经中枢和前沿指挥所。

这不，“华闻之家”一楼小会议室里，易洪武、袁本弥、柳达舜等班子成员刚刚结束办公例会。

中东总分社率先世界主流媒体抢发伊战开打快讯，一时名声大噪。作为一种表彰，华讯国际社党组迅速批准了中东总分社领导班子的组建，正式任命易洪武为总分社党组书记、社长；袁本弥为总分社党组成员、副社长兼总编辑；柳达舜为总分社党组成员、副社长兼阿文编辑室主任；蓝海洋（尚未到任）为总分社党组成员、多媒体中心主任；何正金为总分社党组成员、技术室主任。

“新官”上任，易洪武和袁本弥都很累，累并充实快乐着。

别看袁本弥已是总分社的总编辑了，但因英编室人头一直不足编，他仍需坚持参加日常值班，当带班发稿人使用。与此同时，他还要协助易洪武筹划总分社总编室的业务流程和工作细则，具体设计英、中、阿文三个编辑部及一个多媒体采访中心和一个外文翻译中心的职责范畴、业务架构和人力配置等，涉及人事调动、部门权限、经费开支、通讯设施保障等大量繁杂事务，每天同总社电话、文传不断，费尽心力，嚷嚷得口干舌燥。

这不，电话里他又同人事局局长吴闵闹嚷嚷开了：“你老兄为难，我这里更难。全世界的重大新闻大多发生在中东，而我们的人力太紧张了。分社，记者缺三少四；编辑部，严重缺编。咱现在先不去跟人家西方大通讯社比，我们只要求把编制内的人头给我们凑满就好。喏，英文缺编 8 人：记者 5 个、编辑 3 个；阿文缺编 7 人：记者 4 个、编辑 3 个；中文编辑和摄影记者各需增加 2 人，还有多媒体中心，摄像记者，音视频制作编辑…… 什么？正在考派？好！好！太好了！我这里给你们作揖了……”

易洪武虽然把不少活儿“推”给了袁本弥，但作为一社之长，统领整个中东地区的报道事宜，自然也是忙得四脚朝天。刚刚找一些业务骨干开了个座谈会，就伊战爆发一周年的报道征求大家意见，然后再拿到班子会议上研究实施，细化部署。

见大家谈得差不多了，易洪武连忙用眼神询问大家：“怎么样，大家还有别的意见吗……”

大家一边自己摇头示意，一边左顾右盼用眼神相互探询。显然，大家都没了新的表达，只想赶快结束完事。

易洪武正要宣布散会，会议室的门突然被推开，办公室主任钟敏诺领着一位女士走进会场。她高兴地向大家介绍道：“这是新来的多媒体中心主任——蓝海洋，海洋姐……”

易洪武一个箭步上前，握着蓝海洋的手说：“海洋，来啦！你来就好了，多媒体这一摊子就交给你了。来，来，大家认识一下。袁本弥，总分社副社长兼总编辑；柳达舜，总分社副社长兼阿文编辑室主任，不用多介绍，你们本来就认识；何正金，技术室主任，伍其韧，翻译中心主任……”

蓝海洋和大家一一握手，主动大方地自我介绍：“我叫蓝海洋，蓝天的蓝，海洋的海，海洋的洋，洪武的同班同学，来自总社摄影部。”

“我们是大学同学，后来她考上上海广播学院研究生，学摄影摄像。”易洪武不无夸赞地进一步作介绍，同时给蓝海洋“下任务”：“知道为什么调你来吗？你会摄影摄像呀，又在‘央视’拍过电视，咱们社要大发展，正在搞自己的电视。我想，你领军这多媒体采访中心，真正是人尽其才、恰逢其时。反正，这一摊子交给你，我一百个放心，也省心多了。谁叫你‘既管蓝天，又管海洋’！”

“好嘛，说这麽多，敢情就是一句话，让我来干活呗！”蓝海洋开玩笑地回应。她春风得意，易洪武的话她爱听，似乎“虚荣心”得到了极大的满足。

都是学阿拉伯语的，柳达舜同蓝海洋也早就熟识。这会儿他也开玩笑地插话对蓝海洋说：“当初你在‘央视’干得好好的，干吗一根筋非要调到华讯国际社来？要少拿好多钱呦。”

易洪武正颜道：“你这家伙就总想着钱。我们现在钱是少拿一点，但我相信这只是暂时的。我们的事业在发展，把我们的报道做大做强比什么都重要，到时候大家拿的钱只会越来越多。更何况，中央已经考虑到大家的待遇问题，正在加紧研究解决。”

蓝海洋望着柳达舜，哭笑不得地摇摇头说：“瞧你想哪儿去了。我不是唱高调，我是真的不在乎那几个钱。其实，‘央视’那边财政部给的钱并不比你们多多少，没有人们传的那么邪乎，毕竟大家拿的都是‘共产党的钱’，怎么可能差距太大。当然，电视台广告收入多，提成多一些，‘发钱’自然相对宽松许多。但那时我真的很羡慕‘华讯国际社’，影响大，能成大事。”

袁本弥因为和蓝海洋不熟悉，插不上嘴。现在听她这么一解释，马上证实说：“你说的这些我清楚。我有好几个同学分在电视台，他们钱拿得是多一些，但对个人发展的空间有限。”

20世纪70年代初，中国教育经几年的“文革”折腾被弄得千疮百孔、一片凋零。为扭转这种局面，中央决定逐步在全国范围内恢复大学招生，从工农兵中推荐选拔优秀青年“上大学，管大学，用马列主义、毛泽东思想改造大学”。根据中央指示精神和事业发展需求，华讯国际社委托上海语言大学专门到A省通过推荐选拔招收一批学员代培，日后毕业分配全部进入华讯国际社从事对外宣传报道工作。然而，等这帮工农兵学员毕业时，电视事业发展迅速，急需扩充和网罗人才，于是中央决定从这批华讯国际社送进上海语言大学代培的英语毕业生中抽调一批人，再送进北京广播学院进行摄像培训后进入电视台，改行从事电视新闻报道。他们同袁本弥都是老乡加同学关系，其中好几个还是同班同学。凌春昌和另外两个同学后来还被送往国外留学深造，现在都成了电视新闻报道的业务骨干。凌春昌更是当时蓝海洋的业务主管和“顶头上司”。正因为有这条“内线”，袁本弥才对电视台许多事情“了如指掌”。

易洪武连忙给蓝海洋进一步作介绍：“这是老袁，袁本弥，总分社副社长兼总编辑。”

“呦，你就是凌春昌的老班长啊。前些天他还在电话中提到你。不胜荣幸，请多关照。”蓝海洋真诚地表示。

袁本弥笑笑说：“客气啥？还分彼此吗，都是一家子了，应该是互相关照。往后你这一摊子还真的是大有发展前途，多媒体可是重头戏，今后好戏还得看你的吆喝，到时候不懂的，还得请教你呦。”

柳达舜狡黠地对袁本弥眨眨眼，诡异地笑着重复：“好，说得好，一家子，不分彼此。”

袁本弥傻愣地看着柳达舜，百思不得其解，想不通自己到底说错了什么。

易洪武敏感地领会到了达舜的意思。他左看看袁本弥，右看看蓝海洋，笑着用眼神和柳达舜对视了一下，嘴里轻轻地叨咕了一句：“嘁，你这小子……”但是，为了不让袁本弥和蓝海洋当众尴尬，他赶忙岔开了话题，冲蓝海洋说：“你刚下飞机，还得适应一下时差。今天先不多说，抓紧时间休息调整一下。”

“行。多谢领导关心。如果没别的事，我先走一步。”蓝海洋同大家一一握手告别。在和袁本弥握手的一霎那，她突然有种异样的冲动，刚才柳达舜的“弦外之音”她听出来了。她从凌春昌那里得知，袁本弥和自己一样，现在也是离异单身。借着告别的瞬间，她以女人特有的敏感认真扫了一眼袁本弥，脸上不觉泛起红晕，心跳加速，赶忙抽出手，匆匆走出了会议室。

回到宿舍，蓝海洋把自己关在房间里好好地睡了一天。这一程，她为了赶着到开罗报道，着实弄得很累，严重缺觉，而且还要倒时差。经过一天多的调整，她已基本恢复过来了。想想同大家的见面，她感觉到一股大家庭的温暖，心情更加愉悦舒畅起来。

为了这份好心情，她特意把自己精心打扮了一下：上身内着一件粉红高领套衫，下裹一条暗花毛绒西装套裙，紧束的大红宽腰带把三围曲线勾勒得格外清晰动人。本来就面容姣好，气质非凡，现在再略施薄粉、浅涂口红，整个人像变了个人，显得既妩媚又性感，浑身充满了青春活力。对着穿衣镜，她左看看，右看看，十分满意自己的装束。

迈着自信的步伐，她走进办公室，一下子吸引了大家的目光。男士们眼睛直了，不敢直视她。女士们则表露羡慕加妒忌的神情，有人夸赞说："海洋姐，你太漂亮了！""海洋姐，你用的什么化妆品？教教我们好吗？"

蓝海洋微笑着回应大家，内心十分得意，只可惜他没见到袁本弥，其实她最想看到对方的关注。

吃过晚饭，易洪武以探视为名，特地来到蓝海洋的宿舍找老同学聊天。在大学学习期间，蓝海洋曾追恋过易洪武，但易洪武委婉地拒绝了她的爱意，因为他心里只有陈崇瑛。正因为有这么一层"深层次"关系，易洪武对蓝海洋在心里总有一丝"愧疚"感，不仅关心她的个人生活，而且更真诚地为她祈祷和祝福。前年听说蓝海洋离异，易洪武在为她难过的同时，也一直在想着为她另觅新偶，但蓝海洋总是心灰意冷，提不起兴致。然而，那天柳达舜对蓝海洋和袁本弥的"暗示"却让易洪武发现了契机，看到了希望。现在，他就是"摸底"而来，有一句没一句地探询蓝海洋的情感生活。

"同大江分开后，女儿归谁管？"易洪武问。

"我管。实际是我妈在帮我管。"蓝海洋一边给易洪武泡好一杯热茶，一边简洁明快地回答。

"没再找一个？有目标了吗？"

"没有。工作忙，也没那个心情。"

"那倒没必要。随着年龄的增长，还是找个伴好，互相照应着。"

"咳，哪有那么容易？我身体不是很好，又带着个女儿。现如今，你们男人喜欢的是'小姐'，我这个'半老徐娘'没人要了。"蓝海洋假装轻松地调侃。

易洪武立刻半开玩笑半认真地把话往袁本弥身上引："是没人要还是你看不上别人？'半老徐娘'是成熟女性，更有魅力。帅小伙合不来，找个'半老夫子'就个伴还不美死他。"

话说到这儿，蓝海洋已经对老同学的来访目的心知肚明，但她故意装糊涂："怎么啦，你是来看我，还是来给我介绍对象？"

“当然来看你。不过，如果你不介意，给你牵个线搭个桥义不容辞。”

“那是个什么人？说来听听。”

“你看老袁，袁本弥，这个人怎么样？”易洪武干脆开门见山。

蓝海洋笑了：“从你一进门，我就知道你来干什么。达舜那小子那副坏相，以为我看不见呢。让我说你们什么好。人家老袁……我们刚认识就要给我们‘拉郎配’，也不问问人家什么个态度，他知道我些什么，我知道他些什么，真有你们的。”

“这么说，你是同意相互了解啦？”易洪武从蓝海洋的笑意和话音里已经听出了眉目，他高兴地对蓝海洋说：“这就好，这就好。我刚才说了，我只是穿针引线，相互了解是你们自己的事。都在一起工作了，有的是机会接触和了解。明天就有个机会给你们，你们一起把伊战一周年的多媒体报道预案做出来。”

“你坏……”蓝海洋嘴上虽如此说，心里却十分感激老同学的关心。

易洪武故意逗她：“你要不愿意，明天的预案就找别人帮你做。”

蓝海洋赶忙说软话：“谁说不愿意嘛。革命工作，你大社长的命令敢不执行！”

易洪武哈哈大笑，一边笑一边抬腿跨出了房间。他的下一站是袁本弥的办公室，他要趁热打铁，把这根红线的另一端接起来。

易洪武走后，蓝海洋心情久久不能平静。对于袁本弥，虽然不熟，但毕竟都是同一期毕业的校友，耳风招招也听到过不少有关他的“新闻”。诸如“曾被批示重用”呀、“离婚”呀之类，校友私下里传言不断，褒贬不一。但不管怎么议论，他们对袁本弥的诚恳为人却异口同声。特别是这次出国前见到凌春昌，他在闲聊时介绍了不少有关袁本弥的情况，使她对袁本弥其人其事，特别是他的人品留下了很好的印象，为自己将要与他共事感到荣幸和高兴。昨天见到袁本弥本人，听到柳达舜的“话中话”，不觉芳心萌动，爱意萌生。晚上易洪武捅破自己心中秘密这层“窗户纸”后，蓝海洋便更加急切地想和袁本弥好好谈谈。毕竟双方过去没有任何接触，谁知道他心里怎么想，他对自己有好感吗？他会不会已经有心上人了？他愿意接纳自己这个带着女儿的“半老徐娘”吗？问号一个接着一个，她显得焦虑不安，但同时又有一股重拾爱情的激情在胸中燃烧。她陶醉在幸福的梦幻和遐想之中，不知不觉便带着甜美和微笑进入梦乡，直到天色大亮。

记起昨晚易洪武给自己和袁本弥布置的任务，想想真的就要和袁本弥单独在一起，蓝海洋胸中再次荡漾幸福的暖流。她精心梳洗打扮和穿戴好之后，一边心神不定地草拟伊战周年报道预案，一边竖起耳朵聆听门外动静，有些迫不及待地等待袁本弥的到来。

终于，门外响起脚步声。蓝海洋赶紧冲向门口，没等袁本弥按门铃，她便拉开了房门，满面春风地把他迎进室内。她对袁本弥说："一听脚步声，就知道是你。要辛苦你了。"

袁本弥睡眼惺忪，但却被蓝海洋的美丽所震慑。他使劲地揉揉眼，吃惊地对蓝海洋说："怎么和那天判若两人，差点不敢认了。"

蓝海洋更加来了劲。她扭了扭腰肢，火辣辣而大方地问："怎么样，好看吗？"

"好看！'人要衣服马靠鞍'。你真美！"袁本弥由衷地称赞。

蓝海洋反倒不好意思了。她涨红了脸，一时竟找不到合适的话来应对。还是袁本弥打破尴尬，一边递给蓝海洋几页纸，一边谦逊地说："洪武让我给伊战周年多媒体报道起草预案，增添一些细则。对摄影、摄像和网络之类，我是门外汉。昨晚赶鸭子上架，弄了个初稿。我知道，你是行家，一会儿咱们一起仔细商量斟酌一下。"

蓝海洋如获至宝，高兴地说："都说你笔头快，领教了。刚才我还在犯愁呢。这下好了，我用不着费心了。哎，老袁，洪武昨晚后来找过你吗？"

"没有啊。昨晚我把电话掐了，手机关了，一个人躲在宿舍里一门心思写预案。幸亏没有干扰，总算把初稿赶出来了。你是行家，好好看看，改改好。"

原来如此。蓝海洋先是有些惆怅，因为显然易洪武昨晚没能找到袁本弥"牵上线"；继而又一想，反而增添了对袁本弥的敬重和爱慕，因为显然他对自己的事格外上心，说明他心中有自己。想到这里，她突然心疼起袁本弥来。她以女性特有的柔情充满爱怜地下"命令"说："你先回家睡觉去。预案放这儿我先好好看看，等你休息好了咱们再一起把它敲定。瞧你困的！就你逞能，干起活儿来不要命，以为自己还是大小伙子呢。"

袁本弥心里一颤动，怎么这话听起来那么像周筱的口气，男人忒爱听。他情不自禁地偷眼瞄了蓝海洋一眼，没想到对方也正深情地望着他。两个人都闹了个大红脸，赶忙相互尴尬地躲开了对方的视线。

袁本弥搓搓面孔，伸伸胳膊，打起精神对蓝海洋说："我不困。你瞧，我精神着呢。"实际上，他是想早点完事，然后再投入下一项"任务"。开罗分社升级为总分社，大事小情接踵而至，"文案"一件接着一件，易洪武都喜欢交给袁本弥处理。他相信袁本弥的笔下功夫，谁让袁本弥是"笔杆子"呢。不过在袁本弥看来，自己作为副手，"一把手"如此信任自己，他只能义不容辞地充分发挥自己的副手作用，尽可能地多为"一把手"分担责任、排忧解愁。"士为知己者"嘛。

见袁本弥不想走，蓝海洋既心疼又高兴，因为她内心深处已经对对方越来越有好感，总想和他多呆一呆，哪怕看看他的一举手一投足也倍觉快活。她对袁本弥说："那好吧，你先到卫生间用毛巾好好洗把脸，彻底清醒一下。我到厨房弄点吃的、喝的。然后，咱们精精神神地'干活'，把预案做好。"不由分说，她带头走进了厨房。

袁本弥没有进卫生间洗脸，他想那毕竟是女人的私密空间。他倚靠到长条沙发后背上，顺手用遥控器打开了电视机，一边听英语新闻，一边彻底放松，闭目养神。谁知听着听着，头一歪，居然睡着了。等他醒来，发现电视已经关掉，不知什么时候蓝海洋在自己身上披了一条毛巾被。他一激灵，赶忙推开毛巾被站起身，冲正在修改报道预案的蓝海洋抱歉地说："糟糕，怎么一迷糊就睡着了。不好意思，几点啦？"

蓝海洋回过头冲他微微一笑："预案很好，我这就看完了，稍加改动就成。你再睡会儿。中午我们不去食堂吃，我从国内带了一点吃的，咱们自己做两个菜，烧一个汤。你什么时候醒，我们什么时候吃饭。"

袁本弥赶忙推辞："那怎么好？谢了，下次再说吧。咱们还是抓紧时间把预案弄完，我那里还有一大堆事呢。"

蓝海洋规劝道："活儿要干，身体也是要紧的。不懂得、不善于休息和生活，身体累垮了，你怎么工作。你呀，真该找个伴照应你。哎，老袁，有人了吗？"

"什么人？"袁本弥明知顾问。

"女人呗。像你现在这样，也可称得上'钻石王老五'了，女孩子挺喜欢的呦。"蓝海洋故意逗他，同时也是想从他嘴里套出自己想知道的"心思"。

袁本弥以为她在开玩笑，也不在意地打起哈哈来："'钻石王老五'是干吗的？是有钱的'款爷'？我可没什么钱，岁数倒是一大把了。现在的女士们、小姐们，一个赛一个地追求时尚和梦幻。我们大老头子的，什么都落伍，人家见着你不躲不厌就算烧高香了。"

"这么说，你是真没有'意中人'？"

"'意中人'？有啊，我可是在写书，著书立说，在书里面有我的'梦中情人'。不是有这么一句话吗，'书中自有黄金屋，书中亦有颜如玉'。"没等说完，袁本弥便自嘲地哈哈大笑。

蓝海洋似乎"放心"了不少。不过，她还想让他知道点什么。她面带微笑却言辞认真地问袁本弥："跟你说正经的呢。没有人给你介绍对象？要是有人钟情于你，你会拒绝吗？"

袁本弥似乎发现了什么，他诧异地问蓝海洋："你什么意思？是不是洪武他们给你布置了什么任务？给我介绍……"

"你愿意吗？"蓝海洋紧逼一步。

“谁？什么样个人？”

“不知道。”蓝海洋脸臊得通红。她撤转身向厨房走去，末了甩给袁本弥一句话：“你去找易洪武，他会告诉你的。”

袁本弥望望她的背影，若有所思，似乎觉察到了什么。

办公室里，易洪武正在接听电话。

突然，放在办公桌上的手机响了，传出一阵优美激扬的歌曲。他连忙放下电话话筒，掀开手机翻盖接听：“喂，你好。啊，小颛，你到啦！欢迎你！这样，你先到二楼我的办公室等我一下，我和老袁一起跟你聊聊。”

袁本弥正好也在易洪武的办公室里商量公务，听易洪武的手机通话，他忙诧异地问：“谁？”

“颛鸿韶。前几天跟你们说过的，主动请缨到巴格达分社轮换的 …… 走，咱们一起去会客室和小颛聊聊。”易洪武关掉手机，简略地同袁本弥交代一声，带头步出办公室。

袁本弥连忙紧随其后。

会客室里，颛鸿韶迎候在门口，恭敬而热情地同易洪武和袁本弥握手寒暄：“两位老师好！”

“路上还顺利吗？坐哪一趟班机？”易洪武“居高临下”地关切询问。

“还行。前天大半夜我从德黑兰起飞，一大早到了伊斯坦布尔，旅游公司给我开了个房间，我倒头就睡，一直睡到晚上，哪儿也没逛，夜里离开伊斯坦布尔，今天一早到开罗，钟敏诺开车把我接到总分社，踏踏实实又睡了一觉。挺好，现在一点也不困了。”颛鸿韶兴奋异常，滔滔不绝，要不是袁本弥打断他的话，他可能还要止不住说下去。

袁本弥问道：“老许还好吗？他爱人随任了吗？”

颛鸿韶又有了新的话头：“许老师挺好，就是说话冲，爱喝酒，见酒就喝，每喝必醉。袁老师，听说当初差一点咱俩搭伴，那该多好。我听许老师说，您和他是同班同学，又是老乡，您忒能写，早在大学就是‘笔杆子’……”

“你听他瞎白呼。”袁本弥连忙岔开他的话：“言归正传。洪武，你对巴格达分社今后工作谈些想法吧。”

易洪武点点头。颛鸿韶连忙掏出笔记本，一副“洗耳恭听”的架势。

易洪武一边给颛鸿韶泡上一杯绿茶，一边慢条斯理地对对方“指示”说：“调你到巴格达分社工作，虽然是你主动请缨的，但总社和总分社也是经过慎重研究才批准的，既是对你业务水平和工作能力的基本信任，更是对你的一次考验和期待。随着美军在伊拉克深陷泥潭，那里的政治和安全形势将越来越乱，这将给分社的报道工作提出更高的要求。你是英文记者，希望到分社后搞好内部团结，同阿文记者和摄影记者加强沟通和合作，不要再像前一段时间同老许那样闹得不愉快。”

颢鸿韶心里一惊，脸色立马沉了下来，没了刚才那股怡然自得劲儿。稍一愣怔，他连忙自己给自己找台阶下：“没什么呀，我和许老师挺好的呀。是不是他跟你们说我什么啦？真的，我要去巴格达真的不是冲着他，我是真想干点事情……”

袁本弥直言不讳地批评道：“不怀疑你想干事，也不认为你没有那个能力干事。但是，年轻人应该把聪明才智用到事业上，要脚踏实地，不要指望通过耍一些小聪明就能捏拿住谁。你是学波斯语的，在伊朗理应好好配合老许，但你却喜欢耍点小手段，电脑小程序上捣点乱呀，练车不愿当向导呀，特别在他拿驾照的最后一刻不应该让你使馆的同学放弃配合，致使前功尽弃。老许那是何等人，你以为你们那点小聪明他看不出来吗？”

事情的原委还得从袁本弥说起。由于袁本弥临时决定调总分社工作，人事部门找了不少人都没人愿意接替他到德黑兰分社当首席记者，最后还是动员在国内主管伊朗问题报道的老许到德黑兰。没办法，老许只好安排好家庭，只身来到分社就任。尽管他会开车，又有旧驾照，但按伊朗相关法规仍需拿当地驾照才能开车上路。不过，既然他有旧驾照，如果使馆帮忙出面证明，便能马上更新，省去路考和许多麻烦。一开始，在使馆的帮助下，手续办得很顺利，但到最后一刻，使馆出面联系沟通的人却找借口不愿再陪老许一起去“领”驾照，致使前功尽弃。没有使馆出面，人家死活不给发驾照，因为外国新闻记者不享受“外交待遇”。于是，一切归零，前面所办一切手续统统作废。德黑兰市政交通官要求老许一切从头开始，必须通过路考获得驾照。这件事过去之后，老许从一些传言中多少感悟到颢鸿韶“从中插了一杠子”，因为那位原先帮忙的使馆工作人员和颢鸿韶是同班同学，还是“铁哥们儿”。颢鸿韶告诉他的这位同学说，老许这个人“倚老卖老”，根本不把咱们这些年轻人放在眼里，你给他“跑腿”，他还认为这是你应该做的，是“举手之劳”呢。其实，颢鸿韶是心里有气，认为要不是老许到德黑兰来，这分社首席记者的“位子”本来应该非他颢鸿韶莫属。

颢鸿韶是个精明人，反应敏捷，知道再也瞒不过去了，只好服软，赶紧一个劲地向易洪武和袁本弥检讨：“对不起，对不起。我一定改，今后一定注意搞好团结，抓好报道。”

“先声明一点，老许可没告你什么状，这些不是他告诉我们的。俗话说，若要人不知，除非己莫为。”袁本弥担心颢鸿韶产生误会，赶忙补充解释道：“这次调你到巴格达，老许可是没少给你说好话。总社有人不放心，是老许详细介绍了你的业务水平和工作能力，完全给你投了赞成票的。”

其实，袁本弥是从他在另一个媒体工作的同学郑志那儿了解到上述情况的。原来，郑志也是一个中央级大媒体的摄影记者，伊朗局势紧张奉命出差去德黑兰采访。为方便起见，袁本弥特地把他介绍给老许，让他吃住在德黑兰分社。当时，应北京总社要求，老许也计划派颢鸿韶到伊朗－伊拉克边境采访。郑志听说后希望一同前往，拍点照片。一开始，颢鸿韶和郑志相处还不错，订机票、住旅店、在边境城市联系采访，颢鸿韶因为懂波斯语自然方便许多，为郑志办了不少杂事，帮了不少忙，郑志很感激他。可是，就在郑志采访任务接近尾声但尚未结束时，颢鸿韶突然不辞而别，同郑志不欢而散。到底为什么，郑志后来回想起来可能是因为吃饭付费问题导致对方不高兴。颢鸿韶曾暗示，郑志他们单位出差伙食费全补贴，实报实销，因此希望把自己的伙食费也放一起给报销算了。谁知郑志在这方面是个“榆木疙瘩”，声称自己就一个人出差，两个人的饭费放在一起报销，单位肯定知道有假，丢不起这个人。颢鸿韶一听立马就显得不高兴，当晚便不辞而别，临时买了张机票返回德黑兰。老许询问为什麼丢下郑志一个人回来，颢鸿韶撒谎说是郑志自己想再多呆几天，多采访一点素材。

那一天，郑志终于从边境地带采访归来，老许要颢鸿韶到机场接他一下。颢鸿韶先是含糊应答，直到最后一刻才借口赶写一篇约稿“撂了挑子”，要郑志自己在机场坐出租车回来。老许因为尚未拿驾照，无法开车上路接郑志，只好“卖面子”请使馆司机帮忙，并亲自陪同到机场将郑志接了回来。在从机场回分社的路上，郑志将实情告诉了老许。联系前一阶段听说颢鸿韶在自己办理驾照问题上玩的“小把戏”，老许心中的闷火腾的一下燃烧起来，口无遮拦，对郑志一股脑儿地将自己对颢鸿韶的不满发泄了出来。稍微冷静下来后，他又要郑志替他“保密”，不要把事情张扬得谁都知道，因为他还是很赏识颢鸿韶的才气，至少分社报道工作还很需要像颢鸿韶那样有开拓精神且积极主动的年轻记者。郑志只好遵守诺言，没有对外张扬，不过后来还是忍不住对袁本弥说了事情的来龙去脉。

袁本弥见颢鸿韶做了检讨，赶忙“趁热打铁”做工作：“过去的一页算翻过去了，吸取教训注意就行，关键是今后。马上就要到新的工作岗位，而且让你负责一个分社，我不知道你有没有作一些思考，希望你已经有一些工作思路和想法。”

颢鸿韶立即回应：“我正要向两位老师汇报一下我的几点不成熟的意见。”谈起报道工作来，他一下子恢复了亢奋状态，精气神儿格外足。

颢鸿韶是外语学院波斯语研究生。他人高马大，表情冷峻，颇受女孩子们欣赏，追求者可谓“趋之若鹜”。但他是个孝顺孩子，父母早在他上大学学习期间便给他找好了对象，是家乡县城一中学老师。大学一毕业，双方家长便撺掇他们早早结婚。但是，结婚早并非是件好事，尤其是颛鸿韶“翅膀还不硬”，他无法将她的户口落户京城，她无法在京城找到合适工作，两口子无法生活在一起。不过，颛鸿韶是个不服输的家伙，他早在结婚之前就做好了“铺垫”，那就是考研。毕业分配之前，他就考上了本校本专业研究生。根据那时候的政策许可，研究生毕业后可以将配偶由外地调入京城。

就这样，颛鸿韶和妻子如愿以偿。不过，妻子虽然调入了京城，有了正式的京城户口，但临时挂靠的工作单位却因精简裁员而将她拒之门外。那时，颛鸿韶已在华讯国际社工作了两年，一气之下他报名到德黑兰分社当记者，让妻子作为编外随任出国。作为学波斯语的研究生，他一直对两伊问题有着较深刻的研究。伊拉克战争爆发之后，他更把关注重点转向伊拉克，眼睛“盯”着那里，一心想建功立业。因此，在获悉巴格达分社缺少一名首席记者时，他果断地自荐调巴格达分社工作。为此，妻子很有意见，因为他到伊拉克，那里处于战争状态下，“战争让女人走开”，她无法跟着一起去巴格达，好在她已经在德黑兰一家中资企业临时找到了一份不错的工作。

颛鸿韶的自荐果然奏效。新闻单位公派出国人员工资待遇偏低，愿意出国的人越来越少，更何况伊拉克那地方战乱动荡，“枪子儿不长眼睛”，安全系数越来越低。能有人自愿报名到战乱地区，人事部门巴不得有这样省心的事，因此一路绿灯，以“特事特办”为由，相关程序走得出奇的快，少了过去许多“官僚”性的扯皮和懈怠，一个星期不到，调令就到。颛鸿韶私下早有准备，一接到调令便立即购买机票，告别妻子，经开罗赶赴巴格达。

之所以经开罗到巴格达，是易洪武要求的。颛鸿韶作为较年青的分社负责人，总分社必须找他谈谈话，既介绍一下伊拉克局势和分社现状，也要就今后分社工作提出一些要求和关照。当然，这也是颛鸿韶所期待的。他对巴格达分社未来工作已经“深思熟虑”了一些设想和计划，希望得到总分社领导的认可和肯定。

“我是这样想的，伊战周年马上就到了，这对分社报道是一个契机，我们应该通过采访，采写一系列稿件，形成一个战役性报道高潮。报道形式应多样化，包括通讯、特写、专访、新闻分析和综述等，中外文同时出手，周年前后一周左右的时间内每天至少发一至两篇重头稿，造成声势，形成规模，发出中国媒体自己的声音，进而扩大影响，增强宣传效应。”颛鸿韶循着自己的思路，滔滔不绝地阐述自己的计划和设想。

易洪武和袁本弥认真地听着，脸上露出赞许的神情。

袁本弥插话说：“我赞成抓周年报道，实际上西方媒体也在做准备。因此，我们要搞出自己的独家特色，不能跟在它们屁股后面转，这就要看采访的本事。在注意人身安全的同时，分社要充分发挥记者和雇员的主观能动性，深入现场，深入访谈，在此基础上才能找到独特的视野和报道角度，才能使文章生动，有看头有深度。”

颛鸿韶连连点头，认真地在笔记本上划拉着。

易洪武若有所思，似乎在喃喃自语：“对，还应该做好报道统筹，可以考虑让蓝海洋率队临时进去试着搞点视频报道。这样一来，报道门类齐全：文字、摄影、视频；英文、中文、阿文；公开、参考；都有了，真正的双管齐下，多媒体运作……”

袁本弥拍手叫好：“这才是真正的战役性报道！好，我赞成！”

颛鸿韶也高兴起来。他没想到总分社领导对自己的设想如此重视。他连忙表态：“分社已有一名摄影记者，再搞电视摄像报道就太好了，这是个新鲜事！我到分社后，马上商定个具体报道计划。”

易洪武连忙指示：“报道计划要具体，包括采访目标；大体报道体裁、题目、采写和发稿日程安排等等，特别注重可操作性。当然，伊拉克局势很乱，一定要注意人身安全，出门采访要有当地雇员陪同。对了，蓝海洋到了分社，你要多听她的。不要说她是总分社党组成员，就是资历和工作经验也是顶呱呱的。”

“是，是，好的，好的……”颛鸿韶一边飞快地做着笔记，一边一连迭声地喏喏表态。

计划很快付诸实施，颛鸿韶和蓝海洋相继到岗。这一天，颛鸿韶开车带着蓝海洋、摄影记者朱毅和雇员阿里来到联军新闻中心，出席伊拉克临管会举行的记者招待会。

联军新闻中心在巴格达绿区核心地带。那里，豪华的拉希德饭店是美国驻伊拉克最高行政长官布雷默的官邸，其对面是前萨达姆政权统治时期的国际会议中心，现如今成了驻伊联军的新闻中心。联军司令部、伊拉克临时管理委员会和联合国驻伊代表机构也邻近其间。由于接连不断发生自杀爆炸及迫击炮和枪弹袭击之类的流血事件，这里现在不仅岗哨密布，安检严谨，就连会议中心周围的大街也不能随便走动了。

过去，到新闻中心来只在中心大门口进行安检，但是现在明显感觉氛围紧张，大家被迫下车在距大门约 30 米的地方就开始接受彻底的检查。一旁，数名美军士兵靠墙一字排开，双手紧握自动步枪，虎视眈眈地盯着大街，如临大敌。

步进记者招待会现场，大家分头抢占有利位置。蓝海洋端着小型摄像机、朱毅举着带广角的佳能照相机，两个人都在那里左瞄瞄右瞄瞄不断寻觅和调整最佳拍摄角度。颞鸿韶抢占了二排居中的一个座位，然后打开笔记本沉思默想。阿里先是抢占了一个中间靠边的座位，把自己的采访包放在上面先“占位子”，然后起身把一台袖珍录音机放到了主席台台面上，等待招待会开始后开始录音。

突然，一声剧烈的爆炸声如同晴天霹雳般响起，一股浓烈的烟尘味扑鼻而来。颞鸿韶兀自跳起身，对蓝海阳、朱毅和阿里大声招呼：“不好，爆炸！”一边说一边掏出手机向编辑部报告：“我是巴格达分社记者颞鸿韶，现在现场报道：巴格达新闻中心发生剧烈爆炸，伤亡情况有待进一步核实。请立即抢发快讯！后续报道马上滚动进行！”

与此同时，蓝海洋和朱毅也早冲出门外，将各自的镜头对准了爆炸现场。现场一片凌乱：新闻中心门厅前一辆货运卡车燃起熊熊烈火，驾驶座上自杀爆炸者被烧得面目全非。爆炸威力巨大，门厅的一角被炸塌，厅内天花板被爆炸冲击波震裂，平时摆放在落地窗前的背投电视在坍塌的建筑废墟下只露出半截机身，到处是玻璃瓦砾碎片，猩红的血迹清晰可见。几个伊拉克人正将一具尸体抬离现场，还有一具尸体躺在角落里。

阿里则发挥当地人的语言优势，立即拦住一位中心工作人员采访，了解具体事件详情。被采访者告诉阿里：自杀爆炸者开着卡车全速撞毁安检通道，直冲新闻中心，美军士兵开枪扫射，将自杀爆炸者击毙，但汽车借助巨大的惯性疾驰向前，强烈撞击新闻中心墙壁后自燃起火爆炸，同时引爆了车厢里的雷管和炸药。工作人员一边说，一边抹眼泪，他有好几个同事还在坍塌的建筑废墟下生死未卜。

警车、救火车和救护车鸣着刺耳的笛声风驰电掣般驶近。联军士兵和伊拉克安全卫队士兵蜂拥而至，一面维持现场秩序，一面驱赶记者和围观民众离开。

“请问，估计伤亡数字多少？”蓝海洋追着一位安检警官问，但对方铁青着脸不予回答，反而毫不客气地推搡着身边的人流，要求人们赶快撤离现场。

颞鸿韶已经借助手机发出了中英文简讯，这会儿也从新闻中心里面被赶了出来。现场大乱，根本无法找到其他同伴。他想联络蓝海洋、朱毅和阿里，但他们手上都没有手机。分社就两部手机，一部在自己手上，另一部留在分社方便联络。没办法，他只好先找到分社的汽车，赶紧开回分社作详细报道。正要启动汽车，阿里急匆匆奔了过来，正好要借助他采访的详情发稿。他赶忙给阿里布置：“赶快回分社，你发英、阿文详讯，我发中文详讯和音频连线。另外还可以赶写一篇‘现场目击’。”

“那，蓝和朱怎么办？”阿里不放心。

“找不到他们。先不管了，相信他们会自己想办法回分社的。”不等阿里回应，颞鸿韶一踩油门，汽车便箭一般地驶离了现场。

可是，他万万没想到，等他和阿里将中外文详讯和目击记写完发稿后，却迟迟不见蓝海洋回来。朱毅刚才已经自己打的回到分社，说没有见到蓝海洋，冲散了。他在拍摄完爆炸现场后，忽然发现人潮涌向对面不远处的一条街心广场，说许多人在那里举行集会，抗议美军占领伊拉克。职业使然，他便立即跟了过去。可是就在他忙于拍摄发稿时，又一场惊心动魄的事件发生了。一帮蒙面枪手开着一辆卡车驶近现场，冲着周围维持秩序的美军胡乱开枪射击，扔手榴弹，好几个美军士兵倒下了，另外的士兵赶紧开枪还击。现场大乱，人们鬼哭狼嚎，四处奔逃。朱毅幸亏人高马大，反应机敏，立刻拐到一座墙角，逃过一劫。

“呀！是不是蓝姐也跟到了集会现场？要真是这样，可真够危险的……”朱毅没敢说下去。倒是颢鸿韶一下子头大了，他立刻让阿里联系联军新闻官和伊“临管会”的内政官员，了解是否有中国女记者在枪击事件中受伤。两方面的答复都证实，枪击事件造成2名美军士兵和3名伊拉克人死亡，10名伤者中也没有亚洲人，这多少让颢鸿韶松了一口气。他立刻指令分社另一名后勤雇员兼司机赶紧开车到枪击现场一带寻找蓝海洋。

“小朱，你的照片发完了吗？没事的话赶紧就枪击事件写一篇中文稿，我来写英文。”颢鸿韶精神稍一松弛，赶忙想到了发稿。想了想，他又冲阿里叫：“阿里，你根据刚才的电话联系，赶紧写一篇阿文稿。”

可是，蓝海洋在哪里呢？

蓝海洋确实遇到了麻烦。她真的随一帮电视记者从联军新闻中心赶到了集会现场拍摄采访，好在有惊无险。听说有人举行集会，抗议美军占领伊拉克。她便随着一帮扛摄像机的人流赶紧抢着往前奔。都是些生面孔，边跑边打听，才知道许多都是临时入境采访的，两个来自西班牙，三个来自加拿大。看到他们大多穿着防弹背心戴着头盔，顿时后悔自己把这些必备品放在屋里没有穿出来。

她正全神贯注对着游行集会现场拍摄，枪击事件突然发生了。俗话说，新闻记者“唯恐天下不乱”，越乱越“带劲”。蓝海洋没有半点胆怯，相反仍然若无其事地追着乱作一团的现场“可劲”地拍。突然，她身旁同她一样专注于拍摄的一名加拿大籍同行一声不响地倒下了，一米八〇左右的大高个儿遭狙击手枪击身亡，沉重的倒地声就像被绊了一跤，手上的摄像机惯性地飞了出去。他再也没有爬起来。同行的“轰然”倒地和流淌的鲜血才使蓝海洋醒悟到严峻的现实，生死之间实际只有一步之遥。一刹那间，她同其他同事像听到一声口令，几乎同时卧倒在地，拖着摄像机匍匐爬行，各自寻觅安全地带。

蓝海洋爬行到一辆吉普车背后，对面街巷中有一对伊拉克夫妇拼命向她招手，嘴里叽哩哗啦地喊着什么。她懵了，不知道发生了什么事。就在这时，那位喊叫的丈夫不顾一切地狂奔过来，将蓝海洋摁倒后，拽着她滚跑，接近街巷时才停下来。分秒过后，刚才那辆吉普车方向响起剧烈爆炸声，此时蓝海洋才明白过来，吓出了一声冷汗。原来，那车在蓝海洋靠近前已经被一发迫击炮炮弹击中起火，而慌里慌张一根筋躲避冷枪射击的她竟浑然不觉。

蓝海洋惊恐地看着吉普车被火焰吞噬，手中的摄像机控制不住地瑟瑟发抖。那位丈夫的妻子连忙将蓝海洋揽入自己的怀中，轻声细语地安抚着。终于，蓝海洋停止了战栗，不好意思地向救命恩人表示感谢。

救命恩人名叫沙拉姆，约 50 岁左右，黑瘦精干，腰板笔直，训练有素，两眼炯炯有神。他本是一名警察中校，也曾在空军服役多年。伊拉克战争爆发后，他像所有萨达姆时代的军警一样“丢了饭碗”。但生性“爱管闲事”的他，对巴格达硝烟散尽后的混乱局势看在眼里疼在心上。作为一个职业警官，他不能坐视不管。他先是在驻地小区组织志同道合的朋友一起巡逻，保护小区人员和财产不受侵犯。这同刚刚站住脚跟、希图局势趋稳安抚民心的美军当局“不谋而合”。美国人看中沙拉姆们的职业军旅生涯，更需要当地人来协同维持秩序，于是很快同沙拉姆们签署合同，同意向他们发放一些枪支、子弹以及汽车、发电机等设备，让他们组建一支示范警察支队，维持地方治安。身为警长的沙拉姆，经常亲自出勤抓捕犯人，开车追捕罪犯，与对手展开激烈枪战。沙拉姆明确表示，自己这么做不是为了钱，而是出于对社会和国家的责任心，打击犯罪分子，让百姓早日过上平安正常的生活。不过，家人对他的安全十分担忧，父母、妻子和孩子们整日在惴惴不安中度日，生怕有一天会发生不测事件。一怕犯罪分子对沙拉姆实施报复，二怕宗教极端分子和“基地”恐怖分子以他同美军合作为“罪名”伺机“处决”他。为防万一，沙拉姆让孩子们住到爷爷奶奶家中。今天有空，他们夫妇二人准备开车回父母家看看，没想到刚出门就遭遇上了枪弹和迫击炮袭击事件。在巷口，沙拉姆发现了汽车中弹的险情和对此浑然不觉的中国女记者，只好冒着危险冲向吉普车，将蓝海洋从死亡的边缘推开，救了她一命。

“沙拉姆先生，真是太感谢你们了！不然的话，我可能这会儿……”蓝海洋不敢往下想，她也不知道怎样来表达自己对沙拉姆夫妇的感激之情。突然，她想到了自己的职业。她是学阿拉伯语的，刚才和沙拉姆夫妇聊天，得知他带领手下维护社会治安，觉得这是个报道好题材。职业使然，她想何不乘机给沙拉姆们宣传宣传。没什么好报答他的，报道报道他的事迹还是有典型意义的。

可是，蓝海洋没想到，没等她把意思表达完毕，沙拉姆夫人便一口回绝道：“这绝对不行！我们全家本来就整天提心吊胆的，担心人身安全，你一报道出去，更会把基地恐怖分子招引过来。这太危险了！千万不要报道他！我求求您，谢谢您的好意。”

沙拉姆倒是很爽快：“有那么可怕吗？我就不信那个邪！”不过，看看妻子脸色煞白、面露愠色，他只好对蓝海洋耸耸肩，然后温柔地将一只手搭到妻子的肩上，笑着对妻子调侃说：“好啦，说说而已嘛。你的脸色现在最好看，赶快让中国记者给我们照张合影照，留下你的美丽。”

蓝海洋赶忙打开随身携带的一只袖珍数码相机，将镜头对准沙拉姆夫妇，连连按下快门。

“好啦，现在告诉我，你住哪儿？我们顺便送你回家。”沙拉姆不由分说，将蓝海洋让进自己的汽车后座。

“曼苏尔大街？好咧！”他一踩油门，汽车疾驰向前飞奔。

分社门口，蓝海洋平安归来，着实让颙鸿韶和大家长长地松了一口气。通过简单的对话，大家知道是沙拉姆救了蓝海洋一命。颙鸿韶连连对沙拉姆夫妇表示感谢，并同沙拉姆交换了名片，表示抽空去登门拜访。

“沙拉姆先生，你们警察支队在萨达姆家乡提克里特有分支机构吗？我们打算去做一次采访。”颙鸿韶顺便那么一问，没想到沙拉姆一下子来了兴致：“那太好了！提克里特，那也是我的老家！我还有兄弟在那里。你们什么时候去？到时候我带你们去，没问题。”

“真的！那太好了！沙拉姆先生，这样好不好，我们明天就去，行麽？”

“我回去得安排安排。初步定明天，如果有事，我再电话联络你。”

“好的。”颙鸿韶答应一声，目送沙拉姆夫妇坐进汽车，相互挥手再见。沙拉姆一踩油门，汽车扬长而去。

第二天，沙拉姆如约而至。寒暄之后，颙鸿韶、蓝海洋、朱毅和阿里坐进了沙拉姆的美式军用吉普。汽车开足马力，向提克里特方向疾驰。

提克里特地处底格里斯河西岸、位于巴格达西北 180 公里，是伊拉克萨拉丁省一个只有 5 万人口的小镇。它是中世纪阿尤布王朝（1171 — 1250 年）的开国君主萨拉丁的出生地，历史上多次经历战争磨难。公元 10 世纪时，提克里特曾是一个著名的要塞。进入现代社会，提克里特是进入摩苏尔、基尔库克及伊北部油田的门户，战略地位十分重要。不过，它的真正出名是在萨达姆·侯赛因执掌伊拉克政权之后。1937 年 4 月 28 日，萨达姆出生在提克里特附近奥贾村的一座土坯房中。他在此长大成人，进而从军从政和发迹，直至主宰整个国家。掌权后，他把一些同乡先后安排在伊党政军的重要领导岗位上，提克里特也因此得到前所未有的发展。这里不仅有多所高等学府，其中最著名的是提克里特大学，而且还有萨达姆的行宫，以及面积达 4 平方公里、专供复兴党重要人物使用的农场和乡间度假村。提克里特还建有规模宏大的庆祝广场，每逢萨达姆生日，都要在广场上举行盛大的庆祝活动和阅兵式。

“现如今，提克里特昔日的‘风光’已不复存在，萨达姆政权土崩瓦解，美国人不可能再让萨达姆‘阴魂不散’。”沙拉姆一边开车，一边有一句没一句地同颢鸿韶闲聊。看似漫不经心，实际心情异常复杂。

萨达姆政权专制独裁，这一点许多伊拉克人在心里反抗挣扎，希望有一天会“变天”。现在，萨达姆独裁政权终于被推翻。“天”变了，可伊拉克人在短暂的欢呼过后，又陷入了另一种复杂心境：美国人来了，不但使国家陷入无休止的战乱，经济每况愈下，民众生活水深火热，而且更让伊拉克人愤慨的是，美国大兵在伊拉克人的领土上为所欲为，几乎让伊拉克国家主权丧失殆尽，真可谓中国人说的“前门拒狼，后门进虎”。对沙拉姆本人而言，他为了维护治安，却还不得不借助美国人的资助。宗教极端分子视沙拉姆们为“伊奸”，沙拉姆内心非常不安和痛苦。可是，不这样又能怎样？

颢鸿韶没有细腻地洞察沙拉姆的内心世界。他倚靠在车窗边沿上，一副闭目养神的架势，实际在思考采访细节：到了提克里特，采访该从哪里下手？

“颢，前面就是达瓦尔镇，萨达姆被抓的地方。”沙拉姆指点着前方。

颢鸿韶为之一振：“咱们就在那里停车，看看萨达姆藏身的地洞。沙拉姆先生，美国兵会让我们参观拍照吗？”

“不好说，试试吧。”

很快，沙拉姆将车开进达瓦尔镇。他将车子停到路旁一侧，让大家呆在车里不动，自己则招呼颢鸿韶一起向附近的美军岗哨走去。没等沙拉姆说完来意，值勤美军士兵便婉言拒绝道：“这里是军事禁区，任何人未经许可不得入内。”

颢鸿韶连忙掏出记者证和护照解释：“我们是中国记者，希望在伊战周年之际进行一些现场采访，报道伊拉克目前的局势……”

费了半天口舌，人家死活就是不答应。没办法，沙拉姆和颢鸿韶只好返回到车上。

蓝海洋不死心，她说声“让我试试”，便提上摄像机跳出车门，向美军岗哨附近的一座房屋走去。她的举动立即召来一名美军军官的诘问：“请问，你是干什么的？需要我们什么帮助吗？”

“我叫蓝海洋，是中国记者。”

“我叫桑切斯，是驻军新闻官。”

“喔，桑切斯？和驻伊美军最高指挥官桑切斯中将同名呦！我可采访过他，是个将才！”蓝海洋没话找话，目的就在于拉近和对方的距离。

对方微微一笑，单刀直入：“请问我能帮你什么忙？”

蓝海洋也不拐弯抹角：“听说萨达姆藏身的地洞就在附近，我们想进去看看。美国兵真神，你们是怎么抓住萨达姆的？”蓝海洋一口流利的美国英语，令这名美军军官吃惊：“你是中国人？英语怎么说得这么好，你在美国留学过？”

蓝海洋抓住机会和他聊天：“我没去过美国，不过我的大学老师是美国人。对了，你去过中国吗？”

桑切斯一下子来了兴趣：“我去过中国，北京、南京、上海，游览过长城，故宫、天坛、黄山，我是上大学放暑假去的。中国真是太美丽了！我会说中国话‘你好’。”

“你好！”蓝海洋大受鼓舞。话匣子打开了，她赶忙将话头往正题上引：“我们中国不但地大物博，很美丽，而且我们中国人也是非常正直友好的。你看，连你们西方记者整天都在骂你们侵占伊拉克，搞乱了伊拉克的局势，可我们中国记者什么时候骂过你们？我们对伊拉克的报道都是公正客观的。”

桑切斯赞同地表示：“这倒是。我经常看中国记者从巴格达发的报道，他们基本客观，没有不负责任的胡乱评论。怎么，你是搞摄像的？”

“是啊。伊拉克战争一周年了，你们又抓获了萨达姆。我们这次来就是想通过我们的镜头和文字报道向中国广大新闻受众展示伊拉克局势和你们美国军队的真实现状。要知道，中国记者的报道从来都是客观、正面的，我们是国家媒体，不可能胡编乱造。我们的报道肯定对中国和世界新闻受众了解一个真实的伊拉克和美国驻军有帮助。中国可是 13 亿观众哟！”

桑切斯笑了：“你的公关能力很强。我基本被你说服了。不过，我只是一个新闻官，我需要请示上级。”说完，他掏出手机立即请示。一阵叽里呱啦之后，他对蓝海洋举了举拳头：“OK，搞定。不过，两名伊拉克人必须留在车上。”

其实，蓝海洋已经从桑切斯刚才的手机通话中知道了结果。她忙不迭声地感谢对方，同时立即向颞鸿韶他们招手喊话，示意颞鸿韶和朱毅赶紧过来。

一阵握手、寒暄过后，桑切斯将大家领入室内，不过照例是一通安全检查。之后，他让大家坐下来，由他先介绍抓捕萨达姆行动的“红色黎明行动”。

那是 12 月 13 日的事情。当天上午 10 点多，驻伊美军情报部门首次获得有关萨达姆躲藏在距提克里特大约 15 公里的达瓦尔镇的情报，美军决定尽快采取逮捕行动。晚上 6 点，美军第四步兵师约 600 名官兵在该师指挥官奥迪厄诺少将率领下前往达瓦尔镇，并包围了萨达姆藏身的地点。两个小时后，美军发动攻击行动，很快便打开萨达姆藏身的地下室，发现并逮捕了萨达姆。晚上 9 点 15 分，萨达姆被转移到一处安全的地方。整个行动没放一枪一炮。萨达姆很顺服，没有抵抗。

桑切斯强调说，经过对被捕者进行DNA检测，证明那个人的确是萨达姆本人。

桑切斯还掏出一份文字材料递给蓝海洋，指点着说，萨达姆被捕后，在美国“扑克牌通缉令”中受到通缉的55名伊拉克前政权高官中已有41人被美军逮捕、打死或自首。

蓝海洋将材料递给颢鸿韶。颢鸿韶如获至宝，心领神会，立即走到一边给总分社编辑部打电话，口授快讯：驻伊美军一新闻官今日证实，在美国“扑克牌通缉令”中受到通缉的55名伊前政权高官中已有41人被美军逮捕、打死或自首，其中包括前总统萨达姆和他的2个儿子及秘书提克里蒂、前国防部长和内政部长马吉德（绰号“化学阿里”）、前副总理阿齐兹、前革命指挥委员会成员祖贝迪等。放下手机，他便快步走出门外朝沙拉姆的车子奔去。阿里从车窗里看见颢鸿韶，知道肯定有急事，连忙从车里跳出来迎接。颢鸿韶赶忙将手中的材料交给阿里，简短交待说：“我已口头报告给编辑部抢发快讯，你立刻打开便携电脑跟进后续报道，先抢发英文，然后是阿文。”

“好的，知道了，这就干。”阿里答应一声，迅速返回车内。颢鸿韶则原路返回到室内。

桑切斯像什么都没看见。他不管不顾，“例行公事”般地对着蓝海洋的摄像机镜头和朱毅的照相机镜头，念材料上的名单：

萨达姆·侯赛因：前总统，在扑克牌通缉令中排名第1位，12月13日被美军逮捕。

库赛·萨达姆·侯赛因：萨达姆的次子，在通缉令中排名第2位，7月22日被美军打死。

乌代·萨达姆·侯赛因：萨达姆的长子，在通缉令中排名第3位，7月22日被美军打死。

阿比德·提克里蒂：萨达姆的秘书，在通缉令中排名第4位。美军6月18日证实他被抓获。

阿里·哈桑·马吉德：前国防部长和内政部长、萨达姆的表兄弟，绰号“化学阿里”，在通缉令中排名第5位。美军8月21日证实他被抓获。

穆罕默德·祖贝迪：前革命指挥委员会成员，在通缉令中排名第9位，4月21日被捕。

卡迈勒·提克里蒂：原伊拉克共和国卫队高级将领，在通缉令中排名第10位，5月17日向美军投降。

巴尔赞·提克里蒂：前特别共和国卫队司令，在通缉令中排名第11位。美军 7 月 23 日宣布他被捕。

哈米德·提克里蒂：前空军司令，在通缉令中排名第 17 位。美军 6 月 14 日宣布他被捕。

拉蒂夫·贾希姆：前革命指挥委员会成员，在通缉令中排名第 18 位，6 月 9 日被拘押。

阿卜杜勒·胡韦什：前副总理兼军事工业化部长，在通缉令中排名第 19 位，5 月 2 日被美军抓获。

贾迈勒·穆斯塔法：萨达姆的女婿，曾任部落事务局副局长，在通缉令中排名第 22 位，4 月 19 日向美军投降。

塔哈·马鲁夫：前副总统兼革命指挥委员会成员，在通缉令中排名第 24 位，5 月 2 日被美军抓获。

塔里克·阿齐兹：前副总理，在通缉令中排名第 25 位，4 月 25 日被美军拘押。

瓦利德·图菲格：前巴士拉省省长，在通缉令中排名第 26 位，4 月 29 日向美军投降。

希克马特·阿扎维：前副总理兼财政部长，在通缉令中排名第 28 位，4 月 19 日被伊警察抓获后移交给美军。

马哈茂德·迪亚卜·艾哈迈德：前内政部长，在通缉令中排名第 29 位，7 月 8 日向美军投降。

阿米尔·拉希德：前石油部长，曾任伊拉克军事工业组织负责人，在通缉令中排名第 33 位，4 月 28 日向美军投降。

穆罕默德·阿明：前国家监督局局长，在通缉令中排名第 34 位，4 月 27 日被美军拘押。

穆罕默德·迈赫迪：前贸易部长，在通缉令中排名第 35 位，4 月 23 日被捕。

胡达·阿马什：伊主要生化武器专家、有“炭疽夫人” 之称，在通缉令中排名第 39 位，5 月 5 日被美军抓获。

胡马姆·阿布德：前高等教育和科研部长，在通缉令中排名第 43 位，4 月 19 日被美军抓获。

终于，桑切斯念完了名单。他略一停顿，笑笑说：“好啦，现在该你们提问了，我一定配合，但是每人只能提一个问题。蓝小姐，女士优先，你先提。”

蓝海洋说一声“谢谢”，使个眼色将摄像机递给颞鸿韶，然后拿着带有华讯国际社标饰的话筒伸向桑切斯提问：“桑切斯先生，美军进展迅速，萨达姆和这么多伊拉克高官被抓获，可谓大势所趋。但是，你们发动伊拉克战争的最主要理由是萨达姆政权隐藏有大规模杀伤性武器。请问，你们找到了这类武器吗？换言之，如果没有发现，你们如何认为这场战争的必要性？你们会处决萨达姆吗？”

桑切斯没了笑容，严肃地打断蓝海洋的提问：“小姐，你的问题太多了。我可以回答你的是，我们暂时还没有找到萨达姆政权藏匿的大规模杀伤性武器。但萨达姆政权肆意践踏人权，暗中支持国际恐怖主义，伊拉克人民希望推翻这个独裁政权，萨达姆将受到人民的审判。”

颢鸿韶举着摄像机对准桑切斯拍摄，见对方滑头，避重就轻，赶忙顾不上风度地连连追问：“何时审判萨达姆？是在美国还是在伊拉克？他会受到公正对待吗……”

桑切斯愣愣神，脸色难看地粗暴回应道：“先生，无可奉告。”然后，他扭转头对蓝海洋露出一丝尴尬的苦笑。“没想到你们中国记者的提问也如此尖锐直白。好了，记者招待会到此结束，你们请回吧。”

“那……请允许我们参观一下萨达姆的藏身地。”蓝海洋还想争取一下。

然而，桑切斯装作没听见不予理会，径自埋头退进了内屋，而一旁的卫兵则严格执行上司指令，脸无表情地将中国记者“请”了出去。

没有办法，蓝海洋只好领着大家开路走人。

二十二

中东总分社编辑部的三楼大平面热气腾腾，不光是室外高温辐射室内，而且更因为值班编辑们闲来无聊而穿梭串门、扎堆聊天。

大平面，中、英、阿文编辑部和技术室集中值班地，虽各自为阵，却平面贯通，便于及时联络和沟通。遇到什么重要消息，吼一嗓子大家都能知道。遇到技术难题，技术室也能马上了解和及时解决。然而，开放式的格局却也有它的不足之处，一旦大家“热火朝天”般地聊起天来，那朗朗的“调侃”声和不时爆发的咯咯笑声无疑具有强大的穿透力和震撼力，令你难以静心钻研。

这不，袁本弥快受不了了。他正一门心思在专心致志地审阅稿件，本来似乎对周边的噪音充耳不闻，但现在他被稿件中的一个难点卡住了，搜肠刮肚想寻找词汇来修改，却发现自己怎么也静不下心来。

“怎么回事？现在你们是在值班，不是让你们上班扎堆聊天的！”他的怒火终于喷发了：“你们那么高声大嗓的，别人还怎么静心工作？”

年轻人赶忙吐吐舌头，要散开。但是，艾章扬却不以为然地拦住大家：“别走，小点声就是了，又没有稿子编，说话的自由都没有啦！”

显然，艾章扬没有把袁本弥放在眼里。她是那种自我感觉良好、我行我素、只求自由开放不讲纪律约束的女性，知识贫乏却酷爱表现张扬，喜欢拉小圈子和搬弄是非，无理搅三分，得理不饶人。袁本弥早就对她不满和反感，多次约她谈话试图让她改正缺点，但她根本听不进别人的批评，要么始终高昂着头，对谈话者不屑一顾；要么听不得三句话便自管自地撒腿就走。最近还有人反映，她经常不请假外出，甚至在外面留宿彻夜不归。作为中国官方外派单位，这属于严重违反外事纪律性质，绝对不能容许。袁本弥已经和易洪武商量，准备将情况报告总社，要求将艾章扬调回国内，以示处罚。

现在，听到艾章扬公然和自己叫板，袁本弥气得脸色铁青。不过，他是那种要么不管，要管就认真负责地一管到底的人。他一改平时和蔼可亲的语调，声音提高八度地严厉批评艾章扬说：“你想干什么，鼓动大家不工作吗？什么自由？编辑部有岗位劳动手册，有值班纪律，在班上你就得全身心投入工作，这是最起码的劳动纪律！小张、郭季，你们没听见我的话吗？赶快回到自己的座位上去，没有稿子就‘盯’住电视新闻和外电，哪怕抓紧时间记点外语单词也比你们这样无聊地‘聊大天’要强。你们不需要学习提高吗？你们不能潜心搞点业务调研吗？”

见袁本弥发大火，几位年轻人赶忙作鸟兽散，他们还从未看到袁本弥如此严厉过。

艾章扬先是一愣，继而无理取闹起来：“我怎么啦！我怎么啦！什么总编辑，狗屁，整个一个工头、监工，独断专行。我要告你！”

袁本弥冷笑一声：“请便！不过，我要告诉你，现在你在值班，必须踏踏实实地在这里编稿子！”

“我就不编。”艾章扬撒泼耍赖起来。

“不编就扣你的工资！”易洪武听到嚷嚷声赶了过来，他坚定地支持袁本弥：“国外工作也不可以‘铁饭碗’，调皮捣蛋屡教不改的坚决执行奖惩办法，扣工资。再不改，请她回国，另行高就。”

可艾章扬也根本不把易洪武当回事。听完易洪武的话，她不予理睬，反而示威般从坐椅上站起身，昂着脖子就要朝外走，被来自总社同一部门、并受艾章扬父母之托给予关照的老大姐季睿磬强行按回到坐椅上：“你跟谁发横？他们都是你父母一辈的人，起码的尊重都没有嘛？更不要说本来就是你的错！”

“我没有错，是他们高高在上，不讲民主，不给自由，拿我们群众当‘阿斗’。”

“屁话！什么叫民主、自由？就你们那几个人凑到一起瞎议论，今天要到这儿玩，明天要到那儿逛，不想着怎么值班工作，成天惦记着往外游山玩水，不能满足你们就叫‘高高在上’、‘独断专行’？跟你说过多少次了，不要给别人当枪使！”

老大姐季睿磬的话并非空穴来风，那正是最近一段易洪武和袁本弥对艾章扬他们几个感到问题严重的关切所在。

艾章扬其实来到总分社时间并不长，但同几个“编外”家属混在一起打得火热。在中国驻外机构，“编外”顾名思义就是编制以外的人员，绝大多数都是随担负“编内”正式工作的丈夫们一起驻外的女性，平时除了照顾丈夫并担负如出纳、偶尔招待客人和帮厨之类的轻微公务外，绝大多数时间都没有特别安排，因此很机动。总分社由于工作性质所决定，除了时不时组织一些集体参观、旅游、文化娱乐活动外，只能特别提倡她们根据各自情况学外语、看书，自我“充电”。然而，她们当中一些文化水平低、在国内本来就已下岗和退休的人便无所用心，成天无所事事，惦记的自然是自由自在、随心所欲的散漫状态，这和艾章扬的世界观和人生观不谋而合。于是“物以类聚，人以群分”。艾章扬虽然学历不高，外语水平也很一般，但她“有胆有识”，能够借外出采访的名义“无照”开着公车带“编外”们东游西逛。这让编外们喜出望外，奉她为领头“老大”。“老大”的虚荣心因此而得到极大的满足和膨胀，自个儿把自己看得完美无缺，看别人则一无是处，谁也不放在眼里。

直到一次差点酿成严重事故，艾章扬无组织无纪律的行为才得以暴露。总分社领导立刻严肃地批评了艾章扬，并收缴了她手中的车钥匙，同时整顿用车制度，除专职司机、几位主要领导因公需要和专门负责日常采访任务的记者们各自保管一把车钥匙外，其他车辆的钥匙一律由办公室统一保管，不允许私自和无照驾车，以保障工作需要和行车安全。这使艾章扬十分恼火，私下里把一顶顶莫须有的“帽子”扣到易洪武和袁本弥头上，声言要对着干，争取“人权、民主和自由”。

前不久，她居然召集起一帮人“开会”，让刚调到总分社的一名不明就里的小伙子打电话邀袁本弥赴会听取“群众意见”。袁本弥以为是党支部开民主生活会，因此连忙带着笔记本赶到“会场”。不等袁本弥坐稳，人们便七嘴八舌，乱糟糟地“发难”起来。有的质问为什么有的人能开车外出，而他们却不能开车出去；有的说每天呆得很无聊，应该允许大家到外地或出境到第三国旅游；有的则没有自己的主见，只是一个劲地起哄和随声附和，别人说什么都点头称是，跟着嚷嚷：“对呀”、“可不是麽”、“对，就是的”……

袁本弥打一走进“会场”便发现气氛不对，他被这么乱糟糟的场面弄懵了，连忙问给他打电话的小伙子：“你们这是……不是说开支部会吗？”

小伙子慌了：“我也不知道，以为是党支部开会。”

艾章扬得意地冲袁本弥说：“怎么样，听到群众呼声了吧。本来要请‘一把手’亲自来听听，后来大家觉得你比较通情达理，还是由你来给他传达传达。现在，我代表群众正式要求领导回答几个问题：为什么车宁可放在停车库里摆着也不让大家开？为什么不能让大家自由外出旅游和出境到第三国旅游？为什么经费开支有节余不发给大家？为什么非要集体开伙吃食堂，不让人退伙单独做饭？为什么排班不公平，某某某这个月比某某某少上两个夜班？为什么一天非要安排三个班次，不能取消一个班次让大家多休息休息？为什么要制定那么多框框条条约束人，我们的自由何在？”

袁本弥本来想“既来之则安之”，就当是听一听群众意见吧，顺便看看艾章扬究竟有多大的能量。但是，听到她一连串的“为什么”质问，袁本弥已经完全明白艾章扬的用意了。于是，他连忙打断对方的发问，用一种看似轻松实则严厉的口吻批评道：“你还嫌自由少啊？本来开会应该是由领导和组织来召集的，你经谁允许来召集这样一个会？你有这样一种义务和权力吗？你事先报告过吗？只有‘文革’时期‘无政府主义思潮’泛滥的时候才有这样的所谓自由和‘大民主’。不过，既然你提出了这么多‘为什么’，我要不正面回答你，许多人可能还真的以为你在这里‘为民做主，为民伸张正义’呢。”

袁本弥端起自带的茶杯呷了一口茶，似乎要把怒火压下去。之后，他用威严的眼神直逼艾章扬说：“你提出了7个‘为什么’，我现在就一个一个地回答你：1. 公车是用于公务的，原则是工作需要，有照上路。2. 适当外出旅游我们从不反对，而且时不时也在组织，但前提是必须保障工作。由于报道是我们的中心工作和重心，这么大一个集体不可能谁想怎么着就怎么着。到第三国‘出境游’则更需要受国家统一法规管理。3. 我们的经费来源靠国家财政拨款，每年都有预算决算。年终虽有些节余，但这个钱不可能分给个人，不允许装进私人腰包。4. 吃食堂为的是保障工作，真要是一家一户地开伙做饭，值班起来能集中精力吗？买菜容易吗？那样一来，这座办公楼干脆改成公寓楼算了。5. 班次安排必须适应报道需要，目前只能这样排班才能保障工作秩序。6. 至于谁比谁多上一二个夜班也值得斤斤计较？真要是在这方面斤斤计较，那只能说明她或他心胸太过狭小。7. 最后一个‘为什么’实际在前面已经回答了，正因为有人不自觉，把‘自由’和个人权利同自由散漫和纪律涣散划等号，所以必须有相应的条条框框和纪律条文来约束和规范工作秩序，使整体划一，步调一致。”

刚才还气势汹汹的艾章扬，现在一下子失去了锐气。她张了张嘴想还击，却因理屈词穷终于把话吞了回去。其他人见状，有的低着头无声地赶紧溜走，有的则小声地责怪艾章扬：“我说不来，你偏要我来。”“早知道是这样，打死我也不来。”给袁本弥打电话的小青年赶忙紧张地走到他面前道歉：“袁老师，实在对不起，我还以为是真的叫开会，所以就把您叫来了。你看看，这叫什么事？这不是害我吗？”他转头愤怒而鄙夷地瞪了艾章扬一眼。

袁本弥连忙安抚道：“大家不要紧张，今天就当是咱们之间的一次恳谈和交心。既然把话都说开了，哪儿说哪儿撂。不过对有些同志我还是要劝一句，有心思、有想法、有意见，这都很正常，走正常渠道反映，或者直接交换意见，都无可厚非，领导都会欢迎和虚心听取。但是像今天这个做法，实在不是一个好的民主办法。干什么？开我的批斗会？大家远离祖国和亲人，能走到一起，生活和工作在同一片空间，应该是缘分，理应相互关心，相互帮衬，心情舒畅，齐心协力。只有这样我们才能创造良好的工作环境和氛围，形成凝聚力和战斗力。”

那天的事情本来到此也就划上句号了，但艾章扬咽不下这口气，非要同袁本弥对着干，顶着来。她本来就自由散漫惯了，现在经袁本弥这么一顿批评，她非但不接受教训引以为戒，反而更加抵触对抗。不仅情绪上表现对立，而且行为上更加我行我素，三天两头以“不舒服”“肚子疼”和女性病为借口，请假或不请假地擅自旷工或长时间离岗，实际是偷偷地外出游逛或幽会。

易洪武和袁本弥前几天抽空找她深入谈了一次，推心置腹地要她改正纪律涣散的毛病，克服个人主义，把时间和精力用到工作和业务学习上。她虽然仍心存芥蒂，但没再当面“顶牛”，而且表示自己知道该怎么做。没想到谈话才过去几天时间，她今天又“旧病复发”，怎么能让易洪武和袁本弥不恼火、不着急？尽管她被季睿磬强行“留”在了值班座位上直到下班，但几乎没再编辑一条稿件。而且，更让大家愕然的是，她第二天便神秘“失踪”了。

那天下班回到宿舍后，艾章扬打了一通电话，约来了一位据说是“中学同学”的男士。第二天，值班编辑报告她没来上班。一开始，大家以为她又不请假外出，只是从“犯纪律”的角度去揣度。没想到一连三天她都缺勤，大家便感觉问题比原先估计得要更加严重。门口值岗的雇员核实说，那天一大早艾章扬和一个男士每人拉着一只拉杆箱出了门，之后有一辆出租车把他们拉走了。总分社赶紧派人四下寻找，到处打探，但毫无结果。大家分析推测，他们很可能结伴离境“出走”。在过去，这叫“叛逃”。

性质完全变了，易洪武和袁本弥不敢懈怠，立刻将情况上报我大使馆，请示处理办法，要求协助寻找。谁知就在袁本弥根据使馆意见准备起草正式文电向国内报告艾章扬可能离境“出走”时，她拖着一身疲惫回到了总分社。

“你这些天上哪儿去了？”袁本弥没好气地问艾章扬。

艾章扬没了往日的骄横跋扈，她蓬头垢面，低垂着眼眉，细声应对：“对不起……”不等说完便赶忙乘电梯逃也似的回自己宿舍去了。

“怎么回事？眼睛肿肿的，像是大哭过。”有人猜测。

艾章扬确实反常。袁本弥赶忙请老大姐季睿磬出面了解情况，做做对方的工作。

一开始，艾章扬什么都不愿说，只是闷声不响地一个劲对着季阿姨流眼泪。季睿磬什么也不问，她默默地陪着艾章扬，慈母般地时不时地摩挲对方的肩头。过了好长一段时间，她见火候已到，便轻声细语地规劝道："孩子，有什么不痛快的，说出来。你要想哭，就大声地哭出来。"

话音未落，艾章扬像女儿看见妈妈一样情不自禁地一下子扑进季阿姨的怀抱，毫无顾忌地号啕大哭起来。终于，她止住哭，一五一十地向季阿姨诉说着事情的全部经过。

原来，那位"男同学"根本不是艾章扬的同学，而是她在开罗街头瞎逛时偶尔碰到搭讪认识的。他得知她毕业于某某大学，于是便自称是她的"中学同学"和"大学校友"。他能说会道，风度翩翩，一下子就抓住了她的芳心。两个人自此便经常幽会，成了无话不说的"知心"朋友。

那一天，艾章扬受了批评心情很不痛快，一下班便打电话向这位同学"诉苦"。对方一面"好言"支持和怂恿她，一面给她出了个"馊主意"，要带她到外地去"散散心"。"反正你们领导和同事们都不怎么待见你，给他们点厉害和颜色看看，看他们能把你怎么着。"他"劝说"她，末了还甩出一句话"刺"她："怎么着，害怕啦？没这个胆量？"

"老娘我怕谁！"艾章扬是个经不起"激"的人，当即决定出外"旅游"几天。于是，晚上她把"男同学"约到房间，两个人同居一室。他们如胶似漆，爱得死去活来。一夜折腾后，第二天一大早他们便赶往外地"旅游"。他们相约，今生今世厮守一辈子。艾章扬承诺回国休假时就离婚，对方也发誓这辈子只爱艾章扬一个人。

然而，艾章扬鬼迷心窍，连对方是干什么的都没搞清楚就把自己全都交给了他。直到随"男同学"来到"旅游目的地"，她才如梦初醒，后悔已来不及了。

那是个靠近某旅游景点的"黑店"。一到那儿，"男同学"把艾章扬介绍给一个肥猪般胖的老太婆，老太婆斜眼上下打量一番艾章扬，便对"男同学"点点头。"男同学"借口先去安排房间走了，之后艾章扬再也没见他回来。

她问老太婆"男同学"去哪儿了，回答说不知道。老太婆找来一个英语翻译告诉艾章扬，她既然已经自愿"加盟"饭店，就必须承担伺候客人、满足客人任何要求的"义务"。老太婆还给她取名"玫瑰"，称她为"女儿"，并且给她规定了几条"规矩"。艾章扬脑子里一片空白，只记得老太婆要她不得走出饭店，不得未经许可直接"接客"等等。要不是艾章扬水性好，乘着月色偷偷跳进窗下的河汊游上岸，她这辈子可能再难逃出那个让她想起来就毛骨悚然的魔窟和火坑。

“我错了，我真浑，我没脸见人。季阿姨，我该怎么办……”艾章扬一边哽咽，一边可怜兮兮地向季睿磬求助。

季睿磬没有可怜她，而是用坚定的语气要求她：“过去怎么跟你说，你都听不进去。‘现在怎么办’，还能怎么办？从哪里跌倒就从哪里爬起来！一是认错检讨，开诚布公，真正从思想上端正认识；二是积极投身工作，以实际行动改正错误。这比什么都强！”

“可是，领导他们……”

季睿磬正要向艾章扬“指点迷径”，她的手机响了起来。编辑部让她赶快回值班室，总社有急事找。她是新提拔的英文编辑室主任，中东地区重大突发事件频繁发生，总分社英文报道备受总社“关注”，经常因报道时效迟缓而挨剋。因此，每每总社来电话，她都心惊肉跳，生怕报道又捅下什么娄子。她不敢怠慢，连忙简单“交代”艾章扬几句，便匆匆往值班室赶。

果然，半个多小时前，特拉维夫一咖啡馆发生恶性自杀性爆炸事件，外电报道纷纷扬扬，连篇累牍，但我们的前方分社则迟迟不见来稿。编辑部好不容易把电话打过去，分社记者却称他们吃饭去了，不知道有爆炸发生。

与此同时，一直对总社最高决策层把中东作为“试验田”、忽视他所器重的亚太总分社而耿耿于怀，因而喜欢“盯”着中东英文报道挑毛病的总社某领导坐不住了，干脆把电话直接打到中东总分社英文编辑部值班室找季睿磬，提出严厉批评，要求给他一个合理的解释。“你们干什么吃的？你们中东总分社不是全社的典型吗？怎么遇到突发事件就老是抓瞎？”他缺乏风度地质问，问得季睿磬无言以对。

季睿磬委屈万分，跑到易洪武和袁本弥那里哭鼻子，要求辞职不当那个“破”编辑部主任。工资不多拿一个子儿，“挨枪子儿”就是她的分儿。凭什么？她想不通。她对两位总分社领导抱怨说：“谁不知道，以咱现在的基本条件和实力，我们怎么能竞争得过西方通讯社？再说，前方分社不来稿，让我们当编辑的怎么办？我们有什么办法？”

易洪武和袁本弥一面主动承担责任，表示要向有关领导提意见；一面好言“安抚”季睿磬，要她不要有思想包袱，继续大胆工作。“如果说报道工作有错，那首先也是我这个主管总分社业务报道的总编辑的责任，应该由我来向总社检讨。”袁本弥真诚地对季睿磬表示道歉。

不过，他现在更关心的是如何在现有条件下同西方通讯社开展竞争，如何变“被动挨打”为“主动出击”。他沉思般地对易洪武说：“我有一个不成熟的想法，那就是赶紧建立应急报道机制，首先要强化编辑部的功能。”

“喔，说来听听。”易洪武果然表现出浓厚兴趣。

袁本弥却摇摇头：“我还没具体理清思路。从最近发生的一系列事情来看，我总觉得咱们现在编辑部和前方分社的功能似乎存在误区，没有最大限度地调动大家的报道责任心和主观能动性。洪武，这样吧，让我再好好想想，拿出一个比较清晰的思路来再一起讨论，集思广益。”

“好，你我都再好好想想。”易洪武欣然同意。

经过一番深思熟虑，袁本弥拿出了两个文案：《“快速反应”应急报道实施细则》《编辑部岗位值班条例》。

袁本弥把两个方案的初稿打印成若干份，分发给党组成员和编辑部主任征求意见。

易洪武不等看完，就拍手叫好，立即抄起电话召集开会讨论。他不好意思地对袁本弥说：“本来该让你好好休息一下，但你知道，我是个急性子，越是重要的事越要‘当日事当日毕’。我们应该马上讨论定下来，先把这个应急报道机制建起来，一边实施一边不断改进和完善。只是让你老兄辛苦了，瞧你眼睛熬得红红的……”

袁本弥见自己的“劳动成果”基本得到“认可”，赶忙来个“顺水推舟”，半开玩笑半认真地说：“既然你‘社长’这么可怜我，我真的撑不住了。我得赶紧补觉。洪武，真的，你们提修改意见吧，回头告诉我，我再改。”

易洪武笑了：“你这家伙……早知道我就不该可怜你。算了算了，你赶快睡觉去吧。这边有我们呢。”

袁本弥道声谢“溜”了。其实，这也是他的一个习惯。每当事情没着没落的时候，他就特别上心，连着几个通宵不睡也要把事儿了了；但是一旦“任务”基本完成或者“大功告成”，他便少了许多心劲，于是“困”劲儿就上来了。更何况，他知道今天开会虽然说是讨论提修改意见，但大家思想准备不足，肯定提不出什么特别意见来。如果他本人在场，大家肯定是一通恭维话。与其那样“浪费时间”，还不如回去睡觉来得实惠。

果不其然，等他一觉醒来，日头已经西斜。打电话问讨论情况，易洪武果然告诉他，大家没有什么大的意见，都表示先实行起来再说，看看实践起来有什么问题再修改。袁本弥一听，心情更加放松，一不留神又睡了个“回笼”觉。

不过，第二天他便早早来到值班室亲自“带班”。他昨晚和季睿磬说好，今天由他来替她值班，因为他要亲自来组织编辑部的工作流程，试验“应急报道机制”在编辑部如何奏效。

值班室里空无一人，因为他来得太早了，比正式上班时间差不多提前了半个小时。这是他的工作习惯，提前上班，先给值班室的暖水壶灌灌水，然后擦擦办公桌，打扫打扫卫生。特别重要的是，他要浏览一下上个班次的工作流程，调阅一下最新外电报道，掌握最新新闻动态和总体报道情势，以便心中有数。

不知什么时候徐冰洁悄声走了进来。她一边默默地擦桌椅，一边不动声色地给袁本弥的茶杯泡好茶，放到他跟前，轻声细语招呼着："老师，您喝茶。"

袁本弥正聚精会神地看外电，下意识地道声谢，头也不抬继续埋头研读。徐冰洁整理好桌面，也悄无声息地坐到袁本弥的对面埋头工作起来。

值班的其他人终于陆陆续续走进值班室，一霎时现场人声嘈杂。不过，英文编辑部因为袁本弥亲自值班，年轻人知道他的秉性，因而不敢大声喧哗，一个个和他打声招呼，便很快各就各位，干自己的一摊子活儿，或打开电脑查看有无分社来稿需要处理，或调阅外电了解"世界大事"，看看有无跟本编辑部有关的讯息需要跟踪报道的。

突然，对面阿文编辑部的刘虹雨高嗓门地叫起来："袁老师，阿文电视说，巴格达'绿区'发生自杀式爆炸，伤亡严重。咱们要不要抢发快讯。"

没等袁本弥开口，"阿编"一位年轻的带班人开了口："分社不来稿，让编辑部怎么抢？刘虹雨，先给巴格达分社打电话，让他们赶快发稿。"

刘虹雨不服气地"顶撞"："等打完电话，还抢什么时效，黄花菜都凉了？"

袁本弥不由分说，立即指令："只要有消息来源，争分夺秒抢发快讯！编辑部要改变工作作风，遇到重大突发事件，在分社没有来稿的情况下，编辑部必须先抢发快讯，然后再打电话通知分社，迅速跟进后续报道。"

"袁老师，快讯已写好，传给你了。"徐冰洁一听到刘虹雨的"嚷嚷"，马上就敲动电脑键盘，抢拟了一条英文快讯。袁本弥接收过来一看，十分满意，没有改动就立即签发出去。更叫他高兴的是，等他做完"发稿登记"，徐冰洁已经主动给巴格达分社打完了电话。

"好！很好！编辑部就应该有这种主动意识。在目前我们前方分社消息来源少、讯息闭塞的情况下，编辑部应该利用掌握多方讯息源、消息灵通的优势，给前方记者'补台'。"袁本弥话是表扬徐冰洁的，但却是说给其他值班编辑们听的。他知道，编辑们，包括"带班"发稿人在内，大家长期习惯于坐等分社来稿进行加工处理，许多人把值班时自撰稿件看作是额外负担。正因为这样，他突然对徐冰洁刮目相看起来。这个女孩看起来文质彬彬，说话办事显得秀气，但工作起来就像一团火，既充满热情又干脆利落，不用别人多操心。更让其他年轻人难以"PK"的是，她不仅有事业心和工作责任心，而且外语好，业务水平高。"发稿人"们都反映，徐冰洁编辑处理的稿子基本是成品，不用多改动就能签发出手。

袁本弥正在这里想着，季睿磬走进来冲他嚷嚷："这活儿没法干了。要一个人比什麼都困难。'又要马儿跑，又不给马儿吃草'。老袁，我没辙了，带班人不够，问题怎么解决？"

"实在不行，咱们自己从普通编辑里面挑，培训培训上岗。"袁本弥看看徐冰洁，心里有了主意。

季睿磬提出异议："这行嘛？过去没有先例。再说，总社人事局会同意吗？"

"那怎么办？问他们要人不给人，他们又给不出更好的办法，我们的正常值班秩序不能不维持呀。这样吧，你先列出几个候选人，我和洪武及党组同志们研究一下，然后再报总社征求他们意见。"

"好咧。'没有办法的办法'。"季睿磬不假思索地划拉过一张纸，写下了3个名单，然后推给袁本弥："这几个业务水平和工作态度都不错，独挡一面应该不成问题。你们领导定吧。"

袁本弥瞄一眼，看到名单上有徐冰洁，连忙满意地将名单折叠好装进口袋，然后冲季睿磬说："在没有正式决定之前，你这位老大姐还是要多辛苦多操心，好好带带这帮年轻人。嗳，对了，艾章扬最近情绪怎么样？"

"哎，'按起葫芦又起瓢'。刚从那件事的阴影中走出来，现在丈夫那里又出问题了，闹着要同她离婚呢。"

艾章扬"吃一堑长一智"。经过党组一班人和编辑部领导的谈心和真诚教育，特别是老大姐季睿磬苦口婆心的劝导，她主动写下了长达数千字的检讨书，真正从思想上悔过，表示要痛改前非，振奋精神抓业务，希望组织上给她一次改过机会，让她继续留在编辑部干完任期，而不要将她提前送回国内。在与国内有关部门多方联系沟通后，总分社党组同意她本人的请求，要求她珍惜机会，加强学习，努力工作，让精神面貌和工作实绩来个明显改观。一段时间以来，她确实洗心革面，一门心思用在工作上。编辑部临时有个现场采访之类的机会，她都能主动请战，并且利用善于对外交际的长处积极开展采访活动，写出了多篇中英文专访稿和深度重头稿。然而，不知谁走漏了消息，她前一段时间发生的那件事还是让她在国内的丈夫知道了，不仅不肯原谅她，反而以此为由头闹着要她同意离婚。

"那小子是个混球。什么这个理由那个理由，实际是他自己在外面花心有了相好的了，正好赶上小艾这档子事，总算逮了个理由，就揪着不放。哎，只可怜小艾，她舍不得儿子呀。我真搞不懂，现在这社会怎么变得这样，结婚离婚太随便了……"季睿磬正在那里感慨，猛然发现袁本弥也是离婚的，赶忙收住话头，尴尬地说一声"我还有事，我得先走一步"，逃也似的离开了值班室。

袁本弥望着季睿磬的背影，苦笑着摇摇头。离婚已经这么多年，他已经习惯于人们诸如此类的“评头论足”，并不觉得有太多的尴尬。只是他在想：周筱现在在干吗呢？

周筱和蓝海洋在加沙较上劲了。

伊斯兰抵抗运动“哈马斯”的精神领袖亚辛拒绝加入阿拉法特领导的巴勒斯坦解放组织（巴解组织），反对“巴解组织”同以色列媾和，誓言将抵抗以色列占领的巴勒斯坦起义斗争进行到底，因而被以色列军队和情报部门视为眼中钉、肉中刺，意欲定点清除而后快。尽管亚辛“狡兔三窟”，想方设法躲避遭暗害，但他的行踪仍躲不开以色列的情报“耳目”，终于有一天在以军空袭其加沙寓所时被击中，命丧黄泉。

世界舆论哗然。在国际社会纷纷谴责以色列“定点清除”式的暗杀行为的同时，大批外国记者赶往耶路撒冷和巴勒斯坦自治政府控制下的加沙和拉姆安拉（旧称拉马拉），预期巴以之间将爆发新一轮大规模流血冲突。与此同时，西方媒体不断传出巴勒斯坦“国父”般的领导人阿拉法特身体有恙，怀疑以色列特工对其“下毒”。“山雨欲来风满楼”，令“唯恐天下不乱”的新闻界趋之若鹜，纷纷赶往现场采访。

正是在这样一种情势下，周筱和蓝海洋率领各自的采访团队来到加沙。同为“黄皮肤、黑眼珠”的中华同胞，她们能在异国他乡相见都倍感激动和亲切，但作为来自两个不同政体的媒体单位，相互间又存在一定的隔阂和竞争。

蓝海洋本来是计划派遣到加沙分社增援摄影报道的。虽然总分社成立了多媒体采访部，但实际短期内还只是个空壳，主体业务主要还是采集新闻摄影图片，有时也搞点网络和音频连线报道等。因为视频记者迟迟不能派遣到位，总社的多媒体编辑部又刚刚筹建，视频等具体报道业务尚未步入正轨，所以即便蓝海洋及其手下采访和制作出音视频新闻片，总社多媒体编辑部也无人对口接收和编辑播发。此外，据说国家主管部门已放话干预华讯国际社搞电视，称已有中央级电视台了，中央媒体层面上再建新电视台只能是重复投资，劳民伤财。不管怎么说，蓝海洋在多媒体采访部“无所事事”让她着急，想着还不如下分社搞些摄影图片报道。亚辛遭以色列定点清除后，巴以局势恶化终于给她提供了机会。根据总分社的报道安排，她带着两个文字记者赶赴以巴地区增援加沙分社报道。本来总分社计划让蓝海洋到前方重点加强摄影报道，但总社多媒体编辑部看到开罗总分社的报道计划后，提出反馈建议，希望蓝海洋根据某特定用户需求顺便试着拍一些电视新闻片。他们知道蓝海洋搞过电视采编，这方面有经验。易洪武和袁本弥正好对发展视频报道也有积极主张，因此坚决支持蓝海洋带上摄像机，在采访巴以冲突时“试验”搞搞视频报道。

蓝海洋来自祖国大陆的官方媒体，背靠“大树”，分量重，更有加沙分社和本地雇员照应。本地雇员情况熟悉，早已在当地营造出自己的关系网，采访报道和办事自然便利很多。但是正因为华讯国际社是官方媒体，约束和限制便也较多。采访什么人，提问什么问题，哪些内容敏感不能公开报道，哪些人不能频繁接触，诸如此类的考虑因素令记者们“头痛”，不便于放开手脚和真情流露地开展采访活动，进而与被采访对象在心灵上产生距离和隔阂，即便接受你的采访也只是泛泛而谈，缺乏深度，报道起来当然就显得单薄、空泛和无味。不少记者因此干脆少出去采访，报道多以“坐班式”进行，即一味地坐在办公室里等待当地媒体或外电报道，然后在此基础上加工改编。当然，对蓝海洋他们摄影和视频记者来说，他们虽然必须要到现场采访，但因受上述限制因素的影响，采访报道的范畴自然也较有限，显现到荧频上的画面只能“匹配”文字解说词，少有自己的主观发挥和创造。这同西方媒体和香港“特区”体制下的媒体比较起来自然“弱势”许多，蓝海洋当然就没有周筱的“底气足”。特别让蓝海洋“抬不起头”的是财务管理，不但不能“大手大脚”地“慷慨解囊”，而且每使一笔公款都要考虑是否符合财务规定，稍微“大一点”的开销必须得先请示，等批复才能办事。

相比之下，周筱的“优势”却明显许多。“世界之窗”卫视（WWTV）虽然成立时间不长，但资本雄厚、人才济济，地处香港这个国际化“特别行政区”，更具有华讯国际社等内地媒体望尘莫及的报道自主权，因而无论是报道风格还是报道内容都更灵活、多变、丰富多彩。“世界之窗”卫视老板来自内地，对社会主义祖国感情深厚，他对开办“世界之窗”卫视有着自己的独特理念，那就是：用西方媒体的新闻手法，扬红色中华的新闻宗旨，创东西合璧的新闻大同。正因为如此，“世界之窗”卫视被一些人讽喻为香港的“央视”，称它办得“不伦不类”“不东不西，不是个东西”。好在“世界之窗”卫视老板对此不屑一顾，毫不动摇地按照自己的理念网罗精英，打拼开拓，雄心勃勃地实现“中国传媒世界扬名”的远大理想。不管别人如何评价，“世界之窗”卫视开办以来确实声名远播，哪里有大事，哪里就能见到“世界之窗”卫视记者的身影。至少它已经奠定了其在华人世界中的良好印象。包括中国驻外使领馆和中资机构对“世界之窗”卫视也都十分看重。早先，人们看重新华社和《人民日报》，后来电视事业发展让“央视”成为宠儿，但香港“世界之窗”卫视的活跃很快便把“央视”比了下去，驻外外交官们和中资公司“老总”们越来越青睐“世界之窗”卫视，因为它能给他们更多的上镜机会和发言自由。不过，对周筱他们来说，风光是很风光，钱也挣得不少，但打拼的艰辛非蓝海洋们所能比拟。不要说世界各地到处奔波，从机票到签证一应杂务得靠自己打理，就是工作压力有时就能让你喘不过气来。某地一旦发生重大突发事件，你不能赶到现场拍片，不能及时连线报道，那种压力是一般人难以想象的。

俗话说，“三个女人一台戏”。然而，蓝海洋和周筱这两个女人也能唱出“一台戏”。她俩都是那种争强好胜、拼勇斗智的女性，碰到一起自然谁也不愿意输给谁，谁也不愿意落在谁的后面。他们的较量从一次采访活动开始。亚辛遇害之后，巴以局势如何发展？人们急于了解巴以双方的态度。涌入巴以的新闻记者们纷纷寻找巴以双方高层人士进行独家访谈。

周筱首先通过香港“拐了弯”的关系联络上以色列时任总理沙龙办公室的一名高官，进而成功地对沙龙进行了约一刻钟时间的访谈。“世界之窗”卫视借此进行炒作，接连几天打出“‘世界之窗’卫视独家专访”“中国记者首次走进沙龙寓所”“中国记者穷根究源追问，以国总理避重就轻应答”之类的“广告语”，以吸引观众眼球。

蓝海洋坐不住了，立即让加沙分社联络巴勒斯坦民族权力机构，申请尽快采访巴领导人阿拉法特。采访计划及提问提纲文传到总分社，袁本弥立即签发批准，要求抓紧落实，力求采访成功。好在阿拉法特一贯对中国友好，访谈日期很快定了下来。但巴民族权力机构官员告诉加沙分社，此次采访以华讯国际社为主提问，也包括其他一些申请采访的中国新闻单位，其中也有“世界之窗”卫视。蓝海洋没有办法，只得同意，但要求编辑部考虑对摄像、图片和文字报道仍作“专访”形式处理，因为毕竟是按华讯国际社的采访计划进行的，总分社和总社均批复同意前方记者的意见，这多少给了蓝海洋一些心灵慰藉。

事情本来到此为止也就算了，但偏偏周筱不理这一套，仍让“世界之窗”卫视再次大做文章，打出的广告语这样说：“才访以总理，又见巴总统，‘世界之窗’卫视‘兼听则明’”，“阿拉法特回答本台记者提问，同本台记者亲切合影”，“阿拉法特：横眉冷对以色列，满面春风话中国”。

蓝海洋这个气呀，真想找周筱理论理论，但反过来一想，你去跟人家理论什么呀，她说的也没有错呀。这次采访本来就不是独家专访，而是中国记者群体采访。采访过程中，周筱确实后来提了个问题，阿拉法特也确实同每个中国记者单独合影了。没办法，蓝海洋只好再想别的招。很快，她把采访目标瞄准了哈马斯的继任领导人蓝提斯。在加沙分社的努力下，蓝海洋终于如愿以偿，对蓝提斯进行了独家专访，也算报了周筱的“一箭之仇”。

周筱心知肚明，马上就要离开加沙奔赴巴格达，她懒得再去理会蓝海洋了。不过蓝海洋可不放过她。她要“打肿脸充胖子”一回，算是临别“较量”。蓝海洋特约中国驻巴以使馆的新闻官及所有在巴以境内的中国记者到特拉维夫一家中餐馆聚会，“答谢”大家的关照。好家伙，以色列物价那么贵，一二十人的餐饮要花多少钱呀！她很心疼，这钱无法报销，必须自个儿掏腰包，但她就是要让周筱心里明白：早晚有一天，在中国“吃官饭”的不比“吃私企”的“落魄”！还有一个她心中的秘密。这几天聊天她才知道，周筱就是袁本弥的前妻。由此她的醋劲儿上来了，她在心里自己跟自己较上劲儿了：你周筱有什么了不起，直到现在他还在那里想着你、惦着你？要不是他心里还有你，他能拒绝我吗？

她正在胡思乱想，周筱却拿着一罐啤酒冲她嚷：“海洋，谢谢你把大家召集到一起。不过今天这顿饭，我来会账。你们吃官饭的，一个月才几个钱，又不能报销。得，你别跟我争，我刚才已经付过账了。来，为了咱们的友谊，为了今后的合作，咱们干一杯！”

蓝海洋一下子懵了，她没想到周筱会来这一套。不过，到底这么多年搞新闻过来的，反应敏捷，脑子转得快。她没让周筱尴尬，更没让自己下不来台。她笑容可掬地回应道：“那就多谢了。你们‘财大气粗’，我们只好悉听尊便。不过，不要出了这个门就说我小气，本来我可是真心请大家的呦。”说完，她爽快地端起啤酒罐咕嘟咕嘟一饮而尽，然后将空罐倒立甩几下，对周筱说声“请”。

周筱也不含糊，二话不说，对着啤酒罐也是一通“咕嘟”。

突然，外面“砰”的响起巨大爆炸声，中餐馆一阵剧烈震撼。

“不好，爆炸！”不知谁大叫一声，饭馆内顿时一片大呼小叫。许多人根本不辨爆炸方位，慌忙夺路而逃。

蓝海洋和周筱没有一丝犹豫，立刻冲出门外，指令各自手下将摄像机镜头对准爆炸现场和慌乱逃生的人群，她们自己则分别掏出手机赶忙给各自编辑部报告这一讯息。

“香港，我是周筱报道组，正在特拉维夫一中餐馆吃饭，突然听到巨大爆炸声，是否是自杀性爆炸，暂时还无法确定。请飞字幕抢发快讯，我们随后再传画面，作进一步详细报道。”

虽然耶路撒冷分社记者就在身边，但蓝海洋考虑到报道时效，还是通过手机自己直接将讯息传回开罗的总分社编辑部，要求立刻抢发快讯。谁知编辑部接到电话后，既不抢发快讯，也不报告袁本弥和易洪武。值班发稿人后来解释说，当时情况不明，到底是自杀爆炸还是事故性爆炸搞不清楚，按照“事实准确”的报道原则必须先核准事实，再行报道。

香港“世界之窗”卫视立即中断其他节目，抢先播报：本台特派记者周筱现场报道，以色列特拉维夫一餐馆门前发生爆炸。是否是自杀性爆炸及伤亡详情有待核实。很快，周筱报道组的后续现场报道画面便接连不断地“滚动”播报在电视荧屏上。

袁本弥是看到“世界之窗”卫视的报道时，才知道特拉维夫发生了爆炸事件。他立刻抄起电话询问编辑部，得知编辑部迟缓编发消息，气得立刻摔掉电话，从自己的办公室直冲编辑部亲自组织报道。他一面要求英、阿、中文编辑部赶紧采取“补救”措施，抢发“当地警方核实事件是自杀性爆炸”和“爆炸造成严重人员伤亡”等快讯；一面指令“多媒体编辑部”赶紧处理播报蓝海洋刚刚接连发回的爆炸现场的电视摄像画面和摄影图片，以最快速度发播网络专线。

易洪武不知什么时候也赶到了编辑部。他把电话打到特拉维夫现场，指令耶路撒冷和加沙两个分社紧急抽调人员全面配合蓝海洋的现场报道，并做好相关的反应、资料、参考等后续配合报道。

蓝海洋在电话里对着老同学发牢骚：“我们在前方冒死拼命，编辑部倒好，不当回事。袁大总编干什么吃的！瞧他那位‘孩子他妈’……”她没再多说，想起周筱，让她心里酸溜溜的。

“就你牢骚多！这能怪人家老袁吗？今天要不是他赶紧补救，我们还不知道要怎样被动呢。”易洪武说到这里，声音突然变得深沉起来：“看来传统观念和习惯势力还是很有市场。过去都说我们落后是体制问题，但现在我们的体制改了，许多人的传统观念还在制约我们的改革和进步。可见人的因素第一，体制是由人来操控的。”

这是他的心里话，也是他和袁本弥这一代新闻工作者一个时期来的焦灼和担忧。不知从什么时候起，人们不再讲究精神和奉献，一切以金钱和实用为衡量标准。因此，当驻外新闻工作者的工资待遇不再拥有优势时，许多人便失去拼搏、拓展、进取的精神风貌，弥漫着一股得过且过和敷衍塞责的消极情绪，甚至为了一己私利而不择手段。

“人怎么会变成这样？！”他在心里愤愤然。

二十三

伊朗核问题日显凸出。

伊拉克战后局势一直动荡不宁，美国深陷战争的泥泞之中。美国一手扶植起来的伊拉克现政权，其中占主导地位的却是与伊朗有着根深蒂固传统联系的什叶派穆斯林，故美国越来越怀疑伊朗是伊拉克乱局的幕后操纵黑手。对此，外国媒体更是炒得沸沸扬扬：一说伊拉克战争一开打，伊朗军队就整建制地甩掉军服，换上便衣，混入伊拉克什叶派难民之中；一说伊朗源源不断地从漫长的陆地边境走私武器，暗中支持伊拉克什叶派民兵武装抵抗美军。不管是真是假，美国都必须视其为真，既可以将伊拉克的乱局嫁祸于伊朗，更能为敲打德黑兰这个“刺儿头”找一个借口。

当然，真要对伊朗动武，还必须有令国际社会信服和支持的更加冠冕堂皇的理由，于是，伊朗核问题便成为美方有可能随时点燃战火的导火索。美国指责德黑兰大搞铀浓缩，旨在研发核武器。鉴于此，美国一面加强对伊朗的经济制裁，要求联合国强化对伊朗铀浓缩活动的核查和监管，一面不断释放对伊动武的言辞警告。

2005 年 1 月 17 日，美国总统布什接受美国国家广播公司采访时表示，如果伊朗继续实施它正在被怀疑的核武器计划的话，他“不排除对伊朗采取军事行动的可能”。“我希望我们可以用外交手段解决它，但我不会对其他选择置之不理。”

此前，美国副总统切尼在接受美国微软—全国广播公司 (MSNBC) 采访时还暗示说，伊朗处于美国确定的“流氓国家”名单首位，而以色列“会替我们去轰炸”。“鉴于伊朗公开宣布，他们的目标是摧毁以色列，以色列人很可能决定先下手为强。”小布什则更加明确地表态：如果以色列决定攻击伊朗，美国将全力支持。

2005 年 12 月前后，美国联邦调查局局长罗伯特・米勒、中情局局长戈斯和北约秘书长夏侯雅伯先后访问土耳其。时任美国国务卿在访问德国后也顺访了土耳其。西方媒体透露说，美国和北约组织正在考虑攻打伊朗的可能性，美国高官近期密集造访土耳其的目的就是充当说客，要求土方允许美动用土境内的空军基地，为空袭伊朗提供方便。为说动土耳其，戈斯还向土安全部门提供了 4 份文件，其中 3 份指控伊朗与“基地”组织有染，另 1 份是关于伊朗核计划。此外，美国还与沙特阿拉伯、约旦、阿曼和巴基斯坦等伊朗邻近国家进行了接触，寻求得到类似合作。

可见，美国人为攻打伊朗在做两手准备：一是让以色列打头阵，自己在后面支持；二是借道土耳其等伊朗周边邻国，由美军自己亲自干。

作为问题的另一方，伊朗与美国针锋相对，毫不妥协。伊朗总统哈塔米坚定地表示，伊朗不会放弃和平利用核能的权利，伊朗已在谈判中多次就这一问题向欧盟阐明立场。他同时强调，尽管美国军事打击伊朗的可能性非常小，但伊朗仍时刻准备让美国为自己的“疯狂”举动付出代价。伊朗首席核谈判代表阿里・拉里贾尼在国家电视台节目中警告说，如果美国或以色列敢对伊朗核设施动手，伊朗已经准备好了，它们将遭到“猛烈回应”并会“损失惨重”。以色列“是一个在我们射程之内的非常小的国家。”

美伊双方剑拔弩张，战火一触即发。

俄新社援引俄国家战略研究所所长斯塔尼斯拉夫·别尔科夫斯基的分析说：“2006年很可能是美国对伊朗实施军事打击的开始。美国发动军事打击的主要原因将是遏制这一地区的主要战略对手。此外，美国也希望借此控制伊朗的能源，因为伊朗拥有世界10%的石油和14%的天然气。”

不过，持相反观点、认为美军不大可能对伊朗动武的人也大有人在。他们的理由主要包括：一、美国再强大也无法同时应对三场战争，更何况它已经在阿富汗和伊拉克的战争泥潭中越陷越深。二、伊朗现政权与前阿富汗、伊拉克政权不可相提并论，不大可能指望伊朗人像当初伊拉克人那样极其不满和敌视独裁专制的萨达姆政权而从内部发生变化。尽管很多伊朗人也在一定程度上对现政权感到不满，但是人们不希望发生流血革命，更不是特别反对现任领导人。就军事实力而言，伊朗也大大强于萨达姆的军队。德黑兰的军事实力不可小觑。与1981年以色列轰炸伊拉克的钚反应堆时不同，伊朗的铀浓缩几乎是可以分散和掩蔽的。轰炸只会推迟但不会终结伊朗的核计划。尼克松中心的杰弗里·肯普对参议院外交常设委员会说，军事行动带来的实际效果就是“进一步坚定伊朗获得核武器的决心”。三、美国对伊朗动武肯定会导致国际石油价格再次暴涨，这对美国得不偿失。阿富汗和伊拉克战争深陷泥潭已经激起反战浪潮迭起，如果伊朗战事再起，共和党在政治上将一败涂地。四、美国的难兄难弟不会同意。阿富汗和伊拉克战争使他们备受各自国内的谴责以及国际上的唾弃，而两场战争已经使他们的军费相形见绌，根本没有能力应付随之而来的另一场战争。

伊核问题危机重重，世界瞩目。战争能否打起来？何时能打响？媒体历来“唯恐天下不乱”，早已闻风而动，竭尽“炒作”本能，无形中已在伊核危机和美伊动武之间划上了连接线。

华讯国际社高层坐不住了，三天两头地给易洪武打电话，说是了解伊核局势发展，实际是敦促前方加紧“备战”，再创辉煌。中东总分社曾经率先抢发伊拉克战争开打快讯，这是华讯国际社的荣耀，让社高层尝到了“甜头”，但它同时也成了华讯国际社必须保持光荣的标杆和参照。俗话说，有一就有二。既然伊拉克战争报道能抢第一，伊朗战争报道当然也不能掉链子。因此，社高层现在再次对中东总分社寄予厚望，让易洪武必须在报道伊朗战争开打时再拔头筹。尽管易洪武和袁本弥他们通过对整个形势和各方面因素的调研后判断认为，美国近一个时期内攻打伊朗的可能性不大，但中央有关方面和华讯国际社高层却不太听得进去，回复的措辞软中带硬：立足于打，有备无患！

“万一真的打起来了呢？准备起来比仓促应对要主动嘛。”华讯国际社总编辑鲁和济在电话里这样劝说易洪武。不是他不赞同易洪武和前方记者对伊核局势的分析判断，而是他也有他的难处。中央有关领导分析判断伊朗战火在所难免，要求华讯国际社立足于打，报道上再创辉煌，弄得社长郑聪中热血沸腾，当即对中央打包票：再抢它一个“伊战开打快讯”。

易洪武没有办法，他只能按照总社要求，在继续密切跟踪伊核形势发展的同时，还是得未雨绸缪，就可能发生的美国对伊朗动武抓紧制订应急报道方案。

起草报道预案的任务，自然再次落到袁本弥身上。好在有伊拉克战争报道的“前车之鉴”，加上他一直在关注伊核局势发展和研究应对报道，因而思路比较明晰。花了一个通宵，袁本弥便起草好报道预案初稿，第二天赶紧向易洪武“交差”。

易洪武一看，欣喜万分，迫不及待地先睹为快。没等看完，便连连叫好。

报道预案当即报送总社，获得社党组的充分肯定和批准，要求中东总分社立即部署实施。为此，易洪武召集袁本弥和柳达舜等班子成员开会，商讨部署细则。袁本弥首先在会上谈了他起草预案的思路，就具体实施提出两点建议：一是抓前方分社的雇员聘用和管理；二是完善总分社电视监控机制。

实际上，预案已经做得很具体精细，大家也谈不出更多新东西，倒是袁本弥的两点建议成了会议的主要话题。大家就此展开了热烈的讨论，一致认为德黑兰分社抓紧物色聘用雇员和完善电视监控机制是关键，必须督促分社立即落实。

见大家谈得差不多了，易洪武抬手看看表，便总结性地发言说：“如果没有新的不同意见，今天的会就开到这里。我们的会不宜开长，重点在具体办事。总社已经批准了我们的报道计划，现在关键就看我们如何按照各自分工把一项项措施夯实。我想这样，达舜今天就买机票赶赴德黑兰分社，负责督促雇员聘用工作；本弥负责完善总分社的监控机制，会同开罗分社和阿文编辑部再招聘 2 名阿 – 英文通译雇员，抓紧培训上岗，把不太懂阿文的 2 名编外人员替换下来，切实保障 24 小时不间断监控阿语电视新闻报道；我会同技术室和办公室负责技术和后勤保障，先召集大家开会动员一下，集思广益，看看怎么样才能服务好主体业务。”

“伊朗战争真的能打起来？我对美国人同时在两伊两条线上开战表示怀疑。”柳达舜是个直肠子，心里存不住话：“总社领导是不是有些太新闻敏感了，脑子只跟着外电转，想当然……”

易洪武马上制止他：“就你牢骚多。跟你们透个底儿，中央主管宣传的领导据说对新闻报道很在行，时常‘突发奇想、超前思维’。有些东西我们现在可能跟不上趟，或者还看不太准，但并不一定说明他不对。”

“毛主席说过，‘没有调查就没有发言权’。超前思维是建立在调查研究基础上的，而不是简单的假设。美国现在打伊朗？嘁……”柳达舜脸上挂着笑，却仍在按自己的思路回驳。他没有发现易洪武的面部表情变化。

“你……”易洪武生气地瞪了柳达舜一眼。他想反驳对方，却又找不到合适的理由。实际上，他本人对伊朗战争能否打起来也有看法。毕竟是在中东地区呆，对地区形势应该心里有本账。但既然是上面布置的任务，那就得想方设法去完成。现在，大家一门心思在考虑如何贯彻落实伊朗战争报道计划，任何泄气话都会给“战备”带来松懈情绪和消极影响，他不能容忍在这个时候出现逆反情绪。于是，他一反常态，冷冷地对柳达舜说：“你要不愿去伊朗，可以考虑另派人去。但丑话说在前头，这个时候决不能吹不同的调子，‘动摇军心’嘛。”

柳达舜脸有点挂不住了，他刚才只是想发个牢骚，没想到竟惹易洪武这么光火。不过，他对易洪武还是十分推崇和仰重的，历来唯他马首是瞻，从不顶着来。现在见易洪武不高兴，连忙拿出自己的“杀手锏”——冲对方傻笑，而且一连迭声地陪不是：“我也就是随便说说，随便说说。哪儿的话？我可没说不去伊朗。你大社长的指示，我什么时候说过‘不’字。”

这话说来确实不假。柳达舜与易洪武也是校友，都是学阿拉伯语的，只不过柳达舜比易洪武晚几届。由于师出同门，易洪武作为学长回到母校招生时，自然看重柳达舜，不仅将他招到华讯国际社，而且亲自“带徒弟”，在业务上给柳达舜许多指导和帮助，使柳达舜进步很快，不久便成为业务骨干。易洪武这次出国重回开罗，点名要柳达舜同行，当阿文编辑部主任。正是出于这种“知遇之恩”，柳达舜对易洪武敬重有加，言听计从。

见易洪武窝火，袁本弥赶忙出来“和稀泥”：“达舜，要说现阶段美国攻打伊朗，我也有不同意见。但万一打起来怎么办？‘临时抱佛脚’就太晚了。所以，我们的报道必须立足于打。即便打不起来，我们现在的准备工作并非无效。相反，我以为，抓雇员聘用、实现外文报道本土化和完善电视监控机制，这些不仅是为可能爆发伊朗战争而采取的临时应对措施，而且这更应成为我们建设世界性通讯社所必须具有的战略性长远目标。也就是说，不管美国是否对伊朗动武，我们的准备工作都有益无害。正因为如此，我才积极花时间和精力来考虑相关的报道事宜，精心起草报道预案。”

听袁本弥这么一解释，易洪武心情豁然开朗起来，自己原先“搁”在心里的“一团乱麻”一下子迎刃而解，他有了理直气壮为开展伊朗战争报道做准备的充足理由。他和缓语气对大家说：“时间紧，任务重，只好辛苦诸位了。这一段时间，恐怕我们都得准备掉一层皮咧。”

不过，伊核形势发展正如柳达舜他们预料的那样，尽管美国和伊朗剑拔弩张，但被西方媒体和舆论吵得沸沸扬扬的伊朗战争却并没有打起来。人们分析认为，不是美国不想“教训”伊朗，而是他真的有些力不从心。要知道，美军已经深陷阿富汗和伊拉克战争泥潭。更何况，伊朗这块硬骨头确实要比那时候伊拉克的萨达姆政权要难啃得多。就伊朗军事实力而言，美军显然难以像攻打伊拉克那样“长驱直入”和快速取胜。此外，美国要打伊朗，理由当然是制止伊朗发展核武器，但没有实实在在的证据，伊朗一直声称其搞铀浓缩只是为了民用。因此，美国要挑起战端不仅得不到联合国和包括其他许多西方国家在内的国际社会的赞同，而且也会招致反战情绪日趋强烈的美国民众的抵制。此外，伊朗政局总体稳定，内部政教矛盾既非根深蒂固，也未达到水火不容、势不两立的敌对状态。也就是说，伊朗政局不存在民心向背的危机状态，美军对伊动武没有民心基础和借口。可能正是基于上述这些考虑，美国最终放弃了武力解决伊核问题的初衷。或者说，它根本就没有这个初衷，只是出于世界警察的“老大”权威考虑，对一直不把自己放在眼里的刺儿头掼掼狐狸弹，吓唬吓唬而已。

不管怎么说，伊朗战争没打起来，这多少给易洪武和袁本弥松了口气。不过，他们都是干事儿的人，闲不住。想想总分社升级换代，要为建设多媒体报道体系试点带面，他们又感到新的工作压力和任务。如何开展下一步工作？班子成员讨论后认为，还是应在行动之前群策群力，集思广益。

“怎么办？大家畅所欲言，进言献策。”座谈会上，易洪武作简短动员后，将时间留给大家。

一片沉默，大家似乎都在思考。实际上，座谈会通知早就告诉大家了，都应该知道今天会议的主题。但是很显然，大家还是习惯于有人“挑头”。

袁本弥只好打破沉默。他手边放着一只大笔记本，上面有他这些天来对如何开展好国际新闻报道的具体想法和思路。他平时是个沉默寡言的人，虽然时常有些“冷幽默”，但整体而言不多话，讲话基本是对答式，惹火了、急眼了往往还语不连贯、词不达意。不过谈起业务和工作来，他就像变了个人，不仅一套一套的很有条理，而且有时还滔滔不绝。

这会儿，他打开笔记本，呷口茶，慢条斯理地开了腔：“本来想让大家多说一说，现在看来还是需要‘起个头’。我就把我的几点意见谈一谈，‘抛砖引玉’。首先，我们应该按照世界性新闻媒体的定义和规律来办事，也就是说，我们要挑战西方大通讯社，就应该‘以其人之道还治其人之身’，瞄准他们看重的那些个所谓优势来发动进攻。我以为，最关键的有两点：报道时效和现场采访。”

“报道时效和现场采访固然重要，但关键是怎样才能体现我们的优势，抗衡它们？就现在我们的条件，我表示怀疑。”说这话的是一个即将退休的老编辑，姓方，人送外号“放大炮”，一肚子牢骚，一肚子怪话，逢会必“放炮”。现在，他又放起炮来：“时效，讲了多少年了，有效吗？没效。人家多少人干事，我们才几个人？就这么一点人，还搞什么退休办法？”

“老方，又放炮啦？你还没退休呢，等你退了你再放炮吧。”有人开玩笑地“起哄”。

袁本弥不受干扰，继续发表自己的见解：“不错，就眼下来说，我们的条件是同西方主流媒体不可同日而语，但如果我们老是以此为借口躺着不动，我们就永远也不能前进。实际上，现在不是要不要竞争时效的问题，而是我们应该如何在现有条件下来竞争的问题。我想，我们应该从对方薄弱环节着手，那就是，第一，小语种，中东地区就是阿拉伯语，西方媒体的优势不一定比我们强，也可能还弱于我们。我们建立阿拉伯电视监控平台就是基于这一考虑。”

徐冰洁插话说：“电视监控实际可以由每个值班编辑来进行。经过技术处理，据说可以将电视频道‘搬’到每个编辑电脑上。编辑一边处理稿件，一边可以开个小窗口看电视，频道可以随时转换，必要时还可以把有关画面录像录下来。”

易洪武连忙问技术室主任何正金：“是否可以？”

“没有问题，我们已经有这方面改造计划，加几个班就得。”老何回应。

刘虹雨插话：“监控电视报道不应只盯着阿拉伯电视，英文电视，比如CNN、SKY、BBC，他们有时候时效也挺快。我们可以双向交流，阿文和英文都在同一个大平面工作，谁先发现线索谁就吼一嗓子，这样可以双保险。虽然我们的报道时效会慢于该电视报道，但却极有可能领先于西方大通讯社和其他世界主流媒体的英文报道，哪怕领先其中的一家、二家，也算我们抢了时效呀。”

袁本弥大受鼓舞，继续按照自己的思路往下说：“我要说的第二点是加强采访，即现场采访和面对面访谈。这不仅能提高我们的报道时效，而且更能突出我们报道的自主色彩和特色，即所谓的原创新闻。过去我们的记者受外语听说能力的限制，许多人可能笔头不错，但直接同外国人接触就犯怵，因为外语听说能力差，听不懂，说不出。这种状况现在大有改进，年轻人越来越多，他们的外语听说能力和语言表达能力比我们这些老家伙要强得多。有了这样的基础，给他们压压担子，要他们多到现场采访，应该是切实可行的。”

会场上出现了窃窃私语，是从柳达舜身旁蔓延的。易洪武赶紧问达舜：“你们那儿怎么回事？让你们发言不吱声，别人说又不听。”

柳达舜赶忙满脸堆笑地回应：“大家在议论没人愿意出国的问题。老袁说的都挺好，但现在谁都不愿出来，在国内拿的钱并不比咱们出来的少拿多少，谁愿意抛家离舍、不顾老小出国来？”

易洪武不留情面地批评说：“就你牢骚多。一个好的指挥员，不仅要善于发现问题，而且更重要的是动脑筋拿出解决办法来。”

柳达舜不以为然，依旧“呵呵”开玩笑说：“这我可没办法，见不着财政部长啊。他不批钱，我只好发发牢骚了。好，好，不扯散了，言归正传，听本弥的高论。”

袁本弥点点柳达舜，笑着提醒他：“你这家伙，不要忘了你的身份，好像报道问题跟你无关似的。”柳达舜拱拱手：“拜托拜托。”

易洪武连忙制止他“调侃”：“罢罢罢。老袁，接着你的话题说。”

“刚才大家发牢骚，有一定的道理。但是不要忘了，对有事业心的人来说，比金钱和财富更重要的是自己的进步、发展和积极心态。从这个角度来考虑问题，对那些想干点事的人来说，特别是对年轻人来说，出国到中东这样一个‘大熔炉’里来锤炼一下无疑机会难得。所以，从这种意义上来说，加强采访，搞好报道，人力又不是一个太大的问题，至少不是一个根本性问题。问题的关键是，我们如何来为有事业心的人施展才华创造机遇和环境。实际上，到一线实地采访，这本身就是一个很好的锻炼和实践机会。我这里还要特别指出的一点是，我们现在是总分社，目标是资源整合的多媒体集体，电视和音频的现场采访优势不可小觑。这方面，海洋最有发言权。”袁本弥说到这里，用眼睛扫描了一下蓝海洋。

蓝海洋脸上泛起一层红晕。袁本弥称呼自己“海洋”，让她感觉很亲切。然而，话一出口则怨气十足：“客气了。多媒体采访再有优势，也只能是‘皮毛’，肤浅得很呐。哪像你们‘舞文弄墨’的，深奥得很呦。”

那天袁本弥终于从易洪武那里获得信息：蓝海洋对自己有好感。然而，他心里始终放不下周筱，因此透过易洪武婉言回绝了蓝海洋。蓝海洋看不透袁本弥的内心世界，心里挺别扭。不过，毕竟他们没有“当面锣对面鼓”地直接捅破“窗户纸”，她自然也不好明火执仗地责怪他什么，只好心存芥蒂，逮个机会发泄发泄一下心中的怨气。

只有易洪武能听懂蓝海洋的“话中话”。说实话，他对袁本弥在处理个人情感问题上也难以理解。既然人家周筱“不待见”自己，不管她出于何种原因，这么多年了还陷在这份情感“泥潭”里不能自拔，实在没有必要。如果说刚开始从孩子成长的角度考虑问题尚可算得上一个值得称道的理由，但现在孩子长大成人了，还需要让自己过“苦行僧”日子吗？不过，各人有各人的活法，这是每个人自己选择的权利。易洪武只能尊重袁本弥的个人选择，除了劝说蓝海洋“没有缘分”，他别无办法。

“海洋，你别谦虚。”易洪武故意缓和气氛，笑着将蓝海洋的军：“你现在可是咱总分社的多媒体采访部主任，采访可是你的职责范畴。”

蓝海洋当然明白老同学的用意，她赶忙接过话茬发表自己的看法：“我们搞多媒体报道的必须到一线采访，这是不言而喻的。但是，如何把采访和拼抢时效完美地结合，则需要花大力气。现在西方媒体的新闻报道之所以成功、吸引人、有市场，最关键的因素就是将现场和时效有机地整合在一起。通过深入一线采访，使图片和视频鲜活生动，让新闻受众‘身临其境’，吸引他们的眼球。通过拼抢时效，让受众率先获得某条新闻资讯，自然也能满足他们的心理需求。因此，时效和现场即景相辅相成。传统的报道模式只注重文字，现如今文字、图片，对，还应该加网络、视频、音频，‘绑’在一起，可以资源共享，相互支撑。”

这话袁本弥爱听，引起他的共鸣。他接过话头说：“资源整合，资源共享，这就是我提出抓时效和采访两个关键的出发点。具体而言，我初步考虑有这样三个‘优势互补’：（1）编辑部利用多源信息优势更多地抢发快讯急稿；前方分社利用熟悉地缘素材和背景资料的优势迅速跟进后续报道。整合起来就叫‘滚动报道’。（2）摄影记者，今后还要逐步增加视频、音频记者，利用现场采访的优势提供新鲜讯息，使编辑部据此或首发快讯急稿或变换角度彰显报道特色；文字记者和编辑部则利用综合讯息体系的优势保障图片和视频、音频报道的深度和力度。整合起来就叫‘图文互动’。（3）充分利用雇员熟悉情况和人际联络便利、广泛的优势，争抢时效和首发新闻，多搞独家和现场采访；派驻记者和编辑部则利用组织指挥体系加强协调、管理和政策把关。整合起来就叫‘本土战略’。”

徐冰洁一边飞速地记笔记，一边嘴里轻声念叨着：“滚动报道，图文互动，本土战略……”

不知谁叫了一声“好”，全场哗哗地鼓起掌来。

蓝海洋欣赏地看着袁本弥，内心却涌起一股割舍不了的酸楚。

易洪武也在欣赏袁本弥。刚才，他一边提纲挈领地记着袁本弥的讲话大概，一边在心里惊讶于袁本弥的逻辑归纳水平。他情不自禁地跟着大家一起鼓掌，末了朗声对袁本弥说：“你这三个‘优势互补’归纳得很经典，把它充实一下就是很好的一篇论文，整理出来给总社的《业务专刊》刊用，可以让更多的人从中学习借鉴。”

袁本弥憨憨地一笑：“过奖了，过奖了。我这也就是自己平时对工作的一点总结和思考，让大家见笑了。”

徐冰洁推崇地透露说：“袁老师正在写书呢，《国际新闻学》。”

柳达舜斜眼看着徐冰洁，话中有话地问她：“你怎么知道的？他让你当第一读者？”

徐冰洁脸红了，不好意思地说：“那天袁老师让我给他看看电脑毛病，一不小心被我看到的。我可不是偷看的。”

刘虹雨大大咧咧地说：“嗨，这年头写这种专业论著，自己不花钱，谁给出版呀？”

袁本弥深有同感：“可不是麽，我这本书早几年就写好了，人家出版社都说写得不错，但就是不愿出。‘叫好不叫座’，非要我自费掏钱‘赞助’他们出书，我只好把书‘束之高阁’，自己欣赏。偶尔有新的心得体会，补充补充，修改修改。惭愧，惭愧。”

易洪武来了兴趣，对袁本弥说：“这我得拜读拜读。现在总社正在强调全员培训，找机会让人带回去向领导们推荐推荐，或许能作为一个培训教材。”

“那就多谢了。”袁本弥由衷地感谢。

“好吧。同志们，咱们还是转入会议主题，请大家接着献言献策。”易洪武不失时机地将大家的注意力转移到中心议题。他点名要柳达舜发言：“你是副社长，是业务主管之一，谈谈你的看法。”

柳达舜挠挠头，笑着应答：“谢谢大社长关心，我就知道逃不过你这一关。”转入正题，他收住笑容，正经发言说：“刚才老袁说得很好，而且归纳得很有条理，我完全赞成。我要补充一点的是，华讯国际社要想为中国媒体打翻身仗，必须抓根本，那就是消息来源问题。我们的报道现在之所以时效慢，很大程度上缺的是自主消息来源，眼下绝大多数记者主要依靠的还是驻在国通讯社和报纸的新闻稿之类。”

“好！好！说到点子上了！”袁本弥一边旁若无人地叫好，一边飞快地在笔记本上记录。

易洪武也按捺不住地插话：“达舜不鸣则已，一鸣惊人哪。自主消息来源确实是我们的软肋，抓住了问题的本质和要害。最近我一直在思考：现在强调媒体整合，就是要使我国新闻报道的综合实力和竞争力大大增强，但究竟该如何改进国际新闻报道，使之同世界性媒体这一称号相符？拓展自主消息来源无疑是最具根本性的一条出路。老袁刚才说的‘三个优势互补’实际就是拓展自主消息来源的具体操作办法，当然还有其他办法，恐怕很重要的一点就是逐步强化雇员队伍，加速‘本土化’战略步伐。”

“问题是，现在我们不少分社有畏难情绪，说雇员不好找。”

“也不见得。巴格达分社、加沙分社、开罗分社，它们聘用的雇员就比较对路。

不仅发稿量大，而且时效和直接采访的比重也比较高。”

“不过同西方媒体相比，我们有不少制约因素，最主要的一点就是我们聘用雇员的工资低、待遇差。水平高的不愿就聘，水平低的我们又看不上，也难怪分社为难。”

“恐怕关键还是‘事在人为’。我们要把那些在这方面有所建树和有经验的同志组织起来，让他们分头到有关分社‘蹲点’指导：一是选聘，一是实战培训。咱们在聘用雇员方面起步晚，基础差，不可能一蹴而就，哪能一下子就能找到特别能干或特别有用的人才？但是，我们可以先找一些较有基础的雇员，通过精心培训也会逐步把他们练成可用之才，特别要培养他们对华讯国际社的情感认同。”

七嘴八舌，各抒己见，议论纷呈，求同存异。真可谓“三个臭皮匠，赛过诸葛亮”。易洪武高兴坏了，他开心地对袁本弥说：“整理一下，咱们给总社写个报告，提出我们的建议和设想，同时也可以给编辑部和各个分社的报道提供指导。”

袁本弥完全赞同。他胸有成竹，早已在心中勾勒出腹稿。

二十四

顾强威这些年仕途一帆风顺，上面有人关照，英国一年半左右的留学“镀金”更增添了他在人事部门的人气指数。一回国，他便被委以重任，担任国际部编委。多年国内国外“打拼”下来，行政级别顺水行舟般地攀升，由“副处”而“正处”、而“副局”、而“正局”。业务职称也自然相应地升级，没有经过“中级”过渡，直接进入“副高”，而后官至“副局”，职称“自然”水涨船高，顺利晋升“正高”。

就驻外经历而言，顾强威更是一路凯歌高奏。一般人外派出国，必须服从组织分配，一开始通常都要被派到条件艰苦的亚非拉第三世界中小国家，导致一些人钻头觅缝地跑关系走路子，以图改变领导初衷，打破头般地往欧美地区发达国家或其他地区条件相对优越的大国“挤”。但对顾强威而言，他用不着自己费劲，反而是人事干部们遵照“上面”旨意主动征询顾强威自己的意愿，去哪里由他自己挑。美国、加拿大、欧洲或者澳洲，想上哪儿就上哪儿。于是，二十多年间，顾强威将英语发达国家几乎“跑”了个遍，而且时常是“打一枪换一个地方”，还被冠以总分社或大分社“社长”的职衔，最不济也是某某大分社的“首席记者”。

然而，俗话说，人心不足蛇吞象。顾强威现在已经不满足于只在欧美地区“发展”了，他看上了香港。根据他的要求，华讯国际社人事局计划找个借口将原亚太总分社社长调回总社“另有任用”，然后“顺理成章”地将顾强威调往香港，美其名曰“接替某某某任亚太总分社社长”。但是，领导层面有异议，认为原亚太总分社社长是中央有关方面特别看好的‘干才’，不能随便调离。于是，顾强威被任命为新成立的‘驻港闻宣督察组组长，负责对亚太地区新闻报道巡视调研。

当然，人们后来才明白真相：顾强威之所以迫切希望到香港“工作”，真实原因是他在香港有个“红颜知己”，亦称“情人”，俗称“小三”。

她就是邱敏琪，是顾强威在伦敦留学期间认识的一位校友。邱敏琪的父亲“文革”期间受“四人帮”重用，“四人帮”倒台后自然被打入“另类”，一度被视为“四人帮”的黑干将而被关押“隔离审查”。这自然影响到家庭和子女的前途和命运。邱敏琪大学毕业未能按原计划分配到专业对口单位，而是“改行”到上海郊县一普通高中当老师。学校领导自然清楚她的来历，本来工农兵学员就不受待见，又听说她大学学习期间成绩平平，根本没有教学历练，所以打心眼儿里就不愿接收她。但迫于上级的指令，学校只好将她接纳进校，让她补缺顶岗教体育课。邱敏琪对体育项目一窍不通，心里老大的不乐意，但没有办法，给高中学生上数理化她实在没有这个水平和能力，与其干其他打杂的活儿，还不如当个体育老师来得体面一些。于是，她硬着头皮给比她小不了多少的高中学生上体育课，实际也就是领着大家围着操场跑跑步、做做操，或者干脆指派某个同学代自己领着大家开展体育项目。短时间之内，这样敷衍应付还说得过去，但长此以往总不是个办法。邱敏琪内心痛苦极了。从曾经“高干”家的“千金小姐”到眼下饱尝人间冷暖和世态炎凉的芸芸众生，她变得越来越消沉颓唐。

人们在遭受挫折和磨难时，往往出现两种截然不同的典型应对心态。一种是不放弃希望和追求，奋发向上，积极作为，决意用自己的拼搏创造崭新的未来；而另一种则是浑浑噩噩，看不到前途和未来，因而自暴自弃，或者想歪门邪道来改变自己的处境。邱敏琪就属于后者。为了改变自己的现状，她没有别的门路，只有用自己的青春年华做赌注，自认为她现在也就这么一点还算得上可用的资本了。于是，她利用周日休息和放假期间频繁出入外国人经常光顾的宾馆饭店，寻觅机会把自己“出嫁”给老外，然后远走高飞。你还别说，本来相貌并不太出众的她，捯饬捯饬却也增添姿色不少，特别符合老外的审美视角。加上她在大学就自学英语，现在口语表达能力谈不上流利，却也能连说带比画基本表达出大概意思。所以，每次她的出现总让一些男性老外眼睛发亮，争着和她打招呼。而她目的性十分明确，面对投过来的或友善或色迷的眼神，她总是不卑不亢、落落大方地点头回应，但真让她心动而愿意真情交往的却少之又少。好不容易碰上那么几个能对得上眼的，坐下来一聊才知道他们并非自己苦苦寻觅的目标，礼貌地找个借口走开，再找新的机会接着猎寻。

功夫不负有心人。经过半年多的探寻，她终于找到了一个自认为可以“托付终身”的“老伴”。对方来自英伦，虽说年岁大点，但无牵无挂，自己嫁过去立马就成女主人。“老头”不在于“性”趣，主要就是想找个东方女性温柔地照应自己。他承诺，邱敏琪“嫁”过去后不仅能随他出国定居英国，而且他还要资助她上学进修英语。这对一心要出国逃避现实的邱敏琪来说，无疑极具诱惑和感召。于是，她不顾父母和家庭的反对，一咬牙毅然决然地跟英国老头“跑”了。让她幸运的是，英国老头没有食言，到英国后不久就资助邱敏琪上学进修英语，正好和顾强威在同一所学校。

邱敏琪和顾强威并不同班，但那时中国留学生凤毛麟角，偶尔能在校园里相遇，同是黄皮肤黑眼珠，彼此自然好奇地相互多对视一眼。终于有一天，顾强威对迎面而来的邱敏琪绅士般地点点头，用中文问道：“你好。是中国人吗？大陆来的？”

身在异国他乡，听到中文乡音倍觉亲切，何况那时海外游子实在太少，不要说同是来自祖国大陆，即便碰到同为黄皮肤、黑眼珠的讲粤语和闵南话的香港人和台湾人，一般也会情不自禁地油然升腾起同胞情怀。就这样，一句中文问候立马拉近了邱敏琪与顾强威的距离。当得知顾强威来自华讯国际社并认识易洪武和袁本弥时，邱敏琪更增添了对顾强威的好感和信赖。自此，两个人有事没事经常见面聊天。逢到周末和节假日，或是邱敏琪邀请顾强威到“老头”家中聚餐，或是顾强威招呼邱敏琪下中餐馆改善伙食。顾强威是公费留学，又因其是社长的红人这一特殊身份而得到华讯国际社伦敦分社的格外关照，时不时让顾强威到分社“打牙祭”，而遇到这类好事顾强威每每总要叫上邱敏琪一起赴约。他们这所学校就他们这两位中国留学生，人们对顾强威此举也就从“同学和同胞情谊”的角度给予理解和宽容。

然而，两个年轻男女之间的频繁而紧密的接触却不断在他们自己的内心深处掀起波澜。青春年华，虎狼躁动。男的久别妻子不行房事，荷尔蒙旺盛。而女的虽有男人同榻而卧，但老头房事不举，性趣寡淡无味，自然也渴求新欢和刺激。因此有一天，老头要出门离家数天不归，邱敏琪便乘机邀请顾强威到家中共进晚餐。一对男女独处一室，在酒精的刺激下，两个人的肢体有了大幅度的动作，先是手紧紧握在一起，继而情不自禁地搂抱接吻。一番摸捏摩裟后，双双迫不及待地宽衣解带，无所顾忌地赤裸滚叠到一起。

顾强威一惊，似乎突然想起什么似的兀自坐起，一边亲揉着邱敏琪的肩头，一边用卑躬的声调道歉：“对不起，对不起，我…… 我混蛋，我……”

邱敏琪扑哧一声笑了。她再次扑进顾强威的怀抱，撒娇说：“瞧把你吓的！这是我乐意的。只要你真的对我好，我不在乎。”

自此，顾强威和邱敏琪开始走上婚外恋这条不轨之路。即便是在顾强威结束留学回国，之后奉派出国到欧美几个大分社担负领导工作，其间他们也一直保持密切联络，并设法多次找机会私下幽会。然而，纸包不住火。他们的私下密会虽然尚不被华讯国际社和顾夫人察觉，但邱敏琪的老头丈夫最终还是发现了妻子的不轨行为。邱敏琪并不避讳。为了不把事情闹大，保护顾强威不受牵连，她主动提出离婚，并以老头房事不举为由迫其同意。之后，她决定移居香港。正因为如此，顾强威才要求调往香港工作。香港是华讯国际社亚太总分社所在地，他希望到香港工作的理由冠冕堂皇：他一直在欧美发达地区工作，对深化国际新闻报道有局限，到亚太地区有利于了解总体世界格局，把握全面，正确理解中央战略决策，进而提升新闻报道的广度和深度。一句话，他到香港是出于工作考虑。他是一颗正在冉冉升起的名星，被华讯国际社高层内定为梯队接班人和重点培养对象。他有此番“战略思维”和雄心壮志，自然深得社领导赏识，不但不怀疑他有什么个人动机，反而对他格外看好，指令人事部门特事特办，抓紧让顾强威到亚太总分社履新。

一帆风顺，顾强威就这样不费吹灰之力就调到了香港，并很快通过“驻港闻宣督察组组长”这一重要身份所掌控的人脉资源，也没怎么费劲就帮邱敏琪办好了移民香港的一切手续，还给她找到了一份轻松体面的工作。一切基本就绪，两个人决定好好“庆祝”一下。为避人耳目，他们决定分头飞往东南亚旅游胜地私密幽会。

到了他这个层级干部，顾强威到外地公干自然没有“自由身”，必须向上请示报告。作为国家工作人员和领导干部，他更不能堂而皇之地特意到境外旅游观光。但是，督察组管辖着本地区十多个分社，他有权利和职责赴下辖分社考察调研。于是，他以此为由打报告请示，很快便获得总社批准。实际上，他知道总社不会不批准，因此在请示上级的同时，已先行预订机票并电告有关各分社准备接待事宜。有关各分社心知肚明，所谓考察调研，无非就是紧锣密鼓安排几场与当地新闻高官和主流媒体的面晤，而日程安排的重点是，尽可能“挤”出时间带“头儿”多跑几处名胜景点。

顾强威此次行程的第一站是泰国。果然，分社首席记者是个“明白人”，早已将日程安排妥帖，令顾强威十分满意。不过，对后面的游览安排，顾强威则以商量的口吻告诉对方：“你们安排他们几个陪同人员游览就好。到时候我想自己单独活动两三天，有个老同学约我陪她到普吉岛看看。”

这当然没有问题，首席记者满口应承，他求之不得。没有领导在身边“管”着，心理上会轻松自在许多，玩起来才更加放得开。于是，他立即指令手下给顾强威预定一张飞往普吉岛的头等舱机票。

顾强威和邱敏琪抵达普吉岛已是晚上时分，入住在甲米海边的泰式皇宫酒店。房间带泳池，厕所是露天的，可以看星星。这对幽会怡情的青年男女来说，无疑别具浪漫风情。他们十分满意和舒心，旅途困倦顿时消失，迫不及待地脱去外衣，换上泳装，准备在泳池中尽情地戏水一番。然而，望着彼此近乎赤裸的胴体，两个人的眼神不由地放光发亮，稍一愣神便立刻冲向对方，紧紧地搂抱在一起亲吻起来……。

连着二三天，顾强威和邱敏琪白天出海"玩水"，晚上回到酒店风流快活。邱敏琪多么希望能和顾强威在一起就这么痛痛快快地多玩一段时间，但顾强威毕竟"公务在身"，身不由己。而且，他们的幽会还必须避人耳目。没办法，顾强威陪邱敏琪玩了几天后，他必须按计划返回分社，同考察组其他同志一起坐飞机赶赴考察调研的第二站——雅加达。他好言安抚邱敏琪：到了雅加达分社，他会如法炮制，让分社首席给自己安排几天单独游览时间，届时邱敏琪直接飞往印度尼西亚最好玩的苏门答腊岛，他们很快又能在一起。听了他这番甜言蜜语，邱敏琪只好恋恋不舍地送别顾强威，然后打起精神独自一人继续完成自己在普吉岛的游览计划。

然而，天有不测风云，人有旦夕横祸。她做梦也想不到，苏门答腊大地震及其引发的规模空前的印度洋大海啸正在孕育暴发，突如其来的灾难举世震惊，将她和顾强威的美梦击了个粉碎，特别给他们本就见不得光的婚外私情增添了悲剧结局。

那是 2004 年 12 月 26 日清晨。

雅加达时间 7 点 58 分，空气中弥漫着晨曦的清新，印度尼西亚苏门答腊岛北端的亚齐省在经历了一夜的沉睡之后，这时已冲破黎明前的黑暗而苏醒，一如往常再现勃勃活力和生机。伴随朝阳的冉冉升起，首府班达亚齐笼罩在一片金色的光芒之中，古老清真寺的尖塔、拜楼和民房随之越来越清晰地展现出这个伊斯兰城的独特天际线。突然，伴随着隆隆的沉闷巨响，大地顷刻间迸发出一阵短暂而强烈的震颤，城中的建筑物和能够抛起的一切被重重地摔落撕裂，或分崩离析，或拦腰截断。惊慌失措的市民四散奔逃，乱成一团。许多人呆怔怔地目睹眼前，不敢相信自己的眼睛。当第一震波过后一切似乎重归平静时，班达亚齐这座古色古香的旅游城镇已经面目全非，到处是断垣残壁和肃杀惊怵的死亡气息。

据后来的新闻报道，这次印尼大地震震级达里氏 9.0 级，是 1964 年 3 月 27 日以来的第二大地震，也是 1900 年以来的第四大地震。震中位于苏门答腊岛以西约 160 公里处，班达亚齐是距离震中最近的城镇。持续约 4 分钟的首次搏动，清晰的震感远达孟加拉国、印度、缅甸、新加坡、泰国和马尔代夫等邻近国家。有专家说，一次里氏 9.0 级地震所释放的能量大约相当于数千枚美国在广岛投放的原子弹的爆炸当量总和。有人曾这样推算，如果用这些能量来烧开水的话，那么全世界每个人至少能分到 5 吨。不管是否可信，足见当时地震威力巨大。

这一切让顾强威赶了个正着。他率领考察组由曼谷乘飞机赶到雅加达分社后，抓紧时间“完成”了大面儿上的“考察”任务，便像在泰国一样如法炮制，撇开其他人于 12 月 25 日连夜独自赶到班达亚齐，准备第二天迎接邱敏琪与自己会合。办完酒店入住手续，用手机同邱敏琪打了一通电话，他便困得不行，倒头就睡，一觉睡到天亮。他赶快起床，洗漱吃早餐。走完这些必须“程序”之后，想想离邱敏琪抵达还早，他便打发时间似的坐进松软的沙发里玩起数码相机来。在普吉岛，他和邱敏琪拍了很多照片。连日来一直在奔波忙碌，他还没好好看看拍照的效果。现在闲了下来，他要仔细地欣赏欣赏。就在他聚精会神欣赏照片中邱敏琪身着泳装的美丽倩影时，他突然感受到一阵强烈的晃动，室内的茶具和玻璃器皿被掀翻掉地，发出清脆的破碎声，左右隔壁和室外也同时传出噼里啪啦的撞击和撕裂声。

“不好，地震！”记者的新闻敏感让顾强威大声呼叫起来。一边吼，一边扯起电脑包和相机火急火燎地冲向室外。显然，许多人都感受到了地震的强烈震感，大家同他一样惊慌失措地夺门而出，乱糟糟地簇拥到酒店外面，并随人流向街面宽阔空旷地聚集。

街面上一片嘈杂和混乱。房屋坍塌受损，道路塌陷开裂，呼天抢地般的哭号声，撕心裂肺般的求救声，伴随着风驰电掣般急驰向前的救护车、救火车和工程抢修车之类的凄厉喇叭鸣叫声，乱哄哄地一齐在城市上空汇聚，哀哀戚戚，不绝于耳，令人肝肠寸断、潸然泪下。

顾强威从未见过如此阵势，内心十分恐惧，上下牙齿自然地格格打战，浑身像打摆子筛糠似的抖个不停。好半天，他脑袋里一片空白，身不由己地盲目随波逐流。不过，当他看到一帮外国电视记者扛着摄像机，像离弦的箭一样急匆匆地从身边冲过时，他这才恢复了理智，意识到自己的身份和职责。于是，他赶忙掏出手机给香港总分社、雅加达分社和北京总社拨电话。然而，任凭他怎么拨叫，手机却怎么也不听使唤。没了信号，他的心咯噔一下，再次陷入恐慌。作为驻外记者，他明白这是地震破坏所至。没了手机对外联络，他怎么向总社或总分社编辑部发稿，又谈何组织指挥报道？就在他一筹莫展的情况下，他的目光又自然碰触到奔波在前面不远处的那帮外国电视记者。对，他们做电视节目，肯定带有海事卫星电话之类的通信工具，也许能向他们求助一下。想到这里，他被一种神圣的使命感所激励，紧紧肩上的便携电脑包和手中的佳能 7D 数码相机，加快步伐追随那帮电视记者而去。

然而，顾强威哪里知道，印度洋海域苏门答腊岛附近海底发生的 9 级地震只是潘多拉魔盒放出的第一个怪兽。当地震第一拨大震波肆虐的时候，一场更大规模的罕见海啸灾难已经在印度洋浩瀚洋面上酝酿生成并蓄势待发。

有关资料显示，海啸是一种具有强大破坏力的狂涛骇浪。它汹涌澎湃，卷起的海涛波高可达数十米，冲上陆地后所向披靡，严重摧残人的生命和财产。然而，由于大洋的广阔与深邃，海啸又极具欺骗性。在它没有抵达陆地的时候，岸上的人远远看到的只有 1 米左右的温柔波涛，即使是此时航行在海上的人也无法察觉平静的海面下充满杀气的涌动。不过，一旦这种海浪接近陆地，而上升的海床再也无法容纳它时，它便原形毕露般地从海面上一跃而起，形成滔滔巨浪，直扑陆地，狂躁本性一下子暴露无遗。

在当地，渔民中流传着一个有关大海的古老传说，如果海水退去的速度很快，那么它再次出现时的数量会和消失时一样多。与其说是传说，不如说是渔民们的经验总结。有关专家证实，大量海水迅速退去是海啸即将发生的最初迹象。

这不，由于 9 级大地震的推波助澜，印度洋大海啸很快便迫不及待地从震源处冲撞而出，班达亚齐市首当其冲。刚开始，人们觉得奇怪，与海滩相连的海水突然“消失了”，像一下子被海绵吸走了似的，水退得很远很远，展露出长长的海滩以及残留在海滩上的鱼虾。然而，人们对此还没怎么反应过来时，却见海水开始回返。阳光下，远远的一抹海浪线悄然泛出白色的光晕，宽阔得一望无边。突然，闪烁晶莹的朵朵浪花越来越奔腾狂跳，一改往日的温顺，暴怒而迅猛地向前推进。刹那间，海水在大浪中回环往复，步步进逼。波浪在岸边分合，转身，跃起，俯冲，抵达浅水区不久便猛的急剧升高，掀起了高达 10 米左右的水墙。滔天巨浪如千军万马般席卷而至，吼叫着向惊慌失措的人群扑来。人们瞠目结舌，四散奔逃，声嘶力竭地叫喊“快跑，快跑”。刚刚那些不以为然，觉得好玩，一边后撤一边拿着 DV 机或数码相机拍照的人，转瞬之间便被雪崩般的海水袭卷，来不及喊叫一声便像被“丢进了洗衣机”，立马被汹涌澎湃的波涛和急流吞噬。近乎黑色的海浪以千军万马之势继续冲越沙滩和堤坝，肆无忌惮地摧毁阻挡其前进的树木、房屋和其他各类障碍物，并裹挟大大小小的椰子、杂草和垃圾，在一片浑浊的泡沫中翻腾向前，无所顾忌地荡涤着海岸，继而冲进民居、商店，将手腕粗的船缆轻轻扯断，将树木折成残枝败叶或连根拔起。牲口在水中挣扎，人被海浪击昏。海啸犹如万马奔腾的怪兽，瞬间便把百里之遥的亚齐省的多个城镇和岛屿夷为平地，留下满目疮痍，一片狼藉。此时此刻，人类成了不堪一击的脆弱群体，幸运者攀上高处可能能捡下一条命，倒霉的却只能眼睁睁地被洪涛席卷而去，有的尸身稍后又被重重地“抛”回岸边。班达亚齐大灾过后成了一座人们避之不及的人间炼狱。哀鸿遍野，数以千计的尸体随处横陈，经阳光暴晒后肿胀虫蚀，恶臭无比。

这是大自然在21世纪初给人类最为沉重的一次打击。海啸以摧枯拉朽、所向披靡的势头，怒气冲冲地一路前行，横扫泰国、斯里兰卡、印度和马尔代夫，并劫掠澳大利亚、孟加拉国、肯尼亚、马达加斯加、毛里求斯、缅甸、阿曼、塞舌尔和新加坡海岸，波及亚非两大洲十好几个国家。到2005年1月10日为止的统计数据显示，印度洋大地震和海啸共造成15.6万多人死亡。

顾强威显然是罹难者之一。雅加达分社、亚太总分社和华讯国际社总社一遍又一遍地拨他的手机，但始终未能联系上他。面对海啸的威猛，失踪显然意味着凶多吉少。就在大家想尽一切办法追寻他的下落的时候，香港《世界之窗》卫视的“Breaking News”的画面片段上出现了他的镜头：他背着电脑包、举着相机追跑；他在高坡之下混迹于被海浪追逃的人群之中，肩挎的便携电脑包上清晰地显示着“华讯国际社”标志；离高坡近在咫尺，一大拨人却不敌汹涌而至的浪涛，甚至来不及呼救一声瞬间便被洪水无情地吞噬。电视画面上重复展现了“华讯国际社”标志的电脑包，伴随着电视主持人沉痛的旁白：“‘华讯国际社’电脑包，这位遇难者很可能是来自中国大陆的同胞。他应该是冲锋在采访第一线的我们的新闻同行，却不幸被肆虐的海啸夺去生命。让我们为他默哀，向他致敬！”

原来，采访和拍摄这次大海啸的就是顾强威急着要追赶求助的那帮外国记者。其实，他们不是什么外国记者，而是周筱领队的《世界之窗》卫视记者组。可能因为他们当中有几个是外国面孔，因而被人们误以为是外国记者。两天前，《世界之窗》卫视透过自己的消息管道，获悉某大洋海啸预警中心专家预测：位于印度洋板块与亚洲板块的交界处地壳活动异常，近期印尼苏门答腊岛很有可能发生特大灾难性海啸。《世界之窗》卫视以华人媒体，特别是华人电视媒体中的“快速反应部队”而著称，因而对于预警中心专家的预测自然宁可信其有不可信其无。于是，卫视高层果断决定，让周筱率队马不停蹄赶赴班达亚齐。没想到，专家预言成真，周筱他们真的赶上了这场惨绝人寰的灾难，并如此近距离地记录下了海啸的狰狞面目。

《世界之窗》卫视的报道画面一播放，华讯国际社总社以及亚太总分社和雅加达分社的同事们便立刻辨认出了顾强威。连日来，大家一直联络不上他，上上下下都在为他的安全担忧，却不料被《世界之窗》卫视的电视画面揭开了谜团。

看到顾强威被巨浪吞噬的画面，每个人都不敢相信自己的眼睛，一个个大张着嘴惊呼："顾强威！怎么是他？真的是他！"

得悉噩耗，华讯国际社专门派人到印尼，协助雅加达分社处理顾强威的后事。为防止瘟疫，亚齐当局对成千上万无从辨认且因高温酷晒而腐烂变质的遇难者尸体进行集体火化或填埋，顾强威的尸首自然无法找到。尽管他是考察期间顺道因私到班达亚齐旅游，违反规定，但考虑到他的身份，此次主要又是因公下分社考察调研，华讯国际社高层经研究作出决定，还是以"因公殉职"的规格正常处理他的后事。

本来，此事到此也就划上了一个句号。但海啸过后，有人从被海水洗劫过的废墟中发现了带有"华讯国际社"标志的便携电脑和数码相机，并将遗物归总交给了当地警方，警方又辗转找到了带队抵达亚齐增援报道的华讯国际社雅加达分社首席记者。虽然是顾强威的遗物，但电脑和数码相机都是当初总社配置给驻外记者工作用的公物。因此，分社便将电脑和相机上交给总社有关方面处理。当有关方面打开电脑和相机清点内中信息时，他们惊讶地发现了顾强威和邱敏琪的"私情"，其中有些照片近乎裸照，电脑中还保留了顾强威和邱敏琪互相表达情爱和性欲的肉麻邮件。

事情大了，有关方面必须上报。华讯国际社高层雷霆震怒，立即改变初衷，取消以"因公殉职"规格处理顾强威后事的安排，同时将真实情况在全社上下内部通报，作为反面教材要求加强对干部队伍的管理和教育，防止类似违反纪律规定和社会公德的事件再度发生。

作为华讯国际社最高领导，社长郑聪中自觉对顾强威事件负有不可推卸的领导责任。这些年来，他因为崇拜那位特别赏识顾强威的老领导，因而"爱屋及乌"，不仅满意对方的驯顺、持重和敬老，而且欣赏对方的言论、主张和才气，要求人事部门特别关注和提拔重用他。也许是高高在上惯了，郑聪中的工作作风历来是雷厉风行、说一不二，但却极不深入细致，更不接地气。他从不过问顾强威的真实思想和实际表现，更不了解他的家庭生活和同周围同志的关系，特别不愿听到对他的非议及人事部门对他任用的批评。直到这次顾强威出事，他才感到负疚和自责，内心深处隐隐作痛，感到一股难以释怀的巨大压力，几乎一夜之间白了头发。尽管只剩下一年多时间就到退休年龄，他还是不管不顾地提前打报告，主动要求引咎辞职，赋闲退休。当然，有关方面故意拖着不办，没有及时给予批复，直到接近他退休年龄，才发文让他退居二线，顺理成章地让他光荣退休，转而到政协机构"发挥余热"。

与此同时，中央任命卫成果接替郑聪中出任华讯国际社党组书记、社长。卫成果不仅从顾强威的案例上看到加强新闻队伍管理和建设的重要性，而且更从华讯国际社对大海啸报道的迟缓反应意识到新闻事业发展面临的“短板”和挑战。为什么《世界之窗》卫视能够对太平洋海啸同步作出现场即景式报道，引领着华语媒体乃至世界主流媒体的报道方向，而华讯国际社却不能未雨绸缪？卫成果当然明白问题的症结和解决弊端的关键所在。不过，他作为长期在新闻宣传战线工作并相继出任多家中央主流媒体的高层领导，一直特别有兴趣密切跟踪世界媒体大势。也就是说，他思虑的重心不只是华讯国际社，还有更广阔的天地，即把华讯国际社放入中国整个媒体大格局中统筹调研，探索战略性重大课题。

进入 21 世纪后，通信技术日新月异，快速地推进世界传媒业不断向崭新领域发展和变化，互联网、音视频乃至手机通信大行其道，全新的数字传播技艺步步进逼，迫使传统的新闻信息传播技术越来越远离媒体行业实践。因此，新闻的生产和传播乃至受众口味和新闻接收方式等业态要素都在随着网络和数字技术革命的影响、进步和发展而发生着深刻的进化。新闻从业人员越来越感觉到，纸质媒体在明显走下坡路，市场份额不断被互联网、音视频、动感图片乃至手机通信所侵占。与此同时，现代新闻信息传播趋势正在很大程度上冲击传统的新闻理念和践行方式，使之大不赶趟甚至存在被颠覆的危机。

这一调研不要紧，让卫成果敏锐地发现了一个令他高度警觉的战略性问题，那就是传统媒体的前途和命运堪忧。在中国，华讯国际社可谓主流传统媒体之一，代表、影响和引领着从中央到地方一大批不同业态、不同类型和不同规格的传媒单位，特别是那些报业集团和纸质媒体。新官上任，如何引领华讯国际社冲破传统媒体的困境和藩篱，他猛然惊出一身冷汗，感觉身上的担子一下子千斤沉重。为此，他和社党组一班人决定搞一次全社大讨论，就世界媒体大势、新闻业态及战略转型等重大课题各抒己见、进言献策，为一年一度的社工作会议提供指导原则和行动指南，同时由总编室牵头从中选出一批具有真知灼见和独到见解的好论文汇编成册，供内部学习交流。

经过一段时间的宣传造势，全社上下积极响应党组号召，大讨论轰轰烈烈，论文雪片般地投向总编室。经过比对筛选，最终有 50 篇论文入选成册。卫成果大喜过望，迫不及待地先睹为快。只浏览一下标题，一个熟悉的作者名字便映入他的眼帘：《华讯国际社战略转型应凸显对外竞逐》——袁本弥。他赶忙翻页，饶有兴味地一气看了下去。

为有效遏制国际舆论竞争中“西强我弱”的总体态势，展示中国新闻媒体的风范和影响力，在“大外宣”中占据主动，华讯国际社必须将自己建设和打造成有中国特色的社会主义世界性现代媒体。为实现这一战略目标，我们必须求真务实，开拓进取，实行战略转型。

这里，我以为，与西方主要媒体展开舆论竞争抗衡是三个“拓展”中的重中之重。长期以来，我们总是追着西方媒体屁股“跑”，人有我跟、人云我和，亦步亦趋，虽沾沾自喜不断进步发展，却实际总落在别人后面，受制于西方媒体和舆论。实际上，打宣传战必须用“战争手法”来决胜。目前我们要以少胜多，由弱转强，正确的打法应该是：反其道而行之，出奇制胜，扬我之长，攻其之短，把“优势”、“特色”和“捷径”的文章做足做强，真正落实到“在某些时间、某些地域和某些战役性报道中”率先与西方大通讯社竞逐取胜，取得突破后再乘胜拓展。

为此，我们应在这样几方面强势发力：

一、做足“优势”文章：中国新闻对外、国际涉华新闻、多语种集群、品牌栏目。

二、突出战略“重点”：重大突发消息采集、英文大广播、视频网络在线、高端焦点访谈。

三、创新保障“机制”：确立业务主体、整合外文力量、倾斜驻外政策、注重外聘实效。

……

就在卫成果聚精会神地浏览袁本弥的论文的时候，秘书走进来递给他一张纸片汇报说：“我从人事局国际干部处那里私下打听了一下，易洪武和袁本弥一直在华讯国际社工作。眼下，他们俩不在国内，都被派到中东总分社搭班子去了，易洪武任总分社社长，袁本弥是他的副手。我已把中东总分社的电话号码和他们的手机号抄下来了，是否需要我给他们打电话联系？”

卫成果听完汇报，对秘书的工作显然十分满意，心情更加好了起来。他向秘书道一声“谢谢”，然后开玩笑似的嘱咐对方：“电话就不专门打给他们了，否则他俩私下会笑话我‘上赶着讨好他们’。好，好，知道他们人尽其才，各得其所，我很高兴。”话虽如此说，卫成果内心却掀起了涟漪。

原来，卫成果、易洪武和袁本弥他们三人都是大学校友。虽然彼此不同系，所学语言也各不相同，但三人在校学习期间都是校务活动积极分子，时常接触碰面，渐渐地由熟识而成为好朋友。毕业分到北京后，各有各的本职工作，自然难得聚首面晤。除了上次带钱柳生找工作见过袁本弥一次外，卫成果还从未见过易洪武。现在，机缘巧合，三个人终于走到一起，让他如何不心潮澎湃。不过，他也有些担心，自己成了他们两人的“顶头上司”，他们不会因避嫌“高攀”而同自己保持距离吧？但马上他便否决了自己的疑虑。他坚信，易洪武和袁本弥不是心胸狭窄之人，纯净的友谊是不分地位高低的。他更清楚易洪武和袁本弥的能耐，有他们帮衬自己，不是如虎添翼吗？

“老同学们，你们都好吗？好想你们！”卫成果在心里轻轻呼唤着。

二十五

其实，易洪武和袁本弥也在念叨卫成果。

先是外电秘密透露，而后是华讯国际社的内部通报，接着是官方正式宣布和证实，作为在新闻圈儿里“混”了几十年的“老人儿”，易洪武和袁本弥自然不可能不知晓上面对卫成果的新任命。得知卫成果已成为他们俩的顶头上司，易洪武和袁本弥着实是又惊又喜，在备感自豪和骄傲的同时，也衷心地为老友步步高升祝祷祈福。当然，卫成果“官”当到这个分儿上，易洪武和袁本弥与他的上下级关系一下子拉开好几个台阶，所以他们自然在心里也对这个昔日好友不得不打几个问号：他还是以前在学校那会儿为人正派诚恳的好哥们儿吗？见了面他对老校友和哥们儿是热情相认还是摆谱打官腔？当然，凭他们对卫成果的了解，相信他不会改变多少。这些年虽然相互不照面，但卫成果在圈内的口碑一直不错，老同学们聚会议论起来都说他官越当越大，本质却一点儿没变，处世低调，为人却热情真诚。不过，俗话说，耳听为虚，眼见为实。不管他变还是没变，今后见了面，在他领导下打起交道来便泾渭分明，一切还是顺其自然吧。就眼前的事来说，他们还真没工夫去多想今后在与昔日的老校友、如今的新上司“四目相对”时怎么办，该说些什么。中东乱局丛生，报道任务异常繁重。作为华讯国际社在中东地区的最高指挥官们，他们绷紧了大脑中的头弦，既要未雨绸缪，根据地区局势发展势头设计总体报道计划，更要面对实际，全局一盘棋地就应对本地区随时发生的重大突发事件的报道进行指挥、调度和督察。他们本来就是学外语的，碰上编辑部人手紧张，还时常插空轮值当班。用一句新闻人常挂在嘴边的话来说，他们每天忙得“四脚朝天”的，哪有闲工夫扯闲篇。这不，不经念叨，事儿说来就来了。

这一天，早上刚上班不久，易洪武和袁本弥就先后得到消息，黎巴嫩真主党向以色列发动袭击，共打死 8 名以军士兵、打伤 5 人，另有 2 名以军士兵被抓，成为俘虏。突袭行动代号为 True Promise，旨在对抗以军打压巴勒斯坦哈马斯抵抗运动，声援哈马斯。

话还得回到巴以冲突上。2006 年 1 月 27 日，激进的哈马斯抵抗运动在巴勒斯坦通过民主选举上台执政，引发美国和以色列的恐慌。他们要求哈马斯下台，并立刻对哈马斯施行经济封锁。这导致巴勒斯坦陷入经济困境，哈马斯自然强烈不满。当年 6 月 25 日，哈马斯袭击了加沙南部以色列境内的一处以军哨所，造成3名以军士兵死亡、1名士兵被绑架。以色列随后大批逮捕哈马斯成员，并囚禁了哈马斯政府的部长和议员，接着又大规模轰炸与入侵哈马斯主政的加沙地区。

面对这一危急形势，作为哈马斯铁杆盟友的黎巴嫩真主党立刻宣布支持哈马斯，于2006年7月12日当地时间早上9点多实施True Promise行动。真主党武装先是以9K51 Grad火箭弹和迫击炮攻击靠近黎巴嫩边境的以色列城镇和军事基地，并深入以境内200米袭击了两辆以军巡逻车，当场击毙3名以军士兵，俘虏2人。以军立即出动一辆梅卡瓦主战坦克追踪真主党武装，企图夺回被俘士兵埃胡德·戈德瓦塞尔（Ehud Goldwasser）和伊利达·雷吉夫（Eldad Regev），却不料真主党早有准备，以军坦克竟被事先埋设的300公斤简易爆炸装置给摧毁，再造成5名士兵死亡。

对于真主党武装的袭击行动，以色列总理艾胡德·奥尔默特将其定性为“战争行为”，声称黎巴嫩将会为此付出惨痛的代价。以色列国防部长阿米尔·佩雷茨（Amir Peretz）也表示，以方会使用一切手段报复。以军总参谋长哈鲁兹（Dan Halutz）则发狠：如果士兵没有被放回来，以色列会让黎巴嫩倒退20年。

显然，以色列和真主党之间更大规模的战争迫在眉睫。易洪武和袁本弥一面组织指挥编辑部抢发真主党袭击消息，一面赶紧召开紧急会议，研究部署后续报道。易洪武和袁本弥断言，这次以色列吃了大亏，决不会善罢甘休。根据对以色列过往应对策略的了解和分析，一场报复性大战或军事冲突在所难免，报道上必须未雨绸缪，抢占先机。在与班子成员和各编辑室主管紧急磋商后，一项应急报道计划随即出炉，主要从三个层次部署和实施应对报道：

1. 耶路撒冷分社全力以赴搜索以军可能采取行动的种种迹象和动态，总分社英、阿文编辑部及贝鲁特分社等辅助。一旦发现重大迹象和动态，前方记者应立即首先报告总分社英文编辑部，之后迅速核实后再跟进后续简讯或详讯。总分社英文编辑部和其他各编辑部在接到前方报告后立即争分夺秒以“FLASH”或“URGENT”形式抢发快讯“BREAKING NEWS”，之后迅速编辑签发后续来稿，不得以各种理由延迟发稿。

2. 以军采取军事行动后，必将招致真主党奋力抗击，以黎冲突或战争随即正式开打。耶路撒冷和贝鲁特分社应在注重安全保障的同时，派遣记者和雇员赶赴前线开展现场报道。

3. 考虑到冲突双方不大可能在短期内结束战事，总分社即日起着手从编辑部和辖区分社抽调人力组成机动记者组，增援或接力前方战事报道。

报道计划特别强调，无论是前方分社还是总分社编辑部都要利用这一契机，试行不久前总分社编委会制订下发的“（文字、摄影和视频）三位一体”采编法。

总分社具体提示说，耶路撒冷分社和贝鲁特分社已在当地聘有视频雇员，这次向前方派遣报道组应让视频雇员们积极参与其中，使现场报道更具画面感，更加精彩纷呈。就整体报道而言，文字、摄影和视频“三位一体”，各得其所。就总分社层面而言，拟议中的增援报道组也将按照“三位一体”报道模式抽调人员，合理搭配。同时，总分社总编室更要统筹考虑文字、摄影和视频报道，除英、阿、中文编辑部坚持既定报道原则和方式外，多媒体编辑部必须在加强摄影图片报道的同时，下功夫接收和编发好前方记者发回的视频片，在视频报道方面开创先河，积累经验。

所谓“三位一体”报道模式，实际是易洪武和袁本弥他们对前一阶段蓝海洋他们在加沙和巴格达等地开展摄像访谈和视频报道的实践活动的总结。在辖区分社年度工作会议上，易洪武集思广益，首先充分肯定将文字、摄影和视频报道结合进行的创新实践，主张将此作为本地区年度工作拓展经验之一。袁本弥在起草工作会议文件和总分社上报的工作总结中用书面文字形式将这一经验称之为文字、摄影和视频“三位一体”报道模式。表述得到大家的一致肯定和赞同。易洪武特别要求辖区各分社重视这一经验，想方设法拓展摄影和视频报道。正因为有这样一个背景，耶路撒冷和贝鲁特等不少分社才积极行动，在总社无力派遣视频记者的情况下，自主在驻在国本土物色和聘用视频雇员，努力保障文字、摄影和视频报道“三位一体”。大家的聚焦重点依然是重大突发事件。

这不，总分社有关以黎冲突的报道计划刚发送给辖区各分社，耶路撒冷分社便打电话向总分社报告请示，说以色列军方刚通过 E-mail 发出邀请，让分社派摄影记者参加以北方军区司令部当天下午举行的新闻发布会，地点距离黎巴嫩边境只有约 5 公里。分社摄影记者薛羽部正检查车辆，准备即刻启程前往。因为只有一个名额，文字记者不能随同薛羽部一起参加记者招待会，而分社聘用的视频雇员罗白只是计件付酬式兼职雇员，最近正在境外忙自己的活儿，尚未回到以色列。他未回来，自然不能与薛羽部结伴同行。考虑到这些因素，分社只能让薛羽部单兵作战，除了图片报道主业外，还让他带上便携式摄像机，见机行事，视频拍摄边境军事动态。

易洪武闻听大喜，认为这场新闻发布会可能是以军方要对黎真主党采取军事打击的前奏信号，要求分社高度重视，密切关注此次记者招待会上军方有可能发出的重大讯息，保持同薛羽部的联络畅通。他还让薛羽部接电话，对他口授机宜：1. 带上海事卫星电话，随时直接向编辑部传递重大讯息。2. 一定要带上便携摄像机。招待会所在地距以黎边境很近，机会难得，尽可能抓住机遇到边境前沿实地踏访拍摄。3. 注意人身安全。目前局势下，边境地带很不安宁，除了穿戴防弹背心，驾车醒目处还要粘贴“新闻记者”之类的大字标识。

薛羽部是个有着深厚功底和丰富专业经验的老资格摄影记者，多次奉派驻外。一开始，他由华讯国际社某国内分社借调到总社帮忙，因为业务精、懂外语，被人事部门相中而派驻海外，从非洲、亚洲到欧美，环球世界许多地方都留下过他的足迹。以巴冲突日趋激烈后，中东总分社和耶路撒冷分社联合打报告给总社，要求向耶路撒冷分社配设一名专业摄影记者的编制。领导批复同意后，人事部门立即想到了薛羽部。他刚从联合国分社任期届满回国，听到组织召唤，五十好几的人二话不说，坚决服从。休假一结束，他便立即告别家人，起程赶赴耶路撒冷分社领衔就任。刚到分社不久，他便赶上这次真主党行动。尽管他对以色列情况尚不太熟悉，但对于到军事冲突前沿阵地采访，他非但没有胆怯情绪，反而像孩子般地高兴快乐。

“机会难得，机会难得，我巴不得有这机会到军事要塞走走看看。”听到总分社社长易洪武在电话中的亲切关照，一股暖流在薛羽部胸中涌动，一连迭声地明确表态。

放下电话，他便检查分社专为摄影记者配置的“座驾”—— 三菱帕杰罗越野吉普。薛羽部常年驻外采访，特别重视行车安全，不是专业司机，胜似专业司机。每次跑远路之前，他都要将“座驾”来个彻底“体检”，即汽车司机们长途旅行前特别在意检查的车身六部位：汽油机油水、刹车喇叭灯。首先是油路检查。将车发动后，看看从油箱到化油器之间的连接管子有没有湿的地方，即是否在漏油。之后测量察看机油尺，平时机油保持在中上限刻度比较理想，而出远门机油最好要达到油尺刻度的上限。接下来检查水箱。正常情况下，水箱的储量应保持在刻度上限，以确保良好的降温能力。一旦发现漏水现象，可使用水箱清洁剂或者水箱修补剂进行简单的处理。检查刹车的简单办法是打开机器盖，看刹车油杯上的上下两个刻度，油面到下限时，刹车片就该换了。喇叭是否能正常鸣响，也是跑长途安全行车的一个重要环节，尤其对走弯曲山路提醒来车注意非常有用。如果发现喇叭不正常，必须及时更换。车灯检查包括前大灯、小灯、前后雾灯、所有的转弯灯、刹车灯、车内地图灯等，保障灯光齐全、明亮、有效。

一通检查完毕，薛羽部对自己对车辆的保养比较满意，一切都在安全线之内，没有发现安全隐患。于是，他开始装运携带物品。海事卫星电话、便携式摄像机及编辑机、配有各式镜头的高级照相机及各式型号的充电器等都是公家配发的贵重设备，也是自己采访报道的基本武器和心爱之物，必须仔细而安全地放好。待他小心翼翼地将它们一一有序稳妥地放入车后备箱后，他稍微犹疑了一下，但还是将一些备用水和干粮等物品装上了车。之后，他一边穿上防弹背心，一边心情愉悦地欣赏自己的“座驾”，尤其对车上粘贴的“TV”醒目标志感到特别满意。

“老薛，出发吧。一路顺风，注意安全！”首席记者领着分社伙伴们前来送行，向薛羽部下达了出发令。

“好嘞！”薛羽部答应一声，迈步跨进驾驶座，拧动车钥匙，启动发动机，一边摇下车窗玻璃，同大家挥手告别，一边驾车缓缓前行。渐渐地，他稍松脚下，慢慢放大油门，车辆随即冲出分社大门，步入车道，汇入车流，向着既定目标前进。

赶到以军北方军区司令部新闻发布会现场，薛羽部发现，除了以方记者外，同自己一起被邀请的还有一些西方记者，有的自己认识，有的则显得陌生。不管认识不认识，都是“出生入死”的新闻同行，走到一起就是缘分。谈不上老友相逢般的热情四溢，个个肩扛手提亮着“家伙”，也无法让情感奔放张扬，彼此只能相视一笑，微微颔首。不过看得出，相互关切和友好的心声倒也表露无遗。

很快，新闻发布会开始。给薛羽部的总体感觉是，与其说这是以军为揭露和谴责真主党发动恐怖袭击不得不采取的舆论宣传手段，不如说他们在为决意反击、升级战火进行战前宣示和造势。新闻发布会上，记者们沿袭惯用的手法不断追问以军将如何应对，会不会进入黎巴嫩境内采取军事行动，以及此次以黎边境冲突会不会升级，等等。出乎大家的预料，以军方负责人不但不遮遮掩掩，相反却面带笑容直截了当地作出了肯定的回答：“我们希望它升级。”为什么？大气呗！以色列是本地区军事强国，口气当然大。而且，战事升级，以军便可以乘机进入黎境内施展拳脚。以军参谋长哈卢茨透露，以方已掌握确切情报，黎真主党手中拥有 1.3 万枚到 1.5 万枚火箭弹或导弹。对此，以军当然不能坐以待毙。

显然，这是一个重大讯息，表明以军已整装待发，战斗会随时打响。这倒也符合以色列人的干脆特性，有仇必报，以牙还牙。薛羽部不敢懈怠，赶忙拨通总分社值班室的电话，抢先向编辑部作口头报道。

当地时间 18 点左右，新闻发布会结束。转眼之间，记者们相继离开会场。不过，薛羽部刚才已从一些人的窃窃私语中得悉，他们要往以黎边境去。这正是薛羽部的想法。作为摄影记者，兼职电视摄像任务，他不能放弃平时很难如此近距离采访以黎边境的机会。于是，他毫不犹豫地驱车开上 899 号公路，在边境线上蜿蜒向前。但是，谈何容易。仅仅上路才几分钟，吉普车便被横放在道路中间的铁刺拦截网所阻拦。一队荷枪实弹的以军士兵示意他停车，请他出示证件。一番盘查问询后，以军士兵仔细核对记者证，同时看看车上的 TV 标志，确信薛羽部是来自中国的新闻记者后，这才挪开拦截铁刺放行，同时发出严厉警告：前方危险，随时会遭遇战事和枪弹袭击。

薛羽部何尝不知道危险，但记者的职责使然，他自觉自愿，义无反顾。“明知山有虎，偏向虎山行！”他脑海里突然冒出了这么一句戏中台词，不免在心中为自己叫好鼓劲起来：什么叫英雄气概？咱现在就是！他正在那里一边开车一边怡然陶醉，猛不丁周边山头传出一阵轰隆炸响。枪炮声大作过后，浓烟四起，隐蔽在一个山坳里的以军即刻现身，一辆辆军车、通讯车和坦克等迅速亮相集结。顿时，薛羽部犹如置身战火之中，虽感觉有些突兀，却已有心理准备，并不感觉有多少害怕，相反却透着点庆幸：可逮着机会了！他将车停靠一边，拿出自己的“长枪短炮”，摇开车窗，对着以军车辆和难以散开的战火硝烟一阵猛拍。弥足珍贵呀，这些照片放在平时，以军哪能让你随便拍。

不知不觉，天色暗了下来。薛羽部这才意识到自己的处境，考虑下一步该怎么办。还能怎么办？他的目标是以黎边境，只能继续前行。不过，晚上在这边境山道上开车极不安全，他的当务之急是得赶快找一处旅店歇脚，同时抓紧撰写报道文稿，将刚才拍摄的照片和视频片段回传给编辑部。

“Hellow! Any problem? What can I help you?”就在薛羽部打定主意准备发动车辆起程向前时，一辆从身后急速超车的吉普车突然在前方不远处戛然而止，司机从车上跳下来，急匆匆跑近薛羽部关切地大声询问。他大概以为薛羽部车子出毛病了，尤其在这前不着村后不着店又人迹罕至的边境山道上，过路人碰上了都会停车表示关切和伸出援手的。

薛羽部一边回应对方没有故障，表示感谢，一边顺便向对方打听哪里有旅馆可以住宿。

“有，前边不远处就有旅馆。”对方肯定地告诉薛羽部，距黎以边境约两公里处有一个基布兹（集体农庄），那里有一家旅店，他本人也是要赶往小旅店投宿的。不由分说，他一边向薛羽部招呼“Follow me”，一边急匆匆跑回自己的座驾，启动车辆在前面带路。

薛羽部赶忙开车紧随其后。“踏破铁鞋无觅处，得来全不费工夫。”他在心里暗自庆幸今天运气不错。

不一会儿，两辆车一前一后便来到位于一个小山坳里的“基布兹”旅店。

“基布兹”实际是以色列的一种“集体农庄”式经济形态。它源于希伯来语，有“聚集、团结”之意，“自由选择”是其精神实质。19 世纪 80 至 90 年代，在俄国、法国、德国出现反犹太主义浪潮后，犹太复国主义的思潮和运动随之逐步形成。1882 年，俄国敖德萨犹太人医生 L. 平斯克尔提出：“人们歧视犹太人，是因为我们不是一个国家，这个问题的唯一解决方法就是建立犹太国。”由此，犹太复国主义团体开始组织犹太人向巴勒斯坦地区移民。当时，巴勒斯坦地区还是英国的殖民地，土地贫瘠，戈壁约占总面积的三分之二，死海西岸更是一片寸草不生的荒漠。由于很少下雨，淡水资源几乎为零，而依靠海水淡化技术，则费用超高，水比牛奶还贵。这样的自然条件，人们要是不“抱团取暖”根本无法生存，“基布兹”由此应运而生。1909 年，主要由来自俄罗斯的犹太移民受苏联社会主义理想的影响，在当时巴勒斯坦北部加利利湖地区的德加尼亚首创“基布兹”——一个由工人成员拥有的独立农场。随着移民不断地大量进入，这类集体农庄式的“基布兹”便不断发展壮大，总数后来共达 270 余个。

“基布兹”积极发挥集体优势，大家凭借集体智慧和辛勤劳动，想方设法建设美好家园。他们建起了温室，发明了滴灌技术，用电脑把水、肥、农药计算好比例，顺着植物的根部流入，硬是在沙滩戈壁的不毛之地植树绿化，不仅解决了自己的生存困境，而且将一片不毛之地一步步发展成为世界闻名的现代农业大国，其农产品不但早已自给自足，而且还对外出口。除占领了相当大比例的世界瓜果和蔬菜市场外，以色列早已成为仅次于荷兰的欧洲第二大花卉供应国。“基布兹”向世界证明：戈壁死海何足惧，春暖花开人胜天。由于其“集体农庄”性质，“基布兹”除拥有特独的生产形式外，农庄里的一切财产和生产资料均为全体成员所共有，成员之间完全平等，日常开销，包括吃饭、穿衣、看病保健、教育、旅游乃至听音乐会、看电影等，全部免费。大家一起劳动，共同生活，连如何分配年度利润这类敏感事务也由大家一起商定。通常情况下，“基布兹”的孩子从小就要过集体生活，婴儿出生后交给育婴园，4—5 岁时进入幼儿园，7 岁上小学，13 岁进入少年之家，18 岁中学毕业后服完兵役方可申请加入“基布兹”。不过，目前“基布兹”似乎已经过了自己的黄金时代，正在经历痛苦的转型期。受时代大潮的冲击，对于公有、平等观念深植了近百年的“基布兹”感知到改革的紧迫性，正不断发生颠覆性变革。伴随着“按劳分配”观念的逐步引入，“基布兹”近 20 多年来已经开始实行部分私有化。与此同时，年轻人向往大城市生活，越来越不“安分”，许多人选择离开“基布兹”，去特拉维夫这样的大城市工作和生活。有人这样“点评”眼下的“基布兹”：变革的种子在落寞的土壤中等待发芽，而集体主义淡化的观念却也饱受争议。

薛羽部此时当然无心去评品“基布兹”的“功过是非”。他环顾四周，环境整洁，安宁幽静，令他十分满意。他计划晚上抓紧时间把白天采访和拍摄的素材好好整理一下，写成报道文稿，同时制作图片和视频稿，传回分社或总分社有关编辑部，尽速争取报道时效。

然而，让他始料不及的是，好景不长，待他在旅社餐厅草草扒拉一顿饭后，形势发生了根本性变化。不仅没了一开始的宁静，反而战机轰鸣，爆炸声不绝于耳，令人惊恐万状。显然，以色列空军在夜幕的掩护下，开始对黎巴嫩南部真主党老巢发动报复性空袭。以色列称呼这项空袭行动为 Just Reward。真主党所属的 Al-Manar 电视台即时报道了这次空袭，称空袭已导致 55 名平民死亡。以色列媒体则引用一位不具名的以军高级军官的话表示，袭击行动的目标在于火箭发射基地和火箭库房以及真主党的前哨基地。

空袭行动中，以空军出动阿帕奇武装直升机和 F16 战机，轮番向真主党据点发射导弹，一夜未停。由于以情报机构还摸不清真主党是否具备击落战机的能力，所以以色列空军不敢贸然深入黎巴嫩领空，只能在边境线上超低空飞行实施空袭任务。这样一来，邻近的集体农庄旅社自然倍受炮火和噪音的袭扰。整座房屋都在颤抖，玻璃窗不停地发出哗哗的震颤声。这种情况下，人们一般都会感觉恐惧和焦躁不安。但对薛羽部来说，他根本顾不上害怕。相反，一种无以名状的亢奋心绪环绕全身，激励他不顾一切地冲向室外，轮换举着便携摄像机和照相机对着炮火映红的夜空一顿狂拍。然后，他心满意足地返回室内撰稿发稿。一旦进入工作状态，他便因全身心投入而将一切危险状态和嘈杂干扰都置之脑后，仿佛什么也没发生一样。

直到清晨 5 点钟左右，他终于完成了一天的全部工作任务，将多条文字稿和多底图片及相关的视频片段稿分别发送给总分社编辑部。此时，恰好以军结束了一波空袭，没有了飞机的轰鸣和导弹的爆炸声，整个山谷突然宁静下来。他这才思想放松下来，感觉眼睛沉重，困倦极了。他来不及洗漱，对着水龙头咕嘟嘟漱了漱口，便和衣上床，很快便鼾声大作，沉沉入睡。

然而，仅仅一个小时多点，一声激烈的爆炸声将薛羽部从香甜的昏睡中惊醒。他揉揉惺忪的睡眼，喃喃自言自语道："哪里爆炸？妈的，才刚睡一会儿……"既然已醒，他无心再睡。想想自己在此地的任务基本完成，还是尽快离开这个安全系数极差的是非之地为好。于是，他自行收拾好行装，悄无声息地将行李和采访设备装运进车。就在他大口吸吮清晨新鲜空气，将车开出旅社上路的时候，不远处再次传来十分凌乱的爆炸声，一声声巨响让人感到车的底盘上像被大小不同的石块砸着一样。他的头皮一阵发紧，不由自主且漫无目的地继续开车向前。车行约 10 分钟，抵达一座山头，与一辆以色列电视转播车和一组记者车队相遇。他摇下车窗，探头询问对方什么情况。有人告诉他，真主党的喀秋莎火箭弹击中了以军一座军火库。薛羽部赶忙熄灭汽车，抓起数码相机和便携摄像机跳下车拍摄，和其他记者一样处于极度亢奋的工作状态中。借助 100—400 毫米的变焦望远镜头，他看到了以军军营、熊熊燃烧的军火库，拍到了距离自己不到一公里的以色列军火库被炸的画面。与此同时，巨大的齿轮转动声从山谷深处传来，几十辆坦克和榴弹炮车正浩浩荡荡向外转移。如此近距离地拍摄以军装甲车队，机会难得，记者们拍得更加来劲。

“一座座青山紧相连，一朵朵白云绕山间，一片片梯田一层层绿，一阵阵歌声随风传……”一阵悠扬抒情的民歌歌声响起，是薛羽部手机发出的来电提示音。他是山东沂蒙人，出于对家乡的眷念，他对《谁不说俺家乡好》这首家乡民歌情有独钟，特地将它录为手机来电的提示音。

听到来电提示，他赶忙从口袋里掏出手机接听。电话是好朋友罗白打来的。

罗白是以色列犹太人，本地一个著名的战地电视记者。他是自由职业者，英语叫 Freelance。《韦氏大词典》对自由职业者的定义是：独立工作，不隶属于任何组织的人；不向任何雇主做长期承诺而从事某种职业的人。他们崇尚自由，不喜上班和听命于他人，主张自主自在地干自己喜欢的事。细究起来，自由职业者尤以自由记者、自由作家为多。自由作家除那些独自采访著书立说者外，许多人主要为报刊杂志写稿，被冠以自由撰稿人和专栏作者等头衔。自由记者则主要根据受聘服务的媒体行当分类，如文字记者、摄影记者、电台记者、电视记者、网络记者，等等。

不管如何分类，同其他自由职业者一样，自由记者们一定得有真本事，活儿必须干得漂亮，才能在打拼中赢得竞逐，“饭碗”才能端得更牢靠。俗话说，“技多不压身”，他们对不同形式的新闻采编技艺都很用心学习，特别注重“把玩”和钻研不断升级的数码相机、摄像机、电脑、编辑机、手机和海事卫星之类的高新科技产品。对他们而言，要想自己端牢手中的“铁饭碗”，就必须练就一身硬功夫，将摄像、摄影和文字等多媒体工艺兼于一身，全能多面，其技艺和本领可以随便到任何一家媒体包括影视公司就职。为此，他们大多还下本钱购置昂贵的“行头”，拥有诸如配备广角和长焦镜头及单反专用闪光灯的连拍速度快和感光度高的佳能 7D 单反照相机、松下 153 全高清广播级摄像机及 170CM 大脚架，以及专业后期 EDIUS 和 AE 特效片头等，保证胜任各方面视频拍摄和后期处理。还有 EDIUS 非线性编辑工艺，该软件专为广播和后期制作环境而设计，特别针对新闻记者、无带化视频制播和存储。它拥有完善的基于文件的工作流程，能提供实时、多轨道、多格式混编、合成、色键、字幕和时间线输出功能。

正因为这帮自由记者拥有独特的专业技能，娴熟地驾驭各类新闻行当的技术设备，他们普遍不在乎媒体的职业分类，重在“计件付酬”，凭本事吃饭。有人征聘，谈好条件和价码，给多少钱干多少活儿，干什么活儿拿什么报酬；没人来聘就自己干，自采自导自编自销，按照自己的理解和喜好，自主自在地采集和生产原创的独家新闻产品，再凭藉自身名气和实力坐等媒体单位征订或直接上门索购。由于他们在业界或大或小都有些名气，他们的“产品”大多“皇帝的女儿不愁嫁”。最不济的情况就是稍加推介，或借机放个风声出去，肯定能引来买家。“嗨，凭本事吃饭呗”，是他们时常挂在嘴边的一句自谦语，实际体现的是一种对自己本职工作无限热爱和满足的豪情和自信。他们备受各大媒体单位的青睐，不惜花重金聘用他们为本媒体服务，让他们在第一线“拼抢厮杀”，第一时间实地纪录新闻即景，保障新闻资讯的鲜活、真实、客观和公正。或者，计件式即时收购自由记者们手中的独家或首发新闻作品，主要为电视新闻片、摄影图片之类。

小型便携摄像机的面世更特别为自由摄像师们提供了单打独斗的便利和机遇。他们流行单兵作战，一个人完成新闻策划、采访、出镜、拍摄、写作、剪辑、配音、传输等所有工序，一定程度地粉碎了传统意义上人们认为“电视是合作的产物”的理念和大众印象。就实际效果而言，单兵作战环节少、效率高、速度快，报道成果容易获主流媒体认可而被采用。因此，尽管充满疲惫、挑战，甚至经常冒人身安全的危险，但自由摄像师们仍乐此不疲，因为在他们看来，只有置身于危险和艰难环境下，才能漂亮地完成采访和报道任务，才能收获更多的成就感和满足。

然而，普通人却极少了解他们的真实现状，不了解也不在乎他们究竟付出了多少,而更多关注的只是他们头顶上的光环。战地记者、自由撰稿人佛兰西斯卡.波丽曾经在一篇文章中披露了自己的辛酸：如今，大部分媒体都无法负担全职记者在战地的费用，而依赖自由撰稿人可以花更少的钱，也不用出保险、安全等费用。因为待遇低，自由撰稿人只好铤而走险，冒一些额外的风险，比如不雇用翻译，住在廉价的旅馆里。她认为，新技术改变了全球媒体业，即使是战地记者这个行当也如此。只要有一部手机、一台笔记本电脑和一张飞机票，就有希望成为一个战地记者，至少是一个自由撰稿人。然而，这也意味着更多的竞争、更低的稿费，一篇稿子一般只有 70 美元，和写一篇贝卢斯科尼的花边新闻的稿费一样。“如果你碰巧受伤了，会有一种希望死掉的冲动，因为你负担不起这种伤病。”谈到这一点，她就不免伤感难受。

当然，这只是问题的一个方面，从另一个角度看，正因为自由撰稿人或自由记者之间竞争激烈，他们中的绝大多数都丝毫不敢懈怠，好学上进，勤奋钻研，竭尽全能掌握和精通新闻这个行当的十八般武艺。因此，他们当中不乏身怀绝技者，个顶个的都是能者。

正因为看到自由记者和自由撰稿人的本领和优势，华讯国际社中东总分社才十分看好他们，要求辖区各分社试验开展视频报道的时候要特别重视聘用这类人才，不仅能帮助各分社及时完成对重大突发事件的视频报道，而且通过他们的参与和启蒙，能促使我们的派驻记者在实践过程中虚心学习，进而逐步熟悉、掌握和自主驾驭视频报道。

耶路撒冷分社积极响应总分社党组的号召，经调研和友人介绍认识了罗白，并用略超出一般本土雇员的“高价”聘用他为分社特邀兼职雇员。也就是说，罗白是行动自由的，他只在华讯国际社特别请求下和时间不冲突的情况下自觉为华讯国际社工作，主要是在本土发生重大突发事件时向华讯国际社提供视频新闻片或素材片段。

不过，签约归签约，经过一段时间合作大家发现，罗白其实十分友好，合作非常愉快。他以作为华讯国际社的雇员而倍感自豪，不仅活儿干得漂亮，而且经常为视频报道主动建言献策，“主人翁”意识强烈。这不，昨天，罗白境外的活儿干完后，一返回以色列便同分社首席记者通电话报告行踪。他知道，黎以冲突爆发后，华讯国际社肯定特别需要相关的视频报道。当得知薛羽部独闯以黎边境采访，他立即主动请缨，要求赶赴边境一线增援薛羽部。

虽然成为分社雇员时间不长，但罗白和薛羽部的交情却有些年头了。他们曾经都在孟加拉国常驻过，经常一起参加采访活动，一来二往彼此便由熟识而逐渐变成相互欣赏的好朋友。薛羽部见了他，总喜欢和他逗乐子，将他的名字倒过来，戏谑地称呼他“白萝卜”。而罗白也特别欣赏薛羽部的为人和敬业，喜欢和他一起搭伴赶赴现场采访。他们做梦也没想到机缘如此巧合，不仅能在以色列再次相逢，而且还居然能有机会同为华讯国际社效力。罗白第一次在耶路撒冷分社见到薛羽部时，就高兴地要分社首席今后多安排他和薛羽部一起外出采访，理由充分且冠冕堂皇：摄影摄像异曲同工，与薛搭伴“干活儿”，在一起互通有无，相互帮衬，更容易“出活儿”，能把“活儿”干得更漂亮。

罗白主动要求去找薛羽部赶赴一线采访，分社首席当然求之不得，当即告知薛羽部的手机号码，要他联络对方，确定下一步采访行程。罗白知道时间紧迫，顾不上休息便立即驱车上路。当他来到山头看见电视转播车和记者车队后，立即尾随而至，本想打听薛羽部的下落，却不料遭遇真主党火箭弹袭击以军军火库。当他像其他记者一样全神贯注拍摄令人震撼的现场即景时，无意间环顾左右看到了薛羽部。为了给对方一个惊喜，他故意拨通了薛羽部的手机电话。

“罗白！”薛羽部惊喜地脱口而问：“白萝卜，你这家伙！你回来啦？你现在在哪里？”

罗白也不答话。他悄悄地靠近薛羽部，猛一下在他耳旁嗨了一声，大声而快活地喊道：“薛，我远在天边近在眼前！”

薛羽部愣愣地看着罗白，不敢相信自己的眼睛。不过，他马上回过神来，伸开双臂，和对方紧紧地拥抱。

手机铃声响起，这次是罗白的手机。他赶忙打开手机接听，一边听一边喊："Oh, My god!（喔，天呐！）怎么会这样，怎么会这样？那里一直很平静的呀。"

原来，50公里以外的以色列北部边境滨海城市纳哈里亚遭到真主党火箭弹袭击，并造成人员伤亡。据说，这是该市十多年来第一次遭到真主党袭击。

关闭手机后，罗白告诉薛羽部："纳哈里亚发生火箭弹袭击。薛，这里已经没有什么了，咱们得赶紧往纳哈里亚赶。这次咱们再配合做视频报道，我负责拍摄，你负责现场出镜解说，给编辑部连线，发同期声。怎么样？"

"行，听你的！"薛羽部答应一声，两个人赶快收拾好各自的拍摄工具，然后各奔自己的座驾。此时，其他记者似乎也已得到同样消息，大家不约而同地停下手中的拍摄，各自收拾器具，回归自己的汽车，准备向新的目的地进发。

纳哈里亚在50公里开外，罗白领着薛羽部一路领先开跑，约半个小时即赶到纳哈里亚近郊、距市区约一公里处的公路上，一枚喀秋莎火箭弹爆炸的残骸插在行车道上，尾部仍有一丝丝余烟。一辆以色列警车停靠在旁边。看见罗白下车拍摄，一旁作实地勘查的警察面无表情地说："假如你早5分钟到达这里，你将永远留在此地。"

薛羽部站在摄像机镜头前，一边用手指着余烟缭绕的火箭弹残骸侃侃解说，一边将手中的麦克风伸向警察，同期声地录下了对方的话，略带调侃，不无警告。

"OK, let's go."罗白放下手中的摄像机，不由分说地招呼薛羽部开车走人。对他们而言，这公路上的一幕只不过是个插曲，他们踏访拍摄的重点是市区，特别要了解市区遭破坏和人员伤亡等情况。

几分钟后，他们来到了遭真主党喀秋莎火箭弹袭击最严重的一座居民楼。火箭弹击穿居民楼5层的楼板后，爆炸的弹片散落到四层的阳台上，将站在阳台上的一位中年妇女打死。罗白在这栋住宅楼旁的马路上拍摄，镜头中清晰可见死者带着长长头发的头皮和四溢的脑浆，惨状不堪入目。走进死者家中拍摄，罗白的镜头里更是一片凌乱，显现出东倒西歪的家具、开着的电视、杂乱破碎的衣物、未吃完的早餐和阳台上的被摧残几近凋零的花朵。不过，当死者的丈夫在人搀扶下走出住所时，虽然面容非常痛苦，眼中却没有一滴眼泪。一位邻居对着薛羽部伸出的话筒诉说道："他不会哭的！我们都不会哭，我们的眼泪早已哭干了。问问每一个以色列家庭，哪一家没有因战争或冲突而失去过亲人？多少年来，我们没有真正享受过和平！"

这话其实不假。以色列与巴勒斯坦及周边阿拉伯国家之间的冲突由来已久，暴力和流血仇斗层出不穷，希伯莱与阿拉伯两个民族对同一块土地提出了排他性的主权要求是根本原因。这块土地古称迦南，位于亚洲西部地中海沿岸。公元前

20世纪前后，闪米特族的迦南人定居在该地的沿海和平原地区，成为巴勒斯坦最早的居民。公元前13世纪末，希伯莱各部落也迁入该地，先后建立了希伯莱王国及以色列王国。第一次世界大战期间，这块土地沦为英国的“委任统治地”。英国以约旦河为界将其分为东西两部分，东部称外约旦（即现今的约旦王国）；西部称巴勒斯坦，包括现今的以色列和巴勒斯坦人主导的约旦河西岸和加沙地带。然而，巴勒斯坦阿拉伯人自诩这块土地既然姓巴就应是自己的国土，但以色列犹太人则坚持此地是本民族的祖籍地，理应在此立足定居。随着犹太人因遭纳粹种族清洗和迫害等原因而纷纷从世界各地涌入，巴勒斯坦人自然竭力阻挠和排斥，坚决反对以色列复国，双方因此不断发生流血冲突。1947年11月，联合国通过第181号巴勒斯坦分治决议，规定在2.7万平方公里的巴勒斯坦领土上建立犹太国和阿拉伯国，并使双方共有的古城耶路撒冷国际化。1948年5月14日，以色列国宣告成立，但巴勒斯坦国却因巴人及阿拉伯世界强烈反对上述决议而迟迟不能诞生。时至今日，巴以冲突乃至阿以冲突仍是地区动荡的一大热点。深刻的历史根源和复杂的宗教、民族因素，加上背后的大国干预等外部因素，使得这一地区冲突日趋尖锐激烈。这次黎以冲突即是双方的最新一次争斗，同以往一样，冲突的直接结果就是流血、伤亡和加倍的敌视。双方以暴易暴，带给老百姓的是无休无止的战火和灾难。

这不，就在纳哈里亚居民楼那位无辜死者的尸体被抬上车准备拉走，罗白和其他记者同行们争相拍摄立此存照的时候，又有连续3枚喀秋莎火箭弹在附近爆炸。纳哈里亚再次笼罩在战争的阴霾中，高音喇叭凄厉地响起希伯来语防空警报，督促人们立即进入地下掩体。一霎时，小孩哭、大人叫，人们扶老携幼，火急火燎地冲向设置在高楼内的地下室。

罗白和薛羽部没有躲进防空地下室，而是选择驾车向与纳哈里亚同在北部边境的另一海滨城市——海法“逃跑”。海法在希伯来语中是“美丽的海岸”之意，它西濒地中海，背倚迦密山。19世纪末，叙利亚首都大马士革与海法之间的铁路铺设完成，大批犹太人经此移民到海法，使这座地中海滨海之城很快繁荣昌盛起来，逐步被建成以色列北部最大的现代城市，成为以色列继耶路撒冷和特拉维夫之后的第三大城市。如果没有战火，海法应是世界游客想而往之的一处旅游目的地。黎以冲突爆发之后，海法这两天相对平静，安全保障和生活条件较好，特别让罗白和薛羽部看重的是，海法的电信条件优过北部其他城镇，尤其对传输大流量的视频和照片更为便利。综合这种种因素考虑，罗白和薛羽部自然选择从纳哈里亚“逃跑”。除了刚才在纳哈里亚向远在开罗的编辑部做现场播报音视频连线外，他们必须尽快在海法找住处安顿下来，赶快将当天的见闻及拍摄的视频和照片素材进行加工整理，撰写中英文详讯和综合评析性报道文稿，同时系统地向编辑部传送新闻图片，制作并传输包括文字解说词在内的电视新闻短片。

你还别说，罗白和薛羽部的选择完全正确。正因为海法的优越的地理位置和工作生活条件，这里已经成为世界各地记者闻风而动赶赴以色列报道以黎冲突的首选之地。“又是一场新闻大战”，罗白自言自语咕嘟了一句，赶紧和薛羽部办理酒店入住手续。等一切安顿停当，他们顾不上好好休整，便抓紧时间工作起来。还是按照老规矩，罗白负责撰写英文文稿和制作视频短片，薛羽部则主要负责中文报道及图片传输。两个人都是行家里手，驾轻就熟，加上配合默契，完成当天的报道任务不在话下。话虽如此说，真正动起手来却发现活儿并非轻松，不仅选取照片和剪接视频片段以及它们的传输耗时费力，而且撰写中、英文报道文稿也不是写一二篇豆腐块新闻稿那么简单。他们深入现场采访，见闻多，内容广泛，自然素材积累多，新闻要点多，可以从多种角度运用多种形式撰写不同体裁的报道文稿，除了写详讯尽可能全面报道以北部边境地区遭真主党火箭弹袭击的动态主体讯息外，创作激情还促使他们运用“大手笔”撰写更能体现记者文笔的重头“大稿子”，如新闻特写、新闻分析、新闻综述以及随笔、记者手记之类，就当日事件及自己的现场见闻进行多方位且丰富多彩的系统报道。

忙忙叨叨，一天的时间很快便过去了。不过，这一天海法相对平静，这让罗白和薛羽部窃喜，感觉不仅终于能在工作之余晚上睡个好觉，而且还可以在这里“安营扎寨”一个时期，作为继续开展对下一阶段以黎冲突的“战地”采访和报道。据媒体报道，为拦截真主党有可能对海法的火箭弹袭击，以军当晚在海法部署了包括 3 枚“爱国者”导弹在内的防空武器系统，这是以色列自 1991 年海湾战争之后首次在该市部署这一系统。这给罗白和薛羽部更增添了安全感，心想即便真主党也向海法发射喀秋莎火箭弹，爱国者导弹也能拦截和抵挡来自黎巴嫩的袭击。

然而，爱国者导弹不是万能的。海法不仅“在劫难逃”，而且爱国者导弹并未能如愿以偿地有效阻止真主党武装的袭击。16 日上午，真主党武装对以色列北部边境地带全面开火，向海法以及两座北部城市阿卡和纳哈里亚发射了多枚喀秋莎火箭弹。以警方证实，当天上午 9 点过后，先后有 10 至 15 枚喀秋莎火箭弹击中海法的商业和居民中心等地，还有一枚火箭弹落在连接海法与纳哈里亚的高速公路上。11 点 10 分左右，又有 5 枚火箭弹落入海法港水域。以色列救援部门负责人说，9 名海法火车站的工人遇袭身亡，另有不少伤者被紧急送医救治，其中有 6 人伤势严重。当地的电视画面显示，警方已全面封锁了火车站进出口。站里的火焰虽被熄灭，但黑烟仍未消散。一列火车的车窗全部破碎，四处全是玻璃碎片。车站顶棚钢筋扭曲，有的已经断裂，地上的血迹清晰可辨。几名救援人员正在车厢旁边搬运死者尸体，另有几名警察蹲在距离铁道两米远的地方察看喀秋莎火箭弹留下的弹坑。此外，真主党的火箭弹还打到了在海法水域游弋的哈奈特号（INS Hanit）巡洋舰，造成舰只严重受损。

以色列总理奥尔默特在当地时间上午 10 点召开的紧急内阁会议上说：“这是一个沉痛的早晨，我们不会向敌人屈服。”他警告说，真主党的袭击将引发严重后果。以国防部长佩雷茨 16 日宣布以北部地区进入“本土紧急状态”，以色列本土守备司令部再次提醒北部居民尽快躲入防空掩体，海法约有 22 万人“转入地下”。

罗白和薛羽部是记者，当然不可能完全遵循防空警示。为了抢在第一时间段报道新闻事件，他们最有理由冲上街头巷尾，冒着危险赶赴现场，先后对遭遇真主党袭击的商业中心、居民点、港口码头、火车站及哈奈特号巡洋舰等进行采访拍摄，时而直接作现场连线报道。好在总分社已制定重大突发事件报道体例，明确了一线战地记者与所在分社的分工合作，以减轻前方记者的劳动强度。为此，耶路撒冷分社首席主动打电话给罗白和薛羽部，中英文文字报道今后主要由分社其他记者在后方负责，海法前线报道组的主要任务是现场拍摄和采访，直接为总分社多媒体中心编辑部作视频和图片报道，同时为文字报道提供最新动态讯息。但即便如此，罗白和薛羽部也累得够呛。现场采访归来就已经身心疲惫，草草喝口水吃点东西，两个人便抓紧时间再次全身心投入工作，一个编辑、制作视频短片，另一个挑选可发稿的新闻图片。之后，双双耐下性子适应时快时慢的网速，向编辑部传送视频和图片稿。

一连数日，罗白或薛羽部都是在这种忙忙碌碌和劳心困顿中度过。充实倒是很充实，分不清白天黑夜，但刚开始那会儿的新鲜感已荡然无存，每天似乎都在“机械”般地“重复昨天的故事”：外出采访拍摄，时不时应约作音视频现场连线。回到旅馆后赶紧整理采访素材，确定发稿图片或视频回传片段，立马撰写图片解说词或视频新闻串联词，争分夺秒通过内网给编辑部发稿，同时耐心忍受网速缓慢的“焦灼煎熬”。其间，他们还不断接到总社和总分社来电，除了领导关心和一些报道提示外，大多是约稿电话，特别是总分社多媒体中心要求电联的电话最多最急。音视频编辑先打电话给罗白，就以黎冲突最新进展拟定几个提问，罗白基本认可后立即准备文字应答，或制作音视频片段进行现场即景式回答。这方面，薛羽部作为摄影记者，活儿相对单一一些，但毕竟年岁大一些，同时还要负责向分社文字记者提供一些采访素材，或直接自撰一些中文文稿，有时还插空帮助罗白剪切视频发稿素材，或准备同编辑部的电联应答。总之，他每天也是累得两眼直冒金星，直喊腰酸背痛，活儿一干完，立马倒头呼呼大睡。

与薛羽部比起来，罗白不仅年轻一些，而且是个“夜猫子”，经摔得多。一天干下来，虽然也很累，但他改变不了睡前习惯，一边倚靠在床头用小口品着咖啡，一边看看希伯来语电视。这天深夜，当他习惯性地打开电视浏一眼时，一条新闻突然吸引了他的眼球：据以色列《国土报》统计，自以黎边境 12 日爆发冲突以来，黎巴嫩真主党武装已经向以色列北部发射了 700 多枚火箭弹，其中有 500 多枚反坦克导弹击中了以军的梅卡瓦坦克，导致 47 辆坦克彻底损毁，33 名装甲兵死亡。不过，也有消息称，至少有 125 辆梅卡瓦坦克被彻底摧毁。

作为一名战地记者，罗白对梅卡瓦坦克并不陌生。他认识以军装甲部队的一名准将指挥官。据对方透露，梅卡瓦坦克主要有 4 种型号，包括最先进的梅卡瓦 4 型、具有独特的楔形炮塔的梅卡瓦 2D 型、梅卡瓦标准 2 型和梅卡瓦 3Baz 型。不管哪种型号，装甲及乘员生存能力是梅卡瓦坦克优先考虑的性能指标。其中，尤以梅卡瓦 4 型是以军当时升级改型的最新坦克战车。

梅卡瓦 4 型坦克于 2004 年开始服役，其战斗全重为 65 吨，采用新型前置 1500 马力柴油发动机。与采用 1200 马力柴油发动机的梅卡瓦 3 型相比，它在最高速度和功率重量比方面都有所提高。此外，梅卡瓦 4 型的驾驶员座位位于坦克炮塔前部的左侧，装有倒车影像屏幕。炮塔其余空间除容纳其余乘员外，还配置有携带 48 发炮弹的 120 毫米滑膛炮、同轴机枪和可内部装填的 60 毫米迫击炮。一挺顶置机枪可由指挥员从坦克内部操作开火。坦克主炮具有新型的压缩气体后座系统和隔热套。坦克的观瞄系统（TST）通过 4 部置于加强硬质外壳中的摄像机来获得周围地形全方位 360° 的昼夜视频图像。

尽管以军正在加紧研制性能更为先进的梅卡瓦 5 型坦克，但到眼下为止，梅卡瓦 4 型坦克应该是以军最具战斗力的陆战装备。如果它也遭遇真主党反坦克火箭弹的毁灭性打击，那可是一条重要讯息。罗白一边想着，一边已经在心里拟定了一个采访计划。“明天得去深入采访采访。”他自言自语地嘟哝着。

手机响了，是薛羽部打来的，转达耶路撒冷分社首席记者刚刚下达的通知。原来，考虑到以黎冲突一时半会儿不会消停，前方战地采访仍将持续下去，中东总分社领导班子为长久计决定对前方记者实行轮休。首席记者对薛羽部传达易洪武的原话说，你们在冲突的第一时间段冒着巨大危险，这么多天来不分昼夜地出色开展战地报道，身心疲惫可想而知。为此，总分社已抽调一名摄像记者，会同耶路撒冷分社一名文字记者，近日将赶赴一线替换你们。首席记者通知薛羽部说，替换的人明天就能驱车到酒店，他们一到，你们做好交接工作就撤下来。

放下电话，一股暖流在罗白的身上弥漫开来。他知道中国人讲究“人情”，但没想到总分社领导会如此关心下属。正在感慨时，手机铃声再次响起，显示直接来自开罗。

电话是袁本弥打来的。因为易洪武英语口语不太熟练，与罗白语言不通，他便委托袁本弥用英文直接给罗白打电话，转达华讯国际社和中东总分社对罗白的关心和慰问，感谢他对华讯国际社新闻报道所做的一切。末了，袁本弥告诉罗白，总分社已经安排好，他和薛羽部替换下来后，已让耶路撒冷分社给他们买好机票，让他们到埃及的红海旅游胜地沙姆沙伊赫休整一段时间。

“谢谢！谢谢！”罗白接到这通电话，心情更加激动不已，除了连连感谢，似乎不知道再说什么好。不过，憋了一会儿，他还是说出了自己的一个建议：“休假是否可以推迟几天？”

“为什么？”

“是这样的，刚刚以色列电视报道说，真主党的反坦克导弹击中很多以军的梅卡瓦坦克。这可是重要讯息，因为梅卡瓦 4 型坦克是以军的‘拳头’产品。我认识一些以军军官，应该趁热打铁，进行深入采访，说不定能在这方面来个独家爆料。”

电话那头一阵沉默，显然袁本弥正在与人商量。很快，他便给出了答复：“罗白，我和易洪武社长商量了一下，同意你的建议。辛苦你了，谢谢你！不过，我们的意见是，这个专题采访一结束，你得立刻按原计划到沙姆沙伊赫去休整，之后再到开罗来，总分社想就拓展视频报道听听你的高见。”

“好咧。”罗白高兴而爽快地满口应承。中国“老板”通情达理，十分尊重他这个非编制内的“属下”，令他喜出望外。撂下手机，他一身轻松，倦意反而乘势袭来。他赶紧洗漱，熄灯就寝。

第二天，他将自己的计划告知了薛羽部，让他待在酒店等候替换的同事，自己独自找人采访去。他知道，这种事只能他独自与访谈者交流，人家才会敞开来和他聊。否则，采访对象肯定不会说真话，甚至根本就不接受采访。

果不其然，当罗白驱车到以军装甲部队说明来意寻求采访时，新闻联络官既不否认也不证实有关梅卡瓦坦克被击毁的信息，而是和他打起了官腔，称部队正在打仗，一切战况均会随时召集记者招待会统一发布。罗白本来也没打算从“正规渠道”获得内部讯息，只是为了试探一下对方而已。他马上离开新闻联络官，直接找他的好朋友——以黎冲突担任前锋的某装甲旅上校指挥官基多。

基多不仅不避讳罗白的话题，反而不无自豪地说，我们已在战斗总结报告中表示，这次战斗是“梅卡瓦 4 型坦克的完胜。如果这些坦克是前几代的没有装备最先进技术和主动自我保护机制的坦克，那我们可就惨啦，死伤的人会多得多。”

基多解释说，梅卡瓦坦克的独特设计的目的是把由空心装药爆炸产生的粒子射流所引发的（射向炮塔内部的碎片）的风险降到最小。所有型号的梅卡瓦坦克都使用火灾阻延容器来储存弹药，以防发生致命的第二次爆炸。同时坦克配备了快速灭火系统，该系统可以消除弹药的诱爆。因此，在遭到击穿装甲的导弹对贮存弹药的攻击后，只有极少数的坦克遭遇了灾难性火灾的伤害，这就有效地降低了对乘员产生致命烧伤的危险。他举例说，战斗期间，他的部队受到了几百枚反坦克导弹的攻击，共有 18 辆坦克被严重毁损。不过，其中真正被导弹穿透的只有 5 到 6 辆，仅两辆坦克被完全摧毁，并且都是被超多装药的简易爆炸装置（IED）摧毁的。

为了佐证基多的说法，罗白随机采访了几位参加战斗的坦克士兵。他们几乎众口一词地表示，尽管遭受一些损失，在战术行动中也存在某些重要缺陷，但梅卡瓦坦克，尤其是 4 型坦克，依然在其参加的首次高饱和度战斗中证明了自己的价值。如果没有这些具有很好防护装甲的坦克，他们付出的代价会高得多。士兵 A 说，那天他驾驶的梅卡瓦 4 型坦克被一枚串联装药的导弹击中，导弹穿透了装甲进入后部舱室，击中一枚储存的弹药，引发了火情。然而，火情却因触发自动火灾抑制系统而被阻遏，结果只造成两名炮塔士兵受伤。两名后备成员替代伤员位置后，该坦克便又继续投入战斗。士兵 B 说，他乘坐的坦克在战斗中也遭遇了真主党发射的导弹袭击，坦克的 120 毫米主炮被炸飞，但关键部位却完好无损，大家设法将其开回到后方军械修理所，很快便为坦克更换了炮管，使他们得以重返战斗一线。

以军装甲部队指挥官鲁多伊准将也是罗白的好朋友。他进一步证实说，梅卡瓦坦克证明了它良好的防护性和即使被穿透后仍可以把风险降低到最低的优良设计。以军在战斗中使用了几百辆坦克。真主党武装从有利地形向坦克装甲的薄弱部位一枚接一枚地发射导弹，急得坦克部队发疯般地呼叫空中和炮兵支援，但鉴于同时在场的以军步兵数量巨大，指挥部还是选择放弃炮火支援的计划，命令坦克部队设法自行防御。可想而知，因为没有炮火支援，许多坦克被击中，但令人欣慰的是，被袭击的坦克只有极少数被穿透。一仗下来，只有 4 人阵亡，伤者中大多是轻伤。

“这就是梅卡瓦坦克！我们为之骄傲，我们要给它们请功！”鲁多伊认真地告诉罗白。

好了，素材足够罗白发稿“交差”了。不过，在他看来，上述那些只是以军的一面之辞，要做成一个客观完整的专题片，还需要听到冲突另一方——黎巴嫩真主党方面的声音。他想起袁本弥在电话中对他说起，总分社最近也向黎真主党前线派遣了增援报道小组。为增强相互联络完善报道，袁本弥还特地给罗白发送了增援报道小组的手机号码。罗白连忙查询号码并立即将电话打过去，没想到很顺利就接通了。

接电话的是小组负责人蓝海洋。

以黎冲突发生后，华讯国际社贝鲁特分社人手紧张，尽管分社记者克服种种困难采写了很多文字报道稿件，但在视频和摄影报道方面却勉为其难，后方编辑部不得不花大钱通过其他渠道截取少量视频片段和一些图片，以飨受众。为了改变这种被动局面，总分社紧急派遣蓝海洋和一名摄影记者赶赴大马士革分社，会同分社聘用的一名摄像雇员，组成 3 人增援报道小组，取道叙利亚赶赴黎巴嫩南部前线，主要开展视频和摄影报道，填补贝鲁特分社整体报道的不足。

从叙利亚首都大马士革到黎巴嫩首都贝鲁特原本有一条高速公路，以黎交战前乘出租车单程只需花 50 美元便可，车程也就 1 个多小时。然而，现如今以军炸毁了这条高速路上的主要桥梁，蓝海洋三人小组不得不另辟蹊径，花 200 美元包车绕道叙利亚北部向黎巴嫩进发。好几个小时过后，他们终于进入黎巴嫩境内，首先映入眼帘的是两个巨大的弹坑。从弹坑周围被炸断的树的白色截面可以看出，这里不久前刚刚遭到轰炸。路面上，千疮百孔，随处可见仰翻在地的汽车残骸。车子不好开，司机不得不绕开弹坑缓慢行驶，穿田野，绕池塘，不断在主路与小路间交错行进。蓝海洋他们是干记者的，自然从中看出新闻价值，不管不顾地摇下车窗，任凭灰沙漫天肆虐，各各伸出携带的摄像机和照相机一通“狂拍”。

不过，蓝海洋他们的最终目的地是黎巴嫩南部，那里邻近以色列，是黎真主党的大本营，遭受以军报复性打击炮火最集中的地区，自然也是战地记者聚集和追踪采访的热点所在。蓝海洋一行进入黎境后，马不停蹄地穿过黎首都贝鲁特，再沿着地中海旁的公路一路向南。黎以冲突之前，从贝鲁特到黎南部的苏尔城开车用不了 1 个小时，现在却要花 3 个多小时。空袭把这条通往黎南部的公路多处切断，司机们不得不绕行山区。一路颠簸，蓝海洋和两位同事从最初入境时的无端亢奋渐渐转入昏昏欲睡的倦迷状态。突然，车子在一个村口缓缓停了下来，前方一侧是一片新墓地，不断有人穿越公路进入墓地忙碌。

司机见停车“吵醒”了乘客，索性提高声调介绍说：“此地叫加纳村。前段时间，以军战机对村子东北角一座据说曾向以境内发射火箭弹的住宅楼进行猛烈轰炸，正在地下室避难的 20 多个村民被当场炸死，另有 20 多人受伤，死伤者多为妇孺。这两天轰炸消停下来，人们才敢为死难者出丧建墓地。”

加纳村虽然只是黎南部的一个小小的普通村庄，但因为以军轰炸导致平民严重伤亡的消息而使之“一夜成名”，一度成为全世界关注的新闻焦点。因此，一提加纳村，蓝海洋他们的困倦全无，赶紧下车前往墓地踏访。

新墓地里，一些村民们正在用手推车推着水泥和沙子等建筑材料默默地忙碌着，几乎听不到说话的声音。每一座坟墓上插有一块木牌，写着死难者的名字，每块木牌前都放有橄榄枝。

38 岁的卡西姆原本有一个其乐融融的 8 口之家，以军轰炸使他失去了母亲、妻子和 5 个孩子，如今就剩下他孤零零的一个人。轻抚着亲人的照片，这位中年汉子难掩满脸的悲伤和痛苦。

被炸伤了一条腿的穆罕默德喃喃地告诉蓝海洋他们，空袭那天夜里，他的一个女儿和两个亲戚没有像往常那样睡在自家的地下室，而是鬼使神差般地去了隔壁被炸楼房的地下室，结果就再没回家。

蓝海洋他们静静地倾听对方泣诉，动作尽可能轻柔地拍摄，基本不用闪光灯。这是新闻工作者的职业道德，既是对死难者的尊重，更是对不幸者的同情。

结束对加纳村的拍摄和采访后，出租车终于将他们拉到了他们提前预定下榻的波利瓦日酒店。酒店毗邻地中海海滩，地理位置优越。旅游旺季，客房总是爆满，但现在只有不到一半的房间有人入住，处于半闲置状态。不过，酒店老板却告诉他们，战争状态下能有这样的入住率，他“已经很知足了”。前段时间炮火最激烈的时候，酒店几乎没有人光顾，但他仍然坚持营业。“虽然没有客人，但我还是开着门。我就是想告诉人们，生活总还要继续，我们必须面对生活，我们没有害怕！”

酒店员工哈维尔认同老板的观点。他说：“其实，眼下贝鲁特，战争就是生活。”

他的话引发蓝海洋他们深切的感慨，似乎找到了黎巴嫩人能够一次次从容面对战乱的原因。近几十年来，黎巴嫩经历了太多的战火蹂躏。除了 20 世纪 70 年代中期开始的长达十数年的教派内斗外，与中东劲敌以色列唇齿相依的敏感地理环境更是将这个地中海美丽国家一次次拖入双边冲突和战争之中。然而，一如黎巴嫩国旗上的雪松，面对战争的破坏和残酷，黎巴嫩人民坚韧不屈，从不对未来失去信心。他们将雪松视为神圣的木材，阿拉伯语称其为“神的香柏树”。对他们来说，雪松是繁荣、美丽和坚毅、勇敢的品格象征。

“黎巴嫩，曾几何时被人冠以中东的‘小巴黎’，多么美丽的一个地方！而现如今……”蓝海洋在心里感叹岁月的无情和无奈。不过，此时此刻，她也就是发发感慨而已，战地采访报道才是她和同事们必须承担的第一要务。

住进酒店，蓝海洋他们有了开展报道的基地。虽然黎以战火不再像一开始那样激烈震撼，但双方报复性武装冲突却一直持续不断。除了即时冲往一线现场报道这些冲突事件，蓝海洋带领报道小组还不失时机地就早前冲突中的重大事件进行关联性采访，报道特别关注作为冲突一方的黎巴嫩真主党。因此，蓝海洋他们每天忙得不可开交。从早到晚，不是外出采访，就是“窝”在酒店写稿、整理和剪辑视频录像和摄影图片，然后通过网络发稿，耐着性子期盼网速快捷，顺畅完成报道任务。

这一天，蓝海洋正在酒店剪辑视频短片，一阵美妙音乐骤然响起，手机电话响了。一看“来电显示”，电话是易洪武打来的。除了作为领导和老同学的“特别关照”外，易洪武主要是向蓝海洋通报总分社党组对以黎战争报道的指导意见，特别要求加强海法报道组与赴黎增援报道组之间、耶路撒冷分社与贝鲁特分社之间以及前方记者与后方编辑部之间的协同合作，以便资源共享，形成合力，同时开阔报道视野，增强报道力度。他还向蓝海洋通报海法报道组“老外”罗白有关梅卡瓦坦克的采访报道计划。“为了使报道完整、全面、准确地反映问题，总编室希望你们积极配合罗白，从黎巴嫩和真主党的角度进行采访拍摄，最后由总分社多媒体中心归总合成。”易洪武末了要求道。

“梅卡瓦坦克！”蓝海洋一面满口应承，一面惊喜地在心里喊叫起来。这几天采访中，不断有人提及真主党武装发射火箭弹重创以军梅卡瓦坦克。一开始，蓝海洋因为对梅卡瓦坦克知之不多而没怎么在意。但后来提的人多了，她这才感觉到这里有新闻价值。正考虑将其列入下一步采访计划，却没想到海法报道组已经“盯”上了梅卡瓦坦克，这让一贯争强好胜的她感受到些许惆怅。不过，很快她便释然，新闻竞争的本质就是如此，任何闻人、任何媒体都不可能事事引领潮头。“他干他的，我干我的，我们从各自的角度进行采访报道，汇集到一起就是华讯国际社的完整报道。”她暗暗在心里打定了主意。

如何入手？那些提及真主党武装重创梅卡瓦坦克的人都只了解一些“皮毛”，他们主要依据的是真主党喉舌“灯塔”电视台和广播电台最近为鼓舞士气而播散的广告式宣传口号。可是，细节呢？真主党用什么武器打梅卡瓦坦克的？战斗是如何组织实施的？谁是“领军”人物？战斗中有些什么鲜活的故事和情节？诸如此类，一探究深问，平民百姓们便说不出个所以然。显然，要想深入了解内幕，解疑释惑的只能是真主党高层知情人。为此，蓝海洋他们决定首先到贝鲁特南郊被以军轰炸得最猛烈的哈拉·哈里克居民区进行实地采访，主要是寻觅机会接触和访谈真主党高层人士或知情人士。那里是真主党总部所在地，灯塔电视台和广播电台也设在那里。

由于哈拉·哈里克区是真主党总部所在地，以黎爆发冲突后这里便成了以军空袭的重点目标。蓝海洋他们抵达现场实地踏访时，眼前残垣断壁和满目疮痍的恐怖景象令他们目瞪口呆。数幢约 10 层楼高的大厦被夷为平地，地上到处散落着扭曲的金属窗框和玻璃碎片等物件，空气中弥漫着刺鼻的腐臭味。

赛义德一家4口在哈拉·哈里克靠经营一家小理发店生活。然而，突如其来的以军轰炸夺走了他们的一切，不仅将他的家炸成一堆瓦砾，还使他失去工作、居无定所。他指着不远处自家被炸的废墟愤怒控诉道："以色列为什么不分青红皂白胡乱投下了数十吨炸弹，连居民楼和我们平民百姓都不放过？不错，哈拉·哈里克有真主党总部。可真主党怎么啦？它是我们人民的武装！"

赛义德这是有感而发的肺腑之言。家被炸毁之后，他们全家陷入绝望。就在一筹莫展之际，真主党对他们施以援手，将他们临时安置到一户人家暂住，提供食宿。那是一个大家庭，弟兄好几个，都是真主党骨干成员。类似于赛义德家这样的无家可归者可不在少数。真主党领导人纳斯鲁拉已经表态，真主党会马上开始重建被以炸毁的房屋，并向1.5万所被毁房屋的主人支付一年租金和其他补偿。真主党竭力帮助这些难民家庭化解困境，这怎能让他们不发自内心地对真主党感恩戴德。

黎巴嫩真主党是穆斯林什叶派政党，1982年成立于国家内忧外患之际，时任总书记纳斯鲁拉。当时，黎巴嫩内战进入第7个年头，老百姓吃尽了苦头。与此同时，以色列大举入侵黎巴嫩，占领了黎巴嫩半壁河山，直接导致近60万名什叶派难民涌入首都贝鲁特南郊。他们没有住房，没有工作，更没有人关心。于是，在当时作为穆斯林什叶派领军人物的伊朗精神领袖霍梅尼的一手支持下，黎巴嫩真主党宣告成立，决意开展武装斗争，将以色列占领军赶出黎南部，帮助逃离外地的难民早日返回家园。随着时间的推移，真主党后来日益发展成为黎主要政党之一，清真寺是其主要活动场所。除拥有自己的军事武装力量外，该党还从事一系列社会活动，开办孤儿院，兴办学校和文化中心，同时经营医院、诊所和建筑公司等。然而，该党坚定反以反美，一些主张和做法激进，其合法存在虽被很多阿拉伯和穆斯林国家所承认，却被以美国为首的西方世界视为恐怖组织而不断加以打压。出于人身安全考虑，纳斯鲁拉行踪飘忽不定，仅有极少数亲信才知其确切去向。

"据悉，纳斯鲁拉有多处办公地点和住所，从不在一个地方长时间滞留。他出门时乘坐高级防弹车，且行驶速度极快，以免成为以色列战斗机的活靶子。"摄影记者话赶话地用英文发问求证。

赛义德似乎没听见对方的问话，而是继续按照自己的思路，对着中国记者的拍摄镜头不无自豪地抒发情怀说："以色列之所以恼羞成怒、狂轰滥炸，是因为我们取得了巨大胜利！真主党武装向以军发射导弹，击毁了很多梅卡瓦坦克。以色列不是说梅卡瓦坦克先进吗，可照样被我们打趴下了！"

“你知道梅卡瓦坦克？”蓝海洋不动声色地问。

“当然！”赛义德得意地表白。不过，很快他便神情黯淡下来，腔调悲怆地说：“我现在住的希达尔家的哈桑兄弟就是一名反坦克导弹射手，他们小组因为一次行动就击毁十多辆梅卡瓦坦克而获得表彰。前不久，他被以军空袭炸死了。该死的以色列！哈桑兄弟是为保卫自己的国家而被打死的，他是好样的，是英雄！走，我带你们上他们家里去看看。”

很近，穿过一条街巷便到。果然如赛义德所说，希达尔和加里卜两兄弟为人十分豁达真诚。见是中国记者到访，他们显得格外高兴和热情，一边忙着为客人让座并奉上奶茶，一边真诚地表示：“我们欢迎中国人，欢迎全世界的人，除了以色列人和美国人。”

蓝海洋他们客气地寒暄回应，同时不由的被墙上悬挂的两幅大照片所吸引。希达尔连忙解释说，两张照片，左边的是他们的父亲与真主党领导人纳斯鲁拉的合影，右边的则是弟弟哈桑生前在表彰大会上与纳斯鲁拉的合影。

见蓝海洋与希达尔两兄弟用阿拉伯语交谈甚欢，摄影记者以为是正式访谈，于是赶紧带着扛摄像机的雇员同事站到对立面准备给蓝海洋他们拍摄，但遭到希达尔的婉言谢绝：“对不起，我们兄弟俩是真主党成员，不可以被拍照。你们可以到外面拍其他场景。”

摄影记者和摄像雇员只好“OK”一声，赶忙停止拍摄，带着拍摄家什转往室外拍摄。

街道上，随处可见真主党总书记纳斯鲁拉的画像和宣传单，一些青年挥舞着黎巴嫩国旗和真主党旗帜在游行，抗议以色列的轰炸。在以色列大规模的军事打击下，真主党在黎巴嫩的势力不但没有遭到严重削弱，反而获得了更广泛的支持。真主党的威望不降反升，表明黎巴嫩人以及整个阿拉伯世界对以色列过度使用武力和肆意扩大攻击范围的不满。两位记者对这一切十分感兴趣。从游行队伍到独特风格的街景以及满目沧桑的老人和无忧无虑的孩童，凡是觉得有新闻价值的，他们都想拍摄下来。就在他们心无旁骛、专心致志工作的时候，两名背着 AK47 冲锋枪的青年走近他们，并用警惕的目光严肃地用阿拉伯语问道：“干什么的？来自哪里？”

摄像雇员刚想给对方解释，摄影记者却抢先比划着用半生不熟的阿拉伯语告诉对方：“萨哈非（记者），希尼（中国）。”

“希尼？”听说是中国记者，他们愣了一下，马上向不远处一个腰间别着手枪的中年男子招手。对方连忙大步流星地赶了过来。此时，蓝海洋也正好从室内走出来，赶紧迎上去用熟练的阿拉伯语和对方打招呼，并且解释说：“我们是中国记者，拍摄照相是要客观报道这里发生的一切。”

中年男子马上变换了严肃面孔，和颜悦色地恭维道：“小姐，你的阿拉伯语说得真好。中国记者，我们热诚地欢迎你们。中国是阿拉伯的朋友。你们可以拍照，但不要拍带枪的人。知道吗？这里是真主党总部，以色列人对真主党武装虎视眈眈……”

蓝海洋连忙表示理解，说：“您说得对，我们会注意的。不过，先生，我想请您帮个忙。”

“请讲。我能帮你什么忙呢？”

“是这样的，我们听说你们发射反坦克导弹，击毁了许多以色列坦克。我们来这里就是要进一步求证。同时，作为中国记者，我们也想向 13 亿中国人民客观报道你们这里发生的一切。您能否给我们引荐一下真主党高层或有关军事指挥官，我们想采访他们，更多地了解你们是如何应对以军战火和击毁以军坦克的。”

对方笑了。

闻声赶过来的希达尔不等对方开口，赶忙给蓝海洋介绍说：“你算找对人了。他就是我弟弟他们的指挥官，许多以军坦克都是在他指挥下被他们发射的导弹击中的。”

“真的？太好了！快给我们讲讲这方面的故事。”蓝海洋喜出望外，迫不及待地提出要求。

指挥官点点头答应了，不过提出了两个先决条件：公开报道中不准提他的真实姓名；不准出现他的清晰面庞。得到蓝海洋的干脆承诺后，他回忆般地透露了真主党武装打以色列坦克的“绝招”。

以色列报复黎巴嫩真主党，一是空袭，二是对黎南部发动地面进攻。地面进攻主要以梅卡瓦坦克“开道”，步兵紧随其后跟进。真主党武装知道梅卡瓦坦克的厉害，前线指挥官早有应对之策。真主党当时在黎南部约有 4000 多名作战人员，前线指挥官从中抽调 500—600 人，组成 5—6 个坦克攻击组，分头阻挡进犯来敌。每组 10 人左右，配备便携式火箭助推榴弹发射器及 5 到 8 枚反坦克导弹。为了防备以军空袭，他们事先修筑了经过加固且伪装良好的小型掩体，悄悄躲进去等候以军坦克进攻。一些备用弹药也存放到掩体之中。

当然，坦克攻击组并非完全被动地等待。哈桑带领他们那个组实行一套新打法，首先打探、观察和确定以军坦克进攻的路线，再把巨大的 IED 爆炸装置埋设在道路上。一旦一辆以军坦克触发了其中一个装置，坦克攻击组便一面向现场发射迫击炮弹以阻止以军救援队向前冲，一面用便携式火箭助推榴弹发射器攻击侧翼包抄过来的以军坦克较为薄弱的后部。

“他们获得了巨大成功！作为经验，其他小组也积极效仿他们。一时间，我们的反坦克导弹威力无比，敌人闻风丧胆。以黎边境爆发冲突的最初阶段，我们共向以军发射了500多枚反坦克导弹，估计有120多辆梅卡瓦坦克被打趴下了，还有几十名以军士兵被消灭。”指挥官总结性地告诉中国记者。不过，很快他又坦承道：“以军吃了亏，坦克兵们便改变战术，从而减少了伤亡和损失。遇到危险迹象，以军便让步兵下车伴随坦克前进，通过短兵相接的战斗摧毁我们建造的掩体及埋设的IED爆炸装置，使我们的反坦克导弹失效许多。”

说到这里，他沉默了。他想起了哈桑。那天，哈桑像以往一样，正准备跳出掩体向一辆梅卡瓦坦克发射反坦克导弹，却不承想遭到紧随坦克前进的以军步兵突如其来的枪弹袭击。他和战友们中弹倒下了，用于藏身的掩体也顷刻之间被以军坦克碾压摧毁。

不远处的一条街巷里，忽忽悠悠飘来一阵音乐声，那是一首著名的反战歌曲《贝鲁特的天空》。指挥官情不自禁地跟着哼唱起来 :" 风儿吹着，和平会把梦想涂成蓝色，那是贝鲁特的天空……”

希达尔和背着AK47冲锋枪的青年人应声而和。

蓝海洋是学阿拉伯语的，熟悉这首歌，自然也跟着哼唱。

指挥官惊诧于蓝海洋对阿拉伯世界的熟知，向蓝海洋投去鼓励般的眼神。稍顷，他像是说给蓝海洋听，又像在自言自语：“谁不希望和平！谁不讨厌战争！可现实是如此残酷，以色列不让我们和平，我们只能以牙还牙，决不妥协。哪怕流尽最后一滴血，也要同来犯之敌血战到底！”

蓝海洋感慨于指挥官的情怀抒发，打心眼儿里同情弱者，同情真主党，同情黎巴嫩平民百姓。然而，作为记者，她必须恪尽职守，对以黎冲突秉持客观、公正和平衡的报道原则。想到这里，她突然记起易洪武在电话中提醒她注意报道平衡问题，要她主动与海法报道组加强联系沟通，尽可能对雇员罗白有关梅卡瓦坦克受重创的专题报道提供帮助。

“嘁，不虚此行。今天拍摄的，我们可以从黎的角度做一个视频PKG，同时还可以传一些片段给海法报道组，配以同期声和文字解说，他们拍摄的梅卡瓦坦克新闻专题片就更完整了。”蓝海洋在心里盘算着，正要打电话同海法报道组联系，没想到手机铃声先响了起来，她赶忙拿起手机接听。这一听不要紧，把她乐坏了。原来，来电话的不是别人，正是海法报道组的以色列雇员罗白。

罗白刚在电话中说明来意，蓝海洋便一口应承道：“好的，好的，没问题。总分社领导昨天已经跟我们说了你的专题报道，让我们积极配合你。这不，现在我们专门到真主党总部采访，重点是了解他们打梅卡瓦坦克的细节。收获不小。

正要打电话联系你，想给你传送一些视频片段，供你选择采用。”

罗白万没想到中东总分社办事如此认真负责，上下沟通如此讲究效率，一切处理得如此井井有条。他本来还想，自己的电话是不是有些唐突，对方会不会感觉意外，讨论起来会不会费口舌。没想到一切都不在话下，自己的所思所想都被中国同事超前洞悉，一路都给自己开了绿灯，让他好不开心！

“太好了！感谢感谢，非常感谢！”罗白对着手机大声喊叫。此刻，要是手机中伸出一只手，他会立刻抓住它，使劲地摇晃、摇晃……

二十六

机缘就是如此巧合。在埃及西奈半岛南端的红海旅游城市沙姆沙伊赫，华讯国际社中东总分社为一线战地报道记者安排的新一轮休假，终于让罗白逮着机会当面同蓝海洋握手致谢。

罗白完成对梅卡瓦坦克的专题电视报道后，并没有马上按原计划赴沙姆沙伊赫休假，而是应朋友之约赶赴欧洲拍一个电视广告片。完事后，正赶上总分社新安排一批轮换战地记者到沙姆沙伊赫休整。易洪武便将罗白名列其中，算是还他一个拖欠的“旧账”。然而，让罗白没有想到的是，休假的这批人中也包括蓝海洋，而且她还是领队。当蓝海洋真的站在自己面前时，一睹芳容罗白才惊诧于对方的美丽和谈吐。虽然他的母语是希伯来语，学校学的是英语，但“近朱者赤”，常年同阿拉伯人打交道使他对阿语并不生疏。知道蓝海洋讲阿语且口语流利，罗白“投其所好”，初次见面便故意“卖弄”般地用阿语与她寒暄致谢。这让蓝海洋吃惊不小，她没想到这个犹太人的阿语也说得如此地道。就这样，彼此给对方的第一印象颇佳，语言共通，言谈投机。

沙姆沙伊赫依山傍海，苏伊士湾和亚喀巴湾两条黄金海岸在此交汇，是著名的旅游胜地。城市建在一片高坡上，规模不大，完全称不上繁华，也谈不上商贸发达，但围绕海湾建造的滨海星级饭店和高档度假村却鳞次栉比，凸显出城市的档次和特性。引人注目的一点是，纵贯沙姆沙伊赫市中心的主要大街被称为“和平大道”，大道旁的马里奥饭店附近竖着一根木柱，上书英、阿文“让全世界都实现和平”的醒目标志。1999 年巴以双方在沙姆沙伊赫签署协议，同意实现巴以间临时和平。次年，埃及、以色列、巴勒斯坦和约旦又在此举行四方峰会，为当时巴以关系的暂时缓和与中东地区局势的短期平静创造了有利氛围。为此，联合国教科文组织将“2000—2001 年度和平之城”奖颁给沙姆沙伊赫。沙姆沙伊赫这座“和平之城”遂享誉中东和全球。

当然，沙姆沙伊赫闻名于世最主要的还是其得天独厚的旅游资源。每年吸引着大批世界游客光顾的自然是温暖的阳光、细软的沙滩和清澈的海水，以及引人入胜的光怪陆离的海底奇观。红海珊瑚礁海域一尘不染，200 多种珊瑚礁和活珊瑚吸引着多种海洋动植物在礁上栖息。透过清澈透明的海水，人们肉眼便可清晰地观赏五颜六色的海鱼成群地自由自在游弋。

在蓝海洋的细腻安排下，战地记者们休闲度假，彻底放松。白天，大家乘坐游艇出海，观鱼赏礁，兜风戏水，领略红海水接云天的自然风光，胆儿大的更不愿放过潜水探险、帆板冲浪和海滩越野等冒险刺激性运动项目。当然，对于喜好清闲的人来说，不想下海游泳或戏水，躺在海滩边微风拂煦的阴凉处或大遮阳伞下也不失为松弛身心的极好选择，什么也不想，什么也不干，一切顺其自然，时而聆听平和海浪近岸的拍击声，时而目睹波光粼粼的近海浪花，时而远眺对岸雾罩朦胧的山峦风景，时而平躺仰视浩瀚天际中的日月星辰。夜幕降临，华灯初上，人们步上灯火辉煌的街道，穿插在熙熙攘攘的游客中间，或徜徉于沿街旅游纪念品市场，同商家讨价还价；或三两一伙拐进酒吧一条街，尽情享受各式美味；或躲在水烟馆里喷云吐雾，打趣聊天。

时间过得飞快，一晃休假就结束了。根据易洪武的安排，蓝海洋将带着这帮战地记者返回开罗，参加有总分社领导和各编辑部编辑们出席的座谈会，交流战地报道心得，特别总结电视采访和多媒体报道经验。

随着科学技术的日新月异，以数字化、网络化为代表的信息技术广泛应用，推动了新闻信息传播方式不断变革，传播速度不断加快，传播范围不断拓展，以互联网、移动媒体等为代表的新媒体正在带来跨媒介、跨产业融合的全球传播新格局，传统媒体与新媒体将在竞争与融合的基础上实现多元化的共同发展。世界传媒机构特别是西方主流媒体纷纷采取措施加快新技术应用，大力发展新兴媒体，全力抢占新的舆论阵地和新闻信息市场。可以说，世界传媒格局已经步入深度调整和加速整合时期。我们必须顺应高新科技发展的大趋势，顺应当代新闻事业发展的内在规律，顺应受众对传播内容和接受方式的分众化需求，把内容建设与技术应用紧密结合起来，着力改造传统媒体、发展新兴媒体，积极拓展新的发展空间，在激烈的竞争中赢得主动。

“为了适应新形势的发展，持续增强自身的市场竞争力、舆论引导力、新闻传播力及国际影响力，传统媒体必须迅速采取措施进行战略转型。”卫成果在华讯国际社党组扩大会议上发出了这样的呼吁。他根据自己的调研和思考，坚决主张确立华讯国际社战略转型时三大目标：由传统新闻产品生产为主转向现代多媒体新闻信息业态；由面向媒体为主转向直接面向终端受众；由立足国内为主转向有重点地更大范围参与国际竞争。为此，他具体提出了这样一些紧迫工作的新思路。

—— 加快发展视频报道，逐步扩大视频产品在海内外的覆盖面和影响力。视频新闻专线要在产品数量、内容质量、播发时效、产品结构、传播效率等方面不断取得突破。同时，要形成特色，突出独特视角、深度分析、时尚包装等，不断增强针对性、贴近性和有效性，满足不同用户的需求。

—— 加快构建多媒体新闻信息业态，不断提升融文字、图片、视频等为一体的多媒体采编发能力，努力使多媒体产品生产制作达到高起点、集约化、多效应。同时大力加强终端载体建设，使本社报道在更大范围直接面向终端受众。

—— 加快“本土化”步伐，大力发展海外雇员和报道员、签约摄影师、签约营销员等，加强管理、发挥作用，逐步形成一支数量充足、结构合理、素质优良的驻外人员队伍。同时积极探索对外交流合作的新领域、新机制、新渠道和新方式，在融入世界媒体的过程中取得越来越多的话语权和主导权。

—— 着力加强以英文为主的对外语文专线报道，提升国际传播能力建设速度。为此，遵循对外报道和国际新闻传播规律，切实增强报道的针对性、实效性和吸引力、亲和力。同时深入研究国外受众心理特点，运用国外受众听得懂、易接受的方式，使报道语境接轨国际化表达。

—— 着力加强一线采访，在努力提升报道时效的同时，花大力气提高报道的原创率、首发率和落地率。

然而，习惯于传统媒体运作模式的中国新闻界虽然也隐隐感觉到高新技术对新闻事业“来者不善”的强烈冲击，但却少有人像卫成果那样思路清晰地深切感知“山雨欲来风满楼”般的危局逼近，大多数媒体对事业发展的“战略”思维还仅仅局限在简单的“增量”上，以新建内部网站和音视频系统为“要务”，似乎唯有此才能紧跟时代发展潮流。正因为如此，华讯国际社主流舆论对拓展视频和多媒体报道反响很积极，但同时不和谐声也很刺耳难听。最主要的一种观点是，世界性通讯社拓展电视业务“不务正业”，等于拿财政拨款干既没多大关联又无从业经验的“副业”，烧共产党、老百姓和纳税人的钱不心疼。

此时，易洪武的思想观念也和大多数人一样简单朴素，对卫成果的讲话没往深里想，只觉得华讯国际社拓展电视业务是大势所趋、势在必行，坚决反对那些“不和谐声”。他是个干事儿的人，既然社党组和领导下达了拓展电视业务的任务，那就必须像战士那样“保证坚决完成任务”。正是在这样一种思想支配下，他对拓展电视业务十分热心，决定轰轰烈烈地大干一场。而且，最近一段时间，在总分社的倡议和指挥下，本地区许多分社积极开展视频报道，特别是罗白和蓝海洋两个战地报道组在以黎冲突中的成功实践，更给易洪武以极大的鼓舞和信心。为此，他和袁本弥及班子成员商量后决定，利用战地记者到埃及休整的机会召开一次座谈会，为拓展视频报道鼓与呼。

作为总分社党组成员，蓝海洋来沙姆沙伊赫之前就知道开座谈会的计划。因此，连日来她与罗白接触频繁，彼此交流很多，有事没事便凑到一起聊天，视频拍摄和电视新闻报道是共通的热聊话题。她看似漫不经心，实则有意识地将召开座谈会的讯息坦诚相告罗白，希望罗白届时能在会上多谈谈，为总分社搞好视频和多媒体报道献言进策。

这当然也是易洪武和袁本弥的意图。他们知道，罗白作为自由撰稿人，对电视新闻采编乃至多媒体报道有着丰富的体验和经历，在这一领域不仅资深而且专业。他的经验之谈无疑对总分社加强视频和多媒体报道具有良好的指导和借鉴意义。为此，座谈会一开始，易洪武简短致辞动员后，便直奔主题，让罗白主讲电视新闻采编和视频报道。为了让罗白"竹筒倒豆子"，他特别强调畅所欲言，不设框框条条，不做时间限制，想到哪就说到哪。

罗白果然腹有经纶，谈起来一套一套的。在他看来，电视新闻实际就是融合受众"看"和"听"需求而借助电子荧屏展示的一种现代播报形式。随着互联网技术突飞猛进般的升腾和大众普及，电视新闻实际越来越成为多媒体报道表现力最为张扬的一种主导形式，呈现独特却又兼容并蓄，既包含广播新闻的为"听"的音频特点，又展现报纸新闻的为"看"的文本特征。不过，万变不离其宗。电视新闻，说到底它还只是一种新闻报道形式，必须按照新闻规律办事。诸如拼抢时效、现场采访、精准、深度、效应这些传统意义上的报道理念，依然适用于电视新闻报道。即便新闻报道发展到现代多媒体时代，这些基于新闻规律总结出来的报道原则也仍然是行之有效的源泉和根本。

根据蓝海洋给他的建议和要求，罗白重点谈及他对电视新闻拍摄技巧的心得，既是经验交流，更是实践感悟。他认为，图像、声音、文字是电视传播的三大元素，直接作用于受众的感知器官。然而，拍摄是基本一环，需要记者深入现场一线采访，必须精于拍摄技巧，善于运用访谈手段。罗白把电视新闻拍摄分为两大类：1. 记者不出镜，采用画面和解说相结合的形式报道新闻事实，即所谓的录像报道。记者拍摄的画面镜头主要包括：介绍性镜头，引导观众进入新闻主题，交待新闻发生的时间、地点、人物、规模等新闻要素；中心镜头，反映新闻的主要内容，重点是关键性新闻场面和主要的新闻人物。中心镜头应占绝对比例，约占 70% 以上。2. 记者出镜，现场报道。基本表现形式是：开头大多先是记者独白，介绍新闻的主要内容，之后拍摄显现记者和采访对象的交待性镜头。当然，如果记者进行的是专访，交待性镜头多半要从记者和采访对象两人的侧面拍摄，采用全景或远景。为了后期编辑的需要，现场报道还要拍摄一些记者在采访对象回答问题时的“倾听镜头”。

具体到拍摄技巧，罗白给出了这样几点意见：1. 电视新闻摄像目的在于将一幅幅生动、具体、典型的画面展现给观众，构图讲求简洁明了、主题明确、立意清晰，不可以出现多主题、多中心。记者必须注意捕捉生活中那些最有说服力、最具生活气息、最生动活泼、最有趣、最引人注意的动态变化过程。2. 电视摄像是一门艺术，特别讲究景别变化过程和暗部拍摄过程中的艺术处理。同时，记者应在遵循共性规律的同时，发挥主观能动意识，选择合适的素材，寻找恰当的机位和角度，运用画面语言和画面构图技巧来表现个性化特征。3. 求稳是拍摄质量的重要保障，具体而言，无论是上架拍摄还是肩扛拍摄，摇、移、跟、进、推、拉、退等动作都要力求保障拍摄画面适度平稳。4. 拍摄过程中同步录音至关重要，因为让新闻人物直接在镜头中说话，既自然又比用解说显得真实可信。

蓝海洋也结合自己搞电视新闻报道的实践，畅谈了她的看法和主张。她认为，电视新闻是以现代电子技术为传播手段，以声音、画面为传播符号，对新近或正在发生的事实通过电视媒体进行报道。电视新闻片的构成有诸多方面，但最主要的还是镜头和文字。她用一条项链形象地比喻两者之间的关系，镜头如同一颗颗珍珠，而文字稿就是连接珍珠的那根金线。她主张，尽管电视拍摄出来的镜头都是真实的现场即景，但将新闻事实展示和报道出去却必须引导受众向真、向善、向美，运用各种拍摄技巧规避掉那些不宜在屏幕上表现的东西，根据新闻主题及人物、事物的特点，选择那些反映真善美的事物，把那些最具视觉感染力的场面和最能表达人物内心世界及事物特色的关键画面在磁带上“定格”。为此，现场拍摄应画龙点睛抓细节，耐心捕捉那些在平静中爆发的精彩瞬间，同时录好同期声，赋予画面生命和丰富的信息量。蓝海洋深有感触地说：“摄像采访是一种创造性劳动，必须真情实感地投入。记者事先必须对新闻事件、采访目的、拍摄重点、景物、角度及拍摄方式做到心中有数。”

蓝海洋特别强调电视新闻拍摄记者必须具备成品意识，亦称“无剪辑拍摄”意识。也就是说，动态消息类拍摄一气呵成，基本成品出手，记者本人和后方编辑无需再做大的剪辑。为此，记者事先对拍摄的主题应心中有数，对非突发性新闻拍摄更应做详细、全面的策划。拍摄中，记者应遵循画面为主题服务的原则，同时根据主题需要适当进行微调。当要进行的是非突发性新闻拍摄时，应该进行详细、全面的策划；当遇到突发的新闻事件时，必须第一时间赶到新闻现场，迅速确定拍摄的主题。

在进行电视新闻拍摄时，对镜头的妥善处理，是确保“无剪辑意识”得到有效实践的关键。根据原有的摄像规划，应逐个进行拍摄，并调整好镜头，确保拍摄的质量。在进行电视新闻画面拍摄时，应遵循画面为主题服务的原则，即画面主题表达的唯一性。对于不同的景别，必须注意景别连接的变化。当拍摄角度不同时，应在这些画面中间加上过渡性的画面，以确保连接的自然性：在进行越轴拍摄的过程中，必须加上拍掇中性镜头，以确保画面的自然过渡。

罗白和蓝海洋的发言受到大家的热烈追捧。座谈会上，人们纷纷从不同角度畅谈各自对电视新闻乃至多媒体新闻报道的体会和感悟，特别结合华讯国际社的新闻报道实际对加强电视和多媒体建设提出许多建设性意见、建议和办法。

—— 遇到重大突发事件，首要的是率先抢发消息。当记者在新闻现场没有条件做画面同期直播的话，那么采用手机音频连线、由编辑部配以“飞字幕”方式进行报道，不失为行之有效的一种选择。之后，再设法迅速跟进传输现场画面，作后续滚动报道。

—— 随着高新通讯科技的持续发展，给“前线”记者配备新闻拍摄和视频同步传输的便携设备十分必要。它不仅可解决重大突发事件视频应急报道的技术难题，而且有助于推动电视新闻报道向纵深拓展。只有建立起视频同步传输机制，才能最大限度满足观众总是希望得到第一时间段新闻资讯的需求。

—— 电视新闻中画面的拍摄是一门艺术，同时也是一门技术和学问，拍摄要求时效性强、信息量大、镜头短而精。此外，其视听兼备的多元信息符号不仅是信息和影像的整合，还有文字、报纸、图示、图表等，但多元符号不是简单地把不同的媒体符号叠加，而是围绕着主体信息的多种要素的多逻辑、多线索的集成和综合性优势开发，进而传递出准确的新闻讯息。

—— 新闻传媒，特别是电视，它们所体现的意识永远高于社会大众平均意识，经它传播的事实和观点，往往带有强烈的引导和教化作用。然而，由于电视具有直观化、形象化和直接传播的特点，不良节目对社会的负面影响也比其他形式媒介来得更为直接和深刻。鉴于此，电视拍摄记者和媒体人必须具备良好的职业道德、素养和责任感。

—— 电视新闻报道是顺时序的“一次过”，拥有与时间同一的流逝特征，转瞬即逝，缺乏贮藏性和复显性。与报纸和网络相比，电视节目保留新闻资料要困难和复杂得多。针对这一“遗憾”，必须加强镜头画面之外的文字语言的补充表达，以弥补图像未能表达之不足，代替图像完成综合、分析、评论某新闻事件的任务，增强报道深度。

—— 电视新闻节目的安排是按照时间顺序进行的，整个传播过程媒介主动，受众被动，缺少反馈环节。所以，电视也应该特别注意做好新闻的预告、重复以及对观众群体的调查。

—— 重视电视广告效应。无论是在中国还是在世界其他各地，电视的广告效应往往在各种媒介中处于前列，规模相当显赫。广告收入为电视提供了资本，进而保证节目的高品质制作播出。

时间有限，座谈会在大家意犹未尽的状况下宣布结束。不过，反响热烈，收获颇丰，达到了预期目的。这令易洪武十分开心。他让蓝海洋抓紧整理一份会议纪要，尽快传达到本地区各分社，进一步推动视频报道向广度和深度迈进。同时，他又同袁本弥商量说："咱们的做法也是在落实社党组的号召和指令，应该向总社领导报告一下。你老兄文笔好，亲自辛苦一下，如何？"

袁本弥正要回话，蓝海洋抢先回话说："两位领导，会议纪要和给总社的报告其实就是一回事，老袁一人担纲执笔足矣。老袁，笔杆子，省得我吭哧吭哧半天。再说，晚上我还要开车送罗白去加沙呢。"

易洪武笑着用手点点蓝海洋说："你倒真会找借口。算了，你去送罗白吧。怎么样，本弥，你笔下生花，一个内容，两个版本，有劳你了。"

袁本弥无可奈何，苦笑笑，话中有话地说："纪要也好，报告也好，写这个并不太难。关键是，我们是否真正吃透了精神实质。我总觉得，拍电视，开展视频报道，只是表象，而战略转型才是实质。"

他还要说下去，蓝海洋打断他的话头说："你们说得太深奥了。两位领导，我不奉陪了，罗白还等着我帮他办手续、做准备呢。"不由分说，她挥挥手，抬脚走了出去。

望着蓝海洋的背影，易洪武和袁本弥似乎看出了某种奥秘。易洪武小声嘀咕："嘁，对罗白够上心的嘛。怎么，他俩有情况？"袁本弥由衷地附和："好事啊。可喜可贺！"

你还别说，真让他们俩说着了。经过这一段时间的频繁接触，蓝海洋和罗白话语投机，彼此感觉良好。尤其是罗白，更从蓝海洋身上找到了东方女性的外表美丽和内涵良善。这是他梦寐以求的，更何况蓝海洋在职场上又是如此的优秀和敬业。所以，他多次"旁敲侧击"般地表白试探，但每每都被蓝海洋以语言听不懂装糊涂而敷衍应付过去。不过，罗白看得出，她并不讨厌他的表白。他想，她之所以不表态，可能是双方接触时间太短，而中国女性大多含蓄，喜欢"深入了解"对方一些。因此，罗白并不气馁，他决心继续"进攻"，找机会多跟她接触交流，让她更多地了解自己。假以时日，他一定要把她"追到手"。马上就要离开开罗，他不打算乘飞机返回以色列，而选择走陆路经拉法口岸先到加沙，借口是去见一个巴勒斯坦老朋友谈些事。本来，他想直接经埃以边界的塔巴口岸回国，但赶上埃方因塔巴一酒店遭恐怖袭击而临时关闭了出关通道。为此，他另辟蹊径，决定走拉法口岸绕道而行。他征求蓝海洋意见，请她开车送他到拉法。

醉翁之意不在酒。蓝海洋自然懂罗白的心思，思想上本来对他就有好感，便来个“顺水推舟”，答应送他，但需要请示领导。她向易洪武“请示”说：“罗白这次不想坐飞机回以色列，他想顺便到加沙见见老朋友，也想领略一下埃及西奈半岛陆路风光和交通状况。我看这样也好。拉法这条路，我开车走过几次，比较熟，我已答应开车送他。”

罗白此次休假一直都是蓝海洋接待陪同，最后时刻让她开车送送，合情合理，易洪武自然没有反对的理由。更何况，他是打心眼儿里希望蓝海洋和罗白之间增加接触和交流，乐见他们“感情升温”，擦出火花。不用多作“解释”，他干干脆脆地批准蓝海洋出车，同时不忘叮嘱一句：“开长途，注意安全。”

获得批准后，蓝海洋先是陪罗白上街采购了一些物品，之后又到中国大使馆接 2 名顺路赴巴勒斯坦公干的中国“汉办”老师，他们专程从国内出差到中东推介“孔子学院”，以拓展覆盖面，扩大影响，促进双边文化交流。

车是总分社配给蓝海洋的工作用车，当然由她驾驶，罗白自觉坐到副驾驶座上。比肩而坐，彼此多说说话，同样能增进感情交流。但是，车到使馆后，新上来 2 个汉办老师，蓝海洋便立马改变主意，将车交给罗白驾驶。中国汉办为促进两国文化交流早已在埃及开设了“孔子学院”，蓝海洋一直想就此做一期专题报道。现在有 2 名汉办老师同坐一车，同他们聊聊无疑有益自己的报道计划。她不能放过这一采访和求证机会。

“罗白，你刚才不是想过过车瘾吗？怎么样，现在把车交给你，由你来开？反正你有国际驾照，不违法。”蓝海洋似乎是在“征询”意见，却不等对方回应，便不由分说地把车钥匙塞到了罗白手里。她知道，罗白不会拒绝她。

果然，罗白求之不得。一方面，他可以在蓝海洋面前显摆显摆自己的驾驶技术，另一方面更为重要，那就是他心疼她。连日来，蓝海洋为工作和杂七杂八的集体事务超负荷运转，得不到应有的充分休息，自己驾车可以为她分担疲劳，让她有充裕时间在“长途跋涉”的旅途中多闭眼休息休息。可是，他哪里知道蓝海洋是“另有所图”。罗白坐上驾驶座后，蓝海洋让那位年轻些的老师坐到副驾驶位子上，自己则和另一位年长老师坐到后排双人座上。她坐在左侧，即驾驶座的后面。那位老师坐在右侧，与前面的副驾驶座对应。

下午三四点钟，他们正式启程赶往拉法口岸。一开始，大家东扯西拉，谈笑风生。蓝海洋也在不经意间“套”问了汉办老师她想知道的问题，并获得了令她满意的回答。渐渐地，伴随着曼妙悦耳的抒情歌曲和音乐，先是年轻老师在前座发出轻微的鼾声，紧接着蓝海洋和另一位老师也似乎受到“传染”，很快便由闭目养神转而眼皮发沉打架，终于不敌疲困倦怠而进入梦乡佳境。

黄昏时分，汽车行进到距开罗200多公里的阿里什地带。

阿里什是埃及北西奈半岛省的首府所在地，矿产资源丰富，出产石油、天然气、铜、锰、煤等。同时，它气候干热，植被稀少，居民大半从事游牧业，尤以逐水草而居的贝都因人以其彪悍、骁勇和放荡不羁而神秘于世人。贝都因人钟情骆驼，自诩“驼民”。在阿语中，“骆驼”和“美好”同一个词根，阿里什每年都要举办国际赛驼大会，吸引许多周边阿拉伯国家前往参赛。不过，阿里什闻名遐迩远不止于此。阿里什北濒地中海。随着被开发成西奈半岛地区的最新时尚休闲度假区，当地的地中海秀丽风光正越来越吸引海外游客到此光顾。完美无瑕的海滩、成片的椰枣林和一排排风姿摇曳的棕榈树，典型的地中海风光令人赏心悦目。入夏时分，无论是驱车匆匆而过还是在海滨流连驻足，人们可以尽情享受扑面而来的凉爽清风，眺望品味眼目所及的清澈海水，顿时让你忘却旅途疲困乃至留存心际的烦恼、沮丧和憋闷，让宽阔的心胸自由奔放地拥抱舒畅、欢乐和幸福。

阿里什是从尼罗河流域去巴勒斯坦的陆路必经之地，距离拉法口岸仅37英里，相当于60公里不到一点。眼看目的地越来越近，罗白怡然自得，心情格外愉悦放松。天气渐渐黯淡下来，他一边自娱自乐地吹着口哨，一边顺手打开了前置大灯。

然而，这光线一瞬间的转换，导致目测盲区，高速行驶的汽车毫无察觉地继续奔驰向前，直冲冲地撞向路边随意伸出的钢筋路障，发出一声急促而刺耳的撞击声。罗白来不及喊叫一声，身子就被惯性冲力前后猛烈推搡了一下，终因系紧的安全带而被死死稳定在座椅靠背上。然而，左腿间突然感觉一阵撕裂般疼痛。

此时，罗白神志清醒。借助仪表盘闪现的一片红光，他看到一根金属杠条状物件贯穿左车灯部位，猛烈地刺入车身，由其左侧紧靠腰部的位置穿过，直插后座。在其身后的蓝海洋先是发出剧痛呻吟声，紧接着突然惊慌地爆发出歇斯底里般的喊叫：“腿，腿，我的腿呢？”“蓝，你怎么啦？”罗白关心蓝海洋，想发声安慰一下，但他的胸口和喉咙里就像有一团火在燃烧，胸腔剧烈疼痛，呼吸十分困难。他的左腿已不能动弹，整个人一下子瘫软无力。

出车祸了！出大车祸了！车翻了，熄火了，门被锁死打不开，情况相当危急。

好在坐在车右侧的两位“汉办”老师除了惊恐，身体并无大碍。他们使劲击打车窗玻璃、撞击车门，但苦于没有工具而无济于事。车门打不开，人又出不去，怎么办？坐在后座的年长老师毕竟持重老成，很快便从第一时间的恐慌情绪中缓过神来，费力摸索找到身上的手机打开，借助光亮递给前座年轻老师说："这里附近有咱们办的'孔子学院'，手机上有他们的联系电话，你眼神好，赶快给咱中国老师打电话，就近求援救治！"

命运有时候真是不可思议。人们常说"不幸中的万幸"，此时在这里奇迹般地印证了。本来这个时间段，路上很难见到汽车和行人，但就在大家六神无主、听天由命的时候，一辆长途巴士神奇般地从后面开了过来。当司机和乘客发现前面出了车祸后，他们立刻停车施救，先一起用力抬车正位，将被撞汽车的车窗砸开，然后打开车门，让两位老师自行下车，同时小心翼翼地将身负重伤的罗白和蓝海洋拉出车外。与此同时，这些热心的埃及人知道时间对伤者救治的紧迫和重要，熟悉附近医院的乘客赶紧拨打手机联系，就近寻找救护车。说来就是那么巧合，恰好出事地点不远处就有一辆值班救护车，接到紧急指令后立马呼啸而来，载上两名重伤员直奔最近的一所医院。经初步诊断，罗白的左腿两处重度骨折，轻度脑震荡，处于休克状态；蓝海洋伤情更为严重，整个左腿当时就被撞断。两个人流血过多，都有生命危险。他们被立即直接送进 ICU 急救室抢救。

发生这么大的车祸，震惊了华讯国际社上下。易洪武和袁本弥第一时间段通过中国大使馆新闻处获悉车祸消息。他们赶紧紧急报告总社领导，然后立即带上总分社办公室主任驱车赶赴医院探视。一路上，易洪武不断通过手机与熟交的埃及卫生部高官和救治医院院长联络沟通，转达华讯国际社领导希望埃方不惜一切代价全力救治的请求。等他们赶到医院，看到院方一切安排妥当，正积极全力施救，这才稍稍缓了口气。易洪武代表华讯国际社由衷地向院方表示感谢。

令易洪武和袁本弥感动不已的还有一帮在附近大学任教和留学的中国师生。他们接到汉办老师在被困车中发出的求救电话后，本想立即驱车赶赴事故现场救援，得知伤员已被抬上救护车送往医院后，他们便立马转赴医院"打前站"。医院就在学校附近，他们与医院院长和许多医生都是常打交道的好朋友。由于他们提前疏通环节，院方做好了应急准备，为伤员的紧急施救再次赢得了宝贵的时间。远离祖国万里之遥，却在异国他乡感受弥足珍贵的同胞情谊，易洪武和袁本弥默默地同他们一一握手致意，一切尽在不言之中。

抢救持续了一整夜，手术直到次日清晨才完毕。由于救治及时，手术很成功，蓝海洋和罗白均脱离了生命危险。蓝海洋被截肢保住了性命，却永远失去了一条腿；罗白左腿破坏严重，手术复杂，虽然取出了被扎进去的钢筋和玻璃异物等，但创口太大对筋骨破坏严重，需调养恢复元气后再做筋骨支撑手术。正因为手术复杂巨大，对他们的术后护理依然面临危险和挑战，必须继续留在重症监护室作进一步观察。重症监护室里，罗白带着呼吸机，脸部肿胀得有些变形，身体非常虚弱。蓝海洋比较清醒，但神情有些恍惚，一副若有所思的样子。对蓝海洋和罗白来说，手术痛苦自不必说，但车祸带给他们的心灵创伤却更加令他们不堪煎熬。他们从未想到过车祸会降临到自己身上。哀痛，懊恼，沮丧，他们一遍遍地在心里埋怨着命运的捉弄，遐想着一个个“假如”。罗白在心里懊悔：假如按计划坐飞机回去，不走陆路通道到加沙，就不会出这次车祸；假如不要求蓝海洋来送，她就不会受连累遭此飞来横祸。蓝海洋也在心里责怪自己：假如自己不“贪心”采访而一直由自己开车，那么罗白仍坐在副驾驶座上，他就不会受伤。没准还能因自己路况熟悉而避开路障，避免车祸的发生；假如自己直截了当地回应罗白的追求，不给他留“悬念”，或许他就不会选择走陆路返程，从而避免现在发生的一切。假如……然而，他们心知肚明，这一切“假如”都只是“马后炮”式的假设。事实是，车祸确确实实地发生了，他们实实在在地被“祸”害了。摆在他们面前的只有一条路：面对现实，顽强应对，战胜病魔，重返工作岗位！他们都是经历过磨炼的人，坚强勇敢、不屈不挠一直是他们面对困难和挑战的法宝和信条。

就在他们思前想后的时候，被允许探视的易洪武和袁本弥来到他们面前致意慰问。罗白呼吸急促，意识还不是很清醒，易洪武和袁本弥同他讲话，他只能点头示意，不能回话。蓝海洋此刻意识比较清醒，一边同易洪武和袁本弥握手，一边感谢领导关心。她真诚地表示：“不好意思，给大家添麻烦了。”易洪武连忙打断她的话；“现在不要想这个。总社领导已经知道这次事故了，他们让我转告你们：你们现在的任务就是积极配合医生治疗，早日康复，早日重返工作岗位。我们大家都在等着你！”说完，他目光坚毅，紧攥双拳，继而微笑地对着蓝海洋打出“V”字胜利符号。蓝海洋受到鼓舞和激励，也情不自禁地打出“V”字符号回应。

看到蓝海洋和罗白脱离了危险，情绪基本稳定，易洪武决定留下办公室主任继续协调后续救治事务，自己和袁本弥随即开车往回赶。“家里”一大堆事务在着急等着他们处理，尤其是有关视频座谈会的报告，袁本弥必须马上赶写出来，据说总社领导急等着要。

“他们干吗那么着急要？晚一天不行？”回程路上，袁本弥问易洪武。

易洪武摇摇头，也有些不理解。他们哪里知道，这其实是社长卫成果催要的。

卫成果有关战略转型的带有超前思维的理念在全社上下引起强烈反响。正所谓“一石激起千层浪”，大会小会上，人们群情振奋，热血沸腾，纷纷表示要按照社党组确定的奋斗目标积极进取，开拓前行。不过，卫成果心里明白，这只是“表象”，不完全反映人们的内心世界。也就是说，人们对这些“超前思维”并没有真正形成共识，只是因为自己是“一把手”，大家不得不跟。不知从什么时候起，许多人不再讲求和注重诚信，当面一套背后一套的不正政风日趋浓烈，公开表态冠冕堂皇，私下议论指槐骂桑。只要是“一把手”说的，那就是“绝对正确”，容不得半点含糊和怀疑，理解的要执行，不理解的也要执行，否则思想跟不上趟，“不换脑袋就换人”，简单粗暴地把人撤职“下课”了事。因此，在这样一种官场风气的熏陶下，大会小会总是一言堂，基本是“官大一级”的“一把手”拍板说了算。本来，卫成果并不想“以权压人”，只是想在社党组扩大会这个平台上抛出自己的所思所想，供大家讨论研究，集思广益，形成共识，却不想结果还是没逃脱习惯性俗套，人们一边倒地喝彩唱赞歌。这让他感到不安和不爽。他寻思，既然会议式的场合不能让人畅所欲言地表达真实思想，那么得换另一种方式去取“真经”。

“下基层，到国外分社去考察调研。”他自言自语，在心里为自己的“新招”点赞叫好。

卫成果把考察的第一站放到中东。

二十七

卫成果之所以选择中东，当然不是简单地冲着中东总分社社长易洪武和副社长袁本弥是自己很要好的大学校友而来，他注重的是中东乱局牵动世界媒体“神经”这一战略格局。特别让他上心的是，中东总分社未雨绸缪，开拓性地就战略转型先行先试，在开拓视频报道和多媒体融合方面已经取得了一定的成果和经验。总结、提升和拓展中东总分社的做法和经验显然是当务之急，它们同时对推动其他驻外总分社和分社的战略转型及深化报道工作无疑也极具教益和借鉴意义。正是基于上述考虑，卫成果才决定亲自先到中东走一趟。耳听为虚，眼见为实。不是不信任老校友，而是他的一贯工作作风使然。他信奉，只有通过调查研究，才能发现真实，进而科学决策和正确实施。

中东总分社对此浑然不觉。卫成果告诉有关部门“封锁”消息，此次考察要打破旧有程序，不早早地就提前电告相关总分社或分社，省得对方早做“手脚”，难以全面考察分社报道工作的真实状况及应对能力。

不过，易洪武到底是易洪武，他像知道有这么一天似的。在向总社报告中东拓展视频和多媒体报道的同时，他已先一步与袁本弥及班子成员商量后作出决定，立即召开一次辖区分社工作会议，就社党组提出的战略转型意图统一思想，达成共识，以便在现有基础上总结经验教训，开拓前行。他根本就不知道卫成果要来中东考察，但他坚定地赞同总社的战略决策，在思想和理念上与之有共鸣。他觉得，战略转型及拓展视频和多媒体传播业态，是切合形势发展的重大决策，与他和总分社班子所思所想十分吻合。

让他万万没想到的是，就在为期两天的分社工作会议落下帷幕、辖区十多个分社首席记者或负责人计划明后天相继离开开罗的时候，卫成果一行4人突然“从天而降”。总社外事局是在卫成果按飞机航程即将抵达开罗的时候才打电话通知易洪武接机的。易洪武着实大吃一惊。一阵忙乱，他赶忙放下其他活儿，叫上袁本弥随自己一道，亲自驾车往机场接客。与此同时，他让办公室主任金威铭带一名工勤雇员开一辆面包车同行，准备接运行李。他一边开车，一边还让袁本弥给柳达舜打电话，要他通知参加分社会议的同志们暂缓离返，集中等候，共同迎接卫成果社长莅临。

吃惊归吃惊，当易洪武和袁本弥在机场接机大厅见到风尘仆仆的卫成果一行时，他们还是打心眼儿里透着高兴，不顾风度地向刚步出出站口且左顾右盼寻人接待的总社来宾们挥手致意。金威铭领着工勤雇员率先冲向接客通道，一边礼貌地简单同来客点头致意，一边接过对方的行李推车，与卫成果的秘书肖光鹤一起快步直奔机场停车场。易洪武和袁本弥则抢步上前迎客，热情握手问候。易洪武不无调侃地对卫成果说：“社长这次搞‘突然袭击’了。我们刚刚接到总社电话，才知道您大驾光临。来不及给你们办手续走贵宾通道了，实在对不起。有失远迎，‘臣等罪该万死’。”

老友重逢，卫成果格外开心。他一把拽过易洪武的手紧握在自己的掌心，拿出大学校友的亲切语调对袁本弥说：“瞧，这家伙还是那么淘气。洪武，咱们学校一别，已经30多年了。刚到社里太忙，也未能找机会单独给你和本弥通话好好聊聊。这不，现在追来给你们道歉了。怎么样，你们不会责怪我这个老同学吧？”

纯净的友谊是不分高低贵贱的。听到卫成果的道歉，易洪武连连摆手解释说：“哪里话，哪里话。我当然知道，处在你的岗位上，千头万绪够你忙的。最近一直和本弥说起，他也和我同感，表示今后只能给你分忧解惑，绝不会让你犯难，给你添愁。”

袁本弥赶忙证实：“确实如此。你看，这么长时间了，我和洪武都没给你打过电话，不是不想祝贺你，就是怕你太忙，不好骚扰你。正因为我们为你感到骄傲和自豪，我们才想着只能实实在在地支持你工作。”

听得出来，这是心里话。卫成果胸中漾起一股暖流。他一把将易洪武和袁本弥揽到自己的胸前，向他们传递自己的无声感激。三个人抱成一堆，互相轻轻地拍打肩头。正所谓感情深，此地无声胜有声。

“走，咱们打道回府。”易洪武一声招呼，引领卫成果一行步出接机大厅。这时，金威铭和工勤雇员已经分别将易洪武的“座驾”和那辆面包车开到了接机大厅门口，候在临时停车处等客人上车。

看见易洪武领着社长一行从接机大厅走出来，金威铭连忙迎上去问他：“社长他们这次有没有预定酒店？要是没有，我打电话叫人给安排一下。”

“不用了。刚才社长已经说了，他们时间有限，不住酒店折腾了。来之前，他们就耳闻中东总分社有比较标准的客房，决定要实际体验体验，也好和大家在一起多聊聊。”

“那太好了！”金威铭闻听大喜，看见卫成果笑着在听他和易洪武的对话，他赶忙开玩笑地直视对方说：“社长，不是我吹牛，总分社的客房虽然没有专门培训的服务员，但我们那些编外女士们，服务态度一流。”

卫成果笑着回应：“强将手下无弱兵，你这个办公室主任有担当。好，好。不过，我还听说，你们客房的设施也不错。易洪武当初买这个房子是下了功夫的，货比三家，跑了大半个城市，后来装修更是合理布局、精打细算，既省了国家的钱又保证了质量，听说你们的贵宾客房自诩‘总统套房’。”

易洪武赶忙否认：“瞧他们跟你吹的，千万别当真。”

袁本弥细微解释道：“不是有那么一句话，叫‘苦中作乐’。大家过去一直很艰苦，现在自己跟自己比，工作和生活条件改善了，于是知足找乐子、吹牛，就有了‘总统套房’的自娱自乐，其实它就是个里外套，面积还不是很大。你亲自体验体验。”

易洪武已经坐到自己的座驾上，他一面启动车子，一面招呼卫成果一行说：“你们坐我的轿车。本弥，你辛苦一下，坐面包车可好？”

“好咧。”袁本弥答应一声，正要走向面包车，卫成果把他喊了回来：“本弥，回来，你和我坐后座上，一路上我们要谈工作。小金留下来坐副驾上，其他人坐面包车去。”

大家没有异议，按照社长的吩咐，各各钻进车座。易洪武驾车前引，面包车紧随其后。眨眼功夫，便一前一后驶离机场，汇入高速路车流之中。

“洪武，本弥，我这次来一是看望大家，更主要的是实际观察和了解中东报道及大家的工作和生活现状，特别就战略转型、拓展视频和多媒体报道倾听意见、主张和建议，包括不同声音和批评。因为还要赶回去参加中央领导同志召集的会议，所以此次时间紧张，统共就3天不到的时间，具体日程安排你们商量一下，听你们的。”车行途中，卫成果坦诚地征询两位老同学的意见。

易洪武一边开车，一边汇报表态说：“你来的正是时候。我们刚刚开完分社工作会议，辖区各分社的首席记者和负责人还没离开开罗，正等着你给大家讲课呢。”

“喔，那太好了。不是让他们听我讲课，而是我听他们讲故事，大家一起座谈座谈。”卫成果更加来了兴趣，一边叫好，一边追问：“分社工作会议一般都是在年中或岁末开，你们现在开，议题是什么呀？”

易洪武需要集中精力开车，坐在卫成果旁边的袁本弥主动接过话题对他汇报说：“社党组提出战略转型，我们都很赞成。洪武和我们商量，对于这一登高望远的远见卓识，我们必须认真贯彻施行。为此，革新新闻报道理念，统一大家的认知至关重要。这次把大家召集到一起开会的目的就在于此，即通过学习、剖析和辩论，让大家认清网络技术革命严重冲击传统媒体的严峻局面，从而革新报道理念，再结合中东实际进言献策，集思广益，以拓展视频和多媒体报道为主导，切切实实地为战略转型夯实基础。”

“会议开得怎么样？”卫成果听得十分投入，见袁本弥停顿下来，忙饶有兴致地追问。

易洪武是个不甘寂寞的主，听到卫成果问，忙抢先回答说：“当然很成功。其实，思想认知一点就通，毕竟对传统媒体及其报道理念的冲击是‘秃子头上的虱子——明摆着的’嘛。会上大家把主要时间和精力用在研究转型上，也就是结合各分社实际如何拓展视频和多媒体报道。一个分社一个分社地摸底研究，原先有基础的如何进一步夯实拓展，原先没基础的如何后来居上。分社记者基本都是文字记者出身，最多粗通一点摄影拍照。要搞视频报道，只能借助外力，或聘用当地视频雇员，或与当地电视台搞有偿合作，当然也有少数记者有志于自个儿干。总之，大家纷纷摩拳擦掌、热情高涨。现在，你社长亲自来了，再给大家鼓鼓劲，把火烧得更旺一些。”

“好啊，这个火我得点！”卫成果高兴地肯定说：“本弥写的论文我已经拜读过，很好，既有高度又有深度。看得出来，你们中东这块对世界媒体态势有研究，对战略转型思路比较清晰。这样，今天到总分社安顿下来后，先同班子成员见面听取你们工作汇报。然后吃晚饭，和大家一起在餐厅就餐，不搞单间，这样可以和编辑记者们见面多聊聊。明天上午，与分社首席记者们和总分社全体座谈。除值班人员外，愿意参加的都欢迎。你们愿意安排少数几个典型代表发言也行，但总的原则是，畅所欲言，不尚空谈。会议主题可以围绕战略转型建言献策，也可以议论其他报道问题，甚至可以就酸甜苦辣倒倒苦水，发发牢骚。既然是座谈，我们当然也会随时插话回应大家。洪武、本弥，你们觉得这样可好。至于座谈会之后的日程安排，客随主便，你们定。”

易洪武和袁本弥均表示赞同。易洪武对卫成果表态说：“行，就这么定了。先座谈，之后的‘节目’回头我们再视情况定。看看能不能见见埃及方面的有关高官，再见缝插针就近走走看看。在中国都说‘不到长城非好汉’，而到了埃及，插空参观一下金字塔、乘船游览一下尼罗河，也不枉来此一趟。”

“只要不影响正事就行。最要紧的是明天的座谈会，几乎中东各分社的精英都在，难得有机会这么整齐地听取大家的意见和看法。”卫成果显然对明天的座谈会情有独钟。

座谈会在总分社俱乐部活动室举行。这是总分社活动中心，足以容纳 50 人左右聚会座谈。昨天晚上，金威铭亲自带领工勤雇员布置会场。长条沙发为第一层座椅，成 U 型搁放，座前间隔搁放条状茶几。沙发之后是第二层木制座椅圈。第三层则是活动座椅圈，后来者可随时根据需要临时添放座椅。U 型空口一端布置成主席台和发言席。工勤雇员似乎谙熟中国礼宾习俗，长条桌面上除放置话筒和客用茶杯之类外，今天一早还特地摆放了一盆色彩艳丽的鲜花。

上午 9 点多，与会者陆续到场，先到的坐沙发，后来者坐木椅或活动座椅。易洪武陪同卫成果坐在主席台上。他扫一眼会场，座无虚席，该到的应该都到了。于是，他先对着话筒试试音量，然后朗声宣布说：“同志们，现在咱们开会。首先让我们以热烈的掌声对社长一行亲临中东视察表示热烈的欢迎！”

一阵呱唧过后，易洪武作简要动员，座谈会正式开始。按照总分社党组的安排，袁本弥首先代表总分社层级汇报工作。在他之后，另有耶路撒冷、巴格达和贝鲁特 3 个分社首席记者相继汇报各自分社在落实战略转型方面尝试抓视频报道的初步经验及体会。正式发言之后，座谈会转入自由发言阶段。

见大家有些拘谨，卫成果赶忙鼓励大家说：“刚刚洪武都和大家讲了，我们这次到中东来除了看望大家，最主要的任务就是实地踏访，了解中东报道经验及真实环境。用我们的眼睛目睹是一方面，另一方面则是耳闻，就是来听你们大家的。所以，各位不要拘束，畅所欲言，有些什么意见、建议，落实工作设想中需要我进一步说明的问题，都可以谈，三言两语也行，或就一个问题谈也行。好吗？哪位先来？”

柳达舜挠挠头，吭哧了一下说：“我说点感想吧。”

昨天晚上，易洪武特地跟他打招呼，让他在今天的会上谈谈。“你也是党组成员、班子领导成员，好好思考一下，明天座谈会上带头发言。至少，阿文报道这一块是你负责吧？”易洪武给他下了“死命令”。易洪武知道，柳达舜这家伙一贯“低调”，你不给他“布置任务”，开会时他很可能就一言不发。

你还别说，下“死命令”这一招就是灵。为准备今天的座谈，柳达舜还真的在思想上作了思考。虽然是即席发言，但讲的还蛮有条理。他以阿文主管的身份首先汇报了一下阿文专线的报道现状，然后发表了三点看法：“第一，我对社党组的战略转型的英明决策是十二分拥护的。我觉得从中东来看，发展新型媒体报道不光大有可为，而且天地广阔。搞电视报道和传统媒体报道可以说是互相扶持、互相帮助的。电视媒体报道发展起来以后，一定会对传统媒体报道有一个极大的促进，因为搞电视报道必须到现场去，你呆在家里是抄不到电视的。你到了现场，这又促进了传统的文字报道和图片报道。第二，我认为，华讯国际社搞视频报道有很大的优势，国内没有任何一家媒体像我们这样有广泛的新闻采集点，有我们这样对国际问题和本地区问题的深入调研。所以我想，我们搞视频报道的起点肯定比他们要高。这是我们的极大优势。第三，阿文专线报道必须贴切用户需求，满足用户需求。中东是非英语地区。我们的新闻落地，我们的外宣工作，主要要靠当地语言——阿文。对当地阿拉伯人来说，用母语肯定最方便。这就要求我们的阿文专线报道要加强贴近性。当地人很关心中国国内新闻，但我们的阿文专线报道在这方面应该说还比较弱，有关中国新闻的报道基本都是从英文专线翻译过来的，而英文稿都是我们中国人自己写的，翻译成阿文发现，许多不对阿拉伯受众的口味。我建议，聘请一些阿拉伯国家的记者到中国去工作，让他们写阿文稿，报道中国的重大突发事件。另外，阿文专线的中国新闻报道，还应建立一个类似于总监会或协调小组的这样一个机构，有职有权，统筹阿文专线有关重大突发事件的报道。”

柳达舜的发言得到卫成果的肯定和欣赏。他插话表态说：“刚刚达舜讲的很好，意见和建议很有针对性。关于这个外语专线专版问题，是一个带有普遍性的问题。不仅是阿文专线，其他语种也差不多，我不止一次听到反映，就是没有特色，大路货的多，贴近不了海外受众。这个问题直接影响我们稿件的落地和用户采用，总社和有关部门必须研究解决，包括加强阿文对外报道问题、中国新闻对外报道问题，一并考虑。好，就这样谈。下面谁接着来？”

许冬兴接茬发言。他是总分社英文编辑室主任，接替两年前任期届满回国的季睿馨。作为一名也是经历和经验丰富的资深媒体人，他对新闻及新闻报道也颇有研究和心得，用他自己的话说，不时在一些理论刊物上发表“谬论”。同时，他还是一个思辨高手，发言从来不打草稿，但却紧扣主题，逻辑缜密，很少废话，说起来一二三四，滔滔不绝，嘴角时不时会冒出些许白色唾沫星来。

“我是搞英文的。因时间关系，我简单就英文报道讲一下我的思考。应该而言，华讯国际社一直很重视英文报道，但我总觉得咱们英文报道没有形成合力，英文大广播没有办出我们自己的特色。我认为，在目前‘西强我弱’的总体态势下，我们的英文报道要从发挥优势来突破。我初步归纳了一下，我们的优势主要有这样几点：一、突出中国新闻对外。国内遇到重大突发性事件是我们展现优势的最好机遇。应该来说，我们占尽‘天时地利人和’的诸多优势，关键在于我们自己如何拼抢时效，引领舆论潮头。二、海外涉华报道我们也应该拥有优势。前几天，几名中国工人在非洲某动乱国度遭到匪徒绑架。我分社记者在第一时间就通过有关中资机构和我驻该国的大使馆获得讯息，率先作出客观准确报道，不仅时效快，而且起到了引导国际舆论的作用。我特地比对了一下外电的相关报道，他们的报道均慢于我社报道，很多都引用我们的报道和我使馆的相关正式表态，避免了误传和无中生有的恶意宣传。三、发挥小语种优势。华讯国际社驻外分社一般都会配备懂驻在国的非官方方言的记者，与外国通讯社相比，这是我们的优势。比如在中东，阿文是我们的优势，我们现在基本每个分社都是阿文记者‘当家’。通过比对发现，西方三大通讯社的英文报道时效往往比本土的阿文首发消息要慢。阿文是中东国家的母语，遇到事一般自然会率先报道出来。这就为我们发挥优势提供了基础和保障，关键在于如何发挥，特别是如何把这种优势转化成最能体现对外竞争的英文报道。说到这里，再提两点建议：一、通过聘用境外雇员和整合内部力量解决人力紧张难题。现在总分社及各分社都在喊人力紧张，而总社人事部门又抱怨外派困难。我以为，总社应整合各编辑部门的对外报道，将大量外文干部，特别是英文人才，从国际新闻中文对内报道中解放出来，外派到国外重点分社，缓解驻外记者缺乏的压力。二、改革本社的英文大广播。现在，我们的英文‘大广播’和外电一样量大繁杂，检索起来很费劲。我们可不可以给英文专线再标分栏目，方便用户使用和检索查询。总之，我们不要老是循着外电的套路走，跟在人家后面亦步亦趋，永远没有创新超前。我们要另辟蹊径，突出自己的特色，突出自己的优势。只有这样，我们才能拓展进步，让人家也跟着我们走走。”

卫成果插话：“文康这些意见讲得都很好。说的是英文大广播问题，实际是对外报道的共同问题。涉华报道问题，小语种转换英文问题，英文专线应该突出重点问题，这些，同前面各位和达舜说的，总社将一并考虑，研究解决。”

肖博苏是个“小青年”，大学毕业后考聘进入华讯国际社不久，因中东一些分社急需记者轮换，他便主动报名参加选聘考试，结果成绩不错，被人事部门选派到了中东，在一个只有一个人编制的小分社当见习记者，“单打独斗”，当然是分社的自然负责人，因而有幸参加这次地区工作会议。现在，能同总社社长面对面座谈，他倍觉光荣和自豪，因而积极举手要求发言。但是，毕竟年轻不经事，他的发言显然有些稚嫩，不仅因激动而思维跳跃，缺乏主题逻辑，而且总体对拓展视频报道的认识相对肤浅。

“从文件中知道，咱们社转型战略，要加强发展视频报道，感觉很振奋。从我入社以来，感觉到咱们社的发展走到了一个瓶颈期。在大环境发展的情况下，竞争加强，咱们社影响力可能比以前有所弱化。现在社里抓视频报道，我觉得是一个机会，是能够扭转目前不利局面的一个重大举措。但是，视频报道我们现在好像主要是给用户做产品提供，长远来说不知道总社有没有想法办一个国际新闻的中文台。”

卫成果毕竟是当领导的，他已经从肖博苏略显“凌乱”的言谈中找到了关键点，于是接话回应说：“咱们不是要再办一个什么中文台，因为新办电视台涉及到一个国家政策允许和准入问题。现在从中央到地方，各类电视台基本饱和了，新建一个台投资不是个小数目，上面一再强调不搞重复投资、重复建设，不许劳民伤财。所以，拓展视频报道没必要再重复新建电视台。我们在给中央的报告中只主张建设‘播出平台’，即具有品牌效应的视频播出平台。当然，这个话还是很含糊的。一个呢，播出平台有各种各样的，既可以放在我们的网站上，也可以放在手机上，有条件的话当然不排除放到某个电视频道上。而且，放电视频道上也有多种办法。一个是和别人合伙，可以和国内一些卫视合作，也可以和国外电视媒体合作。另一个，如果有条件的话，我们也可以在境外某个地方自己办频道，不受国内体制限制，比如在香港，或者在中东。这个频道是什么呢？就是对外的，像 CNN 那样的，24 小时播对外新闻，用英文，用外文，比如在中东就用阿文。”

肖博苏：“如果现在中文台不能做的话，那么我不知道现在省市电视台能不能直接用美联、路透、法新的视频。如果不能的话是不是能由我们做个中转，在中间创造一定的收入。由我们给他们编辑，然后再转给下面电视台用。”

卫成果：“这同样涉及到一个许可问题。文字图片，我们这样做没有问题，但是视频存在一个广电总局的许可问题。如果这样的话，广电总局说我何必给你呢？我给中央电视台不行吗？总之，现在不是取决于我们要做什么，而是你能做什么。如果现在给你，你的条件不具备，做不了，不是空谈吗？对不对？非不为也，是不能也。”

季文攀是个中年才俊，喜欢思考和琢磨问题，但往往“一根筋”，且生性桀骜不驯，牢骚满腹，常表达一些领导不爱听的论调，每每因“亮”出的观点不入“正统”主流论调而遭人奚落，难得赏识。好在他似乎并不在乎别人的差评，我行我素，特立独行。这不，现在他又在座谈会上同大家杠上了。

“没有通知让我发言，我也不是‘头头脑脑’当官儿的，似乎这些大政方针之类也轮不上我来说三道四。不过，今天既然是座谈会，那我还是要讲讲平时自己想到的一些问题。”

说到这里，他略一停顿，迅速低眉瞟了卫成果一眼，见对方正微笑地望着自己点头鼓励，于是不再吞吐含糊，直截了当地道出积压在自己心头的几大困惑和思考。

困惑之一，华讯国际社为什么要大张旗鼓地搞战略转型？季文攀认为，战略转型实际是媒体改革，目的在于做大做强，为增强中国在世界事务中的影响力和话语权而积极有效地参与世界媒体竞逐。但是，华讯国际社作为通讯社性质的媒体，首先应该搞准自己的定位，到底是国家通讯社，还是世界性通讯社。两者之间在功能上有相通的地方，而战略目标却有一些矛盾的地方。在他看来，国家通讯社似乎更注重于国内事务，而世界性通讯社才强调国际竞逐，到世界上去同那些所谓的主流媒体一较高低。就眼下华讯国际社的实力和影响，他认为还不到世界性通讯社的“火候”，因为在很大程度上还不能同人家西方主流媒体打遭遇战，因此也就没有必要全面铺开来搞战略转型。

困惑之二，什么是战略转型？怎样“战略转型”？季文攀的观点是，现在大家都在一窝蜂地抓视频报道，似乎搞电视新闻报道就意味着战略转型。他对此持有异议，因为他认为，电视新闻报道并不是什么新东西，但却是个烧钱的玩意儿。这种一窝蜂的“顺应时势”拓展视频报道，显然不可能达到预期效果。他质问道：亚非拉地区一个无关紧要的小国，本来就没什么新闻，文字报道都费劲，为什么还要让记者费力费神花大钱去搞视频？其结果不难想象，只能是费力不讨好，“劳民伤财”。

困惑之三，那些有发言权和决定权的“资深”媒体管理者们，对新媒体和战略转型在多大程度上有清晰的理念和战略思维？季文攀认为，传统媒体要转型没错，但现在的转型实际仍流着原本的血，即用做传统媒体的套路做新媒体，仍旧按照传统理念“指导”甚至“号令”新媒体实践。同一套内容，只是换个不同的信息载体，不仅没有多少实质性新意，而且还失掉了原本的优势，比如按版面付费的广告、比新媒体更有深度的阅读体验，等等。实际上，大多决策领导人对新媒体概念既模糊又没有感觉，因而要么缺乏清晰指示，不能合理分配资源；要么就是发出一堆毫不现实的指令，下达各种不可能达到的指标。更重要的是，很多传统媒体因过去长期在内容深度上具有优越感，因而放不下身段去迎合数字时代的游戏规则。因此，他们只是在做花架子和表面文章，为改革而改革，为转型而转型，不计成效地跟着风向瞎转一气。季文攀举例说，他有个在某中央大媒体小有名气的同学向他抱怨说，本来干了几十年的文字编审活儿，可谓驾轻就熟，但到了2005年的时候，上面下令让他负责办网站，干他完全不熟悉的活儿。没办法，硬着头皮上，摸摸索索干了5年，刚刚开始有点上路，可市场又转向了App。尽管有些措手不及，但领导发话，只好艰难地跟风跑。

困惑之四，传统媒体真的在技术和商业浪潮中不堪一击？对此，季文攀表示不敢苟同。他赞同这样一种说法，即传统媒体在理论与实践层面都经历了较长的历史发展，积累了独特的优势，拥有强大的内容生产力、专业化的新闻传播理念和运作机制以及品牌和知名度等。但是，他们的昔日优势为什么现在“风光不在”？难道这些曾经是传统媒体应对竞争和发展自身的法宝现在都不重要了？难道战略转型后的新媒体不再需要借鉴他们？那么新媒体报道赖以前行和支撑的基础又是什么？他一连串地发问，明显持逆反观点。

季文攀的四大困惑虽然牢骚满腹，但毕竟说到了问题的要害。卫成果略一沉吟，便应答式地抛出了自己的看法。

“文攀讲得很好。他在思考一些问题。思考得对不对，是不是讲得完全有道理，那倒未必，也可能在有些问题上他需要一个转弯，需要一个认识的过程。但不管怎么说，他在思考，这就很好。作为一个央媒记者，必须要思考一些问题。特别在这个大的转型过程中，你不去思考一些问题，不去把这个问题想透了，你就很难更好地进行工作。我认为文攀是出于对工作的负责，对我们事业的负责才思考这些问题的。

至于华讯国际社的定位是什么，我觉得要分三个层次来考虑，即首先是国家通讯社，进而是现代国家通讯社，再拓展到世界性现代国家通讯社。这里，最根本的是国家通讯社。但是，是什么样的国家通讯社呢？是传统的还是现代的？我以为，应该是由传统往现代转型的国家通讯社。那么，任何一个现代的国家通讯社都不可能不放在世界的大格局中。也就是说，这个现代国家通讯社必须是世界性的。所以，世界性的现代国家通讯社应该是对华讯国际社的一个科学的含义界定。其基本作用是什么呢？那就是喉舌、耳目、智库和信息总汇。

在当前，要发挥好这样的作用，必须考虑高新科技发展的现实。在多媒体和数字技术发展的今天，在今天这样一个大格局下，你必须实现这样一种战略转型，由向纸介媒体供稿转向直接面向终端受众。作为世界性的现代国家通讯社，我们既要从传统上来说扮演好‘导演’或‘教练员’的角色，但同时还要注重‘前台’，必须积极地拓展，否则就没有办法继续更大的发展。纸介媒体正在走下坡路，如果我们仍然墨守成规，坚持和纸介媒体捆绑一起往下落，那么我们只能被高新科技发展大潮所淘汰，更不要说去同西方大媒体竞逐了。现在美联、路透它们定位于多媒体发稿，但其视频份额已经远远地超过了它们的文字和图片。我们作为世界性现代国家通讯社，原本起步就低，更应该花大力气拓展多媒体报道。我们必须要有文字、图片和音视频的基础性产品，缺少它们是不健全的，就没有更大的发展空间。这是一个基本规律。但是，初始阶段我们不可能像西方三大通讯社那样全部撒开，多路出击，尤其不能一口气在视频发稿方面‘吃成个大胖子’，我们还没有这个实力和全部条件。那么，光守着我们传统的文字和图片行不行？当然也不行，那样就会丢失一大部分的受众。在现在受众分众化的情况下，你就守不住，这一块你就会丢失。更主要的是，新的媒体，RPTV 也好，手机电视也好，网络电视也好，都是依靠视频这个基础性产品来拓展的。所以，华讯国际社的定位目前只能这样，即以多媒体型态发稿，逐步拓展，更多地面向受众。但是，一定要脚踏实地，努力把事情做好，同时又不能乱铺摊子。基本的东西你都没做好，就想去包打天下，这是不行的。文攀，针对你的困惑，我给出了我的看法，不知我说清楚了没有？”

季文攀认真地点头认可，同时带头鼓起掌来。大家由衷地呼应，会场上立即掌声雷动。这给卫成果极大的鼓舞。他用手往下按了按，兴奋地对着话筒继续朗声发言：

“今天大家发言质量都挺高，基本都是即兴发言，没有任何准备，都讲得非常好。体现了整个队伍很高的一种素质、一种素养，我感到很欣慰。大家都即兴发言，我当然也要即兴说几句。不是总结性发言，更不是领导做指示，算是给大家提几点希望吧。

我对大家的第一点希望是，充分认识中东总分社在整个海外舆论竞争中的战略地位，要着眼于大的格局，以宽阔的视野和专业化的水准，再加上锐不可挡的勇气，开拓创新、艰苦奋斗，与西方大媒体开展一场持久的多媒体业态的争夺战。中东地区是国际政治舆论战中的‘兵家必争之地’，是具有举足轻重作用的战略要冲。作为新闻资源的集聚地，它一直是热点新闻地区，不争夺怎么行呢？他的战略位置决定了我们必须要占领这个舆论阵地，必然要和西方一些大媒体进行争夺战。当然，总体上现在依然是西强我弱，但我们不能因为弱就不发展自己。怎么办？只能一个地区一个地区、一个领域一个领域、一个战役一个战役地去竞逐。希望大家认识到我们肩负的使命，要有一种忧患意识，如果我们没有大作为的话，就会被人家从这里给挤出去，就会在舆论战中被边缘化。

第二点希望更为具体，那就是希望你们在视频报道上要有新的更大的突破，当然前提是文字和图片报道也要同样提上去。现在视频报道是个新的领域，是华讯国际社必须发展的基础性产品。我们提出战略转型，很重要的一点就是拓展视频报道，因为文字和图片报道一直是我们的传统主业，而视频报道我们几乎是空白。但形势发展很快，纸介媒体的每况愈下迫使我们向多媒体和新媒体进军。我们已经在拓展网络报道方面奠定了较好的基础，借助网络我们便有了拓展视频报道的基地和手段。总社提出战略转型和拓展视频报道的工作设想之后，中东总分社在这方面有前瞻性，积极主动，近两个月来进展很快，发稿条数占全社海外视频报道的三分之一。说起来简单，实际上在一张白纸上能做到这一点真是不容易。下一步，希望你们下更大的气力，继续坚定不移地推进视频报道。总社给你们全力支持，包括人力、技术、设备，尽可能向中东倾斜。你们要秉承开拓精神，创造条件，多种渠道发展视频。自己白手起家，找公司合作，利用本地雇员，都是积极的方式。今天，洪武还和我说到发展视频雇员的一个思路，就是想雇用一些比较有权威的人士，既会摄像搞视频报道，又会平面报道，同时他们又有人脉资源。工资和稿酬肯定要高一些，让他们可以带动我们做视频。我对此表示支持，支持你们试验。也可以和当地电视台合作。当然，要注意这样几点：一要保持审稿终审权，二要参与进去。不是他一个策划一个摄像吗？我可以再参进去一个人签稿，同时再学些他的策划。另外，再进去一个摄像助理，成立一个小组来独立进行节目制作。再者，可以先签半年合同。作为雇主，我们满意就可以续签，不满意拉倒，就此中断，可进可退。总之，要学习他们的运作，在实践中学习，不断地拥有他们的人脉资源。当然，有勇气、有好的想法是好的，但做起来难度很大，竞争会非常激烈，对此要有充分的思想准备。

第三点希望也很具体，那就是借用本土化有效做法扩充雇员，加强海外舆论阵地建设。主要包括两个方面：怎么布局？怎样聘用雇员？首先就布局而言，我们要明晰哪些地方需要扩展新点，哪些地方力量不够需要加强。那些新闻资源热点地区，一个人不够，两个人不够，需要增加多少人为好？同时，还要考虑派出的人员结构。至于雇员聘用问题，实际就是怎么更好地借用外力。美联社在海外有 1400 多雇员，华讯国际社现在总共才 200 多，不扩充怎么行？这方面我们要采用和借鉴一些西方媒体或经济领域的大公司在中国实现本土化的有效做法。我想，雇员可以分成几个层次：第一个层次就是那种长期为我聘用的全职雇员；其次是报道员，即不是特别固定的那种，打短工、计件式之类。他发一条文稿，拍摄一张图片或制作一条视频片，我按质论价付费。第三种就是信息员。相当于新闻线人一样。他不负责写稿子，只提供有偿新闻线索，让我们自己去采访报道。第四类就是自由撰稿人。这些是属于自身写评论或在某些方面有见解的。对于他们的有价值的稿子，我们可以用比普通价格要高的价格购买。应该而言，雇员的形式是有多种的，可能还有第五种、第六种，甚至更多。但不管哪一种，我们聘用雇员都要符合当地的法律法规，同时要从实际出发，因地制宜，你那里需要什么类型的雇员就聘用什么类型的雇员，因为他们起的就是我们派遣员工难以起到的作用。你做不到的人家能做到。人家做得比你做的更好，这才是聘用雇员的目的所在……”

卫成果侃侃而谈，大家听得聚精会神。袁本弥更是兴趣盎然，对老同学的高论有着强烈的共鸣，因为他说的与自己近一个时期来的所思所想不谋而合。袁本弥知道，座谈会如此重要，总分社肯定要讨论制订实施细则，并形成文本上报。按惯例，这活儿肯定又是自己的“分内事”，易洪武不会交给别人来干。他必须未雨绸缪，先行思考，厘清思路，会后再结合大家的讨论意见，稍加整理就能形成文字材料下发和上报。为此，他一边洗耳恭听，手下刷刷快速笔记，一边在脑海中搜寻可贯彻落实的具体办法和措施，同时飞快地逻辑整理，思路愈加完整清晰。

果不其然，座谈会一结束，易洪武便召集班子成员开会，决定趁各分社首席记者和负责人尚未离开开罗之际，当天下午再组织他们和总分社记者编辑一起开会，讨论如何贯彻落实座谈会精神和社长讲话。他本人因为要陪同卫成果会见埃及高官，只能让袁本弥负责主持讨论和制订实施细则。一切都在自己的预料之中，袁本弥自然应付自如，轻松完成差事。晚上加了一个班，一份“实施细则”文稿便一气呵成。他从头至尾再校阅一遍，一切 OK，自我感觉良好。

第二天一早，袁本弥便带着打印好的文稿找易洪武“交差”。易洪武对此并不感到吃惊，他早就领教了袁本弥的笔下功夫和办事效率。他粗略浏览一遍文稿，脸上露出满意的神色，一边道声“辛苦”，一边急急慌慌地拉着袁本弥坐电梯上楼去招待所看卫成果。昨天商量好的，他们俩今天清晨要乘着凉快带卫成果到尼罗河畔散步，顺便自掏腰包请他品尝一下埃及小吃。

然而，两人在招待所却没找到卫成果。

经过一晚上相对充足的睡眠，卫成果精力倍增，凌晨 6 点不到就早早醒了。他推开卧室窗户，凉风习习，空气清新，室外一片朦胧，唯有天上的星月干净明亮，把清淡的光亮投放在尼罗河上，静静地伴护河水沉睡。卫成果本来就精力旺盛，凉风一吹，更让他神情振奋。虽然远在异国他乡，早起的良好习惯必须坚持不变，他赶紧跳下床洗漱。

基本收拾停当，天已渐渐褪去朦胧薄纱，一点一点地亮堂起来，鸟鸣随之增多。布谷鸟、鸽子、喜鹊，还有乌鸦，叽叽喳喳，此起彼伏，树间不断有“扑腾腾”扇动翅膀的声音，偶尔有片片树叶落下。与此同时，一抹橙色静悄悄地罩在天边，眨眼功夫便一片一片地晕染开来。待命多时的红日再无犹豫，迫不及待地跃出天际，只见霞光万道，穿透云层，将远处的丘陵、村庄和邻近的河水统统沐浴在他的金色光芒之中。瞬间，尼罗河醒了：水天一色，草木镀金，波光粼粼，白鹭惊飞。

“好一个尼罗河清晨！”卫成果在心里大声喊好。他不敢怠慢，赶忙提着摄影包独自爬上楼顶平台，一边呼吸新鲜空气，一边欣赏和拍摄尼罗河畔清晨美景。夫人是童星出身的摄影大腕，近朱者赤，喜好加夫人真传点拨，卫成果的摄影技艺突飞猛进。这更促使他兴趣盎然，走到哪里拍到哪里，俨然一个摄影大咖。但他从不沽名钓誉，既不出版影集，更不办什么影展之类。要知道，不少像他这样有便利地位的“大咖”早就“近水楼台先得月”了，更何况他还是有那么点大家风范真本事的。不过，他对此一直很坦然，既不听劝，也不在乎，实际是不想贪慕虚荣、攀风附雅，而是有意识地抵制庸俗歪风。他对夫人开玩笑说：“你是我的老师，我可不想抢你的风头。”

卫成果正在饶有兴致地用“长枪短炮”拍摄，易洪武和袁本弥终于在楼顶找到了他。他这才想起昨晚和易洪武的约定，于是连连抱歉，赶紧收拾摄影器材，随两位老同学下楼。他们一路谈笑，先沿麦阿迪河滨大道漫步，尽兴欣赏尼罗河的清新美景，然后驱车到 Abou el-Sid 餐厅品尝埃及小吃。

Abou el-Sid 餐厅是开罗最负盛名的埃及美食处所，东方韵味，世界闻名。优秀地道的小吃佳肴品种多样，新鲜可口，令人垂涎。一份菜单点出了埃及美食的精髓：考谢利杂豆饭 (Koshari)，十分出名的一种埃及小食，全国各地的街边小摊和餐馆都有卖。它由米饭和空心粉制成。吃的时候，根据个人喜好加入醋和辣酱制成的调料，配加炸圆葱和豌豆等。皮塔饼 (Aish Baladi) ，一种外脆内软的烤面饼，刚做好时像一只吹起的气球，冷了之后就成了中空的薄饼。作为埃及人的主食之一，其用料、形状、大小不一，齐整的圆形为机制，椭圆形则是手工擀制。一般用手撕下一片沾芝麻酱吃，也可把肉、蔬菜等夹在饼里吃。卡巴布烤肉串 (Kebab)，选料非常考究，一般只以羊腿和背脊上的瘦肉为原料，先将选好的羊肉刷上用精盐、胡椒、姜葱和橄榄油混合而成的调料，然后切成四五厘米见方的肉块，依次穿在一米长的钎子上，放入特制的烤炉中，待肉色变黄后即可出炉。香味四溢，嫩而不焦，配上“陶黑那”佐酱和黄瓜、洋葱、胡萝卜、莴笋叶混制沙拉，吃起来别有风味。莫洛奇亚绿色浓汤 (Mouloukhiya) ，由绿色蔬菜、米饭及大蒜炖成，味道鲜美可口，在整个中东地区都很受欢迎。富尔 - 塔米亚 (Fuul-Taamiyya) 沙拉三明治，号称非正式的埃及国菜。富尔是用蚕豆制成的，加上油、柠檬、盐、肉、蛋以及洋葱加以调味。塔米亚则是将磨碎的鸡豆和香料炸成小丸子。用披塔 (Pita) 面包将两样和少许西红柿片夹在一起，便做成美味可口的沙拉三明治。美味布丁（Umm Ali），或称面包布丁，由牛奶、糖、面包和坚果制成，分层的面包片以牛奶浸透，加入葡萄干或者坚果仁，然后放入烤炉烘烤制作，焦嫩松软。库沙利 (Koshari)，一种用米、面、洋葱、黑扁豆及蕃茄酱做成的小吃，材料要先分开烹调，吃时再和到一起。舍沃玛 (Shawerma) 面包夹肉，类似于中国的肉夹馍，只是将烧饼换成了长条状的面包，夹肉也由猪肉换成了牛羊肉，有时也会夹洋葱或青椒等蔬菜，调味品有沙拉酱、番茄酱、辣椒酱等。烤鸽肉 (Hamaam)，先将乳鸽填塞大米和青麦，再精心烤制出炉，喷香扑鼻，新鲜多汁。此外，海鲜和新鲜果汁也是埃及美食必不可少的组成部分。海鲜食品以当天捕获的海产品为原料，新鲜美味。果汁特别讲究现榨现饮。排名第一的甘美饮料当属专为制造蔗糖所用的白甘蔗榨汁，味甜而不腻。

这么多美食，着实让卫成果难以挑选。他以征询的口吻对易洪武说：“咱们是来品尝小吃的，那些海鲜之类的大菜今天就不点了，下次再找机会。埃及人不是有个谚语吗，‘喝过尼罗河水的人一定还会再回来’。说不定哪天我还会再来的，留点念想为好。”

“那好，听你的！”易洪武赞同道。

袁本弥提议：“那些海鲜大菜不点，咱们每人点 2 样或 3 样小吃，然后互通有无，每样都尝一尝，如何？”

好！卫成果和易洪武都表示同意。卫成果还特意强调：“你们俩是‘地头蛇’，点菜就你们来，我跟着吃就行。”

易洪武当仁不让，拿起笔在菜单上刷刷画钩，末了给袁本弥看，请他补充。袁本弥则充分信任对方，只接过菜单招呼侍者快点送餐。

说话之间，易洪武的手机铃声响起，办公室主任告诉他，接到总社来电，中央宣传口近期要召开央媒负责人会议，商讨传统媒体和新兴媒体融合发展问题。上面点名要卫成果社长务必参加会议，社党组请他立刻结束国外分社考察活动，回国参加会议。

“得，其他地方去不成了。好在这次同各分社记者们都见了面，座谈会也开得不错，大致听到了大家的心声。”卫成果心有遗憾，但无可奈何。

易洪武一边从手提包里掏出袁本弥起草的“实施细则”，一边接话说：“昨天的座谈会确实不赖，大家伙反响积极。总分社班子成员昨天下午开会就贯彻落实议了议，本弥晚上加班整理出来一份‘实施细则’，请你过目后，我们再正式上报下传。”

“好啊好啊！”卫成果闻听大喜，赶忙接过文本翻看。一边看一边夸赞袁本弥："都说你们中东办事效率高，雷厉风行，今天领教了。本弥，你这支笔杆子还是那么硬。快手！"

袁本弥谦逊地道声"哪里，不敢当"。看见侍者已开始将小吃端放到餐桌上，便赶忙转换话题说："民以食为天。成果不能继续行程，但我们品尝小吃的计划不能变。小吃上来了，咱们趁热品尝。"

"好，用某国的话说，咱们'开动'。"卫成果和易洪武应声附和，各个拾起面前的刀叉，挑拣自己中意的小吃，蘸着不同风味的酱汁，悉悉索索地入口品尝。

二十八

难怪上面点名要卫成果亲自与会，原来中央宣传口新成立央媒融合发展领导小组，急调卫成果挂帅主持工作。"军令如山"，他不敢怠慢，一回到北京，便立刻走马上任。上面说了，之所以让他急火火地调离华讯国际社，连接任者是谁都尚无定论，是因为要他抓紧筹备央媒负责人会议，谋划传统媒体和新兴媒体融合发展大计。

当然，华讯国际社新社长人选不可能没有定论，卫成果离任没几天，上面就从"外面"给华讯国际社选派了一位新领导。他叫郑东玺，由首都电视台台长任上破格提拔来到华讯国际社履新。首都电视台是个地方电视台，台长最高也就是厅局级干部，按常规难以调任华讯国际社这个部级央媒的首长。但是，凡事都有特例，尤其是"人治"仍不时在中国人事活动中发挥关键作用的情况下。据说，"上面"有人对郑东玺很赏识，称赞他在担任首都电视台新闻中心主任期间首创新闻评论栏目"焦点时空"，引领国内舆论监督之先。此外，郑东玺口碑不错，上上下下对他颇有好评。他不仅交际广泛，而且还具有普通新闻从业人员少有的特点：胆大，做事够精。手下编导和普通员工夸他像哥们一样和大家打成一片，敢于担当，能在关键时刻为一些具有尖锐批评性的电视调查报道提供"庇护"。不过，另有一些人对郑东玺的评判则截然相反：业务能力一般，拉关系能力非同凡响。他们鄙夷地说，郑东玺为人四海，巧舌如簧，善于钻营和信口承诺，很会博取领导和下属的好感。可能也正因为如此，上述本是鞭挞和批评他的评判却在一些领导那里反转成了他的优点和长处，被褒奖成"办事能力强，善于团结同志"。于是，他官运亨通，仕途一帆风顺，现在更是从司局级电视台台长一下子晋升到了正部级央媒高官。当然，私下里的"风言风语"则对他的"高升"给出了另外一个版本：他这个官是花了大钱买来的，他没少给上面某个关键领导送钱。究竟怎么回事，谁也说不清楚。毕竟不掌握真凭实据，"组织上"只能对他"疑罪从无”，照样提拔重用他。

不管怎么说，郑东玺现在已经是华讯国际社的一把手。“一朝天子一朝臣”。下车伊始，他便着手物色和安插亲信。除设法将自己从首都电视台“带来”的几个得力干将安排到身边听唤使用外，他还特别留意华讯国际社那些对自己这个“外来户”不避讳亲近并主动“建言献策”的人，指令人事部门对这些人重点考察重用。至于那些对自己到任漠视或持异议者，自然少不了遭遇冷落或被淘汰。当然，一切都在“不动声色”中进行。

在这次人事“大洗牌”中，成西永的“上位”颇引发争议。成西永，何许人也？说起来，他也算得上是华讯国际社的一个“老人”，工作年限达20多年，当过记者，干过编辑，任过财经编辑部主任，管过广告信息中心。不过，这两年就在他权倾一时、风光无限之际，纪委和监察部门不断收到匿名举报，检举他收受贿赂，搞有偿新闻。有两件事说的还有鼻子有眼的。一是他在任财经编辑部主任时收受“酬劳”，让手下“小编”根据对方提供的现成材料和虚假数据，不经实地采访和调查核实，主观臆断，编造某央企存在国有资产流失和财务造假等问题，并在专业报刊连续发表署名文章进行“披露”。失实报道被互联网大量转载，造成恶劣的社会影响。二是早先时候他任华讯国际社驻某省记者站站长时，利用主流央媒记者身份和工作之便，亲自上阵或指使手下利用新闻采访活动，以威胁曝光负面新闻的形式，多次胁迫企业搞有偿报道，谋取不正当利益，然后私设“小金库”，滥发奖金，同时个人从中提成。尽管是匿名举报，纪委和监察部门还是很重视，本想派员顺藤摸瓜、深入调查，没想到社领导层却突然发生变化，新社长郑东玺履新不久不但以匿名举报不足为信为由“建议”停止对成西永的调查，反而称赞他是“干才”，要人事部门予以重用。成西永一直干的是国内的活儿，外语不会说几句。但人事部门‘别出心裁’，任命他为中东总分社分党组书记。不是社长，但却主持全面工作，实际接替“超期服役”的易洪武。为安插自己的亲信，成西永自然也不待见袁本弥等“老同志”，让社人事部门同样以“超期服役”和“即将到退休年龄”为由，将袁本弥也一道调回国内。

于是乎，中东总分社“改朝换代”，开始进入“成家班”。

这到底是怎么回事？话还得从久未露面的邱敏琪说起。印尼大海啸夺去顾强威的生命并让她和顾强威的地下恋情曝光之后，顾强威的遗孀将一腔怨怒洒向邱敏琪，三天两头地到华讯国际社闹，要求惩罚“小三”邱敏琪。她指控说，要不是邱敏琪勾引丈夫，顾强威不可能跑到苏门答腊海滩去“作死”。为了核实事情的来龙去脉，华讯国际社派成西永率调查组找邱敏琪谈话。顾强威出事，纸里包不住火，邱敏琪的“绯闻”很快便被媒体炒热，她在香港的有内地官派背景的原单位借机将她解雇。邱敏琪本来就因顾强威遇难而悲痛不已，现在又失去工作，没了生计，对生活和世事更加心灰意冷。她想尽快离开香港远离是非，但没了顾强威的荫庇，究竟是继续在海外混还是回内地，她对未来真的感到很迷茫。恰在此时，成西永带人找她"调查"来了。她发泄般地将她与顾强威的真情实感和交往过程一一哭诉出来，竹筒倒豆子，毫无保留。成西永和调查组成员着实被她的真情和坦率所打动，看着漂亮柔弱的倾诉对象不禁"怜香惜玉"，动了恻隐之心，顺口问道："今后有什么打算？"邱敏琪没有回答，两眼无神地望着天花板。成西永没再追问下去，只轻轻地"喔"了一声。

本来事情到此也就划上了句号，邱敏琪也自认为双方今后不会再有什么来往和交集。然而，成西永却当成了一回事。谈话的第二天，他就给邱敏琪打电话，向她伸出援手，建议她回内地到沪江电视台去发展。"我在沪江有朋友，电视台正在招聘记者编辑，你应该去报名应聘，就算碰碰运气也好，不行咱再找别的路子。"

完全出乎自己的预料，邱敏琪心头一热。不为别的，就为对方的一片古道热肠，自己也要到沪江去试试，更何况上海还有自己牵肠挂肚的家人。让她没想到的是，因为她的留学经历和在香港某媒体就职过的专业资质使她成为"海归"一族，轻松而顺利地"考聘"过关，如愿以偿，成了一名电视记者。当然，成西永在其中扮演的角色并非只起一个简单的引荐作用，而是打通关系走了"后门"的，只是邱敏琪蒙在鼓里，除了对成西永抱有朴素的感恩情怀，并没去多想和深究。不管怎么说，邱敏琪顺利入职沪江电视台，而且如鱼得水，一帆风顺。她本来就聪明知性，加上五官标致，虽然心地冷漠，面色冷峻，但爱岗敬业却不敢马虎大意。面对镜头，她端庄得体，落落大方，采访提问，犀利率真，很快便崭露头角，好评如潮。几年下来，她先是当记者，继而将文字和视频编辑、摄像、责编、编导、主播和制片等一系列电视频道活儿干了个遍，逐步历练成了电视新闻采编多面手，成为沪江电视台的"新闻一姐"，也为全国广大电视观众所喜爱，称誉她是"最受欢迎的新闻主播"。不过，尽管十分红火，邱敏琪却一直低调面对，不事张扬，既不单独接受访谈，也不参加交际和应酬。唯一例外的是，她对成西永的聚会邀约却来者不拒。当她后来得知成西永毫无所求地为自己入职沪江电视台"不动声色"地做了大量幕后工作，且在自己成名后从不因此而"贪天功为己有"，她更视对方为可信赖的挚友，情感上也由感恩逐步升华到敬重而仰赖，感觉他犹如父兄般温暖。所以，对成西永，她可以"唯命是从"。

其实，这正是成西永的"高明"之处，也是他极力举荐邱敏琪的私心所在。从一开始，他就毫不怀疑地认定，邱敏琪是个非同寻常的女性，"栽培"好了，日后必可派上大用场。果不其然，现在在新社长主政、自己仕途面临危局的关键时刻，邱敏琪不失是个让自己摆脱厄运的“桃花大礼”。早在听说郑东玺要来华讯国际社履新时，成西永就悄无声息地对新社长的喜怒哀乐摸了个底儿掉。得知郑东玺头年丧妻，他更是暗中窃喜，为自己当年布下邱敏琪这着棋拍手喊高。于是，郑东玺入社后，成西永有事没事就围着新社长转，找机会向他“汇报请示”工作，逐步加深对方对自己的印象、熟识和信任。水到渠成，他很快便获得郑东玺的信赖，自自然然地给他介绍邱敏琪，为他“保媒”。邱敏琪是“大众情人”，郑东玺自然对她并不陌生，觉得若能娶她续弦，可谓天作之合。就这样，在成西永的牵线搭桥下，郑东玺和邱敏琪在成西永的“家宴”上相识，继而互相联络交往，进而步入婚姻殿堂。显然，成就这桩婚事，成西永“功不可没”，郑东玺自然视他为“自己人”，让他入主中东总分社。

于是乎，易洪武和袁本弥因“超期服役”被“顺理成章”地调回国内。他们不会溜须拍马，自然得不到“上面”的赏识。易洪武还是当他的国际部副主任，副局级，但“享受”正局待遇，因为他在中东总分社任社长时就已经是正局级“官儿”了。袁本弥没有安排官职，但业务上还算“重用”，是国际部为数有限并掌管国际新闻“生杀大权”的终审发稿人，也称编委。尽管与在国外的职级相比不升反降，但易洪武和袁本弥都是干事的人，一贯看淡所谓的职级和待遇。他们真心认为，搞国际新闻的，当不当官儿无所谓，只要能在事业上让自己自主发挥作用就好。正因为有这样一种心态，他们在各自的岗位上干得挺欢。

然而，人可能真的有霉运。易洪武一路过来走的风风顺顺，没想到快六十的人却突然一下子走背字了，而且还不是一般二般的背。同他青梅竹马相濡以沫一路走过来的爱人陈崇瑛竟遭遇空难，永远离他而去。这让他肝肠寸断、痛不欲生。他一遍又一遍地怨恨自己，干吗不请假同她一起去看儿子，也许那样就会错过这个该“诅咒”的倒霉航班！儿子在澳洲留学，易洪武和陈崇瑛本来说好利用调回国内的一段休假时间一起去看儿子，但临了易洪武食言，上面要他到党校学习，他只好让陈崇瑛独自前往。谁承想……

将陈崇瑛送上飞机回家后，易洪武便一门心思准备赴党校学习事宜。第二天吃完早饭，他正准备到单位整理一下办公桌，把借阅的一些文件资料还回去，没想到电视新闻里突然插播起 BREAKING NEWS（快讯）：北京飞往澳大利亚的波音客机解体坠毁，机上人员全部罹难。

晴天霹雳！易洪武头一下子大了，炸了。恍惚之间，他拨通了机场问询处的电话，了解空难详情。明知道北京飞澳大利亚的航班一天只有这一趟，但他还是心怀一点侥幸，默默祈祷陈崇瑛不在这架客机上。然而，没等机场答询，电视新闻里已经在报道有关详讯，点明了失事飞机的航班号，而那正是陈崇瑛搭乘的航班。

那是一架波音 747-200 型飞机，载有 206 名乘客和 19 名机组成员，包括正副驾驶及飞航工程师。飞机失事的过程其实很短暂。一开始，飞行员与地面塔台间的联络一切正常，毫无事故前兆。而当飞航情报管理中心指示该班机爬升至高空层后，人们谁也预料不到这竟然是航管中心与该班机的最后通话，因为很快飞机便突然从雷达屏幕上消失。经随即展开的搜寻发现，飞机残骸在一处海面被发现。失事原因众说纷纭。雷达纪录显示，该飞机在坠毁时曾先分裂成四大块结构后才坠入海中，因此恐怖攻击的怀疑曾被媒体广泛报道为事故肇因。也有专家分析认为，飞机像是被陨石击中或遭到隐形战机之类的武器误击。然而，经国际飞航安全委员会调查，这些可能性都一一被否定。调查员们发现，飞机的一块机尾蒙皮有修补过的现象，并有浓烈燃料味。他们将那块蒙皮送检后证实，蒙皮有严重金属疲劳的现象，继而揭开了空难真正的“罪魁祸首”。20 多年前，该航机曾因重落地损伤到机尾蒙皮，航空维修公司仅用一块面积与受损蒙皮相当的铝板覆盖受损处了事，并没有依据维修指引把整块蒙皮更换，致使该受损处长期累积金属疲劳，最终爆裂，造成空中失压解体。这么多年来，维修人员没有察觉任何异常。根据事故后回收的机身残骸，该处裂痕至少长达 2.3 米，而专门研究显示，高空中的飞机裂痕超过 1.5 米时就会造成结构崩毁的悲剧。

悲剧就这样发生了，陈崇瑛伴随着那些互不相识的陌路同机乘客一命呜呼在茫茫大海之中，来不及呼天泣地，留不下片言只语。噩耗袭来，易洪武内心震惊而刺痛，浑身发抖，默然无语，任凭眼泪成串成串地悄然溢出眼窝，顺着面颊流淌滴落。可能儿子那边也已得到消息，电话打了过来，哭着喊爸，一个劲地抱怨自己害了妈妈，打算结束学业回国，回家照应爸爸。

易洪武是个有历练的坚强汉子，擦了擦眼泪用不容商量的坚定口吻告诉儿子：临时回来奔丧可以，慰问慰问姥姥姥爷，但绝不允许耽搁学业半途而废。最后甩下一句话：“我身体好得很，用不着你照应！”

撂下同儿子的通话，又一个电话打来，是袁本弥打来的。他知道陈崇瑛到澳洲看儿子的事，媒体在满世界地报道北京——澳洲航班空难，他自然明白对易洪武意味着什么。因此，他不待看完空难电视新闻，便立刻打电话给易洪武表达关切和慰问。“我马上过去看你，看看怎么一起帮着处理一下崇瑛的丧事。老天爷不公，你要顶住！”

寥寥数语，易洪武倍感亲切和欣慰，但他婉言谢绝袁本弥的“家访”。他知道，眼下最要紧的是紧急赶往出事地点了解救援实况，一旦尸体打捞上岸，他得迅速

“找到”爱人的遗体，同她作“面对面”的心灵交流沟通。她走得匆忙，好多体己知心话还没来得及说呢。说实在的，他觉得自己一下子老了好多，不思茶饭，步履蹒跚，但内心却在挣扎，告诉自己要挺住，丧事在即，他要体体面面风风光光地把爱人送入天堂。同时，儿子要从澳洲回来奔丧，上海的老岳父老岳母要赶过来送别“女儿”，许多亲朋好友，特别是他和陈崇瑛双方单位的领导及同事要来吊唁悼念，作为全家的主心骨，他必须坚强坚强再坚强。他强迫自己吃饭喝水、挺直腰杆！

毕竟是意志刚强的人，易洪武战胜了痛苦，战胜了自我，也战胜了宿命。尽管头上的白发一下子增添了许多，但他没有倒下，没有消沉。他把失去爱人的撕心裂肺般的痛楚和对爱人的强烈思念深深埋藏在内心深处。丧事完毕，他先打发走儿子，然后陪同岳父岳母返回上海。从上海一回到北京，第二天便坐早班车赶到单位报到。由于这段时日处理丧事，他不能赶上那一期党校学习，只好向社领导告假。有关方面自然同情他的境遇，主管领导不仅向他表达慰问，同意他推迟到下期去党校学习，而且还在社领导班子会议上力推易洪武升任空缺的社总编室副总编辑，主管国际新闻报道。

然而，让易洪武又一次始料不及的是，中东乱局加剧，中国被迫从利比亚撤侨，他和袁本弥有了新任务。

在美国这个世界警察的霸道管制下，中东这块“是非之地”一直乱象丛生。伊拉克战争“后遗症”久病不愈，爆炸和暴力袭击事件频频发生，国家动乱，民不聊生。巴以持续对抗，和谈无望，血腥暴力事件层出不穷。此外，苏丹“达尔富尔乱局”、黎巴嫩教派矛盾、也门“基地组织”恐怖袭击、土耳其库尔德武装边境作乱、伊朗核问题等等，诸如此类的繁杂乱象不仅造成当事国社会动荡，引发血风腥雨、生灵涂炭，而且搅扰地区乃至环球和平，把整个世界闹得鸡犬不宁。面对这一纷繁复杂的乱局，成西永及其新班底显然缺乏思想准备，对如何开展报道既不能未雨绸缪更缺乏应对方略，惊慌失措，方寸大乱。其实，易洪武和袁本弥对中东报道制定的一系列施策方略本来是成西永可资借鉴的现成经验和举措，但是他瞧不上，最主要的是他不认为中东局势及应对报道有什么复杂和特别之处。在他看来，他到中东一是为了逃避贪腐调查，风头过后再作新的打算；二是为了“掌控一方”，保住自己的“正局”官位，为日后再升迁增添政绩履历。至于新闻报道，也就那么回事，干得好，不如吹得好侃得好，不如“总结”报告写得好。这么些年来，他就是如此行事且屡屡获益成功的，可谓是他的为官之道。

不过，这一次他的算盘打错了。他应该知道，新闻报道的成败好赖实际并非是吹牛和“总结”出来的，而主要应看各媒体在关键时刻是否“掉链子”。一场被西方舆论赞之为“阿拉伯之春”的中东大动荡突如其来，汹涌澎湃，不仅将中东地区旧有政治格局打了个稀巴烂，破坏得千疮百孔，而且也把成西永打了个措手不及，使华讯国际社中东总分社在这场战役性报道中仓促应对，疲于应付，结果只能吃败仗。报道时效、深度和形式不仅比不过西方主流媒体，而且还不如国内其他一些央媒受关注和欢迎，特别在多媒体和新媒体运作方面更显苍白。由于成西永嫉贤妒能的逆反心理，易洪武和袁本弥他们辛辛苦苦打造的基础性多媒体报道体系被束之高阁，弃之不用，大多懂行的专业编辑和记者调走的调走，改行的改行。成西永对此不以为然，一律放行，还美其名曰“人尽其才”，不至于放在少有实际效用的多媒体中心浪费人力。可以想见，当西方舆论称谓的“阿拉伯之春”中东大动荡爆发之后，环球瞩目，引发媒体竞逐大战，虽然成西永督导下的中东总分社处于新闻报道的核心位置，但却因其消极懈怠和碌碌无为而“望洋兴叹”，只能节节应付，跟着西方媒体的步调亦步亦趋。这是多么地不应该呀。要知道，中东大动荡全世界都在密切关注，那是多么大的国际新闻呦。

2010年年底开始，在美国西式“民主”和“自由经济”的意识形态策动下，西亚北非阿拉伯世界爆发的一场以政权更迭为目的和特征的“颜色革命”更是将中东地区拖入万劫不复的灾难境地。这场被西方舆论号称为“阿拉伯之春”的反政府运动影响之深、范围之广、爆发之突然、来势之迅猛为历史罕见。规模空前的反政府运动如潮水般席卷整个阿拉伯世界，稳坐江山数十年之久的政治强人和独裁者如多米诺骨牌般接二连三地倒下。

导火索是2010年12月17日发生在突尼斯的一次自焚事件。那一天，26岁的年轻人穆罕默德·布瓦吉吉因经济不景气而无法找到工作，在家庭经济负担的重压下，无奈做起小贩，期间遭受警察和市政官员的粗暴对待，因而抗议自焚，不治身亡。事件引起社会大众的普遍同情，更激起人们长期以来对失业率高涨、物价上涨以及政府腐败潜藏的怒火。抗议浪潮中，示威者与国民卫队发生冲突，进而引发全国范围内的大规模骚乱，造成严重的人员伤亡。2011年1月14日晚，突尼斯前总统本·阿里被迫下台，逃亡到沙特阿拉伯。

突尼斯的“革命成功”极大地鼓舞了本地区其他国家的反政府势力。在西方势力的推波助澜下，突尼斯引燃的“阿拉伯之春”烈火随后迅速蔓延到埃及、利比亚、也门、叙利亚、巴林等国，阿尔及利亚、约旦、沙特阿拉伯、伊拉克、毛里塔尼亚、阿曼、摩洛哥、科威特、黎巴嫩、苏丹等其他阿拉伯国家，乃至部分非阿拉伯国家也都受到不同程度的影响。突尼斯骚乱18天后，埃及爆发抗议示威浪潮。2月11日，穆巴拉克总统宣布正式下台，将权力移交给军方。4天之后，利比亚于15日开始爆发反政府抗议活动。只大约3天的时间，反对派武装便控制了该国第二大城市班加西，国家实际陷入内战状态。在法国、美国和英国等支持反对派的“联盟国”的干预下，卡扎菲政府军节节败退。当年8月底，反对派控制了卡扎菲的阿齐齐亚兵营，结束了他长达42年的执政。10月20日，卡扎菲被俘身亡，成为在“阿拉伯之春”中第一个被打死的领导人。

当然，这是后话。就眼下而言，突如其来的动乱局面把成西永及其团队打了个措手不及，报道只能跌跌撞撞、疲于应付。尽管没少挨上面批评，但成西永总能找出各种理由和借口搪塞，思想上仍不把这次战役性报道当回事。由于他既无战略远见，对相关事态的后续发展“不上心”，又缺乏临场处置和发挥的大将风度，致使报道调度一片混乱，全凭有关分社和前方记者各自为战。当许多中外媒体想尽一切办法，拿出各自十八般武艺深入一线采访，不失时机地采写出一个个现场即景和鲜活感人的故事，把报道搞得有声有色、轰轰烈烈时，华讯国际社中东总分社却完全不在状态，报道只能陷入被动，浮于表面，害得总社编辑部只能在其他媒体报道的基础上改头换面“炒冷饭”。

这一切让虽然离开了中东总分社却仍对“老家”重大报道牵肠挂肚的易洪武和袁本弥看在眼里急在心上。他们俩，一个是负责国际新闻报道的社总编室副总编辑，一个是国际部编委、终审发稿人，日常值班每天都要面对来自驻外分社一线的报道稿件，对成西永指挥调度下的中东报道感到极大的失望，经常话里话外地提醒中东总分社密切关注重大突发事件，特别要注重快速反应和后续报道的实质跟进。但成西永不以为然，要么打哈哈敷衍搪塞，要么强词夺理要任性。易洪武和袁本弥只好将“矛盾上交”，结果总是不了了之。成西永有郑东玺罩着，谁能拿他怎么着。

时间进入2010年2月19日，中国外交部接到驻利比亚大使馆的紧急报告：驻利中资企业接连遭袭。在这个面积达176万平方公里的北非国家，众多中国企业承建了多项大型建设项目。中国交通建设集团、中国铁建等央企，北京建工等国企，甚至华为等民营企业都派驻了中方员工；少则数百人，多则数千人。此外，还有部分被外企雇佣的中方员工也散布其中。本来是双边经贸合作、造福利比亚乡里的大好事，却不料因利比亚内乱而使中企陷入危机，不仅无法开工生产，而且接二连三遭遇群伙袭击和抢劫，严重危及我在利超过3万人的中企员工和其他公民的人身安全。在我驻利大使馆就危情紧急报告的同时，外交部领事保护中心的微博和QQ群也不断收到来自利比亚中企和公民个人的求救信息。显然，事态十分严重。外交部一面通过媒体发出“旅游预警”，提醒中国公民暂勿赴利，要求在利中国公民加强安全防范，减少不必要的外出，避免前往事发地区或人员聚集场所；一面汇总和研究各方信息，及时上报中南海，做好随时大规模撤侨的紧急准备。

22日早晨8点30分，根据最高决策层的部署，国务院在中南海紧急召开应急指挥部全体会议，决定立即启动国家涉外突发事件I级响应，实施1949年以来规模最大的有组织撤离海外中国公民行动。“国家将不惜一切代价迅速将所有中国民众从危险中撤离。”国务院领导小组果断下达了撤侨命令，决定向前方派出3个“特别行动小组”，以外交部为主，公安部、商务部、解放军总参谋部和国资委共同组成，分别前往利比亚首都的黎波里（西北部）、东部港口城市班加西和利南部的塞卜哈。

获悉从利比亚大撤侨的讯息后，易洪武和袁本弥立刻意识到配合报道的重要性和紧迫感。他们想，一场媒体鏖战在即，报道必须“以我为主”，把握主动，引领舆论。但这样一场战役性报道，指望郑东玺和成西永“领军打仗”，肯定只能等着吃败仗。华讯国际社是中国央媒的“龙头老大”，这一仗打不好，蒙羞的可是国家荣誉。怎么办？干着急不行，他们突然想到了老同学卫成果，何不借助他的央媒融合发展领导小组来指挥协调对利比亚大撤侨行动的多媒体报道。电话一沟通，那头卫成果乐了，英雄所见略同，他们想到一块了。

央媒融合发展领导小组组建时间虽然不长，但在卫成果雷厉风行办事风格的影响下，虽然也在一定程度上“摸着石头过河”，但因为真抓实干而为央媒融合发展引领新闻传播创新奠定了良好的基础。各媒体遵循央媒融合发展领导小组经过缜密调研磋商而指定的路线图和时间表，坚定有力地推进这场重大而深刻的媒体变革，积极探索运用全媒体多样化传播形式、分众化互动式服务方式、大众化生活化话语表达，推动了新闻传播全方位创新，为壮大主流思想舆论赢得了战略主动。对于这次利比亚撤侨行动，卫成果和其一班人更是敏锐捕捉战机，决定“真刀实枪”干它一场，实际检验一下践行央媒融合发展的真实水平。为此，卫成果紧急向有关方面建言，这一次不能指望各央媒单打独斗，可由央媒融合发展领导小组协同外交部及有关驻外使领馆，统筹调配中国驻外央媒采集力量，尝试搞一次央媒“融合”报道，尽可能在每个关键点配置电视、摄影和文字等多媒体记者组，让大撤侨行动不仅在气势上彰显中国精神，而且也要在舆论上正面宣传，突出正能量，让世界主流媒体按照我们的报道基调，客观正面地报道我撤侨行动。

“你二位是‘老中东’了。我这就给郑东玺打电话，临时借调你们，帮我指挥调度这次战役性‘融合’报道。对了，钱柳生对电视报道熟门熟路，把他也调过来和你们搭班子。”卫成果不由分说，让易洪武和袁本弥马上到央媒融合发展领导小组报道。

易洪武和袁本弥喜出望外，一口应承。他们料定，这次大撤侨彰显国力，世界瞩目。他们没想到，虽然离开了中东，还能有幸让他们同这块多事之秋的动乱热土再次“亲密接触”，投身利比亚大撤侨这一必将载入史册的战役性报道之中。他们认定，这次肯定是一场撼人心魄的大战役！

从2月22日开始，至3月5日结束，新中国建国以来最大规模的有组织撤离海外公民的救援行动取得圆满成功。短短12天时间里，中国海陆空联动共撤侨35860人。为此，中国政府先后协调派出91架次民航包机、12架次军机，5艘货轮、1艘护卫舰，租用35架次外国包机、11艘次外籍游轮和100余班次客车。

数字看似简略枯燥，实则蕴藏丰厚而感人至深的内涵，是新闻媒体广为传播的信息源泉。他们实实在在地展现了中国实力、中国效率、中国信誉和以民为本的国家情怀，世界瞩目、媒体聚焦。在现代移动通讯技术和互联网社交媒体的推动下，央媒融合发展领导小组率领中国媒体不失时机地迅速播报撤侨行动中一件件焦点新闻和感人故事，或令人震撼，或催人泪下，或促人奋进，或发人深省。

实际上，卫成果知人善任，让易洪武、袁本弥和钱柳生搭班子担纲大撤侨融合报道总调度确实是找对了人。易洪武抓总兼顾外联，袁本弥主抓策划和文字摄影报道，钱柳生全面负责广播电视和新媒体报道。3个人紧锣密鼓走马上任后立即进入角色，会同外交部等有关各方研究和策划报道方案。袁本弥建议，前方采集力量的安排需对应撤侨行动的组织架构，在每个关键部位和各个新闻热点部署记者组，尽可能保障每个新闻点都按照文字、摄影和摄像等多媒体融合的格局开展报道，资源共享，特别注重三点：拼抢时效、自采首发和鲜活生动。具体到人力部署，他提出“两条腿走路”：一是依托中国驻利比亚及周边邻近和相关国家的所有央媒记者及采编力量，原则上各司其职，属地担责，但不同于以往，这次指挥调度权归口央媒融合发展领导小组，可根据融合报道需求调剂人力；二是从涉外央媒各单位北京总部或其便于机动出行的驻外分社紧急抽调精兵强将，集结组成3个多媒体记者组随撤侨“特别行动小组”开展报道。

易洪武和钱柳生完全赞同袁本弥的提议。易洪武强调说：“国外主流媒体都在探索数字化转型，实现深度融合发展。这是大势所趋，只有推进媒体深度融合，才能勇立潮头、加快发展，在与国际主流媒体的竞争中增强实力、扩大影响。这一次利比亚大撤侨，我们要以其为契机，在融媒体发展方面有所建树。”

钱柳生到底是搞电视新闻报道的，就融合传播技术提出了自己的看法。他说，大数据、云计算等技术正日益广泛地运用到全媒采编平台构建之中，移动直播等技术也在采编制作环节中普遍采用。我们应该借鉴外国主流媒体探索数字化转型的经验，组建统一的多媒体新闻编辑部，文字图片、广播电视和网络媒体三位一体，形成“蜘蛛网”式的融媒体新闻中心。

卫成果一锤定音："就这么办！洪武抓总，以央媒融合发展领导小组名义组织和协调人事调动，以华讯国际社涉外编辑部门为基地、以各央媒外语骨干为中坚，抓紧建立一个应急多媒体新闻编辑部。本弥和柳生一个负责前方新闻采集，一个负责后方编辑发稿。大撤侨行动在即，时间紧，任务重，我们必须按照临战状态争分夺秒开展工作，简约程序，注重实效，先'拿下'这次撤侨战役性报道，之后再过细筹谋扩大战果。"

一声号令，群起呼应，各涉外央媒及其有关驻外站点在融合发展领导小组的策划指导下，立即积极行动起来。前方，除了随 3 个撤侨工作组一起行动采访的 3 个记者组外，袁本弥还紧急组织调度央媒驻外记者分别部署到马耳他、希腊、利比亚、突尼斯和埃及等国涉及撤侨行动的热点地带，要求驻点文字、摄影、视频和网络记者分工不分家，资源共享，互为补充，及时采集鲜活撤侨动态，在第一时间率先向编辑部传递讯息，发回报道文稿和音视频片。

后方，钱柳生以华讯国际社国际新闻编辑部为基地"火线"新建多媒体新闻编辑部，在让国际新闻电视台外语频道整体加盟的同时，迅速从其他央媒抽调精通外语、擅长音视频编辑制作的精兵强将"入伍"。他的报道要求是：电视网络报道优先，重大突发消息简化编发程序，率先上电视和网络字幕口播；重大讯息和感人至深、催人奋进的鲜活故事优先，争抢时效，率先报道，深入浅出，寓教其中。

易洪武双管齐下，全面负责。他一面与袁本弥和钱柳生研究制定行动方案和实施细则，紧急赶制报批件；一面拉着卫成果或央媒融合发展领导小组其他领导深入各央媒单位宣讲动员，具体落实人员调动和行动部署事宜，从决策定向、组织人事和指导原则诸多方面为前后方报道保驾护航。

上下一致，齐抓共管，撤侨报道取得极大成功。一件件震撼世界的撤侨动态，一条条记者跟踪采访的首发消息，一个个鲜活感人的生动故事，环球瞩目，国人振奋。除了华讯国际社驻突尼斯分社资深首席记者辛文康老当益壮，带病赶赴突利边境采访西线撤侨行动外，袁本弥和钱柳生麾下还有三大得力干将——专门采访国务院撤侨领导小组的外事记者景伟明、国际新闻电视台驻马耳他记者站资深记者简强新和华讯国际社主动请缨赴突利边境采访的女记者徐冰洁。他们采写播报的可称之为"新闻特写"或"特写镜头"的经典报道片段，令人印象深刻，难以忘却。

景伟明"坐镇"外交部领事保护中心，这里实际是外交部代行国务院撤侨领导小组指挥调度的具体办事机构。他带领其报道团队不失时机地及时展现中央高层对撤侨行动的决策、指导和关切。

考虑到利比亚形势日趋复杂，战乱不断，严重危及数万名中资企业员工的人身安全，国务院专门成立了中央层面的领导小组，启动新中国成立以来的第一次海外突发事件一级响应。领导小组决定向前方派出3个“特别行动小组”，分别前往利比亚东部港口城市班加西、位于西北部的首都的黎波里和南部的塞卜哈。“特别行动小组”以外交部为主，会同公安部、商务部、总参谋部和国资委等部委协同组成。

中国外交官素有“不穿军装的‘文职解放军’”之称誉，保持革命军人的战斗作风是他们代代相传的优良传统。23日12时，“特别行动小组”成员接到通知，外交部主管撤侨工作的部领导要为他们“壮行”。末了，部领导和每个成员“意味深长”地拍了合影，颇有“风萧萧兮易水寒，壮士一去兮不复还”的悲壮气氛。实际上，后来大家才听说，在决定向利比亚派遣“特别行动小组”的时候，上面真的曾做好小组成员可能回不来的准备，因此专门选择那些没有家庭负担的外交官赴任。

“特别行动小组”的领队是外交部领事司资深处长明心扉。尽管家中上有老下有小，但职责所在，他还是作为特例被挑选参与行动。他曾经数次参与过海外撤侨行动，有一定的实战经验。行前，外交部领导特别向他交代任务说：“老明，你带的是中国派出的第一架专机，必须在第一时间冲进的黎波里。在那里已经等候了一批我们的妇女儿童，先把他们撤回。然后，更为重要的是，要把当地的情况报回来，国内等着做进一步决定。现在这架飞机就交给你了，你在哪儿，飞机就在哪儿，现在情况不明朗，是从马耳他、埃及或是希腊哪个国家进入利比亚，还不能确定，你必须随时跟航空公司保持联系。”

2月24日凌晨1点左右，中国首架接侨包机国航CCA060航班抵达的黎波里机场。此时，的黎波里已陷入反政府示威浪潮中，示威者与政府安全部队间的冲突不断升级，机场一片混乱。飞机降落后，没有地勤服务，停机坪上只有稀稀落落几个工作人员在为一架希腊飞机服务。等了一个多小时，终于有个服务车过来架起了梯子。虽然可以下飞机了，但是没有摆渡车，撤侨工作组成员只好自行直接徒步寻找地面服务人员。两个多小时后，他们才终于办完手续入境。

由于通讯彻底中断，机组用特意携带的当地制式手机与中国驻利大使馆联系，几次三番就是不通，使用卫星电话仍然无法接通。于是，只好舍近求远，先由卫星电话打回国航运控中心，再由他们接通外交部联系驻利大使馆，协助接运滞留在的黎波里机场的200多名中国滞留人员。

不知过了多久，滞留人员终于登机。他们大多是妇女和儿童，疲惫、惊恐、兴奋又激动。全部落座后，飞机还是无法起飞，机场地勤人员迟迟不搬走登机口的支撑梯。机组人员突然明白过来，赶紧送上一箱可口可乐。对方尝了一口，露出满意的表情，立马利索地搬走了梯子。

CCA060 开始调转航向返航。乘务长拿起话筒，准备按惯例广播注意事项。但不知怎么，一开口广播词却变成了："亲爱的同胞们，欢迎你们回到祖国！"愣了片刻，机舱里响起一片掌声。大家激动地红了眼睛。乘客们哭了，乘务员也哭了。

考虑到许多人都几日未进食，乘务组决定先送一些饮料和流食，让饥饿的胃渐渐适应和缓解。一位男旅客的脸被当地人严重打伤，无法咀嚼食物，乘务组为他换上事先准备的外伤用药，并且让他吃了消炎药，然后用开水将方便面泡得软软的。这名乘客忍着疼痛一连吃了 3 碗，还是喊饿，最后又蘸着方便面汤吃了几个面包。

飞机上配备了 600 个大橙子，每名乘客发两个。一位在利比亚留学的女学生乘客只吃了一个就不吃了。她说："我要把它带回家供起来。"

作为本次史无前例的撤离行动的指挥中枢，位于北京朝阳门外外交部南楼 11 层的外交部领事保护中心，自 2 月 22 日起便开始历时 12 天的昼夜运作。指挥中枢领导率领领事保护中心团队统一协调指挥，不断从北京向位于利比亚及周边地区的中方机构发布指令，直到最后一架搭载撤离人员的包机抵达国内。撤离行动后期，塞卜哈是利比亚唯一可以起降航班的机场。指挥中枢的办公桌上始终放着一张表格，上面仔细地标明了从塞卜哈机场撤离的航线和搭乘人数。每飞出一架航班，撤走一批人，指挥官就会给航班涂色。当所有人员全部撤离，这张表格才会涂满。

当地时间 3 月 2 日 23 点 10 分，滞留塞卜哈机场的最后 200 余人终于乘最后一架次中国军用运输机飞返北京。中国随即向全世界宣布：迄今掌握并有回国意愿的在利比亚中国公民已经全部撤出，共计 35860 人。撤离中方在利比亚人员的行动终于取得了阶段性胜利。

此时的北京，已是 3 月 3 日凌晨 3 点。在外交部领事保护中心百余平方米的办公室里，领导和同事们拥抱庆祝。有人翻箱倒柜，找到了几瓶红酒，可是没有酒杯。大家说，算啦，别找了，还讲究什么呢？纸杯子，一样可以庆贺。

作为利比亚东线撤侨最重要的中转枢纽，马耳他这个平时并不太起眼的地中海小岛国，一下子成了全世界瞩目的新闻热点。国际新闻电视台驻马耳他记者站资深记者简强新带领他的三人团队全程跟踪采访，总能在第一时间段将一个个鲜活的撤侨动态和故事迅速播报出去，引领世界舆论跟进。

驻马耳他大使馆接到外交部撤侨指令时，已是当地时间21日傍晚。尽管马耳他政府机关已经下班，在使馆的努力协调下，马方有关各方仍对中方撤侨行动热情伸出援手。马外交部第一常秘坚定地对中国大使表示："我马上下指示，尽量取消一切繁文缛节，把所有手续减到最少。"

作为申根国家，按规定入境马耳他必须要有申根国家签证。但中方提出："很多中国公民可能没有护照，不办手续行不行？"对方为难。于是中方建议，是否可以"不入境"？先用船将中国公民从利比亚转移到马耳他，船到之后直接将人运上飞机回国，中间不在马耳他停留。马方立即请示本国总理。总理不仅同意，而且当即指示有关各部门全力为中国撤侨行动开绿灯。

然而，当使馆在细化整个方案时又发现，直接从船上接人不现实，因为接运飞机和轮船的衔接无法做到非常准确。怎么办？使馆再向马方提出新方案：先用客轮将中国公民从利比亚转移至马耳他，不上岸，在船上住两三天，待飞机准备好后，再用客车有序运至机场回国。马方很快作出答复：同意。

就这样，从接到国内通知，到确定撤退方案，中国驻马耳他大使馆仅用时两个小时。

中国驻马耳他使馆租用的"罗马巡洋舰"号航行了36小时后，利比亚班加西港终于远远在望。在这个利比亚东部港口城市，政府军已经失去了对当地的控制。利强势领导人卡扎菲孤注一掷，指令轰炸机对当地的机场和油库进行轰炸破坏。显然，海路是现在能通往外界的唯一路径。

"罗马巡洋舰"号进入码头，港口已被2000余人挤得水泄不通。中国外交官和船方本来商议的疏散方案是：上船人员由较宽敞的汽车通道快速有序地登舱，但利港口管理机构不让，要求全部从只容一人通过的引水员登船小门登舱。没办法，"讨价还价"后只好采取折中方案，先用叉车的木制托盘搭桥，再连接一个尺把宽的梯子。于是，2000多人颤颤巍巍地由小梯子走上搭桥，再钻进小门，最后入船。

然而，好事多磨，眼看着船外只剩下几百人了，船方却因救生设备有限不让再多上一个人。这哪儿行？留在码头上的人冒着雨，趟着泥水，眼巴巴地看着船上，一个个眼中流露出绝望的目光。领队的外交官一边让助手把住舱门不让船方关门撤梯子，一边紧急联系大使馆求助，然后爬到11层驾驶舱和船长交涉，恳求他基于人道理念设身处地考虑一下。"如果把这几百人留下，也许就是死路一条。"

船长联系所属意大利公司，给出的反馈是：只允许再多上37人。这当然不行。天渐渐在暗下来，雨还在下，船下人群中已有些骚乱。领队外交官稳了稳心情，拿着扩音器大声地表态安抚："船现在还不走，我们正在尽最后的努力，请大家耐心等待，中国政府不会抛弃任何一个中国人！”

就在近乎绝望的时候，好消息终于等来了，意大利政府最终同意让所有的中国人上船。看着剩余中方人员一个不落地登舱上船，领队外交官这才如释重负：“天塌不下来了！”再一抬眼，他看到码头上几十名外籍人士的失望目光。

东线撤侨工作小组一行离开北京后，经过 3 次转机、24 小时连续飞行后，最终抵达希腊克里特岛，登上了中国驻希腊大使馆租借的“奥林匹克冠军”号邮轮，赶往班加西。

冬季的地中海，风浪巨大，船颠簸得非常厉害。船舱里的椅子不停地从这头撞到那头，再从那头撞回来，房间内的玻璃制品几乎全碎了，电视机也被摔到了地上。人在船上，一会儿悬空，一会儿又颠倒在地上。很少有人不晕船。然而，工作小组不得不以特殊的方式开会，研究撤侨事宜，部署行动计划。有的趴在床上，有的趴在沙发上，有的趴在地上，有的靠在墙脚，边呕吐，边开会。

轮船抵达班加西港时，只见数千名同胞排着长长的队伍焦急等待。大家望着船上的五星红旗，任凭眼泪流淌。他们争相告诉工作组：知道你们会来的，知道祖国会来救我们!

希腊的克里特岛千尼亚机场原本是个军用机场，现在成了中国包机接运从利比亚撤离公民和侨胞的集散地。这次执行包机任务的波音 777 型飞机，是这个机场史上起降的最大飞机。机场没有地勤，中国自己派。曾接过数架专机、有十余年这方面工作经验的林玛受命带领 15 人团队赶赴克里特岛千尼亚机场，就地组建临时的地面指挥部。

协调包机飞行手续对有序顺畅地完成撤侨任务至关重要。按照国际惯例，飞机飞越外国领空，或在其机场起降，必须获得有关国家多部门的批准。为了“抢时间”，中国驻希腊大使馆专门安排两名工作人员负责协调包机飞行手续，每拿到一份文件，立即发往国内。

同样，林玛和同事们也必须超负荷“抢时间”。快！快！这是他们这段时间的常用语。现场的情况常常是，这架包机还在上客，另一架包机就已经落地了。如果不能在申请的时段顺利过站，外交部、领事馆等相关部门又要重新忙活，去申请新的时段降落和起飞。

两个半小时，是林玛曾经预计的过站时间。但经过不懈努力，他们把这个时间缩短到 1 小时 20 分钟。没有办公室，没有椅子，也没有地方吃饭。他们主要靠国航包机飞过来时剩余的食物果腹。

同样，西线撤侨报道也精彩纷呈。作为华讯国际社驻突尼斯分社的首席记者，辛文康在中国驻突大使馆获悉西线撤侨计划后，立即报告上级主管部门，就分社阶段性应急报道计划提出意见和主张。23日清晨，五十好几的他不顾身体虚弱，草草带上几包常用药，便冒雨驾车随使馆车队一起赶赴800多公里外的拉斯杰迪尔边境口岸实地采访。

一到口岸，老辛就不顾连续驾车奔波10小时的劳累，立即展开采访工作，与突尼斯地方官员、难民、当地志愿者广泛交流，获取了大量第一手信息。24日零时许，他在登车拍摄到第一组撤离人员的照片后，突然因极度疲劳而双腿抽筋，被同志们从大巴车上抬了下来。稍事休息，他便继续工作。凌晨时分，他不顾疲劳，坚持随首批撤离人员抵达安置地杰尔巴岛采访，之后又不顾疲劳和饥渴，立即投入紧张的文字和图片发稿工作。至24日16点30分发出最后一篇内参稿时，他已经连续工作35个小时没有合眼。

类似辛文康如此敬业的还有主动请缨参加西线采访报道的华讯国际社女记者徐冰洁及其团队。

徐冰洁在中东总分社搞了两年英文编辑后，便奉调先后在华盛顿、联合国和伦敦等分社当记者。由于业务功底扎实，加上聪明好学，她对文字、摄影和电视摄像等新闻报道的“十八般武艺”均过硬上手，成为驻外分社争着抢着要的“香饽饽”。经过这些年来的历练，她不仅采撷技艺和报道水平有了突飞猛进的提高，就连性格和气质也都有了近乎完美的变化。她不再是那个说话软哝细声、脸红腼腆的稚嫩小姑娘了。

在辛文康的带领下，徐冰洁他们一行西线报道组为了在第一时间段及时发回现场报道，反映西线撤离工作的进展，大家平均每天只能休息三四个小时。“玩儿命”地工作，他们用及时、深入、细致和全面的报道，全程见证了一万多名中国公民的西线撤离工作。出色的报道不仅抚慰了我在利数万派遣人员家属的情绪，更为中央领导的指挥决策提供了准确、及时的可靠依据。西线报道团队展示的《国歌嘹亮》等特写片断感天动地，令人热血沸腾、泪湿衣襟。

“起来，不愿做奴隶的人们……”没有护照，唱国歌证明咱是中国人。牛气冲天，彰显中华人民共和国国歌的最强音。

因在撤离途中丢失了护照，几十名中国工人在利比亚距离突尼斯边境约3公里处被当地检查站扣留。先期带领“大部队”安全撤离到突尼斯边境一侧的“特别行动小组”立即安排小组中来自公安部的边检民警冼雨林等人返回寻找。当找到这批同胞时，他们立即亮明身份，请求利方检查站放行，但值守人员不听中方人员的反复解释，坚持认死理儿：如何证明他们是中国人？工人们的情绪几近崩溃。冼雨林灵机一动，突然对着中国工人队伍高声喊道：“全体都有：集合，立正，唱国歌！”原本绝望中的工人兄弟们都站了起来，唱起了大家在幼儿园、小学、初中、大学里唱过一次又一次的国歌。一时间，嘹亮的中华人民共和国国歌声响彻检查站上空，虽然“五音不全”，但极其庄严认真，立马震撼了现场所有人，利检察人员和各国难民齐刷刷都把目光投向了整齐划一的中国人。利方不再“矫情”，赶紧开关放行。中国工人们顿时底气十足，一路唱着国歌，豪迈地徒步赶到边境归队。

冼雨林，来自公安部的北京边检民警。2月22日晚11点，他接到赴利比亚执行撤侨任务的通知。24日凌晨，他随接侨民航包机抵达的黎波里，参与“特别行动小组”开辟西线撤侨通道。25日下午6点，他们一行4人抵达利突边境拉斯杰迪尔口岸。

此前，他在中国驻利比亚大使馆给父母写下一封带有“遗书”性质的家书。家国情怀跃然纸上，读来令人动容。

亲爱的爸爸妈妈：

我正在的黎波里的中国驻利比亚使馆给你们写这封信，也许你们收到这封信的时候，儿子已经再也见不到你们了。就在1个小时前，我们刚刚制定了救援工作方案，明天，我就要和同事们一起赶赴利突边境，给困在那里的同胞们打通一条回家的路。

利比亚的局势比我想像中的还要紧张，虽然出国前就已经做好了充分的思想准备，但真到这里后，还是感受到了强烈的震撼和不安，到处都是倒塌的房屋，四散的人群，手持AK47的利比亚军警在关卡严密盘查着每一个通行的人，那乌黑的枪口就直指着行人的头，看得人心惊胆战。虽然现在已经是晚上了，但我们还能清楚地听到外面传来的流弹和爆炸声，不知道有没有无辜的平民又因此伤亡。

今天，我试了试为我们准备的防弹衣，很沉，穿在身上都能感觉到厚厚的压迫感，为了区别于武装分子，我们没有头盔，也没有武器。从这里到利突边境，被当地的司机比作“一条死亡之路”，听说沿途要经过50多个关卡，坦克、装甲车、重型机枪遍布沿线，谁也不知道这条路现在还通不通，前方到底有什么在等待着我们。在这条吉凶未卜的路上，也许只是一颗飞弹，也许只是一瞬间，我可能再也不能回到你们身边！

爸爸妈妈，此时此刻，儿子忽然很想念你们，虽然这样的话平时很少说，但你们对我的恩情我一直记在心里。现在回想起来，工作后的这些年，我陪在你们身边的时间实在太少，只有每年短短几天的假期是我们一家团聚的日子。现在，与你们在一起的每一分每一秒都在我脑海里闪过，虽然还有太多感激的话没有来得及对你们说，但你们一定要知道我爱你们。

爸爸妈妈，请原谅我瞒着你们接受了这次艰巨的任务，原谅我出发前和你们那样的轻描淡写。对于这次的任务，我们已经做了很多准备，但在这里，任何的准备可能都不足以应对突发的状况，所以请你们理解儿子的选择，也相信我，一定会成为你们的骄傲！

爸爸妈妈，答应我，一定要好好照顾自己，保重身体！无论以后遇到什么困难，要带着儿子的祝福和思念，坚强地走下去！

永远爱你们的儿子冼雨林

2011 年 2 月 24 日于的黎波里

明心扉率“特别行动小组”进入利比亚首都的黎波里后，立即赶往中国驻利大使馆，与部分驻利外交官会合。大家一分为三，按原定计划赴不同撤侨热点开展工作。明心扉、冼雨林、另一名小组成员和一名使馆工作人员负责从利比亚西部进入突尼斯边境，开辟西线撤离通道。

西线通道途经利比亚政府军与反政府军交战的“红白区”，到处可见坦克、装甲车和重型机枪以及穿着军装手握冲锋枪的人。大街上飞子弹，车顶上飞炮弹，走在这条道上不亚于上战场。沿途还有 50 多个检查站，个个都是生死考验。当地司机称这条道为“死路”，但对中国撤侨行动来说，这却是一条必须要打通的“生命线”。4 个人开车走走停停，花了 8 个多小时才到达利突边境拉斯杰迪尔口岸，看到了此前抵达这里等待撤离的 600 多名中国工人。

拉斯杰迪尔是利比亚与突尼斯边境上的一个小口岸，它是中国撤侨行动最理想的西线陆路通道。这 600 多名中国工人因仓皇逃离没带护照而无法通关。寒风中，许多人只能靠烧垃圾和汽车轮胎取暖。明心扉赶到他们露宿地，大声对他们说：“各位同胞、兄弟，你们受苦了！我们是国内派来的工作组。党和政府关心你们，全国人民牵挂你们！”话一出口，欢呼声和掌声立刻迸发。濒临困境的工人兄弟们看到了希望，激动地表达肺腑之言：“我们安全了！感谢党！感谢祖国！”

天黑了，拉斯杰迪尔口岸处于沙漠地带，此时正赶上当地“隆冬”季节，异常寒冷。600 多名工人坐在地上瑟瑟发抖。明心扉找到一个当地好心商店老板，带着工作人员穿越交战区，跑到几十公里外，前后花了 8 个小时，花高价买回 300 多条毛毯。当夜，每两个人合盖一条毛毯露天宿营。工人们心里热乎乎的，有人哽咽地说：“这可是国家给的毛毯，雪中送炭呀！”

不是没有护照吗？那就“自己造”。当晚，中国驻突尼斯使馆连夜赶制 1000 余份加注阿文说明的回国证明，并于第二天下午派人送至利突边境口岸，由工作组中来自公安部的边检民警冼雨林在现场根据这批人员的护照复印件制证，加贴持证人照片并加盖骑缝章。一小时之内，他便签发了 600 余份回国证明。

离拉斯杰迪尔口岸最近的是祖瓦拉工地上的中水电公司下属单位中南勘测设计研究院的员工。当地的暴徒和部落武装趁动乱之机浑水摸鱼，企图大捞一把，视拥有庞大装备和物资资源的中国公司为他们袭击的主要对象。因此，“中南院”驻地在当地最先遭受暴徒攻击，损失十分惨重。根据上级指令，“中南院”负责人率领全体人员选择走陆路通道撤离，但对能否活着走出利比亚，其实心里并没底。

万幸的是，撤离队伍一路上历经盘问和折磨，终于抵达拉斯杰迪尔口岸。但新的问题出现了，大家仓皇撤离，因没带护照而被利海关人员拦阻下来。按规定，大家的护照都是集体保管，存放在利首都的黎波里的公司总部。没办法，只能派人到的黎波里取回护照。但护照拿到后还是无法通行，利海关人员翻来覆去地看着一堆中华人民共和国护照后，竟然毫无表情地扔还给了翻译肖琳部。

肖琳部，一名“80后”姑娘，眼泪一下子夺眶而出，怒不可遏地高声质问：“为什么？我们中国人不远万里来到你们利比亚，给你们盖房子、修铁路，哪一点我们做错了？你们怎么能这样对待我们呀！”

利海关人员被肖琳部的哭喊震惊了，赶忙解释说：“你们的护照没办出境签证手续！”

肖琳部突然反应过来，追着一个海关负责人说：“你们办签证的人都不知跑到哪儿去了，难道这也要我们负责吗？”然而，对方却冷漠地回应说，这个他不管，要想出境，就必须有签证手续。说完扬长而去。

“你们怎么不讲理啊？”肖琳部跺着脚叫喊。冷静下来后，她急中生智，背着挎包来到利比亚海关关长的办公室“求助”。她时而声情并茂，时而眼含热泪，推心置腹地讲中国人的难处，讲他们的思乡之情，讲利比亚人和中国员工之间兄弟般的友情，直讲得口干舌燥。终于，海关关长被打动了，陪着流泪说：“中国人好，是朋友。好了，我同意了，你们可以走了！”

说起肖琳部，人们不能不从心底里佩服。这名“80后”姑娘巾帼不让须眉，敢于担当，认真负责。2月23日深夜，她带领第一批工友脱离险境，进入突尼斯境内。但为了照顾那些因各种原因无法过关的同事，当时已三天三夜没合眼、疲惫不堪、几近崩溃的她流着泪与记者握手道别，独自又返回利比亚一侧。为了陪伴和帮助33名因办理相关手续护照不在手上而无法过境的员工，她主动在利比亚留了两天，最终顺利带着公司最后一批人入境突尼斯。连续六天六夜高度紧张的情绪一下子得以释放，刚过海关，这个坚强的姑娘便瘫软在地，失声痛哭。

28日晚，1万多名从西线撤离的中国公民全部进入突尼斯境内。明心扉和他的工作组也于次日凌晨跟进到突尼斯。前来慰问的驻突使馆同事问他们需要什么，他们提了3个“要求”：吃一顿热饭，洗个热水澡，睡个好觉。

连日来，明心扉和他的工作组成员已经5天没有洗澡，4天没有吃喝热的东西，3天没有合眼睡觉。此刻，这最简单的3件事成了他们的一种奢望。由于太阳直射，明心扉一度在眨眼休息的瞬间就靠着面包车站在那里睡着了。他们自己打趣说，他们是“中国又脏又臭又困的外交官”。

3月7日，明心扉终于完成任务回到国内。令他感动不已和欣慰的是，回国后的第一天竟收到一份特别的礼物——一包酱鸡爪。他拍照发给其他工作组的成员们说，“我替你们吃了一包今生最好吃的鸡爪”。

原来，明心扉的一位同事一直在关注他和前方工作组在利比亚的撤侨细节。透过电视和媒体报道，这位同事得知，明心扉他们不仅工作艰难，而且处境十分恶劣，当地物资匮乏，商店关门，工作组随车携带的有限干粮吃完后，大家甚至不得不捡拾撤离人员丢弃物果腹。这中间，有人惊喜地发现一包酱鸡爪，但是馊了，没法吃。看到这条消息，这个同事和家人心疼得泪流满面。为此，他们专门酱制了一包鸡爪，要为凯旋回京的明心扉接风洗尘。

……

显然，央媒融合发展领导小组主抓的利比亚撤侨报道干得漂亮。多媒融合，访谈密集。动态消息大多自采首发，即景展示，真实准确，生动明晰；深度评析重心突出，见解独到，逻辑连贯，解疑释惑。整个报道国人振奋，环球瞩目，引领外媒舆情正能量跟随。

首战告捷，卫成果心里特别高兴。表彰会是必须的。易洪武、袁本弥、辛文康、徐冰洁等都是有功之臣，卫成果代表央媒融合发展领导小组给他们披红戴花、颁发奖品。

此情此景让徐冰洁激动不已，她想起了当年在易洪武、袁本弥率领下鏖战伊拉克战争报道的激情燃烧的岁月。“跟着你们干真好！三位老师，没想到咱们‘老中东’又在这里聚会了。”表彰会后的自助餐饭桌上，徐冰洁对着当年的“老领导”们发出了由衷的感慨。

“可不是吗，都是喝过尼罗河水的人，真有点怀旧了。冰洁，我们老三位都是要退休的人了，未来就看你们了。不过，我倚老卖老地说，你就像我们的女儿，事业上心，工作能干，但个人问题该解决了吧。”辛文康接着徐冰洁的话茬打趣道。

“是啊，小徐，有对象没有？要不要我们帮你物色？”易洪武随声附和，当然心意也是真诚的。

大龄“剩女”的“个人问题”总是姑娘们不愿应对的“软肋”。别看徐冰洁平时风风火火、大大咧咧，但此刻听到辛文康和易洪武的关切之言，她的脸蛋腾的一下子红了起来。没有任何辩驳和表态，她忸怩而轻声地道了一声“谢谢”，然后赶紧起身，装着去找茶水喝。不经意间，她斜眼窥瞄了袁本弥一眼。

袁本弥装着什么也没看见，但他知道徐冰洁的心结所在。当年在总分社英文编辑部，他明显感觉到徐冰洁在暗恋自己，自己也一再暗示她不要在自己身上“浪费青春”。一方面，年龄差距太大，他待她如同自己的女儿一般关心照顾。另一方面，更加关键，他一直不能忘怀自己的前妻。徐冰洁冰雪聪明，当然明白袁本弥明里暗里的说辞是怎么一回事，但她就是不理会这些，似乎一根筋，既不争辩也不放弃，更对袁本弥毫无怨言，继续通过“我行我素”式的无声行为深陷暗恋的朦胧意境，抗拒一切外来求恋。袁本弥拿她没有办法，除了不断在内心深处表达歉意，就是一如既往地给她如父兄般的关照。“工作能力超强，生活心理雾霾。”袁本弥每每念及于此，心里总是发出这样的感叹。

见徐冰洁不愿意谈论个人问题，大家也就不再多劝，一时无语，各自对着餐盘中的饭菜细嚼慢咽、咂嘴品尝。就在大家一门心思专注于餐饮时，卫成果端着酒杯来给大家敬酒了。其实，虽然敬酒也是真心实意，但他明显还有别的深意。

除了要表彰一批有功之臣外，卫成果最上心的还是如何将这次撤侨报道的经验总结好，推动央媒融合发展实质性向前迈进。他打算趁热打铁，尽快召集易洪武、袁本弥和钱柳生等人好好座谈研讨一番，制订出央媒融合发展的未来蓝图，然后上报中央，形成央媒融合发展的国家大计。借敬酒的机会，他要和易洪武、袁本弥就此沟通商量一番。

然而，计划赶不上变化。郑东玺贪腐案发，中央让卫成果立即重返华讯国际社“救火”。这些年来，郑东玺目无中央，贪赃枉法，同时不专本职，道德败坏，对报道业务和人们的思想极具腐蚀和破坏性。接获举报后，中央纪检监察部门立即启动调查程序，对郑东玺实行“双规”，急调卫成果回华讯国际社主持全面工作。尽管卫成果熟门熟路，但要肃清郑东玺的流毒和影响并非易事。好在他办事历来雷厉风行，大刀阔斧，拨乱反正卓有成效。

不过，让他再次想不到的是，他这里工作刚有起色，中央又给他下了新的调令。全国反腐力度不断加大，亟需廉政大员带队下垂巡视。卫成果步入仕途以来，在高层和群众中一直口碑不错，中央纪委和监察部门对他寄予厚望，最高领导层点名调他干纪检。没的说，他只能服从中央安排，即刻赴任。只是，他的有关央媒融合发展的设想只好“束之高阁”，高高挂起，实在令人遗憾和唏嘘。

二十九

卫成果"改行"了，易洪武和袁本弥却没有"易帜"，仍然恋恋不忘卫成果与他们曾经一拍即合的"央媒融合发展"大计。虽然是因利比亚撤侨而临时借调到央媒融合发展领导小组，但撤侨结束后卫成果并没打算让他俩离开，因为"央媒融合发展"大计仍仰仗两人谋划施策。正是考虑到这一点，卫成果在自己被紧急调回华讯国际社"救火"的情况下，却仍然让易洪武和袁本弥留在央媒融合发展领导小组继续"借调"。

不过，没了卫成果的背撑，"英雄无用武之地"，以易洪武和袁本弥现在的地位和处境，除了在口头和笔端上对"央媒融合发展"理念和自个儿怀揣的宏伟战略设想"鼓与呼"之外，他们实在不能轰轰烈烈地大干一场。

俗话说，"一朝天子一朝臣""杀猪各有各的杀法"。央媒融合发展领导小组新领导人有自己的"新思维"和行事风格。他瞧不上卫成果搞的那一套，更不可能让自己按照前任的理念、思路和方法来承续旧有的计划和设想。善于察言观色的嫡系部下投其所好，一个个争宠邀功，纷纷"献策建言"，其实大多也不过是"捡拾"网上流行的新闻术语和施策主张罢了。好在新头儿信奉"摸着石头过河"的说辞，只要施策主张"入流"，他都乐意"采纳"。在他看来，一切都可以试试，大不了"交点学费"从头再来嘛。于是，最新潮的"融媒体"成为"献策建言"的首选概念。

话还得从"多媒体"概念说起。

随着互联网科技的迅猛发展和手机功能的不断增多，传统媒体与新媒体之间日益融合互通，信息传播技艺不断更新换代，传播方式日趋丰富，报纸、杂志、广播、电视、音像、电影、出版、网路、电信、卫星通讯在内的各类传播工具，逐步涵盖视、听、形象、触觉等人们接受资讯的全部感官，而且针对受众的不同需求，选择最适合的媒体形式和管道，深度融合，提供超细分的服务，实现对受众的全面覆盖及最佳传播效果。

这一技术和信息革命的初始大潮以"多媒体"形式为主要特征。各媒体单位热衷于建立多媒体中心，以适应数字化时代新闻信息传播发展趋势，有效应对日趋激烈的媒体竞争，增强各自的传播力和影响力。人们认为，构建多媒体新闻信息业态势在必行，新建多媒体中心对本新闻单位完善组织架构、理顺体制机制、健全产品形态和提升报道水平至关重要。多媒体中心以自主研发的多媒体新闻信息数字生产加工技术系统为依托，实现多媒体采集、生产、加工运作。通过这一平台，编辑可在同一界面即时编发记者采集的文字、图片、音频、视频等各种形态的稿件，同时，也可以直接签发供电视、网站、手机、户外屏幕等使用的多媒体融合的新闻产品。应该而言，多媒体中心“应运而生”，在当时那个阶段确实为媒体的新闻报道锦上添花，使不少主流媒体事业发展如虎添翼，新闻竞逐倍增活力。

但是，没过多久，日新月异的科技发展很快便将新闻业态由“多媒体”推向“全媒体”。据介绍，所谓“全媒体”，就是综合运用文字、声音、影像、动画、网页等各种表现形式来全方位、立体地展示传播内容，同时利用广播、电视、音像、电影、出版、报纸、杂志、网站等不同媒介形态进行业务融合，通过融合的广电网络、电信网络以及互联网络进行三网融合传播，最终实现用户以电视、电脑、手机等多种终端均可三屏合一式完成信息的融合接收，任何人在任何时间和任何地点都能以任何终端获得任何想要的信息。

有研究文章认为，至2007年之前，囿于技术限制，各行各业提及“全媒体”基本都是点到为止，在认识上是直观而片面的。2008年，“全媒体”开始在新闻传播领域崭露头角。这一词汇随之在文章中出现的频率越来越高。媒体从业者纷纷提出“全媒体战略”或“全媒体定位”。报纸、电视、广播、出版、广告等行业的全媒体发展呈现出两种方式：一是扩张式的全媒体，即注重手段的丰富和扩展，如新兴的“全媒体出版”“全媒体广告”；二是融合式的全媒体，即在拓展新媒体手段的同时，注重多种媒体手段的有机结合，全媒体新闻中心、全媒体电视和全媒体广播等称谓一时风头无二。有人给“全媒体”贴上了这样几个标签：覆盖面最全、技术手段最全、媒介载体最全、受众传播面最全。具体而言，“全媒体”被归纳出这样几个特点：1）人类目前掌握的信息流手段的最大化集成者。其传播载体工具可分为：报纸、杂志、广播、电视、音像、电影、出版、网络、电信、卫星通讯等等；传播内容所依重的各类技术支持平台既包括传统的纸质、声像，更基于互联网络和电讯的WAP、GSM、CDMA、GPRS、3G、4G及流媒体技术等。2）并不排斥传统媒体的单一表现形式，而且在整合运用各媒体表现形式的同时仍然很看重传统媒体的单一表现形式，并视单一形式为全媒体中“全”的重要组成。3）体现的不是“跨媒体”时代的媒体间的简单连接，而是全方位融合——网络媒体与传统媒体乃至通讯的全面互动、网络媒体之间的全面互补、网络媒体的自身的全面互溶。4）在传媒市场领域里的整体表现为大而全，而针对受众个体则表现为超细分服务。对同一条信息，通过全媒体平台可以有各种纷繁的表现形式，但同时也根据不同个体受众的个性化需求以及信息表现的侧重点来对采用的媒体形式进行取舍和调整。

然而，这里“全媒体”热方兴未艾，海外又兴起了“融媒体”称谓。闻风而动的中国闻人们立刻纷纷效仿，并按照国人习惯这样翻译和释义“融媒体”：作为最新型媒体形式，它充分利用媒介载体，把广播、电视、报纸等既有共同点又存在互补性的不同媒体，在人力、内容、宣传等方面进行全面整合，实现“资源通融、内容兼融、宣传互融、利益共融”。其发展趋势是：对文字、图片这些新闻素材进行内容融合；把广播、电视、互联网、新兴媒体等合成一个平台，使之形式融合；通过资本运作、兼并收购和企业合并等手段实现产业融合。

那么，“多媒体”、“全媒体”和“融媒体”之间的区别在哪儿？它们之间的不同点有多大？似乎谁也没搞清楚。大家似乎看重的不是它们的实质性内涵，而是词汇称谓的新颖别致。对央媒融合发展领导小组新领导人而言，裹挟而来的“融媒体”新潮词汇不仅新颖别致对他胃口，而且让他对此情有独钟的更是新名词中的“融”字形式。在他看来，“央媒融合”和“融媒体”两者都有一个“融”字，一笔写不出两个“融”字，其关联巧合不言而喻。手下人心领神会，立马给新领导的心灵感应佐证，各各发表高论和“独家”见解，为“融媒体”呐喊叫好。于是，央媒融合发展领导小组重新找到了自己的目标和任务定位：为“融媒体”鼓与呼，并制定施策，推介典型案例。他们虽然还在高举“央媒融合发展”的大旗，但却离“央媒融合”这一根本宗旨渐行渐远，实际主张和倡导的则仍然是各央媒机构单打独斗的小打小闹式应景花样，玩文字游戏远胜过实质性变革，津津乐道的是中央级和主流媒体的机构翻新，由“多媒体中心”或“全媒体中心”升级换代为“融媒体中心”。其实，换汤不换药，换个叫法，鲜有实质意义。

这当然不是卫成果和易洪武、袁本弥他们所设想的央媒融合发展大计。新领导虽然对易洪武和袁本弥仍客客气气，但却并不过问他们对“央媒融合发展”大计的研究及其工作进展。很显然，新领导在让他们“坐冷板凳”，他们越来越感觉到留下来的多余。

“罢罢罢，此处不留爷自有留爷处。咱还是打道回府吧。”袁本弥对易洪武发着牢骚。

易洪武表示赞成，酸楚地喃喃自语：“是该回去了。耗下去没用，‘央媒融合’肯定无人问津，人家不信这个。”

其实，人家就在等他们自己撂话。易洪武和袁本弥的辞行报告递上去当天，新领导便批示同意，并假模假式地让办公室主任代他与两位话别，“感谢”两位在利比亚撤侨报道中的出色工作，希望今后有机会再借调合作。云云。

不管怎样，易洪武和袁本弥如愿回归华讯国际社。他们都已到退休年龄，打道回府就等着办理退休手续、回家赋闲颐养天年了。然而，事情往往就是如此巧合，他们刚回到社里，社领导就找他们谈话，给他们派了新用场。

郑东玺倒台后，牵连出成西永。成西永是在从开罗回国休假期间被纪检部门约谈后接受审查的。他的被抓事出突然，华讯国际社人事局有点发懵，猛一下找不到合适的接替人选派往开罗。而“伊斯兰国”恐怖活动在伊拉克和叙利亚等地愈演愈烈，报道任务异常繁重，中东总分社班子迫切需要充实加强。怎么办？已经接到中央调令马上就要离开华讯国际社到中纪委履新的卫成果想到了易洪武和袁本弥，推荐由他们俩回中东再搭班子，临时救急。

“你们自己回来了，正好，省得我们问央媒融合发展领导小组要人了。现在中东总分社群龙无首，社里决定把你们俩派回去救急。你们不着急办理退休手续，立即回家准备一下，明后天就启程到开罗赴任。‘伊斯兰国’恐怖活动猖獗，中东报道迫切需要加强领导。”主管人事工作的副社长找易洪武和袁本弥谈话，传达社党组的决定，开门见山，直奔主题。

救急如救火。易洪武和袁本弥没有二话，满口应承。他们知道，“伊斯兰国”恐怖活动危害中东，震惊世界，全球瞩目，无疑是中东总分社近期报道的最重点，耽搁不得。

就这样，易洪武和袁本弥马不停蹄地赶赴中东，真正应了那句谚语：“喝过尼罗河水的人还会再回来”。不过，他们现在可顾不了太多的感慨。“新官上任”，如何就“伊斯兰国”暴恐活动的报道点好“三把火”是当务之急，他们必须专心致志、全力以赴。

“伊斯兰国”是一个活跃在伊拉克和叙利亚的极端恐怖组织，前称“伊拉克和黎凡特（大叙利亚）伊斯兰国 ISIS”。该组织的目标据说是消除二战结束后现代中东的国家边界，企图在从伊拉克到地中海之间的中东核心地带建立一个政教合一的宗教国家。“伊斯兰国”组织严密，手段残忍。它扩张迅速，不仅在中东地区，而且在西方国家也招募了大批的恐怖分子。有资料显示，该组织的首领和指挥官许多来自于沙特阿拉伯，战斗人员除来自伊拉克和叙利亚本土外，还有很多外籍士兵，其中不少人来自美欧。这支武装队伍曾在伊拉克和叙利亚内战中经受过战斗考验和训练，协同作战能力较好。“伊斯兰国”还不断利用现代社交手段扩大其全球影响力，其宣传和招募手段大量运用 Facebook、Twitter、YouTube 和手机 App 等时髦通信工具，发布的宣传片堪比西方大片。这些对蛊惑极端主义分子起到了推波助澜的作用。此外，它还是世界“最富有”的恐怖组织。据估计，2015 年该组织仅从石油和石油产品中就获得 4 亿至 5 亿美元的收入，从抢劫伊拉克各银行分支获取了 10 亿美元。

美国智库布鲁金斯学会的研究资料显示，“伊斯兰国”的前身是 20 世纪 90 年代初营地设在阿富汗的“一神论和圣战组织（TOMJ）”，领导人是扎卡维。

2001 年“9 · 11”事件发生后，美军攻打阿富汗并推翻塔利班政权。作为本 · 拉登领导的基地组织的三号人物，35 岁的扎卡维遭美军导弹袭击，被炸断一条腿。阿富汗呆不下去了，扎卡维及其团伙逃到了伊拉克，新建“统一圣战组织”。2003 年，美国推翻伊拉克萨达姆政权，伊北方许多地方出现政治真空，扎卡维及其团伙趁机打出“基地”组织的旗号，以“伊拉克基地分支”的名义猖獗一时。2006 年，他们和提克里特附近一些逊尼派部落武装组成反美的“圣战者联合委员会”。同年 6 月，扎卡维在一次美军空袭中被炸死。10 月份，“伊拉克基地分支”联合萨达姆时期的前伊拉克复兴党军官及其他逊尼派叛乱组织宣布成立“伊拉克伊斯兰国 ISI”，由阿布 · 奥马尔 · 巴格达迪带领。之后，该组织逐步控制了伊拉克西部及北部大部分地区，开始以“伊斯兰”名义实行恐怖统治。2011 年，叙利亚内战爆发，ISI 趁机扩张到叙境内，成为众多反对巴沙尔政权的叛乱武装之一，并于 2013 年 4 月更名为“伊拉克和沙姆伊斯兰国”。它在血腥的叙利亚内战中“崛起”，并在叙东部地区建立了根据地。2014 年 6 月 29 日，巴格达迪自称为“哈里发”，将政权更名为“伊斯兰国”，并宣称自身对于整个穆斯林世界（包括历史上阿拉伯帝国曾统治的地区）拥有权威地位。

更有史料详情透露说，巴格达迪 1971 年 7 月出生于巴格达以北约 120 公里处的伊拉克古城萨迈拉。在邻居们的印象中，巴格达迪少年时代就性格内向、少言寡语。1996 年，他从巴格达大学伊斯兰教教法学院毕业，之后再入伊斯兰大学攻读诵经学硕士学位。大学学习期间，他加入了“穆斯林兄弟会”。该团体中有个小群体，自称萨拉菲圣战派，他们思想极端，指责当权者背叛了信仰，坚持要推翻政府。这对巴格达迪影响很深。2003 年美军入侵伊拉克后，作为萨拉菲圣战派的积极追随者，巴格达迪参与组建叛乱组织，并在伊拉克北部和中部与美军及伊拉克政府军作战。一年后，他在费卢杰探访一名被美军通缉的朋友时被捕，并被转移关押到位于伊拉克南部的美军布卡营地监狱。10 个月与世隔绝，巴格达迪苦心探究，设计和创立了“伊斯兰国”的极端意识形态，并不断按照自己的理解在囚犯中传播教义，每天按时率领囚犯们祈祷，每周五还给囚犯们讲经布道。当时，该监狱共关押着 2.4 万名囚犯，其中多数是曾经在萨达姆政权军队和情报部门工作的逊尼派阿拉伯人，对美国及其扶植的什叶派政府充满敌意和怒火。巴格达迪的极端“圣战”思想犹如“煽风点火”，悄无声息地在美国人眼皮底下肆意传播，引领着狱友们狂热追随他的“伊斯兰国”极端教义。2004 年，巴格达迪出狱后与包括“基地”组织在内的多个极端组织建立联系并很快宣布效忠“基地”组织伊拉克分支头目扎卡维。两年后，扎卡维被美军炸死，他的继任者马斯里宣布解散“基地”伊拉克分支，正式成立“伊拉克伊斯兰国”组织。2010 年，在马斯里被美军击毙后，巴格达迪被推举为该组织的新头目，终于从幕后走向台前。叙利亚内战为他扩张“伊拉克伊斯兰国”势力的“雄心壮志”提供了千载难逢的机遇。2013 年，“伊拉克伊斯兰国”越境进入叙利亚。同年 4 月，巴格达迪宣布建立“伊拉克和黎凡特伊斯兰国”。2014 年起，“伊拉克和黎凡特伊斯兰国”的武装分子在伊拉克北部和西部攻城略地，包括摩苏尔在内的多个城市落入极端分子之手。同年 6 月，巴格达迪在摩苏尔宣布建立一个所谓的“哈里发国”，自封“哈里发”，“伊拉克和黎凡特伊斯兰国”更名为“伊斯兰国”，并将叙利亚的拉卡定为“首都”。鼎盛时期，“伊斯兰国”拥有约 3 万名武装人员，其控制范围覆盖伊拉克和叙利亚大片地区。

“伊斯兰国”持极端反动的政治主张，一路攻城略地，行径极为残暴。每个星期，恐怖分子们都会在叙利亚和伊拉克实施多重暴力活动，造成大量人员死伤。有媒体直呼：伊斯兰国是“当今世界上最危险的恐怖组织”。

显然，“伊斯兰国”这个恐怖极端组织之所以凶残猖獗，利用的是伊拉克战后乱局而形成的政治真空和叙利亚因外部势力干涉而造成的内战动乱。易洪武和袁本弥认为，对“伊斯兰国”的报道应着眼和立足于反恐，在深刻揭露“伊斯兰国”披着宗教外衣搞暴力恐怖恶行这一反动本质的同时，重心应放在伊叙两国在俄罗斯和美国等外力干预支持下为剿灭“伊斯兰国”而积极发动的战场攻势上，大力宣扬国际社会同仇敌忾、恐怖主义人人喊打的舆论主流。为此，加强巴格达分社和大马士革分社一线报道力量是关键。

如何加强？易洪武与袁本弥和其他班子成员商讨后决定，立即召集巴格达、大马士革及有关周边分社首席记者会议，与总分社各编辑部一起制定具体报道方案，协调从周边分社抽调精兵强将临时增派到报道一线，特别要细化研究前线战地报道，统筹部署雇员和记者兵力，有效开展文字、摄影、视频、音频、网站、新媒体等各种形式的报道。

紧锣密鼓，两天之内有关分社的首席记者们便陆续抵达开罗，会议随即举行。按照事先会议通知中的“打招呼”，首席记者们和各编辑室主任们的发言不限时，但必须是“干货”，鼓励大家想点子出谋划策，就如何搞好此次反恐报道提出具体措施和办法。

当然，巴格达和大马士革两个分社是此次反恐报道的主战场，根据总分社的要求，他们首先在会上拿出各自的“兵力”部署图，除重点分析并合理安排现有记者和雇员力量外，特别就文字、摄影、视频、音频、网站、新媒体等不同报道形式提出具体记者需求数，请求调派增援记者和增加新聘雇员。

调派增援记者相对好办一些，可以协调编辑部和周边分社临时抽调人力，但紧急增聘雇员却比较难办，因为这不是急茬儿就能解决的事，需要有个物色、考察和能力检验的过程。巴格达分社和大马士革分社原先在驻在国首都聘用过几个当地雇员，但他们基本都是主要靠后台译编新闻的文字记者，没搞过音视频和摄影报道，不会摆弄摄像机和高像素数码照相机及相关的编辑传输便携机，更没有从事过前线战地报道的经历和经验。

“远水解不了近渴呀。”袁本弥对临时急聘雇员比较犯难。他解释说，摄影报道还好办一点，文字编译雇员大多都会玩几下，实在不行还可以把总社外派到本地区的两个我们自己的专职摄影记者临时抽调到巴格达和大马士革分社支援一下，甚至还可以请总社摄影部再给两个分社临时各增派一名记者作后援。相对而言，现在的问题关键在于广播电视报道，因为这在很大程度上是“技术活儿”，要懂行才好。眼下，总分社及下属各分社无论是雇员还是咱们自己内派的记者编辑，对“玩”高科技音视频“武器”基本都是门外汉。

想当年，易洪武和袁本弥主政中东总分社时，曾为拓展音视频报道下了大力气，不仅总分社建立了多媒体中心，配备了 2 名专职摄像记者，而且辖区各分社也大多聘用了摄像雇员，有的甚至组建了音视频报道团队。一时间，中东总分社的音视频报道名声大噪。然而，此一时彼一时也，成西永主政中东总分社后不久即逐步压缩多媒体编辑部，对音视频报道“不上心”，伤了有志者的心，原有的两个摄像记者相继请调离开，辖区各分社也陆陆续续同原有的摄像雇员解除了聘用合同。随着“全媒体”“新媒体”和“融媒体”之类的新概念媒体的相继推出，中东总分社的“多媒体编辑部”及音视频报道随之名存实亡，以至于现在要“用武”却没了“武器弹药”了。

“我的主张是另辟蹊径。据我所知，国际新闻电视台和海外广播电台这两年在世界各地扩张很快，他们自己派出的驻外记者并不多，但聘用了大量的本地雇员。咱们可以和他们联系一下，达成君子协定，合作采访，优势互补，资源共享，我们的文字图片和他们的视频音频互为交换。”袁本弥竹筒倒豆子，和盘托出自己的想法。

你还别说，这倒是个新颖别致的大胆想法，立刻引起大家的热烈反响。大多数人表示赞成，也有少数人持怀疑态度，主要担心双方高层不认可。虽然都是央媒，但在市场竞争大潮的驱使下，同行是“冤家”，各央媒高层想的更多的是本单位的利益和经济效益。

易洪武没有参与大家的议论，刚才他在接听一个手机电话。通话完毕，他满面春风地回到大家中间，面对袁本弥眼神却冲着大家伙儿朗声报告说：“真是心有灵犀一点通啊！知道刚才谁来的电话吗？国际新闻电视台台长钱柳生，我和老袁的老同学。他们驻开罗记者站最近刚换新站长，老钱让他这几天登门拜会我们，探讨双方交流合作事宜。我把老袁刚才说的大致给他重复了一下，没想到一拍即合，他非常赞成，表示全权委托他们的开罗站新站长同我们具体商谈。”

钱柳生刚开始同易洪武和袁本弥一起被借调到“央媒融合发展领导小组”，协助卫成果组织、策划和协调对利比亚撤侨行动的央媒融合报道。圆满完成撤侨报道任务后，他被任命为国际新闻电视台台长，因而很快便结束“借调”，离开“央媒融合发展领导小组”回电视台履新赴任，没再同两个老同学一起继续留下来探索央媒融合发展大计。不过，就新闻理念而言，他是“央媒融合发展”的积极赞同和主张者。现在作为电视台台长，他更觉得央媒融合发展之必要和可行。他知道，电视这个行当因其可视性而备受受众青睐，轰轰烈烈，风风光光，但令人赏心悦目的电视画面稍纵即逝，新闻讯息很容易淡出和消失，从而被观众忽视和遗忘。尤其是时政新闻片，不仅因制作工艺需求而容易使报道时效滞后，而且更因其内容单薄和浮躁而缺乏留给观众回味、解读和研习的深度。而传统的通讯社和报纸之类的文字报道则正好弥补上述缺憾。尽管传统媒体似乎在走下坡路，越来越被所谓的新媒体、多媒体、融媒体之类及其网媒和客户端所挤压，但那只是技术革命浪潮裹挟而来的浮华表象。技术革命浩浩荡荡，来势汹涌，尚未建立起一整套有偿分享成果的法规和制衡机制，致使所谓的新媒体、多媒体、融媒体之类及其网媒和客户端“应运而生”且风生水起、轰轰烈烈，大有取代传统媒体之勃勃雄心。但是，它们忘了自己的本质属性。实际上，它们之所以风光一时，主要靠的是“坐享”技术革命成果，同时无偿而随意地粘贴传统媒体记者们在一线辛辛苦苦甚至冒着生命危险而采撷的新闻讯息。试想一下，如果没有传统媒体记者们的一线采访，那些所谓的新型媒体岂能做成“无米之炊”？假如电信商和各大传统媒体建立起完善而合理的运营机制，制定出有偿服务规章，那么这些所谓的新媒体、多媒体、融媒体之类还能像现在这般占据优势？答案显而易见。因此，媒体的根本和未来只能系于一线采撷，而现在中国驻外央媒各自为战，都想做大做全做强，都在大笔大笔地花国家财政，实际效果却并不理想。有识之士认为，要根本改变既有现状，中国央媒必须抱团取暖，集中整合，融汇发展，走中国自主特色的媒体海外竞逐和现代新闻事业发展的必由之路。

正因为理念上“英雄所见略同”，钱柳生才对袁本弥提出的双边合作倡议十分赞赏。和易洪武通话完毕，他便立刻拨通国际新闻电视台开罗站站长阳梨的手机，亲授机宜，要对方立刻联络华讯国际社中东总分社，面商融合采访和报道事宜。

不过，就眼下中国央媒官本位现状而言，想整合驻外央媒资源、人力和经验，集聚国际报道精英融合发展谈何容易，非下大力气和花大工夫不可，光可行性调研论证就不是一件一时半会儿就能了结的容易事。按照人们的一般习惯性思维，媒体讲究的是竞逐发展，只有借鉴西方主流媒体的做法，让央媒之间相互竞逐，才能推动国家新闻事业向前迈进。而这种主流舆论是制约央媒整合发展的重大障碍之一，更何况“牵一发而动全身”，整合无异于从各央媒单位身上“割肉”，而且割的更是精英“瘦肉”，关乎各单位的本位利益和主管领导的政绩得失，各有关单位高层自然不肯痛痛快快地允诺割舍。

正是考虑到事情的严峻和复杂，易洪武和钱柳生在电话中商定，双方的合作只限定在这次反恐报道的范畴，而且只合作不整合。也就是说，采访成果可以互通有无，但不可随意指挥调度对方人员。

“看来目前也只能如此了。”袁本弥听了易洪武对双边合作的情况介绍后，不无遗憾地表态说：“好在这次中东反恐报道的主战场主要在伊拉克和叙利亚两国，国际新闻电视台和海外广播电台在当地的雇员团队比较强，加上我们大马士革和巴格达两个分社的内派文字摄影记者团队也是精兵强将，只要双方精诚合作，互为补充，资源共享，反恐报道应该能够不负众望。另外，总社已经答应我们的请求，许诺尽快给我们选调两名摄像记者增援到巴格达和大马士革分社，到时候我们可以自己搞些视频和音像报道，至少能对国际新闻电视台雇员的报道起补充和加强作用。”

这番话实打实，既对与会者交了底，也给大家吃了致胜成功的定心丸。易洪武和袁本弥还专门给大马士革和巴格达两个分社的首席记者安排了专场务虚会，进一步审核和细化他们的报道预案。他们方向明了，底气足了，干劲大了，决心加强与国际新闻电视台和海外广播电台雇员的沟通、联络和合作，利用好一切可利用的人力资源，合理排兵布阵，强化一线和现场采访，力争以最快时效报道重大突发新闻、原创新闻和独家新闻，伴以深度解读和情感色彩。

开罗会议之后，大马士革分社和巴格达分社不负众望，乘会议东风，在加强自身多媒体采访报道的同时，密切与国际新闻电视台和海外广播电台的本地外籍雇员们开展合作，决心在反恐报道中创造骄人的成果和业绩。这方面，国际新闻电视台大马士革记者站本地雇员德乌萨和华讯国际社大马士革分社记者魏巍然带了个好头。

德乌萨原本是当地通讯社从事外事报道的一名文字记者，爱好使然，工作中又对电视摄像产生了浓厚兴趣，并“自学成才”，将视频报道从拍摄、出镜访谈到编辑加工和后期传输等系列流程和专业技艺摸得滚瓜烂熟。更加难能可贵的是，他有强烈的事业心，深入基层和到一线采访报道是他长期坚持的工作准则。受聘中国国际新闻电视台以来，他格外珍惜这一机遇，因为他特别喜欢音视频报道，新的岗位终于圆了他的电视记者梦，更何况还是为他所特别尊崇的中国媒体服务。为此，他经常不计报酬，没白天没黑夜地忘我工作，文字（英文）、摄影、音视频报道一肩挑。叙利亚内战爆发后，他不畏艰险，不怕牺牲，尽可能地冲往前线，实地踏访报道叙军打击“伊斯兰国”恐怖分子的真实战况，特别注重通过自己的镜头和文笔讲英雄和情感故事，展现反恐和亲民正能量，讴歌英勇、担当和牺牲，鞭挞冷血、残暴和恐怖。

魏巍然是华讯国际社大马士革分社的文字记者，也是一名有着强烈事业心的“工作狂”。遇到“活儿”，喜欢赶赴现场实地踏访，废寝忘食如家常便饭。由于深入采访，主动访谈，他的报道总是具有两大特点：动态消息注重时效，经常率先发稿；深度稿件讲究视角独特，多彩生动，内容丰满，深入浅出。

俗话说，物以类聚人以群分。德乌萨和魏巍然因关心驻在国时政而关注对方的报道作品，继而相互欣赏，交流和熟识。他们的深入交集缘于他们合作采集系列报道《充当‘伊斯兰国’炮灰的‘东突营’》。

话还得从叙利亚内战初始阶段说起。2011 年年初，叙利亚爆发反政府示威活动。一些媒体报道说，15 名少年学生因涂鸦反政府内容而被逮捕并遭到酷刑毒打。事件曝光后引爆全国，举世哗然。在美国和西方的推波助澜下，叙反对派借机发动全国性反政府游行和抗议活动，要求当局革除弊政，严惩腐败，同时推行民主政制，巴沙尔总统必须立即下台。面对日趋失控的动乱局面，叙当局惶恐失措，出动坦克和大炮武力镇压，致使紧张局势进一步加剧。在大国角力的推波助澜下，示威和抗议活动不断升级，并逐渐演变成政府军和反政府武装之间的内战冲突。

叙利亚位于富含石油天然气的中东腹地，在阿拉伯人流传的谚语中，叙利亚首都大马士革与天堂齐名，但现如今，叙利亚内战愈演愈烈，天堂已成炼狱。一时间，叙利亚动乱全球瞩目，成为世界媒体争相报道的新闻热点。

为此，华讯国际社决定加强一线报道，临时抽调精兵强将到大马士革分社增援报道，魏巍然是其中一员。采访当中，他不断听闻“东突”恐怖分子卷入叙内战和“伊斯兰国”的恐怖活动，既为虎作伥又寄人篱下，卑躬为奴，屈膝如狗。

“东突”是东突厥斯坦维吾尔族民族分裂势力的总称，包括东突厥斯坦伊斯兰运动（简称‘东伊运’）、东突厥斯坦解放组织、世界维吾尔青年代表大会和东突厥斯坦新闻信息中心等多个组织，其宗旨是通过恐怖手段分裂中国，在新疆建立一个政教合一的“东突厥斯坦伊斯兰国”。这理所当然地遭到中国政府和人民的坚决反对和打压。穷途末路，部分“东突”死硬分子便逃亡境外，勾结“基地”组织等境外恐怖团伙和反华势力，一面建立基地培训暴恐分子，一面不断派人潜入中国境内，策划实施爆炸、暗杀、投毒等暴力恐怖活动。其活动资金当时主要来源于“基地”等国际恐怖组织的资助，也通过走私贩运毒品和武器弹药以及绑架、敲诈勒索和抢劫等有组织犯罪方式筹集经费。早在 2002 年 9 月，联合国就将“东伊运”认定为恐怖组织。

既为恐怖组织，“东突”自然与国际恐怖团伙和极端势力臭味相投，狼狈为奸。他们唯恐天下不乱，哪里有动乱便往哪里钻。叙利亚内乱爆发后，流窜躲藏在中东的“东突”分子先是投身叙反对派，继而死命追随和臣服于“异军突起”的极端恐怖组织“伊斯兰国”，在叙利亚和伊拉克两地流窜作战，不惜充当“伊斯兰国”的人肉炸弹和炮灰。

“东突”恐怖分子卷入叙内战不光引起魏巍然的重视和警惕。作为中国国际新闻电视台的一名新聘雇员，叙利亚土生土长的德乌萨也在密切关注这一讯息，打算追踪采访，积累素材，适时给中国“东家”做点文章，因为“东突”恐怖活动不仅涉华，是中国国际新闻电视台新闻报道的业务范畴，而且更重要的是，“东突”与“伊斯兰国”捆绑在一起为世界舆论高度关注。

偶然一次记者聚会上，已经相互认识的德乌萨和魏巍然很自然地聊起“东突”话题，双方都认为是个新闻热点，很有报道价值。一拍即合，两人决定就“东突”报道开展合作，并口头达成两项原则：发挥优势分头采访，互通素材各取所需。他们大致分了分工：德乌萨主要深入一线采访，尽可能全方位采集视频、摄影和文字素材，但侧重点是音视频和图片采集，并负责将音视频素材加工成基本可供编辑部采用的初稿，双方共享；魏巍然则侧重二线访谈并负责撰写文字报道稿和精选摄影图片，允许德乌萨直接使用或参考文字“成品”稿开展各项报道。

尽管这只是他们私下达成的口头协议，但他们说干就干。德乌萨不顾个人安危，先后抵达土耳其南部、伊拉克库尔德区和叙利亚北部等地，通过实地踏访和对各地民众的访谈，特别是对库尔德武装领导层、叙利亚安全机构高官和国际反恐专家等进行专访，独家拍摄了大量鲜活的音视频素材。

魏巍然当然也不是“吃干饭”的，他在“后方”也进行了密集采访，从中国驻叙利亚和伊拉克两国的使领馆和有关国家驻叙外交官、联合国和国际组织驻叙官员到本地区有关国家的大学和研究机构的专家、学者等，或者对他们进行面对面专访，或者通过电话同对方隔空采访。此外，他还特别关注和留意西方和本地区主流媒体以及“东突”和“伊斯兰国”网站的相关讯息，及时摘录备用。在他们的共同追踪采访下，他们获得了有关“东突”恐怖分子追随“伊斯兰国”在叙伊边境地带活动及相关内幕的大量素材，为双方的报道奠定了坚实的基础。

……

为了报道时效，德乌萨和魏巍然对大多数重要动态消息的报道只能各干各的。但是，就深度报道而言，他们便相互借鉴。文字和图片报道，魏巍然显然要比德乌萨老道，德乌萨很多情况下便参考魏巍然的版本改编，甚至少数情况下干脆“照单全收”。音视频报道自然是德乌萨的强项，魏巍然只能仰仗他的编辑思路和片段剪辑。不过，舍不得丢弃大量素材，他们最后搞了个共享版本，即文字（英文、中文）和视频（英文）系列报道《充当‘伊斯兰国’炮灰的‘东突营’》。不管怎样，他们的合作确实很成功。系列报道反响热烈，被广为传播，很有宣传效应。

都说时势造英雄，但德乌萨和魏巍然的突出表现不是靠“时势”造就，而主要靠的是积极奋进的事业心、娴熟过硬的专业技艺和勇敢正义的心态。正因为如此，他们才能积极主动地开展合作，进而在采访报道方面开拓出一片新天地。自此，他们交往更加频繁，成了相互依赖和信任的好朋友，时不时还相互交流一些可供采访报道的传闻和讯息。德乌萨又向魏巍然提供了一条讯息：叙政府军猛虎旅旅长耶尔穆克将军率部驰援代尔祖尔反恐一线，同“伊斯兰国”主导下的恐怖极端武装一决雌雄。他认为很有报道价值，希望与魏巍然再次合作。魏巍然听完一个大概，便表示赞同。耶尔穆克将军及其指挥的猛虎旅能征善战，在叙内战中屡屡克敌制胜，知名度很高。魏巍然对此自然并不陌生，让他更加感兴趣的另一因素是，猛虎旅驰援的代尔祖尔因“伊斯兰国”的崛起和围困正成为国际新闻热点，备受世界舆论关注。而且，魏巍然在心里对此次与德乌萨合作的前景充满信心。上次他与德乌萨合作是自己“先斩后奏”的“个人行为”，为此还挨了前总分社领导好一顿批评。但这一次可不一样，“上面”鼓励和要求驻外央媒开展合作，他何不乘机响应上级号召，带个好头。于是，他立即报告分社和总分社领导，请示批准他和德乌萨再度合作，联合采访。

对于魏巍然，易洪武和袁本弥早在国内就熟识他，除了知道他是本单位的有志“后生”外，《充当‘伊斯兰国’炮灰的‘东突营’》这一系列报道更给他们留下了深刻而良好的印象，增添了他们对魏巍然的认识和了解。魏巍然本就是个“干家子”，现在又正是用人之际，易洪武和袁本弥自然极力支持他，当即以总分社名义批准了他的请求。

为了张扬叙利亚人民同仇敌忾同“伊斯兰国”英勇战斗的正能量反恐精神，魏巍然和德乌萨商定，他们这一次合作要双双冲向前线代尔祖尔，追踪叙政府军猛虎旅进行实地采访，并伺机对该旅旅长耶尔穆克将军进行专访。

代尔祖尔市是叙利亚第二大省份代尔祖尔的省会，距离首都大马士革约 450 公里。它位于叙利亚东部幼发拉底河岸的沙漠地区，附近是叙油气主产区。代尔祖尔连接地中海东岸和美索不达米亚平原。作为商贾贸易重地，两千年前那里就是罗马帝国与东方世界的冲突前线，见惯了战火摧残和蹂躏。2011年，叙利亚内战硝烟弥漫，政府军节节败退，叛军不断攻城掠地。代尔祖尔与西部的人口聚居区仅有陆上交通干道相连，不利于政府军从西部地区增援该地。而原有的政府驻军号称一个步兵师，实际人数根本不足编，战斗力很弱。可想而知，在得不到主力驰援和当地民众支持的情势下，代尔祖尔势如累卵，随时可能落入后来大都归顺了恐怖组织“伊斯兰国”的叛军手中。2013年底至2014年初一段时间，“伊斯兰国”在叙崛起并迅速沿幼发拉底河和底格里斯河扩张地盘。政府军控制下的代尔祖尔位于幼发拉底河中游，自然被他们视为崛起道路上的巨大障碍，必欲除之而后快，继而使之成为“伊斯兰国”发展壮大的腹地。为此，“伊斯兰国”统领极端武装，纠集了2万多人进攻代尔祖尔，几乎完全包围了当地叙政府军控制区，省会代尔祖尔城很快便成了一座风雨飘摇随时会被海浪吞噬的孤岛，当地大约12万人的日常生活物资必须通过空运投放才能偶尔获得接济。更为严重的是，在极端武装强力攻势下，代尔祖尔城大半失守，驻城步兵师伤亡严重，加上叛逃，到最后仅剩3000余人且士气低落，所能依托的防御工事只剩下幼发拉底河西岸的几个据点和空军基地。

危难之际，在西部战场获得喘息之机的叙政府军终于分兵驰援代尔祖尔，派遣猛虎旅迅速赶赴代尔祖尔城接替萎靡不振的步兵师。

要说这支猛虎旅，那确实骁勇善战，虎虎生威，是极端武装和反政府武装望而生畏的克星。猛虎旅隶属于叙共和国卫队。共和国卫队成立于1976年，是一支2万余人的陆军装甲部队。它一直由阿萨德家族掌握，是叙最精锐、战斗力最强的部队。巴沙尔就任总统后，他将卫队指挥权交由其弟马赫尔掌管，部队战斗力得到进一步加强，猛虎旅更是卫队中的一支王牌劲旅。叙利亚危机爆发后，猛虎旅原旅长阵亡，耶尔穆克准将临危受命，接任旅最高指挥官。他率领猛虎旅先转战大马士革的杜马、哈拉斯特和耶尔穆克难民营等地，连续参与了叙政府军在首都大马士革附近与反对派武装的多轮交战，并在北部重镇阿勒颇形势危急时奉命赶赴那里“救火”，为扭转阿勒颇这座内战前人口超过200万的叙第一大城市的局势发挥了重要作用。耶尔穆克身先士卒，亲自上前线鼓舞士兵，率领部下多次扭转战局，屡立战功。因战功卓著，他于2013年晋升为少将。

由于一直处于战斗状态，猛虎旅人员其实也伤亡严重，驰援代尔祖尔时兵力只剩下1000多人。但是，千万不要小觑这支援军，人数上似乎杯水车薪，比原驻军步兵师残留人员还要少得多，但战斗力却绝不含糊。俗话说，困兽犹斗，破釜沉舟。猛虎旅一到代尔祖尔，立即展现英勇顽强的精神风貌，带领原驻军步兵师残留人员一起“垂死挣扎”，严防死守，死死顶住极端武装疯狂的进攻势头，为日后叙军大反攻和收复失地奠定了基础。

反攻和收复失地自然是后话。对魏巍然和德乌萨来说，他们眼下最急迫的事情是如何进入猛虎旅驻地所在的代尔祖尔城。枪炮隆隆，猛虎旅不可能让记者随军事行动采访，他们两人只能先进入尚在政府军控制范围的代尔祖尔城找地方安顿下来，再寻机会拍摄战斗即景，上前线采访官兵，特别是寻求见到耶尔穆克并与他进行访谈。

然而，事与愿违。他们一大早从叙首都大马士革出发，驱车沿霍姆斯到代尔祖尔市的高速公路一路探访，五六个小时后到达距代尔祖尔城还有约50公里车程处就“走不动”了，政府军“拦截”他们不让前行，因为道路前方他们在和极端武装激烈交火，战斗氛围十分紧张。

正在交涉之中，突然响起隆隆的枪炮声，头顶上空还有战机呼啸掠过。德乌萨和魏巍然立刻本能反应，干脆来个“现场直播”。德乌萨扛着摄像机抓取实景，魏巍然“出镜”解说：“这里距离代尔祖尔城实际已经很近了，差不多也就50公里左右，但是政府军在这里设卡拦截车辆，禁止通行，因为前面在和极端武装交火。听！除了隆隆的枪炮声，还有战机在头顶上空飞掠的呼啸声。”

他们还要继续拍摄下去，政府军士兵不干了，不由分说将他们“解除了武装”，勒令他们赶快倒车往回走，否则强行带离。没办法，他们只好带着遗憾回返，等待时机再出发。

无功而返，令他们十分懊恼。魏巍然报告总分社后，没想到易洪武和袁本弥非但没有丝毫责备，反而给他出了新主意。原来，统揽全局，作为地区总分社的“最高指挥官”，易洪武和袁本弥觉得揭露“伊斯兰国”恐怖行径的报道不能局限于“鸡零狗碎”的动态，而应更有深度和力度。为此，总分社开了一次形势务虚会，会后决定扩大央媒合作范畴，搞一部“大制作”，从叙利亚的阿勒颇、代尔祖尔和伊拉克的摩苏尔三地同时进行采访拍摄，由总分社编辑部汇总成反恐大特写，同时加工制作成电视综合片。为此，他们建议大马士革分社扩大与其他中国驻叙媒体的合作，给魏巍然和德乌萨增加人手，让他们各带一组人分别对阿勒颇和代尔祖尔进行战地采访。至于伊拉克的摩苏尔，他们已商谈巴格达分社，由分社自己具体部署实施采访报道事宜，最好也能寻求其他中国驻当地央媒的合作。

魏巍然心情立刻大好，由衷地赞叹总分社领导的高明。实际上，易洪武已先于魏巍然同大马士革分社首席记者通过电话，向他通报了总分社的务虚会精神。分社首席自然心领神会，一面接听电话，一面已在心中盘好了计划：魏巍然和德乌萨再寻机会进入代尔祖尔，而阿勒颇的采访则由分社首席自己带队，再带一个助手。放下电话，他立刻联络中国无线电台大马士革记者站负责人，对方满口应承，决定派本地雇员易卜拉欣参与阿勒颇的联合采访。

紧锣密鼓，说干就干。在总分社一盘棋的部署指导下，摩苏尔、阿勒颇和代尔祖尔3个记者组各就各位，从各自不同切入点展开访谈和报道，经编辑部统筹综合，大气推出系列组稿：《反恐一线报道：直捣“伊斯兰国”匪巢》。实际上，这一系列报道以连续讲故事的形式展开，编辑部将三地记者组拍摄报道的文字、图片和视频素材糅合加工，按照各自的重点和主线分集播出。三地的主标题分别为：代尔祖尔：《虎威将军和他的猛虎旅》；阿勒颇：《中央监狱保卫战》；摩苏尔：《壮哉，摩苏尔收复战！壮哉，中国战地记者！》。

——代尔祖尔：《虎威将军和他的猛虎旅》。

猛虎旅旅长耶尔穆克将军临危受命，抵达代尔祖尔后统率政府军和当地民众，拼力抵御“伊斯兰国”极端武装的进攻和包围封锁。两大战略举措奠定了猛虎旅虎虎生威的非同凡响：拼力守护机场，确保空军基地命脉；炸毁江心岛大桥，切断“伊斯兰国”补给通道。

耶尔穆克将军率部初到代尔祖尔，“伊斯兰国”极端武装三面围城，气焰嚣张。由于原守城的政府军士气低落，只有招架之功没有还手之力，极端武装攻势凌厉，节节推进，直逼政府军空军基地。猛虎旅顾不得车舟劳顿，立即投入战斗。耶尔穆克将军身先士卒，不顾腿部中弹负伤，坚持带领部下重挫敌人，初步阻止了他们的进攻势头。

不过，他十分清楚，局势仍然非常险峻，猛虎旅要在代尔祖尔站稳脚跟，维持守军的战斗力，必须保卫机场，坚守空军基地不失，让物资源源不断地运进来。为此，他利用敌人暂时退却的喘息机会，命令部下加强机场的防御工事，同时在机场周边安装地雷防止被包抄。果然，敌人试图强攻机场，但未能取得丝毫进展，却白白损失了数十人。耶尔穆克乘势指挥反击，不仅摧毁了敌人的前沿阵地，而且还收复了附近一些村庄和工业区。但是，“伊斯兰国”极端武装不甘心失败，调集大批重型武器再次大举进攻机场。他们以一辆自爆卡车开路，试图冲击基地正门。耶尔穆克指挥若定，下令以密集炮火将其摧毁在基地门外。之后，早已以逸待劳的猛虎旅卫队士兵横扫进犯之敌，敌人丢下100多具尸体后仓皇溃逃。此前，恐怖武装深夜从空军基地北部的江心洲发动突袭，但他们在试图抢占制高点以建立炮兵阵地时，却不料闯入守军备建的雷区而损失惨重。就这样，“伊斯兰国”恐怖武装组织的一次次进攻均在耶尔穆克将军淡定指挥下被猛虎旅卫队战士英勇反击所粉碎。政府军防区不断扩大，恐怖武装越来越难靠近机场。

与此同时，猛虎旅还与军事情报局合作，搜集恐怖武装情报，了解其兵力部署和军事动向。根据情报分析，代城幼发拉底河上的江心岛大桥是“伊斯兰国”武装的重要补给通道，将其炸毁便能基本切断它在代城城内的补给线，从而减轻将对极端武装实施包围的政府军的压力。经高层批准，叙空军出动战机炸毁了代城江心岛大桥，给“伊斯兰国”武装造成严重的补给困境，使之在很长一个时期里只能依靠船只运送兵员、武器弹药及给养，不仅时断时续难以为继，而且屡屡遭叙空军和炮兵的无情打击，损失相当惨重。

不过，“伊斯兰国”在其攻势被叙军猛虎旅挫败后，逐步改变策略，即向两翼扩大地盘，把代尔祖尔城的政府军彻底孤立起来。为此，他们攻陷了代城政府军通向后方的陆上枢纽——帕尔米拉，彻底断了猛虎旅的陆上外援。这时的代尔祖尔深陷重围，10 万民众只能依靠偶尔的突击队和有限的空运补给生活物资。城内食物短缺，药品缺乏，还要面临恐怖分子随时可能发起的突然攻击。断断续续的交火一直在发生。

面对困境，耶尔穆克毫无畏惧和退缩。时任叙国防部长弗拉杰曾打电话给将军，劝说他把儿子亚罗布随伤兵一起运回大马士革，遭到将军的断然拒绝：“现在我和我的部下都在为祖国流血，我的儿子更加不能例外。”

代尔祖尔是座民族混杂的城市，许多人曾经和政府离心离德，但将军团结一切可以团结的力量，特别是他的无私无畏和浩然正气令人尊崇和信赖，在邪恶的“伊斯兰国”恐怖武装面前，人们选择了团结一致。6 万多亚美尼亚族人和库尔德族人自愿加入守城行列。就连曾经加入反政府武装的当地部落也转而支持耶尔穆克将军。部落首领号召所有的男人都参加战斗，打退恐怖分子的猛烈进攻。即便恐怖分子以屠城相威胁，城内军民也无人开城投降，反而相互激励誓死战斗。

—— 阿勒颇：《中央监狱保卫战》。

阿勒颇曾是叙利亚除首都大马士革之外的最大城市，人口一度超过 200 万，极具战略地位。

叙内战爆发后，阿勒颇位于各大势力的交接地带，成为政府军和反对派争夺的焦点。为了控制这一战略要地，以基地组织在叙利亚的分支——胜利阵线为极端的反对派武装从一开始就下大力气猛攻政府军营地，并节节进击，对 3 万多政府军实施分割包围。尽管政府军大半年之后抽调一个装甲师对极端武装实施反攻，增援苦苦挣扎的阿勒颇守军，夺回了东部郊区大片土地，打通了通往阿勒颇的补给线，但是他们却在距离中央监狱 2 公里处遭遇顽强抵抗而止步不前。

中央监狱和邻近的肯迪医院是阿勒颇的突出部位，一直深陷反对派和极端武装的严密包围之中。尽管如此，驻守两地的政府军不屈不挠，奋勇抗击。

肯迪医院，亦称阿勒颇加拿大医院，200 来号人严防死守，极端武装久攻不下。战至最后，医院的外围已经被攻陷，水源被切断，但极端武装仍不能突破守军的最后防线。恼羞成怒之下，极端武装在车臣籍指挥官的督导下，加大自爆车的凌厉攻势。他们将自爆卡车内外焊死后加装钢板，内填60吨炸药。当量巨大，爆炸威力可想而知，除非有重型火炮或空中支援，或提前预设地雷，否则很难将其击毁。一开始，政府军守卫战士曾尝试击毁它，但以卵击石，无济于事。唯一的办法是“以命换命”。一名守军士兵决定牺牲自己，自愿断后近距离拦截和摧毁极端武装的自爆车，掩护同伴们撤退逃亡。然而，他的牺牲虽然让12名守军逃进附近的果园，但最终他们却因弹尽粮绝而被俘，并因拒绝投降而惨遭杀害。

肯迪医院失守后，中央监狱更成为反对派和恐怖武装的眼中刺，面临巨大的被攻击压力。正因为如此，政府军守军只能逆水行舟，背水抵抗，决心誓死坚守阵地，打一场监狱保卫战。中央监狱保卫战由此威名远扬。

中央监狱由阿勒颇第九特警大队驻防，整个保卫力量还包括一些野战部队、民兵部队和约50名自愿参战的犯人，加起来拢共不到500人。别看他们主要为非正规杂牌军，但个顶个地表现神勇和强悍。13个月防守期间，监狱的补给主要依靠空投，红十字会也会在双方允许的情况下安排医生，运送食物、药品和水源进去。在最艰苦的日子里，监狱守军两天吃一次饭。没有电，饮水管道被切断后靠打井、收集雨水和雪水度日。特别值得褒扬的是，每天都有自杀式炸弹袭击和无休止的炮击骚扰，大大小小的战斗每天都在发生，但他们奋勇担当，挖掘了大量坑道和壕沟防御敌人进攻，一次次打退敌人的来犯。共有1000多名极端武装分子被击毙。

中央监狱保卫战打得异常惨烈。有两件事足以让中央监狱保卫战名垂青史。第一件事是守军战士穆罕默德·拉贾布奋不顾身英勇献身的豪迈壮举。那一天，恐怖武装计划出动十多辆自爆卡车冲撞监狱入口，准备炸毁监狱主建筑区，进而拿下政府军“负隅顽抗”的据点。当天下午4点，在监狱高塔上执勤的卫兵发现一辆重型卡车从敌军阵地直奔监狱西门而来。他立刻断定那是自爆卡车！后来发生的一切证实了这一预测。同前面进攻肯迪医院一样，极端武装这次出动的自爆卡车装载了12吨C-4和TNT混合炸药，车的前部和侧面都加装了钢板，一般情况下很难将其击毁而阻止其进攻势头，只有具备心甘情愿牺牲自己的强大心理素质，才能近距离对其拦截爆破，并与之“同归于尽”。眼看自爆卡车距离监狱大门越来越近，千钧一发之际，拉贾布果断使用RPG击中已经冲到距监狱入口仅50米远处的自爆车，使其提前爆炸，避免殃及监狱主建筑区。爆炸威力巨大无比，开车的车臣籍司机当场被炸飞。胜利阵线在北部阿勒颇的指挥官、车臣人Abu Sayf Al-Sheeshaani带队跟随冲击时，因为距离自爆卡车很近也被炸身亡。叙利亚炮兵和空军迅速支援监狱方面，通过猛烈的炮击和木桶炸弹击退了匪帮的攻击。敌人的攻势被打退，监狱设施得到保护，但拉贾布这名普通的政府军士兵及身边的战友却被卡车爆炸的巨大冲击波撂倒而壮烈牺牲。

还有一件事就是部分囚犯自愿参战。中央监狱当时共关押有2000多名囚犯。保卫战异常艰辛。目睹极端恐怖分子的猖獗凶残和守军士兵们的英勇顽强，囚犯们心灵受到极大的震撼，许多人请求参战，表示宁可战死，也不愿被极端恐怖分子残忍杀害。偌大的监狱，敌人就在几百米外，不断发动强攻，出动自爆卡车，甚至挖地道安放炸药。面对敌人的凌厉攻势，多一个人参战就多一份力量。政府军守军经过斟酌考量，批准约50名囚犯参加监狱保卫战。守军带领参战囚犯分组防守各个区域，严防死守。大家团结一致，同仇敌忾，打退敌人一次又一次的进攻，最终获得保卫战的胜利。战斗结束后，参战囚犯因表现突出被叙政府特赦。

守军中尉阿纳斯·穆罕默德（Anas Mohammad）就他亲历的中央监狱保卫战这样写道："13个月来我们一起忍受饥渴和寒冷，分享同一块饼干，如果把我们450个兄弟的故事写成小说，那么全世界的纸张都不够用。我们是阿拉伯叙利亚军队，是旷野中的雄狮，天空中的雄鹰，监狱的每一块石头都是我们的见证！"

—— 摩苏尔：《壮哉，摩苏尔收复战！壮哉，中国战地记者！》

摩苏尔，又名"哈德巴"(al-Hadba)，伊拉克尼尼微省首府。它是仅次于首都巴格达的伊拉克第二大城市，也是该国库尔德自治区的政治中心。摩苏尔位于巴格达以北约400公里处，是伊北方的工业、农业和金融中心，拥有伊北方最大油田和最大炼油设施。

摩苏尔春秋两季温度相近，故又被称为"双春城"。为此，人们在市中心竖起巨型雕塑《春天的母亲》，把她作为城市的象征。如果不是战争，摩苏尔原本是个风景秀丽的城市。除闹市区高高耸立的省府大厦和国家拉斐登银行楼宇之外，流经该市的底格里斯河更增添了春城的活力和妩媚。河的右岸坐落着共和国医院，左岸则分布着摩苏尔大学的建筑群，与森林公园和河滨俱乐部浑然一体，文化休闲，宁静舒爽。

然而，"伊斯兰国"恐怖武装的倒行逆施和恣意妄为却突然打破了这座美丽城市的宁静。那一年的初夏时节，"伊斯兰国"利用伊拉克乱局首先在伊北部安巴尔省发难，大败伊政府军第9装甲师。该装甲师是伊军仅有的2个装甲师之一，装备了大量先进的M1坦克，但缺乏斗志，溃不成军。一天之内至少损失了2辆坦克、6辆装甲车及其它车辆。之后，"伊斯兰国"武装遭遇伊拉克库尔德武装的抵抗，但交战再次大胜，不仅占领了伊拉克最大的水坝、一处油田和3座城镇，而且乘胜兵分三路攻打摩苏尔市北部地区。一番激烈交火，库尔德武装再吃败仗，丢盔弃甲，留下了大量武器弹药和车辆。轻易取胜，“伊斯兰国”武装士气大振，更加势不可挡，所向披靡，连克周边另一城市费卢杰和萨达姆的家乡提克里特等其他一些地方。仅仅5个多月，“伊斯兰国”恐怖武装便在伊拉克北部站稳脚跟，在摩苏尔和费卢杰两个城市成立了临时管理机构，作为该组织在伊拉克境内的大本营和指挥中枢。

无疑，这是伊拉克当局的奇耻大辱。伊拉克政府发誓报仇雪恨，决心振奋精神，重整旗鼓，向“伊斯兰国”恐怖武装发起强有力的反击，最终将其彻底消灭，收复失地，还人民一个朗朗乾坤。

为此，伊政府军会同库尔德武装及什叶派和逊尼派民兵很快组织起近10万人的队伍，在国际联盟战机支持下吹响围剿“伊斯兰国”恐怖极端武装的战斗号角。政府军首先在中部省份萨拉赫丁击溃“伊斯兰国”恐怖武装，之后立即挥师向北，以库尔德自治区的迈赫穆尔军营为阵地，进军尼尼微省，旨在打开通向该省首府摩苏尔的道路。

摩苏尔收复战至关重要。华讯国际社巴格达分社按照总分社的部署，紧急联络中国主要央媒在伊拉克聘用的本地雇员，协商成立记者组跟随伊政府军采访，以便见证和报道摩苏尔收复战动态及战斗进程。记者组一行3人，除了轮流驾车，他们还要分工担当出镜记者、编辑、导播、摄像、卫星传送工程师等多重角色，同时肩负电视直播连线和新媒体移动直播等任务。他们驱车从迈赫穆尔军营出发，一路向西，不断见到政府军的岗哨和营地以及已被伊军收复的村庄。当采访车来到伊军前沿阵地时，他们被拦截在一堵防御工事前。理由很简单：前面太危险，出于安全考虑，禁止非军事车辆前行。

停止前行，但记者并没有停止工作。借助电视采访车上的技术设施，记者不失时机地进行电视和网络直播。出镜记者现场解说：“现在，出于安全考虑，我们的采访车被拦截在一堵防御工事前。伊军在防御工事的掩护下，正在向西北尼尼微省方向出击。透过我们的镜头，远处村落正冒起一股浓烟。伊军士兵告诉我们，这很可能是前面出击道路上遭遇到极端组织埋藏的爆炸装置，它们是阻挡反恐大军前进的主要障碍之一。数天前，一辆政府军军车就在行驶途中被极端组织埋设的爆炸装置所摧毁。附近道路和村庄中埋藏着大量爆炸装置，伊工兵部队正在全力排雷。”

显然，摩苏尔收复战进展并不顺畅。一路磕磕绊绊20多天后，伊政府军终于将战线推进到摩苏尔市中心。记者组来到摩苏尔城区东侧边缘，这里集结了大量军车，无数摩苏尔家庭正在向城外迁移。

“这里是摩苏尔东区边缘的卡克杰利。政府军方面告诉记者，他们已经基本上控制了卡克杰利，正在向摩苏尔城中心进一步推进。战斗异常激烈，前方远处可以目视到升腾而起的黑烟。总体而言，东线战事进展顺利。不过，联合国官员预计，摩苏尔城内的居民数量大约在百万左右，随着军事行动的推进，民众的撤离将会成为摩苏尔收复战中的最重要挑战。现在收复战已进入第三周，部队陷入巷战后推进速度可能会进一步减缓，一方面民众撤离工作任务艰巨，另一方面大量爆炸装置尚需清理。可以肯定，摩苏尔城区的完全收复尚需时日。”出镜记者再次现场直播。

然而，危险无处不在。记者拍摄时，以为极端武装的火力已经被政府军压制，岂料对方的敢死队却通过地道渗透到了政府军指挥部附近，刹那间枪声大作，子弹突然就从记者头顶上飞过。

“枪弹何所惧！我们不想假装在前线，做貌似的战地记者。我们要用镜头把战争的真相告诉世界！”摄像记者耳畔响起一名素不相识的同行的豪壮声音。

壮哉，摩苏尔收复战！壮哉，中国战地记者！

不难看出，易洪武和袁本弥他们坐镇指挥地区反恐报道既尽职尽责又卓有成效。中东总分社联合兄弟媒体共同采撷，并以讲故事的形式“隆重推出”反恐系列报道的做法令人“耳目一新”，引起中外媒体的高度关注和赞赏。中国新闻研究院还特约华讯国际社中东总分社就驻外央媒合作采撷重大新闻总结经验，提出完善建议和设想。

担子自然再次落到袁本弥肩上。这是个重大“科研”项目，需要时日和多头调研，集思广益，博采众长，合理谋划，精准施策。不过，他和易洪武都没有时间来管这件大事了，因为调令已到，他们该回国退休了。

三十

华讯国际社下达了“一刀切”命令：没有特殊情况，凡是已到60岁或60岁以上的驻外老同志一律调回国内，抓紧办理退休手续。

作为已届退休“到年龄了”的老同志，易洪武和袁本弥在岗指挥本就是个过渡性差事。现在调令到了，他们自然没有二话，坚决执行。因此，接任者一到，他们便即速做好交接工作，然后收拾行装，打道回府。

听说“头儿”已回到北京，原来曾在易洪武和袁本弥手下“干活儿”的“中东人”纷纷跑来探视或打电话表示问候，一些年轻人还私下张罗着大家“聚一聚”。

当然，他二人是不会让“部下”来抢这个“东道主”的。早在离开开罗时，两个人就已商量好，就要退休了，今后和大家见面的机会不会太多，所以一定要招呼大家聚一聚，算是向好友们告个别吧。

地点就定在单位的食堂隔间，先喝茶嗑瓜子聊天，然后工作午餐。不过，今天他们还特邀了两位贵宾——蓝海洋和罗白。这二位遭车祸九死一生后感情升温，近期已领证喜结良缘。易洪武和袁本弥要利用大家聚会这个机会，为他们“补办”一次婚礼，诠释和颂扬人类生命的顽强活力。车祸是当年在易洪武和袁本弥主政中东总分社期间发生的，他们对蓝海洋和罗白自然十分了解，“补办”这次婚礼既是表示对同事和好友的由衷祝福，同时也是为了带给他们心灵上的一些补偿和慰藉。

前面已经提及，蓝海洋，原华讯国际社中东总分社多媒体中心主任。罗白，以色列自由摄像师，华讯国际社特聘报道员。两个人因黎以冲突战地报道而相识、结交和慕恋，又因一场横来车祸而双双走到鬼门关边缘，所幸终获救治而生还。蓝海洋失去了左腿，只能安装义肢。罗白的左腿重伤后经大手术保住了主体功能，却再也不能恢复如常。不过，经此一遭，他们格外珍惜生命和爱情的宝贵，相互关切、鼓励和祝福，两颗火热的心愈加贴近，发誓相伴扶持，偕老终生。伤愈出院后，经过近两年的休养和深入交流，他们正式办理了跨国婚姻登记，有情人终成眷属。由于蓝海洋已近退休年龄，她还同时办理了病退手续。她和罗白商定，中国和以色列都是家，罗白继续从事他的自由摄像事业，并坚持受聘同华讯国际社履约。蓝海洋既当贤内助，也可在事业上做丈夫的好帮手。

一段时间以来，人们对蓝海洋出车祸议论不少，几乎一边倒地为她惋惜，诅咒老天不公。蓝海洋本是赫赫有名的驻外战地记者，“倒霉”的车祸增添了业内同仁对她的同情、关爱和抱屈。不少人抱打不平说，要不是出这么一场车祸，就凭她的“软硬件”—— 靓丽、学历、能力和业绩，其发展空间和升迁前景本是一片光明，何至于弄得现在身残而提前病退。尽管华讯国际社给予她“工伤”待遇，并为她争得一顶“全国三八红旗手”的桂冠，但话说回来，她获得这些难道不正常不应该吗？要知道，黎以冲突一线的战地报道，体现的不只是工作业绩，更需要女性奋不顾身的牺牲精神。她出车送罗白，那也确确实实是衔命公干，而不只是徇他们两人之间的男女私情。因此，她的一些闺蜜同事便不断在微信群里发声，要求“上面”应该给蓝海洋更有“人情味”的“补偿”，绝不能以一般车祸受害者的“冷漠”态度对待她。

当然，蓝海洋夫妇他们自己倒没有那么多复杂感慨。对他们而言，车祸只是他们命运中的痛苦一瞬，幸福才是他们的未来永恒。鬼门关前走了一回，阎王爷不愿收留。命保住了，难道这不是一种幸运？战胜伤痛和病魔，他们相互珍重和关爱，爱情升华，喜结连理，除了幸福还有什么比这更重要？因此，他们别无他念，唯有接受苍天的恩赐，心安理得地徜徉在爱情的海洋中，滋润地尽情享受幸福。这次特邀参加聚会是他们车祸后，更是他们新婚后第一次正式与同事好友们集体重逢，他们很看重在众人面前的出场亮相。为此，两个人特地跑进一家高档理发店，让美发师好好地给他们捯饬捯饬。之后，他们穿戴一新来到聚会现场。罗白西装革履自不必说，蓝海洋着装更是喜庆彤红，加上略施粉黛，两点腮红，浑身上下散发出妩媚靓丽的青春气息和徐娘风韵。

作为新婚夫妇，他们的到场无疑给聚会增添了喜庆和欢乐。听说他们夫妇也出席今天的聚会，认识的和不认识的都很乐意到场为他们捧场喝彩，向这对“大难不死”的传奇达人表达敬意，送上由衷的庆贺和祝福。

第一个为他们送上祝福的是袁本弥和周筱。袁本弥与周筱虽然离异多年，但本无大的隔阂，彼此心里一直牵挂着对方。因此，在儿子儿媳和至亲们的撺掇下，他们终于决定复合。袁本弥从开罗一回到北京，周筱便和他正式办理了复婚手续。他们都是蓝海洋的好友，彼此很熟识。袁本弥自不必说，当年在开罗他任中东总分社副社长兼总编辑，和蓝海洋同为总分社党组成员，一起共事多年。周筱作为香港《世界之窗》卫视战地记者，与蓝海洋在中东这块土地上也多次打交道，相互因欣赏对方的人品和能耐而“怀揣”情谊，却又因同行竞逐少不了斗气拼勇。蓝海洋发生车祸后，周筱一直牵肠挂肚，不断致电或亲临探视，嘘寒问暖，真诚地表达问候和祝福。昨天，周筱和袁本弥复婚后举行家宴庆贺。听说蓝海洋和罗白已正式登记结婚，周筱和袁本弥高兴地当即发微信致贺，并邀请蓝海洋和罗白也来参加自己的家宴，共同庆贺志禧。

不过，参加此次家宴的还有易洪武和徐冰洁。之所以邀请这两位参加，袁本弥和周筱除了从相互间的深厚情谊出发，他们还特别有另外深层次的考虑。袁本弥知道徐冰洁的情路心结，总感觉自己“亏欠”她很多，因此和周筱商量后决定利用家宴的机会让徐冰洁明白袁本弥的内心情感所在，从而对自己“死心”，同时更想“撮合”徐冰洁和易洪武走到一起。

当然，大家都是明白人。酒席宴上，除了举杯恭贺、追忆共同的战斗岁月和谈天说地外，袁本弥对徐冰洁的“愧疚”和想“撮合”她与易洪武的心思也不好太直白地说，只好通过“弦外之音”和“样话”来表达。可以肯定地说，徐冰洁和易洪武都听懂了，但不可能当场有明确的表态。袁本弥和周筱认为，徐冰洁和易洪武能来参加家宴，席间能听懂对他们的祝福，那么效果就已经达到，他们已经尽了好朋友的义务。至于以后徐冰洁和易洪武能不能成事，他们就只能“老天保佑”了，看他们自己的造化和缘分。

不管怎么说，袁本弥和周筱的“复婚”家宴可谓是今天“中东人”大聚会的前奏。现在，蓝海洋、罗白和袁本弥、周筱两对夫妇在聚会食堂门口再次相遇，自然分外高兴。一番热情握手拥抱，他们相随着走向聚会餐厅。周筱一边握着蓝海洋的手伴她缓步而行，一边以女人特有的敏感向她打趣道：“新娘子今天打扮得更漂亮了！美若天仙！我要是男人，决不让‘大老外’罗白把你夺走。”

罗白似乎听懂了周筱的话，一个劲地傻乎乎笑。蓝海洋则“回敬”周筱：“彼此彼此，同喜同喜！其实，你我一样，你也是一个新娘子呦。”

“好，说得好。”不知什么时候，易洪武也赶了过来，凑热闹打趣。他先与蓝海洋夫妇握手致贺，然后一边将手伸向周筱，一边对袁本弥说：“本弥，怎么样，我就说周筱早晚会回到你身边的嘛。昨天虽然已经恭喜了，今天还是要再祝贺你们。可喜可贺！不是有诗曰‘夕阳无限好，只是近黄昏’。要我看，略改一下，‘虽然近黄昏，夕阳依然好’。”

袁本弥遇到这种情况总是“笨嘴拙舌”，唯有一个劲地表达“谢谢”。周筱却伶牙俐齿得多：“老易，我们也衷心地祝福你！儿子不再身边，还是再找个伴吧。怎么样，儿子还在澳洲？有第三代了吗？”

蓝海洋一旁插嘴问：“头儿，听说你儿子已经到了美国。怎么样，讨个‘洋妞’当儿媳妇？他们有孩子了吗？”

“嗨，还单着呢。儿孙自有儿孙福，我的原则是不掺和他的事。他现在已经在美国拿绿卡了，愿意在外面呆着就呆着。至于想不想结婚，要不要孩子，我还真管不了现在的年轻人，只能给他一些参考意见。”

“孩子还打算回国发展吗？”蓝海洋进一步追问，因为她也面临类似的困惑，她和前夫生的儿子现在也在美国读研，她一直在为孩子的今后操心。

这真是个难回答的问题。不知从什么时候开始，中国家庭但凡有那么一点涉外条件的，都穷尽心思要把孩子送到美欧发达国家去“留学”，说是为孩子的前途着想，实际多少也是为家长自己“大面儿上好看”。一开始，物以稀为贵，只要到国外“镀一层金”，在国人的眼里都是“宝贝疙瘩”。他或她一旦在国外难有继续发展的前景，回到国内就业那也是“抢手货”，大小单位争着抢着要。然而，物极必反，随着国门越开越大，出国“镀金”的孩子越来越多，学业成效良莠不齐不说，毕业后许多人为面子和虚荣只能坚持留在国外“混”，而真正立足海外发展能“混”成模样儿的几率则不大。这时候，他们即便回国求职，单凭一纸“镀金”文凭也不再好使了。

“顺其自然，顺其自然，一切顺其自然。”不是易洪武搪塞，这是他的真心话，也是他应对一切难题的法宝。

说话之间，袁本弥在一旁收到一条短信，是钱柳生发过来的，邀请他“见面聊聊，有要事相商”。

“嘁，什么要事？国际新闻电视台正在大刀阔斧地改革，钱台长找咱给他出谋划策呢。”袁本弥自顾自地在心里揣测着。

根据上级安排，国际新闻电视台近期已将广播电视体系内的两家涉外电台“兼并”过来，扩建成国际广播电视总台，强化外语频道，英、法、俄、西、阿诸语种独成体系，旨在统筹国内国际两大报道板块，抢占舆论先机，扩大国际话语权。

不过，钱柳生这次邀袁本弥“聊天”还真不是为了这桩公事，而是要和“老班长”沟通，帮邱婧找个老伴。昨天，他才知道邱婧离婚了。

自从来到北京，钱柳生就和邱婧走得很近，时不时带上妻子和孩子到邱婧他们家串门聚餐。邱婧的老公是新闻界翘楚，官运亨通，住所阔绰，是亲朋好友们自在聚会的好去处。那时候，邱婧以此为荣，两口子乐意邀约聚会。

然而，正应了社会上流行的一句话：男人有钱就变坏，权色交易第一迈。要说起来，邱婧的老公原本也是出身卑微的工人子弟，大学毕业后跨进某中央媒体，先是在某省当驻站记者，因能说会道且笔下功夫不错而深得上司赏识，很快便当上记者站站长，几年历练下来，顺理成章上调北京委以重任，由副局升正局，继而再升副部，同时学历也水涨船高，先是在职研究生“毕业”，之后作为重点培养对象而进入党校高级进修班，进而“拿”下博士文凭，职称自然也轻松由副高而正高而大学兼职教授、博导。有了这些“硬通货”，他的口气越发洪大，本就善言能辩，现在更加牛皮哄哄，俨然以新闻大咖和专家大佬自居。邱婧一开始还沾沾自喜于夫婿的才情和进步发达，但随着时间的推移和对方地位的节节攀升，她越来越感受到丈夫身上的巨大变化：浮躁、虚狂和贪婪。一开始，他对她的规劝还能“笑纳”，信誓旦旦地表示不会忘本，不会迷失自我，但“唠叨”多了他就不耐烦了，渐渐地同邱婧没了往昔的亲密和坦诚，时不时以单位开会或出差为由夜不归宿或离家数日。双方隔阂和嫌隙日渐增大。终于有一天，邱婧和从美国回国探亲的女儿亲眼目睹了丈夫和“小三”手挽手入住某酒店的肮脏一幕。女儿怒不可遏，要冲上前掌掴“小三”，被邱婧拦住了。好歹他也是女儿的父亲，好歹他还是个“炙手可热”的闻人大咖，算了，给他留点面子吧。不过，既然事情发展到这一步，邱婧当然很在乎，得到女儿的同意和支持后，她很快便和他办理了离婚手续。女儿在美国留学读博，邱婧少了身边的牵挂。为了不再与对方有关系纠葛，她立马调离了原单位，将人事关系转到了钱柳生的国际新闻电视台。本来都是广电系统的，她又拥有高级职称，到电视台还是担任英语频道主编。这可不是托钱柳生的关系，她压根儿就不想让老同学知道自己的“落魄”，而钱柳生只知道邱婧调过来了，却并未往深里去想。由于邱婧“喜欢”代年轻人值夜班，她和钱柳生之间几乎都没有碰面的机会。

实际上，邱婧前夫的问题远不是玩弄女性那么简单。那个“小三”只是他玩弄女性的最新一个“牺牲品”。当然，他玩弄女性，可那一类女性也并非是“受骗上当”那么简单，主要还是冲着虚荣和名利而来。闻人大咖有人脉资源，来钱容易，跟着他虽然以“出卖肉体”为代价，但捞点钱、搞点投资项目之类可谓“空手套白狼”，实实在在的很划得来。过去人们总说靠双手劳动“赚钱”，现如今则变成了巧取豪夺和不择手段轻松“来钱”。一些贪婪男女太现实，总想过寄生生活，不劳而获，来钱容易，恨不得天天天上掉馅儿饼，至于自尊、荣辱和清白都无关紧要。他们的世界观、人生观和价值观就四个字：金钱自我。当然，“僧是愚氓犹可训，妖为鬼蜮必成灾”。年轻人不懂事，尚可教育，然问题的根子却在如邱婧前夫这些道貌岸然的伪君子和教师爷身上，“上梁”不正，“下梁”只能随之歪斜。邱婧前夫为了满足那一类女性的“无底洞”欲壑，便利用手中少有制约的权力和闻人大咖的威势，以“三寸不烂之舌”巧立名目敛财，最终劣行败露，被中纪委“双规”拿下。当然，这是后话。

袁本弥对邱婧的事情一无所知，自然没太重视钱柳生的手机短信。隔了一段时间，他得空才想起老同学的邀约，立马同钱柳生约好时间到他办公室见他。两个人一照面，袁本弥一面亲热地和老同学握手寒暄，一面猜测说：“你这家伙，有日子没见了。找我有什么事？我猜猜看，是不是你们电视台升级改革遇到难题，让我在华讯国际社找人给你们支招？”

“那事待会再说。”钱柳生神神秘秘地“报告”老班长：“你知道吗？邱婧离婚单身了。要不是最近机关党委要求处级以上干部报告个人事项，我还蒙在鼓里呢。”

袁本弥和邱婧在大学期间的感情纠葛，钱柳生当然知道。正因为如此，他现在才希望在第一时间将邱婧离婚的消息告诉袁本弥，不为别的，主要是征询老班长的意见，如何帮邱婧一把，毕竟都是同班同学，而且这么多年了，他知道袁本弥和邱婧多次共同出席同学聚会，早就“相逢一笑泯恩仇”了。

显然，袁本弥听到邱婧离婚的消息也很吃惊。他听说过邱婧调动工作的事，但对其家庭变故却毫不知情。他自言自语又像是在问钱柳生：“不是说他们过得很好吗？怎么也……现在这个社会怎么啦？人怎么说变就变？”

“老班长，你看，易洪武是不是现在也单着呢？他和邱婧可不可能走到一起？”

听到钱柳生的提议，袁本弥一拍脑门，立刻赞同道：“还别说，真是个好主意。

不过，他们都是好面子的人，咱们得想办法给他们创造点条件，先让他们认识，然后由他们自己去发展。我们就牵个线搭个桥。”

袁本弥之所以如此赞同钱柳生的“拉郎配”，是因为他已经获悉易洪武和徐冰洁两人“擦不出爱情的火花”。徐冰洁私下恨恨地对袁本弥撂下一句话：“古话说得好，‘己所不欲勿施于人’，我不是别人的‘馈赠品’。”而易洪武也告诉袁本弥夫妇，他和徐冰洁不合适，虽然他很欣赏徐冰洁的才气，但她毕竟是同自己儿子一般大的女孩子，两个人的心路历程和性格特质差异很大。自己年龄大了，需要相互奉献式的温柔、体贴和关照，而不能给双方带来压力和内疚。

袁本弥和钱柳生正聊着邱婧，国际新闻电视台英语频道总监何平江敲门走进。看见钱柳生正在会客，他不好意思解释说：“钱台，抱歉，不知道您有客人。您让我们准备的整合细则初稿出手了，您看看再说。”

钱柳生一边接过初稿，一边向何平江介绍袁本弥说：“这是华讯国际社的老袁，我的老班长，说起来也是你的校友。”

何平江连忙向袁本弥伸手一握，嘴里寒暄道：“袁老师，幸会。”

不等袁本弥回应，钱柳生抢先向何平江发问：“不是说要过段时间才能拿出初稿吗？怎么这么快？”

“嗨，任务交给新调来的邱大姐，她其实在这方面一直在跟踪研究，自然速度就加快了呗。还别说，邱婧，这邱大姐真的挺能干。”何平江一边说一边挥挥手退出门外去。

明白了。袁本弥和钱柳生会心一笑。

“有门了！你不是要我和洪武给你们外语频道出谋划策吗？这是个机会，这两天找时间把邱婧也叫过来参与，看看他们在思想碰撞的过程中能不能擦出爱的火花来。”袁本弥胸有成竹地说。

一拍即合，钱柳生十分赞成老班长的主意。他提议道：“我现在就代表国际新闻电视总台编委会，正式向你和易洪武发出邀请，外聘你们为外语频道指导顾问。这几天你们俩过来一趟，我再叫上邱婧，咱们一起先碰碰头。”

可是，他们哪里知道，人家易洪武和邱婧在这之前已经认识了。退休之后，华讯国际社没让易洪武闲着，给他临时安排了差事，推荐他到中纪委“帮忙”，参与对邱婧前夫的“双规”审查行动。作为审查组主要成员之一，易洪武带队找邱婧“谈话”。邱婧十分配合，向审查组实事求是地介绍了他同前夫恋爱、结婚、婚后生活直至婚变离婚的全面情况，既不隐瞒也不落井下石。对于自己是否获得过男方的赃款和父亲是否用赃款“资助”过女儿出国留学之类的诘问，邱婧斩钉截铁地表示；“我和女儿反感他的蜕变！正因为如此，我才决定和他分开。他知道我讨厌‘不义之财’，所以不可能在我面前暴露赃款和劣行，他只能成为‘小三’的俘虏和猎物。至于女儿出国，主要靠她自己考的奖学金，当然，我过去经常出国工作，这么多年攒的钱也‘资助’给她一些。尽管离婚时我基本是‘净身出户’，现在的经济状况肯定买不起商品房，但我可以租房住。就我现在的工资收入，足够我和女儿的基本生活。我和女儿不需要对方的‘施舍’，更何况那是肮脏的钱！”

就这样，易洪武和邱婧认识了。坦率、正直、骨气，邱婧给易洪武留下了比较深刻的印象。不过，仅仅是印象而已。在贪腐案调查氛围中相识，彼此自然不可能有深层次的了解。他们也不知道彼此是同届校友，更不知道彼此还拥有共同熟悉而亲密的同学和朋友。直到那一天，在钱柳生和袁本弥的刻意安排下，易洪武和邱婧一照面，两人才恍然大悟。

“你？易组长！”看见易洪武，邱婧不等介绍，吃惊地主动打起了招呼。

易洪武当然也是异常惊讶。他稍一愣神，连忙向邱婧伸出手：“你好，邱婧！没想到又在这里见到你。”

最吃惊的还是袁本弥和钱柳生。不过，不等他俩发问，邱婧为了不让易洪武尴尬，连忙主动而大方地把审查组为前夫的案子找自己谈话的情况“抖落”了出来。

“邱婧，不好意思，上次找你谈话是例行公事，请理解。”易洪武很快恢复了内心平静，不无解嘲地调侃说：“都说‘这个世界太小’。你看，我们这不是吗？”

“其实，邱婧，知道吗，洪武也是咱们同届校友，他是学阿拉伯语的。”钱柳生趁热打铁接茬说：“本来还想给你们俩引荐介绍一番，没想到你们已经认识了。好，这下省事了。虽然我们都是正在或将要办理退休下岗的人了，但是‘做一天和尚撞一天钟’，在其位就要谋其政。所以，把你们老同学找来，就是请你们帮帮忙，为国际新闻电视总台的前景规划出出点子。洪武，本弥，华讯国际社一贯站得高看得远，你们俩长期驻外，经验丰富，又都是高智商，一定不吝赐教。”

“瞧你说的，咱们老同学了，客气啥？只是……”袁本弥刚想寒暄两句，易洪武不等他说完，便快人快语地提出自己的看法：“我和本弥可能对文字报道了解得多一点，但就广播电视报道而言可谓‘门外汉’。柳生和邱婧你们才是行家里手。所以，咱们取长补短，优势互补，大家一起合计合计，最好你们能有个初步设想之类的东西，参考参考。”

易洪武的话点醒了钱柳生。他看了看邱婧，不容置否地说：“邱婧，你起草的《国际新闻电视总台整合细则及前景规划》很好，为我们商谈探讨开了个好头。怎么样，先谈谈你的体会和思路。”

在老同学面前，邱婧心理上无拘无束，没有客套，也不做作，而是直抒胸臆："我一直从事广播电视英语新闻编辑工作，对电视编辑流程及实践现状比较熟悉，深知我们的优势、劣势和前进方向。我以为，我们现在的问题主要在这样几个方面：前方布点少，派驻记者少，因而记者亲历采访的一线稿量少且许多浮于表象；后方问题更多，缺乏梯队策划和商榷，当值带班独断专行瞎指挥，编辑骄娇浮躁不讲政治，快讯不快甚至迟迟滚动，新闻不新甚至滥竽充数；前方和后方联系不紧密，前方不明报道思想，后方制片等米下锅。上下沟通联络不畅，频道和频道、栏目和栏目、中文和外文之间老死不相往来，缺乏资源共享、经验借鉴和思路交流等等。"

"对电视新闻报道我是门外汉，但作为经常看电视新闻的一个观众，我觉得邱婧说的没错。问题的关键是如何改进？"易洪武是个爱发表见解的人。他接过邱婧的话头抢着说："实际上，媒体行当虽然各不相同，但'万变不离其宗'，电视新闻报道同咱们通讯社的文字报道有着共通的原理和根基。基于我个人的观察和研究，我觉得，未来电视新闻，特别是外语电视新闻事业的革新和发展应坚定这样一些指导原则和践行理念：重自采、时效、独特、深度和活泼；轻想象、迟滞、炒作、肤浅和说教；禁造假、貌似、有偿、抄袭和无序。柳生和邱婧，不知我说得对不对？"

不谋而合！易洪武的见解令邱婧有些吃惊，逻辑且条理清晰地说出了她本来想要接下来说的意见。她没想到，对方不是搞电视新闻的，居然也能对电视事业发展有如此深刻的思考和探究。到底是华讯国际社的，眼光就是深邃，看问题入木三分，领教了。

她虽然心里如此想，嘴上却不服软："原则和理念固然重要，但没有具体办法和措施就只能束之高阁。针对上面提到的诸如此类的问题和弊端，我提出如下几方面应对措施：一、向中央打报告，增加驻外站点和派驻记者人数，逐步增加记者自采片及发稿时效。此外，分阶段在世界各大洲建立地区性分台，就近用当地语言贴近播出，提高报道时效，增进报道效果。二、台总编室完善日常业务值班机制，每天上午和晚间坚持牵头召开由各频道制片主持和写稿编辑等参加的编务会。各频道主编室同样事先召开由各栏目制片人参加的要闻务虚会，为值班主编参加总编室编务会做准备。各栏目编辑部不同班次每天也要坚持开班前碰头会，召集编辑和其他各工序值班人员通报报道讯息，交流编辑心得，从不同角度建言献策。三、强化岗位责任制。驻外站点必须保证重大突发事件不漏报，且在第一时间发回讯息。各栏目编辑部必须紧张有序地开展工作，文字、美工、责编、编导、审定、技术合成每个环节必须流水作业，争分夺秒。所有值班员工各司其职，各行其责，聚精会神，通力协作。四、既然是外语频道，尤其是英语频道，应逐步增加聘用外籍专家……”

易洪武插话赞同：“这一点很重要。外国人同中国人语言不一样，思维方式也不一样。相互之间要明白对方的所想、所做及价值观之类，语言文字翻译是一回事，而文化内涵的理解贯通则更重要。只有语境接轨、国际化表达，我们才能深入研究国外受众心理特点和接受习惯，在我们的新闻报道中贴近中国和世界发展的实际，贴近国外受众对中国信息的需求，贴近国外受众的思维习惯，利用现代传播技巧，运用国外受众听得懂、易接受的方式和语言，增强对外传播的吸引力和影响力。”

袁本弥补充插话：“我们是外语频道嘛，你要竞争，首先你得了解和学习外国受众习惯了的语言规范、画面风格和报道技巧等，进而使用国际通用的手段和方式进行实质意义上的竞争角逐。聘用外籍雇员不仅可以缓解眼目下相关工作程序中的人才短缺困境，而且更能使我们从中获得经验和借鉴。这其实也不是什么新鲜经验，我和洪武那时在中东就聘用了很多本土雇员。搞新闻报道，我们特别需要抓源头建设。海外新闻报道的源头就是驻外站点及前方记者的采撷活动，应该大量聘用有经验、有能力且能独自为战的本地雇员。这就是我们常说的‘本土战略’。”

钱柳生赶忙附和表态：“国际新闻电视台已向上面报批，除了在各外语编辑部大量聘用外国专家外，我们还计划在世界各地大量聘用本地雇员，以外国记者的敏感、触角、采访手段及撰稿和摄制风格开展报道，凸显重大突发事件报道的时效性、独特性、首创性以及深度分析等。”

话音刚落，另外三个人不约而同地鼓掌赞赏。

不过，邱婧又提出了另外一个问题：“柳生，外语编辑部聘用‘外专’固然好，但他们的侧重面似乎应该放在对语言文字和视听效果的把关定夺上，而政治把关的终审程序怎么办？就我们现有人员素养来看，可担纲这一重任的人很有限，不像华讯国际社人才济济，实力雄厚……”

“这……？”钱柳生一时语塞，他还真没考虑过这一问题。

略一思索，易洪武微微一笑指点道：“我给你们出个‘馊主意’，不过肯定是条‘明路’。终审定稿可从退休老同志中解决。本弥知道，我们华讯国际社有许多曾长期驻外的老家伙，职级高端，阅历深厚，经验丰富，真正的‘无冕之王’。他们退休前大都担纲过各类新闻报道任务的终审定稿。许多人虽然退下来了，但身体健康，精力充沛，何不让他们为电视事业发展发挥‘余热’？”

“不错，这还真是个好主意。洪武，本弥，我让人事部门找你们联系，帮电视台拉起一支终审定稿的队伍，不入编制，权作外协，适当给予劳务报酬，同时也有助于老同志们‘调剂’退休生活。”

钱柳生拍手称好，一锤定音。

真是“三个臭皮匠，顶个诸葛亮”，一个一个战略轮廓便在不知不觉的交谈和思想碰撞中逐步变得清晰，一个一个践行难题也随之迎刃而解。对国际新闻电视总台的前景规划，大家各抒己见，集思广益，都是真知灼见，钱柳生偷着乐。他要把大家的意见和建议归纳整理出来，拿到电视台编委会和各层级编务会上充分讨论定夺。

“老班长，你笔杆子硬，可否把刚才议论的帮我归纳整理一下？我要正式聘你们为外语频道指导顾问。”

“没问题。这方面确实要广泛征求意见，扩大思路，集思广益，形成共识，以免少走弯路。”袁本弥一口应承下来。对他而言，归纳整理个书面材料实在是“小菜一碟”。

不过，在“指导顾问”这顶大盖帽下，钱柳生接下来请他干的活儿就实在不那么轻松和闲适了。不比易洪武可以以“语言不通”为由而推托，袁本弥作为英语科班出身，他只能“责无旁贷”地领受任务，协助邱婧对电视台英语频道进行改扩建。

英语频道“改扩建”的总原则就是施行制片人总责制、终审把关定稿制、全媒体档次运作岗位专责制和终端服务协调制。具体而言，袁本弥和邱婧重点抓这样几件事：一、开放外聘规模，让一大批合格外籍精英应聘参与频道业务并“当家做主”，努力按国际通行方式和新闻规律采撷、编辑和播报英语新闻，同时着重对播报内容进行语言和文字把关，使之通俗易懂，让“老外”受众立马就能心领神会。二、“满世界”考聘“本土”记者，不断开拓和完善播报信息源，同时按照世界主流媒体的报道风格和体例采撷新闻，保障新闻报道的真实性、时效性以及自采率、首发率和优质率。三、新建英语新闻大型直播间，强化直播效应。直播间紧邻滚动新闻编辑部，既方便编播联动，优化直播程序，又增强生动活泼的播报氛围。四、新建终审定稿机制，从华讯国际社等央媒单位选聘一批懂政治且精通英文新闻写作的资深退休“老师”，同步跟班英文节目档次，在外籍专家“初审”的基础上，对播报内容全面把关定稿。五、加强对广播电视前沿技术的跟踪、研究和利用，强化新媒体网络中心建设，增进内部多媒形式的融合发展，注重提高终端服务水平。

袁本弥身体力行。“玩”英语新闻是他的拿手好戏，乐此不疲，成天忙得的不亦乐乎。稍有闲暇，他便和邱婧、易洪武和钱柳生相互邀约共进餐饮，或上电视台内部的咖啡厅小憩“聊天”。

这期间，令袁本弥和钱柳生吃惊的是，邱婧和易洪武关系发展神速。外力“催波助澜”自然功不可没，但大家怎么也想不到，邱婧和易洪武关系之所以‘热得快’，主要是因为他俩竟然成了儿女亲家，关系自然一下子就拉近了许多。

原来，易洪武的儿子和邱婧的女儿是高中同学，彼此很要好。男孩儿高中毕业时拿到奖学金跑去澳洲念大学，继而本硕连读。听说女孩儿后来也出国去了美国，男孩儿便不管不顾地从澳洲追到美国“谈恋爱”。本来彼此就有好感，异国他乡的更深入交往和磨合使两颗火热的心越贴越近，终于确定了恋爱关系。最近，他们分别向各自家长公开了这一秘密，易洪武和邱婧这才知道两个孩子的关系，正所谓“无巧不成书”。得知对方就是自己的“亲家”，易洪武和邱婧再接触起来自然关系升温，密切度大大增强，交流话题也顺畅丰富了许多。至于他们有没有考虑自身关系升级，能不能擦出爱情的火花，可能还需要时日来回答，不是有那么一句话吗，“有情人终成眷属”，还是让我们为他们祈祷祝福吧。

不管怎么说，易洪武和邱婧亲密度升温，袁本弥和钱柳生打心眼儿里为他们高兴。四个人聚会聊天更加频繁了。不过，他们这一代人总是以事业为重，聊天少有风花雪月和八卦噱头类的闲情调侃，说来说去重心多半还是绕不开新闻这点事，往往不经意间在思想交流切磋中撞出火花，促进他们对国家新闻事业，特别是对驻外央媒的未来发展方向的用心思考和深入探究。

钱柳生作为电视“总管”，心里装着事。作为有心人，他“利用手中权力”，“鼓捣”属下电视新闻研究所搞了个“荧屏智库”，聘请媒体大佬和电视精英为高级研究员，不定期地举办沙龙式研讨会，“高谈阔论”，各亮真知灼见，为国家电视事业的发展鼓与呼。

钱柳生是在任的电视“一哥”，“荧屏智库”自然对他格外尊重，第一个向他颁发聘书。在他举荐下，易洪武、袁本弥和邱婧也被首批聘为智库高级研究员。

紧锣密鼓，为学习领会中央高层对央媒融合发展的最新指示精神，“荧屏智库”低调而郑重地举行成立大会暨首场沙龙研讨会。

研讨会让钱柳生“率先开炮”。几句“开场白”寒暄过后，他一指易洪武、袁本弥和邱婧介绍说：“透露一下，这几位都是做了‘功课’的。我看过他们的论文，观点独到，论述很精彩。不过我提议，大家的论文可以放到微信群里场下细看，为节约时间，最好不要在现场‘照本宣科’了。咱们时间宝贵，还是即兴发言好，畅所欲言，‘百花齐放百家争鸣’。”

得到大家鼓掌赞同后，钱柳生再次将目光投向三位老同学，向他们发出真诚的邀请：“你们谁先发表高见？”

钱柳生这不是客套话。他打心眼儿里佩服三位老同学，总觉得自己的理论修养与他们比起来还要差那么一截。因此，但凡有研讨会之类，只要易洪武、袁本弥和邱婧在场，他总会礼让他们“高论”在先。

易洪武、袁本弥和邱婧已经“习惯”了钱柳生的“套路”，相互也不客气，反而争先恐后地抢先表达观点和看法。既然是吃媒体这碗饭的，又都对新闻事业情有独钟且爱得深沉，那么畅所欲言便是自然而然的事，亮出观点和主张，没什么好藏着掖着的。

这不，钱柳生话音刚落，邱婧就接茬打头阵。她要重点谈谈新媒体和传统媒体的关系问题。

“相对于传统媒体，特别是相对于纸质媒体，新媒体现在大行其道。但是要我说，这些五花八门的新媒体形式主要得益于通信技术的高端进步，实质上不过是互联网、智能手机和音视频技术主导的‘标题新闻’粘贴。比如，媒体中的‘战斗机’—— 电视，其现状就是这样。现在，电视称谓花里胡哨：网络电视、手机电视、数字电视等等。虽然产品形态日益丰富和多元，但其基本功能依然照旧，其自然属性没有根本性变化。特别就新闻讯息而言，一条新闻消息出炉后，各类媒体都会一窝蜂地以网络标题形式下载转发或改头换面据为己有。除了几乎在同一时间段蜂拥而上的所谓快捷时效外，这条消息的基本属性却依然如故，只不过通信技术的高端进步使之传播得愈加方便、快捷和简约罢了。其实，同传统媒体一样，这些新媒体或称融媒体的新闻讯息出品，却仍然基本沿袭‘老一套’的办法和手段，需要记者在前方采访和编辑在后方加工处理，其间更少不了工程技术人员助力下的传输发送。就新闻要素和内容构成而言，它们更少不了‘5 个 W’之类的‘老一套’践行原则和理念。

目前，国外主流媒体都在探索数字化转型，实现深度融合发展。有的把原来的广播、电视和网络新闻中心‘合三为一’，打造统一的多媒体新闻编辑部，还有的建成了‘蜘蛛网’式的融媒体中心。在国内，随着新媒体和传统媒体之间的矛盾和差别日益凸显，媒体融合发展是大势所趋，上上下下都在着力强调和践行之。似乎大家都认为，只有这样才能增强实力、扩大影响、加快发展、傲立潮头，进而与西方主流媒体争夺舆论先机，抢占话语权。”

易洪武紧步“亲家”的后尘，提出了自己的看法：“眼下有关媒体融合发展之类的观感论析太过泛滥，缺乏新奇和独到见解。一方面，此类网上文宣铺天盖地，虽标新立异却鲜见新颖独特；另一方面，无论是央媒京媒还是省地媒体，大大小小形形色色的新闻单位都各自成立自己的新媒体中心、多媒体中心或融媒体中心，一窝蜂地开发各自的网站、客户端和 App 移动互联体系等，‘滚动’刊载播报那些实际主要是几乎‘一字不落’相互‘抄袭’的所谓‘突发新闻’、‘独家新闻’和‘热点新闻’，甚至不惜以讹传讹。可见，这类媒体融合大多在很大程度上还都是表面化的形式融合。借助互联网技术的不断更新换代，大大小小的新闻媒体都在打着‘融媒体’的旗号，干着千篇一律的‘重复开发’，既铺张浪费‘烧钱’又成效甚微。以我之见，推动传统媒体和新兴媒体融合发展，要遵循新闻传播规律和新兴媒体发展规律，强化互联网思维，坚持传统媒体和新兴媒体优势互补、一体发展。即按照中央要求，坚持以先进技术为支撑，以内容建设为根本，推动传统媒体和新兴媒体在内容、渠道、平台、经营、管理等方面的深度融合，着力打造一批形态多样、手段先进、具有竞争力的新型主流媒体。”

说到这里，易洪武向大家推介起融媒体中心的“中央厨房”概念。按照其功能定位，融媒体中心犹如各别媒体单位的“中央厨房”，透过总编协调制度、部门沟通制度、岗位值班制度、采前策划制度、线索通报制度、效果反馈制度等“烹饪功夫”，与采编发网络紧密结合、无缝衔接，进而做出花色品种多样且美味可口的菜肴和美食。“中央厨房”既是采编发网络的硬件基础和技术平台，也是其大脑和神经中枢，具备集中指挥、采编调度、高效协调、信息沟通等基本功能，进而实现管理扁平化、功能集成化、产品全媒化。具体而言，“中央厨房”要有一个工作平台，有条件的还可以采取“蜘蛛网”式的采编发大平台架构，保障采访、编辑、技术各部门代表集中一体办公，人员混合编排。同时，它还要有一个技术支撑体系，打好底层技术基础，配好硬件设施，为采编发网络稳定运行提供可靠技术保障。此外，建立一个全媒体内容管理系统和一个传播效果监测反馈系统也十分必要。一方面，通过加强稿库和资料库建设，汇集各种稿件、节目素材、新闻背景资料，集成各种编辑软件工具，为记者编辑获取新闻线索、查阅背景资料、创作多媒体稿件提供支撑；另一方面，通过反馈系统及时对本媒体稿件、节目传播力影响力作出评估，及时发现舆情热点和参考选题，从而有针对性地调整传播内容和传播策略。

易洪武强调：“说到底，媒体融合发展的决定因素还在于人，要着力推动现有人员融合转型。目前，会使‘十八般兵器’的全媒人才还属于‘特种兵’，很能干但数量少，远不能满足融合发展需要，亟须加快全员融合转型。要通过专题培训、实战演练、业务研讨、观摩交流等不同方式，重点引导现有人员向全媒记者、全媒编辑、全媒管理人才转型，在观念和技能方面有大的提升。同时，要打通传统媒体和新媒体人才使用通道，推动名记者、名编辑、名评论员、名主持人到新媒体平台上去施展拳脚，开办原创栏目，培育品牌公号，成为传播正能量的‘网红’。这其中，融媒体时代的记者尤为重要。按照新闻规律，任何时候记者都是讯息报道的基础和根本，而眼下融媒体时代的记者除了要把控新闻报道一而贯之的基本原则外，更要兼备融合思维和产品意识。以往，记者在新闻生产全流程中只需完成作品采制，沿用的是‘我说你听’的惯性思维；而今在互联网和移动互联网时代，新闻讯息的传播效果不再单纯地靠惯性思维来粗放地认定，而要通过阅读量、转发量、点赞量、评论量等精确数据得以完整呈现。为此，记者从一开始就要有经济生产意识，把自己的新闻‘作品’升级为‘产品’。”

显然，邱婧和易洪武的上述观点在一定程度上也是“抄袭”别人的，只不过他们善于归纳，且糅进了自己的一些思维和理念。尽管如此，袁本弥对他们的上述表述仍然深有同感。他早就赞赏传统媒体和新媒体融合发展的理念，主张各类新闻媒体的融合发展要以传统采撷工艺为本，以内容诚信多彩为要，以高新科技支撑为力。无论是策划利比亚撤侨报道还是后来“导演”叙利亚反恐报道，他都在按照自己的理念践行媒体融合发展并不断加深认识，思路更加清晰。

一直以来，袁本弥坚持这样一种新闻学理念，即世界新闻竞逐的焦点是具有世界广泛影响的重大国际新闻。无论是传统媒体主导下的过去，还是号称新媒体、多媒体或融媒体发展变革中的现在和将来，对具有世界广泛影响的重大新闻的报道始终是国际新闻实践的主流和要点，是新闻学研究的主体和关键。正因为如此，世界主流媒体都十分重视对具有世界广泛影响的重大新闻的报道，并在各自实践过程中相互排斥和竞逐，以争夺世界广泛性影响力，进而把控话语权和主导权，引领世界舆论。长期以来，西方世界以其殖民传统影响力和发达的资源优势一直在强力操控不合理的世界新闻秩序，其主流媒体自然霸凌获益，引领世界舆情西化，甚至不惜造假或以讹传讹，助纣为虐，宣扬和粉饰虚伪、暴乱、血腥，为肆意干涉别国内政、践踏他国主权和世界和平、颠覆敌国政权等霸权行径和强权政治涂脂抹粉。为改变这一不合理的唯西霸凌式国际新闻秩序，还爱好和平正义、主张真正自由民主的媒体一个公平竞逐的朗朗乾坤，中国明确反对不合理的国际新闻秩序，中国媒体从不讳言与西方主流媒体争夺话语权和主导权。

本次智库发言，袁本弥定的主题是《越洋播报之央媒融合》，重点谈中国央媒如何整合驻外记者力量开展国际新闻报道，同西方媒体竞逐话语权和主导权。

只是，今天他明显感觉很累。不对，近一段时间他一直感觉胸闷，干事力不从心。也难怪，他是个工作狂，除了兼职电视台“定稿老师”按部就班用心工作外，这些天“业余时间”主要精力都用到准备智库发言上了，每天都要忙到深夜，查找资料，整理思路，用脑过度，能不累吗？不过，他似乎已经习惯了这种工作方式。一旦进入状态，他整个人便像上满了发条的时钟，根本看不出劳累和病态。

这不，有鲠在喉，不吐不快：“随着政治经济国力和世界影响力的不断增强，中国媒体和其他宣传机器对外竞逐的‘底气’也越来越足。争夺话语权和主导权以引领世界舆情大潮不再只是‘无可奈何’的诉求表达，而是勇于出击、积极应对的‘真枪实弹’式过招践行。”袁本弥亮出自己的观点，同时强调说：“这种新闻竞逐的主战场自然是具有世界广泛性影响的国际新闻报道领域。具体而言，驻外记者是参与媒体竞逐的主体和源动力。”

有人提出异议：“同西方那些老牌和大牌媒体争夺话语权和主导权谈何容易？虽然自己同自己比，我们确实已经在大踏步地前进，取得的进步和成就有目共睹，但目前引导世界舆情的仍然还是欧美主流媒体。它们的世界地位和影响力传统根深，它们的专业水准和竞逐实力确实过硬。与它们竞逐，我们恐怕仍然不在同一条起跑线上。”

“正因为还不完全在同一条起跑线上，我们才应该变被动为主动，发起挑战，这样与它们竞逐争夺才意义深远！”易洪武提出反驳，力挺袁本弥。对他而言，这不是什么新问题。这么多年来，特别是在开罗的岁月里，他和袁本弥就一直在带领大家就此努力践行和打拼。

“问题的关键是，新形势下我们如何与西方媒体竞逐？如何取得话语权引领世界舆情？”又有人提出不同意见，末了还强调说：“这可不是喊喊口号就能一蹴而就、立竿见影见成效的。”

袁本弥胸有成竹，立马提出自己的建言：“八个字：立足传统，顺应新势。也就是说，我们要继续坚持采撷为本、首报为要及本土聘员之类的既定方针和竞逐办法，同时应特别注重移动网络和智能技术建设，确立移动媒体优先发展战略。为什么呢？因为传统是本，而移动互联技术高新，成效显著，引领大势。在当下‘终端随人走、信息围人转’的新态势下，媒体信息传播更加讲究‘短平快’，各种样式和形态的移动新闻产品随之应运而生，并透过微博、微信、微视频、微电影、微动漫等灵活便捷方式而广泛传播，从而大大方便广大网民受众‘打发’碎片化时间。然而，这种对新闻作品准、新、微、快的主张，实际上并未跳出传统新闻学理念和践行范畴，只是科技和社会进步加速了新闻发展进程而已。有新闻研究预见，随着5G、人工智能、可穿戴设备等技术的不断演进，移动媒体还将加速发展。”

说到这里，为了强调重点，袁本弥拿起稿子念了起来：“我们必须顺应新形势，在坚持传统新闻理论和践行原则的同时，加速推动媒体融合发展。鉴于国际新闻是新闻首要，最能引领世界讯息和舆论大潮，最能体现世界新闻竞逐的客观和公平，我驻外央媒对有效贯彻媒体融合发展战略至关重要。为此，我们应下决心对驻外央媒施行机构和人员整合，既能减少重叠‘外派’而导致的过度经费支出，节约成本，更能摒弃‘内耗’和无序竞逐，攥成拳头强力对外。”

啥？驻外央媒机构和人员整合？现场一下子炸了锅。大家吃惊不小，这可是第一次听到有人公开发表这样的提议。一时间，人们交头接耳，议论纷纷，现场一片嗡嗡声。

对袁本弥而言，大家的议论和异议完全在自己的意料之中。他有意识地停止了发言，任凭现场乱哄哄的一片嘈杂，让大家放开思想去求索、消化和理解，进而达到认同和补充完善的结果，哪怕退而求其次，求同存异也好，毕竟刚开始嘛。不过，虽然他是有意识地这样做，但同时他的身体状态也真的让他力不从心，迫使他停止继续“论战”。他感觉好累好累，只是靠一股顽强的意志强忍着。

人们哪里知道这些，都未注意到袁本弥身体状态的变化。易洪武还沉浸在对袁本弥提议的思考中，他走近袁本弥赞许道：“你提的驻外央媒整合很有新意，我特别赞同。跟你透露一下，上面在这方面似乎也有所考虑了，听说全国记协很快要单独组建驻外记协，这很可能能为驻外央媒的整合发展开局铺路。”

“真的？太好了！”钱柳生陪着邱婧也来到易洪武和袁本弥身边，听到易洪武的话情不自禁地拍手喊好。

此时，袁本弥却正在生命线上痛苦挣扎，精神萎靡不振，越来越感觉心慌、烦躁和恶心，继而前胸持续疼痛，大汗淋漓，面色苍白，呼吸困难。

“我心口难受，疼得厉害。”他用微弱的声音向靠在自己身边的易洪武发出求救信号。话音未落，他突然一个趔趄就眩晕休克过去，着实把大家吓了一跳。

“大家别慌，让他平卧休息，千万不要让他走动和活动。”易洪武平时没事喜欢关注医学科普，特别关注老年人的心血管之类的疾病。他判断，袁本弥这种状况应该是心梗类疾病，于是一边大声提醒大家，一边赶紧从自己口袋里掏出一粒速效救心丸，强行塞进袁本弥的嘴里含服。

还别说，易洪武的处理办法既及时又得当。很快，袁本弥的病情症状得以缓解。急救中心的救护车迅速赶到，随车大夫对袁本弥进行初步检查后连连夸赞紧急救助措施好，为入院进一步救治赢得了宝贵的时间。

要不说现在是高科技时代，信息传播相当之快。这边袁本弥刚入院治疗，那边手机微信群和朋友圈就传开了。传着传着就变味儿了，有的说他生命垂危，被送医抢救，有的竟然揣测他不治身亡，华讯国际社正在给他安排后事。他的同事和亲朋好友不明就里，纷纷赶往医院探视或准备“见他最后一面”。上百人先后急匆匆到医院探询同一个人，不少人还是红着眼圈向护士大夫打探袁本弥的住院房号，这在这家心血管三甲专科医院的历史上实属罕见，搞得院方和大夫护士们丈二和尚摸不着头脑，不知道袁本弥是何方神圣，有什么来头和背景。

幸运的是，由于发病时处置得当和送医及时，袁本弥终于躲过一劫，除了吃药扎针，留院观察和静养了两天外，体检后身体并无大碍。不过，大夫一再对他强调，既然有了心梗史，他就必须引起重视，今后一定要多注意休息，保持充足的睡眠，避免熬夜，不要抽烟喝酒，不要做剧烈的运动，还要保持一个愉快的心情，平时一定要控制好自己的血压血脂。

“好的好的，谢谢大夫！今后我身上一定备有硝酸甘油或速效救心丸之类。”像获得特赦令，即将出院的袁本弥除了高兴还是高兴。虽然对大夫的嘱咐唯唯诺诺，但他心里急的还是许多“大事”，他可不想“赖”在病床上浪费时光。

最迫切的事还是完成他的书稿《越洋播报新说》。这是一本教科书式的新闻专业论著，涉及新时期驻外记者越洋播报的方方面面，包括实地踏访、高端访谈、战地访谈、文字撰稿、图片拍摄、电视直播、网络链接、稿件传输、编辑加工、终端服务等等。他将传统新闻学理念和现代多媒体、新媒体和融媒体理念进行有机融合，由表及里，去伪存真，提纲挈领，言简意赅。本书特别打破人们对新时期多媒体之文字“共识”的樊篱，高瞻远瞩，勇敢而慧眼独具地展示作者的独到见解。

一、多媒体、新媒体和融媒体之说实质上主要在玩“文字游戏”，因为它们其实只是新闻报道的科技进步而已，依附的是电信科技突飞猛进的发展。事实上，通讯社、电视、广播、报纸、期刊等媒体单位的主业并未改变，只是智能手机加互联网大大方便终端受众而使营销收入大幅降低，各媒体单位便想当然地为创收盈利而纷纷创建自己的新媒体中心、音视频中心和网络中心之类。殊不知，这些“中心”一窝蜂上马的后果就是，大多只能滥竽充数，无序竞争。公家的钱不老少花，做的多半是无用功，实效大打折扣。

二、根本而言，多媒体也好，新媒体也好，融媒体也好，其新闻属性和特质依然基本如故，指导原则主体还是秉持传统新闻学那些基本原理，新闻采撷和报道程序主要仍然循记者前方采访和编辑后方加工播发的老套路。日常新闻报道，特别是越洋播报，主要还得靠央媒和主流媒体，基本没其他层级媒体什么事儿。而越洋播报，讲究的还是记者的追踪踏访、高端访谈、战地直击之类，竞逐的要点依然是时效、独家、现场、风采等。

三、其实，不斥巨资新建这个中心那个网站并冠以那么多的名头，通讯社、电视台、广播电台、报刊杂志等媒体单位日常照样还是各司其职，只需要花精力和功夫利用电信和网络技术做好内容建设和终端服务就好。可以想见，虽然文字播报未来仍然是新闻报道的基石，但电视直播、网络链接和终端对接将日趋常态化，它们将越来越成为吸引受众和引领世界舆情的关键。

四、随着电信和互联网技术的不断进步发展，记者编辑必须与时俱进，从入门之初就要掌握相关知识及操作技艺，并在工作实践中不断提升专业素养和技艺水平。一线记者更要掌握和娴熟操作采编及传输设备，具备能够单打独斗的专业技能，保障在第一时间段越洋播报。

五、随着中国综合实力的不断增强和中国特色社会主义制度优越性的进一步发扬光大，中国央媒在世界新闻竞逐中的地位日渐凸显。然而，要取得新闻竞逐的常态领先并引领世界舆情，中国驻外央媒应该走整合道路，摈弃单打独斗，集中优势兵力，团结一致，攥紧拳头。

当然，这些独到见解只是作者对驻外记者新时期越洋播报的专业思考和感悟，书的主体内容自然是对专业形态和技艺的解析，并按照作者的专业水准归纳和传授相关的知识和技巧。为了使书稿臻于完善，袁本弥特地让易洪武和邱婧等人“过目把关”，请教他们的“高见”。他们认认真真地看了书稿，一致夸赞袁本弥写得好，称《越洋播报新说》是教科书式的最新新闻学论著。易洪武主动表示，他认识华讯国际出版社总编辑，可以将书稿交他们出版发行。袁本弥当然乐于这一引荐，《越洋播报新说》这样的专业书著作自然要给最专业的出版社出版发行。然而，事情远没有想象的那么简单。华讯国际出版社上报出版计划时，有关方面对《越洋播报新说》提出异议：一、观点偏颇，同官方多媒体、新媒体、融媒体的主流论断“背道而驰”；二、鼓动驻外央媒整合等于“破坏甚至扼杀”有序竞争秩序，实际上也行不通，反而容易引起央媒之间的猜忌和混乱。于是，书稿被退了回来，出版社婉言拒绝的说辞是：华讯国际出版社是知名央企，需同官方保持一致。请按有关方面意见对书稿作整体修改，否则本社难以出版发行，敬请谅解。

袁本弥当然不可能作整体修改，出书的事情就这样“黄”了。他当然心有不甘，但经历的事情多了，也就不再把它放在心上。没想到，有人给他打抱不平了。

她就是徐冰洁。参加袁本弥和周筱的复婚庆宴，徐冰洁在为他们夫妇冰释前疑重归于好由衷地表达了高兴和祝福的同时，不可能不为自己这些年来“单相思”的心路历程感到沮丧和惆怅。但她心地善良，回到家暗地里痛哭了一场之后，下决心割舍下这段本就渺茫的感情包袱。为了彻底忘却过去，她调离了华讯国际社，应聘到“微博世界”出版社担任总编辑。不过，她对自己对袁本弥的感情从不感到后悔和懊恼，相反她仍然打心眼儿里仰慕对方，通过与华讯国际社老朋旧友们保持密切联络的方式继续关注着袁本弥的一举一动。这不，袁本弥的书稿被拒绝出版，她在第一时间段就获得了讯息。她认真调阅了书稿并大加赞赏，决定由“微博世界出版社”来帮助袁本弥完成心愿。

“都什么年代了，华讯国际出版社还不解放思想。特别让人不能理解的是，这么好的一本堪称教科书式的作品，就因为他们认定的‘不入流’而被束之高阁，真是教条和武断至极！”徐冰洁内心发出十分愤怒的质问。

不过，她没有直接联系袁本弥。她知道，如果直接找对方，袁本弥肯定不愿意，那样在他看来无异于“走后门”。他自信，他的这本书还没“烂”到靠托关系才得以出版发行。为了打消对方的顾虑，同时也是为了不让周筱误解自己和袁本弥的关系，徐冰洁主动打电话找周筱沟通，让周筱做工作来说服袁本弥将书稿交由“微博世界出版社”出版发行。

还别说，这种“曲线救国”式的办法真灵。周筱当然知道袁本弥的心思，正想找人帮他了了这个心愿，徐冰洁的电话来得正及时。一拍即合，两个女人没费多少口舌就把出书的事儿给定了下来。夫人拍板了，袁本弥还能有什么异议。

就这样，徐冰洁力促“微博世界出版社”揽下了论著力作《越洋播报新说》的出版发行活儿。她深知这本书的重要和价值，除了先期大张旗鼓的广告和宣传，出版社还特地在图书大厦搞了个首发式，并邀请袁本弥到现场签名售书。

整个一个轰动效应！认识的和不认识的，排队购书等待作者签字的队伍长长的，曲曲弯弯“塞”满了图书大厦四楼阔大的售书大厅。这其中有不少是袁本弥的同事、同学和朋友，易洪武、钱柳生、邱婧、徐冰洁等也悉数赶来捧场。特别是那帮曾经一起在中东摸爬滚打和并肩战斗的兄弟姐妹们，更是把签字售书的首发式变成了他们别后重逢的大聚会。

虽然外面下着大雨，但丝毫不影响人们的购书兴致。这把袁本弥累得够呛，签名签到手软。不过，累并快乐着，毕竟这本书是他钟爱的心血结晶啊！好在签字售书已近尾声，只是因为刚才外面下雨，许多人完事后仍留在大厅内扎堆聊天。

终于，袁本弥签完最后一个名，他这才腾出空来，甩甩胳膊挪挪腿脚，然后挤近围着易洪武神聊胡侃的“中东”和“上海语大”帮群里，挨个儿和大家握手寒暄，对大家光临捧场表示由衷的感谢！

易洪武用力握着袁本弥的手道贺说：“你这家伙总能给我们带来惊喜，听说你还在写小说，一本诗集也要出版了，什么时候可以拜读呀？”

袁本弥腼腆地笑了，正要回答大家，钱柳生抢着透露说：“周筱跟我说，老班长赋闲在家时，每天除了吃饭散步，空余时间多半都是在电脑上写东西。据我‘侦察’，他的小说嘛，应该还需些时日，但那本诗集已被‘华讯国际出版社’列入发排序列，‘冬至不出年外’即可出书发行。老班长，到时候送我一本呗。”

“没问题，到时候我送你们每人一本。”袁本弥爽快地回应，赢得大家一片掌声。

徐冰洁满脸涨得通红，情不自禁地回忆说：“袁老师在中东时作过一首诗词，

《沁园春·驻外记者》。大家很欣赏，我一直记得。不知这次有没有收进诗集里。”说完，她小声吟诵起来。

《沁园春·驻外记者》

风雨硝烟，五洲追踪，环宇踏访。驾浩渺电波，越洋播报。驻外记者，衔命辛劳。时效竞逐，深度论道，引领舆论央媒导。新华社，耳目喉舌资历老，舆论重炮；央视后来居上，新闻联播国际4套。移动互联网，世纪新潮，传统不敌，融媒接招。强强一体，本土聘招，话语竞权逐浪高。强中华，国际传播力，我自傲娇。

人群中一下子安静下来，诗词一下子把大家带回到昔日驻外采撷和越洋播报的峥嵘岁月中。那是团结奋斗的岁月，激情燃烧的岁月，永生难忘的岁月！

“瞧，彩虹！双彩虹！”

突然，一位年轻女孩指着窗外惊叫起来。大家循声望去，透过窗帘洞开的阔大玻璃窗，果然看到了一幅雨后彩虹的绝美景象。一时场面有些混乱，人们争相挤到窗前观赏美景，许多人随手拿出手机拍摄，立此存照。

古人写诗赞曰：“金爵日边栖壮丽，彩虹天际卧清深。”又曰：“彩虹亘东方，照耀不知晚。”

毛泽东主席的诗句不仅浪漫大气而且更形象逼真：“赤橙黄绿青蓝紫，谁持彩练当空舞？”

现代网友的感慨则表达得很现实和直白：太多雾霾的北京，让人一度失望和心寒，然雨后如此美丽的双彩虹，不仅给人以美感，更令人精神振奋。

“盛世中国，天降祥瑞！”许多人发出如此感慨。

袁本弥素来对情景敏感，望着色彩艳丽的双彩虹，心绪自然格外激动。他不是个迷信之人，知道双彩虹系自然天象的科学道理，但现代中国的沧桑巨变确实让他对“天降祥瑞”有一种本能的心灵感应。中华人民共和国在一天天发展壮大，中华民族在一天天强势崛起，人民生活一天比一天幸福。如影随形，祥瑞征兆一直在光耀中华大地。此刻，雨后双彩虹，尽管这实际只是一种自然巧合，但人们宁可相信它是天赐好兆头。

“雨后惊艳双彩虹，七色斑斓耀苍穹，神州盛世龙腾飞，天降祥瑞中国红。”袁本弥信口吟诵。

钱柳生是个爱凑热闹的人，见老班长作诗，他也诗兴大发，顺嘴“打油”起来：“七色彩虹降祥瑞，中华昌盛龙腾跃，电波荡漾赞盛世，碧空高扬中国旗。”

诗意正能量，也很押韵，大家一齐给他们鼓掌叫好、加油打气。

此时，太阳正逐渐落山，夕阳出现在西方地平线上，为鲜艳亮丽的双彩虹披上一大片橘红色的晚霞。主虹彩带很长，如一座壮丽的彩桥横跨于“水洗”后的蓝天白云中，气势恢弘。在其外围，同时展现一条直径稍大、颜色反转的同心彩虹，与主虹交相辉映，形成美轮美奂的空际风景，绚丽多彩，蔚为壮观。

“色彩斑斓，江山如此多娇！”遥望天际，袁本弥乐然陶醉，信心满满，祖国的明天会更好！